낯선 사람들과의 불화

우리 시대의 새로운
프런티어21
지적 대안 담론

낯선 사람들과의 불화

윤리학 연구

테리 이글턴 지음 | 김준환 옮김

도서출판 길

지은이 테리 이글턴(Terry Eagleton)은 1943년 영국 샐포드에서 태어났다. 영국 신좌파의 대부 가운데 하나이자 문화연구의 창시자인 레이먼드 윌리엄스의 제자로 케임브리지 트리니티 칼리지를 졸업했다. 그 뒤 옥스퍼드 대학 영문학 연구교수와 맨체스터 대학 영문학 교수를 거쳐 현재 랭커스터 대학 영문학 교수로 있다. 영국의 대표적인 마르크스주의 문학·문화 비평가로 '정치적 행위'로서의 비평(이론)과 '제도'로서의 영문학을 분석해 명성을 얻었고, 이후 마르크스주의의 시각에서 신학, 미학, 이데올로기론, 페미니즘, 문화 연구 등과의 생산적 대화를 시도했다. 최근에는 마음의 고향인 아일랜드의 문화와 가톨릭 급진주의의 유산을 재평가하는 데 전념하고 있다.

저서로 국내에 번역·소개된 『비평과 이데올로기』(열린책들, 1987), 『문학이론 입문』(창작과비평사, 1989 / 인간사랑, 2001), 『문학비평: 반영이론과 생산이론』(까치, 1991), 『이데올로기 개론』(한신문화사, 1994), 『미학사상』(한신문화사, 1995), 『셰익스피어 다시 읽기』(민음사, 1996), 『포스트모더니즘의 환상』(실천문학사, 2000), 『우리 시대의 비극론』(경성대학교출판부, 2006), 『성자와 학자』(한울, 2007), 『성스러운 테러』(생각의나무, 2007), 『예수: 가스펠』(프레시안북, 2009), 『시를 어떻게 읽을까』(경성대학교출판부, 2010), 『반대자의 초상』(이매진, 2010), 『신을 옹호하다: 마르크스의 무신론 비판』(모멘토, 2010), 『이론 이후』(도서출판 길, 2010), 『민족주의, 식민주의 문학』(공지, 인간사랑, 2011), 『발터 벤야민 또는 혁명적 비평을 향하여』(이앤비플러스, 2012), 『왜 마르크스가 옳았는가』(도서출판 길, 2012), 『악: 우리 시대의 악과 악한 존재들』(이매진, 2015), 『비평가의 임무: 테리 이글턴과의 대화』(공지, 민음사, 2015), 『문학을 읽는다는 것은: 테리 이글턴의 아주 특별한 문학 강의』(책읽는수요일, 2016), 『낙관하지 않는 희망』(우물이있는집, 2016), 『인생의 의미: 허무와 교만과 거짓과 죽음을 넘어서 위하여』(책읽는수요일, 2016), 『신의 죽음 그리고 문화』(알마, 2017), 『문학 이벤트: 문학 개념의 불확정성과 허구의 본성』(우물이있는집, 2017) 등이 있다.

옮긴이 김준환(金埈煥)은 1960년 부산에서 태어나 연세대 영어영문학과를 졸업하였다. 같은 대학교 대학원에서 영·미시 전공으로 석사학위를 받았으며, 미국 텍사스 A&M 대학에서 현대 영·미시를 전공하여 박사학위를 받았다. 이화여대 영어영문학과 교수를 거쳐 현재 연세대 영어영문학과 교수로 있다. 저서로 Out of the "Western Box": Towards a Multicultural Poetics in the Poetry of Ezra Pound and Charles Olson(2003, Peter Lang), 『탈식민주의: 이론과 쟁점』(공저, 문학과지성사, 2003), 『포스트모던 시대의 영·미시』(공저, LIE, 2009)가 있으며, 역서로는 『포스트모더니즘의 환상』(테리 이글턴, 실천문학사, 2000), 『민족주의, 식민주의, 문학』(테리 이글턴 외, 인간사랑, 2011)이 있고, 논문으로는 「김기림의 반–제국/식민 모더니즘」, 「영·미 모더니즘 시와 한국 모더니즘 시 비교연구: T. S. 엘리엇과 김기림」, 「네그리뛰드와 민족주의: 셍고르와 쎄제르」 등이 있다. 현재 『지구적 세계문학』(글누림)의 편집위원으로 활동하고 있으며, 서구중심주의를 넘어선 모더니즘과 모더니티에 대한 연구를 진행하고 있다.

우리 시대의 새로운
프런티어21
지적 대안 담론 22

낯선 사람들과의 불화
윤리학 연구

2017년 8월 1일 제1판 제1쇄 인쇄
2017년 8월 10일 제1판 제1쇄 발행

지은이 | 테리 이글턴
옮긴이 | 김준환
펴낸이 | 박우정

기획 | 이승우
편집 | 이남숙
전산 | 최원석

펴낸곳 | 도서출판 길
주소 | 06032 서울 강남구 도산대로 25길 16 우리빌딩 201호
전화 | 02) 595-3153 팩스 | 02) 595-3165
등록 | 1997년 6월 17일 제113호

ISBN 978-89-6445-151-9 93800

【 머리말 】

이 책의 논점은 꽤 분명하다. 대부분의 윤리 이론들은 상상계, 상징계, 실재계라는 자크 라캉(Jacques Lacan)의 정신분석학의 세 범주 가운데 하나 혹은 이 세 범주의 이런저런 조합에 따라 분류할 수 있다는 주장이 바로 그것이다. 나는 이 세 등록소를 보다 넓게 사용하여 이 유형별 윤리적 사유들 각각이 지닌 약점과 더불어 강점을 가늠해 보고, 그 사유들을 내가 보기에 더 풍요로운 사회주의 및 유대 기독교 전통의 윤리와 대비해 보려고 한다.

내가 또다시 신학에 시간을 허비한다며 낙담하는 친구들과 독자들이 있을지도 모르겠다. 물론 종교가 인류 역사상 가장 유해한 제도 가운데 하나라는 것이 사실이기는 하지만, 종교가 억압과 미신이라는 처참한 이야기는 이 책에 개진된 기독교에 의해 판단될 것이다. 종교가 다양한 종류의 치명적인 종교적 근본주의를 길러내기도 했지만, 동시에 급진적 신학의 조류를 만들어내기도 했다는 점은 우리 시대의 역설이다. 급진적 신학은 반어적이게도 정치적으로 누덕누덕 기워진 시대에 흔치 않게 잔존하는 유물론적 사상의 영역을 나타내며, 흔히 정치적 함의에서 아주 세속적인 좌파 사상보다 더 혁명적이다. 우리가 신에 대한 학문에서 그처럼 전복적인 통찰을 구해야 한다는 것은 아마도 이 시대의 암울한 표시일 것이다. 그러나 주어진 선물을 굳이 흠잡을 이유는 없다.

루트비히 비트겐슈타인은 "누군가가 진정으로 윤리학에 대한 책을 한 권 쓸 수 있다면, 그 책은 세상의 다른 모든 책을 단번에 파손해 버릴 것이다"라고 말했다.[1] 내 책의 마지막 문장을 쓴 후 눈을 떼어 돌아보니, 여전히 내 서가의 책들이 파손되지 않은 채 그대로 있더라는 말을 하려니 마음이 아프기는 하다. 그럼에도 불구하고 데이비드 흄(David Hume)과 에마뉘엘 레비나스(Emmanuel Levinas)를, 에드먼드 버크(Edmund Burke)와 알랭 바디우(Alain Badiou)를 동시에 논의한 연구가 드물다는 점에서만 본다면, 이 책이 윤리 이론에 독창적인 기여를 하리라 믿는다. 나는 이 책이 파리 사람들을 신중하게 다루었다는 이유로 앵글로색슨 철학자들이 이 책에 반감을 갖기를 바라며, 또한 영국 사상에서 무엇인가 가치 있는 것을 찾으려 했다는 이유로 파리 사람들이 이 책을 조롱하기 바란다. 언제나 나를 철학적인 면에서 지켜봐주는 피터 듀스(Peter Dews), 사이먼 크리츨리(Simon Critchley), 피터 세즈윅(Peter Sedgwick), 슬라보예 지젝(Slavoj Žižek)은 순전히 아마추어인 내가 습관적으로 오류와 어처구니없는 실수를 저지르지 않도록 도움을 주었다. 노고를 아끼지 않은 이들의 친절함에 감사드린다.

만약 비난을 가할 수 있는 도덕적 위상을 지닌 사람만이 윤리에 대한 글을 쓸 수 있는 권위를 지닌다고 한다면, 나는 카를 마르크스(Karl Marx)가 자기 자신의 노동에 대해 한 말, 즉 어느 누구도 돈은 거의 없으면서 돈에 대해 그렇게 많은 글을 쓰지 못했다는 말을 약간 수정해서 상기할 수밖에 없다.

테리 이글턴
더블린, 2007

---

1 Ludwig Wittgenstein, "Lecture on Ethics", *Philosophical Review* 74, January 1965, p. 7.

··· 차례 ···

일러두기

• 본문의 각주에서 숫자는 지은이 주, *은 옮긴이 주이다.

제1부

상상계의 고집

The Insistence of the Imaginary

서론: 거울단계
The Mirror Stage

    1970년대와 1980년대 좌파 문화비평의 어느 하나도 라캉의 거울단계 이론에 대한 설명 없이는 완전하지 않을 것 같다. 거울단계란 어린 아이의 발달에서의 한 계기로서 아이가 거울에 반영된 자신의 모습을 생각하며 자신의 움직임과 눈앞에 있는 이미지의 움직임이 마술적으로 상응하는 것을 보고 기뻐하는 시기다.[1] 마술적인 상응과 기적 같은 친화성은 신화의 본질인데, 라캉의 「거울단계」라는 글이 만약 그런 신화를 탐구했다면 그 즉시 신화가 되어버릴 것이다. 라캉이 주장한바, 이 초기 단계에서 현실과 가상 사이의 경계는 분명하지 않다. 즉 이른 바 현실 세계에 대한 유리창인 자아는 실제로 허구인데, 거울 앞의 아이는 비록 자신의 이미지가 환각적이라는 것을 안다 하더라도 그 이미지를 실재하는 것으로 대한다는 것이다. 마찬가지로 '이매지너리(상상계적)'라는 단어 자체도 모호하다. 라캉에게 이 단어는 '환상적' 혹은

---

1 "The Mirror Stage as Formative of the Function of the I as Revealed in Psychoanalytic Experience", in Jacques Lacan, *Écrits: A Selection*, London, 1977.

'비현실적'이라기보다는 '이미지와 관련된'이라는 의미이기는 하지만, 그럼에도 불구하고 (널리 알려져 있듯이, 루이 알튀세르가 이데올로기 이론을 도출할 때 사용했던 것처럼) 망상과 기만이라는 의미 또한 포함하고 있다.

　이를 반영하듯이, 라캉의 주장 자체도 허구적인 것인지 실제적인 것인지가 문제되었다. 거울단계가 문자 그대로의 의미로 여겨졌던가 아니면 비유적으로 여겨졌던가? 진정으로 프랑스의 이 거물 지식인이 유아들처럼 당혹스럽게도 경험적인 그 무엇에 대해 말하고 있었던가? 아이가 그런 상황에서 경험했을 수도 있는 일을 어찌 실제로 알 수 있단 말인가? 영국인만이 할 수 있는 상식적인 반론을 제기하면, 거울을 소유하는 특전을 누리지 못했던 사회는 어땠을까? 연못이나 강이 거울의 역할을 했을까? 아니면, 아이의 진짜 거울이란 (얼굴, 인체의 여러 구멍 등과 같은) 육체의 여러 다른 부분을 다양한 강도로 긴장시키며 어떤 신체상의 자화상을 영아에게 지어 보이던 부모 혹은 유모인가? 우리의 육체란 욕망처럼 대타자에 의해 구성되는 것인가? 어쨌든 그토록 중차대한 이론을 만들면서 놀이와 연기라는 가장 허구적이고 원시적인 인간 행위를 그 기초로 삼는다는 것이 얼마나 희한한 일인가! 놀이일 뿐만 아니라 연기이기도 한 것은 거울 속 자신의 움직임을 기쁘게 모방하는 아이가 흉내쟁이, 그저 손만 들어 올려도 실재를 바꿀 수 있는 꼬마 마법사, 좋아라 하는 한 사람의 관중 앞에서 연기하는 배우, 손가락 하나 까닥거리거나 머리를 돌려 순식간에 자기가 만든 것을 형성하거나 변형할 수 있는 능력을 한껏 즐기는 꼬마 예술가이기 때문이다. 거울 속의 통일적 형태가 아이의 노력에 만족스러운 듯 방긋거리면서 그 아이의 미소를 자아내고, 그 미소는 다시 그 반영된 모습으로부터 기쁨이라는 또 다른 우호적인 신호를 보내는 이 과정이 계속 반복되기에, 거울 앞에서 연기하는 것은 무한한 퇴행 혹은 심연으로 밀어넣기(미장아빔)를 수반한다.* 후에 이와 동일한 변증법 같은 것을 특히 18세기의 도덕철학에서 보게 될 터이다.

분명히 그 시대의 문화 이론가들이 아이의 발달이라는 주제에 특별히 매료된 것 같지는 않았다. 라캉의 강연이 지닌 중요성은 상상계—(이 초기 시점에서 굳이 구분하여 말할 수 있다면) 주체와 대상이 지속적으로 위치를 바꾸면서 상대의 삶을 사는 것처럼 보이는 인간 심혼의 기묘한 단계—를 예시한 데 있었다. 투사하고 반사하는 이 놀이에서, 사물들은 아무 매개도 없이 쌍방 간에 서로 들락거리며, 각기 자신의 내부를 경험할 때 지니는 모든 감각적 직접성을 통해 상대의 내부에서 서로를 느끼는 듯하다. 이는 마치 한 사람이 자신을 관측하고 있는 어느 다른 지점에 그 자신을 둘 수 있다거나, 자신을 내부와 외부에서 동시에 볼 수 있다는 것과 같다. 심리학은 영아가 외부에서 내부로 다시 내부에서 외부로 이어지는 일련의 복잡한 반영 속에서 장난스럽게 어른의 얼굴 표정을 모방할 수 있도록 하는 신경 메커니즘을 이제야 이해하기 시작한다.[2] 모리스 메를로-퐁티는 다음과 같이 쓰고 있다.

내가 장난스럽게 생후 15개월 아기의 손가락 하나를 내 입에 가져가 깨무는 시늉을 하면 아기가 입을 벌린다. 그런데 아기는 거울에 비친 자신의 얼굴을 본 적이 없고, 아기의 이빨은 어떻든 내 것과는 다르다. 사실상 아기가 자기 내부에서 자기 입과 이빨을 느끼게 되면, 그것들은 즉시 그 아기에게 깨무는 기관이 된다. 또한 아기가 외부에서 내 턱을 보게 되면, 내 턱은 즉시 그 아기에게 동일한 의도를 능히 수행할 수 있는 것이 된다.[3]

---

* '미장아빔'(*mise en abyme*)은 '심연에 놓임'(placed into abyss)이라는 뜻으로, 두 개의 거울 사이에 서서 자기 이미지가 무한히 재생산되는 것을 보는 시각적 경험을 뜻한다. 하나의 이미지 속에 그 이미지의 작은 형상이 포함되는 과정이 무한히 반복되게 하는 기법이다.

2　Sandra Blakeslee, "Cells That Read Minds", *New York Times*, 10 January 2006 참조.

3　Maurice Merleau-Ponty, *Phenomenology of Perception*, London, 1966, p. 352.

상상계는 사물들이 우리에게 우리 자신을 되돌려주는 영역인데, 단 우리가 그것을 알아차릴 수 있을 정도로 충분히 결정된 자기를 지녔을 경우에 한해서이다. 상상계는 타락 이전의 영역으로, 여기서는 지식이 감각만큼이나 신속하고 확실하다.

아직 자아나 의식의 중심이 분명하게 형성되지 않은 이 특이한 형태의 심적 공간에는 그 어떤 진정한 타자성이 있을 수 없다. 나의 내부성은 여러 현상 중의 하나로서 여하튼 '저 밖에' 있으며, 저 밖에 있는 것들은 나의 내적 재료로서 아주 친밀하다. 하지만 마치 내 자기성의 일부가 어떤 이미지에 포착되어 물화되어 버린 듯, 나는 나의 내적 삶이 소외되어 낯설어졌다고 느끼기도 한다. 그 이미지는 나 자신으로부터 나온 힘이면서 동시에 나 자신으로부터 나온 것이 아닌 힘을 나에게 행사할 수 있는 것 같다. 그렇다면 상상계에서는 내가 나 자신인지 다른 사람인지, 나 자신의 내부에 있는지 외부에 있는지, 거울 뒤에 있는지 앞에 있는지가 분명하지 않다. 이는 어머니의 젖을 무는 영아가 그것이 자신의 신체 기관인 양 사용하는 경험 같은 것을 포착한 것이라고 상상해 볼 수 있기는 하다. 하지만 모호하게도 우리 안에 있으면서 동시에 밖에 있는 대상에 관한 한, 이는 (똥이나 모유 등과 같이) 외부 세계로 배출된 육체의 조각인 "부분 대상"의 문제이기도 하다. 멜라니 클라인(Melanie Klein)은 이 부분 대상을 자기와 타자, 주체와 대상 사이의 이행적인 것으로 묘사하고, 라캉은 이를 인간 주체의 재료, 안감 혹은 상상적 충전물이라고 기술한다.

바로 이런 이유에서 상상계는 기술적으로 이행성이라고 알려진 것을 수반한다. 이 이행성의 경우에, 공감이라는 원초적 유대의 경우에서와 마찬가지로, 어린아이는 다른 아이가 넘어질 때 울음을 터뜨린다거나 같이 있는 아이를 때리고선 자기가 맞았다고 주장하게 된다. 18세기 철학자 애덤 스미스는 이런 현상을 매우 흥미롭게 생각하여 실제로 『도덕감상론』에서 어떻게 해서 "우리는 누군가가 다른 사람의 다리나 팔을 한 대 치려고 겨누거나 막 내리치는 것을 보게 되면 자연적으로 우리 자신의 다리나 팔을 움츠리게 되는지"에 대해 쓰고 있다.*
이행성이란 바로 공감적 흉내 내기의 독특한 시각적 사례로서 거울단
계의 유혹을 어떻게든 벗어나려는 사람들에게조차 여전히 어느 정도
는 육체와 관련된 사안이다. 이런 이유에서 웃음은 전염되는 것이며,
스미스가 주목하듯이, "느슨한 밧줄 위에 있는 춤꾼을 응시하는 군중
은 춤꾼이 육체를 구부리고 비틀면서 평형을 유지하는 동작을 지켜보
며 자신들이 그의 입장에 처할 경우 당연히 그렇게 해야만 한다고 느
끼면서 자연스럽게 똑같은 동작을 취한다."[4] 우리가 상상을 통해 우리
자신을 춤꾼의 육체에 투사하듯이, 스미스는 이 자발적인 흉내 내기를
라캉이 말한 상상계적 전위의 결과라고 가정하는 것 같다. 그러나 이
구경꾼들은 자칭 마법사들이기도 하기에, 춤꾼과 공감하여 자신들의
육체를 움직임으로써 부지불식간에 그 춤꾼의 동작을 통제하려고 한
다. 이는 마치 거울단계의 유아가 자신의 반영에 사로잡히는 바로 그
순간에 자신의 반영을 열광적으로 지배하는 것과 같다. 스미스가 언급
한 구경꾼들은 타인의 정체성을 취하는 바로 그 순간에 자기 자신으로
남게 되며, 이런 융합은 상상계의 전형적인 사례다.

그렇다면 이행성이란 육체들의 조화로운 울림 혹은 공명이다. 스미
스가 관찰한 바에 따르면, 섬세한 섬유질을 지닌 사람들은 거지의 종
기를 응시할 때 가려움이나 불편함을 느끼며, 다른 사람의 짓무른 눈
을 쳐다보는 것만으로도 자신의 눈이 무르다고 느끼기 쉽다. 결국 이
런 상황을 충실히 보여주는 이미지는 오직 두 육체가 하나로 포개 있
는 이미지일 뿐이다. 이는 마치 토머스 하디**의 『토박이의 귀향』에 등

---

* 이 번역서에서는 'sentiment'를 '감상'으로 번역했기에, '*Theory of Moral
  Sentiments*'를 일반적인 번역인 『도덕감정론』 대신 『도덕감상론』으로 표기한다.

4 Adam Smith, "The Theory of Moral Sentiments", in L. A. Selby-Bigge(ed.),
   British Moralists, vol. 1, New York, 1965, p. 258.

** 토머스 하디(Thomas Hardy, 1840~1928): 영국의 소설가이자 시인으로 작

장하는 클림 요브라이트와 그의 어머니 사이의 "대화가 …… 동일한 육체의 오른손과 왼손 사이에서 이루어지는" 듯 서로에게 이야기하는 것과 같다. 하디의 『무명의 주드』에 등장하는 주드 폴리와 수 브라이드헤드는 "완벽한 상호 이해—즉 모든 눈길과 움직임이 그들 사이의 지성을 전달하는 언술만큼이나 효과적이었으며 그들을 단일한 전체의 두 부분으로 만들었던 상호 이해—를" 성취한다. 로런스 스턴*의 월터 샌디와 엉클 토비 사이의 정감(affection),** 즉 몸짓과 직관과 무언의 교제 또한 적절한 사례다. 언어로서의 육체라는 생각에 대해서는 이 책 후반부에서 다시 다룰 기회가 있을 것이다.

어떤 의미에서 성인들에게 적합한 형태의 상상계는 우정일 것이다. 아리스토텔레스(Aristoteles)가 『윤리학』(Ethics)에서 주목하듯이, 우정을 나눌 경우 타자는 자기 자신이면서 동시에 자신이 아니기도 하기 때문에, 결국 이처럼 여러 정체성을 서로 합쳐 어우러지게 하는 것은 보다 높은 차원에서 거울단계를 재창조하게 된다. 미셸 드 몽테뉴는 우정에 대한 그의 훌륭한 에세이에서 "그의 존재가 나의 존재라는 데서 내가 얻는 유일한 즐거움은 내 것이 아닌 것이 내 것이라는 점"이라고 적고 있다.[5] 몽테뉴는 이에 덧붙여, 아주 소중한 친구와 관계를 맺게 되면 그 사람에게는 그들 자신의 것, 친구의 것이나 자기의 것이 전혀 남아 있지 않았다고 말한다. 또한 몽테뉴가 언급한 바에 따르면, "만약 내가 왜 그를 사랑하는지를 굳이 말해야만 한다면 나는 '그

품에 『토박이의 귀향』(The Return of the Native, 1878), 『무명의 주드』(Jude the Obscure, 1894~95) 등이 있다.

* 로런스 스턴(Laurence Sterne, 1713~68): 아일랜드 출생의 영국 소설가로 작품에 『트리스트램 샌디』(Tristram Shandy, 1759~67), 『감상 여행』(A Sentimental Journey, 1768) 등이 있다.

** '정감'은 'affection'의 번역으로 앞으로 'affective'는 '정감적', 'affectionate'는 '정감 어린', 혹은 '정감이 넘치는', 'affectivity'는 '정감성'으로 번역한다.

5 Michel de Montaigne, Essays, Harmondsworth, 1979, p. 98.

게 그렸기 때문에, 그게 나였기 때문에'라고 답할 수밖에 없을 것이라고 느낀다. …… 그런 우정의 본보기는 바로 그 자체이며 그 자체 이외의 것과 비교될 수도 없다."[6] 상상계는 합리적 혹은 상호 비교적인 방식으로 번역되기를 거부한다. 이후에 살펴보겠지만 통약 가능성과 교환을 그 본질로 삼는 상징계와 달리, 상상계의 모든 구성요소들은 환원될 수 없을 만큼 구체적이다.

전체적으로 1970년대의 문화적 좌파는 상상계를 불러내 단지 악마로 만들려고만 했다. 한편, 담론이 진정한 강박이 되어버린 이론가들에게 언어 이전의 상태는 아기들보다 그리 인기가 더 많지 않았다. 다른 한편, 상상계는 통일성, 정체, 유사성, 상응, 자율성, 미메시스, 표상, 조화, 풍요, 총체의 문제인데, 결핍, 부재, 차이, 갈등, 균열, 분산, 파편화, 이질성을 유행어로 쓰던 전위파에게 상상계의 그 모든 용어는 그저 구태의연한 것일 뿐이었을 것이다. 그 시절의 좌파는 표상의 여러 수단과 조건이 더불어 주어질 경우에만 표상이라는 이념을 용인하려 했으며, 이 모든 것이 거울단계에서는 불길하게 억제된다.[7] 설상가상으로 문제의 이 표상은 거짓 표상이다. 거울 속 이미지란 실제로 잘 조절되지 않고 통합되지 않은 아이의 육체가 기만적으로 통일된 형태이며, 아이는 자신의 이 이상화된 전체를 자신의 기능장애 상태와 대비하면서 그 이미지에서 기쁨을 얻는다. 거울은 그에게 실생활에서 결핍된 자율성을 허용한다. 아이가 자기 마음에 드는 일관된 모습을 클라인이 말한 찢겨지고 절단당하고 얻어맞아 조각난 육체의 환상과 대비하리라고 추측해 볼 수도 있을 것이다.

그래서 거울단계의 자아 이전의 순수성이 해체될 수 있을 정도로 무르익은 듯했으며, 실로 도상적 정체성 관념이 시작되는 것 같았다. 거

---

6 Ibid., p. 97.

7 몇몇 놀라울 정도로 선구적인 글을 발표했던 영국의 영화 잡지 『스크린』(*Screen*)은 그 시절의 문화적 전위주의를 그 특징으로 삼는다.

울은 유리로서, 바울로(St. Paul)의 문구를 원용하면 우리는 이 유리를 통해 희미하게 본다. 도상의 경우에서와 마찬가지로 모든 기표가 어떤 내적 유대에 의해 그 기표의 의미를 나타낸다는 하나의 기의에 매어 있다고 보는 이념에 못지않게, 제대로 기능하지 못하는 유아가 자기 이미지에 사로잡혀 있는 것 또한 거짓 동일화의 일례다. 장 라플랑슈와 J.-B. 퐁탈리스는 거울 속에서 "기표와 기의의 융합이 있다"고 한다.[8] 이런 현상이 발생한다고 여겨지는 다른 장소인 시의 영역에서 기호의 이 두 가지 측면은 일종의 언어적 눈속임으로 인해 분리될 수 없는 것처럼 보인다.[9] 그러나 사람들이 여전히 단어와 의미는 대체로 동일한 실체라고 상상하는 한, 단어와 의미를 분리하여 생각하는 것은 무리일 것이다. 비트겐슈타인은 "단어는 여기 있고, 의미는 저기 있다"고 냉소적으로 말한다. "돈, 그리고 그 돈으로 살 수 있는 암소. 하지만 돈과 그 돈의 쓰임새를 대비해 보라."[10] 비트겐슈타인에게 단어는 그 쓰임새를 통해 의미를 얻으며, 이로 인해 단어는 삶의 구체적인 형태 속에서 다른 기호들과 함께 규칙에 의해 지배당하는 관계를 맺게 된다. 나중에 살펴보겠지만, 이는 라캉이 말한 상징계적 질서의 비트겐슈타인 식 형태라고 할 수 있을 것이다. 말하자면 라캉은 기호에 해당되는 것이 인간 주체에도 해당된다는 점을 보여준 것일 뿐이다. 자신의 거울 이미지를 자기성의 실체적인 체현이라고 상상하는 유아는 구식 전-구조주의자로서 인간 정체성이란 기호와 마찬가지로 변별적 사안이라는 사실을 아직 파악하지 못하고 있다. 말하자면 유아는 인간 정체성이란 상징계적 질서—자신이 독특하고 대체 불가능하고 살아 숨 쉬는 동물이 아니라 교환 가능한 하나의 기능을 하게 되는 뭇 관

---

8 Jean Laplanche and J.-B. Pontalis, *The Language of Psycho-Analysis*, London, 1980, p. 210.

9 Terry Eagleton, *How To Read a Poem*, Oxford, 2006의 제2장 참조.

10 Ludwig Wittgenstein, *Philosophical Investigations*, Oxford, 1963, p. 49.

계와 역할의 체계─안에서 한자리를 차지하는 문제라는 점을 아직 파악하지 못한 것이다. 온전히 자신과 하나라는 환상으로 우쭐대면서 그 영아는 비트겐슈타인이 『철학적 탐구』에서 논평하듯이, 한 사물의 자기 동일적 정체성이라는 명제만큼 쓸모없는 것도 없다는 사실을 아직 인식하지 못했다. 이 어린아이는 말하자면 인간의 자기성에 대한 특별한 확신이 있다거나 그것에 접근 가능하다는 식의 철학적 오류에 빠져버렸다.

결국 상상계에서 아이의 자기 인식은 사실상 오인이며 이것은 그가 상징계적 질서에서 만나게 될 훨씬 더 중대한 오인의 서곡으로 작용하게 된다. 이 아이의 정체성은 바로 소외다. 왜냐하면 "나" 혹은 주체가 자신의 파악하기 어려운 존재를 단순한 자아─즉 자기 반영의 거울 속에 있는 어떤 결정된 사물─의 존재라고 착각하기 때문이다. 따라서 주체의 진리, 즉 라캉이 르네 데카르트(René Descartes)의 언명을 현란하게 다시 쓴 "나는 내가 존재하지 않는 곳에서 생각한다, 고로 나는 내가 생각하지 않는 곳에서 존재한다"는 사실은 그 아이에게서 벗어나 있다. 자기 스스로와 일치하는 주체란 결코 주체가 아니라는 점을 영아는 아직 배우지 못한 것이다. (누군가가 추정하듯이) 거울단계의 어린 나르키소스가 고정적이며 확정적이라고 여기는 자기성은 사실상 균열되어 있으며 불완전하다. 의미화의 과정처럼 자기성은 그 자체의 미완성성으로 인해 계속 추동된다.

(영아와 이미지라는) 각각의 항이 공생하면서 상호 의존하는 상상계의 대립은 결국 비틀려 분리되거나 삼각 구도화되어야 한다. 이것이 라캉에게서의 오이디푸스적 계기다. 상상계의 울타리는 차이와 타자성의 놀이에 개방되어야 한다. 어린아이는 자기 오인의 거울을 돌파하여 상호 주체성의 영역에 들어가야만 그곳에서 진리의 빈약한 몇 조각이나마 처리할 수 있게 된다. 라캉의 많은 사상이 도출된 G.W.F. 헤겔(G.W.F. Hegel)에게서 어떤 상태로부터 다른 상태로 이행하는 데에는 윤리적 차원이 있다. 주체는 스스로를 자율적 실체라고 오해하는 것을

그만두고, 헤겔이 정신이라고 칭하고 라캉은 대타자 혹은 상징계적 질서라고 칭한 상호 주체성의 영역 내에서 타자에게 의존하고 있음을 고백해야 한다. 라캉의 표현을 빌리면 이는 가장 완전한 경우 "타 주체에 의한 한 주체의 전적인 수용"을 수반한다.[11] 이것은 그가 아주 오래 주장하려던 인간 호혜성의 어떤 이상이 아니었다. 우리는 자기 이미지를 상상계에서처럼 타자로부터 더 이상 이끌어내지 말고 상징계에서처럼 (사회성 전체의 영역인) 대타자로부터 가져와야만 한다. 헤겔에게 가장 기초적인 형태의 인간의 삶은 닫힌 사회질서에 무-반성적으로 몰두하는 것을 수반하는데, 이는 라캉의 상상계와 전혀 다르지 않다. 상징계의 상호 주체적 교환을 과감하게 시도해 본 사람만이 자신을 한 개인으로 의식할 수 있게 된다. 하지만 나중에 살펴보겠지만, 라캉이 보기에 이를 성취하는 것은 결국 파멸에 이르는 것과 다르지 않다.

1970년대의 문화적 전위파들에게서 이와 같은 존재론적 등록소들의 전환은 윤리적이라기보다는 정치적이었다. 그 취지는 부르주아 주체의 자족적인 응시에 거울을 비춰주어 그 주체를 북돋워주려는 것이 아니라 영속적인 위기 상태로 던져 넣으려는 것이었다. 전자는 이데올로기와 관련된 사안이었던 반면, 후자는 혁명적인 문화적 실천의 문제였다. 우리를 그 당시의 우리로 만들었던 결핍, 실재계, 억압, 거세, 아버지의 법, 사회 구성체의 보이지 않는 법들은 거의 표상의 범위를 벗어나 있었다. 그것들은 의식의 거울—전통적으로 ('반성', '사색', '관조')처럼 거울반사적 용어로 이해된 현상—에 있는 균열이자 맹점이었다. 섀프츠베리 백작이 표현하듯이, "추론하거나 반성하는 모든 생물체는 본성상 자신의 정신과 행동을 지속적으로 재검토 받아야만 하며, 끊임없이 자기 앞에서 지나치고 자신에게 분명하고 자신의 정신 속에서 맴도는 내부적인 일들과 자기 자신을 표상해야 한다."[12] 이런 의미에서

---

11 Jacques Lacan, *Le Séminaire Livre 1: Les Écrits Techniques de Freud*, Paris, 1975, p. 242.

자기 반성이란 자기 내부의 상상계로서 자신의 정신이라는 거울에 스스로를 관조하는 것이며, 이 정신의 연극에서 우리는 마치 자신이 다른 사람인 듯 관객이면서 동시에 그 관객의 응시 앞에서 연기하는 배우가 되기도 한다. 좌파는 만약 우리 실존의 실질적인 결정요인 같은 것들이 드러날 경우에 이처럼 다소 말쑥해 보이는 자기 울타리가 파괴되고 상상계적 주체도 탈중심화되어야 할 필요가 있다고 보았다.

비트겐슈타인은 『철학적 탐구』에서 "어떤 그림이 우리를 사로잡았다"고 적고 있다. "그리고 우리는 그것을 벗어날 수 없었다. 왜냐하면 그림은 우리 언어 속에 놓여 있었으며 언어는 우리에게 그 그림을 냉혹하게 되풀이하는 듯했기 때문이다."[13] 라캉의 유아가 이미지 혹은 이상적 자아에 사로잡힌 채 마치 마르크스의 소외된 노동자처럼 자신의 것이라고 인식하지 못한 어떤 힘에 의해 기만당하고 있다고 본다면, 비트겐슈타인에게 언어에 홀린 어른은 본성적으로 사물화하는 우리의 문법 구조―즉 실제로는 그저 일련의 차이에 지나지 않는 것에서 그럴싸한 동일성을 주조해 내는 문법 구조―에 넘어간다고 볼 수 있다. 프리드리히 니체(Friedrich Nietzsche)도 거의 같은 의견을 지니며 사유란 "어떤 문법적 기능의 주문"에 걸려 있는 것이라고 썼다.[14] 비트겐슈타인에게 이는 만성적인 허위의식이며 동질화하는 있는 그대로의 언어다. 마찬가지로 라캉에게 상상계란 손가락을 빠는 것처럼 그저 우리가 성장하면서 벗어나는 단계가 아니라 자아의 내적 구조이며 그렇기에 모든 인간 경험에서 근절할 수 없는 하나의 차원이다. 우리는 자기 자신과 두드러지게 유사한 어떤 대상을 동일시하기 때문에, 거울 앞에

12 Shaftesbury, *An Inquiry Concerning Virtue or Merit*, in L. A. Selby-Bigge(ed.), *British Moralists*, New York, 1965, vol. 1, p. 45.

13 Ludwig Wittgenstein, *Philosophical Investigations*, Oxford, 1963, p. 48.

14 Manfred Frank, *What is NeoStructuralism?*, Minneapolis, 1989, p. 208에서 재인용.

서 영아처럼 옹알거리고 깡충거리는 것은 이후 우리의 모든 리비도적 투자에서도 계속된다. 라캉은 "자아의 떠도는 그림자 주위로 (인간) 세계의 모든 대상은 구조화될 것"이라는 점을 시사한다.[15] 거울단계의 아이가 하나의 인격체가 되기 위해 필요한 것은 언어적으로 미혹된 우리 어른들에게도 필요한데, 이는 비트겐슈타인이 『철학적 탐구』의 제사로 사용하려 했던 『리어왕』의 한 대사에 요약되어 있다. "너에게 차이를 가르쳐주마."

비트겐슈타인이 철학이라 알고 있던 끝없는 대화 치료를 통해 우리는 우리의 의미를 탈물신화할 수 있게 된다. 그에게 철학이란 일종의 치료로서 이를 통해 우리는 많은 신경증 징후처럼 자신이 붙잡혀 있는 고정적이고 절연된 엄숙한 기표를 자유롭게 풀어주어, 삶의 한 형태를 구성하는 차이의 유희로 그 기표를 되돌릴 수 있게 된다. 혹은 비트겐슈타인이 다른 곳에서 표현하듯이, 우리 자신을 매끈한 빙판에서 거친 땅으로 되돌릴 수 있게 된다. 비트겐슈타인이 권고한 바에 따르면, "철학자들이 '지식', '존재', '대상', '나', '명제', '이름'과 같은 단어를 사용하여 사물의 본질을 파악하려고 할 때는 언제나 스스로 다음과 같은 질문을 해야 한다. 언어의 본원인 언어 게임에서 그 단어가 실제로 그렇게 사용된 적이 있는가? 우리가 하는 일은 단어들을 형이상학적 쓰임새로부터 일상적인 쓰임새로 되돌려 놓는 것이다."[16]

아주 흔한 것들을 별로 인상적이지 않게 신성화한 비트겐슈타인의 소박한 사색의 결과물과 라캉이 애써 만든 바로크적 역작 사이에는 엄청난 차이가 있다. 하지만 정신분석학자의 목적 또한 견고한 장소에 갇힌 채 점점 고정적이고 반복적인 담론만을 취하게 된 사람들에게 잃어버린 기의를 회복해 주는 것이다. 신경증의 매듭을 푸는 것과 물화된 의미화 작용을 풀어헤치는 것은 서로 다른 행위가 아니다. 분석을

---

15 Peter Dews, *Logics of Disintegration*, London, 1987, p. 59에서 재인용.

16 Ludwig Wittgenstein, *Philosophical Investigations*, p. 48e.

하는 데서 이 둘은 단일한 실행의 여러 가지 측면을 형성할 수도 있다. 정신분석학의 한 가지 역할은 우리를 꼼짝 못하게 하는 환상이나 반복 강박으로부터 벗어나게 하여 존재의 중심에 있는 이 장애물이나 걸림돌을 새로운 삶을 위한 주춧돌로 전환하는 것이다.[17]

그렇기에 거울단계는 에덴동산과 같이 순수한 상태인 적이 없었다. 반대로 어떤 의미에서 그것은 발생하고 있는 타락을 현장에서 속사 촬영한 것이다. 한편 자기도취 자체는 자기혐오와 자기 공격을 수반한다. 또 다른 한편 주체들 사이의 경계선이 흐려지면 서로 조화로울 수도 있지만 대항적으로 될 수도 있다. 이는 편집증 상태에서 관찰될 수 있는 일종의 동일성-겸-대립성으로서 여기에서는 피해 인물이 자기 자신이면서 동시에 어떤 어슴푸레한 또 다른 자아다. 이것은 쇠렌 키르케고르(Søren Kierkegaard)가 『불안의 개념』(The Concept of Dread)에서 지칭한 "반감적 공감"이다. 『과학적 심리학을 위한 과제』(Project for a Scientific Psychology)에서 지그문트 프로이트(Sigmund Freud)는 주로 형제자매를 염두에 둔 이웃이란 만족감을 주는 첫 대상이면서 동시에 첫 적대적인 대상이기도 하다고 말한다. 프로이트는 (예를 들어 얼굴)과 같은 이웃의 어떤 특징들은 낯설고 위협적이지만, 그 이웃의 손동작과 같은 다른 특징은 유사성을 환기할 것이라고 주장한다. 이런 면에서 'emulate'라는 단어가 겨루기와 흉내 내기 모두를, 그리고 동등하기와 능가하기 모두를 의미한다는 점은 흥미롭다. 라캉은 무의식적으로 오스카 와일드*를 인용하여 "당신이 싸우는 사람은 당신이 가

---

17 이 점을 잘 밝혀주는 논의를 보려면 Eric Santner, *The Psychotheology of Everyday Life*, Chicago, 2001 참조.

* 오스카 와일드(Oscar Wilde, 1854~1900): 아일랜드 소설가, 극작가, 시인으로 19세기 말 영국 미학주의 운동의 선구자였다. 작품에 소설 『도리언 그레이의 초상』(*The Picture of Dorian Gray*, 1891), 극작품 『진지함의 중요성』(*The Importance of Being Honest*, 1895) 등이 있다.

장 존경하는 사람이다"라고 말한다.[18] 죽여야만 하는 것은 바로 영아에게 불쑥 나타난 그 영아의 반영체인 이상적 자아다.

어린아이는 자기 이미지와 주변 대상들의 무분별한 공모에 빠져든 채 공격을 통해 이 무기력한 상태를 해소하려 한다. 이행성의 지배를 받는 영아가 사냥꾼의 역할에서 사냥감의 역할로 끊임없이 전환하거나 동시에 그 두 입장을 동시에 취하는 것을 상상해 볼 수 있을 것이다.[19] 막스 호르크하이머(Max Horkheimer)와 테오도어 아도르노(Theodor Adorno)는『계몽의 변증법』(Dialectic of Enlightenment)에서 세계에 동화되려는 미메시스적 욕망에 대해 이야기하지만 이 욕망이 초래할 수 있는 이질적인 힘에 홀리는 데 대한 두려움도 이야기한다. 마르틴 하이데거(Martin Heidegger)는 희한하다 못해 불길한 글귀를 통해 어떻게 제1차 세계대전 시기에 서로 대립하던 양측 군대가 전선에서 정면으로 서로의 얼굴을 마주보고 만나서 결국 서로를 동일시하며 (에른스트 윙거가 표현하듯이) "하나의 육체로 혼합될" 수 있었는지에 대해 쓴다.[20] 하이데거는 그런 상상계적인 만남이 제2차 세계대전의 기계화된 문맥에서는 가능하지 않았다는 점에 대해 한탄한다. 육박전이 비열하게 비인격적으로 원거리에서 서로를 살육하는 일보다는 더 확실하게 공생적이라는 것이다.

라캉이 보기에 거울단계는 자아의 첫 등장을 특징짓는데, 이 자아는 하나의 기능으로서 스스로 낯설어짐의 한 형태에 지나지 않는다. 의식 자체는 오인의 구조물이다. 거울 속에 있는 아이의 물화된 반영은 이후 자아를 지어 만드는 데 동원되는 모든 자기도취적 동일화의 원형이

---

18 Jacques Lacan, "Desire and the Interpretation of Desire in *Hamlet*", *Yale French Studies* 55/56, New Haven, CT, 1997, p. 31.

19 Frederic Jameson, "Imaginary and Symbolic in Lacan", *Yale French Studies* 55/56, New Haven, CT, 1997, p. 356 참조.

20 Jacques Derrida, *The Gift of Death*, Chicago and London, 1996, p. 16 참조.

된다. 라캉은 "우리가 지칭하고 있는 자아는 머리끝부터 발끝까지 자아 전체를 구성하는 상상계적 매혹으로부터 절대 구분할 수 없다"라고 말한다.[21] 작은 쇠사슬을 엮어 만든 갑옷처럼 우리와 친밀하기는 하지만 외부에 있는 이 '고정적인 구조물'은 통일성과 견고성으로 이루어진 신기루이며, 결국 주체란 존재가 아니라 비존재라는 진리를 감추는 데 이용된다. 요컨대 상상계란 일종의 이데올로기다.

바로 이런 방식에 따라 라캉의 가장 두드러진 실패한 환자인 마르크스주의 철학자 알튀세르는 상상계를 넓은 의미로 해석하여 사용하는데, 우리는 이를 받아들여 이 연구에 사용할 것이다.[22] 알튀세르에게 이데올로기란 상상계적 오인의 한 형태로서 여기서의 주체와 객체 혹은 자기와 세계는 서로에게 안성맞춤인 듯하다. 세계는 우리의 목적에 냉랭하게 무관심하다기보다는 우리와 친밀한 관계를 유지하면서 순순히 우리의 욕망에 순응하고 거울 속의 반영처럼 아부하듯 우리의 동작에 따르는 것처럼 보인다. 그러나 이 이미지는 라캉 식 영아의 경우에서처럼 위안을 줄 만큼 일관된 이미지이기 때문에 자기와 사회적 현실은 모두 일거에 잘못 인지된다. 이론적으로 볼 경우, 인간 주체란 거울 앞에서 혼란스러워하는 유아만큼이나 탈중심화된 실체이며 이런저런 사회구조의 단순한 기능일 뿐이다. 그러나 그처럼 헝클어진 생물체들은 목적이 분명한 행동을 할 수 없을 것이기 때문에 이데올로기라는 상상계가 개입하여 그들에게 통일성과 자율성의 느낌을 부여하게 된다. 그래야만 그들은 어떤 정치적 입장에 서 있든 그 입장의 역사적 행위 주체자가 된다. 이런 관점에서 볼셰비키 혁명은 성 패트릭 축일의 행진만큼이나 이데올로기의 영역을 수반한다.

이데올로기의 주체를 '상상계적'이라고 부른다는 것은 주체가 라캉

---

21 Peter Dews, *Logics of Disintegration*, p. 57에서 재인용.

22 Louis Althusser, "Ideology and Ideological State Apparatuses", in *Lenin and Philosophy*, London, 1971 참조.

식 거울 앞에 선 아이처럼 세계를 자기의 내적 실체의 일부이자, 자기에게 집중되어 있으며, 자연발생적으로 자기에게 주어져 있고, 내적인 유대에 의해 자기에게 매어 있다고 느낀다고 주장하는 것과 같다. 이렇게 볼 경우 이데올로기란 오히려 둔감한 인간중심주의 같은 것이다. 조지 엘리엇*은 『미들마치』에서 "우리는 모두 도덕적으로 우둔하게 태어나 세계를 마치 최고의 자기들을 부양하는 젖통이라 여긴다"라고 했다. 이데올로기는 완전히 진화된 인간 주체들을 위해 상상계를 사회 전체의 차원에서 재창조하는데, 만약 그렇지 않으면 주체는 세계란 자신들을 부양할 의무도 없으며 날씨만큼이나 자신들에게 무관심하다는 점을 깜짝 놀라 전율하며 자각했을지도 모를 일이다. 주체는 이런 안락한 망상에 사로잡힌 채 사회가 자신에 대한 특별한 권리를 주장하면서 자신을 유일하게 소중한 존재로 발탁하여, 이를테면 자신의 이름을 부른다고 확신할 수 있게 된다. 이데올로기의 초-주체는 주변의 얼굴 없는 무수한 시민들로부터 우리를 불러내 인자한 자신의 용모를 우리에게 돌리면서, 만약 우리가 없다면 현실은 잘 돌아갈 수 없으며 우리가 소멸되는 것을 보면 슬픔을 가누지 못하고 상심하리라는 아첨하는 믿음을 우리 안에 조성한다. 젖을 물고 있는 영아가 만약 자신이 사라지면 다른 모든 것도 청천벽력같이 더불어 사라지리라는 버클리 식 환상을 믿고 있는 모습을 상상하는 것도 가능할 것이다.

알튀세르 이론에는 몇몇 까다로운 문제가 있다. 그러나 여기서 그 문제들을 다루지는 않겠다.[23] 대신 이 근대 정신분석학의 사상과 18세기 영국 도덕주의자들의 이른바 상상계적 윤리를 비교하고자 한다. 하지만 이를 다루기 전에 먼저 18세기 감상주의라는 주제로 우회해야겠다.

---

* 조지 엘리엇(George Eliot, 1819~80): 영국의 소설가로 작품에 『사일러스 마너』(Silas Marner, 1861)와 『미들마치』(Middlemarch, 1871~72) 등이 있다.

23 비판적인 논의와 관련하여 Terry Eagleton, Ideology: An Introduction, London, 1991의 제5장 참조.

1. 감상, 감성
Sentiment and Sensibility

　18세기가 이성의 시대였던 만큼 감상의 시대였다는 사실은 이제 아주 흔한 말이 되었다. 칭얼거리고, 기절하고, 씰룩거리고, 흥분하고, 훌쩍거리고, 과장하고, 달아오르고, 녹아버리는 등 당대에 유행하던 특징들은 꽤 많다.[1] 그 시대의 핵심어인 감성이란 육체에 대한 수사학, 즉 홍조를 띠고, 두근거리고, 울고, 실신하는 등에 대한 사회 기호학을 나타낸다. 또한 감상의 이데올로기에서 육체와 영혼은 마치 조끼와 그 안감처럼 서로 유착되어 있기 때문에 감성은 그 시대의 철학적 이원론에 대한 반격이기도 하다. 일종의 원시적 유물론처럼, 18세기의 감성이란 섬유질과 신경말단, 기체와 액체, 맥박과 진동, 흥분과 초조에 관한 담론이다. 비체시무스 녹스*는 "감정이란 정신 작용을 대체한 유행

1　나는 『클라리사의 겁탈』(*The Rape of Clarissa*, Oxford, 1982)과 『미친 존과 비숍』(*Crazy John and the Bishop*, Cork, 1998)의 제3장인 「마음씨 착한 게일인」(The Good-Natured Gael)에서 이에 대해 보다 충분하게 논의하였다. 두 번째 자료는 좀 변형된 형태로 이 장에서 다시 사용할 것이다.

*　비체시무스 녹스(Vicesimus Knox, 1752~1821): 영국의 수필가, 성직자.

어이며 다분히 유물론의 기미를 띠고 있다"라고 주장한다.[2] 사실상 '감정'이라는 용어는 육체적 감각과 정서적 충동 및 접촉하는 행위와 경험하는 사건 모두를 의미하며, 신경섬유의 흥분과 영혼의 미묘한 움직임을 연결하는 고리를 그 시대에 제공한다.

아일랜드 소설가 시드니 오웬슨*(또는 레이디 모건)은 회고록에서 자신의 "불행한 신체 조직—즉 내 몸통을 순환하며 전 체계를 민감하게 만드는 모든 인상에 대한 신경의 감수성—에 대해 한탄하기는 하지만, 실제로는 자신이 얼마나 동정적인지를 자랑하고 있다.[3] 내과 의사인 그녀의 남편 토머스 찰스 모건 경이 생리학에 대한 글을 쓸 수 있었던 것도 쉽게 외부의 영향을 받는 자기 아내를 관찰했기 때문일 것이다. 아이작 뉴턴(Isaac Newton)의 『프린키피아』(Principia)는 조지 버클리(George Berkeley)의 기괴한 책 『시리스』(Siris)와 마찬가지로 창조 전체를 에테르의 미묘한 기운—신경을 진동시켜 감각을 창조하는 기운—이 스며든 것이라고 여긴다. 감성은 육체와 정신이 뒤섞이는 지점이다. 물질계와 비물질계를 매개하는 것은 이제 영혼이 아니라 신경계가 된다. 도덕은 신경학으로 대체되는 위험에 처해 있다. 스턴은 『감상 여행』(A Sentimental Journey)에서 감성에 대해 많은 말을 하고 있기는 하지만 그것을 일종의 사회 병리라며 조롱한다. 수많은 비평가가 보기에, 감상 숭배란 신경쇠약증적일 정도로 과도하게 문명화된 상태를 나타내는 표지다.[4] '감정의 인간'은 자신의 세련된 정서를 먹고사

---

2 G. J. Barker-Benfield, *The Culture of Sensibility*, Chicago and London, 1992,
   p. 2에서 재인용.

* 시드니 오웬슨(Sydney Owenson, 1776~1859): 영국계 아일랜드 소설가. 결
   혼 후 남편 토머스 찰스 모건(Thomas Charles Morgan, 1783~1843)의 성을
   따라 시드니 모건(Sydney Morgan) 혹은 레이디 모건(Lady Morgan)으로 불렸다.

3 Lady Morgan, *Memoirs*, London, 1862, vol. 1, p. 431.

4 John Mullan, *Sentiment and Sociability: The Language of Feeling in the
   Eighteenth Century*, Oxford, 1988의 제5장 참조.

는 도덕적 펠리컨이다.*

귀족들의 쌀쌀한 거만함에 대비하여 동정, 자애(慈愛, venevolence), 동료 감정에 대한 중산계급의 숭배가 정성스레 조성된다. 리처드 스틸**은 다음과 같이 쓰고 있다.

비밀스러운 마력으로 인해 우리는 불운한 자들과 더불어 슬퍼하고, 즐거운 자들과 더불어 기뻐한다. 왜냐하면 인간의 마음은 모든 인간적인 것에 대해서 반감을 가질 수 없기 때문이다. 한데 우리는 즐기고 환난에 처한 사람들의 모습과 몸짓에 따라 그들의 상황으로 상승하거나 추락한다. 즐거움은 소통되는 것이기 때문에, 비탄이 틀림없이 강한 전염성을 지닌다는 것은 타당하다. 이 둘 모두는 한눈에 알아차릴 수 있으며 느낄 수 있다. 왜냐하면 한 사람의 눈이란 다른 사람이 그의 마음을 읽을 수 있게 하는 안경이기 때문이다.[5]

여기에 다음과 같은 상상계의 일차적인 요소들이 있다. 다른 사람의 육체 안으로의 투사 혹은 상상적 전위, "(타자의) 모습과 몸짓에 따라 우리가 그들의 상황으로 상승하거나 추락"하는 것과 같은 신체상의 미메시스, 두 인간 주체들이 동일한 내적 상황을 공유하게 만드는 '전염성', 타자의 내적 상태가 소통되는 시각적 직접성과 이로 인해 내부가 외부에 아로새겨진 듯 보이게 되는 것, ("한 사람의 눈은 다른 사람에

---

* '감정의 인간'(the Man of Feeling)은 18세기 중반의 감상 숭배 문화를 그린 스코틀랜드 소설가 헨리 매켄지(Henry Mackenzie, 1745~1831)의 대표작 『감정의 인간』(*The Man of Feeling*, 1771)이라는 제목에서 원용했다.

** 리처드 스틸(Richard Steele, 1672~1729): 영국의 수필가, 극작가, 언론인, 정치가, 시인으로 당대의 잡지 『태틀러』(*The Tatler*)와 『스펙테이터』(*The Spectator*)를 창간했다.

5 Richard Steele, *The Christian Hero*, Oxford, 1932, p. 77. 스틸은 런던 타워에서 경비를 서며 이 소책자를 썼다고 한다.

게 안경"이듯이) 위치나 정체성의 교환 등과 같은 요소들이 있다.

혹은 조지프 버틀러*가 『설교집』에서 말한 진술을 생각해 보자.

> 인류는 본성상 아주 밀접하게 통합되어 있다. 한 사람의 내적 감각 작용과 다른 사람의 내적 감각 작용이 서로 상응하기 때문에 치욕은 육체적 고통 못지않게 기피하게 되고, 존경과 사랑의 대상이 되는 것은 외재하는 좋은 것들 못지않게 욕망하게 된다. …… 인간 상호 간에는 이끌림 혹은 매력이라는 본성적 원리가 있다. 그러므로 같은 땅을 걸어왔다거나, 같은 풍토에서 호흡했다거나, 간신히 인위적으로 구분된 동일 지역이나 구역에서 태어났다면, 이는 세월이 흐른 후에도 서로 친숙하게 알고 지낼 수 있게 해주는 계기가 된다. …… 인간들은 하나의 육체이기 때문에 그들은 특이한 방식으로 수치심, 갑작스러운 위기감, 원한, 명예, 번영, 환난 등을 서로 느낀다.[6]

마찬가지로 여기서도 상상계를 구성하는 주된 요소들이 제시되어 있다. 너무나 사교적인 나머지 타자들이란 자신과 거의 동일한 내적 재료들로 되어 있다고 추정하여 차이가 간과되는 현상과 더불어, 상응, 내면적인 감각 작용의 교환, 두 육체의 병합, 유사-마술적인 자력의 원리 등이 제시되어 있다. 아리스토텔레스의 『니코마코스 윤리학』(*Nicomachean Ethics*)에서 실로 그런 정감 어린 감상은 타자들 못지않게 자기 자신에 기인하는 것이다. 아리스토텔레스의 주장에 따르면, 자신에 대해 우호적인 사람만이 타자를 진정으로 사랑할 수 있고, 자신에 대해 정감을 느끼지 못하는 사람은 "자신의 즐거움과 슬픔을 공

---

* 조지프 버틀러(Joseph Butler, 1692~1752): 영국 국교회의 주교이자 도덕철학자로 당대의 합리주의에 반대하며 종교를 옹호했다.

6 Joseph Butler, *Sermons*, in L.A. Selby-Bigge(ed.), *British Moralists*, New York, 1965, vol. 1, pp. 203~04.

감하며 의식하지 못한다."[7] 타자를 자기처럼 대하는 것은 결국 필연적으로 자기를 다른 사람처럼 대하는 것이다. 아리스토텔레스에서 이 각각의 경우는 타자를 전제로 해서 일어나는데, 이 상황은 바로 우정이라고 알려져 있다.

내적 상응에 대한 버틀러의 생각을 더 깊이 파헤치기 전에, 이의 사회적 맥락을 좀 더 살펴볼 필요가 있다. 감상의 문화에서 정중함, 공처가다움, 무사태평한 기운 등과 같은 덕은 군국주의와 남성적 거만함과 같은 훨씬 더 야만적인 상위의 가치를 몰아내고자 한다.[8] 그 덕은 똑같이 소시민적 청교도의 세련되지 않은 진지함을 겨냥한 것이기도 하다. 스미스가 관찰한 바에 따르면, "인간성이라는 정감 어린 덕은 무례하고 저속한 인류가 지니고 있는 것보다 훨씬 많은 감성을 요구한다."[9] 신경계의 섬세함은 이제 사회계층을 나타내는 꽤 믿을 만한 지표가 된다. 온순한 사람, 순결한 남편, 문명화된 기업가를 중심으로 한 새로운 종류의 반귀족적 영웅주의가 당대의 질서가 된다. 이런 영웅주의가 절정에 다다른 일례는 새뮤얼 리처드슨*의 소설 주인공들 가운데 제일 별 볼 일 없으며 말할 수 없을 정도로 따분하게 도덕군자인 척하는 작자인 찰스 그랜디슨 경으로 무릎 바로 아래까지 오는 반바지를 입은 예수 그리스도 같은 인물이다. 덕은 전반적으로 부르주아화되는데, 그 일례로 프랜시스 허치슨은 군주와 정치가 및 장군뿐만 아니라 "정직한 상인, 친절한 친구, 믿을 만한 신중한 조언자, 자선을 베푸는 호의

---

7 Aristotle, *Ethics*, Harmondsworth, 1986, p. 295.

8 R.F. Brissenden, *Virtue in Distress: Studies in the Novel of Sentiment from Richardson to Sade*, London, 1974 참조.

9 Adam Smith, *The Theory of Moral Sentiments*, in Selby-Bigge, *British Moralists*, vol. 1, p. 279.

* 새뮤얼 리처드슨(Samuel Richardson, 1689~1761): 영국의 소설가로 작품에 서간체 소설 『찰스 그랜디슨 경의 내력』(*The History of Sir Charles Grandison*, 1753) 등이 있다.

적인 이웃, 다정한 남편과 정감 어린 부모, 침착하면서도 쾌활한 동무" 등도 권할 만한 유형으로 제시한다.[10] 레이먼드 윌리엄스의 표현을 빌리면, 이는 "연민을 화려한 장관과 대비"하는 것이다.[11] 온유함, 정중함, 명랑함이란 여위고 모난 얼굴을 한 비국교도와 호전적 악한인 구식 대지주계급 모두에 저항하는 무기다. 스미스는 경제적 자기 이익을 구체제의 탐욕과 권력욕 및 군사적 야망이 전위되거나 승화된 것으로 본 반면, 허치슨은 부에 대한 '잔잔한' 욕망을 보다 더 격렬한 정념과 구분한다. 섀프츠베리는 아주 담백한 어조로 부의 소유를 "각별히 이익을 자아내는 흥미로운 정념"[12]이라고 말한다. 반면 이 '온화한 상업'(le doux commerce)이라는 철학의 주요 원천인 『법의 정신』(De L'Esprit des Lois)의 저자 몽테스키외(Montesquieu)는 비장하게 환어음의 문명화시키는 힘을 믿는다.

인간이 돈을 벌 때만큼 그렇게 무해한 적은 없다는 새뮤얼 존슨*의 유명한 말을 생각해 볼 수 있을 것이다. 한데 이 말은 거짓이 꽤 권위적으로 선언되기만 하면 바로 더 이상 거짓으로 들리지 않게 된다는 점을 보여준다. 경제생활과 관련하여, 스코틀랜드 계몽주의 철학자 존 밀러(John Millar)는 심지어 프롤레타리아를 감상주의적 기획에 끌어들여 단일한 사회적 감각 중추 혹은 감상 공동체로 통합한다. 그는 노동자들이 같은 직업을 가지고 '같은 교류'를 하여 한 무리로 규합되면, "아주 빨리 자신들의 모든 감각과 정념을 서로 소통할 수 있게 되고"

---

10 Francis Hutcheson, *An Inquiry Concerning Moral Good and Evil*, in Selby-Bigge, *British Moralists*, vol. 1, p. 17.

11 Raymond Williams, *Modern Tragedy*, London, 1966, p. 12.

12 Albert O. Hirschman, *The Passions and the Interests*, Princeton, N. J., 1977, p. 37에서 재인용.

* 새뮤얼 존슨(Samuel Johnson, 1709~84): 영국의 비평가, 전기 작가, 산문가, 시인, 사전학자.

이로 인해 평민의 연대를 위한 토대가 마련된다고 주장한다.[13] 이후 역사 시기에 등장한 영국 중산층에게 그런 연대는 계도가 아니라 걱정거리를 더 보태는 원천이 되었을 것이다.

이처럼 영국 문화가 전반적으로 여성화되면서 파토스와 평화로움이 부르주아 계급의 표식이 되었는데, 이들의 상업적 목적을 가장 잘 보장해 줄 것 같은 것은 바로 사회적 예절과 정치적 평안이었다. 다른 무엇보다 감성은 이전 세기의 잔인한 특수주의(분파주의)에 대한 대응이었는데, 그 특수주의는 이전의 정치적 현 상태를 형성하는 데 도움을 주기는 했지만 이제는 그 전복적인 과업을 완수하여 수많은 혁명적 유산처럼 기억에서 지워진 채 정치적 무의식으로 밀려들어가게 되었다. 여전히 전제적인 가부장제가 유지되는 와중에 '유년기'라는 용어가 등장하고 결혼에서 영적 교우관계를 찬양하기도 하며 게다가 남녀 간의 정서적 유대를 심화해야 한다는 요구도 있었다.[14] 기독교의 섭리에 대한 유쾌한 신뢰는 구식 이교도의 숙명론을 몰아냈다. 격식에 맞게 절제해야 한다는 양식을 조지프 애디슨(Joseph Addison)과 스틸 같은 사회평론가들이 형성했으며, 이 양식을 이후 세대들은 영국성의 본질로 생각하게 되었다. 감상주의에 적절하게 빠지기만 한다면, 누구든 단 한순간도 예법에 벗어나지 않은 채 열렬하게 되거나 황홀해질 수 있으

---

13 Ibid., p. 90에서 재인용.

14 Lawrence Stone, *The Family, Sex and Marriage in England 1500~1800*, Harmondsworth, 1979, 제5장 참조. 스톤의 주장에 대한 반론도 참조하기 바란다. Ruth Perry, *Novel Relations*, Cambridge, 2004; Philippe Ariès, *Centuries of Childhood*, London, 1962, 특히 제3장; Jean H. Hagstrum, *Sex and Sensibility: Ideal and Erotic Love from Milton to Mozart*, Chicago and London, 1980; David Marshall, *The Surprising Effects of Sympathy*, Chicago and London, 1988; Markman Ellis, *The Politics of Sensibility*, Cambridge, 1996, 또한 Terry Eagleton, *The Function of Criticism*, London, 1984; *The Ideology of the Aesthetic*, Oxford, 1990의 제1, 2장.

며, 생기발랄하거나 애절해질 수 있게 된다. 바로 이것이 제인 오스틴*
의 소설 『이성과 감성』에 등장하는, 정서적으로 세련되지 못한 매리언
대시우드가 배워야만 하는 것이다.

이념 영역에서, 전투적 경험주의는 합리주의 체계에 혈기가 없다고
불신하여 주관적 감각의 가공되지 않은 자료를 받아들였다. 개념은 체
험(산 경험)이라는 거친 땅에 그 뿌리를 두게 되었으며, 정직한 시민들
은 형이상학적 사색이라는 순수한 빙판보다 그곳을 오히려 더 편하게
느꼈다. 이는 소설의 발생을 목도했던 시대에 적절하게 철학을 하는
하나의 양식이었다. 지각과 감각, 즉 인간의 육체 그 자체는 훨씬 더
정교한 모든 사색의 원천이 되었다. 그사이 지식층은 국가의 경제적
번영과 정치적 승리에 들떠서 아무런 거리낌 없이 베푸는 인간 본성을
낙관적으로 믿는 데 몰두했다. 자애와 인도주의의 자족적인 분위기가
흘러나와 클럽과 잡지 및 커피하우스를 뒤덮었다. 사회에 악의, 시기
심, 경쟁이 만연했음에도 불구하고, 스코틀랜드의 철학자 애덤 퍼거슨
은 여전히 "사랑과 동정을 인간의 가슴속에 들어 있는 가장 강력한 원
리"라고 믿을 수 있었다.[15]

감성과 감상주의는 말하자면 18세기의 현상학적 전환이었는데, 이
전환은 정서의 영역에서 프로테스탄트적 자기 성찰과 소유적 개인주
의라는 주제로의 전환에 상응하는 것이었다. 『태틀러』(*The Tatler*)와
『스펙테이터』(*The Spectator*) 같은 엄청난 영향력을 행사하던 잡지에서
감성은 강좌 요목에 들어가기도 했는데, 무례한 독자들은 정중함에 대
한 집중 훈련 강좌를 신청하기도 했다. 이런 저널리즘은 우아함과 엄
숙함을 교묘히 섞어 새로운 형태의 문화 정치를 대변하면서 유순함,

---

* 제인 오스틴(Jane Austen, 1775~1817): 영국의 소설가로 작품에 『이성과 감
성』(*Sense and Sensibility*, 1811) 등이 있다.

15 Adam Ferguson, *An Essay on the History of Civil Society*, Dublin, 1767,
p. 53.

단순함, 점잖음, 비폭력, 기사도 정신, 부부간의 정감 등의 덕목을 통해 의식적으로 독자층을 교육했다. 스틸은『스펙테이터』40호에 다음과 같이 쓰고 있다. "나는 오랫동안 '아내'라는 단어를 세상에서 가장 기분 좋고 유쾌한 이름으로 만들려는 야망을 품어왔다." 스틸은 술주정뱅이에다가, 결투를 하다가 상대를 죽이기도 했으며, 채무 불이행으로 형무소에 자주 드나들었고, 돈 때문에 과부와 결혼했으며, 치안 방해죄로 하원에 소환되어 심문을 받는 등 도덕적인 면으로 주목을 받은 사람은 아니었다. 하지만 스틸과 애디슨의 문화적 권위를 담은 문서는 의복 개혁에서부터 결투를 반대하는 설교에 이르기까지, 정중하게 말하는 양식에서부터 상업적 거래에서의 찬사에 이르기까지 두루 걸쳐 있었다.[16] 이들의 저널리즘이 전시한 대표적인 사회적 인물들은 일반인, 코담배를 피우는 사람, 난봉꾼, 자유사상가, 멋쟁이, 그리고 더 대단한 멋쟁이 등이었다.

도덕 규약은 심미화되어 스타일, 우아함, 기지, 민첩함, 품위, 솔직함, 신중함, 상냥함, 명랑함, 동료애, 자유로움과 유연한 태도, 나서지 않는 정중한 태도 등으로 실행되었다. 허치슨은『도덕적 선과 악에 관한 탐구』(An Inquiry Concerning Moral Good and Evil)에서 감미로움, 온유함, 활기참, 다정함, 어떤 풍모, 균형감 및 "뭐라 말할 수 없는 어떤 자질"과 더불어 "말쑥한 의복, 인도적인 행동거지, 타인에게 웃음을 자아내며 기뻐함" 등을 유사 도덕적 덕으로 권했다.[17] 이는 플라톤(Platon)과 이마누엘 칸트(Immanuel Kant)의 도덕철학과는 아주 다르다. 새뮤얼 리처드슨이나 오스틴의 소설에서처럼, 산만한 온갖 실증적 세목이 도덕적으로 중요하게 된다. 예를 들어 손가락의 굽은 모양이나 재단된 조끼의 모양이 후덕한 성품이나 악덕한 성품을 드러낼 수도 있을 것이다. 이런 관념이 고트프리트 빌헬름 라이프니츠(Gottfried

---

16 Terry Eagleton, *Function of Criticism*, 제1장 참조.

17 L. A. Selby-Bigge, *British Moralists*, p. 148.

Wilhelm Leibniz)에게는 어처구니없는 듯 보였을 것이다. 허치슨에게 육체, 특히 얼굴 표정은 그 사람의 도덕적 상황을 직접적으로 나타내기 때문에 상상계의 경우처럼 안과 밖은 쉽사리 전도될 수 있고 솔기 없이 매끄럽게 이어진다. 이처럼 격식과 도덕이 하나로 통합되어, 의식 상태는 거의 물질적인 사안이 되고 인간의 품행의 표면에 보일 정도로 새겨진다. 예를 들어 걸음걸이가 아주 비굴하다거나 머리를 끄덕이는 것이 아주 오만하다는 등으로 체화된다. 후에 찰스 디킨스*는 이런 식의 반이원론을 물려받게 된다. 오스틴의 소설에 등장하는 가장 훌륭한 한 인물은 외적 예의범절에 대한 내적인 분별력을 보여주면서 사랑과 법의 대립, 자발성과 사회적 관례의 대립을 파기한다.[18] 예절은 두루두루 다 걸치게 되어, 예를 들어 정중함이란 단지 셰리주를 담은 유리병에 침을 뱉어서는 안 된다는 것뿐만 아니라 상스럽거나 건방지거나 정서적으로 서툴러서는 안 된다는 것도 의미한다.

　감상 숭배가 성공적인 중상주의 국가에서 기분 좋은 요소였지만, 이는 마음의 상태일 뿐만 아니라 사회적인 힘이기도 했다. 감정은 윤활유로서 상업의 수레바퀴를 원활하게 돌아가게 할 수 있었다. 이런 상황에서 아일랜드 태생의 시인이자 소설가인 헨리 브루크**는 어떻게 상인이 "아주 멀리 떨어진 지역과 교류하여 …… 그들을 하나의 가족으로 엮고, 하나의 관계망 속에 얽어매어 전 인류의 친화성과 형제애라는 하나의 그물망으로 짜내는지"에 대해 열광적으로 쓸 수 있었다.[19]

---

* 찰스 디킨스(Charles Dickens, 1812~70): 영국의 소설가로 작품에『올리버 트위스트』(Oliver Twist, 1837~19), 『마틴 처즐위트』(Martin Chuzzlewit, 1843~44), 『황폐한 집』(Bleak House, 1852~53), 『어려운 시절』(Hard Times, 1854), 『상호간의 친구』(Our Mutual Friend, 1864~65) 등이 있다.

18　Terry Eagleton, The English Novel: An Introduction, Oxford, 2005의 제5장 참조.

* 헨리 브루크(Henry Brooke, 1703~83): 아일랜드의 소설가이자 극작가로 주변 환경에 대한 등장인물의 고양된 감정적 반응을 다룬 감성소설을 주로 썼다.

(브루크는 강경한 반가톨릭적 성향이 있었지만, 돈 때문에 고용되어 친가톨릭적 소책자를 썼던 탐욕적인 인물로 시장에 대해 잘 알고 있었다.) 요약하면, 바로 여기에 이른바 상업적 휴머니즘의 이데올로기가 들어 있는데, 교역이 확산되는 현상과 인간적 공감이 대량으로 만들어지는 현상이 함께 나타나 서로를 풍성하게 만든다.[20] 스턴은 경제적 의미를 염두에 두고 '감상적 상업'이라는 표현을 썼다. 사람들 사이의 경제적 관계는 서로의 공감을 심화하고, 편협한 지역주의적 경계를 마멸시켜, 상업의 통로를 더욱더 아무런 저항 없이 효율적으로 만든다. 교역이란 물질적인 형태의 문명화된 대화로서 사람을 더욱더 고분고분하고 잘 어울리게 하는데, 아마도 대니얼 디포의 몰 플랜더스나 디킨스의 바운더비 같은 인물이라면 이런 주장을 믿기 어려웠을 것이다.* 상업적 부가 재빠르고 널리 퍼져나가는 것은 인간적 공감이 밀려나고 주춤하는 현상과 밀접하게 연관되어 있으며, 그 유동적인 자질은 전제군주적 권력의 오만함을 상쇄하는 강력한 세력이 된다.

하지만 이처럼 마음을 숭배하는 의식에는 이데올로기적인 면뿐만 아니라 유토피아적인 면도 있다. 낭만주의 이전 영국 문화가 계몽주의적 합리성을 비판하기 위해 동원한 가장 좋은 책략이 다른 무엇보다 감성이었을 것이다. 감정이 상업의 수레바퀴에 윤활유 기능을 했을 수도 있겠지만, 터무니없이 자아중심적이지 않은 인간 사회에 대한 비전을 명분으로 상업의 전체 기획을 탈선시켜 버리겠다고 위협하기도 했다. 재닛 토드에 따르면, 감상적 인간은 "자신이 비난하는 경제 질서에

---

19 Henry Brooke, *The Fool of Quality*, London, 1765~70, vol. 1, p. 41.

20 이에 대한 고전적인 설명으로는 J. G. A. Peacock, *Virtue, Commerce, and History*, Cambridge, 1995가 있다.

* 몰 플랜더스는 대니얼 디포(Daniel Defoe, 1660~1731)의 『몰 플랜더스』(*Moll Flanders*, 1722)의 등장인물이고, 바운더비는 디킨스의 소설 『어려운 시절』에 등장하는 인물이다.

편입되지 않으며 자신이나 사회를 개선하려고 일을 하지 않는다."[21] 이런 '감정의 인간'에게는 발터 벤야민(Walter Benjamin)의 거리 산보자와 같은 면이 있는데, 그의 넘치는 감성과 계산하지 않으려는 아량이 넓은 마음씨는 터무니없는 공리주의적 질서에 맞서 나간다. 순전히 주는 것 자체를 위해 주는 습관뿐만 아니라 적절한 균형에 대해서도 대범하게 개의치 않는 그의 태도는 은연중에 교환가치의 교리를 공략하는 것이며, 후에 오스카 와일드 같은 사람들이 보여준 무절제한 낭비와 다소 유사하다. 또한 적절한 균형에 대해 개의치 않는 태도도 감상주의 비판론자들에게는 용납될 수 없었다. 왜냐하면 '감정' 자체가 주변적인 것으로부터 중심적인 것을 구분하는 중요한 단서를 전혀 주지 못하기에, 감성이 과도하게 드러날 경우 그런 구분은 불가능하기 때문이다. 감상주의와 이에 의해 만들어진 문학은 변덕스럽고, 자주 옆길로 새면서 특이한 경향을 띠게 된다. 예를 들어 이른 봄에 피는 흰 스노드롭의 어슴푸레한 광택을 교도소 개혁보다 더 좋아한다. 이것은 모든 면에서 호사스러운 윤리다.

하지만 더 이상 절대주의 국가에 의해 통합되지 않는 사회질서는 그런 정감적 관계를 필요로 한다. 개인주의 사회는 무정부주의적인 생리적 욕구를 담아내기 위해 '연대'라는 틀을 필요로 한다. 만약 그 틀이 없다면, 서로 다른 욕구들은 그들이 번성할 수 있도록 해주는 그 제도 자체를 전복하는 위험에 처하게 된다. 하지만 사회적 관계가 순전히 계약에 의한 것으로, 정치권력이 도구적인 것으로, 개인이 고립된 단자로 환원되는 위험에 처했다고 한다면, 그런 틀을 통한 화합은 점점 더 구하기 어렵다. 퍼거슨은 『시민사회의 역사에 관한 소론』(*Essay on the History of Civil Society*)에서 "정감의 유대가 끊어져" 서로 "떨어진 채 고독하게" 살아가는 근대의 개인을 부족문화의 연대와 암울하

---

21 Janet Todd, *Sensibility: An Introduction*, London and New York, 1986, p. 97. 토드의 주장은 아마 다소간 뉘앙스의 미묘한 차이가 없다.

게 대비한다. 이런 상황에서 사람들이 어느 정도의 동반자 의식을 확보하기 위해 점차 사회 세계에서 소멸해 가는 본성적 정감에 의존하는 것은 그리 놀라운 일이 아니다. 인간의 문화에서 찾을 수 없게 된 것이 이제 인간의 자연적 본성 속에 있게 된다.

자기 이익이 지배하는 사회질서 속에서 공적인 덕의 원천은 모호한 듯 보이기 쉽다. 알래스데어 매킨타이어가 주장해 왔듯이, 이런 상황에서 도덕적 책무와 책임을 은연중에 참조하는 방식으로 사회적 역할 및 관계를 설명하는 것은 불가능하다.[22] 결국 이 책무는 허공에 떠돌게 되는데, 이는 마치 지나친 감상주의자들에게서 어떤 대상에 긴밀하게 연관되어 있다고 여겨지는 감정이 그 대상으로부터 헐거워져 낯선 유사 객관적 실체가 되는 것과 같다. 사회구성체 내에는 그 구성원들끼리 서로 도우며 정감을 가지도록 촉진하는 것이 전혀 없는 듯 보이기 때문에, 공감 능력은 개개인의 내면으로 이전되어 배고픔이나 자기 보존과 유사한 본능으로 재배치될 수밖에 없다. 우리는 향수 냄새로 흡족해하거나 악취로 메스꺼워하는 것만큼이나 자애로 인해 즐거워하게 된다. 바로 이런 의미에서 공리(功利, utility), 기술, 합리적 계산 등이 점차적으로 매우 중요해지는 이성의 시대가 마음, 울먹임, 호감의 문화 시대이기도 하다. 소유적 개인주의*의 왕국에서 사랑과 자애는 따뜻한 가정이라는 사적 영역에서 강제로 이전되어 보다 넓은 공적 의의를 담은 비유적 표현이 된다. 가장 절망적이고 침울하게 평하자면, 몸짓이나 직관을 신속하고 별나고 말 없이 교환하는 것, 즉 감상이란 아마도 쓸쓸하게 격리된 개인이 사는 세상에 남은 유일한 형태의 사회성일 것이다. 이를 잘 보여주는 예로 스턴의 『트리스트램 샌디』를 들 수

----

22 Alasdair MacIntyre, *After Virtue*, London, 1981 참조.

* '소유적 개인주의'(possessive individualism)는 인간 본성에 관한 이론으로 인간 존재를 자유로운 행위자로 여기며, 자신의 재화와 용역 및 노동을 시장에서 교환할 수 있는 능력이 인간에게 있다고 본다. 이 이론의 기초적인 이념은

있을 것이다.

　[앞서 말한] 그 주제로의 전환이 영리한 한 수이기는 하지만 위험천만한 수이기도 하다. 정치적 공동체를 본성적 정감에 정착시키는 것이 한편으로는 상상할 수 있는 가장 강력한 토대를 공동체에 제공하는 것이지만 다른 한편으로는 공동체를 걱정스러울 만큼 취약한 상태에 두는 것이기도 하다. 데이비드 흄에게 인간 사회는 결국 감정의 습관에 의해 결합되어 있는데, 이 감정의 습관보다 더 영적으로 강제적인 것이 있을 수 없다고 한다면, 마찬가지로 그보다 덜 합리적으로 입증될 수 있는 것도 없다. 감정은 순전히 합리적인 계율이 할 수 없는 방식으로 행실에 동기를 부여하기 때문에 중요하다. 현대의 합리주의도 마찬가지다. 예를 들어 J. M. 번스타인이 지적하듯이, 위르겐 하버마스(Jürgen Habermas)의 의사소통적 윤리가 구체적인 문맥에서 상당히 벗어나 있기는 하지만, 그 윤리의 보편적 규범은 설득력 있는 동기로 체화되기만 한다면 분명히 일상적인 실천 속에 다시 정착될 수 있을 것이다.[23] 문제는 베네딕투스 데 스피노자(Benedictus de Spinoza)의 경우와 달리 지금은 동정이나 아량을 합리적으로 정당화할 수가 없다는 것이다. 동정이나 아량에는 실용주의적인 이유도 없다. 예를 들어 헨리 필딩*의 소설이 보여주듯이, 그런 부드러운 마음씨는 사람들에게 국가 토지나 정부 각료를 확보해 주기보다는 그들을 진퇴양난의 상황에 이르게 하기 쉽다. 이런 이유에서 필딩은 자신이 창조한 '영웅'의 덕을 권하면서도 풍자적으로 조롱하는데, 이는 그런 약탈적 사회에서 덕은 천진난만해 보일 뿐이기 때문이다.

　개인이 자연 상태에서 다른 개인으로부터 분리되어 있으며 또한 사회에 우선한다는 것이다.

23　J. M. Bernstein, *Adorno: Disenchantment and Ethics*, Cambridge, 2001, p. 83.

＊　헨리 필딩(Henry Fielding, 1707~54): 영국의 소설가이자 극작가로 작품에 『조

하지만 복숭아 맛을 보거나 장미 냄새를 맡는 것을 합리적으로 정당화할 길은 없으며, (갑자기 솟구쳐 오르는 연민이나 도덕적 불쾌감처럼) 이들 경험의 정당성은 그 경험의 액면 그대로, 즉 그 직접성과 명백함에 훤히 드러나 있는 듯하다. 새뮤얼 클라크(Samuel Clarke)와 윌리엄 울러스턴(William Wollaston) 같은 18세기 도덕주의자들이 일관되게 추구한 바와 같이 덕에 합리적 근거를 제공하는 것이 불가능하다고 한다면, 이는 아마도 덕 자체가 스스로의 근거이며 마치 간이나 췌장처럼 육체에 내장되어 있기 때문일 것이다. 어쩌면 이런 의미에서 덕은 "뭐라 말할 수 없는 어떤 자질"인 미적 취미와 유사한 것 같다. "말할 수 없는" 것이 무엇인지 누가 알겠는가? 어쩌면 알아봐야 할 것이 더 이상 없기 때문에 결국 더 이상 알아볼 필요가 없을는지도 모른다. 아마도 취미와 도덕적 판단은 마치 신과 예술품처럼 그 자체의 존재 이유를 제공하는 것 같다. 허치슨은 분명 그렇게 믿었던 것 같다. 우리가 왜 공공의 선을 시인해야 하는가에 대한 질문에 대해 그는 "여기엔 우리의 취향에 맞도록 상큼한 과일을 주는 것 이상의 (그 어떤 이유도 없다)고 생각한다"라고 말한다.[24] 설명은 어디에선가 끝을 맺어야만 한다는 비트겐슈타인의 표현을 빌리면, 허치슨은 도덕감각이란 재채기를 하거나 미소를 짓는 것과 마찬가지로 우리의 물질적 본성의 일부라는 생각에 이르면서 결국 [설명의] 막다른 지점에 도달하게 된다.

어쨌든 '선하다/좋다'와 '악하다/나쁘다'라는 용어는 갈 데까지 다 가본 듯하다. 이는 합리주의자들이 당위로서 주장하듯이, 비록 우리가 도덕과 상관없는 여러 이유를 대가며 '좋다'와 '나쁘다'는 판단을 지지할 수 있다고 하더라도, 그 문제를 조금 뒤로 물러 세워 왜 그 이유를 결국 선한/좋은 것이라고 여겨야만 하는지, 혹은 왜 그 이유를 지침으

지프 앤드루스』(*Joseph Andrews*, 1742), 『톰 존스』(*Tom Jones*, 1749) 등이 있다.

24 Francis Hutcheson, *Illustrations on the Moral Sense*, Cambridge, MA, 1971, p. 129.

로 삼는 것이 선하다고/좋다고 생각해야 하는지를 묻는 것도 항상 가능할 수 있다는 의미에서 그렇다. '자애'라는 단어의 어원이 암시하듯이, 문제는 부분적으로 동기부여에 대한 것이다.* 허치슨을 비롯해 흄과 그 동료들이 제시하는 문명에서 실재한다고 생각되는 것은 대체로 맥박이나 안구에 느껴지는 것이며, 이로 인해 그 문명은 추상적인 원리에 따라 작용하는 것에 대해서 당연히 회의적이다. 흄은 고대의 덕이라는 이미지에 대해 다음과 같이 말한다. "그토록 멀리 있는 덕이란 항성과 같아서 이성의 눈에는 정오의 태양처럼 빛을 발하는 것처럼 보일 수도 있겠지만, 빛이나 열기로 감각기관에 영향을 끼치기에는 한량없이 떨어져 있다."[25] 그처럼 핏기 없는 훌륭한 이상형에는 심리적 에너지가 결여되어 있다는 것이다. 동기의 문제에 관한 한, 허치슨의 철학과 디포의 소설은 동일한 문화적 환경에 속한다. 누군가가 인간의 동기부여가 지닌 실용주의적 복잡성을 탐구하고자 한다면, 즉 교묘히 회피하며 멀어지는 심혼의 가장 깊은 곳을 탐구하고자 한다면, 아마도 결국에는 소설을 쓰게 될 것이다.

덕이 거의 제공되지 않는 사회, 그리고 (검소, 사려분별, 정숙, 자기 수양, 순종, 절제, 정확성, 근면 등과 같은) 있을까 말까 한 덕조차 마음을 끌지 못하는 곳에서, 사람들은 우주적 조화에 대한 합리적인 이해보다는 오히려 행동을 잘 하도록 하는 더 강력한 동기부여를 필요로 하는 것 같다. 요컨대 도덕이 지루하리만치 부르주아적으로 커나가게 될 경우, 그것을 고수하기 위해서는 추가적인 장려책이 필요하게 된다. 어쨌든 합리주의자들이 내세운 여러 덕의 이유가 특별히 도덕적인 힘을 지닌다고 주장하는 것은 무슨 의미인가? 예를 들어 우주의 본질에 따르는 것은 뭐가 그리 멋질까? 많은 도덕주의자들은 선한/좋은 삶이란

---

* 자애(慈愛, benevolence): L. *benevolentia* 좋은/선한 희망 혹은 의지, bene (well, good) + bolantem (form of volens, form of volo (wish/will)).

25 David Hume, *An Enquiry into the Principles of Morals*, Oxford, 1998, p. 45.

그러지 않는 데 있다고 상상해 왔다.

허치슨은 『도덕철학 입문』(*A Short Introduction to Moral Philosophy*)에서 이런 방식으로 논의를 전개하면서, 합리주의는 설명하려는 도덕감각을 이미 전제하고 있다고 주장한다. 이는 근대 윤리이론에도 꽤 익숙한 딜레마다. 한 가지는 우리가 허치슨이나 G. E. 무어(G. E. Moore)처럼 선한/좋은 것에 대한 직관적 혹은 비자연주의적 관념을 고수하는 것인데, 이 경우 우리는 그런대로 토대를 마련할 수 있겠지만 그 토대가 전적으로 불가사의할 수밖에 없다는 대가를 치르게 된다. 이와 다른 한 가지는 우리가 '선한/좋은 것'에 대한 이념을 일련의 자연적인 속성으로 변환하는 것인데, 이는 오직 설명이 추가적 설명에 노출되는 대가를 치르면서 그 관념을 탈신비화하여, 결국 그 관념이 완수해야만 하는 토대로서의 기능은 박탈된다.

이른바 섀프츠베리와 허치슨의 도덕감각이란 곧 살펴볼 선과 악에 대한 자연발생적인 예감인데, 이는 어떤 의미에서 철학적 패배를 고백하는 것이다. 허치슨은 '신비로운 자질'이라 했고 칸트는 퉁명스럽게 "철학적이지 않다"고 간주했던 이 유령과도 같은 도덕감각은 보다 더 견고한 윤리적 근거를 임시로 대신해 주는 대체물, 말하자면 논의의 빈자리를 표시하는 불가사의한 X표일 뿐이다. 우리의 보다 둔중한 지각기관을 유령처럼 투영하는 이 도덕감각을 도덕적 판단의 원천으로 상정한다는 것은 어떤 의미에서 그런 판단이 결코 정당화될 수 없다고 주장하는 것과 같다. 이것은 몰리에르*의 '최면력'처럼 증명되지 않은 것을 사실로 가정하는 논점 선취다. 우리가 감자의 맛을 거부하는 것과 별로 다르지 않게 도덕감각의 실재를 거부할 수 있는 것 같기는 하지만, 감자의 맛을 분석하는 것만큼이나 도덕감각이 어디 있는지를 말하는 것도 난처하다. 도덕감각이란 미적 능력과 마찬가지로 논증

---

* 몰리에르(Molière, 1622~73): 프랑스의 배우, 극작가. 논점 선취 혹은 논점

할 수도 반박할 수도 없는, 뭐라 말할 수 없는 자질이다. 흄과 허치슨에게 이성은 도덕감각을 알리기는 해야 하지만 그 토대를 부여할 수는 없다. 이성이 이성의 시대에 의해 도구적으로 규정될 경우에 신뢰성을 거의 잃게 된다는 점을 감안한다면, 그리 놀랄 만한 사실은 아니다. 만약 도덕감각이 이성에 우선한다면, 이는 이성과 도덕적 목적 사이에 아무런 관계도 없다고 보는 사람들의 수중에 이성이 내맡겨져 있기 때문이다. 그렇다면 이 경우에 사랑과 아량, 그리고 상호 협력이 정말로 가장 멋진 인간의 덕이라고 하더라도 더 이상 왜 그런지를 설명할 수 없다는 점을 받아들이게 된다.[26] 하지만 우선 우리가 왜 그래야 할 필요가 있는가? 이것이 단지 우리가 완전히 막다른 지점에 도달하여 바닥을 쳤으니 더 이상 내려갈 필요도 없다는 신호는 아닌가?

그렇다 하더라도 18세기의 합리주의자들이 인식했듯이 놀랄 만한 이유는 있다. 느껴본 경험에 도덕 명령의 근거를 둔다는 것은 일면 도덕 명령에 전혀 이의를 제기할 수 없는 토대를 제공하는 것이다. 헤게모니에 대한 18세기의 가장 뛰어난 철학자 에드먼드 버크(Edmund Burke)가 정치 영역에서 이해하고 있었듯이, 경건함과 정감을 끌어들이는 주장만이 설득력을 지닐 수 있다. 권력의 가장 충성스러운 신하는 18세기적인 의미에서의 감상적인 주체다. 하지만 그런 주장들을 이런 주체에 정초하게 하는 것은 그것들을 예측 불허의 우연, 변덕, 습관, 공상, 편견에 내맡겨버리는 위험을 감수하는 것이다. 고문에 대해 반감을 가지는 것과 새싹에 대해 반감을 가지는 것은 어떻게 다른가? 그러한 역겨움은 뭐가 그리 특별히 도덕적인가? 새싹을 싫어하는 것

절취(question-begging, begging the question), 논증을 필요로 하는 판단 혹은 다음에 논증될 판단을 미리 전제 속에 채용했다(예: "아편이 사람을 잠들게 하는 것은 아편에 최면력이 있기 때문이다").

26 매킨타이어는 『덕의 상실』(*After Virtue*)에서 이유를 말하는 것이 왜 불가능한지에 대한 몇 가지 탁월한 역사적 이유를 제공한다.

에 보편법의 지위를 부여하지 않는다면, 고문을 싫어하는 것에는 왜 보편법의 지위를 부여해야만 하는가? 그래서 존 호킨스*는 감상주의 자들에 대해 냉소적으로 감탄하면서 그들이 도덕을 주관화한다고 비난한 것이다. "그들의 아량 있는 관념은 모든 책무를 대신하고 그 스스로 법이 된다. 선한/좋은 마음을 가진다는 것과 따뜻한 인정이 많다는 것은 사람들을 의무감에 기초해서 만들어진 품행의 규칙에 매어두는 여러 사항을 초월한다."[27] 근대의 의무론자들(deontologists)이 덕 윤리에 지나치게 태평스러운 무엇이 있다는 점을 발견한 것과 비슷한 방식으로, 호킨스는 도덕감각 광신자들로 인해 난처해한다. 나중에 키르케고르도 같은 의견을 남긴다. 그는 자신의 『일지』에 "윤리적인 것이 마치 행복한 상냥함인 양 [도덕]에 관해서 미학적으로 이야기하지 말자"라고 쓴다.[28]

새뮤얼 테일러 콜리지**도 똑같이 당혹스러워하며 『성찰에의 도움』 (Aids to Reflection)에서 스턴과 감상주의자들이 토머스 홉스(Thomas Hobbes)와 유물론자들보다 훨씬 더 큰 해악을 저질렀다고 불평했다. 올리버 골드스미스***는 자신이 연민과 호감에 대한 전문가인데도 동포인 버크에 대해 "철학을 자신의 특정 감정에 근거하여 수립했다"라고 비난했다.[29] 도덕적 가치들을 인간 주체 속에 확립하려는 조치가 오

---

* 존 호킨스(Sir John Hawkins, 1719~89): 영국의 문인.

27 Ann Jessie Van Sant, *Eighteenth-Century Sensibility and the Novel*, Cambridge, 1993, p. 6.

28 Alexander Dru(ed.), *The Journals of Søren Kierkegaard: A Selection*, London, 1938, p. 385.

** 새뮤얼 테일러 콜리지(Samuel Taylor Coleridge, 1772~1834): 영국의 시인, 비평가.

*** 올리버 골드스미스(Oliver Goldsmith, 1730~74): 영국계 아일랜드의 극작가, 소설가, 시인, 수필가로 작품에 『웨이크필드의 목사』(*The Vicar of Wakefield*, 1766) 등이 있다.

히려 그 가치들을 허물어 버리는 위험에 처하게 만든다. 게다가 (누구든 다 자연발생적인 공감을 느낄 수 있다는 이유로) 도덕을 민주화하게 되면, 덕을 너무 지나치게 용이하고 본능적인 것—투쟁보다는 탄식에 더 가까운 것—으로 보이게 하는 펠라기우스*적 위험을 자초하게 된다. 그토록 용이한 선함이란 하위 중산계급 청교도들의 살풍경한 윤리와 그들의 고결하리만치 집요한 자기 수양 및 노력에 대한 귀족적인 대응책이다. 신사는 자기 하인과 싸우지 않는 것과 마찬가지로 자신의 양심과 더 이상 씨름하지 않는다. 그러나 프로테스탄트 중산계급은 그와 같은 도덕적 수월함을 좋아하지 않는다. 18세기 작가인 엘리자베스 카터(Elizabeth Carter)가 신랄하게 언급하듯이, "환난에 처한 대상을 보고 갑작스러운 동정의 충동에 휩싸이는 것은 통풍의 발작이 아니듯 자애도 아니다."[30]

분명히 카터와 키르케고르의 말에는 일리가 있는데, 이는 이후에 살펴볼 윌리엄 셰익스피어의 샤일록**이 취할 법한 것이다. 도덕은 너무나 중요한 문제여서 붙임성이 있을 만한 여력이 있는 사람들의 변덕스러운 너그러운 마음씨에 내맡겨질 수 없다. 취약한 사람들은 문제가 생길 때를 대비하여 물질적인 유대나 책무의 규약, 즉 그들보다 우월한 자들이 심술궂게 굴 때 내보일 수 있는 적확한 글귀를 필요로 한다. 규칙에 얽매인 윤리는 상냥한 충동보다 덜 유쾌하게 들릴 수도 있겠지

---

29 Arthur Friedman(ed.), *Collected Works of Oliver Goldsmith*, Oxford, 1966, vol. 1, p. 28 참조.

*   펠라기우스(Pelagius, 약 354~418): 브리타니아 출신의 기독교 수도사. 원죄의 유전 및 자유의지에 관해 아우구스티누스(어거스틴)와의 논쟁은 유명하다. 원죄설을 부정하고 인간은 자신의 자유의지로 의인에 이를 수 있음을 강조했다.

30 Arthur Hill Cash, *Sterne's Comedy of Moral Sentiments*, Pittsburgh, 1966, p. 55에서 인용.

** 샤일록(Shylock)은 윌리엄 셰익스피어(William Shakespeare, 1564 세례~1616)의 『베니스의 상인』(*The Merchant of Venice*)에 등장하는 유대인이다.

만, 중요한 점은 자신이 우연히 무엇을 느끼고 있든지 간에 타자에 대해 인도적으로 처신해야 한다는 것이다. 따뜻한 빛이 없는 동정이라고 해서 동정이 아닌 것은 아니다. 오직 도덕적 이원론자들만이 구이용 쇠꼬챙이에 갓난아이를 꿸 때 마음속에는 사랑을 담고 있었다고 주장한다.

❖

18세기 '도덕감각' 학파의 상상계적 윤리는 이타주의란 그저 이기주의의 기만적인 형식일 뿐이라고 보는 진부한 의구심으로 인해 시달린다. 상상계적 질서에서 어떤 감각이 내 것이고 어떤 감각이 네 것인지를 구분하기 어려운 것처럼, 너의 쾌락을 기뻐하는 나의 쾌락이 타자를 배려하는 것인지 나를 배려하는 것인지를 구분하기란 어려울 뿐만 아니라 어쩌면 불가능할지도 모른다. 타자와의 공감을 거의 관능적 충족감이라고 보는 생물체적 윤리학(creaturely ethics)은 그 자체의 참된 목적이 무아적 공감인지 이기적 충족감인지를 스스로 물어야만 한다. 마치 어린아이가 자신의 기만적으로 일관된 거울 이미지에 매료되는 것처럼, 내가 이상화된 나 자신으로서의 내 자애로 인해 기뻐한다면 어떻게 될 것인가? 일례로 거친 외양이 슬퍼하는 마음을 숨기고 감상적 근엄함이 거의 에로스적 전율조차 일으키는, 브라운로에서 보핀에 이르는 디킨스의 공상적 사회개량주의 자선가들을 생각해 볼 수 있을 것이다.* 스틸은 타자에 대한 연민에 빠진 동정적 영혼을 아름다움에 '녹아버린' 호색한과 비교한다. 스턴이 감상주의적으로 찬양한 "선

---

* 브라운로(Brownlow)는 『올리버 트위스트』(*Oliver Twist*, 1837~39 연재소설)의 등장인물이고, 보핀(Boffin)은 연재소설 『상호간의 친구』(*Our Mutual Friend*, 1864~65)의 등장인물이다.

을 행하려는 명예로운 욕정"에서, '욕정'과 '선' 중에서 무엇이 더 강조되는가?

이런 문제는 철학자 찰스 샌더스 퍼스에게 사실상 사이비 문제다. 그가 보기에 "우리는 쾌락을 위해 행동한다"라고 말하는 것은 "우리는 우리가 하는 것을 하고자 욕망한다"고 말하는 것과 다름없다.[31] 홉스는 그 특유의 냉소적인 태도로 타자에 대한 연민이란 순전히 이기적인 유형으로서 "타자의 재난을 의식함으로써 우리 자신에게 닥쳐올 미래의 재난을 상상하거나 허구화한 것"이라고 본다.[32] 이는 상상이란 결코 전적으로 베풀기만 하는 능력이 아니라는 점을 낭만주의적 성향을 지닌 사람들에게 일깨워 주는 것이다. 이보다는 훨씬 덜 냉소적인 비평가인 아마르티아 센이 쓴 바에 따르면, "공감에 기초한 행실은 중요한 의미에서 이기적이라고 할 수 있다. 왜냐하면 사람은 스스로 타자의 쾌락을 즐거워하고 타자의 고통을 아파하는데, 이런 공감적 행동이 자신의 공리를 추구하는 데 도움을 줄 수도 있기 때문이다."[33] 후에 살펴보겠지만, 상상계적인 18세기의 윤리학은 이타주의에 관한 것인데 반해, 라캉에게 상상계의 범주는 바로 자아의 원천에 있다.

자애와 감상주의의 차이가 다소 모호하기는 하지만 여기서 이 둘을 구분하는 것이 유용할 수는 있다. 범박하게 말하자면 18세기에서의 자애는 자기가 없이 무아적인 경우인 반면 감상주의는 좀 더 자기를 중시하는 일이다. 자애는 원심력을 지닌 반면 감상주의는 구심력을 지닌다. 골드스미스, 허치슨, 스미스, 버크 등과 같은 자애주의자들은 타자를 지향하는 반면, 스틸과 스턴 등과 같은 감상주의자들은 다정한 감

---

31 Charles Sanders Peirce, *Collected Papers*, Cambridge, MA, 1931~58, vol 7, p. 329.

32 Thomas Hobbes, *English Works*, London, 1890, vol. 4, p. 44.

33 Amartya Sen, "Rational Fools: A Critique of the Behavioural Foundations of Economic Theory", *Philosophy and Public Affairs* 6, 1977.

정을 소비하는 자의식적 소비자들로서 자신들에게 쾌적한 정서를 되새김질한다.[34] 자애주의자들은 자애로운 일을 하는 행위 그 자체를 위해 그 일을 하는 것이 아닌 반면 감상주의자들을 이끄는 동기는 자기만족이다. 감상주의자들의 경우 어떤 사람이 느끼는 것은 타자의 복락이나 불운이라기보다는 타자의 그런 상황에 '녹아드는' 자신의 친화성이다. 스틸이 아내에게 보낸 편지는 흠잡을 데 없이 품위 있게 가늘고 높으며 나약한 목소리로 그득하다. 예들 들어 그는 아내를 '친애하는 신의 창조물', '친애하는 군주', '가장 친애하는 지상의 존재'라고 일컬으며, 중요한 사람과의 저녁 약속을 취소할 의도가 전혀 없을 때조차도 "나는 연모하는 그대를 위해 죽으리라"라고 맹세한다.[35] 이제 남자답지 않은 것이 [남자답게] 예의바른 것이 된다. 감상주의는 그 자체의 필요를 초과한 과도한 감정으로서 프로이트의 욕망처럼 그 대상을 통과하여 그 자체를 향해 되돌아와 주체에 복귀한다. 이와 달리 자애는 그 대상에 준하는 감정이다. 허치슨은 『덕과 도덕적 선에 관한 이념의 원형에 대한 탐구』(Inquiry Concerning the Original of Our Ideas of Virtue and Moral Good)에서 이 점을 지적했다. 그가 주장한 바에 따르면 우리가 사랑을 하는 것은 그 행위가 자신들에게 유쾌하거나 이롭기 때문이 아니라 오히려 우리의 감정이 그 '적절한 대상'으로부터 생겨난다.

조슈아 레이놀즈(Joshua Reynolds)는 골드스미스의 '정확성을 지닌 감정'을 칭찬했으며, 사실상 감상주의자라기보다는 자애주의자인 골드스미스가 자기 주변에 있던 감정 숭배 속에 거북하게 이론주의적인 무엇이 있다는 점을 발견했다. 골드스미스는 책을 통해 생각을 쌓아온

---

34 그런데 스턴은 감성주의의 옹호자일 개연성이 있는 인물이면서, 또한 감성주의에 대한 풍자가이기도 하기 때문에 애매하기는 하다.

35 Raze Blanchard(ed.), *The Correspondence of Richard Steele*, Oxford, 1941 참조.

사람은 "모든 허구적 환난에 대해 녹아드는 마음을 지니고 세상에 들어오게 된다"라고 생각했다.[36] 아일랜드 이민자로서 골드스미스는 습관적으로 감상주의를 일종의 '식민적' 억압으로 보았다. 즉 변덕스러운 후함에는 은밀하게 군림하려는 무엇이 있으며, 이는 타자를 빚더미에 올라앉게 만드는 교묘한 방식이라는 것이다. 그가 인지했듯이, 감상주의는 사실상 이기주의의 기만적인 형태이기 때문에 타자에게 부여하는 듯 보이는 것은 결국 비밀리에 자기 스스로에게 주어지게 된다. 『아테네의 타이먼』(Timon of Athens)이 잘 보여주듯이, 무턱대고 주는 것은 극단적으로 보면 단지 타자를 편리한 대상으로 다루는 것이다. 감상주의는 그 자체의 지칠 줄 모르는 생리적 욕구를 만족시키기 위해 타자로부터 그들의 정서적 전리품을 수탈한다. 완강한 왕당파인 골드스미스는 과잉이란 자국 경제를 약화시키는 외국 수입품 때문에 발생하는 문제라고 생각했다. 마찬가지로 영국은 프랑스 따위로부터 감상적 재화를 수입하여 그 자체의 정서 경제를 망쳐서는 안 된다는 것이다. 그런데 비록 그가 왕당파이기는 했지만 잉여의 역사적 기원에 대한 그의 이론은 사적 유물론과 상당히 유사하다.[37]

골드스미스는 「정의와 아량」(Justice and Generosity)에서 참된 아량이란 변덕스러운 호감의 문제가 아니라 법의 엄중함을 수반하는 의무

---

36 A. Friedman, *Collected Works of Oliver Goldsmith*, vol. 1, p. 408.

37 골드스미스는 『세계 시민』(*The Citizen of the World*)에서 학문이 발전하려면 우선 한 나라에 인구가 많아야 하고, 그래야만 마르크스가 후에 말한 노동의 분화를 통해 생산력을 발전시키게 된다고 주장한다. 그는 다음과 같이 쓰고 있다. "거주민은 사냥꾼(수렵), 양치기(목축), 농부(농경)라는 다른 단계들을 거쳐야 한다. 그래서 재산이란 것이 가치 있게 되고, 이로 인해 부정의가 나타날 때, 그래서 손해를 억제하고 소유물을 안전하게 하기 위해 법이 정해질 때, 이 법의 제재에 의해 사람들이 과잉에 빠지게 될 때, 그래서 사치가 들어와 지속적인 공급을 요구할 때, 학문은 필요하고 유용하게 되며 이것 없이 국가는 존속할 수 없게 된다. ……"(Friedman, *Collected Works of Oliver Goldsmith*, vol. 2, p. 338).

의 문제라고 주장한다. 참된 아량이란 "이성적 존재의 지고의 법"인 이성이 우리에게 부과한 규칙이다.[38] 이 칸트 식 표현은 흥미로운 점을 보여준다. 골드스미스는 사랑을 책무로 전환하여 사랑과 법 사이의 대립을 해체하고 싶어 했으며, 바로 이 점에서 그는 사랑을 선택이 아닌 지령으로 삼는『신약성경』에 충실하다. 유대 기독교 전통에서 사랑은 동료 감정과 거의 아무런 관계도 없다. 만약 당신이 자신의 정감에 의존한다면, 결국 당신은 이미 마음을 쓰고 있는 사람들에 대해서 혹은 그럴 기분이 들 때라야만 동정적으로 행동하기 쉽다. 이후에 살펴보겠지만, 바로 이런 점에서 낯선 사람이나 적을 전형적인 사랑의 대상으로 삼고 있는 유대 기독교 윤리는 상상계적인 것이 아니다.『신약성경』에 나타나는 가족에 대한 뿌리 깊은 적대감은『신약성경』의 반-상상계적 경향과 관계가 있다. 분명히 이런 이유에서 댄 브라운(Dan Brown)이 예수가 막달라 마리아와 결혼하여 아이를 낳는다는 내용을 중심으로 그저 돈벌이를 위해 형편없이 쓴『다빈치 코드』(The Da Vinci Code)가 유별나게 성공을 거두게 된 것이다. 예로부터『신약성경』을 경건하게 신봉해 왔던 대부분의 사람들의 견해와는 달리 성적 성향에 대한『신약성경』의 상당히 완화된 견해는 에로스적인 것에 사로잡혀 있는 포스트모던 시대에 분명히 물의를 일으킬 만하다. 따라서 그 책이 아주 미미한 정도의 현대적 관심이라도 유지하려면 후끈 달아오르는 성적인 이야기를 그 속에 장착해야만 했을 것이다.

자애주의자는 연민을 자아내게 하는 희생자를 도와줌으로써 연민을 가지는 불편함을 더 이상 느끼지 않으려 하는 반면, 감상주의자는 굳이 타자의 상처를 감싸줌으로써 자신에게 잘 맞는 가학·피학적 감각을 물리치려고 하지 않는다. 섀프츠베리는 과도한 연민을 가지게 되면 실제로 다른 사람을 돕지 못할 수도 있다고 말한다.[39] 그는 지나치

38　Ibid., p. 406.

39　Shaftesbury, *An Inquiry Concerning Virtue or Merit*, in Selby-Bigge,

게 좋아한다거나 너무 열렬하게 정감을 드러내는 것이 가능하리라 생각했는데, 아마도 스틸이라면 틀림없이 이를 예절이 없다고 보았을 것이다. 스코틀랜드 철학자 데이비드 포다이스(David Fordyce)에 따르면, 감상주의자는 인간의 비참함에서 "일종의 기분을 좋게 하는 비통함"과 그 정점인 "자기 시인적 즐거움"을 찾는다.[40] 정신분석학 이론에서 욕망이 단지 욕망하기를 계속하려는 것처럼, 감상주의자가 가장 첨예하게 느끼는 것은 느끼고자 하는 욕구다. 당대의 몇몇 박애주의자는 가난, 처참함, 계급 구분 등과 같은 것이란 자선을 실천할 수 있는, 하늘이 준 절호의 기회라고 생각했다. 연민을 느낀다거나 불쌍히 여긴다는 것은 항상 사후에 나타나는 반응으로서, 재난이 이미 발생했다는 사실을 가리킨다. 이는 분명 윌리엄 블레이크*의 『순수의 노래』에 나오는 "아이의 눈물에 눈물을 흘리며"라는 지독하게 감상주의적으로 보이게 만들어진 시행이 지닌 정치적인 힘이다. 세상은 이미 주어져 있으며, 우리의 자유란 오직 그 세상의 불변하는 형식에 대한 소극적 반응일 뿐이다. 공감을 비자발적인 것이라고 보는 도덕감각학파 철학자들에게서 심지어 인간의 비참함에 대한 우리의 반응도 자유롭지 못한 것이다.

대체로 자애는 웃음에 관련된 사안인 반면, 감상주의는 울음에 관련된 문제다. 감상주의는 사실상 자신의 공감 행위 자체에 공감하는 것이다. 이런 자기 탐닉적인 감상주의에서 세계는 누군가의 감각에 대한 욕정을 위해 존재하는 수많은 원재료로 축소되거나 그의 도덕적인

British Moralists, p. 11.

40 Markman Ellis, *The Politics of Sensibility*, p. 6.

* 윌리엄 블레이크(William Blake, 1757~1827): 영국의 시인, 예술가. "아이의 눈물에 눈물을 흘리며"(Weeping tears on infant's tear)라는 구절은 『순수의 노래』(*Songs of Innocence*, 1789)의 「다른 사람의 슬픔」(On Another's Sorrow)에서 인용한 구절이다. 원문에서 잘못 표기된 『경험의 노래』(*Songs of Experience*, 1794)를 수정했다.

후함을 과시케 하는 수많은 기회의 장으로 축소된다. 따라서 사람들은 정감 어린 대상의 사용가치를 거의 고려하지 않은 채 매 순간 그것들을 교환할 수 있게 된다. 이는 일상생활에서 정서를 그다지 드러내지 않는 사람들, 그래서 아주 드물게 정서를 드러내라는 요구를 받았을 때 연극조의 과장된 정서밖에 내보일 수 없는 사람들에게나 적합한 감정의 양식이다. 분명 이런 이유에서 미국의 정치가들은 대중 앞에서 그토록 속수무책으로 흐느껴 운다. 감상주의자는 자신의 여러 가지 섬세한 감정을 무수한 상품처럼 과시한다. 왜냐하면 그 섬세한 감정은 연금이나 토지처럼 자신을 품위 있는 상류사회로 안전하게 진입하게 해주는 것들 가운데 일부이기 때문이다. 존 뮬란이 통찰력 있게 언급하듯이, "어떤 특별한 감정 경험이 지닌 강렬함이 (18세기에) 흔하게 널리 퍼져 있던 공감을 대체했다."[41]

거울단계의 아이가 자신의 이상화된 반영에 속아 넘어가듯이, 감상주의자는 타자를 돕는 행위에서 의기양양한 자기 이미지를 오인하게 된다. 타자는 그저 자신의 기쁨을 위한 거울에 지나지 않는다. 조지 바이런*이 존 키츠**에 대해 사용한 표현을 원용해 보면, 스턴의『감상 여행』에 등장하는 요릭은 영원히 자신의 상상력과 교접하면서 절정에 달한 연민의 쾌락을 즐기기 위해 몽상적으로 환난의 장면을 생각해 낸다. 자애주의자는 동정의 대상만을 보는 반면 감상주의자는 자신을 찬미하는 타자의 반응을 수줍게 주시하면서 행동한다. 감상주의자는 상당한 정서적 재산을 가진 부자로 투자 수익을 바라는 증권 중개인처럼 자신의 세련된 감정을 투자한다.[42] 이런 의미에서 감상주의자는 흔히 미국에서 볼 수 있는 현대판 자기도취자와 비슷하게도 마치 자기 주위

---

41 John Mullan, *Sentiment and Sociability*, p. 146.

*   조지 바이런(George Byron, 1788~1824): 영국의 낭만주의 시인.

** 존 키츠(John Keats, 1795~1821): 영국의 낭만주의 시인.

42 스턴은『감상 여행』에서 의식적으로 정서를 국제 수지라고 표현한다.

에 말할 수 없이 귀하고, 넌더리나게도, 깨지기 쉬운 골동품을 지니고 다니는 사람들처럼 아주 조심스럽게 경계하듯이 자신의 육체를 다룬다. 일례로 디킨스의 소설에 등장하는 위선적인 펙스니프*가 자애롭게 자기 손을 마치 다른 사람의 손인 양 불을 쬐어 따뜻하게 하는 장면을 연상할 수 있을 것이다. 자기도취는 상상계처럼 다른 사람을 나 자신으로 다룰 뿐만 아니라 나 자신을 다른 사람으로 다루기도 한다.

---

* 펙스니프(Mr. Pecksniff)는 디킨스의 연재소설 『마틴 처즐위트』에의 나오는 인물이다.

2. 프랜시스 허치슨, 데이비드 흄
Francis Hutcheson and David Hume

일반적으로 18세기 철학을 설명할 때, 허치슨은 대체로 위대한 흄의 각주 정도에 지나지 않는 인물로 여겨진다.[1] 하지만 얼스터 출신의 탁월한 인물이자 스코틀랜드 철학의 대부인 허치슨은 칸트의 비판철학 이전의 글에 많은 영향을 끼쳤을 뿐만 아니라 자신이 알고 있던 많은 것을 흄에게 가르쳐주기도 했다. 그의 경제학설은 제자인 애덤 스미스에게 전수되어 근대 세계의 초석을 놓는 데 기여했다. 허치슨은 열렬한 해링턴 식 공화주의자로, 부당한 통치권을 전복하는 억압받은 자들의 권리를 옹호하는 급진적 휘그당의 노선을 취했으며, 토머스 제퍼슨(Thomas Jefferson)에게 지대한 영향을 끼치면서 미국 혁명의 주도적 지식인이 되었다. 그의 『도덕철학 입문』(*A Short Introduction to*

---

[1] 철학자 데이비드 위긴스(David Wiggins)는 흄의 윤리학을 설명하면서 흄이 "만약 *X*가 시인(是認, approbation)이라는 감상을 적합하게 만드는 그런 것이라면 그리고 오직 그런 경우에만, *X*는 좋다/옳다/아름답다"고 말할 수 있었을 것이라고 주장한다(*Needs, Values, Truth*, Oxford, 1987, p. 187). 위긴스는 그것이 바로 허치슨이 실제로 말한 것이라고 말할 수 있었을 터이다.

Moral Philosophy)은 미국 혁명 전야에 정기적으로 미국에 유입되었으며 1788년에 미국판이 출간되었다.

허치슨의 이념은 자신의 조국 아일랜드로 다시 유입되어 아일랜드인 연맹의 반란적인 교리가 되었다. 에드먼드 버크도 허치슨의 글 일부를 받아들였을는지 모르는데, 그렇다면 허치슨은 낭만주의적 민족주의의 먼 선구자가 된다. 하지만 그는 아일랜드가 목격했던 가장 찬란한 급진적 문화인 얼스터 계몽주의─로크 식 합리주의, 고전적 공화주의, 급진적 장로교, 정치적 자유지상주의의 현란한 혼합물─의 위대한 선각자이기도 했다. 홉스를 집요하게 반대했던 허치슨은 자연 상태란 무정부 상태가 아니라 해방의 상태라고 주장하면서 인간 존재의 타고난 평등을 설파했다. 그는 전통적인 시민적 인본주의자로서 공공의 선이 도덕의 최고 목적이라고 확신했지만, 그가 이룬 가장 혁신적인 업적 중 하나는 의무, 공공의 정신, 정치적 책임에 관한 고전적 공화주의의 언술과 언어를 아주 다른 18세기적 윤리학과 심리학 담론으로 번역한 것이다. 그는 여성, 아이, 하인, 노예, 동물의 권리를 옹호했고 평등한 협력체로서의 결혼을 강력하게 변호했으며 "많은 국가의 민법이 남편들에게 부여한 권력은 극악무도하다"고 보았다.[2] 『도덕철학의 체계』에서 그는 도덕감각이란 민주적 능력으로서 어른과 아이, 글을 모르는 자와 글을 잘 다루는 자 모두에게 공통적으로 주어져 있

---

2 Francis Hutcheson, *A System of Moral Philosophy*, London, 1755, Book 3, p. 165. 허치슨에 대한 연구는 다음의 책을 참조. William T. Blackstone, *Francis Hutcheson and Contemporary Ethical Theory*, Athens, GA, 1965; Henning Jensen, *Motivation and the Moral Sense in Francis Hutcheson's Ethical Theory*, The Hague, 1971; W. K. Frankena, "Hutcheson's Moral Sense Theory", *Journal of the History of Ideas*, vol. 16, no. 3, June, 1955; Peter Kivy, *The Seventh Sense: A Study of Francis Hutcheson's Aesthetics*, New York, 1976; W. R. Scott, *Francis Hutcheson*, Cambridge, 1900; V. M. Hope, *Virtue by Consensus*, Oxford, 1989; Alasdair MacIntyre, *Whose Justice? Which Rationality?*, London, 1988, Ch. XIV.

다고 강조한다. 사회적 구분을 가로지르는 도덕적 감성의 공동체가 있다는 것이다. 그는 비서구 문화에 대해 상당히 개화된 태도를 내보이며, 실로 "이전에 야만인으로 규정되던 …… 원주민들 사이에서의 감화, 격식, 도덕감각"을 찾았다.[3] 그럼에도 불구하고 몇 년 전에 있었던 허치슨 탄생 300주기는 거의 주목받지 못했다.

허치슨은 1694년 아일랜드의 얼스터 카운티 다운에서 태어났으며, 그의 할아버지는 스코트인이었다. 자유주의적 혹은 신광장로교도였던 그는 벨파스트와 글래스고에서 교육을 받았으며, 한때 더블린 소재 비국교도 아카데미에서 가르쳤다. 여기서 그는 아일랜드 휘그당 동료, 상인, 외교관이자 로크의 제자인 로버트 몰스워스(Robert Molesworth) 주변에 몰려든 일군의 진보적 지식인 가운데 한 사람이 되었다. 몰스워스의 종교적 자유주의는 섀프츠베리의 관심을 끌었으며, 섀프츠베리의 도덕 및 윤리에 대한 저술은 허치슨의 탐구에 틀을 제공했다. 허치슨은 결국 글래스고로 돌아가 도덕철학과의 수장을 맡았다. 그는 잠시 카운티 아마에서 종교 지도자로 일했는데, 예의범절에 엄격한 장로교 신도들은 그의 신학이 자신들의 기호에 비해 과도하게 자유주의적이라고 생각했다. 한 교구 주민은 지옥불과 박탈로 인한 쓰라림이라는 매주 복용하던 약을 빼앗기자 불만을 품고서, 허치슨이 자신들에게 신의 선택, 영원한 정죄, 원죄와 죽음 등과 같은 '위안을 주는' 예전의 교리에 대해서는 한마디도 하지 않고 선하고 자애로운 신에 대해 한 시간 동안 '횡설수설하는' '바보 얼간이'라고 투덜거렸다.[4] 이 문제의 얼간이는 아일랜드인 연맹의 창시자인 윌리엄 드레넌(William Drennan)의 아들과 함께 일했던 더블린 아카데미에서 가르치는 동안 두 차례나

---

3 Daniel Carey, "Travel Literature and the Problem of Human Nature in Locke, Shaftesbury and Hutcheson", Unpublished D. Phil. thesis, Oxford University, 1994, p. 200.

4 William Robert Scott, *Francis Hutcheson*, pp. 20~21.

기소되었다. 또한 글래스고에서 가르치는 동안 이단으로 재판을 받기도 했다.

허치슨은 대부분의 17세기 도덕 사상이 지닌 합리주의와 결별한 섀프츠베리에게서 자신의 도덕감각에 대한 이념을 물려받았다. 물론 섀프츠베리가 강조한 그 이념은 허치슨에게 이르러 만개한 철학적 사안이 된다. 섀프츠베리는 쾌락 관념을 자기 이익이 아닌 사회성에 대한 것으로 구해 내기도 했다. 그는 "사랑, 보은, 넉넉함, 아량, 연민, 조력 및 그 이외의 사회적 혹은 우호적인 모든 것 등과 같은 생생한 정감"을 지닌 마음의 상태만큼 우리를 기쁘게 하는 것은 없다고 주장한다.[5] 섀프츠베리의 주장은 경험주의에 대한 신플라톤주의적 비판일 뿐만 아니라 부르주아의 자기 사랑이라는 윤리에 대한 최후의 귀족주의적 저항을 나타낸 것이다. 다소 절박한 기색을 보이며 그는 난봉꾼조차도 동료 의식과 관련이 있다고 주장한다. 주정뱅이보다 난봉꾼이 나은 이유는 적어도 난봉꾼이라면 사람들과 무리지어 인사불성이 되도록 마시기 때문이다.

섀프츠베리에게 덕은 대화론적인 사안으로 여러 행동이 상호 반영하는 문제다. 우리는 선함을 "받아들임으로써, 말하자면 반영함으로써 혹은 타자의 선에 참여함으로써" 선함을 즐긴다.[6] 미메시스는 상호적 혹은 변증법적인 문제다. 예를 들어, 우리가 아낌없는 행위를 하면 타자는 시인하게 되고, 타자가 그 행위를 높이 평가하면 우리 자신의 기쁨도 깊어진다. 사실상 우리의 품행은 대체로 타자를 향해 인도되며 이를 통해 점차로 현실화된다. "우리의 거의 모든 행동은 마음을 진정할 수 있도록 우정을 소망하고 기대하는 것과 연관되어 있다."[7] 하지만 가장 귀한 우정은 타자의 우정이 아닌 대타자의 우정이다. 그

---

5 L. A. Selby-Bigge(ed.), *British Moralists*, vol. 1, New York, 1965, p. 35.

6 Ibid., pp. 38~39.

7 Ibid., p. 40.

는 "단지 일시적인 성향이나 변덕스러운 취향을 어떻게 신뢰할 수 있 겠는가?"라고 묻는다. "아무런 도덕 규칙에 기초하지도 않고, 사회 및 전체가 배제된 어떤 한 사람 혹은 소수의 인류에게만 엄청나게 할당된 우정에 누가 의존할 수 있겠는가?"[8] 감상주의 윤리는 달아나는 공상 이나 사적인 변덕 그 이상의 문제다. 결국, 우리가 찾는 인식이란 어 떤 한 개인이 아니라 대타자 혹은 전체로서의 사회질서로부터 오는 것이다.

❖

허치슨은 자신의 모든 글에서 철학적 이기주의를 신랄하게 비판한 다. 그는 『웃음에 관한 고찰』에서 홉스가 "인류에게 있는 모든 아량이 나 친절함을 간과했으며, 지독한 악당이나 겁쟁이가 인간을 보는 방식 으로 인간을 그리면서, 모든 우정이나 사랑이나 사회적 정감을 위선 이나 이기적 음모나 두려움일 뿐이라고 의심했다"라고 이의를 제기한 다.[9] 바흐친 식의 제목을 지닌 이 책에서 허치슨은 웃음을 우월성의 표 시라고 본 홉스의 견해에 반대하고자 한다. 웃음에 대한 논문은 얼스 터 장로교도들 사이에서 그리 많이 쓰인 장르는 아니었다. 마찬가지 로 데카르트나 고틀로프 프레게(Gottlob Frege)가 그런 연구를 했으리 라고 상상하기는 어려울 것이다. 허치슨에게 덕이란 결코 계산의 문제 가 아니기 때문에 자신에게 유리한 점이 무엇인지를 가늠하는 문제가 아니다. 계산 능력 대신에 우리 안에는 도덕감각이라는 특별한 능력이 있으며, 이 능력은 자신의 이해관계나 자신에게 유리한 점과는 전혀 상관없이 무아적인 행동을 자연발생적으로 시인하고 무정한 행동을

---

8 Ibid., pp. 41~42.

9 Francis Hutcheson, *Reflections on Laughter, and Remarks upon the Fable of the Bees*, Glasgow, 1750, p. 6. 이 책에는 한두 마디의 탁월한 농담이 들어 있다.

비난한다. 허치슨은 "이해관계로 인한 모든 이유에 앞서는 어떤 본능이 우리에게 영향을 끼쳐 타자를 사랑하게 한다"라고 말한다.[10] 덕행을 보고 얻게 되는 신속하고 강렬하며 무아적인 쾌락인 도덕감각은 일종의 하이데거 식 선이해(preunderstanding)처럼 작용한다는 것이다. 도덕감각은 우리가 이성적 추론을 하는 순간에 이미 작동하며, 도덕 행위 주체자로서의 우리가 결코 그 도덕감각 뒤로 돌아가 볼 수 없는 것이다. 왜냐하면 도덕감각은 우리에게 도덕적 반응이라 여겨지는 것을 우선적으로 규정하고 있기 때문이다. 최근에는 이런 생각을 분명히 더 과학적인 기반 위에서 복구하려는 시도가 있었다.[11]

허치슨의 주장에 따르면, "모든 추론이나 성찰에 앞서는 본성의 힘에 의해 우리는 우리 자신의 이해관계를 고려하지 않은 채 …… 타자의 번영을 크게 기뻐하고 그들의 운명을 함께 슬퍼한다."[12] 골드스미스의 『웨이크필드의 목사』에 등장하는 주인공 프림로즈 박사는 타자의 남김없이 주는 몸짓을 제대로 인식하는 감식력을 지닌 인물이다. 또 다른 예는 다음과 같다.

어떤 행동이 사랑, 인간성, 보은, 동정, 타자의 선에 대한 연구, 그들의 행복에 대한 기쁨에서 흘러나오는 것으로 우리에게 제시된다면, 비록 그 행동이 가장 먼 어느 곳에서 일어난 일이거나 과거 어느 시절에 일어난 일이라고 하더라도, 우리는 바로 우리 안에서 즐거움을 느끼고, 그 사랑스러운 행동을 칭찬하고, 그런 행동을 한 사람을 찬양한다. 반대로 증오, 타

---

10 Francis Hutcheson, *An Inquiry Concerning Moral Good and Evil*, in L. A. Selby-Bigge(ed.), *British Moralists*, vol. 1, p. 94.

11 일례로 Marc D. Hauser, *Moral Minds: How Nature Designed Our Universal Sense of Right and Wrong*, New York, 2007 참조.

12 Francis Hutcheson, *A Short Introduction to Moral Philosophy*, Glasgow, 1747, p. 14.

자의 비참함에 대한 기쁨, 배은망덕에서 흘러나오는 모든 행동은 질색과 반감을 일으킨다.[13]

이 같은 윤리에는 일종의 거울 반영 효과가 있는데, 이는 우리의 사심 없는 고통이나 쾌락의 감각이 우리가 관찰하는 행위 주체자의 감각을 반영하기 때문이다. 타자에 대한 사심 없음은 우리에게서 이중화, 즉 이른바 2제곱이 된다. 다른 사람의 친절한 행위를 등록하는 데 대한 우리 자신의 만족감은 그것이 관찰한 바로 그 인자함의 징후다. 자아들 사이에는 일종의 자연적인 흉내 내기나 자력이 있는데, 이것은 상상계 자체와 마찬가지로 전 이성적이다. 허치슨에게서 그런 반응이 없는 행위는 결코 도덕으로서의 자격을 부여받지 못한다. 어떤 한 품행에 대해 우리가 느끼는 바는 그 품행이 덕스러운지 아닌지를 결정하는 데 도움을 주는데, 이는 양자물리학 세계에서 관찰자가 어떤 사건을 구성하는 데 도움을 줄 수 있는 것과 같다. 관찰되지 않은 행위는 아마도 인적 없는 숲에서 소리 없이 쓰러지는 나무처럼 덕스럽다고 여겨지지 않을 것이다. 어떤 행동을 단순한 신체적 행실이 아니라 도덕적으로 타당하게 만드는 것은 그 행동이 정념과 정감에 연관되어 있는가이다. 18세기의 몇몇 다른 도덕주의자의 경우에서와 마찬가지로 이는 거울반사적 윤리일 뿐만 아니라 관찰자적인 윤리다. 즉 허치슨은 덕과 악덕을 타자의 행실에 대한 우리의 반응이라는 관점에서 생각했던 것이지, 먼저 한 사람의 행실 자체의 관점에서 생각했던 것은 아니다. 그에게서 도덕적 질문이란 "내가 무엇을 해야만 하는가?"가 아니라 "당신이 행한 것에 대해 내가 어떻게 느끼는가?"이다.

사람들은 본성적으로 행복을 욕망하는데, 허치슨이 보기에 공공의 덕이 주는 쾌락이란 우리에게 가능한 최대의 행복을 나타내기 때문에

---

13 Ibid., p. 75.

칸트의 경우에서와 달리 개인적 욕망과 사회적 책무 사이에 구분은 없다. 대신 도덕감각이 그 두 영역을 묶어주는데, 왜냐하면 사회적으로 유익한 여러 형태의 품행이 아주 강렬한 개인적인 기쁨을 일으키기도 하기 때문이다. 한데 우리는 이기적인 즐거움이라는 이름으로 행동하지는 않는다. 허치슨은 "쾌락 감각은 유리함이나 이해관계에 우선하며 그런 것들의 근거"라고 쓰고 있다.[14] 이렇듯 쾌락의 개념은 이기적인 쾌락주의자들로부터 전유된다. 즉 비록 충족감이 선한 것에 내재되어 있다 하더라도, 선한 것이 단지 나를 충족시켜 주는 것은 아니다.

그러므로 허치슨은 가장 훌륭한 도덕주의자로서 아리스토텔레스나 토마스 아퀴나스(Thomas Aquinas)처럼 윤리 담론이란 가장 즐겁고 풍요롭게 살면서 진정한 자신의 욕망을 실현하는 방법에 대한 탐구라고 이해하고 있다. 물론 허치슨이 아리스토텔레스와 크게 다른 점은 그가 덕이란 행동하고자 하는 성품이 아니라 마음의 성품이라 믿고 있다는 것이다. 하지만 라캉이 아리스토텔레스 식 쾌락을 "기운찬 활동에 의해 피어난 꽃에 비견되는 활동, 혹은 뭐랄까, 광채"라고 했는데, 이는 당연히 허치슨에도 해당되는 주장일 수 있다.[15] 자유로운 정신을 지닌 이 장로교도에게 덕이란 취향, 상냥함, 건전한 복리 문제로서, 가장 비근한 비유를 들면 지극히 훌륭한 저녁식사의 경험일 것이다. 사람들은 촉촉한 참새우를 맛있게 먹는 것처럼 타자의 아주 맛있는 선한 마음씨를 맛본다. 스턴의 경우에서처럼 도덕적 탁월함은 일종의 희극으로서 이 축제의 정신은 무뚝뚝한 청교주의에 대한 예방접종을 한다. 희극은 앞으로 다가올 보다 유쾌한 세계를 미리 맛보게 하는 것이며, 그 세계를 얻게 해주는 일종의 치료책이기도 하다. 몇몇 18세기 사상가는 쾌활함을 적어도 자선만큼 매우 중요하게 여기면서 분명 그 둘 사이의 친화성을 이해했던 것 같다. 미하일 바흐친(Mikhail Bakhtin)과

---

14 L. A. Selby-Bigge, *British Moralists*, vol. 1, p. 70.

15 Jacques Lacan, *The Ethics of Psychoanalysis*, London, 1999, p. 27.

마찬가지로 허치슨에게서도, 마치 "우리가 적당한 웃음으로 활기를 띠면서 쾌락을 주는 대화를 나누는 동안 …… 타자에게서 흥겨움을 자아나는 데 기뻐"하는 것처럼, 웃음이란 인간을 결속하는 연대의 양식이다.[16] 특히 웃음은 웃음 그 자체를 위해 일어나기 때문에 덕의 본보기가 된다. 일상 대화에서의 재치 있는 농담은 덕의 전염성을 보여주는 사례이며 활기찬 사회성은 그 자체로 쾌락을 주는 일인데도, 냉소적인 버나드 맨더빌[*]은 사람들이 동료를 사랑하는 이유를 자기 과시와 이기적인 재미라고 주장한다.

아마 허치슨이 홉스의 웃음에 대한 이론에서 거슬린다고 생각한 점은 바로 맨더빌의 주장 같은 것이다. 즉 홉스에게 웃음이란 우리가 우리 자신들보다 운이 좋지 못한 사람들을 비웃는 경우에서처럼 불쾌하게 가학적인 것일 뿐만 아니라, 웃음 그 자체가 목적이 아니라 권력에 봉사하는 것이기도 하다. 허치슨은 홉스를 공격하면서 "흐린 날에 물러나 쉬면서 이 열등한 대상에 대해 웃으며 오후를 보낼 만한 요양소나 격리병원이 없어 …… 정말 유감스럽다"라고 빈정대며 말한다.[17][**] 허치슨은 만약 홉스주의자들의 논점이 그렇다면 왜 그들이 "보면서 재미있어할" 올빼미, 달팽이, 굴과 같은 열등한 생물체들을 불러다 놓지 않았는가라고 묻는다. 허치슨이 홉스에 대해 반응하는 방식은 마치

---

16 Francis Hutcheson, *Inquiry Concerning the Original of our Ideas of Beauty and Virtue*, London, 1726, p. 257.

* 버나드 맨더빌(Bernard Mandeville, 1670~1733): 네덜란드의 철학자, 정치경제학자, 풍자가. 대부분의 시간을 영국에서 살며 주로 영어로 글을 썼으며, 대표작에 『벌들의 우화, 사적인 악덕과 공적인 이익』(*The Fable of the Bees, or Private Vices and Public Benefits*)이 있다.

17 Francis Hutcheson, *Reflections on Laughter*, p. 12.

** '이 열등한 대상'은 어느 잘 차려입은 신사가 길거리를 지나치며 본, 자기보다 못한 "누더기 입은 걸인, 일하느라 땀을 흘리고 있는 짐꾼과 가마꾼"을 말한다.

현대의 휴머니스트가 농담에 대한 프로이트의 책에 대해 느낄 법한 방식과 비슷하다고 말할 수도 있을 것이다. 허치슨은 나름의 공화주의적인 방식으로 웃음을 폭로하기의 한 형태—예를 들어 허장성세에서 바람을 빼버리거나 카니발적으로 높은 곳에서 낮은 곳으로 비틀거리며 추락한다든가 하는 형태—라고 보기도 했다. 조너선 스위프트*로부터 사뮈엘 베케트**에 이르는 유서 깊은 아일랜드 작가들과 마찬가지로 그에게서도 희극적인 것은 무엇보다 돈강법적인 효과를 지닌다. 하지만 공유된 익살이나 전광석화 같은 기지는 상상계, 즉 타자와의 소통이 이성의 경우처럼 고된 개념적 분석을 통하지 않고 즉각적이고 직관적인 삶의 차원을 나타내는 표시이기도 하다. 유머란 신의 왕국의 세속적인 반향이다.

자애주의자는 일종의 정신적 호사가이기 때문에 결국 자선과 사교성은 구분하기 어렵다. 자애주의적 윤리에는 경쾌한 헬레니즘적인 요소가 있으며, 이는 제한적이면서 동시에 유혹적이다. 같은 커피하우스의 단골들은 서로 상대의 감상을 공유하기 쉽다. 하지만 허치슨은 그저 평범한 사교가보다 훨씬 그 이상이다. 감상주의적 윤리를 도덕적 변덕에 지나지 않는 것이라고 비난하는 사람들에 대해서, 그는 유덕한 인물을 만드는 것은 "몇몇 우발적으로 발동하는 동정이 아니라 확고한 인간성 혹은 공공의 선에 대한 욕망"이라고 주장한다.[18] 만약 불가사의한 도덕감각이 미적 능력과 근사한 것이라면, 이는 덕이 취미의 문제이기 때문에 그런 것이 아니다. 오히려 덕은 제재, 이득, 책무, 자기 편의 혹은 신성한 칙령의 문제라기보다 예술처럼 그 자체로 귀중한

---

* 조너선 스위프트(Jonathan Swift, 1667~1745): 영국계 아일랜드 풍자가, 산문가, 시인.

** 사뮈엘 베케트(Samuel Beckett, 1906~89): 아일랜드 극작가, 비평가. 1969년 노벨문학상을 받았다.

18 L. A. Selby-Bigge, *British Moralists*, vol. 1, p. 146.

것이기 때문에 그렇다. 한 걸음 더 나아가 덕과 예술을 비교해 보면, 사실상 이 둘은 순수하게 이성적인 것 너머에 있는 어떤 능력을 수반하고 있으며 쾌락적 자기 성취의 문제이기도 하다. 이 두 가지 활동은 모두 ('미적'이라는 단어의 원래 의미인) 감각 작용과 지각 작용을 다루며, 사심 없는 상상력 혹은 감정이입적인 상상력을 불러일으킨다.

허치슨에 따르면, "사람들은 자신들이 생각하기에 아무 대가 없이 무상적이며 사심 없는 자애를 마음 깊이 시인한다."[19] 그는 만약 어떤 사람이 진정으로 즐거움을 얻고자 한다면, 자신의 충족감을 잊고서 타자의 정감적 삶에 상상적으로 통합되어 녹아들어 가야 한다고 제안한다. 그 결과는 그렇게 하지 않았을 경우에 맛볼 수 있는 것보다 훨씬 더 강렬한 기쁨인데, 단 이 경우에 타자와의 공감이 순전히 그 공감이 줄 수 있는 더할 나위 없는 복을 얻는 것만을 위한 것이라면 역효과를 낸다는 점을 잘 이해하고 있어야 한다. 이 역효과는 마치 단지 취하기 위해서 위스키를 마시는 것과 같으며, 이는 결국 그 재료에 대한 쾌감을 감소시키기 쉽다. 요약하면 덕이란 이익이 없으며, 자기실현적이며, 자기 목적적이며, 이성 너머에 있는 것으로 자기 이익의 숙적이다. 그리고 덕이란 공리(utile)가 쾌락(dulce)을 이기는 사회질서, 이성적 추론이 단지 계산하는 것일 뿐인 사회질서, 쾌락이 거의 확실히 죄악일 뿐인 사회질서, 자기 이익이 대세인 사회질서, 어떤 것 그 자체를 위해서는 거의 아무것도 행해지지 않는 사회질서에 대한 비판이다. 지금까지 이런 사회는 와일드가 말했을 법한 "무익함이 신성함에 버금간다"라는 점을 헤아리지 못했다. 덧붙여 말하면, 만약 진정 덕 그 자체가 덕을 행한 데 대한 보상이라면, 이는 도덕적으로 믿을 만한 교리일 뿐만 아니라 대단히 편리한 교리이기도 하다. 왜냐하면 우리가 창조한 세계에서 다른 귀중한 보상을 얻을 수 있을 것 같기 때문이다. 결국 각

---

19 Francis Hutcheson, *Inquiry Concerning the Original of our Ideas of Beauty and Virtue*, p. 253.

료가 되는 자들은 바로 악당들이다. 자신의 정당한 불모지를 받은 정의로운 자들, 자신에게 마땅한 벌을 받은 사악한 자들은 점차 소설 속에서나 볼 수 있는 광경이 되어간다. 심지어 소설조차도 그런 광경에 대해 적당히 반어적인 경향을 보인다. 실제로 덕은 이익을 가져와야만 한다는 식의 이론이 몇몇 점잖은 18세기 사람들에게는 형편없이 천박한 것이라는 인상을 주기도 했다.

최근의 문화적 좌파들에게 악귀처럼 보이는 사심 없음이 허치슨에게는 시장에 대한 저항의 한 형식이다. 소유적 개인주의는 "우정, 보은, 자연스러운 정감, 아량, 공공의 정신, 동정의 역할 같은 인생의 주된 행동들"을 결코 설명하지 못한다.[20] 허치슨이 지적한바, 상인들 사이의 합작투자 사업에서 이해관계의 결합은 있지만 그에 필요한 어떤 정감은 없으며, 어떤 상인이 타자의 품행에 관심을 가지는 것은 오직 자기 이익의 성패가 달려 있기 때문이다. 이와 달리 부모와 자식의 경우에서 부모란 자신의 갈증을 누그러뜨리려고 자식의 갈증에 주의를 기울이지 않기 때문에 정감은 있으나 이해관계의 결합은 없다. 사심 없음이란 날조된 공정함이 아니라 공감적 상상력을 통해 타자의 요구와 관심에 자신을 투사하는 문제다. 이것은 윤리적이며 동시에 인식적인 것으로[21] 자신의 관심사에 무심하고 타자의 관심사에 무심하지 않는 것이다. 소설에서의 전지적 서술자와 마찬가지로 이것은 일견 봉인된 듯한 주변 사람들의 주관적인 영역을 향해 우리 스스로를 기꺼이 탈중심화해 나가는 것이다. 그러므로 사심 없음이란 라캉 식 의미에서 상상계적인 능력이다. 예술적 미메시스처럼 도덕은 타자들의 내면 상태에 유령처럼 붙어 다니며 그 상태를 상연하는 일을 수반한다. 이것

---

20 Bernard Peach(ed.), *Illustrations of the Moral Sense*, Cambridge, MA, 1971, p. 106.

21 Charles L. Griswold, *Adam Smith and the Virtues of Enlightenment*, Cambridge, 1999, p. 78,

은 타자들이 번영하기를 바라는 무아적 욕망으로서 일종의 사랑을 의미하기도 한다. 그리고 사심 없는 행위 주체자를 시인한다는 것은 사랑하는 사람들을 사랑하는 것이다. 허치슨은 『탐구』(*Inquiry*)에서 다음과 같이 적고 있다. "도덕적 선함이라는 말은 어떤 행동에 의해 아무런 이득을 보지 않은 사람들이 시인해 주고 그 행위자를 사랑하게 만드는, 바로 그런 행동 안에서 파악되는 어떤 자질에 대한 우리의 생각을 외연적으로 나타낸다."[22] "행동 안에서 파악되는 어떤 자질에 대한 우리의 생각을 외연적으로 나타낸다"는 구절에는 주관주의를 반박하려는 의도가 담겨 있다. 즉 허치슨은 정서주의적 방식에 따라 어떤 것도 그 자체로 좋거나 나쁘지 않고 오직 감정이 그렇게 만들 뿐이라고 주장하지는 않는다.

우리가 여기서 허치슨의 도덕적인 비전이 지닌 인정 가득한 순진성을 환기하고는 있지만, 그렇다고 해서 그가 인간성에 대해 전적으로 낙천적인 견해만 지닌 것은 아니다. 선한 장로교도로서 당연히 그는 "관능성과 천한 이기적 추구를 가장 보편적인 것이라고 보는""부패하고 타락한" 인류에 대해 이야기했다.[23] 물론 그가 자신의 글에서 인간의 본성이란 근본적으로 인자하다고 여기는 바를 충분히 제시하고 있기는 하다. 그가 자기 책 안의 속표지에 섀프츠베리와 같은 악명 높은 이신론자이며 어마어마한 낙관주의자의 이름을 쓴다는 것은 장로교도로서는 대담한 행동이었다. 그는 책에 "우리의 정신"은 "보편적인 선함, 다정함, 인간애, 아량" 및 "사적인 선/이로움이라는 재화에 대한 경멸 …… 에" 강한 편향성을 보인다고 썼다.[24] 그가 『정념과 정감의 본성 및 수행에 대한 에세이』에서 언급하듯이, "적절하게 절제된

22 L. A. Selby-Bigge, *British Moralists*, vol. 1, p. 69.

23 Francis Hutcheson, *A Short Introduction to Moral Philosophy*, pp. 34~35.

24 Francis Hutcheson, *Inquiry Concerning the Original of our Ideas of Beauty and Virtue*, p. 275.

모든 정념은 순수하며 대부분 직접적으로 호감을 주기도 하고 도덕적으로 선하기도 하다"는 점을 고려한다면, 그에게 악덕이란 단지 무절제인 것 같다.[25] 혹은 무절제가 아니라면 자기 사랑의 과잉보다 더 극악한 것은 없다. 그가 주장한바, "자기 사랑으로 인한 장애물을 제거한다면, 자연은 우리를 자애로 향하게 할 것이다."[26] 이런 주장은 장로교도, 심지어 자유주의적 장로교도가 보기에도 위험할 정도로 자유의지를 강조하는 펠라기우스적인 요소가 있다. 허치슨의 도덕감각은 무엇보다 내면의 감정에 호소하는 복음주의가 세속화된 형태이기는 하지만, 둘 사이의 유사점보다는 차이점이 더 분명하다.[27] 약간 우스꽝스러울 정도로 순진하게도 그는 아이들이 동물을 고문하는 것은 악의에서가 아니라 단지 동물이 느낄 고통에 대한 무지와 동물의 육체의 뒤틀림에 대한 호기심에서라고 믿는다. 그는 오늘날의 타블로이드판 신문을 극도로 분개하게 만들 법한 다정한 마음을 지닌 자유주의자다. 그에 따르면, 고대 로마에서 검투사 경기가 인기 있었던 것은 군중이 용기와 영웅주의를 예찬하기 때문만이 아니라 그런 광경으로 인해 동정을 베풀 수 있는 기회가 주어지기 때문이기도 하다. 그의 조언자인 섀프츠베리는 좀 더 실질적인 기미를 보이면서 피와 재앙과 환난 속에서 '야만적인 쾌락'을 취하는 자들이 있다는 점을 용인까지는 할 수 있었지만, 그조차도 인간 존재가 자신과 같은 종에게 전혀 공감하지 않을 수 있다는 점을 받아들일 수는 없었다.

섀프츠베리는 지젝이 라캉의 환락을 번역한 '외설적인 즐거움'과 유사한 이 '야만적인 쾌락'을 괴롭게 인정하면서, 잠시 당혹스러워하다가 실재계라고 할 수 있는 것—즉 그가 표현하듯이, "말하자면 죽음

---

25 Francis Hutcheson, *An Essay on the Nature and Conduct of the Passions and Affections*, Glasgow, 1769, p. 79.

26 L. A. Selby-Bigge, *British Moralists*, vol. 1, p. 155.

27 Alasdair MacIntyre, *Whose Justice? Which Rationality?*, p. 278.

68 │ 낯선 사람들과의 불화

을 먹고살고, 죽어가는 고뇌로 즐거워하는"[28] 욕망―을 다루게 된다. 상상계적 윤리가 지닌 하나의 한계는 바로 아무 동기도 없는 적의라는 관념과 더불어 타나토스 혹은 죽음 욕동의 피학성이 이런 것들의 순화된 형식인 비극을 통하지 않고서는 거의 상상될 수 없다는 점이다. 이런 실재계에 존재하는 사드나 이아고 같은 인물은 상상계를 낯설어한다. 섀프츠베리가 애써 지적한 바에 따르면, 그런 병적 쾌락은 "정중함과 붙임성 있는 격식"이 군림하는 곳에서 존재할 수 없으며, 그런 쾌락을 탐닉하는 자들은 극도로 비참하다. 허치슨도 인간 본성은 결코 "악의적으로 사심 없이 증오"할 수도 없으며, 아무런 이득 없이 타자의 처참함을 기쁘게 여기는 사람이 있을 수 있다는 점을 상상할 수 없다고 주장한다. 니체는 그 정도로 감상주의자가 아니다. 그는 『도덕의 계보』에서 "수난을 목격하는 것은 쾌락적이며, 수난을 가하는 것은 더 쾌락적이다. …… 심지어 처벌하는 데에도 축제의 흥겨움 같은 것이 있다!"라고 쓰고 있다.[29]

흄은 동기 없는 악성에 대한 허치슨의 불신을 되풀이하면서 "절대적이고 까닭이 없으며 사심 없는 악의는 아마도 인간의 가슴속 어디에도 자리 잡을 수 없을 것"이라고 주장한다.[30] 여기서의 '아마도'라는 표현은 흄이 다소 주저하고 있다는 점을 흥미롭게 보여준다. 버틀러도 같은 견해를 취하면서 어느 누구도 오직 타자에게 큰 손해를 끼치는 것 그 자체를 위해서 손해를 끼치지는 않는다고 『설교집』에서 주장한다. 하지만 버틀러는 허치슨주의자 같은 사람들에게 사심 없음이 항상 권할 만한 것은 결코 아니라는 점을 시의적절하게 알려준다. "우리가 상상 속에 착상할 수 있는 최대의 패악은 사심 없는 잔인함이다."[31] 하지

28   L. A. Selby-Bigge, *British Moralists*, vol. 1, p. 165.

29   Friedrich Nietzsche, *The Genealogy of Morals*, New York, 1954, p. 31.

30   David Hume, *An Enquiry Concerning the Principles of Morals*, Oxford, 1998, p. 43.

만 버틀러가 악이란 그 나름대로 덕처럼 사심 없는 것이라고 인식한 점은 옳다.[32] 참으로 사악한 자들은 천사들만큼이나 공리의 적이다. 악마가 타락 천사라는 점은 우연이 아니다. 일례로 나치주의자들은 강제수용소에 대한 전시 아래에서의 지원 비용을 산정하지 않았다. 그러나 상상계적 윤리는 조심스럽게 실재계에 다가가야만 한다. 실재계는 한 주체의 비통함이나 환희가 거울을 서로 맞대는 놀이에서처럼 다른 주체의 비통함이나 환희를 충실하게 반영하는 상상계의 균형을 파괴해 버리겠다고 위협한다. 타자의 극심한 고통에서 쾌락을 얻는다는 것은 윤리적 상상계가 역전되는 것이다.

많은 '도덕감각' 철학이 인간 본성에 대해 지닌 낙천적인 견해에는 초기 중산계급의 낙관론이 반영되어 있는데, 나중에 살펴보겠지만 이 낙관론은 이후 전혀 밝지 않은 전망으로 상해 버렸다. 하지만 만약 허치슨이 도덕감각을 우리의 헌법에 넣어야 할 필요성을 느꼈다면, 부분적으로나마 이는 덕이 탐욕스러운 사회의 맹공에 저항할 수 있는 유일한 방법이었기 때문일 것이다. 허치슨과 아주 비슷한 덕 이론을 주장했던 필딩의 경우에서와 마찬가지로 도덕 영역은 문화처럼 망가지기 쉽고 불안정한 어떤 것에 내맡겨질 수는 없다. 허치슨의 주장에 따르면, 악덕에 대해 반감을 가지고 덕을 향하는 성향이 우리 본성 깊이 자리 잡고 있기 때문에 "어떤 교육이나 그릇된 원리나 타락한 습관도 그 성향을 뿌리째 뽑아버릴 수 없다."[33] 이런 반문화주의적 주장을 입증하기 위해 필딩은 조심스레 주인공 톰 존스에게 끔찍한 블리필과 똑같은 훈육을 받게 만드는데, 물론 필딩의 경우에 이는 본성보다 양육을 옹호하는 유토피아적 진보주의자들을 토리 식으로 한방 먹이는 것이기

31 Joseph Butler, *Sermons*, in Selby-Bigge, *British Moralists*, vol. 1, p. 194.

32 Terry Eagleton, *Sweet Violence: The Idea of the Tragic*, Oxford, 2003, 제9장 참조.

33 Francis Hutcheson, *A Short Introduction to Moral Philosophy*, p. 46.

도 하다.

만약 이것을 그 나름의 유물론적 윤리라고 한다면, 이는 앞서 살펴보았듯이 도덕적 반응이 육체에 그 뿌리를 두고 있기 때문이다. 여기서의 육체는 우리의 사회적 품행에 그 자체의 본능적 반감과 시인을 강제하게 되며, 그로 인해 그 품행에 대한 유토피아적 판단으로 작동할 수 있다. 현상학자라는 본래적인 의미에서의 미학자로서 육체의 감각 생활 지도를 그리는 데 관심을 가진 버크는 "육체가 …… 그 나름의 분명한 방식으로 (정신보다) 더 현명하다"라고 논평한다.[34] 우리가 이성을 통한 추론을 시작하기 전에 이미 우리 안에는 타자의 수난을 상처처럼 예민하게 느낄 수 있게 하는 능력, 남의 불행에 대해 갖는 쾌감을 조금도 느끼지 않으면서 다른 사람의 즐거움을 느긋하게 즐기도록 자극하는 능력이 존재한다. 마르크스의 용어를 원용해 보면, 도덕 감각을 우리의 유적 존재에 아로새긴다는 것은 그 존재를 감소시켜야만 강화하게 된다는 것이다. 만약 반감과 시인이라는 우리의 감정이 마치 불에서 손가락을 얼른 빼내는 반사작용처럼 비자발적인 것이라면, 감정은 결코 인격적인 자격에 대한 문제가 아닐 것이다. 감정이란 확실히 타자의 자발적인 행동에 대한 반응인 데도 불구하고, 어떤 의미에서 '도덕감각' 철학은 동정을 보다 더 본성적인 것으로 만들면서 오히려 동정을 그리 권할 만한 게 아닌 것으로 만들어버린다. 이는 마치 우리 시야에 들어온 코끼리를 주목할 수밖에 없는 것과 마찬가지로 고난에 처한 자를 위로할 수밖에 없다고 하는 듯하다.

이런 신조의 취지는 의지가 수반되지 않은 동료 감정을 의지가 수반된 동료 감정보다 더 그럴듯하게 만들어 널리 확산시키려는 것인데, 그렇다면 왜 그토록 많은 악한들이 사방에 존재하는 것일까? 이는 이른바 필딩의 역설이라고 할 수 있다. 즉 선함이란 자연적인 것인데, 그

---

34 Edmund Burke, *A Vindication of Natural Society*, London, 1903, p. 26.

토록 자연적인 상품인 이 선함이 희한하게도 공급 부족이다. 그리고 만약 선함이 자연적인 본능이면서 상대적으로 얻기 어려운 것이기도 하다면, 유덕한 자들은 필딩의 소설에서처럼 악한 자들의 맹공격에 대처하는 데 필요한 간계와 경계심을 제공받지 못한 채 부단히 포위되어 공격을 받는 소수자의 처지에 빠지게 된다.[35] 바로 이런 이유에서 유덕한 자들은 감복할 만한 인물일 뿐만 아니라 희극적인 인물이기도 하다. 한데 이들은 타자들 속에 있는 악의 원인이 되기 쉽기 때문에 위험한 인물이기도 하다. 만약 이들이 스스로 빠릿빠릿하게 주의를 기울인다면, 그 약삭빠름과 자신들의 순수함을 조화시키기는 어려울 것이다. 선한 본성이라는 것을 옹호하도록 강요받으면 받을수록 선한 본성을 점점 더 적게 가질 수밖에 없게 된다. 하지만 존 밀턴(John Milton)이라면 시험받지 않은 순수함은 진정 유덕한 것이 아니라고 주장했을 것이다.

그 취지를 보다 정치적으로 설명할 수도 있을 것이다. 중산계급이 합리적으로 자족감을 느낄 때 덕은 적포도주만큼이나 넉넉히 구할 수 있는 듯 보이겠지만, 자신들이 창조한 가공할 정도로 이기적인 문명을 흘낏 둘러보기만 해도 실제로 그렇지 않다는 점을 인식하게 될 것이다. 이데올로기적으로 말하면 사랑과 정감이 분명 근본적인 것이기는 하겠지만, 경험적으로 말하면 결코 그렇지 않다. 이런 모순을 또 다른 방식으로 표현하면, 도덕감각은 얼굴의 낌새만큼 자명하면서도 커피 냄새만큼 정확히 집어내기 어렵기도 하다. 훌륭한 경험주의자로서의 허치슨은 스미스의 주장—즉 감각은 "우리 자신의 인격이라는 차원 너머로 우리를 이끌어간 적이 없었고 그렇게 할 수도 없으며, 오직 상상력에 의해서만 우리는 (타자의) 감각을 개념화할 수 있다"는 주장—에 공감해야만 했던 것 같다.[36] 타자에 대한 의식으로부터 우리를 격리

---

35 Terry Eagleton, *The English Novel: An Introduction*, Oxford, 2005, Ch 3 참조.

36 Adam Smith, *The Theory of Moral Sentiments*, in L. A. Selby-Bigge, *British Moralists*, vol. 1, p. 258.

하는 것은 우리의 육체이기 때문에 결국 상상계에 의해서만, 즉 우리가 추정하는 타자의 감정을 우리 안에서 흉내 내거나 복제해야만 인간적 공감이 조성된다. 허치슨의 도덕감각이 스미스의 상상력과 그리 다르지 않지만, 허치슨은 익히 잘 알려진 다섯 가지 감각에 도덕감각을 덧붙여 주장함으로써 여전히 경험주의 영역에 남아 있으면서 경험주의 이론을 자체 모순적으로 만든다. 도덕감각을 이야기한다는 것은 경험주의에서의 다섯 가지 감각에 그 오감의 어슴푸레한 그림자를 보충하는 것이며, 이로써 도덕관념에 촉각이나 미각이 지닌 것과 같은 필연적 확실성을 부여할 수 있게 된다. 감각에 대한 담론이 도덕적 가치를 구조하는 데 나선다. 그러나 이런 감각상의 직관에 의존해야 한다는 것은 바로 그 감각들을 신뢰할 수 없기 때문이기도 하다. 『트리스트 램 샌디』가 정말 웃기고 재미있게 보여주듯이 경험주의적인 세계에서 언어, 지각 작용, 합리성은 언제든 길을 잘못 들 수도 있는데, 일면 이런 결점을 보충하기 위해 도덕감각이 유입된다. 허치슨은 인간 주체가 자신의 감각 작용 안에 유아론적으로 갇힐 위험에 처하게 된 바로 그 시점에 이 감각들에서 사회성의 단서—즉 어떤 특별한 능력에서 우리를 타자의 세계로 열어주는 항로—를 발견하게 된다.

하지만 육체에 대한 감상주의자들의 이념에 결함이 있기 때문에 그들은 이런 상상계의 부속물로 그 결함을 보충해야 할 필요성을 느낀다. 18세기는 감각을 넘어서는 혹은 사실상 감각을 산산이 부숴버리는 숭고라는 것을 잘 알고 있었으나, 육체 그 자체를 넘어서는 데 그리 능숙하지는 않았다. 18세기에는 육체를 자기 초월적인 투사로 생각하는 경향도 없었으며, 오히려 육체가 생기를 주는 원리인 영혼을 감추고 있다는 점 말고는 그저 소파나 접이식 책상과 같은 계열의 사물로 간주되었다. 그러나 인간 육체의 침묵은 책상의 침묵이 아니다. 당신이 나를 그저 쳐다보고만 있는 경우에도, 당신은 나에게 찻주전자 같은 방식으로 현전하지는 않는다. 경험주의자들이 파악하지 못한 것은 영혼의 대화란 가구들과 다른 앵글로색슨계 백인 프로테스탄트 교도들이나 고위 공무원들 같이 생기를 가지고 스스로를 조직하는 육체들의 특징을 규정하려는 구상화의 한 방식일 뿐이라는 점이다. 이 점을 파악하지 못할 경우에 우리는 '육체'라는 단어를 듣고 흔히 시체를 생각하게 된다. 로크와 흄에게 감각이란 단지 수동적인 수용기일 뿐, 세계 내에 존재하는 방식도 아니고 세계에 작용하는 방식도 아니다. 스미스와 그 일파에게 육체란 우선적으로 물질적 대상일 뿐, 그 자체를 중심으로 세계가 조직되는 실천의 형식이 아니다. 그들은 육체를 우리 자신의 '외부'에 있는 것으로 보지 않는다. 한데 우리는 그것의 위치를 정확히 지정할 수 없으나, 마치 의미가 단어 속에 존재하듯 그것의 표현적인 활동 속에 우리가 존재한다.

이런 식으로 육체를 전제할 경우, 다른 자기들의 실체는 오직 자기 자신에게서 유추된 것에 따라서만 부여된다. 이는 어느 정도 에드문트 후설(Edmund Husserl)이 논의한 사례로서, 이는 다른 자기들이 본질적으로 나에게 감추어져 있기는 하지만 그들의 품행 속에서 내가 나의 내적 경험의 일부로 동일시할 수 있는 무엇인가를 드러낸다는 것이다. 타자는 결코 완전하게 나에게 제시되지 않으며 오히려 나 자신의 반영으로 인식될 수 있다. 『데카르트적 성찰』(Cartesian Meditations)에서 후설은 상상계적인 방식으로 각각의 자아란 다른 모든 자아를 반영하고 포함하는 하나의 단자이며, 그 결과 그들 사이에 조화, 감정이입, 의사소통, 상호성이 가능하다고 본다. 메를로-퐁티는 이런 사례를 다음과 같이 묘사한다. "나는 다른 사람들이 내 주변에 있는 기구들을 사용하는 방식을 보면서, 인지된 몸짓이 지니는 의의와 지향하는 바를 가르쳐준 나의 내적 경험을 유추하고 그것을 통해 그들의 행실을 해석한다."[37] 이런 한에서, 나는 정확히 그들로부터 나를 구분하는 것이라는 면에서의 '나'를 본보기 삼아 다른 자기들을 파악하기 때문에 결

---

37 Maurice Merleau-Ponty, *The Phenomenology of Perception*, London, 1962, p. 348.

국 나 자신을 따돌리고 달아날 수 없게 된다. 이 이론에 입각하여, 메를로-퐁티는 다음과 같이 주장한다. "다른 사람의 육체는 나의 육체와 마찬가지로 거주되는 것이 아니라 그 육체를 사고하거나 구성하는 ……의식 앞에 서 있는 대상이다. 존재 양식에는 두 가지, 단 두 가지가 있는데, 그 하나는 공간에 배열되어 있는 대상의 존재와 같은 즉자적 존재이며 다른 하나는 의식의 존재와 같은 대자적 존재다."[38]

하지만 이런 사르트르 식 대립을 해체하는 것이 바로 육체이며, 이 육체는 단순히 '즉자적'이지도 않고 분명히 '대자적'이지도 않으며 그 두 가지 속성을 동시에 지니는 현상이다. 다른 사람의 육체는 전-반성적으로 나의 지평에 '즉자' 혹은 대상으로 제시되는데, 이는 본질적으로 그 자체의 범위 내에 있는 하나의 비활성적 물질로 놓여 있는 것이 아니라 세계를 향한 움직임을 구성하는 지향적 투사인 '대자'를 표현한다. 나는 상대방 육체의 움직임에서 그의 지향성을 인지하면서 그것을 움직임 이면에 숨어 있는 어떤 비가시적 작용으로 인지하지는 않는다. 마찬가지로 에마뉘엘 레비나스가 표현했듯이, 나 자신의 육체는 "나를 소외시키지 않으면서 타자로 만든다."[39] 메를로-퐁티가 생각하듯이, 나의 육체와 나의 '의식' 사이에 어떤 '내적 관계'가 존재하는 것처럼 나의 육체와 상대의 육체 사이에도 어떤 '내적 관계'가 존재한다. 덧붙여 보면 일련의 소리와 일단의 의미 사이의 경우도 마찬가지일 것이다. 나 자신의 육체가 단순히 손목시계처럼 나에게 제시될 수는 없기 때문에, 상대의 육체도 결코 그런 방식으로 나에게 제시될 수는 없다. 나의 독자적인 관점에서 사물을 보는 데 있어 내가 인지하는 부분은 그 동일한 대상들이 다른 관점에서 상대방의 육체에 제시된다는 점—즉 우리의 투사가 서로 얽혀 있다는 점—과 이 공유된 공간이 이른바 객관성이라는 것이 확립될 수 있는 공동의 영역을 형성한다는 점

---

38 Ibid., p. 349.

39 Emmanuel Levinas, *Otherwise than Being*, The Hague, 1991, p. 77.

이다. 상대의 육체가 모호한 실체라는 점을 감안할 경우, 내가 그의 육체를 완전히 '대상화'할 수 없다는 사실은 나의 육체와 교차하는 세계의 원천이 그의 육체라는 사실과 밀접하게 연관되어 있다.

그 공통 기반의 형식은 바로 언어다. '다른 자기들'에 대한 너무 많은 논의는 그 실체들이 말하거나 듣지 못한다는 점을 가정해 왔다. 메를로-퐁티가 주장하듯이, 담론을 경험하는 데서 "다른 인격과 나 자신 사이에는 어떤 공동의 기반이 형성되며, 나의 사유와 그의 사유는 하나의 구조로 얽히게 되고 …… 서로의 사유는 그 어느 누구의 창조물도 아닌 공유된 작업에 삽입된다. 이것이 바로 이중적 존재이며, 여기서 타자는 나에게 더 이상 나의 초월적 장에 있는 단순한 행실이 아니며 나도 타자에게 마찬가지다. 우리는 완벽한 상호성을 띠며 서로 협력하는 자들이다."[40] 마지막 구절은 지금까지 대충 상상계라고 언급한 것과 비슷한 기미를 보인다. 사실상 메를로-퐁티는 그런 대화에 참여하고 있는 사람이 각각 타자의 생각을 예견하거나 타자에게 자신의 생각을 '빌려주는' 유사-마술적 작용에 대해 계속 이야기한다. 그에 따르면, "다른 사람의 지각과 상호 주체적 세계란 어른들에게만 문제적이다. 아이는 자신이 주변에 있는 모든 것에 접근할 수 있다고 서슴없이 믿는 그런 세계에 살고 있다."[41] 그래서 그는 어린아이가 현실이란 여러 관점으로 구분되어 있다는 것을 전혀 모른다거나 주체란 그중 하나의 관점에 제한되어야 한다는 것을 깨닫지 못한다고 주장한다. 상상계에서처럼 아이는 상징계적 질서의 속박에서 벗어난 채 모든 입장을 동시에 취할 수 있다. 라캉의 영아는 안과 밖을 구분하지 못하기 때문에 감정이 실체적이며 유사 구체적으로 존재하는 특징을 띤다. 마찬가지로 메를로-퐁티가 말한 어린아이에게도 인간의 응시란 "거의 물질적으로 존재하는 것이기 때문에 심지어 아이는 응시들이 교차할 때 어

---

40 Ibid., p. 354.

41 Ibid., p. 355.

떻게 부서지지 않는가 하고 의아해한다."[42]

허치슨은 스미스에 비해 육체의 현상학적 의미에 더 가까이 있다. 그는 사람의 얼굴 표정, 특히 우리가 어떤 표정을 짓게 하는 정서를 '추론'하거나 '연역'하지 않은 채 전-반성적으로 반응하게 되는 표정에 대해 말하고 의미화하는 데 대해 매우 흥미로워했다. 얼굴 표정은 육신(flesh) 고유의 표현성으로서 인간의 육체 자체가 기호라는 사실을 보여주며, 이는 스미스가 그토록 열중했던 이원론에 대한 어떤 해결책을 약속해 준다. 만약 스미스가 우리는 오직 어떤 특별한 능력을 통해서만 타자에 접근할 수 있다고 추정한다면, 이는 그가 타자의 정신 상태란 타자의 육체라는 용기 속에 감추어져 있는 것이기 때문에 당연히 우리에게 접근 불가능하리라고 상상하기 때문이다. 나의 분노는 내 속에 숨겨져 있으며, 상대가 실제로 보는 내 분노의 이런저런 편린들―예를 들어 좌절된 격분으로 인해 흥분해 있다는 사실―은 단지 어떤 고유한 사적 상황의 표면적인 기호일 뿐이다. 보는 것과 실제는 다르다. 마찬가지로 나의 말이란 나의 정서만큼이나 본질적으로 사적인 의미―내 머릿속에 들어 있는 이미지이기 때문에 사적인 의미―의 표면적인 기호일 뿐이다. 그러므로 우리가 진정으로 같은 것을 느끼거나 의미하고 있는지를 아는 것은 어렵기도 하거니와 아마도 불가능할 것이다. 일례로 『트리스트램 샌디』는 상습적으로 인물 상호 간의 의향이 서로 어긋나게 만들어 풍성한 희극적 가치를 자아낸다. 스미스가 『도덕감상론』에서 고백한 바에 따르면, 할 수만 있다면 필히 다른 사람들을 보다 깊이 동정하려고 하겠지만 우리는 결코 그들이 느끼는 바를 정확하게 알 수 없다. 만약 타자들이 우리에게 접근할 수 없다면 사회적 조화를 위한 의식적인 기반을 찾기는 어렵게 되며, 그로 인해 그 의식적인 기반 대신 그런 작용을 담당할 감정이입, 직관, 상상

---

42 Ibid., p. 355.

력, 도덕감각 등과 같이 파악하기 어려운 능력을 상정하려는 유혹이 강화된다.

말할 나위 없이 우리가 타자들이 느끼고 있는 바를 상상해야만 하는 경우는 우리가 타자들이 의미하고 있는 바를 상상해야만 한다는 생각과 마찬가지로 타당해 보이지 않는다. 일레인 스캐리는 상상력이 인간의 공감에 중심이 된다고 잘못된 주장을 한다.[43] 이해란 감정이입을 통해 우리 자신을 타자의 영적인 내부―즉 고유하게 사적인 내용들로 구성되어 있다고 추정되는 내부―로 투사하는 것이 아니다. 분명히 타자는 우리에게 자신의 감정을 숨기거나 자신의 의미를 의도적으로 왜곡할 수 있지만, 그렇게 하려면 꽤 정교한 기술이 필요하게 되고 그런 기술은 항상 공적 영역에서 선택된다. 우리는 대체로 우리가 타자에 접근하는 것과 거의 같은 방식으로 우리 자신에 접근한다. 여기서 순전한 자기 성찰이란 별 소용이 없다. 내가 질투심을 느낀다거나 두려워한다는 것을 나 스스로 알게 되는 것은 단순한 자기 성찰에 의해서가 아니다.

메를로-퐁티는 다음과 같이 쓰고 있다. "다른 인격체의 자명함이 가능한 것은 내가 나 스스로에 대해 투명하지 않고, 나의 주체성이 그 여파로 육체를 끌고 오기 때문이다. …… 만약 나 자신이 전적으로 하나의 인격체이며, 나 자신을 필증적으로 자명한 존재로서 파악한다면, 다른 인격체는 결코 인격적인 존재가 아니다."[44] 만약 우리가 우리 자신에게 완전히 투명하다고 믿을 정도로 망상에 빠져 있다면, 타자는 불투명하게 보일 수밖에 없을 것이다.

---

43 Elaine Scarry, "The Difficulty of Imagining Other People", in Martha Nussbaum, *For Love of Country: Debating the Limits of Patriotism*, Boston, 1996.

44 Ibid., p. 352.

❖

흄은 허치슨과 달리 인간 마음에 타고난 아량이 있다고 믿지 않았다. 그는 결국 공화주의적 휘그파라기보다는 회의주의적 토리파로서 인간사에서의 중심적인 추동력을 자기 사랑이라고 생각했다. 그의 생각에 따르면, 정의가 필요하다고 한다면 이는 이득과 자기 이익에 대한 과도한 추구에 균형을 맞추기 위한 반대쪽 평형추다. 하지만 그는 비록 대부분의 사람들이 다른 사람들보다 자신들을 더 사랑하기는 하지만 종합적으로 보면 사람들의 인도적 정감이 이기심을 능가한다고 주장하기도 한다. 흄은 고답적인 붙임성과 세속적인 단호함을 혼합한 점에서 그 둘의 의미를 다 담고 있는 도회풍의 점잖으면서도 세련된 사람이다. 그는 홉스처럼 까다롭지도 않고 섀프츠베리처럼 낙천적이지도 않다. 그가 글을 쓰던 시기는 산업화 이전 시대에 새로 부상한 중산계급이 여전히 귀족의 화려한 매력에 상당히 이끌리면서 상업과 정중함 사이의 조화를 추구하려던 시기였다. 이후 산업자본주의 시대에서 그런 조화는 성취하기 더 어려워진다.

흄이 『인간 본성에 관한 논고』에서 쓴 바에 따르면, "관습과 관계로 인해 우리는 타자의 감상에 깊이 들어가게 된다. 우리가 추측하기에 그를 따르는 어떤 운은 상상력에 의해 우리에게 제시되면서 마치 원래 우리 자신의 것인 양 작용한다."[45] 적어도 호감을 주는 정념이 관련된 경우에, 이것이 과연 무아적인 것인지 아니면 자기 이익적인 것인지를 구분하기는 어렵다. 하지만 전반적으로 흄은 자애의 실재를 단호하게 믿으면서, 허치슨 식으로 "사랑에 수반되는 이런 생리적 욕구란 사랑받는 인격체의 행복에 대한 욕망이며 그가 비참해지는 것에 대한 반감"(430)이라고 주장한다. 흄은 인간의 공감에 많은 지면을 할애하면

---

45 David Hume, *A Treatise of Human Nature*, London, 1969, p. 457. 이후 이 책의 인용문 출처는 인용 이후에 괄호로 표기한다.

서 허치슨처럼 그것을 이른바 넓은 의미에서의 상상계적인 틀 속에 넣는다. 마치 다른 사람의 비참함으로 인해 우리의 복리가 더 돋보이게 되고 그로 인해 우리 자신이 기뻐하게 되는 것처럼, 사실상 다른 사람의 쾌락은 우리 자신의 처참함과 비교될 때 우리에게 아픔을 줄 수도 있다. 한데 이 두 경우 모두 이기주의는 진정한 동료 감정과 뒤섞여 있다. 여기에 상상계의 대항 같은 것이 있다면 상상계의 감정이입 같은 것도 있다는 것이다. 상상계에서와 마찬가지로 흄의 도덕 사상에서도 경쟁과 미메시스는 분리될 수 없다. 즉 그의 도덕 사상에 따르면, 우리는 다른 사람의 쾌락에 대해 쾌락을 느끼면서 동시에 경쟁에서 뒤처지지 않으려는 어떤 조바심을 가지기도 한다.

흄이 『인간 본성에 관한 논고』에서 주목한 바에 따르면, 가장 생동적인 대상은 "우리와 같은 이성적이며 사유하는 존재로서, 자기 정신의 모든 행동을 우리에게 전달하고, 마음속 깊이 간직한 자신의 감상과 정감을 우리가 내밀히 들어 알 수 있게 해주며, 여느 대상에 의해 야기되는 모든 정서가 만들어지자마자 즉시 우리에게 알려준다"(402). 이런 영적 교제에서 중요한 것은 내부가 외부가 되는 데서의 직접성이며, 이는 다른 사람의 감상이 그의 육체 속에 묻혀 있지 않고 읽기 쉽게 육체의 표면에 새겨져 있는 방식이다. 흄에 따르면, "우리와 관련된 모든 것은 우리 자신으로부터 관련 대상에로의 수월한 이행을 통해 생동적으로 착상되는데"(402) 이런 이행은 유사성과 상응성으로 인해 일어난다. "쾌활한 성질을 지닌 사람들이 자연스레 쾌활한 것을 좋아하고, 진지한 사람들이 진지한 것에 정감을 가지게 되는 것처럼 ······사람들은 아무런 반성적 사고를 하지 않고 그저 자연스럽게 자신의 인성과 가장 비슷한 인성을 시인한다"(403, 654). 혹은 프로이트라면 그리 달갑지 않게 표현할지도 모르겠으나, 우리의 대상 선택은 자기도취적이다. 이 신사들의 사교 클럽은 상상계의 영역과 마찬가지로 마술적인 전염성과 유사성의 세계다. 여기에 차이란 거의 없다. 장려할 만한 사회적 가치 가운데 경쾌한 영혼과 편안한 태도가 중요하다면, 굳이 애를 써서 붙임성 있게 대해야만 하는 낯선 사람들보다는 마음이 맞는 사람들이나 나의 또 다른 자아에게 그것을 실천하는 것이 더 손쉬울 것이다. 흄은 낯선 사람들이란 그저 잠시 동안만 우리에게 호감을 준다고 생각한다.

흄에 따르면, "두 대상 사이에 완벽한 관계를 형성하려면 상상력이 유사성과 인접성 및 인과관계에 의해 한 대상에서 다른 대상으로 전달되어야 할 뿐만 아니라 그 반대 방향으로도 동일하게 손쉽고 수월하게 되돌려져야 한다"(405). 이는 여전히 상상계의 영역이며, 이곳에서는 어린아이와 반사된 자기 모습의 경우와 마찬가지로 문제의 이 대상들 사이에 폐쇄 회로나 양방향 통행이 존재한다. 흄은 "이 이중의 움직임은 일종의 이중의 끈이며 그 대상들을 가장 가깝고도 친밀하게 묶어준다"(405)고 덧붙인다. 이른바 사회적 상상계에서, 나는 나 자신에 비추어진 상대를 보는 동시에 상대에 반영된 나 자신을 발견하게 된다. 그리고 이런 상호성이 깊어지면 결국 두 주체는 구분될 수 없게 되는 지점에 이르게 되고, 반영되는 것은 다름 아닌 스스로를 반영하는 쌍방향적 행위일 뿐이다. 라캉에게서와 마찬가지로 흄에게서도 이중, 유사, 비교에 강한 흥미를 가지게 되는 것은 우리의 보다 더 성숙한 경험의 요소다. 흄은 우리가 이성에 의해 거의 지배를 받지 않기 때문에 "항상 대상의 내재적 값어치나 가치보다는 비교에 의해 대상을 판단한다"라고 생각한다(420).

하지만 이 균형은 그 장면에 제3항이 끼어들 때 와해된다. 흄이 계속해서 주장한 바에 따르면, "둘째 대상이 첫째 대상과의 호혜적 관계 이외에 셋째 대상과 강력한 관계를 맺고 있다고 가정해 보자. 이 경우 비록 관계는 똑같이 지속되지만 첫 번째 대상으로부터 두 번째 대상으로 넘어간 사유가 똑같이 수월하게 되돌아오지는 않지만 세 번째 대상으로는 손쉽게 계속 움직여 간다. …… 그러므로 이 새로운 관계는 첫 번째 대상과 두 번째 대상 사이의 끈을 약화시킨다"(405). 흄의 논지를 오이디푸스 콤플렉스 방식으로 설명하기는 어렵지 않다. 즉 어머니와 아이 사이의 양자적 혹은 상상계적 관계는 그 장면에 아버지가 개입함으로써 삼각 구도화된다. 한마디로 여기서 흄이 그리고 있는 것은 상상계로부터 상징계로의 움직임이다. 세 주체가 두 주체보다는 꽤나 많다.

이 설명이 사실상 '관념 연상'과 관련된 구절을 곡해할 정도로 과도하게 읽은 것이라고 생각되지 않도록 하기 위해 『인간 본성에 관한 논고』가 어머니, 아버지, 아이에 대해 계속 논의하고 있다는 점을 주목하는 것이 좋겠다.

어머니가 재혼했다고 해서 모자 관계가 끊어지지 않으며, 이 모자 관계는 나의 상상력을 나에게서 어머니에게 가장 손쉽고 수월하게 전달하게 하는 데 충분하다. 그러나 상상력은 이 관점에 도달한 다음에는 그 대상이 너무나도 많은 다른 관계에 둘러싸여 있으며 이로 인해 자체의 관심이 도전받는다는 것을 알게 되어, 결국 어떤 관계를 더 선호해야 할지, 어떤 새로운 대상을 선정해야 할지 몰라 쩔쩔매게 된다. 이해관계와 의무라는 끈으로 인해 어머니는 다른 가족에 묶이게 되고, 이로 인해 합일을 유지하는 데 필수적인 어머니로부터 나에게로 향한 공상은 되돌아오지 못하게 된다. 사유는 그 자체를 완벽하게 안정시키면서 변화하려는 그 자체의 성향을 만족시키는 데 필요한 진동을 더 이상 유지하지 못하게 된다. 사유는 수월하게 나아가지만 어렵게 되돌아오게 된다. 이처럼 방해를 받게 되어, 사유는 통로가 양쪽 모두에게 열려 용이했던 경우와 달리 그 관계가 훨씬 더 약화된 것을 발견하게 된다(405).

여기서 아이의 입장에 서 있는 흄은 어머니와 (의붓)아버지의 관계로 인해 어머니와 난처한 관계에 놓이게 된다. 아이와 어머니의 유대는 이제 비대칭적이 되어 오직 한쪽에서만 왕성하게 된다. 왜냐하면 어머니는 두 번째 남편을 통해서 아이와는 아무 상관없는 일단의 친척들과 제휴를 맺어 상징계적 질서에 휘말리게 된 존재로 인지되기 때문이다. 두 번째 남편의 예를 든 이유는 가족 관계가 '상상계적' 닫힌 틀임에도 불구하고 점점 낯선 사람들이나 혈연관계가 없는 사람들과 제휴를 맺는 것으로 바뀌어가는 방식을 분명히 보여주기 위해서이다. 이렇게 맺어진 제휴는 어머니와 아이의 일차적인 관계에 다시 작용하여 치명적으로 그 관계를 느슨하게 만든다. 이로 인해 아이는 이른바 오이디푸스적 위기라고 할 수 있는 상황 속에서 더듬거리고 주저하게 되는 것 같다. ("어떤 새로운 대상을 선정해야 할지 모르게 된다.") 아이로부터 어머니에게로 향하는 연상의 사슬보다 어머니로부터 아이에게로 향하는 연상의 사슬을 추적하기가 더 어렵다고 주장하는 것은 마치 아이가 어머니를 사랑하는 것만큼 어머니가 아이를 더 이상 사랑하지 않는다고 불평하는 것을 위장한 듯 보인다. 여기서 오이디푸스성은 인식론으로 대체되어 있다.

알튀세르에게 이데올로기라는 상상계의 영역은 참인지 거짓인지 분별 있게 말해질 수 없다. 이 영역은 그런 판단과 전혀 관련이 없는 영역인데, 왜냐하면 이데올로기란 일차적으로 명제의 문제가 아니기 때문이다.[46] 한 사람이 자신의 질투, 불복종, 복종 등을 어떻게 '영위하는가'라는 것은 인지상의 정확성 문제가 아니다. 알튀세르에게서 이론(진리의 영역)과 이데올로기(경험의 지대) 사이에는 큰 틈이 있다. 사회에 대한 과학적 지식이 허용된 소수의 운 좋은 사람들은 동시에 지극히 평범한 시민이기도 하기 때문에 나누어 구분되어 있는 상징계와 상상계의 세계에서 살아간다. 이와 유사하게 흄에게 이성과 정념 사이에는 인식론적 단절 혹은 '총체적 대립'이 있다. 정념은 "결코 이성의 대상이 될 수 없으며" "참이나 거짓으로 단언될 수도 없다"(510). 아퀴나스나 스피노자와 달리 흄에게 이성적 정념 혹은 비이성적 정념이란 터무니없는 말이다. 우리가 우리의 방식으로 느껴야만 하는지를 묻는 것

---

46 Terry Eagleton, *Ideology: An Introduction*, London, 1991, p. 142 이하 참조.

은 무의미하다. 오히려 니체와 마찬가지로 흄에게서 정념은 '본래적 존재'다. (니체는 『선악을 넘어서』에서 "우리의 정념과 욕동의 세계만이 실제로 '주어졌다고' 한다면 ……"이라고 가정하고 있다.) 흄이 보기에 정서는 이성 너머에 있을 뿐만 아니라 어떤 한 개인에 한정되려고도 하지 않는다. 흄은 "정념이란 너무 전염성이 강해서 한 사람에게서 다른 사람에게로 가장 수월하게 옮아가며 모든 인간의 가슴속에 상응하는 움직임을 자아낸다"라고 논평한다(655). 이 정감적 전염에는 마술적인 무엇인가가 있어 마치 상대방이 놀라거나 시기하게 되면 그것이 말 그대로 나의 내장에 영향을 끼치게 되고 정서의 바이러스처럼 상대의 육체로부터 나의 육체로 옮아가는 듯하다. 어린아이는 쉽게 그러리라고 상상할 수 있을 것이다.

흄에게 공감은 덕의 주된 원천일 뿐만 아니라 모든 동물 창조에 생기를 불어넣는 일종의 자석 원리로서 "사고하는 한 존재로부터 다른 존재에게로 감상이 손쉽게 소통"(412)되게 하는 어느 정도 실체적인 힘 혹은 민활한 매체다. 공감은 인간 심혼의 거대한 교환대이며 우리가 인지할 수 있는 모든 정념의 중심에 있다. 공감으로 인해 인생은 살만한 것이 되기도 한다. "자연의 모든 힘과 요소가 한 사람을 섬기고 따르도록 한다 해도, 그의 지령에 따라 태양이 뜨고 지게 한다 해도, 그가 원하는 대로 바다와 강이 흐르고 대지가 그에게 유용하거나 기분좋은 것이면 무엇이든 자발적으로 제공한다 해도, 그에게 자신의 행복을 나눌 수 있고 존중과 우정을 통해 자신을 즐겁게 해줄 수 있는 인격체가 없다면 그는 비참할 것이다"(412). 이런 상상계적 환상 속에서 세계는 자발적으로 우리에게 건네지며, 마치 영아의 거울상이 그의 동작을 잘 따르듯 세계는 기적적으로 우리의 지령을 잘 따른다. 하지만 이러한 교제가 최종적으로 성취되려면 함께하는 동등한 주체가 있어야만 한다.

흄에 따르면, "인간의 정신은 각각 서로를 비추는 거울이다"(414). 이는 변증법적으로 운동하여 "부자가 자신의 소유물에서 얻는 쾌락은 그것을 보는 사람에게 투영되어 쾌락과 찬탄을 자아내고, 이렇게 유발된 감상이 지각되고 공감되면 다시 그 소유자의 쾌락을 높여주고, 그리고 이것이 다시 한 번 더 반영되면 보는 사람에게서 쾌락과 찬탄을 야기시키는 새로운 토대가 된다." 거울을 서로 맞대어 비추는 상상계는 상호 찬미를 하는 사회 같은 것으로, 여기에서는 심연으로 밀어 넣기(미장아빔)처럼 반영 행위가 끊임없이 또 다른 반영 행위를 산출한다. 이렇듯 돌고 도는 정감의 순환 회로는 상징계적 질서의 선형적인 진화가 아닌 상상계의 순환적 시간을 전개한다. 이것은 윌리엄 워즈워스*의 자연에 대한 관계와 같은 상상계적 차원에서 발견되는 일종의 심화되어 가는 상호성이다. 말하자면, 잠재적으로 무한히 되돌려주는 방식으로 주변 자연 사물에 대한 시인의 사랑은 과거 그 사물에 투여했던 감각에 의해 풍성해지고 그 감각은 다시 현재의 전망에 의해 변형된다.

흄에 따르면, "관념은 총체적 합일을 결코 허용하지 않으며 일종의 불가입성(不可入性)을 그 특징으로 하는데, 이로 인해 서로를 배척한다. ……반면 인상과 정념은 완전히 합일되기 쉬우며, 색깔들처럼 서로 완벽하게 섞일 수도 있어 각각의 속성을 잃고 오직 전체에서 발생하는 균일한 인상을 다양하게 하는 데에만 기여한다"(414~15). 그는 "인간 정신의 가장 신기한 몇몇 현상"이 이런 조건에서 도출된다고 덧붙인다. 상상계의 전-반성적 질서에서 '관념'이라기보다는 실체적인 직접성을 지닌 감각이 중요하기 때문에 여기서 구성요소들은 상호 융합될 수 있고, 이런 상호 융합은 반성과 구분 및 배제를 통해 기능하는 사유나 언어라는 상징계적 질서에 알려지지 않은 것이다. 흄에게서는

---

* 윌리엄 워즈워스(William Wordsworth, 1770~1850): 영국의 낭만주의 시인이자 비평가로 작품에 콜리지와 공저한 『서정가요집』(*Lyrical Ballads*, 1798)과 운문 비극인 『변방인들』(*The Borderers*, 1795~97, 1842), 『서곡』(*The Prelude*, 1850) 등이 있다.

인과성조차도 일종의 상상계를 나타낸다. 즉 여기서 우리는 상상력을 통해서 원인과 결과 사이의 상호성 혹은 내적 유대를 상정하게 되는데, 물론 이성의 관점에서 보면 이 유대에는 아무런 근거도 없다. 부르주아의 상징계적 질서의 요체인 사유재산도 마찬가지다. 이 경우에 관습과 상상을 따라 우리는 재산과 그 소유자 사이의 필연적 관계를 지각하게 되지만 여기에도 아무런 이성적 근거가 없다. 오히려 스피노자와 알튀세르에게 우리가 세계를 '영위하는' 방식과 철학이 존재할 세계를 아는 방식 사이에 인식론적 단절이 있는 것처럼, 흄도 이성의 관점에서 볼 때 우리의 많은 자연발생적 가정에 아무 근거가 없다고 인식하고 있다. 흄과 같은 부류의 사람이 철학이란 공통 형식에 대해 전복적이라기보다는 그 형식과 연속적이어야만 한다고 믿는 점을 감안한다면, 흄의 그런 인식은 그에게 특별히 불편한 진리일 것이다. 도덕적 탐구란 광야에서 울부짖는 덥수룩한 예언자를 찾는 것이 아니라 문명화된 정신을 추구하는 것이어야만 한다.

이제까지 우리는 라캉에게서 상상계가 영아기와 더불어 사라지지 않는다는 점을 살펴보았다. 흄에게 상상계는 성인기에 이르기까지 존속하는데, 이는 "어떤 정서나 그에 상응하는 정신의 움직임을 수반하지 않고서는, 그 어떤 사물도 감관에 현전하지 않으며 어떤 이미지도 공상 속에서 형성되지 않는다"는 의미에서 그렇다(421). 상상계라는 전-반성적 세계에서 우리는 우리의 감각에 의해 사물과 직접적으로 관련되는 듯하다. 즉 언어나 반성이 서투르게 개입되지 않은 상태에서 우리의 육신과 감정이 소통의 미묘한 매체가 되는 듯하다. 흄은 그런 감상과 인상이 없을 경우 "자연 만물은 우리에게 철저히 무관심하다"라고 주장하는데(547~48), 나중에 살펴보겠지만 이 무관심은 상징계적 질서의 한 양상이다. 하지만 마치 하이데거에게서 이성이 그 자체를 뒤덮고 있는 기분이나 분위기를 항상 망각하게 되는 것처럼, 관습으로 인해 우리는 우리의 사유가 정서의 색조나 감정의 음조에 잠겨 있다는 점을 잊게 된다. 합리성이 본래의 페이스를 되찾으며 우리의 사유를 확실한 중립적 능력으로 표백해 버리면, 상상계의 유산은 시야에서 점차 사라지게 된다. 하지만 그렇다고 하더라도 흄에게 그런 정감이나 감각은 우리의 보다 비정념적인 모든 반성 이면에 흐르는 일종의 현상학적 조류로서 지속된다.

잘 속아 넘어가는 영아가 거울 앞에서 자신의 이미지를 자기 자신으로부터 독립된 세계에 존재하는 어떤 대상으로 간주하면서 그 이미지가 자기 육체의 투사일 뿐이라는 점을 알지 못하는 상황을 상상하기란 그리 어렵지 않다. 흄이 보기에 이런 방식으로 대부분의 비-반성적 시민들은 도덕적 가치란 물질세계의 일부 구성요소라고 확신하면서 도덕의 문제에 접근한다. 그들은 그 가치가 사실상 주체에 의해 만들어진다는 면에서 상상계적이라는 점을 인식하지 못한다. 도덕적 선과 악은 "오직 정신의 행동에 속한다"(516). 아이와 그의 거울상처럼 그들은 주체와 대상 사이의 관계를 고려할 뿐이지 (실재론자나 합리주의자가 고려하듯이) 대상 사이의 관계를 고려하지는 않는다. 오직 상징계적 질서 속에서나, 구성적 주체가 '탈중심화'되거나 장면에서 추방되면서 사물들은 객관적 상호 관계에 뒤얽혀 있는 소정의 실체들로 간주된다. 흄의 주장에 따르면, 도덕 용어는 "다른 외부 대상과 대립해 있는 외부 대상"에 적용될 수가 없으며, "…… 학문의 대상인 관계에는 도덕이 없다"(516, 520). 이러한 정서주의 윤리에서 살인이 사악한 것은 살인 그 자체 때문이 아니라 살인이 우리에게 일으키는 탐탁찮은 감상 때문이다. "이는 감정의 대상이지 이성의 대상이 아니며," 도덕적 가치는 "당신 자신 안에 있지, 대상 안에 있지 않다"(520). "그러므로 도덕은 판단되는 것이 아니라 느껴지는 것이 더 적절하다"(522). 허치슨이 말한 도덕감각은 별나게도 직관적이기는 하지만 최소한 행동의 본래적 자질에 대한 반응이기는 하다. 그러나 흄은 이를 한 단계 더 진척시켜 허치슨과 달리 "덕을 분별하는 것은 어떤 인성에 대한 관조에서 오는 특정한 만족감을 느끼는 것일 뿐"이라고 주장한다(523). 섀프츠베리가 이를 표현하듯이, "도덕적 행위 속에 실재적인 호감이나 결함이 없다고 하더라도 최소한 온전히 상상적인 호감이나 결함은 있다."[47]

흄은 우리가 공감을 받을 만한 '인성을 관조함으로써' 인간적 공감을 느낀다고 주장하는데, 과연 이 주장이 얼마나 있는 그대로 받아들여질 수 있겠는가? 우리가 공감하는 사람들은 우리 눈앞에 물리적으로 존재해야 하는가? 이 질문은 상상계적 윤리가 보편적일 수 있는지에 대한 화두를 던지는 것이기 때문에 보기와 달리 아주 중요하다. 허치슨이 멀리 있는 사람들보다는 가장 가까이 있는 사람들을 사랑하는 것이 당연하다고 생각하기는 했지만, 앞서 살펴보았듯이 그는 자기 문화에 이질적인 다른 문화와 우의를 다지고 싶어 했고, 다른 행성에 존재할지도 모를 합리적 존재에게까지 자애를 베풀어야 한다고 다소 묘하게 쓰기도 했다. 그는 유화적인 국제연합 대사의 논조로 "우리의 선한 희망은 여전히 그들을 향할 것이며 우리는 그들의 행복을 기뻐해야 한다"[48]라고 말한다. 허치슨은 어떤 의미에서 상상계의 철학자일 수도 있지만, 그의 전망이 편협하게 지역주의적이지는 않다. 같은 아일랜드 출신의 버크와 달리 허치슨은 낭만주의적 특수주의자가 아니라 인류 전체의 복리를 논의의 범위로 삼는 계몽주의적 보편주의자였다. 실제로 그는 "최대 다수의 최대 행복"이라는 공리주의의 구호를 처음 만들었다.[49] 이런 보편주의를 감상 이론과 혼합한 그의 사상은 계몽주의와 낭만주의를 수렴하는 효과적인 지점이 된다. 그는 원거리에서의 애착이 근거리에서의 애착보다 약하다는 점, 즉 중력처럼 자애의 힘이 원거리에서는 줄어들고 "육체가 서로 접촉하게 될 때에는 가장 강해진다"는 점을 인정한다.[50] 그럼에도 불구하고 그는 "이웃이나 지인을 넘

---

47 Shaftesbury, *Characteristics*, in L. A. Selby-Bigge, *British Moralists*, vol. 1, p. 120.

48 L. A. Selby-Bigge, *British Moralists*, vol. 1, p. 97.

49 Ibid., p. 107. 이 문구는 흔히 잘못 인용된다.

50 Ibid., p. 130.

어서까지 확장되는" "비교적 정도가 약한 사랑"과 자애에 대해 말할 수 있으리라고 믿었다.[51]

18세기 아일랜드의 자유주의자인 허치슨이 조국에 대한 사랑을 이렇듯 확장된 정감의 본보기로 삼았다는 점은 놀랄 만한 일이 아니다. 민족이란 베네딕트 앤더슨(Benedict Anderson)의 유명한 표현에 따르면, 상상된 공동체일 뿐만 아니라 상상계적 공동체이기도 하다. 마치 봉인된 무시간적 공간처럼 이 상상계적 공동체에서 충실한 개별 시민은 동포들이 보내는 동지로서의 응시 속에 조화롭게 반영되어 있으며, 동시에 개별 시민은 존엄한 초월적 기표인 민족 자체에 의해 독특하게 인정받는다. 이것은 대체적으로 장-자크 루소(Jean-Jacques Rousseau)가 꾸었던 정치적인 꿈이다. 즉 민족은 상상계적 공간을 이루는데, 이 공간에서 모든 시민은 자기 나라의 동포들과 함께 자유롭게 형성한 법을 따르며 동포들의 집단 의지에 복종함으로써 결국 자신의 자기성을 되돌려 받게 되고, 이 자기성은 동포들의 자기성과 조화를 이루면서 수천 배로 풍부해지게 된다. 그는 자신의 동포들을 자신에게 매개하는 주권 내에서 자신의 모습을 숙고한다. 아일랜드 공화주의자인 토머스 케틀은 민족주의란 사적 감상이 정치적 원리로 고양된 것이라고 주장하면서 이 새로운 형식을 공적으로 복권된 감정과 유사한 것이라고 제안한다.[52] 상상계에서의 시간과 마찬가지로 민족 담론에는 기원도 종말도 없다. 더구나 18세기 이래로 민족이라는 정신적인 원리는 국가라는 정치적인 개념과 결합되어 상상계와 상징계의 새로운 통합 형태를 만들어낸다. 상상계적 공동체로서의 민족에서 그 모든 개별 구성원이 다른 모든 개별 타자 속에 반영되어 있기 때문에 어떤 내적 차이나 구분도 인정되지 않는다. 하지만 이 플라톤적 실체가 전(全) 지구적 무대에서 진가를 발휘하기 위해서는 세속적인 역사 속에 구현되도록 자세

---

51 Ibid., pp. 96~97.

52 Thomas Kettle, *The Day's Burden*, Dublin, 1937, p. 10.

를 낮추어 법, 윤리적 이데올로기, 정치제도 등과 같은 상징계적 구조로 명확히 표현되어야만 한다. 사실상 민족국가가 근대성의 지극히 성공적인 발명품이라면, 이는 특히 민족국가가 가장 집요하게 '상상계'적인 감상—그 이름만으로도 사람들이 자신들의 삶을 선뜻 바치도록 만드는 것—을 법, 상업, 정의, 시민권이라는 비인격적인 상징계적 질서에 연결했기 때문이다.

그래도 상호성을 지닌 자기들과 빠른 전염성을 지닌 감정에 기초한 윤리는 서로-얼굴을-마주보는 관계가 한층 더 적어지는 것에 대해 불편해한다. 허치슨은 자연이 정한 바에 따라 우리가 아주 가까이에 있는 사람들을 사랑한다고 논평했는데, 이는 허치슨에게 섭리에 따른 정서의 절약 같은 것이다. 이 정서의 절약으로 인해 우리는 우리가 도와주기에 너무 멀리 떨어져 있고 그들의 진정한 관심사를 모를 수밖에 없는 광범위한 다수에게 우리의 정감을 낭비하지 않게 된다. 하지만 "심지어 아주 먼 종에게조차 자애를 베풀려는 보편적 결의가 인류에게" 여전히 남아 있다.[53] 허치슨은 보편적 선을 촉진하는 데 도움이 될 수 있는 규칙과 준칙을 만들어내는 것이 가능하다고 믿었으며, 그 과업은 그가 벤담 식 공리주의자들에게 물려준 유산 중의 일부다. 윤리의 기초를 대부분 감정에 둔 허치슨 같은 사람들은 도덕이 보편법과 절대적 책무의 문제가 되는 상징계로 표류해 들어가는 것을 경계한다. 그런 추상적 의무를 언급하는 것조차도 마음의 자발적인 충동에 대한 모욕이 된다. 하지만 만약 당신이 진정 전 지구적으로 나아간다면, 어떻게 그런 계율에 대해 언급하지 않으면서 칸트나 제러미 벤담(Jeremy Bentham)의 영역을 잠식할 수 있을지는 알기 어렵다. 도덕적 주체들의 보편적 공동체라는 틀을 짜기 위해서는 감정 이상의 무엇인가가 필요하다. 섀프츠베리와 벤담 사이에서, 허치슨은 자발적인 선한 본성이

---

53 Ibid., p. 127.

라는 관념을 고수하고 싶어 하면서 동시에 자신이 권하는 보편적 윤리가 규칙을 따라야만 한다는 점을 인식하기도 한다.

허치슨에 비해 흄은 보편적 자애라는 진리를 훨씬 더 수긍하지 않는다. 실제로 그는 『도덕 원리에 관한 탐구』에서 "자연이 모든 종에게 보편화한 (좋음과 나쁨)에 대한 내적 감각 혹은 감정"에 대해 쓰면서 자애란 인류 전체의 이해관계를 증진하는 것이라고 말한다.[54] 하지만 정의를 위한 기관이 반드시 필요하다면, 이는 "인간 존재가 우정과 아량으로 충만하여 모든 사람이 모든 사람에게 다정하고 동료들의 이해관계와 자신의 이해관계를 다름없이 걱정하는 것"이 아니기 때문이다.[55] 정의에 대한 흄의 견해는 마르크스의 견해와 대충 비슷한 듯하다. 즉 누군가에게 무엇이 합당한지에 대해 반론을 펼 필요가 있는 제한적 풍요의 상황에서는 정의가 필요한 덕이겠지만, 사람들이 얻을 수 있는 것은 무엇이든 낚아채는 극도로 궁핍한 상황에서 정의는 아무 의미도 없다. 마르크스에게 물질적으로 과도하게 풍부한 사회에서는 재화를 규제하면서 유통시킬 필요가 없기 때문에 정의에 대한 요구도 없게 되어, 결국 정의는 아무런 의미도 없게 된다. 말할 필요도 없이 흄은 냉정하게 그런 유토피아주의에 현혹되지 않는다.

흄은 『인간 본성에 관한 논고』에서 특히 보편적 사랑이라는 관념을 거부한다. 그는 스위프트 식으로 "일반적으로 인격적 자질이나 공헌이나 자신과의 관계와 전혀 상관없이 인간의 정신 속에 자체적으로 인류에 대한 사랑과 같은 정념이 존재하지 않는다고 단언할 수 있다"라고 쓴다(231). 여기서 흄이 강조하려는 바는 그가 '국한된 자애'라고 말한 인간 아량의 한계다. 그의 견해에 따르면, 그러한 공감은 자신의 가족이나 친구 너머로까지 확장되지 않는다. "우리는 우리나라 사람과 우리 이웃들 및 우리와 같은 거래를 하거나 같은 직업에 종사하거나 심

54　David Hume, *Enquiry Concerning the Principles of Morals*, pp. 5, 12.

55　Ibid., p. 12.

지어는 같은 이름을 가진 사람들을 사랑하며"(401), 낯선 사람들과 교제하기보다는 마음이 좀 덜 맞는 친구들을 더 좋아할 수밖에 없다. 이는 커피하우스의 윤리다. 이런 세심한 감상에 진심으로 동의했을 프로이트에게서도, 여기저기 돌아다닐 만한 리비도는 별로 없다. 프로이트는 『문명 속의 불만』(Civilisation and Its Discontents)에서 모든 사람을 사랑하려는 것은 내가 '내 민족을 위해' 비축해야만 하는 정감을 별로 줄 만한 가치가 없는 사람들에게 낭비하는 것이기 때문에 부정의라고 주장한다. 덧붙여 그는 낯선 사람들은 우리의 친절보다는 증오와 적개심을 더 많이 받는다고 주장한다. 프로이트에게 이웃은 은밀하게 적이며, 이는 좀 다른 의미로 기독교에서도 마찬가지다. 바로 이런 이유에서 자신의 이웃을 사랑하라는 시범 사례는 자신의 적을 사랑하라는 것이다. 누구든 친구를 사랑할 수 있다. 프로이트가 인식했듯이, 만약 이웃 사람이 정신적 외상의 원인이라면, (프로이트가 그리 달가워하지 않았듯이) 이는 부분적으로 인간의 활동 중에서 사랑보다 더 싫고 힘들고 손해 보고 궁극적으로 치명적인 활동은 별로 없기 때문이다. 『문명 속의 불만』은 성적 성향과 사회 사이의 공공연한 갈등을 설파한다. 즉세 사람이 함께하는 성행위를 준엄하게 부정하는 프로이트가 선언하듯이, 제3자는 파괴적이거나 반갑지 않은 존재이기 때문에 성적 성향에서의 이상적인 숫자가 둘인 반면, 전체 사회는 우리를 수많은 개인과 연루시켜 우리의 정감을 위험할 정도로 널리 펼쳐서 빈약하게 만든다. 유달리 근대적인 방식으로 프로이트는 에로스로서의 사랑을 아가페 혹은 자선으로서의 사랑과 혼동한다.

홈에게 그런 정서적 지방주의는 우리의 본성에 속한다. 친구와 낯선 사람 사이에는 잘 지켜지는 경계선이 있는데, 이 경계선은 상상계와 상징계의 구별뿐만 아니라 (누군가의 친구는 대체로 그 자신처럼 점잖기 때문에) 계급 구분에도 어느 정도 상응한다. 홈에게 사회란 허치슨이 말한 '연약한 사랑'의 끊임없이 확장해 가는 동심원들로 구성되어 있으며, 혈연관계로부터 멀어지면 멀어질수록 정감적 분위기는 더욱

더 희박해진다. "인간은 자연히 조카보다는 자식을, 사촌보다는 조카를, 낯선 사람보다는 사촌을 더 사랑한다 ……"(535). 마치 대류층으로부터 전리층으로 미세하게 단계적으로 변화하는 오르막을 밟아나가듯이, 흄은 가장 가까운 사람들에 대한 정감이란 자기 사랑보다 '훨씬 더 미약'하고, 멀리 떨어져 있는 사람들에 대한 공감이란 그보다 '훨씬 더 미약'하다고 주장한다. 흄은 어떤 사람이 직접 만난 적이 없는 정치적 지도자를 자기 아내보다 훨씬 더 열렬하게 사랑할 수도 있다는 점을 생각하지 못했던 것 같다.

우리의 공감이 지니는 편협한 지역주의적 경향을 보정하는 방법들이 있다. 잘 생각해 보면 멀리 있는 어떤 대상이 실제로는 눈에 보이는 것만큼 그리 작지 않다는 점을 알 수 있는 것처럼, 낯선 사람들에 대한 우리의 본성적인 무관심을 도덕적으로 조정할 수 있다. 게다가 "우리는 우리와 다른 상황에 처해 있는 인격체들—만약 우리가 우리 자신의 고유한 입장과 관점에 계속 머물러 있다면 우리와 전혀 합리적으로 대화를 나눌 수 없는 인격체들—과 매일 만나고 있다"(653). 우리의 전망을 이런 식으로 교정함으로써 우리는 자신들에게 할당된 사회적인 활동 영역에 안주하고 있을 때보다 더 객관적으로 동료들을 평가하게 된다. 혹자는 이를 빈민가를 방문해 보고 도출한 주장이라고 할는지도 모른다. 하지만 범박하게 말해 현실이란 감각에 의해 포착될 수 있다고 보는 그런 경험주의는 익명의 사회적 관계 및 정치라는 것에 대해 어려움을 겪는다. 지젝이 적은 바에 따르면, "연민이란 추상화 능력의 실패"이며,[56] 흄에게 법과 정치란 상상력의 실패로 인한 결과다. 우리로부터 멀리 떨어져 있는 사람들의 이해관계는 마음에 생생하게 담겨 있기 어렵기 때문에 정의를 위한 기관들과 같은 비인격적 장치에

---

56 Slavoj Žižek, "Neighbors and Other Monsters: A Plea for Ethical Violence", in Slavoj Žižek, Eric L. Santer and Kenneth Reinhard, *The Neighbor: Three Inquiries in Political Theology*, Chicago and London, 2005, p. 185.

위탁되어야만 한다.

　확실히 흄은 모든 인간 존재가 유사성에 의해 서로 연관되어 있기 때문에 우리의 공통 본성이 자기 사랑에 대해 균형을 맞춘다고 믿는다. 우리는 "말하자면 우리와 전혀 무관(심)한" 낯선 사람들이 고난에 처해 있다는 말을 듣기만 해도 그들에게 연민을 느낀다. 하지만 흄은 또한 "동정이 인접성뿐만 아니라 심지어 대상을 보는 것에 의해서도 상당히 좌우된다"(418)고 생각하는데, 이런 이유에서 그는 같은 구절에서 비극이라는 주제로 옮아간다. 왜냐하면 비극 예술의 요체는 우리가 모르기는 하지만 연민을 느낄 수 있는 인물을 분명하게 표상하는 것이기 때문이다. 이런 이유에서 [『리어왕』에 등장하는] 코델리아의 죽음은 마치 친구의 죽음인 양 우리의 마음을 심히 움직이게 할 수 있다. 흄에게 공감은 주로 표상 여부에 달려 있다. 우리가 이해한다고 느낄 수 있는 낯선 사람들은 오직 우리가 그에 대해 들어본 사람들뿐이다. 만약 이미지를 만들어내는 정신이 없다면 우리의 공감적 정념이 굼뜨게 되거나 활성화되지 못할 것이라는, 최소한 이런 의미에서 윤리와 인식론은 서로 연결되어 있다.

　흄은 『인간 본성에 관한 논고』의 다른 곳에서 말발굽에 짓밟힐 찰나에 놓여 있는 전혀 낯선 사람을 돕기 위해 나서는 것에 대한 이야기를 하기는 하지만, 그 요지는 문제의 낯선 사람이 실제로 눈앞에 존재한다는 점이며 흄이 보기에 이 점은 보편적 자애라는 흐릿한 개념보다 훨씬 더 강렬하게 동정심을 자극한다. 그는 원칙적으로 어느 누구든 우리의 동정심을 유발할 수 있다는 의미에서 전 지구적 동료 감정이라는 것이 있다고 본다. 그러나 우리의 공감이란 마치 경비견의 타액처럼 오직 타자가 상상력이나 물질적인 환경에 의해 분명하게 실재하거나 표상되어 있거나 손에 잡힐 정도로 가까이 나타날 경우에만 막힘없이 흐를 뿐이다. 흄이 "어떤 인간이든, 실로 어떤 감성적 생물체든 우리에게 가까이 다가오게 된다면 그의 행복이나 불행은 우리에게 어느 정도 영향을 미칠 수밖에 없다"(533)라고 하기는 하지만, '가까이 다가

오게 된다면'이라는 구절로 인해 흄의 주장은 인류 일반에 대한 사랑과 구분된다. 여기서 흄은 (자신의 문화적 관심사가 세계시민주의이기는 하지만) 인류 일반에 대한 사랑이라는 교리를 특히 인정하지 않고 있다.

흄은 『인간 본성에 관한 논고』의 또 다른 곳에서도 "우리에게 현전하는 모든 사람"(432)에 대해 공감을 느끼는 유사한 면에 관해 말하는 반면, 『도덕 원리에 관한 탐구』에서는 "확실히 우리는 우리가 매일 느끼는 감상과 유사한 감상에 더 손쉽게 빠져든다. 한데 어떤 정념도 잘 표상된다면 우리에게 완전히 무심할 수 없다 ……"라고 주장한다.[57] 또다시 연극에서처럼 생생한 표상이 강조된다. 다른 사람이 우리의 선의를 유발하려면 우리의 상상력을 붙들어야만 하는데, 흄의 이른바 전-낭만주의적 상상력은 원거리보다는 근거리에 있는 사람들에게 훨씬 더 민감하게 작용한다. 이런 경험주의적 윤리에는 도덕적 특수주의 같은 것이 있으며, 토리당 회원들끼리 지니는 정서상의 편협한 지역주의가 반영되어 있다. 특정 윤리는 특정 인식론을 뒤따라가는 것 같다. 덧붙여 말하면, 경험주의적 윤리는 개념적으로 추상화하는 것을 꺼리고 맥박을 통해 느껴질 수 있는 자신의 경험만을 고집하여 결국 낯선 사람들이란 진정한 이웃이 아니라고 우리를 설득하는 상황에 다다르게 된다. 흄은 시공간적으로 우리에게 인접한 사물들은 다른 모든 영향력을 능가하는 "어떤 고유한 힘과 생동성"(474)을 지닌다고 믿는다. 그렇다면 18세기 영국이 그 자체의 제국에 대해 그토록 열정적으로 마음을 쓰는 것 같다는 점—즉 아주 멀리 떨어진 일련의 국가들이 인접한 사물들처럼 그토록 깊이 영국의 상상적 공감을 끌어낼 수도 있었다는 점—은 놀랄 만한 일이다.

낭만주의로의 전환은 무엇보다 이런 도덕적 근시안을 교정하려는

---

57 David Hume, *Enquiry Concerning the Principles of Morals*, p. 40.

시도다. 18세기의 상상력이 눈앞에 놓여 있는 것의 그림 이미지를 만들어내는 능력을 의미한다면, 낭만주의적 상상력은 주로 시간적으로나 공간적으로 부재하는 것을 절실히 느끼게 하여 지역적 공감만큼이나 생생하고 영속적인 보편적 공감의 그물망을 짜내는 일을 하는 것이다. 낭만주의에서처럼 상상력 자체가 보편적 능력이 되면서 경험주의의 주장은 더 이상 이치에 맞지 않게 된다.

이제까지 다소 모순어법적으로 불러온 상상계적 윤리에는 그 나름의 장점이 있다. (모순어법적이라고 한 이유는 라캉의 상상계가 사실상 도덕 이전에 존재하는 것이기 때문이다.) 그와 같은 도덕은 어떤 점에서 예전에 이른바 천상이나 중세 신학자들의 우주나 신플라톤주의자들의 화음을 이루는 우주 안에 들어 있던 조화와 친화성 및 상응성이 세속화된 형태다. 예전에 그토록 웅장했던 비전이 허치슨의 시대에 이르러 그 평판은 점점 더 나빠졌지만, 파괴적인 개인주의가 날뛰기 시작하자 과거의 비전을 적절히 세속적인 형태로 다시 만들어내려는 시도가 있었다. 거의 아무런 인간적 유대도 없는 세계에 인간적 유대가 다시 밀반입되어야만 했다. 영혼 없는 계약과 법리적 책무로 이루어진 문화에서, 자애주의자들이 사랑, 동정, 아량을 주장한 데에는 호의적인 따뜻함이 있다. 이후 칸트가 자세히 설명하듯이, 그들의 주장은 도덕적 책무에 대한 유일한 대안이 자신의 이기적 쾌락을 위해 행동하는 것이라는 입장을 믿을 수 없게 만든다. 사실상 그 주장은 여위고 모난 얼굴의 청교도들로부터 쾌락의 전체 범주를 구출하여 윤리 사상의 중심부에 복원한다. 흄은 자비롭고 인도적으로 되는 데서 즐거움을 얻는 것이 유덕한 사람의 표시라고 생각했다. 버나드 윌리엄스의 표현에 따르면, 그 자애로운 철학자들은 그들 나름대로의 방식으로 "자기에 대한 관심과 타자에 대한 관심을 구분하는 선이 욕망과 책무를 구분하는 선과 전혀 상응하지 않는다"라고 인식한다.[58]

곧 살펴볼 상징계적 윤리가 혈기도 없고 그리 사랑스럽지도 않게 보일 수 있는 데 비해 이 상상계적 비전은 우아하고 아름답다. 지금까지 살펴본 도덕주의자들이 아무리 자신들의 근거에 대해 망상을 가지고 있다 하더라도 도덕을 인간적 성취에 대한 것 혹은 진정으로 중요한 가치에 대한 것이라고 생각한 점은 옳다. 아리스토텔레스가 말한 유덕한 인간 존재가 때로는 엄청나게 성공한 미디어 귀족이나 거만하게 도덕군자연하는 사람처럼 들릴 수도 있는 데 반해, 상상계적 비전은 인간을 자족적인 존재로 보지 않고 계속해서 다정함과 지원을 필요로 하는 존재로 본다. 또한 [정신 작용의 근저에 의지가 있다고 보는] 서양의 오래된 도덕적 주의주의(主意主義, voluntarism)와 달리, 이 상상계적 비전은 도덕의 수동적인 계기—즉 자연발생적으로 동요되고, 강제되고, 강요되고, 자극을 받아 행동하게 된다는 의미—에 적절한 무게를 두기도 한다. 상상계적 비전이 개개인을 거의 자기 규정적이지 않으며, 너무나 열렬히 모방하고 순응하며, 너무 걱정스러울 정도로 동료들의 의견에 좌우된다고 본다는 것은 사실이다. 이 사실은 무엇보다 이 이론가들의 사회적 문맥이 반영된 것이며, 그들은 상당히 동질적인 사회계급의 일원이면서도 이를 별로 생각하지 않은 채 동일한 반응을 공유하고 있었다. 또한 그들은 자신들의 공적인 명성에 몰두하기도 했는데, 이로 인해 그들에게는 타자의 응시가 대단히 중요했던 것이다.

만약 상상계가 결국 비틀려 열려야만 한다면, 이는 사람들이 오직 상징계적 질서에서만, 또한 엄청난 대가를 지불해야만 미약하게나마 자신들의 자율성을 성취하기 때문이다. 그렇다 하더라도 이런 사회적 동조성의 긍정적인 측면은 일상적 실존의 결, 그리고 질감에서 도덕적 가치를 분리하지 않으려는 상상계적 윤리가 지닌 인도적인 사회성이다. 일상생활을 이처럼 중시하는 것은 사실주의 소설에 잘 나타나 있기도 하지만, 18세기에 엄청난 영향을 끼쳤던 『태틀러』나 『스펙테이터』 같은 잡지의 특징이기도 하다.

---

58 Bernard Williams, *Ethics and the Limits of Philosophy*, Cambridge, MA, 1985, p. 50.

그럼에도 불구하고 이 윤리는 너무나 파벌적이며 고립되어 있어 갑갑해 보인다. 사랑과 동정이 다소 추상적인 방식으로 인류 전체에까지 확장되기는 하지만, 진정한 이웃이란 사촌이나 동료이지, 알 수 없는 사마리아인이 아니다. 이처럼 신체에 기반을 둔 윤리에서 우리 육체가 친구와 친족을 넘어선 사회적 존재에까지 확장되지는 않으며, 이로 인해 그런 존재는 우리의 도덕적 지평 아래로 떨어져 사라져버릴 위험에 처하게 된다. 동료 감정이라는 동심원은 가정으로부터 외부의 어둠 속에 방치되어 있는 이름 없는 무리들에게까지 이르는, 일련의 점차적 변화 속에서 파동을 일으키며 나아간다.

사실상 사회적 격식이란 친구와 낯선 사람 사이를 매개하거나 중개하는 수단으로 고안된 것으로서, 친밀하지는 않지만 붙임성 있게, 친숙하지는 않지만 정중하게 처신하는 방법이다. 베르톨트 브레히트*는 한편에 있는 에로스적 혹은 가정적인 것과 다른 편에 있는 익명의 관료적인 것 사이의 중간 지대가 사회주의 문화의 필수적인 규약이라고 믿었다. 말하자면 '동지'(comrade)라는 용어는 '내 사랑'(darling)과 '부인'(Madame)이라는 두 용어 사이를 매개한다. 아도르노는 『미니마 모랄리아』[한 줌의 도덕]에서 '예의 적절한 절도'(節度, tact)를 초기 중산계급 사회에서의 그런 매개로 보며 그 능력이 오래전부터 위축되어 왔다고 우려한다. 그에 따르면, "[부르주아 주체는] 자유롭게 혼자서 스스로에 대해 책임을 지는 반면, 절대주의에 의해 발전된 위계질서에 따른 존경과 배려라는 형식은 그 경제적 기반과 위협적인 힘을 상실한 채 여전히 특권 집단 내에서 공존하는 것을 견딜 만하게 만드는 데 딱 충분할 정도로 현존한다."[59] 하지만 상상계적 윤리가 우려하는 바는 보

---

* 베르톨트 브레히트(Bertolt Brecht, 1898~1956): 독일의 극작가, 연출가, 시인. 주로 사회주의적인 작품을 연출했으며, 서사극과 극에서의 낯설게 하기를 도입했다.

59 Theodor Adorno, *Minima Moralia*, London, 1974, p. 36.

편적인 법과 의무의 영역으로 들어가게 되면 지역적인 경건이나 정감을 버리게 된다는 점이며 칸트의 윤리에 관한 글을 읽으면 그 점을 알게 된다. 반면 존엄한 원리나 주권적 법이나 실재계의 공포를 열렬히 추종하는 사람들에게는 이런 상상계적 도덕 사상이 행복 같은 행락적인 개념에 너무나도 저속하게 사로잡혀 있을 뿐만 아니라 너무나도 안락하고 사교적이라고 보일 것 같다. 연민과 동정이란 두 얼굴의 자본주의가 그 희생자들을 향해 지어보이는 애절한 모습일 뿐이다. 그리고 행복은 오늘날 영국에서 공무원의 책임이 되어 앞으로도 그들을 계속 일하게 할 특효약이다.

하지만 아마도 사랑과 법 가운데 하나를 선택하는 것은 환상일지 모른다. 대체로 도덕적 감상주의자들은 단 하나의 진정한 도덕법이란 감성이라는 말로 표현될 수 있는 사랑이 아니라 사랑의 법이라는 점을 파악하지 못한다. 단 하나의 중요한 사랑은 정감적인 것이 아니라 '적법한' 것이다. 이 합법적인 사랑은 가차 없이 비인간적일 정도로 다른 개인의 욕구보다 특정 개인의 욕구에 우선권을 부여하지 않기 때문에 본능이라기보다는 오히려 칙령에 가깝다. 이런 부류의 사랑은 상징계적 질서의 특정한 인격체들에 대해 냉혹할 정도로 무관심/무차별한데, 당연히 이 무관심은 어떤 인격체든 상관없이 그 인격체 특유의 구체적인 욕구에 '상상계적' 관심을 집중하는 데 도움을 준다. 이런 사랑은 보편적 자애의 문제가 아니다. 말하자면 이것은 자홍색이라는 개념이나 단기이양식 투표제도라는 이념을 사랑하는 것처럼 천진난만하게 밀려드는 어떤 박애를 통해 '모든 사람을 사랑하는' 문제가 아니다. 흄은 현명하게도 이런 환상을 버렸다. 보편적 사랑이라는 관념은 오히려 인민이라는 민주주의적 개념처럼 다루어져야 한다. 문자 그대로 받아들이자면 이것은 신화적인 현상이다. 하지만 그 의미는 어느 누구든 다른 사람과 동등한 자격을 지닌 사회적 행위 주체자가 될 수 있다는 것이다.

이런 의미에서 진정한 사랑은 라캉의 '비-전체'(not-all) 논리를 따른다. 즉 이는 가능하다 하더라도 그저 공허한 명제일 뿐인 "나는 모든 사람을 사랑해야만 한다"라는 문제가 아니라 "내가 사랑하지 말아야 할 사람은 없다"라는 문제다. 보편적 사랑이란 전 지구적 정치의 문제이지 우주적인 규모의 공존에서 나타나는 어렴풋한 떨림의 문제는 아니다. 개개인의 경우, 이 보편적 사랑이 뜻하는 바는 우연히 다가온 어느 누구라도 사랑한다는 의미에서 모든 사람을 사랑하는 것이다. 이렇게 본다면 이 보편적 사랑은 친구와 낯선 사람을 구분하지 않는다. 왜냐하면 보편적 사랑이 인격적 정감으로 공고화되기 때문이 아니라 그 사랑을 인격적 정감과 거의 아무런 관계도 없다고 여기기 때문이다. 사랑할 수 있기 위해서 정감이 넘치고 있다고 느낄 필요는 전혀 없다.

「마가복음」과 「마태복음」에서 '이웃'이란 친구든 지인이든 적이든 낯선 사람이든 그저 다른 인격체를 의미한다. 말할 나위 없이 이것은 기독교가 만들어낸 교리가 아니었다. 고대 스토아학파에서 모든 인간은 다들 세계의 시민이었으며 모든 동료는 다들 이웃이었다. 「누가복음」은 미천하고 사회적으로 지위가 낮아 특별한 보호를 필요로 하는 동료 유대인을 '이웃'이라고 여기는 『구약성경』의 전통을 충실하게 따르며, 이웃 사랑이란 빈곤하고 궁핍한 사람들을 배려하는 데서 가장 특징적으로 실현된다고 본다. 이웃은 당신이 만난, 환난에 처한 첫 번째 사람이다. 마찬가지로 [잠언에 등장하는] 지혜의 저자들과 예언자들에게서도 '이웃'은 무엇보다 가난한 사람들을 의미한다. '이산(離散)한 유대인'은 '이웃'이라는 용어를 보편화하여 모든 인간 존재를 포함하도록 했다.[60]

우리가 아는 은행 지점장보다는 우리 아이를 더 사랑하는 것이 자연스럽다는 점에서 흄과 허치슨이 옳기는 하다. 하지만 그들은 사랑을 인격적이고 정감적인 의미로 생각하고 있는데, 이것이 사랑의 가장

---

60 Edward Schillebeeckx, *Jesus: An Experiment in Christology*, New York, 1989, p. 250 참조.

근본적인 의미는 아니다. 서양의 철학 전통에서 정감적 혹은 에로스적 의미의 사랑을 아가페나 보편적 자선으로서의 사랑과 혼동함으로써 많은 문제가 발생했다. 우리는 프로이트가 때때로 바로 이런 과오를 범하는 것을 보았다. 이런 혼란이 나타나게 된 것은 일면 정치적인 것이라는 의미가 점차 시들어져가고, 그로 인해 정치적 사랑이라는 이념이 당혹스러울 정도로 자기모순적인 듯 들리게 되었기 때문이다. 하지만 내 아이를 살해하는 것과 내가 아는 은행 지점장에게 총을 쏘는 것 가운데 하나를 선택해야 할 경우에는 상상계적 윤리가 아닌 상징계적 윤리만 작용할 것이다. 내가 내 아이에게 느끼는 사랑이 도덕적으로 행할 일을 결정하는 기준으로 작용하지는 않을 것이다. 사실상 이 경우 도덕적으로 행할 일은 없을 것이다. 왜냐하면 내 아이의 삶 못지 않게 그 은행 지점장의 삶도 나의 관심을 청구할 만하기 때문이다. 내가 은행 지점장에게 진저리 치며 한두 차례 그의 목을 졸라 죽이려 했다고 해서 이 기본적인 사실은 변하지 않는다. 물론 나는 나의 은행 지점장을 나 자신처럼 대해야만 한다. 그렇다고 해서 내가 길에서 그를 만날 때 뜨거워진다거나, 내가 내 딸에게 그러하듯 그에게 다정한 온기를 느낀다거나, 내가 물질적으로 절박해서 주저하지 않고 그의 은행을 털려고 한다거나, 은행들이 공동 소유가 되어 버거를 굽게 된 그의 모습을 굳이 보고 싶지 않다는 등의 말은 아니다. 콰메 앤서니 애피아가 말하듯이, "우리가 낯선 사람들에 대해 책무를 지니고 있다고 해서 그들이 우리에게 가장 가깝고 소중한 사람들과 똑같이 우리의 공감을 자아내는 것은 아니다."[61] 이는 단지 낯선 사람을 이웃처럼 대하는 문제가 아니라 자기 자신을 낯선 사람처럼 다루는 문제다. 즉 이는 자기 존재의 중심에 있는 어떤 달랠 길 없는 요구—궁극적으로 측량할 수도 없고 거울을 넘어서서 인간 주체들이 서로 만날 수 있도록 하는 참

61 Kwame Anthony Appiah, *Cosmopolitanism: Ethics in a World of Strangers*, London, 2006, p. 158.

된 근거인 그 요구—를 인정하는 것이다. 바로 이 달랠 길 없는 요구를 헤겔은 정신으로, 정신분석학은 실재계로, 유대 기독교 전통은 신의 사랑으로 이해한다. 상상계적 윤리의 감탄할 만한 다정한 마음에도 불구하고, 그 자체의 제한적인 포괄성 너머에는 공포와 장대함이 있다.

이런 근시안의 한 가지 징표는 흄 같은 사람들이, 오늘날에도 유행하고 있듯이 기독교를 잘못 읽음으로써, 금욕적인 덕을 단지 수도자의 생활을 하며 삶을 부정하는 것으로밖에 보지 못한다는 것이다. 『도덕 원리에 관한 탐구』를 쓰던 시기의 흄은 독신 생활, 자기 부인, 참회, 고행을 너무나 자기 억압적인 도착이라며 거부한다. 그는 이런 자기 징벌적 실천이 오성을 마취시켜 마음을 딱딱하게 만들고 성질을 비틀어지게 한다고 생각한다. 이런 측면에서 18세기의 이 안락한 사교가는 우리 시대에서 삶을 긍정하는 자유주의자들과 의견을 같이한다. 확실히 18세기 계몽주의 옹호론자들이 그런 가치들을 야만적일 뿐이라고 생각해야만 했던 데에는 아무 이유도 없다. 흄은 가정적 유대 관계로 인해 방해받지 않고, 소유로부터 자유로우며, 타자의 궁극적인 이익을 위해 자신의 고난에 익숙해져야 할 필요가 있다는 점을 헤아릴 수 있을 만한 근대의 게릴라 전사가 아니었다. 또한 그는 귀중한 성적 성향과 물질적으로 풍요로운 삶을 목격하면서 미래에 다가올 진리와 정의의 이름으로 그 풍성함을 잠정적으로 거부하는 수도사도 아니었다. 이 종교적 독신주의자는 그렇게 거부해야만 풍요로움이 모든 사람에게 가능할 것이라고 여긴다. 그런 독신주의는 희생을 수반한다. 즉 이 독신주의는 성적 성향과 부유함을 소중하게 지녀야 할 가치라고 여긴다.

우리는 흄같이 붙임성 있는 부르주아가 무아적인 희생—보다 준엄하고, 정신적 외상을 초래할 정도로 충격적이며, 죽음을 초래할 정도로 치명적이기는 하지만 두루두루 보다 더 풍요로운 삶을 가능하게 한다는 명분으로 존재하는 덕—이라는 개념을 옹호하리라고 기대하지는 않았을 것이다. 그는 상상계의 화신이지 실재계의 승자는 아니다. 그는 우리가 하고 싶은 것을 하기 위해서는 때때로 반드시 해야 하는 것을 해야만 한다는 사실을 알지 못한다. 이 모든 것은 흄에게 소름끼치고 피학적인 것으로 여겨지며, 우리 시대의 관례적인 자유주의적 지혜에서도 마찬가지로 여겨진다. 이 계몽주의 사상가들이 아리스토텔레스나 아퀴나스만큼이나 명료하게 그들 나름의 방식으로 파악했던 것처럼, 선한 혹은 좋은 삶이란 전적으로 은총, 안락함, 복리에 대한 것이라는 점은 옳다. 그들이 자신들의 역사적 시점에서 볼 수 없었던 점은 그런 상황을 성취하기 위해서 때때로 희생과 자기 수양이라는 암울하게도 혁명적인 덕이 필요하다는 것이다. 이는 비극적이지만 피할 수는 없는 사실이다. 이 사실이 밀턴에게는 그리 새로운 소식이 아니었을 것이다. 그러나 흄이 그토록 훌륭하게 대변했던 사람들을 권좌에 오르게 한 그 혁명이 역사적 지평에서 멀어지며 희미해지자, 그는 그 금욕적인 덕이 비록 진정으로 매력적이지도 않고 좋은 삶의 인상적인 전형도 아니기는 하지만 애석하게도 본질적이라는 사실을 잊어버렸다. 그 금욕적인 덕목은 덕과 정의를 실질적으로 획득하는 데 필수적이며 또한 (종교적인 독신주의자의 경우에서와 마찬가지로) 현재의 위안을 전략적으로 거부함으로써 그 덕목의 지속적인 가능성을 목격하는 방법으로서도 필수적이다. 타자들의 강요된 희생으로부터 자신의 안락을 획득하는 사람들만이 여유롭게 이 사실을 간과할 수 있을 것이다.

3. 에드먼드 버크, 애덤 스미스
Edmund Burke and Adam Smith

지역적 감정과 전 지구적 원리만이 주어진 선택지가 아니라면 어떻게 될까? 공감의 정치라는 것이 있을 수 있다면 어떻게 될까? 지역적 충절의 귀중함을 옹호한 18세기의 가장 설득력 있는 웅변가인 버크는 보편적인 계율에 대해 경의를 표하기는 했지만 별로 열광하지는 않았다. 그가 보기에 정치적인 것은 인격적인 것 못지않게 상상적 공감에 의해 작동될 수 있다. 실제로 만약 정치적인 것이 다소 긴급하게 작동하지 않았다면, 미국의 상실, 아일랜드에서의 봉기, 파리에서의 자코뱅의 공포, 동인도 회사의 약탈 같은 더 많은 재앙을 떠안았을 것 같다. 버크가 보기에 이런 재난을 피하려면 "이해/이익 공동체, 그리고 어떤 형태든 인민의 이름으로 행동하는 사람들과 그 사람들이 행동의 명분으로 내세운 그 인민 사이에 감정과 욕망의 공감"이 있어야만 한다.[1]

버크는 권력이 사랑에 근거하고 있다고 보는데, 이를 우리는 오늘날 헤게모니라고 한다.[2] 그는 『식민지와의 화해』(*Conciliation with the*

---

1 R. B. McDowell(ed.), *The Writings and Speeches of Edmund Burke*, Oxford, 1991, vol. 9, p. 247.

Colonies)에서 "권력과 권위는 때로 친절함을 통해 얻을 수 있는 것이지, 결코 궁색하고 좌절된 폭력을 통해 적선인 양 구걸할 수 있는 것이 아니"라고 공언한다.[3] 버크에게 정치 질서는 상호성과 친화성이라는 상상계적 토대에 기초한다. 일례로 그가 『국왕 시해당 평화에 관한 첫 번째 서한』(*First Letters on a Regicide Peace*)에서 선언한 바에 따르면, "인간은 문서나 인장으로 서로 맺어지지 않으며, 유사성, 동조, 공감에 의해 결합된다. 법, 관습, 격식, 생활 습성이 서로 상응할 경우 국가 간의 친선이라는 끈은 가장 강력하게 이어진다. 이런 것들은 기본적으로 조약이 지니는 효력 이상의 힘을 갖는다. 이것들은 마음에 새겨진 책무다."[4]

그렇다면 흄과 달리 버크에게서 이는 견실한 가정적 정감과 활기 없는 정치적 정감을 대비하는 문제가 아니다. 또한 이는 허치슨의 경우에서와 달리 어떤 계기는 '상상계적' 미메시스로 쏠리고 다른 계기는 보편적 자애로 쏠리는 문제도 아니다. 버크는 오히려 가정의 윤곽선을 따라 정치사회 자체를 재형성하려고 했다. 그의 출신 지역인 전근대적 아일랜드의 경우 지역의 족장제와 전통적인 부족의 유대로 인해 가정적인 것과 정치적인 것 사이의 경계가 엄밀하지는 않았다. 그의 목표는 "사적인 생활에서의 멋진 성품을 연방에 봉사하고 기여하도록 이끄는 것"이었다.[5] 그렇다면 아마도 그는 고팔 발라크리쉬난의 주장—즉 종교와 국가란 모두 "원천적으로 출생, 친족, 인종 같은 숙명적인

---

2 Terry Eagleton, *Heathcliff and the Great Hunger*, London, 1995의 제2장 참조.

3 F. W. Rafferty(ed.), *The Works of the Right Honourable Edmund Burke*, London, n.d., p. 184.

4 Ibid., p. 247.

5 Edmund Burke, "Thoughts on the Present Discontents", in Paul Langford (ed.), *The Writings and Speeches of Edmund Burke*, Oxford, 1981, vol. 2, p. 84.

요소를 말소하는 구성원 자격이라는 개념을 전제로 한다"는 주장—에 대해 이의를 제기했을 것이다.[6] "칙령이나 법령과는 별도로 존재하는 양심의 재판소"처럼[7] 가족이란 법이 없는 책무라는 설득력 있는 모델을 제공한다. 이것은 강압적인 권력이 아니라 헤게모니적 권력의 일례다. 버크와 같은 아일랜드 출신인 리처드 스틸은 『한 국가 한 가족』이라는 소책자를 통해 국가의 경제정책을 세우는 것과 가정에서 아이들을 위해 양식을 장만하는 것 사이의 유사성을 보여준다.[8] 버크는 프랑스에서 감상주의가 "사회생활의 규율을 형성하는 가정적인 진실과 충실성의 원리를 전복하고 있다"라고 경고한다.[9] 희한하게 역설적으로, 엄청난 정서 숭배가 이성을 망가뜨리지는 않고 오히려 가장 진정한 의미에서의 감정—즉 가족을 그 지고의 본보기로 삼아 사회적 실존의 가장 건전한 본보기를 제공하는 충성과 정감이라는 믿음직하고 자명한 유대로서의 감정—을 망가뜨린다. 감정은 연기라기보다는 전통적인 실천이다.

그럼에도 불구하고 버크는 그런 사회적 공감을 종 전체로 확장하지 않는다. 이 점에서 버크는 같은 아일랜드인 허치슨보다 『인간 본성에 관한 논고』 시기의 흄과 더 많이 닮았다. 상상계의 경계를 확장하여 국가 문화까지도 포함할 수는 있겠지만, 사람들은 아주 다른 형태의 생활을 영위하는 사람들과 정체성이나 공감적 상호 반응을 실제로 교환할 수 없다. 말하자면 낯선 사람들은 칼레에서 시작되는데, 버크가 글

---

6 Gopal Balakrishnan, "The National Imagination", *New Left Review* 211, May/June 1995, p. 56.

7 Edmund Burke, *A Letter to a Member of the National Assembly*, Oxford and New York, 1990, p. 44.

8 Richard Steele, *A Nation a Family*, in Rae Blanchard(ed.), *Tracts and Pamphlets by Richard Steele*, Baltimore, MD, 1944.

9 Ibid., p. 43.

을 쓰던 바로 그때조차 칼레와 파리에서는 이질적인 존재와 친밀한 존재 사이의 구분이 거부되었으며 이는 그의 반-박애주의적인 분노를 자아냈다. 그는 친족에 대한 사랑과 낯선 사람에 대한 사랑을 동등하게 다루는 고드윈* 식 자애를 지독하게 경멸한다. (버크와 같은 나라 출신이며 버크처럼 보편적 인자함을 경멸했던 스위프트는 미처 날뛰던 걸리버를 한층 더 나가게 하여 자신의 친족을 얕보고 이질적인 종족인 네발짐승과 사랑에 빠지게 했다.)

흄처럼 버크는 가장 가까이에 있는 사람을 사랑하는 것이 당연하다고 생각하고 전 지구적 공감이라는 교리는 가짜라고 부정한다. 보편적 박애주의와 혁명적인 폭정은 직통으로 연결되어 있다. 버크가 압도적으로 경멸하는 주된 대상은 허치슨처럼 연민을 모든 반성에 우선하는 본능이라고 생각한 루소다. 자기와 같은 종류를 사랑하지만 자기 친족을 미워하는 사람이라는 표현은 아일랜드인 버크가 프랑스인 루소를 풍자할 때 사용한 유명한 말이다. 버크는 "모든 종에 대한 자애, 그리고 이들 교수가 접촉한 모든 개인에 대한 감정의 부족은 새로운 철학의 특징을 형성한다"라고 항변한다.[10] 버크는 감상이 이성보다 더 강력한 힘이라는 점에서는 루소와 의견을 같이한다. 두 사람 모두 만약 그토록 취약하고 번거로운 합리성 같은 것이 우리를 자극하여 인도적인 행실을 하게 놔두었더라면 인간이라는 종은 이미 오래전에 비틀거리다 종말을 고했을 것이라고 주장한다. 아퀴나스처럼 버크도 우정이 덜 인격적인 관계의 서설 노릇을 할 수 있다고 믿는다. 그러나 자신의 타고난 범위 너머로 그런 감상을 확장하고자 하는 사람들은 결국 감상을

---

* 윌리엄 고드윈(William Godwin, 1756~1836): 영국의 사회철학자이자 정치평론가로 무신론과 무정부주의 및 개인의 자유를 제시하며 영국 낭만주의 문학 운동을 예견했다.

10 Ibid., p. 35. 하지만 루소가 보편적 자애를 설파했다는 관념은 틀림없이 그의 저작을 잘못 해석한 것이다.

그 근간이 되는 장소에서 분리해 영양실조에 걸리게 할 뿐이다. 감정들은 사적으로 소비되는 사치품으로 변화되어 더 이상 응집력을 지닌 사회적인 힘으로 작동할 수 없게 된다. 감성은 더 이상 정치적이지 않게 된다.

그럼에도 버크는 자기 나름의 보편적 자애를 실천했다. 정감의 제 1원리는 '소규모 집단'의 친구들과 친족을 사랑하는 것이라는 버크의 유명한 말을 기억하는 사람들은 대체로 '제1원리'라는 문구를 감추려 한다. 버크는 그와 같은 지역적 충절이 조국과 인류에 대한 사랑에서 그 절정을 이루는 사슬의 첫 연결고리를 형성한다고 이어 주장한다. 결국 그는 근시안적 특수주의자로 보일 수도 있으나 그렇지 않다. 그는 하원에 워런 헤이스팅스* 총독을 소환하면서 헤이스팅스가 인도에서 저지른 비행을 모국에서와 같은 도덕적 기준에 따라 판결해야 한다고 주장한다. 고발된 사람 자신이 궤변을 늘어놓으며 탄원을 한다 하더라도 문화적 문맥이 다르다는 점을 참작하지 말아야 한다는 것이다. 버크에게서 도덕적 규준은 지리상의 장소에 따라 변경되지 않는다. 동일한 척도의 정의와 자유가 영국민들에게서와 마찬가지로 인도인들 주변으로 널리 보급되어야만 한다. 그는 『연합국의 정책에 대한 소견』(Remarks on the Policy of the Allies)에서 "(인간의) 본성이 결코 변하지 않는 몇몇 근본적인 핵심 사항이 있다. 한데 그 사항들은 그리 많지 않고 분명하며 정치가 아닌 도덕에 속한다"라고 한다.[11] 버크는 정감의 유대가 소규모 집단을 넘어 훨씬 더 멀리 확장될 수 있다고 믿지는 않았지만, 그가 아일랜드나 인도에서의 식민지 약탈을 비난하면서

---

* 워런 헤이스팅스(Warren Hastings, 1732~1818): 영국의 정치가로 식민지 인도의 초대 총독을 역임했다. 1788년 하원의원이었던 버크는 인도인의 권리를 침해했다는 이유로 헤이스팅스를 탄핵했으나, 결국 기각되었다.

11 L. G. Mitchell(ed.), *The Writings and Speeches of Edmund Burke*, Oxford, 1989, vol. 8, p. 498.

사용한 원칙은 보편적인 것이었다. 공감의 윤리로 인해 사람들이 가정을 넘어 정치사회로 나아갈 수는 있겠지만, 그렇다고 해서 인류 전체로 나아갈 수는 없을 것이다. 그러기 위해서는 보다 더 보편적으로 형성된 도덕이 필요할 것이다. 비록 버크가 그런 규약을 암묵적으로 받아들이면서 강간당한 인도 여성들, 잔혹하게 고문당한 아일랜드의 반란자들, 미국의 폭동 선도자들을 옹호하기는 했지만, 자선이란 가정에서 시작하여 그리 멀리 나아가지는 않는다고 주장했던 도덕주의자의 철학적 함의를 매우 신중하게 여기면서 그렇게 했다.

버크가 보기에 사회를 하나로 묶어주는 것은 미메시스다. "우리는 계율보다 모방을 통해 모든 것을 배우며, 이렇게 배운 것은 더 효과적일 뿐만 아니라 더 즐겁게 습득된다. 이것이 우리의 격식, 의견, 생활을 형성한다. 모방은 사회의 가장 강력한 연결고리 가운데 하나이며, 모든 사람이 기탄없이 서로 따르는 상호 준수 같은 것으로서 모두를 지극히 기쁘게 해주는 것이다."[12] 후에 아도르노는 "인간은 모방과 불가분의 관계에 있으며, 인간 존재는 다른 인간 존재를 모방할 경우에만 인간이 될 수 있다"라고 한다. 그는 권능을 부여하는 어떤 비본래성이 정체성의 근저에 있다고 본다.[13] 상호 모방이 즐거운 이유는 우리가 이중화된 존재에 대해 본능적으로 기뻐하기 때문일 뿐만 아니라 우리가 타자의 생활 형태를 공유함으로써 자발적으로 힘들이지 않고 단순하게 그 타자들의 기미를 띠기 때문이기도 하다. 특히 이를 통해 모방에는 상상계의 수월한 전-반성성 같은 특징이 부여된다. 우리는 지금 버크가 말한 '상호 준수'의 영역을 다루고 있는데, 이 영역에서 개별 주체는 내부로부터 말하자면 또 다른 주체의 동작에로 공감하며 흔들리는 듯하다. 사회란 시의 운율 맞추기 같은 것이다. 브레히

---

12   Edmund Burke, *A Philosophical Inquiry into the Origin of Our Ideas of the Sublime and the Beautiful*, London, 1906, vol. 1, p. 101.

13   Theodor Adorno, *Minima Moralia*, London, 1974, p. 154.

트가 언급하듯이, "사람들은 흔히 인간 교육이 고도의 연극적인 방식을 따라 진행된다는 점을 쉽게 잊는다. 연극적인 방식으로 아이는 처신하는 법을 배우게 되고, 논리적인 주장은 그다음에 오는 것일 뿐이다. …… 인간은 몸짓, 무언의 동작, 어조를 모사한다."[14] 계율이 의무, 반성, 보편적 가치가 존재하는 상징계적 세계에 속하기는 하지만 문명화된 격식을 택한다는 것은 타자의 품행을 우리의 모범으로 삼는 문제다. 물론 타자들도 마찬가지다. 이 모든 것을 버크는 '아름다움'이라고 부르는데, 이는 상호 공감의 영역을 뜻한다. "보기만 해도 기쁨과 즐거움을 주는 그런 사람들이 있다면(많이 있다면), 그들은 우리에게 그 인격체들을 향한 다정함과 정감의 감상을 북돋울 것이다. 우리는 그들과 가깝게 지내려 할 것이며 기꺼이 그들과 관계를 맺고자 할 것이다. ……"[15] 버크는 이처럼 사회를 결속하는 데 기여하는 상상계적 친화력을 아름다움이라고 부른다.

하지만 이 당혹할 만큼의 수많은 거울은 어디서 끝날 것인가? 버크에게 사회적 실존은 근거나 기원 없이 잠재적으로 끝없이 계속되는 표상의 연쇄인 듯하다. 이 거울의 반사하는 과정은 불안하게도 그 자체의 울타리에 갇혀 있어서 이를 그냥 내버려둘 경우 역사, 차이, 갈등, 경쟁은 사멸될 것이다. 버크는 "모방이란 신의 섭리가 우리의 본성을 완벽한 상태로 만들어가는 데 이용하는 훌륭한 도구 중의 하나이기는 하지만, 만약 사람들이 모방에만 전념하여 각자 다른 사람을 영원히 계속 따르기만 한다면 전혀 향상될 수 없을 것이라는 점은 쉽게 알 수 있다"라고 한다.[16] 사회적 조화를 보증하는 바로 그 조건들이 인간의

---

14 John Willett(ed.), *Brecht on Theatre: The Development of an Aesthetic*, London, 1964 p. 106에서 재인용.

15 Ibid., p. 95.

16 Ibid., p. 102. 나는 *The Ideology of the Aesthetic*, Oxford, 1990의 제2장에서 이 문제를 논의하였다. 여기서는 일부분을 좀 다르게 반복한다.

진취적 기상을 마비시키려 위협하기도 한다. 혹은 고전적 마르크스주의 용어로 표현하면, 하부구조의 경제적 역동성과 상부구조의 사회 형식이 위태롭게도 서로 비뚤어져 있는 것이다. 공감은 이런 자기도취적 울타리에 함몰된 채 질리게 되고 근친상간적이 되어, 상공업에 종사하는 실무가들은 맥이 빠져 무기력해진다. 이와 같은 무력증을 타파하기 위해서는 약간의 위험, 대항, 열렬한 노력, 죽음과 무한성의 조짐이 필요하다. 나중에 살펴보겠지만 이 모두는 라캉이 말한 실재계와 관계가 있다. 버크는 바로 이런 자극을 숭고의 순화된 공포에서 발견한다. 지루하게도 사회계급에 집착하는 속류 마르크스주의자는 이것이 우아함과 정중함을 지닌 귀족 문화와 새로 부상하는 중산계급의 무정부적이며 약탈적인 에너지를 조화시키는 노력이라고 생각할지도 모른다.

이제까지 상상계는 모방과 대항 두 가지 모두에 관련된 문제라는 점을 살펴봤다. 그러나 버크의 정치 미학에서 이 두 가지 등록소들은 아름다운 것과 숭고한 것으로 분리되어 있다. 진취적 기상, 야망, 대항, 대담함과 같은 남성적 가치를 지닌 숭고는 사회적 상상계의 울타리로 난폭하게 침입해 들어가기는 하지만 결국에는 그 울타리를 쇄신하게 된다. 버크 자신의 용어를 빌리면, 이는 남근 '팽창' 같은 것으로 안정적 질서에 대한 부정이며, 이런 부정이 없을 경우 그 질서는 시들어 사멸하고 말 것이다. 숭고를 통해 우리는 물릴 정도로 아름다움을 모방하는 데서 벗어나 활기와 야망으로 가득한 넓은 영역으로 전환하며 상징계적 질서에 적응하게 된다. 하지만 앞서 말했듯이, 외상적이며 치명적인 심연으로서의 숭고에는 언어의 그물망에 포착되려는 모든 시도를 거부하는 실재계의 기미도 있다. 즉 숭고는 실재계처럼 표상을 넘어선다. 숭고란 아름다움의 내부 균열 지점으로서 모든 사회성에 있는 반사회적 조건이다.

그렇다면 숭고성은 무법적인 남성적 힘으로서 우리를 선동하여 시민사회의 안일한 상호 거울 반영 너머로 몰아가서, 치명적일 정도로 위험한 영역—즉 재생을 바라며 죽음과 내기를 해야 하는 영역—에 내동댕이친다. 이처럼 아름다움으로부터 숭고성으로의 전환이 분명 여성성으로부터 남성성으로의 이행으로 충분히 읽힐 수 있듯이, 상상계로부터 상징계로의 이행과 유사하다는 점을 알아내는 것은 그리 어렵지 않다. 한데 여기서 고전적인 비극 감정인 연민으로부터 두려움으로의 전환을 추적해 볼 수도 있을 것이다. 연민은 우리를 타자와 결속해주는 데 반해 두려움은 사회적 유대의 해체라는 위험으로 인해 일어난다.[17] 연민이 상상계라면 두려움은 실재계다. 하지만 충돌하는 자율적 주체들이 서로를 없애버리겠다고 위협하기 때문에 두려움은 마찬가지로 상징계적 질서의 특징적인 정서이기도 하다. 그리고 그 상황의 보다 더 편집증적 혹은 경쟁적 측면에 관련되어 있는 상상계 특유의 두려움도 있을 수 있다. 비극이 주는 공포는 무엇보다 우리 자신이 비극의 주인공처럼 고난에 처할 수 있다고 상상하는 데서 생겨나는데, 그러므로 여기에는 홉스 식 자기 이익의 기미가 있다. 아리스토텔레스가 『수사학』(Rhetoric)에서 인정하듯이, 이 두 감정 사이의 구분은 대단히 애매하며, 이는 상상계에서 공감과 대항 사이의 구분이 애매한 것과 유사하다고 할 수 있을 것이다. 아리스토텔레스가 논평한 바에 따르면, 연민은 그 대상인 비극의 주인공이 우리와 너무 친밀하여 그의 수난이 마치 우리의 수난인 것처럼 될 경우에는 공포로 변한다. 이 논평은 자기와 타자 사이의 혼동이 이제까지 살펴본 상상계의 특징이라는 점을 보여주는 또 다른 사례다.

❖

버크와 마찬가지로 스미스도 성차화된 용어로 자신의 도덕론 일부를 구성한다. 여자는 아름답고 남자는 숭고하다는 견해를 지닌 버크처

---

17 Philippe Lacoue-Labarthe, "On the Sublime", in *Postmodernism: ICA Documents 4*, London, 1986, p. 9 참조.

럼, 스미스는 여자는 인도적이고 남자는 아량 있는 정신을 지닌다고 제의한다. 스미스가 보기에 인간성은 친절함과 섬세한 동료 감정의 문제이며 (이젠 아주 익숙해진 주제일 텐데) 이를 통해 우리는 타자의 감상으로 마치 그것이 우리 감상인 양 빠져들어 간다. 여자는 이런 감정이 입의 덕을 내보이기는 하지만 아량으로 주목을 받지는 못한다. "여자들이 상당한 기부를 거의 하지 않는다는 것이 민법의 소견이다."[18] 왜냐하면 아량은 자기희생, 자기통제, 자기 부인, 여인네들의 경솔한 작은 머리에는 거의 떠오르지 않는 절제된 관념과 같은 남성적인 덕을 수반하기 때문이다. 장교의 목숨을 지키기 위해 자신의 목숨을 버린 병사가 그런 담대함을 보여주는 예가 될 수 있을 것이다. 위대한 마음과 공적인 정신을 담은 행동은 남자의 전유물이다. 버크와 마찬가지로 스미스는 남성 호르몬인 테스토스테론으로 감미로운 공감을 단련할 필요가 있다고 본다. 여성적 가치가 그 나름대로는 그럴듯해 보이기는 하지만, 부드러운 마음씨와 거세되어 무력해진 상태를 구분하는 지점을 알 필요가 있다는 것이다.

스미스는 엄밀한 의미에서 '도덕감각'파 철학자는 아니었다.[19] 그는 어떤 특별한 도덕적 능력이라는 허치슨 식 관념을 버리기는 했지만, 우리가 이기심 없이 타자의 행운에 관심을 가지면서 그들의 행복이 우리의 행복에 필수적이라는 점을 알아야 한다는 면에서는 섀프츠베리, 허치슨, 흄과 의견을 같이했다. 이런 쾌락은 다른 사람의 비탄을 느끼는 고통과 마찬가지로 너무나 즉각적이어서 자기 이익이 작동하기 시작할 만한 시간은 거의 없다. 친구든 낯선 사람이든 동반자가 있을 때

---

18 Adam Smith, "The Theory of Moral Sentiment", in L. A. Selby-Bigge(ed.), *British Moralists*, vol. 1, New York, 1965, pp. 315~16. 인용문의 출처는 이후 괄호로 표기한다.

19 스미스의 도덕 사상에 대한 최근 연구로 Jerry Evensky, *Adam Smith's Moral Philosophy*, Cambridge, 2005, 특히 제2장 참조.

"우리는 이를테면 그의 육체 속으로 들어가 어느 정도 그와 같은 인격체가 된다"(258). 곧 살펴보겠지만 '어느 정도'라는 표현은 정말 문제가 많다. 또다시 도덕은 실로 미메시스로서, 수난을 당하는 친구나 낯선 사람을 마주할 경우 우리는 이행성의 도덕적 등가물인 "공상을 통해 수난을 당하는 사람의 입장에 선다"(258).

역으로 "우리를 가장 즐겁게 하는 것은 우리가 우리 자신의 가슴속에 있는 모든 정서를 담은 어떤 동료 의식이 다른 사람에게도 있다는 것을 목격하는 것이다"(264). 진정한 도덕적 감상은 소설가들이 지닌 상상적인 재원 같은 것을 필요로 한다. 즉 우리는 우리가 만나는 사람의 상태를 아주 사소한 세부 사항에 이르기까지 우리의 마음속에 재창조하려고 애써야만 한다. 스미스에 따르면, 공감 능력이 있는 사람은 "동반자의 모든 사정을 가장 세세한 부수사항까지 받아들여, 가능한 한 완벽하게 그 공감의 근거가 되는 상상계적 상황 바꾸기를 가능하게 만든다"(275). 도덕주의자이면서 정치경제학자인 스미스에게 감정의 교환은 상품의 교환 못지않게 번영의 원천이었다. 사실상 정치경제학자인 스미스는 도축업자, 양조업자, 제빵사가 우리에게 저녁거리를 제공하는 것은 자애가 아닌 자기 사랑 때문이라고 주장하기는 하지만, 그가 보기에 시장이란 문명화하는 교화력을 행하는 것이다. 이 초창기 부르주아 생활에서 상업과 동정은, 예를 들어 찰스 디킨스와 존 러스킨*에게서처럼 근본적으로 서로 갈등하지 않는다.

그렇기는 하지만 '상상계적 상황 바꾸기'는 결국 쓸데없는 헛일이다. 우리가 타자의 육체라는 단단한 벽에 막혀 그들의 정서 내부로 접근하지 못한다는 점을 감안한다면, 공감을 통해 재창조된 그들의 마음상태는 근사치일 수밖에 없다. 통상적으로 우리는 다른 사람이 느끼고

---

* 존 러스킨(John Ruskin, 1819~1900): 영국 빅토리아 시대의 문예, 건축, 사회 비평가.

있는 것을 그림으로 그리듯 생생하게 개념화할 수 없고 그들이 자신들의 상황에 어떻게 영향을 받고 있는지를 머릿속에 그려볼 수 없는데, 그렇기 때문에 상상계적인 자리바꿈이 전적으로 필요하다. 그러나 이 감정이입이 아량 있는 마음씨라고 들리겠지만, 실상은 우리가 서로 상대방에 대해 가지는 당연한 낯섦을 보상하는 한 가지 방법이다. 스미스는 이런 동일화가 결코 완벽할 수는 없겠지만, 사회적 조화를 보장할 수 있을 정도의 충분한 공감은 도처에 있다고 주장한다. "일치하는 것은 결국 불가능하겠지만 화합을 이루는 것은 가능할 수도 있는데, 바라고 필요로 하는 것은 바로 이 화합이다"(276).

그렇기는 하지만 여전히 스미스와 그의 동료들은 우리가 다른 사람의 복락을 보면서 느끼는 쾌락을 너무 몰염치한 자기 이익으로 비춰지지 않게 해야 할 필요가 있다. 마찬가지로 우리가 타자의 정신적인 상처를 감싸주는 것은 오직 우리가 그들을 보면서 느낄지도 모를 불편함을 피하기 위해서, 혹은 사실상 우리의 상상력이 우리 자신이 똑같은 상황에서 겪을 고통을 끔찍하게 그리기 때문이라는 이기적인 경우를 억제하는 것 또한 반드시 필요하다. 낭만주의 이전의 이 사상가들에게서 상상력은 이타주의라는 이상에 공헌하는 것만큼이나 쉽게 자기 이익이라는 명분에 활용될 수도 있다. 자기와 타자, 이기주의와 이타주의, 너의 쾌락에 대한 나의 쾌락과 고통, 나의 고통에 대한 너의 쾌락과 고통 등, 이 모든 것은 상상계에 나타나는 친밀함과 소외라는 특성을 띤다.

스미스는 동정이란 반드시 다른 사람의 상황 속으로 들어가는 상상을 하는 데서 일어나야 한다는, 이젠 다소 익숙해진 주장을 한다. 앞서 지적했듯이, 그는 또한 그 과정이 결코 완벽할 수 없다고도 생각한다. 자기의 자리를 완전히 바꾼다는 기획은 자기 사랑이라는 반석으로 인해 좌초된다. 말하자면, 나는 너의 황홀감이나 회한을 네가 느끼는 것보다는 덜 강렬하게 느낄 수밖에 없는데, 이는 내가 나이기 때문이다. 만약 우리가 어떤 친구의 정서를 그 친구가 느끼는 것보다 덜 강렬하게 느낄 수밖에 없다고 한다면, 분명히 낯선 사람들에게 감정이입을 하는 데에는 훨씬 더 큰 어려움이 있을 것이다. 스미스에 따르면, 만약 어떤 사람이 내일 자신의 새끼손가락을 잃게 되어 있다면 오늘 밤 잠을 못 이루겠지만, 지진이 일어나 중국 대륙 전체를 집어삼켜 무수한 동료 인간들이 죽었다는 소식을 접한 후에도 흐뭇하게 코를 골며 잘 것이다. 혹은 적어도 만약 그가 그 사건을 결코 보지 못한다면 그저 코를 골며 잘 것이라고 스미스는 주장한다. 흄의 경우와 마찬가지로 원거리에 있는 현상의 생생한 이미지가 그 차이를 만들어낸다. 도덕은 궁극적으로 감각에 달려 있다. 이는 실로 표상의 문제다.

스미스는 다소 묘한 감정이입 이론을 제시하여 다른 사람의 쾌락에 대한 쾌락이 은밀하게 자기 이익적이라는 비난을 피하려고 한다. 우리가 상상을 통해 다른 사람의 입장에 설 경우에 우리가 느끼는 것은, 말하자면 당사자 본인으로서가 아니라 타자로서 느끼는 문제다. 이런 정서적 가상성 혹은 상상계적 상황 바꾸기는 "나 자신의 인격과 인성을 지닌 내가 아니라 내가 공감하는 인격체의 인격과 인성을 지닌 나에게 일어나도록 되어 있다"(323). 이와 비슷하게 루소는 『에밀』에서 "우리를 우리 자신 밖으로 내보내고, 수난을 당하는 동물과 동일시하며, 말하자면 타자의 존재를 취하기 위해 자신의 존재를 떠나는 것 ……"에 대해 언급한다.[20] 영국 감상주의자들과 마찬가지로 스위스 철학자 루소에게도, 도덕은 연민과 동정을 좋아하는 전-사회적, 전-이성적인 성품에 근거한다. 도덕은 이지적인 문제가 아닌 유정적인(有情的, sentient) 문제다. 스미스가 이어 주장한 바에 따르면, 도덕은 내가 너를 대신해서 너의 자리에서 느껴보겠다는 이기주의의 위험을 자초할 수도 있는 방식으로 생각하는 것이 아니라 이제 내가 그토록 온전히 너의 자리에 들어앉아 너와 "인격 및 인성을 바꾸어" 나의 경험이 온

---

20 Jean-Jacques Rousseau, *Émile, ou de l'éducation*, Paris, 1961, vol. 4, p. 261.

전히 너의 경험 문제가 되는 것이다. "그러므로 나의 비탄은 전적으로 너를 위한 것이지 전혀 나를 위한 것이 아니다. 그러므로 이것은 전혀 이기적이지 않다"(323). 명확하게 구분할 수는 없지만 공감이 아닌 감정이입이 의미하는 바는 아마도 이것일 것이다.

하지만 어떻게 이 설명이 논리정연한지는 모르겠다. 왜냐하면 만약 내가 자리를 옮겨 완전히 너 안에 들어가 있다면, 네가 느끼고 있는 것을 느낄 수 있는 '내'가 남아 있지 않기 때문이다. 나의 슬픔이 완전히 너를 위한 것일 수 없는데, 왜냐하면 나 자신의 슬픔이란 것이 더 이상 남아 있지 않기 때문이다. 너와 정체성을 교환한다고 해서 내가 너의 경험에 접근해 들어가는 것은 아니다. 만약 내가 온전히 네가 된다면, "나는 네가 느끼고 있는 바를 느끼고 있다"는 말은 이치에 맞지 않는다. 아마도 두 자아가 서로 연결되어 각자가 정확하게 상대방의 감각을 취하는 어떤 상황을 상정해 볼 수 있을 것이다. 예를 들어 두 사람을 하나의 기계에 묶어 똑같은 고통을 경험할 수 있도록 해본다는 비트겐슈타인의 냉소적인 환상을 생각해 볼 수도 있을 것이다. (한데 어떤 의미에서 똑같게 된다는 것인가?) 하지만 스미스가 던진 한 수는 이보다 더 야심차다. 왜냐하면 만약 누군가가 다른 사람의 인격을 완벽하게 취한다면, 그들이 아무리 가까이 합쳐진 상태라 하더라도 더 이상은 구별된 두 주체에 대해 말할 수 없기 때문이다. 극단적으로 몰아갈 경우 동료 감정이라는 개념 자체가 붕괴될 것이다. 이것은 키츠의 「나이팅게일에 부치는 송시」(Ode to a Nightingale)에 설정되어 있는 어려운 문제로서, 감정이입으로 인해 살아 있는 두 존재를 구별하는 일이 너무 강하게 부정되어 결국 죽음의 매혹적인 무관심/무차별을 예시하게 된다.

스미스의 주장이 지닌 논리적 긴장감은 그의 글에 포함된 여러 가지 서로 일치하지 않는 요소로 인해 드러난다. "공감이 주로 관련된 인격체와의 상상계적 상황 바꾸기에서 발생한다 하더라도, 이 상상계적 바꾸기는 나의 인격과 인성을 지닌 내가 아니라 내가 공감하는 인격체의 인격과 인성을 지닌 나에게 일어나도록 되어 있다"(323). 그러나 한 사람이 자기 자신을 일소해 버리는 극적 변화를 겪지 않고서 어떻게 다른 사람이 될 수 있겠는가? 이런 어려움에도 단념하지 않고 스미스가 계속 주장한 바에 따르면, "내가 너의 비탄 속으로 빠져들어 가기 위해서, 나는 만약 어떤 특정 인성과 직업을 가진 나의 아이가 불운하게 죽을 경우에 내가 겪어야만 하는 것을 고려하지 않고, 오히려 내가 만약 진실로 네가 될 때 …… 겪어야만 하는 것을 고려한다"(323). 이처럼 여전히 분리된 채 언급되는 '나'가 있기는 하지만 표면으로 떠오르자마자 바로 다시 가라앉는다. "나는 너와 환경뿐만 아니라 인격과 인성도 바꾼다"(323). 내가 네가 되어 겪어야만 하는 것을 관조하는 것과 너의 인격에 거주하는 것은 똑같지는 않다. 그리고 다른 사람과의 완전한 동일화는 우리 능력 밖에 있다고 한 통고는 어찌 된 것인가?

공감이라는 이념에는 역설적인 특성이 있다. 왜냐하면 공감이란 자신이 다른 사람의 경험에서 발견한 것을 평가할 수 있을 만큼의 합리적인 능력을 지니면서 그 사람의 경험 속으로 들어가는 것이기 때문이다. 그런 판단을 하는 데 필요한 인식적 거리는 상상계적 윤리에 맞지 않는 것이다. 공감은 그 대상의 자격을 측정해야 하기 때문에 전적으로 자연발생적일 수만은 없다. 마치 자기를 둘로 분리하여 하나는 타자에게로 들어가게 하고 다른 하나는 뒤에 남아서 그 결과물을 평가하게 해야 할 듯하다. 그러나 이것은 이제까지 살펴보았듯이 보다 더 극단적인 형태의 자기 단념하기를 구상한 스미스에게 너무나도 미온적인 제안이다. 스미스는 이성과 판단이 모든 정서적 교류에서 중요한 역할을 한다는 점을 인식하고 있는데, 왜냐하면 만약 그것들이 없다면 타자가 느끼는 것에 이름붙이는 것은 고사하고 먼저 그 타자를 식별할 수조차 없기 때문이다. 한데 이는 우리 자신의 정신 기관들이 완전히 지워져버린 것처럼 보이는 총체적 감정이입이라는 스미스의 꿈과 양립할 수 없는 것 같다. 상상력을 통해 자신을 다른 사람에게 투사한다는 모든 관념을 허황되다고 생각한 흄은 이 점에서 스미스보다 훨씬 더 예리하다. 흄에 따르면, 그런 자기 투사가 가능하다 하더라도 "그 어떤 민첩한 상상력도 즉각적으로 우리를 우리 자신에게로 되돌려보내서, 우리가 우리와 다른 그 인격체를 사랑하고 존중하도록 만들 수는 없다."[21]

진정으로 공감하려면 문맥에 대한 이해가 어느 정도 필요하다는 의미에서 처음부터 이성도 작동해야 한다. 우리가 "나는 너의 감정이 어떨지 안다"라고 말할 때, 우리는 흔히 "나는 너의 이 정서가 짓무른 분함이라고 인식한다"라고 말하는 것 이상의 무언가를 의미한다. 우리는 또한 우리가 우선 그 감정을 일으킨 주변 환경에 대해 무엇인가를 알고 있다는 점을 암시하기도 하고, 그것이 당연하다는 점을 제시하기도 한다. 스미스가 논평한 바에 따르면, 우리가 환난에 처한 동료 생물체를 마주할 경우 우리는 "그를 환난에 처하게 만든 것에 대해 그가 느끼는 질색과 반감 속으로 들어간다"(288). 그러나 후에 스미스는 우리가 교수대에 선 살인자에 대해서는 동료 감정을 가지지 않는다고 주장한다. 감상주의자들이 흔히 추정하듯이, 타자의 더할 나위 없는 복이 항상 우리에게 만족감을 준다거나 그들의 고난이 예외 없이 우리 환난의 원천이 된다는 것은 맞지 않다. 그리고 이것이 단순히 남의 불행에 대해 갖는 쾌감의 문제는 아니다. 이것은 주변 환경에 대한 사안이기도 한데, 이에 대해 스미스는 오히려 자신의 동료보다 좀 더 민감하다. 우리는 누군가의 처참함을 인과응보라고, 누군가의 행운을 너무나 터무니없다고, 누군가의 비탄을 몰염치할 정도로 과시적이라고 생각할는지 모른다. 도덕적 판단이란 타자의 정서 상태를 급히 확인하려는 것 못지않게 타자의 정서 상태를 확인하여 강화하지 않으려는 것에 관련되어 있다. 공감 그 자체에는 어떤 가치도 없다. 한바탕 살인을 저지른 용병들이 느끼는 즐거움에 감정이입을 하는 사람에게 상을 주지는 않는다. 흄과 허치슨도 그러리라고 상상하지는 않았을 것이다. 그

---

21 David Hume, *An Enquiry Concerning the Principles of Morals*, Oxford, 1998, p. 47.

들에게서 우리가 몹시 기뻐하며 시인하도록 하는 것은 바로 베푸는 행동이다. 그런데 근대적 의미에서의 감상적 윤리인 이 자애론적 윤리는 자연발생적인 반응을 더 선호하는 편향성을 보인다. 우리는 어떤 정신 상태를 초래한 이유와 문맥을 알기 전까지 그 정신 상태를 시인하거나 힐난할 수 없으며, 그러기 위해서는 내장된 본능 이상의 무엇인가를 필요로 한다.

스미스는 타자의 응시를 대단히 중요하게 여긴다. 그는 내가, 나를 보고 있는 타자—기술적으로 말하면 이른바 자아 이상—를 보는 방식에 매료되어 있다. 타자들이 우리 자신의 눈을 통해 우리를 바라보려고 하는 것처럼, 그들의 눈은 우리 자신의 감상을 우리에게 되비추는 거울이 된다. 서로의 스치는 이런 눈빛 교환은 벤야민이 말한 아우라의 속성인데, 이는 무엇보다 우리의 응시에 되돌려 응답하는 대상의 감각을 수반한다. 이런 의미에서 이것은 일반적으로 우리의 시선에 응답하지 않는 기술 복제 시대와 대립한다. 벤야민에 따르면, "다게르 은판 사진술에서 비인간적, 아니 치명적으로 느껴질 수밖에 없는 것은 카메라를 (지속적으로) 들여다보는 행위다. 왜냐하면 카메라는 우리의 모습을 기록할 뿐 우리의 응시에 응답하지 않기 때문이다. 그러나 누군가를 바라본다는 것은 우리의 시선이 그 응시 대상에 의해 되돌려 응답될 것이라는 기대를 내포한다. 이 기대가 충족되면 ……아우라의 경험은 충만하게 된다."[22] T. S. 엘리엇*의 『네 사중주』에 나오는 장미와 같은 아우라적 대상에게는 바라보여지는 그 사물들 자체의 시선이

---

22 Walter Benjamin, *Charles Baudelaire: A Lyric Poet in the Era of High Capitalism*, London, 1973, p. 147. 이에 대해 나는 *Walter Benjamin, Or Towards a Revolutionary Criticism*, London, 1981에서 더 자세히 논의하였다.

* T. S. 엘리엇(T. S. Eliot, 1888~1965): 미국 출생의 귀화한 영국 시인, 극작가, 문학비평가로 작품에 『황무지』(*The Waste Land*, 1922), 『네 사중주』(*Four Quartets*, 1935~42) 등이 있다.

있다. 메를로-퐁티는 화가가 자신이 그리고 있는 사물에 의해 바라보여지는 데서 자기도취의 가장 심오한 의미를 발견한다.[23] 철학자 요한 고틀리프 피히테(Johann Gottlieb Fichte)는 시선 자체를 보는 시선이라는 생각에 평생 사로잡혀 있었다. 폴 발레리*는 꿈의 지각에 관련하여 "내가 보는 사물들은 내가 그들을 보는 만큼 나를 본다"라고 했다.[24]

벤야민에게서 이는 상품─모든 잠재적 소비자의 응시에 대해 사랑스럽게 되돌려 응답하기는 하지만 그 소비자에 대한 냉랭한 무관심을 은밀히 유지하는 상품─에도 해당된다. 모든 아우라적 대상처럼 상품은 타자성과 친밀성의 상호작용을 보여주는데, 예를 들어 손댈 수조차 없는 매력적인 마돈나를 바로 유용한 매춘부와 결합한다. 벤야민이 언급한 바에 따르면, "스치는 눈빛이 극복해야만 하는 거리가 멀면 멀수록, 그 응시에서 발산되기 쉬운 마력은 더 강해진다."[25] 브레히트는 그처럼 환상적인 관념을 거부하면서 이런 계열의 사변을 아주 못마땅하게 생각했다. 브레히트의 『작업 일지』에 따르면, "벤야민이 여기서 말하는 바는 이렇다. 네가 너에게 향한 응시를 등 뒤에서조차 느낄 때 너는 그 응시에 응답한다(!) …… 이는 신비주의에 반대하는 태도를 취하지만 신비주의 중의 신비주의다. 바로 이런 형식에 유물론적 역사 개념이 차용된 것이다! 정말 섬뜩하다."[26] 브레히트는 분명히 벤야민이 유대 신비주의자 친구인 게르숌 숄렘(Gershom Scholem)과 너무 오래 함께했거나 아니면 마약 해시시를 좀 심하게 시험했다고 생각했다.

---

23 Maurice Merleau-Ponty, *The Visible and the Invisible*, Evanston, IL, 1968, p. 139.

*   폴 발레리(Paul Valéry, 1871~1945): 프랑스 시인, 평론가, 사상가.

24 Ibid., p. 149에서 재인용.

25 Ibid., p. 150.

26 Bertolt Brecht, *Arbeitsjournal*, Frankfurt-am-Main, 1973, vol. 1, p. 16.

라캉에게서, 스치는 눈빛들이 있는 상상계적 울타리는 결핍—나는 결코 그녀가 나를 보는 장소에서 그녀를 볼 수 없다는 점—으로 인해 파열된다.[27] 따라서 응시는 명료함과 불투명함의 상호작용이 되며, 여기서 반투명의 상상계는 비상호성과 익명의 관계를 그 특징으로 하는 상징계의 침입으로 얼룩지게 된다. 이것은 보들레르의 도시 군중이 지닌 모호성을 드러내는데, 벤야민이 언급하듯이 이 모호성 속에서는 "그 어느 누구도 모든 타자에 대해 아주 투명하거나 아주 불투명하지 않다."[28] 벤야민에 따르면, 샤를 보들레르*의 시에서 "사람의 눈의 시선에 의해 야기되는 기대는 성취되지 않는다." 즉 구성적 결핍 주변으로 재조직화된 응시는 상실된 풍요를 운명적으로 추구, 즉 욕망하면서 줄곧 시각의 대상을 지나간다. 라캉의 용어로 표현하면, 우리의 욕망은 타자가 아닌 대타자에 대한 욕망이다. 벤야민이 라캉 식으로 언급하듯이, "우리가 바라보는 그림은 우리의 눈이 실컷 향유하지 못할 것을 우리에게 되비춰준다."[29]

　스미스를 매료시킨 응시의 교환이 상상계적인 것이기는 하지만, 상호 균형이 깨졌다는 점을 보여주기도 한다. 이미 살펴보았듯이, 우리에 비해 타자들은 우리의 감정으로 인해 덜 곤혹스러워하거나 덜 황홀해하는 경향이 있기 때문에 되돌려지는 그들의 눈빛은 차분함으로써 우리의 정념을 누그러뜨린다. 상상계에서처럼 우리는 안과 밖에서 동시에 우리 자신을 보는데, 이 두 시각이 정확하게 비례하지는 않는

27　Jacques Lacan, *The Four Fundamental Concepts of Psychoanalysis*, London, 1977, 제6장 참조.

28　Walter Benjamin, *Charles Baudelaire*, p. 49.

*　샤를 보들레르(Charles Baudelaire, 1821~67): 프랑스의 시인, 번역가, 문예비평가로 작품에 『악의 꽃』(*The Flowers of Evil*, 1857), 산문시 『파리의 우울』(*The Spleen of Paris*, 1869), 평론집 『현대 생활의 화가』(*The Painter of Modern Life*, 1863) 등이 있다.

29　Ibid., pp. 146~47.

다. 우리는 타자의 눈이나 자아 이상을 통해 우리 자신을 판단하기 때문에 우리의 품행에는 항상 타자성이 어느 정도 섞여 있다. 사실상 이것이 바로 도덕의 원천을 이룬다. 즉 스미스가 제시하듯이, 철저히 고독한 인간 존재는 결코 도덕 감정을 가질 수 없는데, 이는 사람이 자기 얼굴을 볼 수 없듯이 자기의 자질을 밖에서 볼 수 없기 때문이다. (짐작컨대 스미스는 휴대용 거울을 지닌 은둔자가 아닌 '야만인'에 대해 말하고 있는 것이리라.) 하지만 "그를 사회로 데려오라, 그러면 그는 예전에 없던 거울을 즉시 갖게 될 것이다"(298). 이와 달리 루소는 이 말에 대해 크게 실망한다. 루소가 보기에 '야만인들'은 훌륭하게도 자족적인 반면, 문명화된 존재들은 비열하게도 타자에 의존한다. 루소에게서 우리의 욕망이 대타자의 욕망이라는 사실, 즉 우리가 오직 동료들의 응시 속에서 살아간다는 사실은 맥 빠지게 만드는 것이다. 그에게 사회성은 나약함의 표시이며, 도덕성은 우리가 자립·자족적으로 존재하지 못하기 때문에 나타난 성가신 결과물이다. 장-폴 사르트르(Jean-Paul Sartre)의 지옥이 타인들이듯, (루소에게) 윤리는 타인들이다.

스미스가 적은 바에 따르면, "한 사람이 지닌 모든 능력은 그가 다른 사람의 유사한 능력을 판단하는 척도 ……"이기 때문에 우리는 "타자의 감상이 우리의 감상과 상응하는지 아닌지에 따라 그 적절성과 부적절성"을 측정한다(271). 그래서 나는 나 자신으로 너를 판단하고 너는 나를 판단함으로써 그를 판단한다는 것과 같이, 도덕적 판단에는 심란하게 순환논리적인 속성이 있는 듯 보일 것이다. 궤변적으로 개별 주체는 모든 사물의 척도인 듯 보일 것이다. 이런 상대주의적 병폐를 멈추게 하려고 스미스는 "우리가 타자의 행위를 지속적으로 관찰하면 무엇을 하고 무엇을 하지 말아야 적합하고 적절한가에 대한 일반적인 규칙을 스스로 형성하게 된다"라고 주장한다(303). 그렇게 일반적인 규칙이 정립되는데, 단 전제 조건은 그 규칙이란 악하거나 선한 행실이 연역될 수 있는 합리주의적인 양식의 선험적 원리가 아니라 우리의 관습적 품행에서 귀납된 것이어야 한다는 점이다. 이 규칙들은 실제로

"인류의 서로 일치하는 감상"을 증류한 것에 지나지 않지만, 그럼에도 불구하고 우리에게 강력한 힘을 행사한다. 이 규칙들은 우리가 항상 의식하는 우리의 행실에 대한 이상적 판관인 공정한 대타자다.

그렇다면 라캉과 마찬가지로 스미스에게서 우리의 행동이란 항상 어느 수준에서 대타자를 향한 메시지다. 라캉이 보기에 이 대화는 스미스 같은 사람들―즉 우리 각자는 집단적 타자의 인자한 눈이 지켜보는 가운데에서 번영한다고 보는 사람들―이 말하는 상상계적 상호성으로 축소되지 않는다. 왜냐하면 어떻게 우리는 우리가 인식되고 있다는 것을 인식하겠는가? 이것은 인식이 살구 맛처럼 즉각적이고 직감적인 상상계적 윤리에서 별로 문제되지 않는다. 하지만 상징계적 질서에서 우리와 타자를 연결하는 일차적 매개는 언어인데, 라캉의 경우 언어는 서로의 만남에 잘못된 해석의 가능성을 심어놓는다. 우리를 함께하도록 하는 매개가 우리를 갈라놓기도 한다. 우리가 서로 간의 '인식을 위한 요구'를 인식할 수 있게 해주는 기표들은 결코 우리가 바라는 만큼 명백할 수 없다. 마찬가지로 스턴의 소설[『트리스트램 샌디』]에 등장하는 월터와 토비의 무언의 교제처럼, 말에 기초한 상호성보다 덜 기만적인 상호성을 목표로 하는 언어 이전의 상상계적 몸짓도 결코 명백할 수는 없다. 왜냐하면 몸짓도 해석할 필요가 있으며, 따라서 기표라는 표식을 피해갈 수 없기 때문이다. 주먹을 쥐거나 막대기를 휘두른다고 해서 기표의 미끄러움을 피할 수는 없다.

상상계를 옹호하는 사람들은 빛나는 단 하나의 기표―누군가의 본질을 압축하여 눈 깜짝할 사이에 온전히 그 본질을 다른 사람에게 전달하는 마법적인 부호―를 꿈꾼다. 전권을 지닌 이 기호는 때때로 낭만주의적 상징이라는 이름으로 회자되는데, 라캉주의자들은 이를 남근이라 부르고 싶어 한다. 그러나 상징계적 질서는 의미의 질서이며 의미는 그 부호를 빗나가는 경향을 지니기 때문에, 상호 오인의 가능성은 처음부터 내재해 있다. 비극이 존재할 수 있고 역사가 존재할 수도 있는 것은 바로 그 남근이 존재하지 않기 때문이다. 게다가 만약 나의 정체성은 너의 정체성에, 너의 정체성은 또 다른 사람의 정체성에 묶이는 연계망이 영원히 산란하며 계속된다면, 너의 시인하는 눈빛이 여러 자기(selves)로 구성된 해독 불가능한 양피지 구조의 효과가 아니라 너의 눈빛이라는 것을 어떻게 알 수 있겠는가? 그래서 상상계의 거울반사적 윤리는 대타자의 불투명성으로 인해 지장을 받게 된다. 상상계적 상호성은 상징계적 비상호성에 자리를 내주게 된다. 우주 공간처럼 곡선을 그리며 그 자체로 되돌아가는 상상계에 바깥이 없는 것과 마찬가지로 상징계에도 외부가 없다. 라캉의 전문 용어로 표현하면, 대타자의 대타자는 없다. 즉 상호 주체적 의미를 넘어선 관점에서 그 의미를 탐구할 수 있게 해주는 메타언어는 없다. 왜냐하면 이 메타언어조차도 그다음에는 또 다른 언어로 해석되어야 할 필요가 있기 때문일 것이다. 우리를 '기표의 효과'라고 주장하는 것은 우리가 공유하는 담론에 외측 버팀대가 없다고 말하는 것이며, 이는 스미스의 경우에서처럼 "인류의 서로 일치하는 감상" 이외에 우리 세계에는 어떤 토대도 없다고 하는 것과 같다. 상징계적 질서는 필히 토대가 없어야만 한다.

『옥스퍼드 영어사전』에 따르면, 감정이입은 "자신을 관조의 대상이나 인격체와 정신적으로 동일화하는 (그래서 완전히 파악하는)" 힘이다. 그러나 이 정의에서처럼 동일화하기와 파악하기는 반드시 그처럼 함께 있을 만한 용어가 아니다. 내가 나폴레옹이 '된다고' 해서 그를 이해할 수 있는 것은 아니다. 왜냐하면 앞서 살펴보았듯이, 내가 나폴레옹이 된다면 그를 파악할 내가 없어지기 때문이기도 하며, 내가 나폴레옹을 파악할 수 있다는 것은 그가 자신을 이해하고 있다는 점을 가정하고 다시 이런 가정은 그에게 믿기 어려운 자기 투명성이 있다는 점을 가정하는 것 같기 때문이기도 하다. 이해란 실제로 다른 사람의 머리에 접근하는 문제일 수도 있지만, 언어라고 알려진 부수고 들어가는 양식이기도 하다. 파악한다는 것은 타자의 육체와 마술적으로 통합하는 문제가 아니다. 내가 마술적 통합이라는 위업을 달성했다 하더라도 내가 거기서 찾은 것을 어떻게 인식할 것인가? 오직 내가 우선적으로 언어를 가지고 있었기 때문인데, 언어는 나에게 그런 몽환적인 침략을 해야 하는 곤란함을 덜어줄 수도 있다. 공감과 이해는 타자의 정서 상태에 대한 심상을 필요로 하지 않는다. 왜냐하면 한편으로 정서 상태는 원칙적으로 숨겨져 있지 않기 때문이다. 다른 한편으로 너는 내가 돈을 주고도 살 수 없는 귀중한 중세 시대의 필사본을 잃어버린 데 대해 나를 측은하게 여길 수 있을 텐데, 군이 그 문서의 특정 이미지를 머릿속에 떠올리지 않고서도, 그리고 내 정서의 깊숙한 곳에서 일어나고 있는 것을 그대로 따라 하려고 애쓰지 않으면서도 그렇게 할 수 있기 때문이다.

해본 적이 없는 경험뿐 아니라 했을 리가 없는 경험에 공감하는 것은 물론 가능하다. 스미스가 제시한 일례는 분만 중에 있는 임산부에 대한 남자의 동정심이다. 다른 사람들의 즐거움이나 곤란을 그들 보다 더 격하게 느끼는 것이 가능할 수도 있는데, 이는 완벽한 상호성의 꿈에 어떤 결함이 있다는 것을 나타낸다. 게다가 다른 사람의 고통을 가엾게 여긴다고 해서 반드시 그 고통을 느끼는 것은 아니다. 너를 불쌍히 여기는 것과 너의 슬픔을 느끼는 것은 서로 다르다. 내가 분개하는 것이 당연한지 아닌지를 반성하지도 않은 채 내가 분개를 느낄 수 있는 것처럼, 나는 너의 비탄에 대해 어떤 특별한 도덕적 반응도 느끼지 않은 채 너의 비탄으로 인해 내 마음이 저릴 수도 있다.

도로에서 사고를 당한 사상자를 도우려고 급히 달려가는 사람들은 대체로 너무 여념이 없어서 희생자들의 감각을 추정하여 어떤 심상을 만들어낼 수가 없다. 반대로 우리는 어떤 사람들에게 도움이 되고자 하는 느낌을 조금도 가지지 않으면서 그들의 감각에 대한 생생한 이미지를 품을 수 있다. 현상학자인 막스 셸러에 따르면, "'내가 너의 감정을 완벽하게 시각화할 수는 있지만 그렇다고 해서 내가 너에게 연민을 느끼지는 않는다'라고 말하는 것은 아주 의미심장하다."[30] 가학적인 사람은 그 희생양들이 겪고 있는 것을 경험하고 싶어 한다. 니체가 지적하듯이, 잔인성은 어느 정도의 감성을 필요로 하지만 잔혹성은 그렇지 않다. 피학적인 사람은 고통을 느끼고 있는 사람들을 별로 도우려고 하지 않을 수도 있는데, 이는 그가 그들의 고뇌에 동질감을 느끼는 데서 격한 쾌락을 얻기 때문이다. 같은 이유에서 피학적인 사람은 타자들에 의해 자신의 비참함이 경감되는 데 반대할지도 모른다. 다른 사람이 느끼고 있는 것을 느끼는 정도의 능력은 그들의 말씨를 완벽하게 모방하는 재주처럼 더 이상 도덕적인 사안이 아니다. 동정이라는 의미의 공감과 다른 사람의 정서 상태를 공유한다는 의미에서의 공감은 다르다. 우리가 전자에 대해 어느 정도의 공을 주장한다면 때로 후자에 대해서는 그리 충분히 주장할 수 없다. 많은 사람들은 극도로 민감하면서도 무지막지한 이기주의자들이다.

❖

지금까지 살펴본 도덕주의자들 가운데 섀프츠베리를 제외한 나머지 사람들은 모두 영국인이 아니다. 이른바 영국 모더니즘 문학 계열에서와 마찬가지로 도덕주의자들 가운데서도 영국인들은 사실상 그 수가 적다. 우리가 논의한 대부분의 사상가들은 식민지 본국의 주변인인 게일 출신자들인데, 이 사실이 무의미하지는 않을 것이다. 앵글로 색슨인에 비해 버크, 흄, 허치슨, 스미스, 포디스, 퍼거슨 같은 게일인들은 아일랜드에서 태어났거나 부분적으로 게일인인 골드스미스, 스틸, 브루크, 스턴 같은 인물과 더불어 확실히 감상과 자애를 예찬하는 경향을 더 많이 보인다. 이는 게일인들이 유전적으로 영국인들보다 더 상냥하기 때문이 아니라 스코틀랜드와 아일랜드 모두가 씨족 집단이나 공동체 중심의 충절이라는 강력한 전통을 지니고 있기 때문이다.

사실상 이 두 민족의 친족 구조, 결속하는 관습, 성문화되지 않은 책

30　Max Scheler, *The Nature of Sympathy*, London, 1954, p. 9.

무, 그리고 이른바 도덕 경제는 계약 관계나 소유적 개인주의라는 식민적으로 강제된 체제에 포위된 채 공격을 받아왔다. 그러나 그 전통적 생활방식의 몇몇 측면은 보다 근대적인 제도들과 나란히 불안정하게나마 살아남았으며, 이성의 시대 내내 소액 임차인과 소작인 및 노동자들의 정치적인 교전 상태에서 그 근대성에 격렬히 저항했다. 글래디스 브라이슨이 스코틀랜드 계몽주의를 연구하면서 지적한 바에 따르면, "(그들의 저작에서는) 과거의 공동 사회에 있었던 감상과 충성의 많은 부분이 이익사회에까지 이어진다. ……그들은 모든 글에서 소통, 공감, 모방, 습관, 관례에 ……대해 지대한 관심을 보인다."[31] 이런 것들에 관심을 집중하는 게일인 특유의 스타일을 보여주는 최근의 일례는 매킨타이어의 글이다. 그는 한창 이들 가치를 찾는 과정에서 기독교에서 마르크스주의로, 다시 마르크스주의에서 가톨릭교와 공동체주의로 옮아간 철학자다. 계몽주의적 보편주의에 대한 매킨타이어의 비판은 스코틀랜드와 아일랜드에서의 이른바 민족적 특수주의에서 유래한 것이다. 이 민족의 지식인들은 그 문화의 역사적 특이성을 고집스럽게 주장하고, 장소를 무시하는 합리주의에 저항하며, 추정상의 보편적 (하지만 대개의 경우 오직 메트로폴리스적) 규범을 따르지 않으려고 한다.[32] 매킨타이어가 계몽주의적 보편성을 의심하고 도덕적·사회적 개념을 그 역사적 문맥 내에서 복구하려는 습관을 지닌 데에는 게일인 특유의 정취가 들어 있다고 감히 말할 수 있을 것이다.

존 드와이어가 주장한 바에 따르면, 흄과 스미스 같은 선각자들은 스코틀랜드 식 추진력을 가지고 명확히 선진 경제를 옹호하면서 어느

---

31 Gladys Bryson, *Man and Society: The Scottish Inquiry of the Eighteenth Century*, Princeton, NJ, 1945, pp. 146~47. 나는 이 문제에 대해 *Crazy John and the Bishop*, Cork, 1998의 제3장에서 좀 더 자세히 다루었다.

32 나는 이 문제에 대해 *Scholars and Rebels in Nineteenth-Century Ireland*, Oxford, 1999에서 좀 더 자세히 다루었다.

정도의 민족적 고결함을 보존하려 했으며, 실제로 고삐 풀린 상업주의에 대해 계속해서 전통주의적으로 의구심을 가지려고도 했다. 드와이어는 "감성에 대한 모든 관념이 자기 이익을 따르는 사회질서에 대한 대안이 되면서, 개인주의가 아닌 사회성이야말로 스코틀랜드 식으로 감성을 규정하는 데 꼭 필요한 요소였다."[33] 토머스 바틀릿은 "1770년대 이후 아일랜드 농촌생활의 두드러진 특징은 사회성이라는 현상이 부상하면서 다양한 목적을 위해 서로 연합해야 한다는 압박감이 점점 더 커진 것"이라고 말한다.[34] 마치 전투적인 반체제 지하 활동가들이 주점, 철야 장소, 비행기 진입로, 술집, 장터, 시장, 교차로를 자신들의 전복적인 목적에 이용했던 것처럼, 민족주의라고 알려진 감상의 정치는 그런 농촌 식 연대에 중요한 역할을 했다.

자애와 도덕감각이란 이익사회(Gesellschaft)의 일상적인 상업적 생활 속에서 여전히 흘러넘치고 있는 공동사회(Gemeinschaft)의 정신 같은 것이라고 주장해 볼 수도 있을 것이다. 어쨌든 외떨어진 아일랜드의 케리나 스코틀랜드의 애버딘셔에서의 생활은 영국 수도에서의 생활에 비해 다소 덜 합리화되어 익명으로 관리되고 있었다. 매킨타이어는 스코틀랜드 계몽주의가 일군의 자명한 제1원리들을 믿는 것은 전근대적 사회질서를 지배한 당연한 믿음들이라는 공동 기금에 연원을 둔 것이라고 주장한다.[35] 스코틀랜드 계몽주의자에게 인간 사회란 개인들에게 자연스러운 것이다. 인간 사회란 무엇보다도 가정상의 친족이 확장된 것으로 여겨지는데, 이는 근대의 교외 지역에 비해 인격적 · 성적 · 사회적 · 경제적 관계가 쉽게 구분되지 않는 공동체에 대한

---

33 John Dwyer, *Virtuous Discourse: Sensibility and Community in Late Eighteenth-Century Scotland*, Edinburgh, 1987, p. 39.

34 Thomas Bartlett, *The Fall and Rise of the Irish Nation*, Dublin, 1992, p. 311.

35 Alasdair MacIntyre, *Whose Justice? Which Rationality?*, London, 1988, p. 223.

믿음으로서 충분히 그럴 듯하다. 예를 들어 그런 상황에서 결혼과 성적 성향은 여전히 재산, 노동력, 지참금, 종교적 믿음, 유산, 타국으로의 이주, 사회복지와 밀접하게 연관되어 있다. 아마 아일랜드에서 가족이란 아직 완전히 사유화되지 않은 집단이었기 때문에, 어린 시절 카운티 코크에 있는 노천 학교에 다녔던 버크 같은 인물은 혁명이 일어날까 봐 아연실색하고 있던 영국에 대해 가족을 민족 통합의 이미지로 제안했을 것이다. 이런 의미에서 게일인의 공동사회는 식민 본국에 이바지하게 되었다.

그렇다면 감성의 문화가 대체로 덜 근대화된 주변부로부터 식민주의 국가로 침투해 들어가야만 했다는 것은 그리 놀랄 만한 일이 아니다. 영국인들은 아일랜드 시인 토머스 무어*의 지나칠 정도로 달콤한 서정시에 열광했던 것처럼, 동경하는 감정, 이국적인 혹은 우울한 감정을 실로 우울한 것이 많은 식민지 주변부에서 수입해 왔다. 성문화되지 않은 책무라는 이념은, 말하자면 18세기 아일랜드에서 임차인들의 권리를 특징짓는 방식이었는지도 모른다. 그러나 성문화되지 않은 책무는 법이 감정의 격식과 양식에 함축되어 있으면 그만이지 굳이 천하게 글로 자세히 기록될 필요는 없다고 생각한 감상주의 학파의 윤리를 기술하는 데 일조하기도 한다. 부르주아형 인간의 천박함과 전쟁을 치르고 있던 신플라톤주의적 귀족 섀프츠베리에게도 거의 마찬가지다. 마치 와일드의 몸 안에 영국 댄디와 게일 외지인이 모두 들어 있던 것처럼, 허치슨과의 관계를 통해 영국 귀족 섀프츠베리와 게일 외지인 허치슨은 서로 손을 맞잡고 무정한 이성의 이데올로기들에 반대하는 공동 전선을 형성한다.

18세기 가장 위대한 아일랜드 철학자인 버클리는 게일계 아일랜드

* 토머스 무어(Thomas Moore, 1779~1852): 아일랜드의 시인, 풍자가, 작곡가, 정치가로 19세기 아일랜드의 비공식 계관시인이기도 하다.

인이 아니라 영국계 아일랜드인이기는 하지만 그의 사상은 거의 확실히 초기 켈트 신화 세계에 많은 빚을 지고 있는데, 이 신화에 따르면 우주란 일종의 강력한 영적 담론—즉 신이 기호와 이미지를 통해 피조물에게 자유롭게 소통하는 일련의 능력 혹은 현현—이다. 버클리에 따르면 "자연 현상들은 ……장대한 광경을 형성할 뿐만 아니라 매우 일관성 있고 즐거움과 교훈을 주는 담론을 형성하기도 한다."[36] 예를 들어 원인과 결과 사이의 관계를 발견하면서 우리는 자연의 문법에 정통하도록 배운다. 전체 우주는 일종의 신성한 기호 작용이다. 버클리가 보기에 사물들은 신의 기표들이며, 모든 언어처럼 오직 한 인간 주체의 지각 속에서만 존재한다. 상상계적인 양태에서 사물들은 그것들을 지각하는 사람들에게 현전하는 사물과 하나다. 버클리가 보기에 실재와 기호는 동일하며, 이는 마치 상상계에서 기표와 기의가 융합되어 있는 것과 같다.

이런 점에서 프레드릭 제임슨이 라캉의 상상계를 기술하면서 자연스럽게 버클리 식 언어로 슬쩍 빠져들어 가 "지각하는 자와 상관없는 지각과 (대상의) 존재가 구분되지 않은 것"이라고 말한 것은 의미가 있다.[37] 버클리의 인간 중심적 우주에서 사물들은 우리에게 건네져 인간 주체를 중심으로 쾌적하게 모여들어 (하이데거 식 표현으로) '수중에' 들어온 한에서만 존재한다. 그냥 재미로 쓴 에세이 「자연적 쾌락과 환상적 쾌락」(Pleasures Natural and Fantastical)에서 버클리는 세계가 자신만을 위해 만들어졌다는 장난 같은 환상에 빠져 있다. "세계를 구성하는 다양한 대상은 본래 우리의 감각을 기쁘게 해주도록 만들어졌다. ……그래서 언제나 나는 나에게 쾌락을 주는 대상들에 대한 천부적

---

36 Alexander Campbell Fraser(ed.), *The Works of George Berkeley DD*, Oxford, 1871, vol. 1, p. 460.

37 Fredric Jameson, "Imaginary and Symbolic in Lacan", *Yale French Studies* 55/56, New Haven, CT, 1977, p. 355.

소유권을 가지고 있다고 여긴다. ……나는 내가 마주친, 나의 눈을 즐겁게 하도록 고안된 흥밋거리라고 여기는 모든 금빛 마차들의 화려한 부분에 대한 소유권을 가진다 ……."[38] 버클리가 재미 삼아 자신의 인식론을 패러디하는 데서, 모든 사물의 실체는 마치 젖먹이 영아의 경우에서처럼 그가 그 사물들을 감각적으로 풍미하는 데 있다.

몇몇 18세기 아일랜드 성직자처럼 버클리는 자신이 저명한 고위 성직자로 있던 아일랜드 국교회의 교리를 훼손하려고 위협하는 경험주의적 회의론의 신학적 함의를 반박하면서, 결국 영국계 아일랜드 식민주의 지배 계층의 권위를 반박하려고 한다. 그런 위협에 대한 버클리의 철학적 반응은 요하네스 스코투스 에리우게나*에서 윌리엄 버틀러 예이츠**로 이어지는 아일랜드 철학의 주류를 형성했던 현란한 관념론이다. 영국의 합리주의와 경험주의는 특히 스콜라 철학적 유산 때문에 이웃 섬나라에 제대로 뿌리를 내릴 수 없었다. 만약 로크의 경험주의가 참된 지식이 사라질 위험에 이를 정도로까지 사물과 개념 사이의 간극을 벌려놓았다면, 버클리는 현상 자체를 감각 자료의 복합체로 재규정하여 그 틈을 봉인하려 한다. 그러므로 그의 관념론의 요점은 사물을 없애는 것이 아니라 아무런 제약 없이 사물에 접근하도록 하는 것이다. 이런 과정에서 그는 경험주의자들의 논리가 내부에서 파열되는 극한 지점까지 그들의 논리를 몰아간다. 왜냐하면 이 영국 철학자들은 사물의 실체를 알 수 있다고 주장하면서, 숨돌릴 틈도 없이 연이어 모든 지식이란 감각 자료의 문제이며 감각 자료는 사물 자체라기보다는 실체의 기호라고 주장하기 때문이다.

---

38 Campbell Fraser, *Works of George Berkeley DD*, vol. 3, pp. 160~61.

*   요하네스 스코투스 에리우게나(Johannes Scotus Eriugena, 810~약 877): 아일랜드 태생의 스코틀랜드 신학자, 신플라톤주의 철학자, 시인.

** 윌리엄 버틀러 예이츠(William Butler Yeats, 1865~1939): 아일랜드의 시인, 극작가, 문예비평가로 1923년 노벨문학상을 받았다.

아이가 아무런 꾸밈없이 임금님은 벌거숭이라고 말한 것처럼, 버클리가 의기양양하게 밝혀낸 대단한 비밀은 사물의 외양이 감추고 있는 것이란 그 이면에 아무것도 없다는 점이며 결국 외양이란 결코 외양이 아니라는 사실, 그리고 이른바 '실체'라는 단단한 핵심도 환상만큼이나 빈약하다는 사실이다. 만약 신이 모든 사물의 중심에 있다면, 그리고 만약 (에리우게나만큼 버클리에게서처럼) 신이 어떤 실체가 아니라 순수한 무(無)의 숭고한 심연이라면, 현상을 지탱하는 것은 무 혹은 한없는 공백이다. 아우구스티누스*에게서와 마찬가지로, 세계는 온통 비존재로 가득하다. 사물들에 실체가 없다고 말하는 것은 사물들이 신성의 수려한 담론이라고 말하는 것과 같다. 순전한 무로서 신은 사물들의 본질이다. 실체라고 알려진 파악하기 어려운 소타자란 실재계―버클리에게서는 견딜 수 없는 전능자의 현존―라는 공백을 메우는 환상 대상일 뿐이다. 인간의 지각 작용을 통해 신의 담론이 끊임없이 해독되지 않을 경우에는 신이 이 지상에 실체적으로 현존할 수 없기 때문에, 우리 자신의 실존이란 상상계 식으로 필연적인 것이지 상징계 식으로 우발적인 것이 아니다. 우리와 세계는 함께 묶여 있으며, 묶는 끈은 마치 어린 영아의 경우에서처럼 우리의 직접적인 감각 경험에서 만들어진다. 이런 의미에서 버클리의 비전은 넓게 본다면 상상계적이다. 그러므로 우리가 상상계에 대해 이미 살펴본 바를 고려한다면, 그가 『새로운 시각 이론』(A New Theory of Vision)에서 같은 나라 출신인 버크처럼 육체, 감각 직관, 감각 기관 사이의 비율에 너무 몰두한 나머지 현상학이라는 말이 나오기 이전에 이미 현상학자의 풍모를 보이고 있다는 점은 그리 놀랄 만한 일이 아니다. 어떤 주석자들은 이 두 사상가들이 추상적 관념을 싫어하는 근거를 구체적인 것을 좋아하는 게일적

---

* 아우구스티누스(Saint Augustinus, 354~430): 영어식으로는 어거스틴으로 불린다. 작품에 『고백록』(Confessions, 397~약 400)과 『신국론』(The City of God, 413~427)이 있다.

특성에서 탐지해 내기도 했다.

벤담이 나타나면서 18세기가 중요시하던 자애는 사라져버렸다. 감상의 영역이 점차 사적으로 소유되면서, 자애는 점점 더 공적 영역을 위한 어떤 본보기를 제공해 줄 수 없게 되었다. 대신 자애는 도덕철학을 떠나서 사실주의 소설이라고 알려진 도덕 탐구의 한 형식 안에 머무르게 되었다. 디킨스를 섀프츠베리와 허치슨의 위대한 상속자라고 주장하는 것이 그리 허튼 이야기는 아닐 것이다. 이제 소설은 그 인간주의적인 내용에서만큼이나 다성적인 형식에서도 인간의 이기주의에 대한 가장 강력한 해독제가 된다. 산업 자본주의적 영국은 화이트홀의 어떤 클럽보다 훨씬 더 뒤엉켜 불투명하지만, 소설은 감춰진 관계와 혼란스러운 연결고리들을 탐색하기에 더할 나위 없이 섬세한 도구가 된다. 혹은 조지 엘리엇이 「독일 생활의 자연사」(The Natural History of German Life)에서 언급하듯이, 소설은 우리에게 주어진 인격의 영역 너머로 우리의 경험을 증폭하고 동료 인간들과의 접촉을 확대하기에 더할 나위 없는 도구가 된다. 그래서 소설은 자기 이익뿐만 아니라 상상계에 대한 해독제가 된다. 무엇보다 소설을 통해서 우리는 우리 자신의 경험 너머에 펼쳐져 있는 감춰진 사회생활 영역에 상상의 형체를 부여할 수 있으며, 그로 인해 수많은 정체 불명의 타자들과 친화감을 불러일으킬 수 있게 된다. 소설 장르의 두 가지 적은 이기주의와 익명성이다. 이렇게 공감을 강화하는 데에는 감탄할 만한 인도주의적 이유뿐만 아니라 긴급한 정치적 이유도 있다. 왜냐하면 더 이상 감정의 공동체라고 생각될 수 없는 사회는 위태롭게도 갈등과 분열에 취약하기 때문이다.

한데 감상은 공적 영역으로부터 점점 더 내몰려 사적 영역으로 후퇴하여 결국 눈을 반짝이며 행복해하는 이상한 자들과 호감을 주는 괴상한 자들에 들어앉게 되면서, 더욱 병들어 스스로를 소모하기 시작한다. 빅토리아 시대의 검은 사탄같이 흉측한 공장들 사이에서 감상 숭배가 절정에 다다른 것이 결코 우연은 아니다. 『올리버 트위스트』에

등장하는 아량 있는 마음씨를 지닌 브라운로로부터 『황폐한 집』*에 등
장하는 댄디풍의 해럴드 스킴폴에 이르는 여정은 열렬한 감정 옹호의
미몽에서 깨어나 그런 감정 옹호가 부분적으로 해결책인 만큼이나
문제점일 수도 있다는 자각에 이르는 여정이다.

---

* 『올리버 트위스트』(*Oliver Twist*, 1837~39)와 『황폐한 집』(*Bleak House*,
  1852~53)은 영국 빅토리아 시대 소설가 찰스 디킨스의 연작소설이다.

제 2 부

상징계의 주권

THE SOVEREIGNTY OF THE SYMBOLIC

서론: 상징계적 질서
The Symbolic Order

    상상계에서 상징계로 옮아가는 것은 자아와 그 대상으로 구성된 닫힌 영역에서 상호 주체성이라는 열린 영역으로 옮아가는 것이다.[1] 라캉은 후자에 대타자라는 명칭을 부여한다. 차이가 '아버지의 이름'이라는 형태로 출현하면서, 인간 주체는 타자/어머니와의 공생 관계로부터 단절되고 만약 어머니의 육체를 즐기면 거세를 당하리라고 위협을 받아 결국 그것을 단념해야 한다. 주체는 역할과 관계의 구조라는 라캉의 상징계적 질서에 자신의 위치를 상정하기 위해서 그 환락을 지하로 밀어내야 한다. 상징계적 질서의 기능은 기독교의 성만찬처럼 살과 피를 기호로 전환하는 것이라고 말할 수도 있을 것이다. 이제 주체는 이미 주어진 사회관계망 내에서 그 주체가 차지하는 의미화 장소와 동

---

1 라캉의 생각에서 상징계적 질서에 대한 중요한 특징은 Jacques Lacan, *Écrits*, Paris, 1966, 특히 「프로이트적 무의식에서의 주체의 전복과 욕망의 변증법」 ("Subversion du sujet et dialectique du désir dans l'inconscient freudien") 에서 찾아볼 수 있다. Jacques Lacan, *Le Seminaire Live 1: Les Écrits Techniques de Freud*, Paris, 1975 참조.

일한 것으로 상정된다.

하지만 이제 주체를 충족시켜 주던 대상이 금지되기 때문에, 주체는 이 금기로 인해 텅 비게 되어 영원한 비존재 혹은 욕망이라 알려진 존재 결핍 상태가 된다. 주체는 이미 갈라지고 흩어진 채 성취감을 찾으면서, 영원히 파악할 수 없는 존재의 총체성을 추구해야 하는 운명에 처해 하나의 기호나 사물에서 또 다른 기호나 사물로 비틀거리며 다닌다. 부언하면, 개별 기호나 대상은 그 총체성의 대리인 혹은 임차인일 뿐이다. 초월적 기표가 없기 때문에, 즉 어떤 기적적인 현현을 통해 주체의 전 존재에 목소리를 부여할 말이 없기 때문에 주체는 이 다양한 기표 사이의 틈새를 미끄러지듯 다닌다. 주체가 이런저런 특정 의미를 포착할 수는 있겠지만, 비참하게도 존재의 상실을 겪어야 하는 대가를 치러야 한다. 주체가 '의미할' 수는 있겠지만, 자신의 담화에서 '충만한' 주체로서의 자신이 사라지는 대가를 치러야 한다. 기표를 배치하고 있는 주체 혹은 그 주체가 그 일을 하고 있는 장소를 적절히 표상할 수 있는 기표는 없다.

그래서 주체는 의미화 사슬에서 배제되면서 동시에 그 안에서 표상된다. 주체는 자체적으로 온전히 현존할 수 없기 때문에 주체는 칸트의 저 악명 높은 '본체'만큼이나 더 이상 직접적으로 알 수 없게 된다. 대신 주체의 현존은 오직 부정의 방식을 통해 혹은 언어의 중심에서 꿈틀거리는 결핍을 통해 감지될 수 있을 뿐이다. 이런 의미에서 주체가 상징계적 질서로 진입하는 것은 복된 타락이다. 다른 방식으로는 주체가 자신의 정체성을 획득할 수 없으며, 이 귀중한 선물을 얻기 위해서는 오이디푸스처럼 평생 스스로를 손상하는 대가를 치러야만 한다. 이제 주체는 자신의 거울이 아닌 차이의 유희에서 정체성을 찾아야 한다. 즉 단어가 차이의 연쇄 속에 존재하는 그 단어의 장소에 지나지 않듯이, 상징계적 질서 내에 있는 (아버지, 할머니, 형제자매 등과 같은) 개별 위치는 타자들과의 관계에 의해 구성된다는 사실에서 찾아야 한다. 그렇다고 해서 상상계라는 세계가 완전히 폐기되었다는 말은 아니다. 반대로 주체는 이제 자기애적 대상-관계를 형성하고 있는 자아, 그리고 대타자 혹은 언어의 장 전체에 스스로를 양도함으로써 얻게 된 의미화 존재로서의 자신에 대한 진실로 쪼개진다. 주체는 자신의 진실이 대타자를 유지하는 데 있지, 스스로 망상에 빠진 채 자기 자신이라고 확인한 것에 있지 않다는 사실을 받아들여야 한다. 그리고 주체는 완벽하게 대타자에 접근할 수 없기 때문에, 자신의 정체성에 대한 진실에도 완벽히 접근할 수 없다. 주체는 대자적인 것이 대'대타자'적인 것과 일치한다는 데 대해 확신할 수가 없다. 바로 이런 미끄러짐 혹은 모호성에서 무의식이 탄생한다. 나의 존재는 언제든 내가 파악하는 바를 초과한다.

　이 어느 것도 투쟁 없이는 일어나지 않는다. 주체가 된다는 것은 대타자의 질서 안에 있는 자신의 장소를 묻는 것, 그 질서에서 어긋나 있음을 발견하는 것, 그리고 ("나는 누구인가?", "내가 무엇을 해야 하나?", "네가 나에게 바라는 것이 무엇인가?"와 같은) 우리의 집요한 질문에 대해 대타자가 보내는 비밀스럽고 교란하는 카프카 식 메시지에 기만당하지 않겠다는 것이다. 우리는 이 망연한 익명의 질서에 대해 소상히 알 수 없으며, 대타자가 동화하지 못하는 우리 안에 있는 '과도함'은 우리의 주체성의 핵심을 형성한다. 주체를 구성하는 질서는 주체를 소외시키기도 하기 때문에, 우리가 우리 자신이 될 때 마주하게 되는 것은 자기로부터 낯설어짐이다. 하지만 자기의 핵심이 심하게 낯설어지거나 판독 불가능하게 될 경우, 바로 이 지점에서 주체는 유사하게 해독 불가능한 대타자의 질서와 같게 된다.

　상징계적 질서는 차이의 문제일 뿐만 아니라 배제와 금지의 문제이기도 하다. 예를 들어 한 여성이 한 남자에게 딸이면서 동시에 부인이 될 수는 없다. 이 질서는 상상계의 다형체적 속성과 달리 규제와 적법성의 영역이다. 상상계에서 가능한 서로-얼굴을-마주보는 방식의 유대는 비인격적인 힘을 지닌 보편법에게 길을 내주고, 직관적 지식은 과학 혹은 이론이라는 주체-없는-지식에 진지를 내준다. 오이디푸스적인 아이에게서 어머니의 육체라는 '내용'은 텅 빈 금지일 뿐인 아버지의 법이라는 '형식' 다음으로 밀려나게 된다. 하지만 주체는 이처럼 거세하려는 법 혹은 초자아에 복종해야만 친족 체계 안에서 하나의 의미화 장소를 취해 주체성에 진입해 들어갈 수 있게 된다. 이 오이디푸스적 위기를 기호학 용어로 다시 말해 볼 수도 있다. 주체는 자신을 난폭하게 다잡으며, 허용되지 않은 욕망을 억누르고, 죄책감으로 환락을 단념해야만, 말하고 행동하는 확실한 자율적 존재가 될 수 있다. 라캉이 언급하듯이, 환락 혹은 어머니의 육체를 즐기는 것은 말하는 주체에게 금지된다. 이렇게 되면 주체는 법과 욕망으로 분리된다. 물론 후에 살펴보겠지만 상징계적 질서의 중심부에는 법과 욕망 사이의 정지 상태의 변증법, 즉 실재계라는 것이 도사리고 있다.

상징계적 질서에 들어간다는 것은 일종의 망명 생활을 달게 받겠다는 것이다. 세계에 대한 우리의 관계는 이제 더 이상 상상계에서처럼 (그럴싸하게) 직접적일 수 없고 철저히 기표에 의해서 매개된다. 그리고 여기서 현실이 손상되는데, 왜냐하면 기표가 거세 형식, 즉 우리를 실재로부터 분리하는 칼날이기 때문이다. 우리는 실제 사물을 움켜쥐려는 환상을 품기보다는 오히려 실제 사물을 간접적으로 의미화한 언어에 만족해야만 한다. 라캉이 언급하듯이, 상징이란 사물의 죽음이며, 이는 마치 기표의 주권이 충만한 주체를 '사라지게' 하는 것과 같다. 이런 의미에서 말을 한다는 것 — 하나의 기표로부터 다른 기표로 공허하게 이동하는 것 — 은 자신의 죽음을 예기하는 것이다. 즉 이는 주체의 비존재가 주체에게 최종적인 자기 상실을 미리 맛보게 해주는 것이다. 이는 "우리는 매 순간 죽는다"는 사도 바울로의 말이 뜻하는 것일지도 모른다. 기표 자체는 본질적으로 결핍 상태에 있는데, 왜냐하면 의미란 차이의 산물이기 때문에 하나의 의미를 만들어내기 위해서는 최소한 두 개의 기표가 필요하기 때문이다. 그리고 이 두 기표는 무수한 다른 기표들과 연루되어 있기 때문에 전체 과정은 욕망 자체만큼이나 복잡하게 뒤엉켜 있으며 총체화될 수도 없다.

게다가 이 기표들은 우리 자신이 발명한 표식이나 소리가 아니다. 주체는 의미하기 위해서 라캉이 대타자라고 부른 규약과 규칙 및 기표를 담은 거대한 저장소 혹은 보관소에 의존해야 한다. 그러면 주체는 항상 무수한 익명의 타자들의 의도가 아로새겨진 기표들을 배치함으로써 원거리에서 간접적으로 의미를 형성한다. 모든 기표는 [계속해서 지우고 그 흔적 위에 다시 쓸 수 있는] 양피지다. 그러므로 나를 독특한 나로 인정해 달라는 내 요구는 그 어느 누구의 소유물도 아닌 매개에 휘말리게 되는데, 이 매개는 우리의 의지와 전혀 관계없는 그 자체의 논리를 가지고 있으며 내가 그 매개를 말하는 것보다 훨씬 더 많이 그것이 나를 '말한다.' 바로 이 기표가 인간을 탄생시키는 것이지 인간이 기표를 탄생시키는 것은 아니다. 거울단계의 영아가 가지는 지배의 망상은 그의 가짜 자기 정체성과 더불어 결국 신뢰를 잃게 된다. 내 담화를 내게 빌려준 대타자는 내가 말할 수 있는 것뿐만 아니라 내가 욕망할 수 있는 것도 내게 말해 준다. 그 결과 내 존재의 가장 친밀한 정수는 내가 아닌 것들과의 관계에 의해 구성된다.

그렇다면 우리는 영원히 이국의 언어로 우리 자신을 표현해야 하는 운명에 처하게 된다. 내가 나의 욕망을 분명하게 표현한다고 하더라도, 자체적으로 분명하게 표현될 수 없는 매개, 즉 대타자 혹은 상호 주체성의 전체 장 속에서 표현할 수밖에 없다. 대타자에게는 타자, 즉 대타자의 영역이 전체로 측량될 수 있는 어떤 시각이 없다. 왜냐하면 이 측량은 그 시각 내에서 의미화되어야 할 필요가 있으며, 그 시각을 초월하지 못할 것이기 때문이다. 앞에서 살펴보았듯이, 라캉이 말한 남근이 마술적 기표로서 한 사람에게 자신의 담화가 지닌 완전한 의미를 파악할 수 있도록 해주면서 타자의 담화가 지닌 비결정성을 해소해 주는 것이기는 하지만, 그 남근은 사기일 뿐이다. 내가 부득이하게 사용하는 기표들의 파악하기 어려움, 내 의도를 지속적으로 넘어서는 기표들의 모호한 효과는 무의식이라고 알려져 있다. 주체는 자아와 무의식으로 나뉘게 된다. 다시 말하면, 주체는 주체의 담화와 주체가 적절히 알 수 없는 대타자 혹은 기표의 전체 연계망 내에서의 그 담화의 위치 및 의의로 나뉘게 된다. 그래서 무의식은 장소가 아니라 수행이다. 인간 주체는 "자신을 사형에 처하게 할 유언 보충서를 머리카락 아래에 새겨 지니고 다니기는 (하지만), 그 텍스트의 의미가 무엇인지도, 어떤 언어로 쓰였는지도, 심지어 자신이 잠들었을 때 그 보충서가 자신의 깎인 두피 부위에 새겨졌다는 사실도 모르는" 고대의 전령 노예와 같다.[2] 라캉에게서 상징계적 질서의 비인격성은 죽음의 익명성과 관련이 있다.

만약 라캉이 자신의 질서에 '상징계적'이라는 명칭을 붙인다면, 이는 여기서 가장 중요한 것이 다른 무엇보다 살과 피로 만들어진 개인이 아닌 의미화 위치들이기 때문이다. 우리는 말하기를 배워야만 인격체가 되는 것처럼 이 상징계적 위치들 가운데서 어느 하나를 취해야만 '실제' 주체가 된다. 상징화가 아직 발생하지 않은 상상계의 경우는 그렇지 않다. 제임슨이 표현하듯이, 상징계의 주체는 "주체의 표상으로 변형된다."[3] 그렇다면 우리는 순전히 형식적인 구조를 다루고 있는 것이며, 그 구조 내에서 개인들은 그들 모두에게 아무런 차별을 두지 않고 영향력을 행사하는 법에 의해 장소별로 분류되어 그곳에 갇히게 된다. 중요한 것은 '아버지'와 같은 역할이 의미하는 관계이지 그 관계를 유지하는 경험적 개인이 아니다. 내가 육촌에게 거들먹거리며 장난스럽게 행동할 수 있는 것은 그가 한 인격체로서 특별히 우스운 사람이기 때문이 아니라 나의 육촌이기 때문이다. 키르케고르가 논평하듯이, 아버지의 머리가 좋다고 해서 그를 공경하는 것은 불손한 일이다. 블레즈 파스칼(Blaise Pascal)은 『팡세』(Pensées)에서 권위를 꿰뚫어보는 회의론자와 권위를 신성시하여 숭배하며 쉽게 믿어버리는 대중을 보

---

2 Jacques Lacan, *Écrits*, London, 1977, p. 307.

3 Fredric Jameson, "Imaginary and Symbolic in Lacan", *Yale French Studies* 55/56, New Haven, CT, 1977, p. 363.

다 더 기꺼운 세 번째 집단과 대조하는데, 이 집단은 권위를 존중하기는 하지만 권위 자체가 귀중하다는 이유에서 존중하지는 않는다. 그래서 상징계적 질서는 일종의 허구다. 예를 들어 우리는 우리의 정치 지배자들이 모든 면에서 우리처럼 도덕적으로 형편없다는 것을 알기는 하지만, 우리가 그들을 우선 지배자로 여긴다는 것은 이 맥 빠지게 하는 통찰을 중지하겠다는 것이다. 그렇다면 상징계적 체계 내에서의 장소들(places)은 관념적이거나 상징적이며 그로써 어떤 엄격한 규칙에 따라 결합되거나 교환될 수도 있다. 좀 더 정확히 말하면, 법은 어떤 순열을 허용하지만 (예를 들어 근친상간과 같은) 다른 순열을 배제한다.

여기서 '상상계적' 교환과 '상징계적' 교환은 구별된다. 앞서 보았듯이, 상상계의 상호성은 자아와 타자 사이의 경계를 흐리게 하고, 이로 인해 육체들은 서로 솔기 없이 매끄럽게 합쳐져 상대의 삶을 살고 상대의 육신을 입기도 한다. 이것이야말로 우리가 상상해 볼 수 있는 말 그대로의 상호 자기 교환이다. 이와 반대로 상징계적 교환은 추상화에 의거한다. 즉 개별 항목의 특별한 본성이 아니라 체계 내에 정해진 그것의 위치가 중요하기 때문에, 한 항목은 다른 항목을 대체하거나 대신할 수 있게 된다. 그것은 상품처럼 그 자체로 존재하지 않고 동류의 다른 것들과의 거래 관계 속에서 존재한다. 마르크스주의 식 용어로 표현할 경우 상징계적 질서가 교환가치에 대한 문제라면, 타자의 실체적인 자질을 순전히 그 자체로 음미할 수 있는 상상계적 질서란 사용가치의 경우라고 주장할 수도 있을 것이다. 키르케고르가 『죽음에 이르는 병』에서 상징계적 질서에 대해 말한 것처럼, 각 개인은 "자갈만큼이나 부드럽고 법정화폐처럼 교환될 수 있게 연마된다."[4]

너와 나, 두 사람이 우리 둘 다를 초월하는 어떤 매개(대타자)를 통해 서로 연관된다면, 이 사실은 상호 이해가 가능할 수 있는 기회를 가

---

4 Søren Kierkegaard, *The Sickness Unto Death*, London, 1989, p. 64.

져다 줄 수도 있다. 대타자는 익명의 상태로 뒤얽힌 수많은 의미가 퇴적되어 있는 신화적 장소로서 불투명하고 모호하다. 그리고 너와 나는 우리가 소통하는 담화를 그 장소에서 빌려오기 때문에 우리도 서로에게 불투명하게 된다. 혹은 라캉이 수수께끼같이 배열한 글자로 표현해 보면, 타자는 대타자가 된다. (딱 들어맞는 일례로 한 친구가 내가 쓰고 있는 이 책의 연구 주제를 에틱스(ethics, 윤리)가 아닌 에섹스(Essex)로 잘못 알아듣고서 내가 [에섹스 주의 도시인] 콜체스터를 다루고 있는지 물었다. 나는 근심에 싸여 며칠을 보내면서 콜체스터가 내가 들어봤어야만 했던 도덕철학자인지 의아해했다.) 하지만 중요한 점은 단순히 말이 지닌 애매함보다 훨씬 더 깊은 데 있다. 엄마의 젖이 사랑을 의미하는지 아니면 그저 배고픔을 벗어나게 해주는 것을 의미하는지 의아해하는 어린 영아를 생각해 볼 수도 있을 것이다. 이는 인정받고자 하는 아이의 욕구에 대한 반응인가, 아니면 그저 아이의 욕구에 대한 반응인가? 어린아이가 대타자로부터 애매한 메시지 공세를 받으면서 대타자가 자기에게 욕망하는 것이 무엇인가라는 수수께끼로 인해 정신적 외상을 입는 상황을 상상해 볼 수도 있을 것이다. 이런 한에서 그 아이는 어둠 속에 가려진 신의 지속적이지만 들리지 않는 메시지를 해독할 수 없어서 두려워하는 프로테스탄트 교도와 거의 같은 처지에 있다. 대타자는 숨은 신이고 그의 지령은 불가사의하지만 구속력을 지닌다.

그렇듯 우리와 마찬가지로 언어의 장벽 뒤에 숨어 있는 타자들에게 아무런 제약 없이 접근하는 것은 불가능하다. 네가 나를 인정하게 허락하는 것은 너를 나에게서 분리시키는 것이기도 하다. 흄의 경우와 달리, 익숙한 사람들과 멀리 있는 사람들 사이의 뚜렷한 대비는 더 이상 없다. 상당히 비관적인 이 의사소통 이론에 따르면 가장 친밀한 사람들조차 필연적으로 이질적이다. 모든 이웃은 낯선 사람들이다. 심지어는 잠자리에서 나누는 정담조차도 비인격적이다. 자기 결정적 주체들이 똑같이 빛나는 주체인 타자들과 투명하고 균형 잡힌 교환을 한다는 식의 사회질서 이념은 거짓 신화로 드러난다. 사실상 바로 그런 이

넘이 중산계급 사회의 핵심적인 신화라고 주장할 수도 있을 것이다.

이런 시각에는 비극적인 속성이 있으며, 이 점은 충분히 주지해 왔다. 당혹스러우리만큼 역설적이게도 세상이 가장 완벽하게 인간화된 듯 보이는 바로 그때, 즉 세상이 철저하게 기표에 의해 짜인 바로 그때, 우리는 스스로가 가장 철저하게 낯설어졌음을 깨닫는다. 기표는 인간이 말 없는 생물체들에 비해 더 철저하게 서로를 소유하는 방식일 수도 있겠지만, 어떤 만회할 수 없는 상실을 표시하기도 한다. 우리는 완전히 비인간적인 표식, 흔적, 소리, 날인, 자국 등과 같은 것에서 우리의 인간성을 받아들인다. 언어가 주입해 놓은 바이러스 같은 결핍으로 인해 움푹 파인 주체는 이제 자기 욕망의 숭고한 대상에 매달릴 수 있는데, 이 경우 주체는 숭고한 대상의 파편적 대체물, 즉 라캉이 소타자라고 부른 흩어진 한 조각의 찌꺼기 혹은 잔여물에 매달리게 된다. 자기와 자기 세계 사이의 상상계적 관계는 파열되어 그 흔적으로 주체성이라는 짓무른 심적 상처를 남긴다.

현실은 마치 떠나간 애인이 함께했던 생활을 완강하게 부인하는 것처럼 우리를 저버린다. 니콜라우스 코페르니쿠스(Nicolaus Copernicus)나 찰스 다윈(Charles Darwin) 식으로 인간 주체는 상상계의 중심적인 위치에서 제거된다. 세계는 더 이상 주체에 의존해서 살아가지 않으며, 그 주체가 사망한다고 해서 마치 정서적으로 의존하고 있는 배우자처럼 함께 종말을 고하지는 않는다. 우리는 이제 레비나스의 문구처럼 서로의 얼굴을 마주보는 개별 주체가 아니라 옆으로 나란히 앉아서 존재하는 개별 주체―즉 그 어디에도 중심을 두지 않고 특히 그 자체에 중심을 두지도 않는 어떤 구조에서 대체 가능한 요소―로 구성된 우주를 생각해야만 한다. 상상계의 공간이 자궁 같다면, 상징계의 공간은 편평하지만 차별화된 장이다. 우리가 칸트주의, 자유주의, 공리주의와 같은 주요 상징계적 윤리학에서 만나게 되는 것은 바로 이 편평하지만 차별화된 공간이다. 상상계적 공간의 자기 울타리와 대타자의 영원히 열린 장을 대조해 볼 수도 있겠지만, 상징계에도 마찬가지의 자기 울타리가 있는데, 이 상징계에서는 그 자체의 담론이 저 너머에 있는 세계로부터 메아리쳐 돌아오지는 않는다. 그 모든 메아리는 기만적인 기표를 통과해야 하며, 결국 '외부' 같은 것을 구성하지 못할 것이다. 상징계적 질서는 아무 토대도 없는 순전한 우발성의 영역이다. 언어의 근거는 필히 언어로 표현될 수 있어야 하는데, 이로 인해 그 근거는 결국 해결책이 아닌 문제점이 될 것이다. 그 어디에도 초월적 기표는 없다.

그렇다면 우리의 분에 넘치는 안락함과 위안을 빼앗기고, 우리에게 현실을 개방해 주기로 했던 매개(언어)로 인해 오히려 현실로부터 단절되는 것, 이것이 이른바 성숙이나 계몽을 의미하는 것인가? 우리에게 해방이란 바로 자기로부터 낯설어지는 것과 같을 것이다. 우리의 자율성은 우리의 의존성을 억제해야 번성한다. 우리는 자연에 대한 의존성을 욕망에의 중독으로 교환했다. 우리 자신과 세계의 전-반성적 통합으로부터 찢겨 떨어지며 생긴 존재의 상처가 결코 치유되지는 않겠지만, 만약 이 원죄가 없었다면 역사도 정체성도 타자성도 사랑도 없었을 것이다.

이전 시대의 문화적 좌파들에게 상징계적 질서라는 이념에는 다소 문제의 소지가 있었다. 일면 이것은 결핍, 욕망, 차이, 타자성, 탈총체화, 정체성의 취약성, 기표의 주권을 찬미하는 아주 매혹적인 전위적 관념인 듯했다. 영아기적 환상과 자기도취적 투자를 그 특징으로 하는 상상계와 달리, 상징계는 애수에 차 있고 패배주의적이기는 하지만 거기에는 그 나름의 성숙한 리얼리즘의 낌새도 있었다. 하지만 다른 각도에서 보면, 상징계는 다름 아닌 정치적 현재 상황을 표상하는 것 같았다. 그것이 결핍과 욕망에 대한 것이라면, 법과 균형 및 규제에 대한 것이기도 했다. 그렇다면 누군가가 이데올로기의 '상상계'에 대한 비판을 바로 그 중심에서 가하고 있었던 것인가?

그래서 이론가들은 상상계의 등록소와 상징계의 등록소 모두를 동시에 초월하리라 기약했던 이런저런 관념을 필요로 했다. 자크 데리다(Jacques Derrida)는 차이의 무한한 유희를, 줄리아 크리스테바(Julia Kristeva)는 '기호계'를, 미셸 푸코(Michel Foucault)는 권력 이념을, 초기의 장-프랑수아 리오타르(Jean-François Lyotard)는 리비도의 강도라는 비전을 제시했다. 질 들뢰즈(Gilles Deleuze)와 펠릭스 가타리(Félix Guattari)가 그토록 의기양양하게 찬양한 욕망은 상징계적 질서만큼 구속적인 그 무엇에 복종하지 않으려 하며, 결핍과 거세만큼 치욕적인 그 무엇도 견디지 않으려 한다. 이 모든 사상가에게 상징계적 질서는 폐지되어야 하는 것이기는 하지만, 그렇다고 상상계로 퇴각함으로써 그렇게 되어야 하는 것은 아니다. 후에 살펴보겠지만 사실 라캉은 자기 나름의 방식으로 이 목적을 성취하는데, 바로 실재계라 알려진 것이다. 이 심원하고 난해한 범주로 인해 이제 상상계와 상징계를 한술 더 떠서 측면과 '좌(파)측보다 더 좌(파)측에서' 동시에 공략하는 것이 가능해졌다.

4. 스피노자, 욕망의 죽음
Spinoza and the Death of Desire

    코페르니쿠스는 우주의 중심에서 인간을 몰아낸 것에 대해 그 대가를 치렀고, 철학 영역에서 그에 상응하는 스피노자도 그랬다. 스피노자는 종교 박해를 피해 네덜란드로 이주한 포르투갈계 세파르디 유대인의 아들로 이단이라는 이유로 암스테르담 유대교 회당에서 추방되었고, 반-국교도 기독교인들과 동반자가 되었으며, 종교적·정치적 관용을 바라는 격조 높은 탄원서인 『신학 정치론』(*Tractatus Theologico-Politicus*)이 "배교한 유대인이자 악마가 지옥에서 부화한" 글이라고 매도되는 것을 지켜봐야만 했다. 그의 책은 성경에 대한 역사적·과학적 비판으로서 전제주의를 꽃피우게 하는 미신을 타파할 목적도 가지고 있었다.

    합리주의적 탈주술화를 옹호한 이 위대한 인물은 자기 나름대로 상징계적 윤리의 옹호자였다. 물론 그의 상징계적 윤리는 칸트의 저작에서나 볼 수 있는 것만큼 완성되지는 않았다. 칸트와 달리 스피노자는 사회의 상징계적 질서가 자연의 지지를 얻고 있다고 믿는다. 즉 자연과 인간은 서로 분리될 수 없을 정도로 연관되어 있을 뿐만 아니라 스피노자가 『윤리학』(*Ethics*)에서 가끔 신이라고 부른 총체성의 법에 의해 관장되는 단일 체계의 서로 다른 양상이기도 하다. 잎을 떨어지게 만드는 힘은 우리의 정념을 주조하는 힘이기도 하다. 하지만 자연은 우리 인간을 전혀 배려하지 않으며 아무런 목적도 가지고 있지 않다. 상상계에서 서로 만나기 위해서 주체들은 설령 상대의 살갗 안으로 미끄러져 들어가기 위해서라 하더라도 서로의 맞은편에 서 있어야만 한다. 하지만 스피노자에게서 우리는 더 이상 상기된 주체의 내부에서 세계를 보지 못하게 되어 있다. 대신 마치 곤충학자들이 집게벌레를 볼 때처럼 냉정하게 사람들은 자연주의적으로 외부에서 보여진다. 그들은 체계적 질서의 구성요소들인데, 마치 신화의 심층구조가 클로드 레비-스트로스(Claude Lévi-Strauss)의 글에 등장하는 부족민들에게 감추어져 있듯이 이 체계적 질서의 법은 그들에게 거의 불가해하다. 모든 진정한 사유는 기하학의 상태를 염원한다고 믿은 스피노자는 자신이 "인간들의 악덕과 결점을 기하학적으로 다루고 확실한 이성적 추론을 통해 인간들이 이성에 반대하며 강력히 항변하는 것들이란 헛되고 터무니없고 역겨운 것이라는 점을 보여주겠다"는 사실에 대해 독자들이 의아해하리라는 것을 인정한다(82). 그럼에도 이 기하학적 정신은 궁극적으로 사랑과 용서의 이름으로 존재하며, 스피노자가 보기에 발작적으로 일어나는 일시적인 따뜻한 마음씨보다 훨씬 더 믿을 만한 것이다.

칸트와 더불어 우리 시대 윤리학의 흐름을 이끌고 있는 하버마스나 존 롤스(John Rawls)와 같은 '상징계적' 사상가들에게서와 달리, 스피노자에게서 인간은 자율적인 행위 주체자가 아니다. 이와 달리 인간은 암환자만큼이나 인과성의 무력한 희생자다. 하지만 적어도 상당히 '구조주의적' 단계에 있던 라캉에게 자율성이란 거의 대체로 환상에 불과하다. 즉 자아는 자신이 자기 집의 주인이라고 믿음으로써 자신이 기표의 법 혹은 스피노자가 말한 자연의 법에 의존하고 있다는 사실을 감춘다. 일반인들의 행실을 관조하는 전문가들과 달리, 일반인들에게서 자유란 필연에 대한 무지에서 오는 것이다. 즉 우리는 자기 행동의 원인을 깨닫지 못하기 때문에 해방이라는 기분 좋은 환상을 받아들일 수 있게 된다. T. S. 엘리엇은 영국 비평에서 가장 많이 인용되는 한 구절을 통해 시적 정신이 사랑에 빠지기, 타자기 소리 듣기, 요리하는 음식 냄새 맡기, 스피노자 읽기와 같은 감각 작용을 어떻게 자발적으로 연상하는지에 대해 서술하면서 지독히 수동적인 창조적 상상력 개념을 예증한다. 그가 말한 냄새 맡기가 의지를 가지고 킁킁거리며 냄새를 맡는 것이 아닐 경우 첫 세 가지 경험은 의지와 상관없다는 공통점을 지니고 있다는 점을 감안한다면, 결국 엘리엇의 정신에 떠오른 철학자 스피노자가 [의지와 같은] 능력을 신뢰하지 않았다는 것은 적합하다. 만약 스피노자라는 이름이 엘리엇에게 비의지적으로 떠올랐다고 한다면, 이 구절 자체는 예증하려는 바를 잘 보여주는 일례가 될 것이다.

우리를 사랑하지도 미워하지도 않는 스피노자의 신조차도 자기 마음에 드는 모든 것을 다 할 수 있을 만큼 자유롭지는 않다. 스피노자의 신은 스스로 자기 결정적인 한에서, 즉 자신의 신성이라는 필연에 의해 움직이는 한에서 자유롭기는 하다. 한데 그가 그렇지 않으면서 여전히 신으로 존재할 수는 없다. 문맥상 이는 정치적으로 급진적인 견해로서 신이란 제멋대로이며 변덕스러운 록 음악 스타처럼 임의적으로 지시하며 통치하는 별난 절대군주가 아니라는 것이다. 스피노자가 『윤리학』에서 권고하듯이, 우리는 극도로 주의를 기울여 신의 권력과 왕의 권력을 혼동하지 말아야만 한다. 폭군과 달리 신은 세계의 이치를 존중해야만 하는데, 실로 여기서 세계의 이치란 바로 우리가 의미하는 신, 즉 자연을 초월하지 않고 그 안에 내재하는 신이다. 간략히 말하자면, 세계는 신의 육체다. 만약 그렇지 않다고 한다면 신은 더 이상 신이 아니며, 이는 마치 내가 전혀 다른 육체를 취했을 경우 더 이상 내가 아닌 것과 같다. 모든 전능자의 행동은 필연의 문제이기 때문에 신은 자신이 세계를 창조했던 방식이 아닌 다른 방식으로 달리 세계를 창조할 수 없었을 것이다. 스피노자가 보기에 이런 반성적 사고는 금욕주의를 강력히 불러일으킨다. 현자는 인간 존재의 난처한 실패나 대재난을 마치 영국인이 날씨를 지켜보듯 지켜본다. 즉 이런 것들이 썩 기분 좋지는 않겠지만 달리 어찌할 수 없다고 생각하는 데에는 어떤 도착적인 위안이 있다. 게다가 우리도 언제든 신처럼 되어 외적 강박 없이 순전히 우리 자신의 본성의 필연에 의해서만 행동할 수 있다. 칸트를 예견이나 하듯이, 스피노자는 바로 이것을 자유라고 생각한다. 자유란 결정이 부재한 것이 아니라 끈질기게 자기 결정을 투사하는 것이다.

아무것도 지금 상태와 다를 수 없었을 것이라는 점은 물론 대다수의 일반 사람들의 관례적인 지혜가 아니다. 독특한 스피노자 식 마르크스주의를 설파했던 알튀세르는 필연과 자유 모두를 이데올로기의 특징적인 양상이라고 본다. 필연이라고 보는 것은 우리가 이데올로기의 지배 아래에서 우리 개인의 실존이란 어쨌든 전체 사회에 본질적이라고 상상하고, 마치 영아가 부모에게 묶여 있는 것처럼 우리가 세계에 매어 있다고 상상하기 때문이다. 자유라고 보는 것은 이데올로기적 상상계가 그런 방식으로 우리를 '중심화'하면서 우리에게 목적의식을 지닌 행위 주체자로서 행동할 수 있을 만큼의 일관성과 자율성 의식을 제공해 주기 때문이다. 보다 더 암울한 영역인 이론은 우리 개인의 실존이란 순전히 우발적이라는 점, 즉 상징계적 질서란 주어진 위치의 문제이며 누가 그 주어진 위치를 채우는가는 부차적인 문제라는 점을 의식하고 있다. 하지만 이론은 우리의 일상적 실존에 계급 역사 법칙의 '담지자'로서의 필연성이 있다는 것을 인식하기도 하는데, 이를 우리는 거의 깨닫지 못한다. 스피노자에게서 일반 사람들의 정신은 이데올로기 영역—말하자면 고칠 수 없을 정도로 신비화되어 버린 일상 경험의 세계—에 존재하는 사물들이 자유롭고 우발적이며 우연과 노력에 의해 좌우된다고 여기는 반면, 철학은 그 사물들이 돌에 새겨진 듯 변경 불가능하다고 의식한다. 라캉 식 주체가 상상계와 상징계로 분리되어 있다고 한다면, 스피노자의 경우에 이는 인간 사회 자체에도 마찬가지로 적용되어 망상에 빠진 군중과 진정한 지식의 조달자로 나뉘어 있다고 할 수 있다. 이런 의미에서 스피노자의 윤리학은 아리스토텔레스의 윤리학처럼 계급에 기반하고 있다.

그렇다면 스피노자는 플라톤, 아르투어 쇼펜하우어(Arthur Schopenhauer), 마르크스에서 니체, 프로이트, 레비-스트로스로 이어지는 철학적 계보에 속하게 되는데, 이 계보에서 경험이란 망상의 발상지다. 스피노자의 이런 세계는 만지고 느낄 수 있는 것을 자신감 있게 신뢰하는 허치슨과 스미스가 보여준 견고한 상식의 세계와 현저하게 대비된다. 이 회의론적 유산에서 우리 주체성의 원천은 우리 자신에게 불분명하며, (이 계보에 속한 사상가들 대부분에게는) 마땅히 그렇다. 우리 존재의 진정한 결정요인을 억압하거나 망각하거나 신비화해야만 우리는 우리라는 주체가 될 수 있다. 우리가 세계의 담론에 유창하기는 하지만, 우리에게 그 문법은 해독 불가능하다.

스피노자의 견해에 따르면, 일반 사람들의 의식은 자연스레 인간 중심적이다. 우리 모두가 태어나면서 빠져드는 이데올로기는 일종의 자연발생적인 휴머니즘이다. 사람들은 본능적으로 '상상계적'이며 주체-중심적이어서, 현실이 자신들에게 전달되어 자신들의 목적에 맞도록 형성된다고 생각한다. 그들은 라캉이 말한 상징계의 경우에서처럼 사물들이 수렴되는 주관적 중심점 없이 순전히 서로의 관계 속에서만 존재한다는 점을 파악하지 못한다. 스피노자 자신의 생각은 결단코 반-목적론적이지만, 대중은 세계에 어떤 목적이 있으며 그 정점에 자신들의 복지가 있으리라고 여긴다. 개개인은 신이 "인간을 위해 만물을 만들었으며", "신이 다른 무엇보다도 인간을 사랑하고 인간의 맹목적인 탐욕과 만족할 줄 모르는 과욕을 만족시키기 위해서 자연 전체를 인도해 가는지도 모른다"고 믿는다.[1] 잘 속아 넘어가는 대중은 폭

---

1 Spinoza, *Ethics*, London, 2000, pp. 31~32. 앞으로 이 책에서 참조한 내용의 출처는 인용부호 다음 괄호로 표기한다.

풍우, 질병, 자연재해 같은 것들이 자신들을 벌하기 위해 내려진 것이라고 믿기도 한다. 허위의식이란 자신의 망상적인 주권을 현실이라는 칙칙한 진리로 탈중심화하지 못하는 것이다. 이런 말을 듣고 놀라기는 하겠지만, 보통 사람들은 사실상 윤리적 공리주의자들로서, 선한/좋은 것이란 자신들의 욕망을 충족시켜 주는 모든 것이며 악한/나쁜 것이란 그것을 방해하는 모든 것이라고 확신한다. 이들에게 "선하다/좋다"란 "이것이 나에게 혹은 우리에게 공리적이다/쾌락을 준다"는 뜻이다. 말하자면 이 일반 사람들은 자신들도 모르게 흄의 추종자들이 된다. 이런 인간중심주의는 개인들이 각자 "자기 두뇌의 성품에 따라" 판단하기 때문에 결국 상대주의로 귀결되고 만다(36).

그렇다면 상상계적 윤리는 결국 군중의 우둔한 자아중심성으로 인해 나타난 결과물이다. 스피노자 자신에게 창조된 모든 사물은 그 자체가 목적이며 그것들의 유일한 존재 이유는 스스로를 존재 상태로 유지하는 것인 데 반해, 일반 사람들에게 사물들이란 그 사람들 자신이 번영해 나가는 데 제공된 편리한 수단이다. 이 사람들은 "인간적 자유를 부여받은 어떤 통치자(들)이" 틀림없이 있으며, "그 통치자들이 자신들을 위해 모든 것을 돌보기도 하고 그것들을 자신들이 사용할 수 있도록 해주리라"고 여긴다(32). 평범한 사람들은 "모든 것이 자신들을 위해 만들어졌다고 생각하면서 그것들이 자신들에게 끼친 영향에 따라 그 속성이 좋은지 나쁜지 건전한지 아니면 부패하거나 부정한지를 정한다"(36). 그래서 대중은 상징계의 관점에서 자신들을 볼 수 없다. 그들은 자연의 냉정한 관점에서 자신들의 삶을 관조할 수 없다. 즉 그들은 자신들의 삶을 물질성과 주관성이 신의 정신의 두 가지 양상인 그런 세계에서 어쩌다 우연히 결정된 일련의 현상이라고 생각할 수 없다. 그들은 "모든 목적인이란 인간이 조작해서 만든 것에 지나지 않는다"는 점을 이해하지 않는다(33). 오히려 그들은 "무지의 피난처"인 신의 의지에 호소하며 위안을 구한다(34). 그들은 오늘날의 다윈 반대론자들처럼 인간의 육체란 너무나 놀랄 만큼 복잡 미묘한 현상이라 초자연적 기술이 아니고서는 만들어낼 수 없다고 상상한다. 그래서 인간은 "정념, 의견, 상상에 의해 자신의 본성을 부인"하지 않을 수 없다.[2]

모든 면에서 보통 사람들은 "자신들의 상상을 지성으로 오인"(35)하는데, 스피노자가 구분한 상상과 지성은 후에 알튀세르가 이데올로기와 이론으로 구분해서 다시 썼을 법한 것이다. 대중적 지식은 현실에 대해 아무것도 말해 주지 않으며, 그저 일반적인 상상계의 구조에 대한 말만 잔뜩 늘어놓는다. 예를 들어 평범한 사람들은 세계가 잘 정돈되어 있다고 믿는다. 그러나 스피노자가 보기에 이것이 의미하는 바는 단지 "사물들이 우리의 감각을 통해 우리에게 제시될 때 우리가 그것들을 쉽게 상상하고 쉽게 기억할 수 있도록 배치되어 있을 경우에 우리는 그것들이 잘 정돈되어 있다고 말한다"는 것일 뿐이다(35). 그리고 우리는 쉽게 상상할 수 있는 사물들을 흡족하다고 본다. 스피노자가 보기에 자연에 있는 질서란 "우리의 상상과 관련하지 않고서는" 아무것도 아니다(35). 물론 흄이라면, 이를 흔쾌히 지지했을 것이다.

그렇다면 대중적 지식을 구성하는 좌표들이란 결국 쾌락, 정념, 감각, 표상, 상상, 자아중심성, 일관성의 환상과 같이 상상계를 구성하는 좌표들이다. 알튀세르의 이데올로기와 마찬가지로 상상이 틀린 것은 아니다. 우리는 태양이 실제보다 훨씬 더 가깝게 있다고 지각하지만, 이런 감각을 통한 '지식'은 전혀 신뢰할 수 없으며 이성의 절대적 판단을 받아야 한다. '통속적인 세인들'에 반하여 스피노자는 "사물의 완전성이란 오직 그 자체의 본성과 힘으로 평가되어야 하는 것이지, 그것이 인간의 감각을 기쁘게 하는지 역겹게 하는지 혹은 인간 본성에 유용한지 거슬리는지에 따라 더 완전하거나 덜 완전한 것은 아니"(37)라고 한다. 그래서 일반 사람들의 윤리를 실제로 가공할 집단적 이기주의라고 보는 합리주의는 행복주의(eudaemonism)와 공리주의를 싸잡

---

2 Roger Scruton, *Spinoza*, Oxford, 1986, p. 33.

아 보내 버린다. 통속적인 세인들은 마치 세계를 쳐다보고 있지 않는 것처럼 세계를 쳐다보아야 하는 난국을 타개할 수가 없다. 그래서 엄밀히 말하면, 도덕 담론은 과오에 기초한다. 즉 도덕 담론은 사물의 참된 원인과 본성을 오인하는 데서 발생한다. 예를 들어 도덕 담론은 각각의 행위를 따로 판단하기는 하지만 총체성의 구성요소들로 파악하지는 못하는데, 이런 한에서 마르크스주의가 도덕주의라고 부른 것과 많은 공통점을 지닌다.[3] 마르크스주의 이론은 윤리 담론에 적대적이지 않으며, 오히려 그 자체가 윤리 담론의 가장 적절한 일례다. 그러나 마르크스주의 이론은 평가 대상을 그 역사적 문맥에서 뽑아내는 근시안적인 도덕적 판단에 대해서는 적대적이다. 게오르기 플레하노프[*]가 스피노자를 미적 유물론의 선구자로 찬양한 것은 그리 놀랄 만한 일이 아니다.

스튜어트 햄프셔가 논평하듯이, "(스피노자에게) 정서와 욕망에 호소하거나 이를 권고하는 것은 자연철학에서와 마찬가지로 도덕철학에서 아무 쓸모도 없고 타당성도 없다."[4] '도덕감각' 이론 전체는 일찍이 파기되어 '즐거움'이나 '부인' 등과 같은 정서적 용어는 그저 상당히 다양한 반응에다가 그럴싸한 획일성을 더해 주는 것일 뿐이다. 타자들의 '도덕적' 행위보다는 그들의 취미와 과민한 반응을 이유로 그들을 칭찬하거나 비난하는 편이 더 낫게 된다. 스피노자는 "(누군가가) 귀찮다거나 나쁘다고 생각하는 것들, 더욱이 그에게 불경스럽거나 끔찍하거나 불공정하거나 수치스러워 보이는 것들은 모두 그 사람이 심란하고 불완전하고 당황해하면서 그것들을 구상하기 때문에 그렇다"(187)고 적고 있다. 이는 성경을 읽는 것과 거의 유사하다. 즉 무지한 사람

---

3 마르크스주의 윤리학에 대한 탁월한 설명으로는 R. G. Peffer, *Marxism, Morality, and Justice*, Princeton, NJ, 1990 참조.

* 게오르기 플레하노프(Georgi(i) Plekhanov, 1856~1918): 러시아 혁명가, 마르크스주의 이론가.

4 Stuart Hampshire, *Spinoza*, Harmondsworth, 1951, p. 121.

은 "신이 노하셨다"는 정서적인 구절을 영원한 진리의 비유로 파악하지 않고 문자 그대로 받아들인다. 햄프셔가 표현하듯이, "도덕 문제는 본질적으로 임상의 문제다."[5]

쫓겨난 유대 이단자인 스피노자의 펜에서 나온, 도덕에 대한 이런 견해는 도착적이기도 하지만 감탄할 만하기도 하다. 스피노자는 일차적으로 도덕을 정서의 문제로 여기지 않았던 것처럼 분노나 원한을 자신이 당한 박해에 대한 적절한 반응이라고 여기지 않았을 것이다. 인간의 생리적 욕구와 반감이란 자기 보존을 위한 힘(코나투스, *conatus*) 혹은 내장되어 있는 분투에서 비롯되는 것이며, 프로이트의 무의식이나 자본주의 생산양식처럼 우리가 통제할 수 있는 것이 아니다. 우리는 판단을 하는 데 있어 의심의 해석학을 받아들여 주체에 대한 일체의 준거를 단호히 추방하고, 언술자의 감정과 동기에 대한 자기 자신의 설명을 (프로이트 식 의미에서의) 징후 혹은 (프로이트-마르크스 식 의미에서의) 합리화로 간주해야만 한다. 진리는 필연적으로 사람의 경험을 벗어난다. 즉 진리란 그런 의식 상태의 기저를 이루는 신체적·물질적 원인 속에 있기 때문에 결코 그 의식 상태 내에서 파악될 수 없다. 주체가 되는 것은 잘못 해석하는 것이다.

이 견해가 지닌 혁명적인 힘을 과소평가하기는 어렵다. 알튀세르는 스피노자가 "철학사에서 전례 없는 이론적 혁명, 아마 역대 가장 위대한 철학적 혁명을 소개했다"고 보았다.[6] 철학자들 가운데 널리 성자로 추앙받게 된 이 무명의 안경알이나 깎던 스피노자가 처음 제출한 매우 전복적인 교리들은 도덕적 정설들 전체를 손상하고, 인간이 지닌 편견의 영역 전체를 파괴한다. 로크, 허치슨, 흄에게서 도덕의 원천이던 일상 경험이 이제는 혼란스럽고 비이성적이며 전-과학적이고 자연스레 자기 이익에 따르는 것이 된다. '악덕한'이나 '유덕한' 같은 용어들

5 Ibid., p. 142.

6 Louis Althusser, *Reading Capital*, London, 1970, p. 102.

은 오히려 칸트의 미적 판단처럼 사물들의 객관적 자질이 아니라 사물들에 대한 언술자의 태도를 지칭하게 된다. 그리고 인간은 금붕어만큼 그리 자유로운 행위 주체자가 아니기 때문에 도덕 용어도 인간 존재에 적용될 수 없는데, 이는 자기가 스스로 해방되었다고 상상할 때 그는 철저히 인과론의 노예가 되어 있기 때문이다. 사람들은 인과론에 따라 결정된 자연 사물이며 가장 견고한 이 진리를 배워 받아들여야만 신성과 구원을 향한 길에 들어설 수 있다.

이해관계에 따른 사심 및 욕망을 넘어설 수 있는 사람들만이 이 지혜로운 탈주술화의 교리를 포용할 수 있는데, 스피노자가 사용한 '사심 없음'이라는 말의 의미는 18세기 감상주의자들이 사용한 말의 의미와는 다소 다르다. 앞서 살펴보았듯이, 그 감상주의자들에게서 사심이 없다는 것은 덤덤한 무정념(*apatheia*)을 실천하는 것이 아니라 공감한다고 해서 아무런 이득이 없음에도 불구하고 다른 사람에게 공감하는 것이다. 하지만 스피노자의 철학에서 다른 사람의 육체에 대해 내부로부터 일어나는 감정은 적절한 지식이 아니다. 왜냐하면 우리의 육체를 통해 우리에게 영향을 끼치는 대상 및 다른 사람들에 대한 우리의 지식은 '혼란스럽고 훼손된' 것이기 때문이다. 우리는 우리 자신의 육체에 대한 적절한 지식도 얻을 수 없는데, 이 또한 감상주의자들이 했던 작업을 망치는 것이기도 하다. 정서는 인식의 왜곡된 형식이기 때문에 지성이 정서를 지배해야만 한다. (그렇기는 하지만 희한하게도 스피노자는 지나가는 말로 "과도한 유쾌함이란 것은 없다"고 한다.) 일상 언어는 우리의 정서 생활과 마찬가지로 파악하기 어려우며 명확하고 분명한 이념이 아닌 상상에 의해 관장된다. 우리는 투명하지 않은 의미와 모호한 대상의 세계에서 움직이고 있는데, 오직 철학과 수학 및 신학의 통합적 노력만이 우리를 그 세계로부터 구해 줄 수 있을 것이다.

이와 같이 자애주의자들이 도덕의 마르지 않는 수원이라고 보았던 감정이 스피노자에게는 허위의식의 원천일 뿐이다. 스피노자는 모든 감정이 상상계적 표상에 근거한다는 점에서 그들과 의견을 같이하지만, 감정을 진정한 지식의 근원으로 여기지는 않으려고 한다.[7] 왜냐하면 사물에 대한 참된 인식은 오직 '신 안에서'만 가능하기 때문이다. 참된 지식이란 '영원의 관점 아래에서의' 지식인데, 이는 이론에는 역사가 없다는 알튀세르의 주장과 비슷하다. 세계를 제대로 본다는 것은, 말하자면 세계 자체의 관점에서 세계를 보는 것이다. 이는 지식이 욕망에 의해 굴절되는 상상계로부터 도덕적 성숙함이 있는 상징계로의 이행을 수반한다. 바울로의 말로 표현하면, 우리는 더 이상 거울을 통해 희미하게 보지 말고 우리에 대한 신의 관점을 받아들여, 우주에 존재하는 우리나 우리 이외의 모든 존재가 현재의 양상과 다를 수 없었으리라는 점을 알고 평화롭게 살아야 한다.

스피노자에게서 바로 이것이 참된 지혜와 덕을 구성하는 것이다. 실로 그는 살면서 이렇듯 엄격하게 초연함을 실천했고 (위대하지만 야심적인 동시대인 라이프니츠와 달리) 철학이란 자기 계발과 국가권력에 의해 구속을 받아서는 안 된다고 주장했다. 바로 이런 이유에서 그는 팔라틴 선제후가 제안한 하이델베르크 대학의 교수직을 마다하고 초라한 육체노동자로 살고자 했다. 그는 정신분석학적인 방식으로 욕망을 "인간의 본질 그 자체"(125)라고 믿었다. 그에게 욕망이란 "한 인간의 노력, 충동, 생리적 욕구, 의지 작용의 모든 것"을 의미하며 "이것들은 그 인간의 다양한 구성에 따라 매우 다양하며, 인간이 여러 다른 방향으로 이끌리면서 어디로 향해야 할지를 모를 경우에는 흔히 서로 대립한다"(126).

이처럼 변하기 쉬운 존재 영역에서 인간의 사랑은 상상계적, 즉 미메시스적이다. 스피노자에 따르면, "자신이 사랑하는 것이 쾌락이나 고통에 영향을 받게 되리라고 상상하는 사람은 자신도 그 쾌락이나 고통에 영향을 받게 된다. …… 만약 우리가 사랑하는 것에 흔쾌히 영향

---

7 Genevieve Lloyd, *Spinoza and the "Ethics"*, London, 1996, p. 76 참조.

을 주는 무엇인가를 상상한다면, 그로 인해 우리는 그 무엇을 사랑하게 될 것이다"(98). 이미 살펴보았듯이, 이것은 정서의 전염 같은 것으로 18세기 도덕철학이라면 이를 사회적 유대의 강력한 원천으로 여길 것이다. 하지만 스피노자의 눈에 이것은 인간의 최고선인 '신의 지적 사랑'과 대조되는 퇴화된 정감일 뿐이다. 실상 그는 연민이란 비난받아 마땅한 '연약한 여성적' 감상이라고 믿으며, 동정에 대해서도 거의 똑같이 느낀다. 칸트에게서처럼, 우리는 스쳐가는 정서적 자극의 마법에 빠지지 말고 이성의 칙령에 따라 행동해야 한다.

붓다에서 스토아 철학자들과 쇼펜하우어에 이르기까지 줄곧 반향을 불러일으켜 온 자기 초월 행위를 통해, 참으로 자유로운 개인은 욕망을 중지시켜 완전한 만족을 얻고자 한다. 이 자유로운 개인은 타자들이나 우주가 우리에게 상처를 입혔다고 해서 그들을 비난하지 않을 것이다. 왜냐하면 강간, 고문, 학살 등과 같이 너무나 명백한 결점조차도 흔히 결함이라 오해된 신의 필연성일 뿐이기 때문이다. 이는 교훈이 될 만한 반성이다. 왜냐하면 결정론적인 세계가 주어져서 타자들이 우리를 기만하거나 속이거나 수천 조각으로 토막 낼 수밖에 없다고 할 경우에, 이 강박충동을 우리가 깨닫는다면 우리는 축복을 받아 질투, 증오, 경멸로부터 벗어나는 결실을 얻을 뿐만 아니라 관용, 온유, 용서, 자제, 인내, 평정이라는 덕을 결실로 얻을 수도 있기 때문이다. 유덕한 사람은 증오에 대해 사랑으로 보답하며 별로 죽음을 생각하지 않는다. 따라서 결정론은 냉소주의나 절망이 아니라 성인다운 거룩함을 자아낸다. 이성, 객관성, 사심 없음은 권력과 편견이 아닌 사랑과 자비의 편에 있다. 세계의 필연성이 세상을 비극적이지 않게 만든다. 왜냐하면 만약 우연한 것이 하나도 없다면 그 무엇을 한탄하거나 저항할 필요가 없기 때문이다. 만약 우리가 불가피한 것에 저항하지 않는다면, 우리는 우선 그것이 얼마나 불가피한지를 결코 알지 못할 것이라고 주장하는 사람들은 애초에 그것을 영원히 피할 수 없었다는 점을 확신하여 결국 자신들의 노력을 덜 수 있을 것이다.

이런 식으로 생각할 수 있는 사람은 오직 성자 혹은 육신 없는 합리주의자일 것 같다. 하지만 스피노자는 육신을 그냥 포기하지 않는다. 헤겔, 프리드리히 실러(Friedrich Schiller), 마르크스처럼, 그는 오히려 육신을 다시 교육하는 데 대해 자신감을 갖는다. 그는 "현명한 사람들은 ……사물들을 이용하며 가능한 한 거기에서 기쁨을 얻는다"(170). 중요한 점은 정념을 피하는 것이 아니라 이성이 정념에 힘을 행사하여, 분석가들이 하는 것처럼 우리 존재의 보이지 않는 결정요인을 낱낱이 드러내는 것이다. 스피노자는 민주주의자이며 공화주의자로서, 레오 스트라우스* 같은 사람들의 전략적인 방식과 달리 대중에게 세계의 무시무시한 진리를 감추지 않으면서 그들을 계몽하려고 한다. 어쨌든 홉스와 반대로 스피노자는 대중의 욕망이란 주조될 수 있을 정도로 충분히 유연하다고 주장한다. 철학이란 (몇몇 포스트모더니즘적 사유처럼) 욕망을 긍정하는 것이 아니라 비판하는 것이다. 그러므로 철학은 실천적인 정치 · 윤리적 의제를 취한다. 즉 설득을 통해 대중이 덕을 지니게 할 수 있고, 그렇게 되면 반성보다 습관을 따르는 생물체인 이들은 자연스레 선을 행할 수 있게 된다는 것이다. 이 경우에 대중은 규율과 억압을 덜 받게 되는데, 이로 인해 그들은 자신들보다 우월한 자들에게 앙심을 덜 품게 되고 기꺼이 복종할 것이다. 버크와 실러처럼, 스피노자는 후에 안토니오 그람시**가 말한 헤게모니 이론을 정립한 초창기 이론가다.

---

* 레오 스트라우스(Leo Strauss, 1899~1973): 독일 태생의 유대계 미국 정치철학자이자 정치사가로 1938년에 미국으로 이주하여 1944년에 귀화했으며, 신보수주의의 사상적 배경을 제공했다는 평가를 받는다.

** 안토니오 그람시(Antonio Gramsci, 1891~1937): 이탈리아의 정치사상가이자 정치가로 이탈리아 공산당의 창설자 중 한 명이었다. 주저인 『옥중수고』(Prison Notebooks, 1929~35)에서 지배 계층의 권력에 대한 피지배 계층의 '동의'를 강조한 헤게모니론을 주장했다.

그러므로 유덕한 개인의 목표는 자기 결정성을 지니고서, 덕과 아무 상관없는 정서 같은 것에 휘둘리지 말아야 한다. 이런 입장은 칸트의 사상을 예시하는 것이며, 이 네덜란드 철학자의 저술에는 칸트를 예고하는 또 다른 요소들이 있다. 그가 말한 바에 따르면, 합리적인 사람들은 자기 이외의 다른 사람들을 위해 추구하지 않는 그 어떤 것도 자신을 위해 욕망하지 않는다. 이성에 따라 행동한다는 것은 그 자체가 목적인 우리의 본성을 따르는 것과 다름없으며, 이를 성취하게 되면 자유로워진다. 우리는 우리 자신을 사랑하기도 해야 하지만, 자기 스스로에게 최상의 것을 추구하는 데서 평화와 우정 및 사회적 조화를 특징으로 하는 사회인 참된 연방을 위한 환경을 만들어가기도 해야 한다. 이런 공화국에서는 말이나 글에 대한 검열이 없을 것이다. 왜냐하면 스피노자가 보기에 그런 자유는 이성을 단련하여 결국 진리를 드러내는 데 필수적이기 때문이다. 하지만 그 진리가 우리에게 가르쳐주는 한 가지는 적어도 일반적으로 인식되는 그런 자유는 없다는 것이다. 그럼에도 자유가 없다는 이 진리는 그 자체로 우리를 자유롭게 만들 것이다.

스피노자가 논리적으로 엄격하게 상징계에 충실했음에도 불구하고, 세계에 대한 그의 견해는 다소 특이한 상상계적 비전에 다다른다. 그가 착상한 정의로운 사회란 엄청나게 옹호한 자유주의적 교리를 넘어서는 것으로, "모든 사람의 정신을 이를테면 하나의 정신으로 구성해 나가고 모든 사람의 육체들을 이를테면 하나의 육체로 구성해 나가는" 것이다(153). 이 상호성은 정신과 자연의 합일과 관련되어 있는데, 이 합일의 상태에서 그 둘은 서로를 조화롭게 반영한다. 지혜의 최고 단계에서, 정신을 구성하는 이념은 신의 정신을 조성하는 데 필요한 이념과 동일하게 된다. 이처럼 약간 신비주의적인 스피노자 식 사유에는 '보다 높은 (차원의)' 상상계 같은 시급하게 중요한 것이 있는데, 이는 후에 헤겔이 말한 정신(*Geist*)의 최종적인 자기실현을 가리킨다. 헤겔에서의 세계정신은 상실, 부정성, 차이, 소외의 영역인 상징계를 방

황하다가 결국 어떤 숭고한 형태의 상상계에서 자체적으로 독립적이
된다. 헤겔이 언급한바, 지식의 목표는 "객관 세계에서 그 낯섦을 없
애고 말 그대로 그 세계 속에서 편안하고 친숙해지는 것이다. 이는 객
관 세계를 관념―우리의 가장 내밀한 자기 자신―까지 추적하는 것
과 다름없다."[8] 정신은 자신이 형성한 역사와 자연 속에 자신의 신성한
모습이 반영되어 있다는 점을 발견하는데, 이는 성부가 영원토록 크게
만족하며 사랑하는 성자에게서 자신을 인식하는 것과 같다.

8 *The Logic of Hegel*, Oxford, 1968, p. 335.

5. 칸트, 도덕법
Kant and the Moral Law

앞서 살펴본 바와 같이, 18세기 자애주의자들은 사랑을 옹호하면서도 그 한계를 예리하게 의식했다. 기억과 마찬가지로, 정감은 그 대상으로부터 멀어질수록 시들어간다. 아무튼 자기 이익이 지배하는 사회질서에서 공감은 만성적인 공급 부족 상태다. 그렇다고 공감이 잠재적으로 보편적이지 않다는 말은 아니다. 리처드 세넷은 18세기 영국에서 사적 정감이 공적 문화의 인위성과 대비되어 자연적인 것으로 여겨지면서 결국 보편적인 것으로 간주되었다는 역설을 지적했다. 세넷은 "공적인 것은 인간의 창조물이었으며, 사적인 것은 인간의 조건이었다"라고 적고 있다.[1] 가장 사적인 제도인 가족은 바로 '자연의 자리'로서 마음의 민주주의 같은 것을 의미했다. 세넷은 바로 여기서 후에 자연권이라고 알려지게 된 것의 초기 형태를 찾아볼 수 있다고 주장한다.

이런 의미에서 사적인 것이 공적인 것을 심판할 수 있었다. 세넷에 따르면, "[18세기 시민들은] 심적 과정이란 공적 용어로는 표현될 수 없고 관례를 배열하는 데 따라 침해되거나 소멸될 수 없는 초월적이며

---

1   Richard Sennett, *The Fall of Public Man*, London, 2002, p. 98.

유사종교적인 현상이라고 간주하면서, 자연권이 여느 특정 사회의 자격 요건을 초월할 수 있게 되는 유일하지는 않지만 명백한 한 가지 방법을 스스로 공고화했다."[2] 우리는 그 급진적 사회 비판의 출처가 논리적으로 분명치 않을 수밖에 없는 문화주의나 관례주의에 빠지지 않게 된다. 오히려 도덕감각 이론가들의 경우에서처럼, 우리에게 확실한 심판석은 바로 자연 자체에 있다. 하지만 '공적 용어로는' 있는 그대로 '표현될 수 없는' 이 정서는 강도가 있는 만큼 파악하기도 어렵다.

앞서 잠시 살펴보았듯이, 이 특정한 사안을 조합하는 데에는 또 다른 문제가 있다. 왜냐하면 비록 자연적인 공감이 본래 보편적인 것이라 하더라도 앞서 살펴본 바와 같이 이것은 단지 지역적으로만 작동하기 때문이다. 그리고 이로 인해 낯선 사람들과 불화가 일어난다. 세넷에 따르면, 이들은 18세기 메트로폴리스를 구성하던 '낯선 사람들의 무리'로서 그들의 외관상의 기호학적 표식으로는 아주 해독하기 어려운 이들이다. 세넷이 주장한바, 18세기 "사람들은 낯선 사람들과의 관계를 특징짓고 규정하는 데 엄청난 노력을 기울였는데, 여기서 중요한 점은 그들이 노력을 해야만 했다는 것이다."[3] 근대적 이념인 얼굴 없는 타자들이 여전히 저항을 받고 있기는 하지만, 알 만한 공동체를 꾸준히 잠식해 들어가기도 한다. 어떤 사람이 길거리에서 마주친 낯선 사람에게 인사를 할 수는 있지만, 그 행동이 그 낯선 사람의 인격에 대한 어떤 성가신 요구를 의미하는 것이 아니라고 이해되는 한에서 그렇게 할 수 있다. 그런 인사는 배우가 하는 말처럼 '진심으로' 무엇인가를 의미하지 않는다. 물론 그렇다고 그 어떤 사람이 연극에서처럼 당면한 상황에 정서적으로 몰두하지 않는다는 말은 아니다. 타자에게 인사하는 데 미사여구가 동원되기는 했지만, 이는 그야말로 무분별한 말일 뿐이어서 타자의 삶의 역사나 물질적 상황에 대해 전혀 아무것도

---

2 Ibid., p. 90.

3 Ibid., p. 60.

의미하는 바가 없다. 오늘날에도 종종 그러하듯이, 사회계급은 비인격적 친밀성을 제공했다. 예를 들어 신사들끼리는 멀리서도 서로 상대가 누구인지를 알아차린다. 하지만 중산계층이 새로운 도시 메트로폴리스에서 많아지면서 익명성의 문제는 더 첨예해졌다.

그래서 자연적인 감정의 결함을 보충해야 할 필요가 있게 되고, 이를 보충하는 것이 이른바 법이다. 법 혹은 보다 일반적으로 법이 지탱하고 있는 상징계적 질서는 우리가 모르는 사람들에 대해 처신하는 데서의 중요한 한 가지 방식이다. 법은 시장처럼 우리가 수많은 익명의 타자들을 대하는 방식을 규제하는 기제로서 우리가 타자에게서 인격적으로나 성적으로 아무런 매력을 찾지 못한다 하더라도 최소한 정의롭게 그들을 대할 수 있으리라는 점을 보장해 준다. (바로 이런 이유에서 시장에 대한 비유를 쓴 것이다.) 덕을 행하게 하는 동기라는 점에서 보면, 법은 분명히 상냥함에 비해 그리 기분 좋은 것은 아니지만 더 공정하고 신뢰할 만한 것이기는 하다. 헤겔은 『법철학』에서 "사유를 몰아내고 그 대신에 감정, 열광, 마음과 가슴에 의존하는" 낭만주의 이론들을 경멸적으로 다룬다.[4] 근대의 법은 만인이 동등한 지위를 가지는 법정으로서, '사법'이라는 의미의 특권에 대한 적이다. 게다가 법, 이성, 상징계적 질서는 개별적인 이해관계와 생리적 욕구를 초월해 있기 때문에 전자가 후자를 비판할 수 있는데, 이와 달리 상상계는 그렇지 않다. 예를 들어 우리는 어떤 특정한 욕망이 합리적인지 아닌지를 물어볼 수 있다. 물론 이 질문은 들뢰즈와 마찬가지로 홉스나 흄에게도 적법해 보이지 않았을 것 같다.

법은 각각의 고유한 이해관계와 욕망을 지닌 수많은 개인을 중재해야만 하기 때문에, 가능한 한 말수를 줄이도록 침묵의 덕을 길러야만 한다. 이로 인해 법을 준수하려는 사람들은 자신들이 법을 지키고 있

---

4 T. M. Knox(ed.), *Hegel's Philosophy of Right*, Oxford, 1942, para. 21.

는지 아닌지, 경우야 어떻든 그것을 어떻게 알 수 있는지, 그리고 이런 생각이 도대체 이치에 맞는지 의아해하면서 신경증적 불안에 빠지게 된다. 말하자면 법은 수많은 사람에게 두루두루 펼쳐지며 늘어지기 때문에 결국에는 극도로 희박해진다. 법은 규정적인 내용들을 적게 지니면 지닐수록 역할을 좀 더 효과적으로 해낼 수 있다. 이런 의미에서 도덕법은 아주 적은 정보로 표현될 수 있는 수학적 관계인 물리법칙과 유사하다.[5] 만약 법이 인간의 통합을 위한 근간을 제공해야 한다면, 조직적으로 우리의 차이를 보지 말아야 한다. 아리스토텔레스주의자들과 토마스(아퀴나스)주의자들이 보기에, 우리에게는 공통적으로 합리적인 본성이 있다. 한데 자애주의자들에게 이 본성은 합리적인 근간을 박탈당한 채 일련의 감정으로 축소되어 버렸고, 칸트주의자들에 와서는 한걸음 더 나아가 인간의 공동체성이 공유된 형식적인 절차로까지 축소되어 버렸으며, 모더니스트들과 포스트모더니스트들의 경우에는 오직 차이만 남아 있을 뿐이다.

만약 탈구되어 망가진 사회에 주체들의 공동체가 가능하려면, 법은 그 법의 지배를 받는 사람들 특유의 모든 것을 추상화해야만 한다. 이런 추상화 작용의 장점은 법이 특권적 지위를 이용해서 강제하려는 사람들의 말을 듣지 않게 된다는 것이며, 그 위험성은 법이 결국 영(零, cipher)으로 구성된 연방을 만드는 처지에 놓이게 된다는 것이다. 이는 만약 평등성과 보편성이 진정으로 실현될 경우에 인간 존재들은 틀림없이 단조로워져 복제되리라는 것과 같다. 개개인은 독특하고 자율적 존재로 귀하게 여겨지기는 하지만, 그들 모두 이처럼 무관심/무차별하게 존중받기 때문에 그 가치는 계속해서 스스로를 부정하는 위기에 처하게 된다. 모든 사람이 다 평등하기는 한데, 이는 단지 그들이 속 빈 허수아비로 위축되어 버렸기 때문인 듯하다.

---

5 Paul Davies, *The Goldilocks Enigma*, London , 2006, p. 263 참조.

그렇기는 하지만, 전통적으로 보편성을 성취하던 방식들, 예를 들어 공동의 인간 본성이라는 관념이 특히 인간의 다양성이라는 소식을 가지고 서둘러 돌아온 여행객들 때문에 제대로 기능하지 못하고 버둥거리던 시기에, 이런 방식으로나마 법을 개념화하는 것은 보편성을 성취하는 독창적인 방법이기는 하다. 한데 이는 타자를 셈에 넣어 고려하기 위해서는 반성과 계산이 필요하다는 것을 의미한다. 초기 부르주아의 자연발생성 혹은 '어려움을 드러내지 않는 태연함'(*sprezzatura*)은 회복될 수 없을 정도로 사라져버렸다. 유럽의 부르주아 계급이 익명의 노동자들, 얼굴 없는 경쟁자들, 격렬한 계급투쟁을 경험하며 산업자본을 축적하기 시작하면서, 신사 클럽은 전형적인 도덕 담론의 근거지를 법정이나 정계에 양도하게 된다.

그 유명한 칸트의 도덕법이 바로 그렇다. 이 도덕법은 모든 인간이 똑같은 방식으로 따라야만 하는 것이며, 현세에 존재하지만 신의 칙령이 가지는 절대적인 힘을 지닌다. 신과 마찬가지로 이 법은 이미 주어진 것이기 때문에 그 이상의 더 근본적인 원리로 환원될 수 없으며 합리적으로 논증될 수도 없다. 앞서 살펴보았듯이, 라캉에게서 우리는 우리의 존재와 타자의 존재를 이어주는 법의 지배를 받는 상태에서만 주체로 구성된다. 상상계에서는 우리가 내부로 향하는 반면, 이제 우리는 각자 우리를 익명으로 연결해 주는 권위가 존재하는 외부로 향한다. 칸트에게서 어떤 사람이 자유롭고 합리적이며 자율적인 진정한 인간 주체가 되려면, 반드시 자신의 목적을 다른 모든 자유롭고 합리적인 존재들의 목적에 부합되도록 규제하고 조화시키는 법의 주권에 머리를 숙여야만 한다. 이에 대한 두 철학자의 차이를 보면, 칸트는 이 자유를 의식적인 정신이 접근할 수 없는 지하 저장소인 본체의 영역에 둔 반면, 라캉의 경우 우리는 바로 이 지하 저장소 혹은 무의식의 영역에서 그리 자유롭지 않다. 하지만 그 차이가 무엇이든, 우리는 근대적이라고 바로 인식할 수 있는 영역, 즉 계약을 통한 관계, 계몽된 자기 이익, 도덕규칙, 형평성 있는 법, 공리의 극대화, 타자의 자율성 존중,

합의된 규범, 합리적 절차와 같은 문화의 영역에 발을 들여놓고 있다. 이 영역의 질서는 상상계에서 가능한 육신상의 직접성과는 전혀 다른 질서이기는 하지만, 후에 살펴볼 실재계의 윤리를 옹호하는 사람들은 위의 모든 요소를 수용하기 어렵다고 본다.

칸트는 초기에 섀프츠베리, 허치슨, 흄의 도덕 탐구 방식에 대한 존경을 표하며 윤리에 대한 이들의 견해에서 '우리 시대의 아름다운 발견'이라는 것을 찾았다. (칸트가 후기에 인간학적 윤리를 거부했다는 점을 본다면 반어적이겠지만) 그가 탄복한 점은 이 도덕주의자들이 '일어나야만 하는 것'이 아니라 '일어나는 것'에 열중했다는 점—즉 그들이 추상적인 전제가 아닌 인간 본성에서 논의를 진행하였다는 사실—이다.[6] 이와 달리, 『순수이성비판』(*Critique of Pure Reason*)에서 칸트는 '행해져야만 하는 것'을 규정하는 법을 '실제로 행해지는 것'으로부터 이끌어내려는 것이 가장 비난받을 만한 일이라고 경고한다. 이는 분명 이기적 개인주의를 특징으로 하는 사회질서에서 충분히 신중한 통고다. 경험적인 것에 대한 칸트의 신경과민은 다른 무엇보다 자신의 사회 환경에 대한 암시적인 논평이다. 그런 문맥에서 만약 누군가가 사실로부터 가치를 이끌어내려고 했다면, 결국 그가 아주 좋지 않은 가치를 얻게 되리라는 점은 당연하다. 가치란 단순히 있는 그대로의 세계를 표현한 것이 아니라 부분적으로나마 (특별히 칸트에게서 그렇지 않다면 일반 사회에서나마) 그 세계를 합법화할 수 있도록 그 세계로부터 격리되어 있어야 하는 것이다.

칸트가 비록 근본적인 도덕 원리란 주관적 기호의 문제가 아니라 보편적 구속력을 지녀야 한다는 섀프츠베리의 입장에 영향을 받기는 했지만, 눅눅한 늪지대 같은 영국식 도덕 이론을 자신의 기반으로 삼지는 않았다. 섀프츠베리처럼 칸트는 도덕이 존경, 분노, 분개, 사려분별,

---

6 Ernst Cassirer, *Kant's Life and Thought*, New Haven, CT, 1981, p. 235.

존중, 회한 등과 같은 감정을 수반한다고 주장한다. 우리는 도덕적 의무를 완수하면 기쁨을 느낄 수 있는 능력을 지니고 있는데, 실로 그런 만족감은 합법적이며 바람직하기도 하다. 그러나 그런 감상이 우리 행동의 동기를 제공할 수는 없다. 헤겔도 같은 생각을 했다. 욕망은 올바른 행동의 요인이 될 수 없다. 오히려 도덕법은 우리의 자연적인 성향을 단호히 반대하기 때문에 그 상황에서 우리가 우선적으로 느끼는 것은 고통이며, 이를 통해 우리는 도덕법이 저 높은 곳에 있음을 깨닫게 된다. 칸트도 자신의 윤리 사상에 행복을 위한 여지를 두기는 한다. 그러나 비록 행복이 대체로 이 속세에서가 아니라면 내세에서라도 받게 될 덕에 대한 보상이라 하더라도, 행복이 덕을 인도하는 충동일 수는 없다. 행복은 그저 경험적 관념일 뿐이지 이성의 이상은 아니다. 행복주의는 원리에서 벗어난 것이다. 사람은 보편적인 흡족감을 위해 노력해야 하는데, 여기서의 흡족감이란 반드시 가장 순수한 도덕 원리에 결합되어 그 원리를 따르는 것이라야만 한다. 칸트는 도덕 원리가 감각이나 정서 혹은 복리 추구를 그 근거로 삼을 수 있다고 믿지 않는다. 자애주의자들이 유사한 두 영혼의 직관적인 교제에 대해 어떤 주장을 하든지 간에, 감각은 우리가 참된 자기 자신 혹은 사물 자체에 접근할 수 있도록 해주지 못한다. 감각 작용은 자기 지식의 기초가 아니다. 도덕 주체는 감성적인 것이 아닌 지성적인 것의 영역에 속한다. 우리는 우리의 의무가 관련되어 있는 데서는 행복의 원리를 개의치 않아야 한다. 덕 의식에는 만족감에서 오는 어떤 떨림 그 이상의 무엇인가가 있어야만 한다. 사람은 칸트가 경멸조로 덧붙여 부른 '녹아드는 공감'이 아니라 원리에 따라 행동해야만 한다. 이 점에서 그는 아도르노와 의견을 달리하는데, 아도르노는 "도덕의 참된 기초는 견딜 수 없는 고통에 동화하는 것과 같은 육체적 감정에 있다"고 본다.[7]

---

7 Theodor Adorno, *Metaphysics: Concepts and Problems*, Cambridge, 2001,
   p. 116.

사실상 칸트는 덕의 개념을 경험에서 이끌어내려는 영국식 도덕 사상이란 실패할 수밖에 없는 시도라고 일축한다. 스피노자와 마찬가지로 그에게서 경험이 진리의 객관성을 확립하기에는 너무 약한 토대인 것처럼 도덕적 판단의 기초가 되기에는 너무 변화무쌍하고 우발적이다. 칸트가 언급하듯이, 경험이란 모든 질서정연한 정식을 거스르는 '모호한 흉물'이다. 감성은 지극히 믿을 수 없는 안내자다. 도덕은 자연을 초월해 있으며, 육체나 육체의 경험적 환경에 뿌리를 둘 수 없다. 감정, 경향, 성향은 우리에게 그 어떤 객관적 원리도 가져다줄 수 없다. 칸트는 『도덕 형이상학 정초』에서 허치슨을 염두에 두고 '이식된 감각' 혹은 '이른바 특별한 감각'에 대해 경멸적으로 언급하면서 "사고할 수 없는 사람들이나 감정으로 스스로를 도울 수 있다고 믿는다"며 조롱한다.[8] 마찬가지로 허치슨의 윤리학을 염두에 두고 그는 모방이 도덕에 대한 문제에 개입할 수 있는 여지는 전혀 없다고 주장한다.

하지만 그는 도덕감각 이론이 비록 잘못되기는 했지만, 도덕적인 삶의 존엄성에 적절한 경의를 표한다는 점에 대해서는 수긍한다. 이는 마치 정신이 비뚤어지기는 했지만 아량 있는 마음씨를 지닌 이 철학자들이 타자들 앞에서 기쁨과 존중심을 느낀다는 것과 같은데, 칸트에게서 이런 것들은 도덕법 일반을 위해 보류되어야만 하는 것들이다. 그렇다면 그 철학자들의 감상은 부적절하다기보다는 그 위치가 잘못된 것이다. 칸트도 인정하듯이, "어떤 사람들은 공감을 잘 하도록 되어 있어서, 허영이나 자기 이익 같은 동기 없이도 자신들의 주변에 즐거움을 퍼뜨리는 데서 내적인 만족감을 찾고 자신들로 인한 타자의 만족감을 기뻐할 수도 있다."[9] 하지만 칸트가 보기에 그런 동료 감정은 럼주한 잔을 갈구하는 것만큼이나 그리 도덕적인 것이 아니다. 오직 법을

---

8 Immanuel Kant, *Groundwork of the Metaphysics of Morals*, Cambridge, 1997, p. 49.

9 Ibid., p. 1.

위해 수행되는 행위만이 도덕적이라고 분류될 수 있다. 사람들은 공감이 아닌 의무감으로 자애로워야만 한다는 것이다. 그저 자신이 어떤 일을 하고 싶다는 이유만으로 그 일을 해서는 안 된다는 것이다. 칸트는 욕구와 성향에는 '시장가격'이 있지만, 그 자체로 귀한 것에는 값을 매길 수조차 없다고 한다.

18세기 중엽 알렉산더 바움가르텐*은 미학이라는 특이한 새 학문을 시작했는데, 그 목적은 우리의 감각적인 삶을 해명하고 규제하여 우리의 신체적 세계를 일종의 유사 적법적 질서로 환원하는 것이었다. 일군의 계몽주의적 이성에 의해 돌연히 쫓겨난 감각은 지각 작용의 학문으로 변장하여 몰래 뒷문으로 다시 반입되었다. 그러나 이처럼 규율에 따라 감각적인 삶을 탐구한다고 해서 우리가 도덕의 영역으로 들어갈 수는 없다. 따뜻한 마음씨는 삼각구도화 개념과 마찬가지로 윤리적 범주에 속하지 않는다. 칸트는 『실천이성비판』에서 "상대방에 대한 사랑과 공감적 선의로 인해 그들에게 선을 행하는 것, 혹은 질서에 대한 사랑으로 인해 공정해지는 것이 매우 아름다운 일이기는 하지만 참된 도덕적 준칙은 아니다"라고 말한다.[10] 다정한 마음에서 우러난 동정심과 연민은 모두 다 훌륭한 것이기는 하다. 하지만 만약 의무의 이념이 아닌 동정심과 연민이 우리 행동의 동인을 구성한다면, 칸트가 표현한 대로 올바른 사고를 하는 데 큰 짐이 될 것이기에 결국 동정심과 연민은 제거되고 이성의 법만 따르게 될 것이다. 그런 정서들은 칸트가 말한 이른바 '정념적 사랑'(pathological love)의 일례다. 라캉도 상징계가 아닌 실재계를 강력하게 변호하면서 "감정은 실재의 안내자가 되기에는 너무 기만적"이라고 주장한다.[11] 라캉은 도덕에서 모든 감상을 제거

---

* 알렉산더 바움가르텐(Alexander Baumgarten, 1714~62): 독일의 철학자, 교육자. 미학이라는 용어를 만들었으며 이를 독립된 철학적 탐구 영역으로 삼았다.

10　Immanuel Kant, *Critique of Practical Reason*, London, 1879, p. 249.

11　Jacques Lacan, *The Ethics of Psychoanalysis*, London, 1999, p. 30.

한다면 칸트 같은 인물의 비전 혹은 이 문제에 관한 한 마르키 드 사드 (Marquis de Sade) 같은 인물의 비전에 다다르게 될 것이라고 주장한다. 칸트는 단념하는 행위나 이상화하는 행위 자체가 은밀한 리비도적 쾌락의 원천이 될 수 있다고 보지 않는다. 우리는 우리에게서 충족감을 앗아가려는 자들과 맞서는 데서 인색하나마 정감이 없지는 않다.

영국식 주장은 어떤 미학적인 매력을 지니고 있기는 하지만 너무 안이하다. 칸트는 자애를 단순한 성향이라고 여긴다. 그는 투쟁과 자기 정복이라는 영웅적인 내면의 드라마 없이 그저 싼값에 살 수 있는 가치에 대해서 프로테스탄트적인 경계심을 가진다. 칸트는 귀족의 태평스러운 자연발생성이 아니라 자기 양심과 씨름하는 고결한 정신을 지닌 부르주아의 불안에 감복한다. 그는 고고하고, 도도하고, 별로 상관하지 않는 태연함—즉 르네상스 시대에는 '어려움을 드러내지 않는 태연함'이라고 알려졌던 것—에 감복하지 않는다. 소중한 것은 바로 땀을 흘려 구하는 것이기 때문에 동정적인 본성을 가지고 태어난다는 것은 사람들의 유전적인 사실이지 도덕적인 사실이 아니다. 아리스토텔레스가 덕을 행하여 만족감을 얻지 못한 사람은 실제로 덕이 결여되어 있다고 생각하고, 흄은 그 쾌락이 덕 있는 사람의 표식이라고 강조한 반면, 칸트는 성미가 냉랭하더라도 어떻게 해서든지 선을 행하려고 하는 사람이 도덕적으로 가장 높은 자리에 위치한다고 주장한다. 우리가 자신들의 자연발생적인 성향을 제거하도록 더 많이 싸우면 싸울수록 도덕적으로는 더 훌륭해질 수 있다. 섀프츠베리와 허치슨과 달리, 검열관 같은 칸트가 보기에 쾌락은 단지 저급한 동기일 뿐이다. 그토록 갑자기 밀어닥치는 공감은 의지 행위를 수반하지 않기 때문에 결코 도덕적 반응이라고 여겨지지 않는다. 감성은 대체로 윤리의 적이며, 의무로 인해 일어나지 않은 것은 무엇이든 순전히 쾌락만을 위해 행해진 것일 뿐이다. 이는 상처를 주지 않는 것은 도움이 되지 않는다는 이튼의 학교 운동장에서나 볼 수 있는 인생관이다. 담배의 경우처럼 유덕한 품행을 엄청 맛있다고 하지 않는 편이 대체로 더 좋을 것이다.

칸트가 성향과 책무를 서로 대립하게 만들면서 많은 중간 지대가 밀려나버렸다. 밀려난 것들 가운데 하나는 아리스토텔레스의 도덕적 성품이라는 관념인데, 이것은 추상적 의무, 유정적 충동, 맹목적 습관 혹은 활발한 의지 행위의 문제가 아니다. 성품은 정서를 수반하는데, 여기서의 정서란 판단과 밀접하게 연관되어 있으며 잠재적인 행동에 맞추어진 것이지 순수하게 감상주의적으로 길들여진 내면의 두근거림이나 찌릿한 느낌 자체는 아니다. 참으로 잘 행동하기 위해서 우리는 적절한 판단과 감정과 태도를 지니기는 해야 하지만, 결국 중요한 것은 잘 행동하는 것이다. 이런 한에서, 칸트의 순전히 합리적인 도덕적 행위 주체자는 자애주의자들이 말한, 합리적 평가의 여지를 거의 남겨두지 않는 듯 보이는 전적으로 직관적인 행위 주체자와 마찬가지로 덕의 전형이 되기에는 부족하다. 성품이란 자연발생적인 감정의 맹목적인 분출이 아니라 활발히 연마하고 훈련하고 연습하고 숙고해야만 하는 상태인데, 이를 통해 결국 성품이 우리를 이끌어 행하게 만드는 행동은 습관적이 되어 힘들지 않게 된다. 자비와 동정 및 정의에의 욕망은 단지 개념적으로 계산할 수 있는 문제가 아니며, 갑자기 밀려드는 배고픔이나 갑작스레 발동하는 시기심과 혼동해서도 안 된다. 그것들은 이성과 정념, 반성과 정서의 양쪽 모두를 수반한다. 우리는 우리가 모르는 사람들과 아는 사람들을 대하는 데서 이 능력들을 따로따로 할당할 수는 없다. 왜냐하면 우리는 낯선 사람들의 불운한 사고에 동요하기도 하지만, 주변 사람들과의 친밀함에 대해 생각에 잠기기도 하기 때문이다. 칸트가 자애주의자들은 보편적 동료 의식에 대해 상관하지 않는다고 본 점에서는 옳지만, 오직 추상적인 이성적 추론만이 심장의 운동 너머로 우리를 데려갈 수 있다고 잘못 생각한다.

아리스토텔레스가 『니코마코스 윤리학』에서 언급한 바에 따르면, 선의란 모르는 사람들에게도 베풀 수 있는 것이기 때문에 우정과 유사하기는 하지만 똑같지 않다. 칸트에게서 앞 세대의 영국 철학자들이 말한 인격적 친화성을 넘어서는 공동체성의 원리를 찾는 데에는 선의지라는 관념이 가장 중추적인 역할을 하게 된다. 하지만 윤리적 사안에 동기와 의지의 문제에 과도하게 기대는 것은 위험하다. 선행의 동기는 모호할 수도 있기 때문에, 칸트가 의지를 도덕적 사안에서 제일 중요한 영향력을 행사하는 것으로 가정한 것은 잘못이다. 이 사안에서 가장 중요한 것은 행해진 일이지 행위자의 의지나 의도가 아니다. 자신의 양심을 달래려고 부랑자에게 잔돈을 던져주는 것은 그냥 지나치는 것보다 훨씬 더 바람직하다. 게다가 칸트가 상정한 의지 이념은, 예를 들어 아퀴나스의 의지 개념에 비하면 그리 타당한 것 같지는 않다. 아퀴나스에게 의지란 무조건적인 정신적 충동이 아니다. 그것은 우리 존재의 일차적 지향, 즉 선한 것으로 향하려는 내장된 성향 혹은 복리를 향한 자연적인 경사다. 우리가 그런 종류의 육체라고 한다면, 우리에게는 선함에 대한 생리적 욕구가 있으며 이는 선택의 문제가 아니다. 아퀴나스는 선택이라는 문제가 결국에는 물질적인 육체의 구성에 의해 정해진다고 생각했다. 이 의지 개념은 그에 상응하는 근대의 의지 개념에 비해 오히려 더 타당한 것 같다.[12]

윤리에 대한 글을 쓰는 내내 칸트는 중요한 도덕적 차이란 성향과 책무의 차이라고 가정하는 결정적인 오류를 범한다. 후에 살펴보겠지만 실재계의 윤리를 주창한 오늘날의 몇몇 사람도 똑같은 오류를 범하는데, 이런 의미에서 그들은 칸트주의자임을 숨기는 칸트주의자들이다. 누군가가 합리적인 행위 주체자가 아니라면 쾌락주의적인 자아 중심주의자일 수밖에 없다는 것이다. 칸트는 해를 끼치지 않는다는 조건 아래에서 무엇인가를 행하려고 욕망한다는 것이 그 일을 행하는 더할 나위 없이 충분한 이유라는 점을 받아들이지 않을 것이다. 어쨌든 인간이 아닌 동물조차도 비록 정언명령을 이해하기는 어렵겠지만 이따금 순전히 쾌락주의를 따라서만 행동하지는 않는다. 도덕과 의무를

---

12 이 점에 대해서는 Terry Eagleton, *Holy Terror*, Oxford, 2005의 제4장에서 추가적으로 논의했다.

그럴싸하게 동일시하는 길로 윤리 사상을 이끌어간 사람은 바로 칸트였으며, 이 둘을 합성한 형태는 이후 레비나스와 데리다에게서 찾아볼 수 있다. (그런데 윌리엄스가 말한 바에 따르면, '의무'에 해당하는 고대 그리스어는 없다.)[13] 오히려 (후에 살펴볼) 라캉 식 도덕주의자들처럼, 칸트는 도덕이 어떤 무조건적 가치를 수반한다고 가정한다. 라캉이 아니라면 적어도 칸트가 보기에, 만약 그렇지 않다면 우리는 도덕적 상대주의의 소용돌이 속으로 내던져지기 쉽다. 이런 사례를 강조하는 사람들은 상대주의자가 일반적으로 권위주의자의 또 다른 면, 즉 형이상학적 아버지에게 오이디푸스적으로 반항하는 아들이라는 점을 인식하지 못하는 듯하다. 도덕적 가치란 절대적이거나 아니면 아무것도 아니라고 생각하는 사람들에게, 절대적인 지위에 미치지 못하는 것은 모두 다 어떤 끔찍한 혼돈처럼 보일 수밖에 없다. 이들은 이성과 혼돈이 서로를 함의한다고 보지 않기 때문에 대체로 혼돈이란 합리적 질서가 배제하는 모든 것이라고 본다.

칸트의 논의가 보여준 놀랄 만큼 과격한 이 결말은 과장이 아니다. 예를 들어 넬슨 만델라*처럼 격분과 동정에 이끌려 수백만 명에 달하는 무수한 사람들의 운명을 변화시키며 살아가겠다는 것은 대단히 훌륭한 일이기는 하다. 하지만 이보다 좀 더 훌륭한 일은 청과물상 주인이 무서워서 복숭아를 훔치지 않는다는 것이 아니라 다른 모든 잠재적 좀도둑들에게 적용되도록 제정한 법에 자신의 행동을 맞추기 때문에 훔치지 않는다는 것을 확실히 한다는 일이다. 참된 도덕적 아름다움은 바로 여기—혹은 칸트가 (도덕법은 신처럼 표상을 넘어서기 때문에) 말

---

13 Bernard Williams, *Ethics and the Limits of Philosophy*, Cambridge, MA, 1985, p. 16.

* 넬슨 만델라(Nelson Mandela, 1918~2013): 남아프리카 공화국 최초의 흑인 대통령. 백인 정권의 인종차별정책을 폐지한 공로로 1993년 프레데리크 빌렘 데 클레르크와 노벨평화상을 공동 수상했다.

했을 법한 참된 숭고성—에 있지, 연민 때문에 거지에게 빵껍질을 주
는 데 있지 않다. 이런 사실은 모질기도 하거니와 깜짝 놀랄 만하다.
극단적으로 이런 사실은 윌리엄스가 지독히 합리주의적인 윌리엄 고
드윈에 대해 "평범한 사람들이 절실히 주의를 요한다고 여기는 모든
사항을 합리적으로 잔인하게 거부하는" 인물이라며 내린 약간 무미건
조하게도 우스운 평가를 정당화해 준다.[14]

　칸트처럼 사랑이나 동정에 의해 고무되는 것은 자유롭지 못한 것이
라고 생각한다면 얼마나 이상한가! 인간성에 대한 칸트의 견해는 너무
높기도 하면서 너무 낮기도 하다고 말할 수 있는데, 밀란 쿤데라*의 표
현을 빌리면 너무 천사 같기도 하면서 너무 악마 같기도 하다.[15] 이 둘
은 일반적으로 아주 가까이 붙어 있다. 예를 들어 사회적 실존이 생리
적 욕구와 자기 이익에 의해 관장되어 '악마' 같아지면, 그에 상응하는
'천사' 같은 이데올로기는 일반적으로 이 사실을 합법화하라는 요구를
받게 된다. 도덕적 가치는 경험적 사실을 받아들여야 할 필요가 거의
없을 것이다. 그렇기 때문에 물질주의가 만연하는 사회인 미국에 우스
꽝스러울 정도로 진지하고 도덕적이고, 격조 높은 공적 담론이 존재하
는 것이다. 영국 철학자 조지프 버틀러는 양심을 정서와 혼합하여 칸
트의 견해보다는 다소 덜 고상한 견해를 제안했는데, 그에 따르면 자
연발생적 정감이란 권할 만한 것이기도 하지만 점점 더 쌓여 정착된
원리가 된다면 훨씬 더 큰 가치를 지니게 된다.

　하지만 칸트의 견해는 이보다 더 비타협적이다. 진정한 보편법은 행

14　Ibid., p. 107.

*　밀란 쿤데라(Milan Kundera, 1929～): 체코슬로바키아 소설가, 극작가, 산문
　가, 시인. 1975년 프랑스로 망명 후 1981년 귀화했다. 작품에 『참을 수 없는 존
　재의 가벼움』(The Unbearable Lightness of Being, 1984), 『불멸』(Immortality,
　1988) 등이 있다.

15　Terry Eagleton, Sweet Violence: The Idea of the Tragic, Oxford, 2003, pp.
　258～59 참조.

복에 대한 공통의 욕망에서 나올 수 없다. 왜냐하면 개별 인격체는 자신만의 특이한 방식으로 행복을 욕망하며, 이로 인해 윤리적 이성은 맹목적인 특수성에 유폐되기 때문이다. 도덕에 대한 이보다 더 절대적이며 무조건적인 근거가 있어야만 한다. 예를 들어 모든 절대적 존재처럼 그 자체만으로도 믿을 수 있는, 세속적인 형태의 무조건적 전능자가 있어야만 한다. 신은 바로 그 자신이 영원한 존재 이유이듯이, 칸트에게는 도덕법이 그렇다. 부언하면 그의 도덕법은 바로 그 자체가 목적이기 때문에 필연적으로 모든 사람을 위한 목적이 된다. 이 도덕법은 모든 사람이 자신들의 인격적 열망이나 성벽과 상관없이 의지(意志, willing)할 수 있는 것이며, 그런 까닭에 서로를 위해 그렇게 할 수 있는 것이다. 여기서 그 유명한 정언명령이 성립되는바, 즉 오로지 보편법으로서 제안할 수 있는 준칙에 따라서만 행동하라는 것이다. 만약 인간이 된다는 것이 이성적으로 되는 것이라면, 내가 이성적으로 행동한다는 것은 당연히 나의 행동 형식을 나와 같은 모든 다른 사람에게도 적용될 수 있게 제정하는 것이 된다. 자유롭다는 것은 자기 스스로에게 제정할 수 있는 어떤 법에 따라서만 행동하기 위해 모든 우발적인 목적과 욕망, 이른바 모든 '정념적' 이해관계로부터 자신을 끊어내는 것이다. 이 법은 개개인의 이런저런 특성에 상관없이 온전히 그 자체로 목적이 되는 아우라로 빛나는 법이며, 그래서 보편적으로 적용 가능한 법이다. 우리가 우리 자신에게 이 법을 부여하기 때문에 그것은 우리 자유의 근간을 이루게 된다. 왜냐하면 자유는 자기 결정과 다름없기 때문이다. 이후의 세대는 오히려 이런 주장에 대해 상당히 회의적일 것이며, 우리가 스스로에게 부과한 법이 대체로 가장 모질게 강압적이라고 의심할 것이다. 아도르노가 인식하듯이, 칸트가 말한 법(이후 프로이트가 이름붙인 초자아) 아래서의 이른바 정념적이지 않은 자유에는 어떤 강제적인 것이 있다.

이런 점은 사실상 칸트의 계몽적인 윤리가 지닌 씁쓸한 이면이기는 하다. 우리는 결코 법 앞에서 정당화될 수 없기 때문에, 법은 우리를 부단히 동요하거나 어느 장소에도 속해 있지 않게 만든다. 이는 바로 주체가 된 상태다. 도덕법은 잔인한 신이다. 가장 혹독하게 가학적일 경우의 이 도덕법은 무분별한 폭력 행위를 통해 우리를 비존재, 필요 이상의 과잉적 실체, 무의미한 물질 조각으로 격하한다. 의기양양한 도덕법에 상응하는 것은 잔여, 배설, 순수 부정성으로서의 인간 존재다. (법은 전혀 실체가 없기 때문에 나타나는) 이런 외상적인 감각 결핍에 직면하여 주체는 의미의 위기 혹은 붕괴를 겪게 되는데, 이는 단지 일시적인 공황 상태가 아니라 영속적인 비상사태. 이런 의미에서 상징계적 법 중심부에는 후에 라캉이 말하는 실재계가 잠복해 있다. 바로 이 실재계의 상황에서 우리는 궁핍해지고 탈구되고, 비의미의 심연에 던져지며, 숨결보다 더 가까이 있는 무의미함의 외상적 중핵에 의해 분쇄된다.

윤리 사상의 중심에는 보편적인 것과 특수한 것 사이의 긴장이 있다. 도덕적 행실이란 필멸하는 동물들이 지닌 표현적 혹은 상징적인 소통의 일부로서의 욕구 및 욕망과 밀접하게 관련되어 있는 물질적인 사안이기 때문에 불가피하게 지역적일 수밖에 없기는 하지만, 그 구체성을 넘어서 보다 더 보편적인 영역으로 확장하도록 되어 있기도 하다. 고문이 나에게는 허용되지만 너에게는 허용되지 않는다는 것이나, "안구 적출을 금한다"는 진술을 "새싹들이 역겹다"는 사사로운 취향과 똑같이 다룬다는 것은 이상할 것이다. 언어와 마찬가지로 윤리는 장중하게 일반적이면서 더 이상 환원할 수 없을 정도로 구체적이기도 하다. 그것은 옅은 개념뿐만 아니라 두터운 개념도 수반한다. 번스타인은 '중앙집권적'인 하향식 일반 원리를 의미하는 '도덕'으로부터 그와 같은 절대적으로 필요하지만 어슴푸레한 보편자에 논리적으로 선행하는 두터운, 기술적 혹은 가치평가적 '윤리적' 개념을 구분한다.[16]

---

16 J. M. Bernstein, *Adorno: Disenchantment and Ethics*, Cambridge, 2001, pp. 60~61.

1960년대에 잠시 알려졌던 '상황 윤리'는 자유주의적 정신을 지닌 기독교인들이 아주 좋아했던 윤리적 반-보편주의의 한 조류로서, 어떤 인간적 상황도 정확하게 경계를 정할 수 없다는 문제, 그리고 그 모든 상황은 전혀 그에 고유하지 않은 특징을 수반한다는 문제에 봉착하여 좌초하고 말았다. 게다가 만약 '사랑'과 '정의' 같은 단어의 의미가 오직 서로 비교 불가능한 상황에서만 파악될 수 있다면, 그 용어들은 전혀 일반적으로 적용될 수 없게 되어 결국 우리는 윤리적 유명론의 바다에 표류하게 될 것이다. 만약 그 어떤 다른 상황에서도 한결같은 행동 양식과 정의의 이념 사이에 필연적인 관계가 없다고 한다면, 60세 이상의 모든 사람의 목을 자르는 행위를 포함하는 아무 행동 양식이나 모두 다 정의의 이념에 따른 것이라고 주장될 수 있을 것이다. 반면 구체적인 문맥 모두를 제쳐놓은 것처럼 보이는 윤리는 거의 윤리라고 할 수도 없는 것 같다. 잠시 후에 셰익스피어를 다룰 때 이런 딜레마를 살펴볼 것이다.

칸트가 보기에 윤리란 개별적이면서 보편적이기도 한 사안인데, 이런 한에서 미적 판단과 유사하다. 윤리적 행위가 순전히, 온전히 나의 행위이기는 하지만, 내가 비길 데 없이 가장 나 자신이 되는 지점은 바로 내가 보편법의 전령이 되는 지점이기도 하다. 개별 주체가 보편적 동물이 된다는 것은 절대적으로 중요하며, 이런 식으로 행동할 때 우리는 가장 훌륭한 상태에 있게 된다. 비인간적이거나 비인격적인 무엇인가가 자기의 중핵에 놓여 있으면서 자기를 지금의 자기로 만든다. 아우구스티누스와 아퀴나스에게 이 숭고하게도 측량할 수 없는 힘은 신이라고 이름 붙여졌고, 프로이트주의자들에게는 이것이 욕망이라고 알려진 반면, 칸트는 이를 도덕법이라고 부른다. 이처럼 칸트에게는 개별적인 것으로부터 보편적인 것으로 가는 직접적인 통로가 있는데, 우리가 그 길로 나아가려면 물론 구체적 특수성을 희생해야만 한다.

그러므로 추상적 보편주의와 더 이상 환원할 수 없는 구체성은 동전의 양면이다. 개별 주체들은 이 문명을 추동하는 힘이기도 하지만, 자신들이 풀어놓은 추상적인 권력에 의해 자기 자신을 박탈당하기도 한다. 자유란 어떤 사람이 스스로 제정하지 않은 원리는 결코 승인하지 않는다는 뜻이기는 하지만, 바로 이 자기 결정으로 인해 주체는 무의미한 동어반복으로 위축될 위협에 처하게 된다. 자신에게 가치를 부여하는 것은 자신이 결정할 일이지, 상상계적 방식으로 자신의 가치를 세계나 타자에게서 보증받는 것이 아니다. 칸트가 우리를 인도해 가는 상징계적 질서는 전적으로 자족적인 것이기 때문에 자연이나 초자연을 그 근거로 삼지 않는다. 신성한 법령조차도 인간의 합리성을 거쳐서 그 논리적 오류가 걸러져야만 한다. 이는 마치 우리가 우리 자신 이외의 그 어느 것에도 의거할 수 없다는 것과 같다. 그리고 만약 이것이 우리가 타자들과 세계에 대한 상상계의 영아기적 의존성에서 벗어나면서 맞게 되는 윤리적 성숙함의 특징이라고 한다면, 이것은 또한 우리가 자연―특히 너무나 있는 그대로의 사실로 축소되어 버려 가치처럼 고양된 것을 다룰 수 없는 그런 자연―으로부터 소원해지는 정도를 측량하는 척도이기도 하다. 근대인들의 "나는 오직 나에게서만 가치를 취한다"는 의기양양한 자랑은 결국 "나는 이 우주에서 너무 외롭다"며 괴로워서 지르는 공허한 절규와 한 치의 차이도 없다.

그렇다면 도덕적으로 행동한다는 것은 순전히 이성 및 이성이 제의한 의무에 의해 인도되는 것이지 (쾌락, 욕망, 행복, 공리, 복리 등과 같은) 뒤섞인 일련의 동기에 의해 인도되는 것이 아니다. 부언하면 이들 동기는 우리가 타자들, 우리의 주변 세계, 우리 자신이 지닌 생물체의 생리적 욕구에서 받는 것들로서, 그 자체에 목적이 있는 이성적 동물에게는 적합하지 않은 것들이다. 참으로 도덕적인 행위는 그 행동이 성취한 것과는 무관하다는 것인데, 이는 말할 것도 없이 희한한 윤리적 가정이다. 숭고하게 동어반복적으로, 우리가 도덕적으로 되는 것이 도덕적이기 때문에 우리는 도덕적이어야 한다. 어떤 행동을 도덕적으로 만드는 것은 마치 어떤 물질적 대상을 상품으로 만드는 것처럼, 그 행동이 자체의 변별적 속성을 넘어 그 이상으로 명시하고 있는 무엇,

즉 보편화될 수 있는 어떤 법에 의지를 가지고 순응하는 것이다. 인간은 라캉 식 대타자와의 접촉이 금지되어 있듯이 최고선과 같은 지엄한 형이상학적 실체에 접근하지 못한다. 그래서 결국 이 상실된 물자체를 대체할 수 있는 유일한 것은 (그것이 전적으로 무조건적인 것이어야만 한다는 점을 감안한다면) 바로 도덕법이라는 무조건적 형식이다. 그러면 법은 부성적인 온정적 교시를 가지고 최고선의 결핍이나 모성적 육체의 결핍과 같은 공백을 채우려고 등장한다. 바로 이런 의미에서 우리는 지금 상상계로부터 상징계로의 이행에 대해 이야기하고 있는 것이다.

예술작품처럼 도덕 혹은 실천이성은 자율적이며 자기 정초적이다. 그것은 그 자체에 목적이 있으며, 공리를 경멸하고 모든 결과를 무시하며, 어떤 논쟁도 허용하지 않는다. 스피노자의 경우에서처럼, 쾌락, 정서, 직관, 감각, 성취, 상상, 표상과 같은 18세기 자애주의와 감상주의의 핵심적인 용어들은 대부분 도덕과 관계없는 변질된 영역으로 추방된다. (이 용어들이 미학의 언어에도 속한다는 점을 주목해 볼 수 있을 것이다.) 그러므로 우리는 지금 쾌락 원칙을 넘어선 윤리에 대해 이야기하고 있는 것이다. 도덕적 행동은 상상에 생생한 표상을 제공하는 것과는 아무런 상관이 없다. 활기 없는 도덕적 상상을 자극하기 위해서 생기 있는 이미지가 필요하다는 흄의 입장은 여지없이 거부된다. 반면 칸트는 그런 '이미지와 유치한 장치들'이 우리와 같은 이성적인 생물체에게 어울리지 않을 뿐만 아니라 실제로 도덕법의 숭고한 위엄을 누그러뜨려 그 가공할 힘을 약화시킨다고 여긴다. 인간의 이성이나 자유를 새길 수 있는 이미지, 즉 우상은 있을 수 없다. 우상파괴적인 칸트의 『판단력비판』에 따르면, 자유는 완전히 불가해하기 때문에 자유를 적극적으로 현시하려는 모든 시도는 불가능하게 된다. 자유는 감각적 이미지로 파악될 수 없고, 오직 실천적으로만 알려질 수 있는 순전히 본체적 현상이다. 우리가 자신이 자유롭다는 것을 알게 되는 것은 그렇게 행동하고 있는 자신을 곁눈질로 보기 때문이다. 그러나 『황무지』*

에 등장하는 네 곁에서 걷고 있는 유령 같은 타자처럼, 이 파악하기 어려운 실체는 당신이 똑바로 보려고 하면 망령처럼 사라진다.

이는 확실히 해방을 요체로 하는 중산계급의 사회질서에 문제 같은 것을 제기한다. 더없이 귀중한 가치는 이제 표상의 그물망을 철저히 빠져나가며, 그 그물망에 초월을 암시하는 영(零, cipher)이나 단순한 흔적 같은 것을 남겨놓는다. 이 모든 기획을 수립한 원리인 주체는 우리의 범주들을 따돌리고 그 범주들 속에서 무언의 현현이나 의미심장한 침묵―즉 우리 사유의 경계에 소리 없이 부딪치는 어떤 현존―으로 나타나게 된다. 이 주체는 단지 텅 빈 과도함이나 여느 특수한 것들의 초월로서만 느껴질 수 있다. 부르주아 인간은 권력의 정점에 이르러 스스로 맹목적이 되는데, 이는 그의 자기성의 본질인 자유가 정의상 결정될 수 없기 때문이다. 우리를 구성하고 있는 주체성인 그 이상한 빈 곳에 대해 우리가 주장할 수 있는 것은 주체성이란 그것이 무엇이든 간에 결코 어떤 실물 대상 같지 않기 때문에, 결국 그에 대한 인식은 실패로 끝나게 된다는 것이다. 앎의 주체와 대상은 더 이상 같은 영역을 공유하지 않는다. 과학의 기획이 충분히 가능하기는 하지만, 주체로서의 한 과학자는 자신의 탐구 영역 밖에 존재한다. 과학자는 자신이 다루는 사물들조차 그 현상적 외관을 통해서만 알 수 있다. 그러므로 오직 인간에 대한 부정신학만이 있을 법하다.

그렇다면 이는 마치 한 체계의 원천이자 보충물인 주체가 자신이 핀으로 고정해 합친 바로 그 체계에서 몰려나는 것과 같다. 주체는 전체 체계의 근거이면서 동시에 그 중심에 있는 어두운 구멍이다. 주체의 측량할 수 없는 권력은 순전한 부정성이기도 하다. 이 유령에게 결정된 형태를 부여하려는 것은 마치 우리 자신의 그림자에 달려드는 것

---

* T. S. 엘리엇의 대표적인 시 『황무지』(*The Waste Land*, 1922) 제5부 「천둥이 말한 것」("What the Thunder Said")의 일부이다.

과 같다. 눈이 시야의 일부가 될 수 없는 것처럼 주체는 세계 내에 존재할 수 없다. 칸트에게서 주체란 현실 안에 있는 어떤 현상이 아니라 그 현실을 바라보는 초월적 시각이다. 이 유명한 코페르니쿠스적 혁명에서 칸트는 이 주체를 통해 우리에게 객관세계를 복원해 주려고 하지만, 이 과정에서 주체 그 '자체'는 지식의 테두리를 어물쩍 넘어가 어떤 말로도 표현할 수 없는 본체라는 매장된 실체들이 있는 토굴로 사라진다. 주체는 수호천사나 각이 네 개인 삼각형처럼 유형의 인식 대상이 아니다. 권력의 최고조에 다다른 부르주아 계급은 꿰뚫을 수 없는 불가해한 주체와 알 수 없는 대상 사이에 끼인 채, 그 자체가 형성했던 바로 그 사회질서에 의해 소유권을 박탈당하는 상황에 처하게 된다.

외부로부터 엄격하게 결정되어 있지만, 내부에서는 자기 결정적인 인간 주체는 어디에서든 자유로우면서도 어디에서든 사슬에 묶여 있기도 하다. 스피노자에게서 이 주체의 실존이 지닌 두 가지 양상은 하나다. 즉 자유란 자신이 사슬에 묶여 있다는 것을 아는 데 있으며, 이로 인해 스스로 자기 결정적이 되도록 분투한 결실이다. 이는 자기 자신을 외떨어진 존재로서가 아니라 필연의 체계의 일부로서 보게 되는 것을 의미한다. 칸트는 이런 스피노자 식 결정론을 받아들이면서, 그 결정론의 형이상학적 토대를 잘라내고, 대신에 자연의 냉혹한 인과론에 정신이라는 초월적 영역을 덧붙인다. 그 과정에서 그는 자유의 이해 가능성을 희생하면서 자유를 구조해 낸다. 이는 스피노자가 보기에 상상계적 혹은 신화적인 사안인 반면, 칸트가 보기에 필요한 가설이다. 지혜란 이 네덜란드 철학자에게는 우리와 자연의 동일성에 대해 숙고하는 것인 반면, 이 독일 철학자에게는 자연에 대한 우리의 자율성을 확립하는 문제이다.

❖

    이렇듯 칸트는 대담하게도 도덕에 관한 사안 전체를 상상계로부터 상징계로, 다른 말로 하면, 내용으로부터 형식으로 혹은 실질적인 것으로부터 절차적인 것으로 전환한다. 이는 어떤 사람의 도덕 너머에 있는 신, 자연, 역사와 같은 것으로써 그의 도덕을 뒷받침할 수 있는 상태로부터 그 모든 토대와 영구히 단절된 채 표류하면서 혼합적인 이익을 얻는 상태로의 이행을 수반하기도 한다. 칸트가 『도덕 형이상학 정초』에서 주장한바, 경험적 내용과 인간학적 내용은 도덕철학에서 모두 청산되어야 한다. 경험적 대상이나 성향에 의해 동기부여된 의지 행위는 모두 '정념적'이기 때문에, 유일한 최고선이란 선 그 자체를 순수하게 의지(意志)하는 행위다. 그리고 선을 의지한다는 것은 어떤 특수한 사물을 의지하는 것이 아니라 순전히 도덕법에 따라 행동하는 것이다. 그러므로 이 도덕법은 그 자체를 공포하는 것 이외에 달리 말하고자 하는 것을 가지고 있지 않다. 프란츠 카프카*가 친구 숄렘에게 쓴 것처럼, 도덕법에 "타당성은 있으나 의의는 없다." 말하자면 미디어는 메시지다. 이 도덕법의 지령은 무조건적이지만 우리에게 해야 할 바를 가르쳐주지 않는다. 자기 학생들에게 인격적인 주도권을 길러주려는 자유주의적 정신을 지닌 교장선생님처럼, 이 도덕법은 우리의 행동이 취해야만 하는 어떤 일반적인 형식을 조언해 주기는 하지만 그 내용에 대해서는 의도적으로 입을 굳게 다문다. 계몽된 인격체들은 저 높은 곳에서 도덕적 교시의 목록을 받지 않아도 된다. 실제로 그 목록을 필요로 하는 사람들은 그럴 필요가 있다는 바로 그 사실 때문에 그것을 간파하기에는 부족한 사람들이다. 이는 마치 어떤 사람이 꽃양배추를

---

* 프란츠 카프카(Franz Kafka, 1883~1924): 오스트리아-헝가리 제국과 체코슬로바키아의 유대계 독일어 사용 소설가.

인식하는 방법에 대한 상세한 설명을 필요로 하는 요리사에게서 음식을 받기를 망설이는 것과 같다.

텅 비어 있다는 특징 혹은 동어반복적이라는 특징을 지닌 칸트의 법은 그 법이 대체하고 있는 신―자신의 법령을 다소 불편하리만큼 빈틈없는 용어로 설명하는 신―의 무조건적인 요구와는 다른 것 같다. 하지만 다른 의미에서 그 둘은 별로 다르지 않다. 왜냐하면 이른바 십계명이란 단지 야훼가 자신의 스타일로 "이것이 내가 사랑받는 방식이다"라고 진술한 것이기 때문이다. 신의 근본적인 요구는 도둑질이나 간음을 하지 말라는 것이 아니라 그가 우리를 사랑할 수 있도록 허용해 달라는 것인데, 그래야만 그의 은총의 힘으로 말미암아 우리가 보답으로 그를 사랑할 수 있다는 것이다. "법은 결국 법이고 의무는 의무이기 때문에 너희는 복종해야만 한다"는 상징계적 법의 동어반복은 요점 없는 사랑의 동어반복, 절대적 초월의 빈 곳이 된다. 만약 법이 구체적인 내용을 지니고 있었다면, 언제든 그 법과 흥정을 하거나 그 법을 감언이설로 꾀거나 약간의 충실한 복종과 상당한 보상을 교환하는 것이 가능할 수는 있었을 것이다. 그러나 모세의 법은 사랑의 법이기 때문에 그 내용은 항상 그 형식을 넘어서야만 한다. 이 세상의 바리새인들을 좌절시키는 것은 그 영원한 공간들의 침묵이다.

칸트의 정언명령처럼, 신의 명령에는 전혀 실체가 없다. 신의 명령이란 아우구스티누스가 말한 "사랑하라, 그리고 의지하는 바를 행하라"는 것이다. 이것은 암묵적으로 신이 인간적인 것을 초월한다는 점을 넌지시 비춘다. 이 초월성으로 인해 신은 가학적이며 막무가내로 비현실적인 초자아와 달리, 자신이 창조한 피조물들에게 주체할 수 없을 정도의 요구를 하지 않는다. 왜냐하면 그럴 필요가 없기 때문이다. 한마디로 그의 사랑은 욕망으로부터 자유롭다. 칸트의 도덕법이 아니라 바로 이것이 무조건성의 참된 형식이다. 신의 사랑은 보답을 기대하지 않으며, 그렇기 때문에 우리는 비록 답례 없는 일방적 사랑이라 하더라도 사랑하려고 애쓸 때 서로 신의 사랑을 가장 깊이 나누게 된다. 만약 유대 기독교 교리에서의 야훼가 우리에게 가공할 정도의 억압적인 짐을 지우는 초자아 같은 전제군주가 아니라고 한다면, 이는 무엇보다 그가 세상으로부터 자유롭기 때문이다. 달리 말하면, 그가 아무 대가 없이 무상으로, 즉 욕구가 아닌 사랑으로 이 세상을 창조했기 때문이다. 신의 창조는 대가 없는 무상 행위의 원형이다. 이는 환락, 즉 라캉의 말을 빌리면, "아무 데도 쓸모없는" 기쁨의 문제이다. 존재는 운명이 아니라 선물이다. 신이 가장 미세한 물질의 입자조차 생겨나게 할 필요는 없었으며, 심사숙고한 후에 자신이 그렇게 한 것을 쓸쓸하게 후회했을지도 모른다. 만약 라캉의 대타자 자체가 욕망하는 존재라면, 유대 기독교의 신은 그렇지 않다. 그래서 신은 신경증적 욕구로부터 자유롭기 때문에 굳이 우리가 번제물, 식사 규정, 도덕적으로 결함 없는 행실을 통해 그 자신을 회유하도록 요구하지 않는다. 신은 단지 우리가 그런 조잡한 흥정을 그만두고 그가 항상 이미 우리를 용서했다는, 견디기 힘든 진리를 받아들이라고 요구한다. 우리는 신이 우리에게 요구하는 것을 해독하기 위해 노력하면서 프로테스탄트적 불안에 빠져들 필요는 없는데, 왜냐하면 신은 우리에게 사랑 이외의 그 무엇도 요구하지 않기 때문이다. 사랑은 실천적이고 특수하기 때문에 반드시 법적 규약으로 만들어질 수 있어야 하겠지만, 사랑을 그렇게 정식화된 것들과 동일시하는 사람들은 사랑을 탈물질화하는 사람들과 마찬가지로 잘못을 범하게 된다.

스피노자와 마찬가지로 칸트에게서 도덕적 가치는 상상계적 방식으로 서로를 관조하는 데서, 즉 자신의 주체성이라는 뜨거운 내부로부터 타자를 주의 깊게 바라보는 데서 나오지 않는다. 도덕적 가치는 오히려 외부─즉 도덕법 자체의 냉정한 관점─에서 자기 자신을 보는 것, 말하자면 자신을 보편적 주체로 보면서 다른 모든 주체를 다루듯 자신을 다루는 것에 의해 결정된다. 칸트에게서 이질적인 사람들과 친밀한 사람들 사이에 고정불변의 구분은 없다. 만약 내가 타자를 마치 나 자신처럼 다룬다면, 나는 나 자신과 낯선 사람으로서 관계를 맺게 된다. 윤리적으로 말하면, 우리는 스스로 그렇고 그런 아무개 혹은 모든 사람인 듯 처신할 때 진정으로 우리 자신이 된다. 내가 나 자신을 둘로 나누어 상징계적 질서 자체의 입장에서 나를 지켜보면서 어떤 낯선 사람의 공정한 응시로 나 자신을 유심히 살펴볼 때라야만 나는 참된 자기 정체성을 가지게 된다. 이것은 흄이나 스미스 같은 이들의 우호적이며 정감적인 윤리와 전혀 다르기는 하지만, 양측 모두 각자 그 나름의 방식으로 유토피아주의자들이기는 하다. 만약 자애주의자들이 약동하며 작열하는 공감 속에서 낙원 같은 것을 얼핏 보고 이것을 멋진 향연 같은 유토피아의 전조로 본다면, 보다 탈주술화된 몇몇 계승자는 원자화되어 뚜렷하게 비사교적인 사회질서라는 매력 없는 광경을 마주하여 어쩔 수 없이 자신들의 유토피아를 훨씬 더 깊은 지하세계—즉 합리적이며 자기 결정적인 주체들의 이상적 공화국이며 그 주체들이 지닌 모든 목적의 조화로운 총체인 어슴푸레한 본체의 지대—로 밀어넣게 된다.

사실상 도덕적 가치는 이보다 훨씬 더 깊은 곳에 숨겨져 있다. 대체적으로 인간에 대한 회의론자인 칸트가 신이라는 이념을 필요로 한다면, 이는 무엇보다 덕과 행복이 새로 나온 소설에서가 아닌 바에야 이 세상이 아닌 저 세상에서나 일치할 공산이 훨씬 더 크기 때문일 것이다. 아무도 성공적으로 정언명령에 따라 행동하지 못했다고 하더라도 정언명령은 여전히 구속력을 갖는다는 칸트의 주장에서 이상적인 것과 실제적인 것 사이에는 간극이 분명 존재한다. 사실 누군가가 실제로 정언명령을 성공적으로 따를 수 있는지 여부는 미해결의 문제다. 어떻게 자신은 한 점의 '정념적' 동기부여 없이 행동해 왔다고 스스로 확신할 수 있겠는가? 우리가 전능자 앞에서 죄 없이 존재한 적이 있는가? 칸트가 깨닫고 있듯이, 도덕법이란 불가능한 것이며 후에 살펴보겠지만 이런 특징은 라캉의 실재계도 마찬가지다.

허치슨과 흄의 글에서 쾌락과 도덕적 가치, 자기 사랑과 공감, 경험적인 것과 관념적인 것은 서로 밀접하게 뒤섞여 있다. 칸트에 와서 유토피아는 저하된 감각 세계로부터 점점 더 멀리 떨어져 나가게 되어 결국 유토피아가 그 세계에서 어떻게 체현될 것인지—즉 본체적인 것이 어떻게 현상적 실존을 떠안게 될 것인지—는 불가사의로 남을 수밖에 없다. 이는 마치 절대적 가치는 실재가 파괴하지 못하도록 영원히 매장된 채 보존되어 있어야만 한다는 것과 같다. 그렇다면 도덕법이 사람들을 추상적으로 서로 교환 가능하다고 간주하면서도 대부분 경험적 현실—그 도덕법이 강력하게 비판하고 있는 시장 사회—을 모델로 삼고 있다는 점은 반어적이다. 참된 윤리적 행위가 상품처럼 교환의 모델이기는 하지만, 윤리 영역에서 이는 자신들과 타자들을 모두 그 자체로 중요하게 다루는 것을 의미한다. 한데 이 교리는 시장 논리와 상당히 어긋나 있다. 영국의 자애주의자들은 감상과 정감을 상거래에서의 자기 이익 추구에 대항시킨다. 반면 이 독일 철학자들은 시장 논리를 자체 모순적으로 만든다.

칸트의 비육신적 윤리는 그 위압적인 준엄함에도 불구하고 어떤 면에서는 섀프츠베리나 허치슨의 쾌적한 세계보다 기독교의 사랑 개념에 더 가깝다. 칸트의 주장에 따르면, 베풀 수 있는 곳에서 베푸는 것은 의무이지 선택이 아니다. 그가 사랑을 주로 감상의 문제가 아니라고 본 것—예를 들어 만약 우리가 그런 우연적인 선동에 의존한다면 우리는 제한적으로 최측근 집단에게만 자선을 베풀기 쉽다고 본 것—은 정당하다. 대신 칸트는 『신약성경』을 염두에 두고 '지령을 따르는 사랑'을 타락한 유형의 자연발생적이고 '정념적인' 사랑하기와 대비하며 논의한다. 마찬가지로 키르케고르는 법의 영원한 일관성을 지닌 사랑을 위해 다정함이라는 우발적인 것에 기초한 사랑을 일축해 버린다. 그에 따르면, "사랑하는 일이 의무일 경우에만 사랑은 어떤 상황에서도 변하지 않은 채 영원히 지켜진다."[17] 사도 바울로는 법과 은총을 대

---

17 Søren Kierkegaard, *Works of Love*, Princeton, NJ, 1995, p. 29.

비하면서 결국 법을 손상하기는 하지만, 자신이 기쁨을 얻게 되는 신의 법으로서의 은총을 죄의 법과 대비하기도 한다. 「마가복음」은 신의 법이 동료에 대한 사랑에서 완성된다는 일반적인 유대교적 이해를 원용한다. 마가 곁에서 글을 쓰던 마태에게, 모든 계명은 자기 이웃에 대한 사랑에 근거한다. 지혜문학 전통 속에서 글을 쓰던 요한에게, 이웃들 사이의 사랑이 바로 법의 전부다. 곧 살펴볼 셰익스피어의『자에는 자로』에서, [수사로 가장한 공작]이 "나의 자선심에 매여서"라고 말할 때 그는 법과 사랑의 관계에 대한 전통적인 성경적 이해를 드러내 보인다.*

'법으로서의 사랑'과 관련해서, 칸트는 영국의 자애주의자들을 괴롭히는 질문—즉 우리의 정감 영역 너머에 있는 익명의 수많은 사람을 어떻게 다루어야 하는가?—에 대해 정감이 가장 중요하다는 점을 부정함으로써 정당하면서도 매우 급진적인 대답을 한다. 앞서 살펴보았듯이, 정언명령은 낯선 사람과 이웃을 구분하지 않는다. 도덕에 관한 네가 어떤 사람인지가 칸트에게 전혀 중요하지 않다는 사실은 그의 추상적인 추론의 결점이기도 하지만 엄청난 강점이기도 하다. 기독교에서도 마찬가지로 정말 중요한 것은 지역적 유대나 문화적 동일성이 아니다. 즉 종교적 신념이란 친족, 편협한 지역주의적 관습, 특이한 식단, 가정의 수호신, 국가의 유산, 전통적인 동일성의 문제가 아니다. 기독교의 복음은 동일성의 정치라는 용어가 만들어지기도 전에 이미 동일성의 정치를 비판한다.

그렇다고 해서『신약성경』이 때때로 기독교의 '형제'들끼리 서로 사랑하는 데 특권을 부여한다는 점이 부정되지는 않는다. 오히려 그것이 그들의 보편적 임무를 강화할 수 있기 때문에, 기독교의 형제들끼리의 사랑이 낯선 사람들에 대한 사랑과 아주 첨예하게 대비되지는 않는다.

---

* 원문에는 '교도소장'이 아닌 '수사로 가장한 공작'으로 인용이 잘못되었다.

이 둘을 구분하는 경계선은 흐릿하며, 이는 마치 바버라 에런라이크가 주장하듯이, 카니발에서 착용하는 가면으로 인해 "낯선 사람과 이웃 사이의 차이가 해소되어 이웃은 일시적으로 낯설어지고 낯선 사람은 다른 모든 사람과 마찬가지로 더 이상 이국적이지 않게 되는"것과 같다.[18] 이와 유사하게 좌파의 분열생식적인 연보에서는 보기 어렵겠지만, 그 구성원들이 서로서로 혹은 같은 일을 하는 다른 단체들과 동반자적 관계를 유지하려는 급진적 정치 집단은 그렇게 하지 않으려는 집단보다 훨씬 더 정치적으로 효과적일 수 있다. 아리스토텔레스는 오직 아는 사람들과 친구가 될 수 있다고 주장하면서 낯선 사람보다 친구에게 사기를 치는 것은 더 비난받아야 한다고 생각했다. 그가 보기에 형제를 돕지 않는 것은 어떤 익명의 동료 인간을 돕지 않는 것보다 더 심각한 결점이었다. 하지만 그는 우정과 정치적 관계의 연속성을 인식하고 있었고, 『윤리학』에서 동료 시민을 친구라고 부르기도 한다. 폴리스를 구성하는 다양한 연계 조직과 공동체에서 공적 의무와 인격적 정감은 밀접하게 관련되어 있다. 시민들이 어느 정도의 상호 화합을 이룬 정치국가란 인격적인 우정의 공적인 형태다.

이에 반해 칸트는 우정을 저평가한다. 자신의 행복을 가장 잘 돌볼 수 있는 사람은 결국 자기 자신이다. 그리고 어떤 사람이 타자에게 선한/좋은 일이 있기를 욕망하면 그가 너에게도 좋은 일이 있기를 바라게 된다는, 자기들 사이의 완벽한 상호성이란 개연성이 낮을 뿐만 아니라 그 특권 그룹 밖에 있는 사람들에 대해 마음을 굳게 닫아버리게 할 수도 있다.[19] 칸트는 도덕적 사안과 관련하여 우리가 "이성적인 존재들의 인격적인 차이에서 추상화"되어야만 한다고 주장한다.[20] 그가

---

18 Barbara Ehrenreich, *Dancing in the Streets*, New York, 2007, p. 253.

19 Mark Vernon, *The Philosophy of Friendship*, London, 2005 참조.

20 Immanuel Kant, *Groundwork of the Metaphysics of Morals*, Cambridge, 1997, p. 41.

파악하지 못한 것은 진짜 보편성이란 타자들의 변별성을 무시하는 것이 아니라 함께하게 된 사람들의 고유한 욕구들을 잘 돌보는 것을 의미한다는 점이다. 바로 이런 의미에서 동일성과 차이는 결국 조화를 이루게 된다. 진짜 보편성이란 한 사람 한 사람 모두를 사랑하는 것이 아니라 어떤 사람이든 사랑하는 것이다. 이는 선한 사마리아인—당시의 매우 교조적인 유대인들이 유달리 하등동물로 여겼던 사마리아인—의 일화가 전하는 요점이며, 보다 일반적으로는 보편성에 대한 기독교적 관념의 요점이다. 따라서 이것은 개별적인 것과 보편적인 것의 진정한 결합을 나타낸다. 키르케고르는 자신의 친구들을 사랑하는 것을 청교도 식으로 자기 방종이라 생각했으며, 문을 나서서 걷다가 우연히 마주치게 되는 여느 사람들 모두를 이웃이라고 여겼다.

　이런 의미에서 사람들이 자신들의 모든 감각적 특수성 내에서 정신의 보편성으로 모여든다는 구원의 세속적 비전을 제시한 헤겔에 비해 칸트는 기독교적인 사랑의 개념과 더 동떨어져 있다. 칸트는 정말로 중요한 희생이란 타자에게 이타적으로 봉사하는 것이 아니라 법에 자신을 희생하는 것이라고 추정하기 때문에 그의 희생 개념은 기독교적인 사랑 개념과도 다르다. 또한 그는 기독교 신앙에서의 사랑이란 교환가치의 세련된 균형 문제가 아니라 초과, 과잉 혹은 계량의 무효화 문제라는 것을 보지 못했다는 점에서 『신약성경』에서 벗어나 있기도 하다.[21] 이 기독교적인 사랑은 일종의 무익한 소모다. 특히나 이 사랑은 세상의 이치가 그렇듯 투자에 대한 보답으로서의 이익을 결코 받을 것 같지 않기 때문에 군이 투자 이익을 얻으려고 하지 않는다. 『신약성경』은 무엇보다 회계 업무에 대한 강한 논박이다. 사랑은 계산하고, 가격을 정하고, 준 만큼 받는 것을 카니발적으로 거부하기 때문에 상징계적 질서의 정확히 조정된 등가들을 교란한다.

21　Terry Eagleton, *The New Left Church*, London, 1966, 제1장 참조.

후에 살펴볼 라캉의 실재계도 이와 비슷한 영향을 끼친다. 데리다
는 아브라함이 '신에 대해 비교환의 위치'에 있으며,[22] 이런 지위는 아
브라함에게만 해당하지는 않는다. 계산 가능성에 개의치 않는 이른바
『신약성경』은 누군가가 너의 뺨을 때리면 다른 뺨도 내밀어라, 1마일
을 걸어가라고 한다면 2마일을 걸어가라, 너의 외투를 필요로 한다면
너의 망토도 내어주라고 권고한다. 윌리엄 블레이크의 『지옥의 격언』
(*Proverbs of Hell*)처럼 이것들은 의도적으로 지나치게 과장된 충고로
서, 모든 시대에 항문기 고착 상태에 빠져 있는 소시민을 분개하게 만
든다. 하지만 임박한 큰불로써 기독교인들을 현재 상황의 논리로부터
떼어놓으려고 하는 이 완전히 종말론적인 교시들이 정의의 주장을 무
의미하게 만드는 것으로 받아들여져서는 안 된다. 데리다 자신도 정의
를 당연히 받아야 할 것을 주는 것이 아니라 무한한 책무에 관한 것으
로 만들면서 이 문제를 피해간다. 기독교에서 잉여적 혹은 아무 대가
없는 무상적 소모인 사랑은 자비와 용서의 덕에 가장 분명하게 반영
되어 있는데, 여기서의 자비와 용서는 예측 가능한 치고받는 맞대응으
로서의 정의를 대단히 혼란스럽게 만든다. 자신의 적을 사랑하는 것은
교환가치에 대한 모욕이다.

사도 바울로의 표현대로 이 모든 것이 이방인 비유대인들―요컨대
칸트처럼 잘 관리된 도덕 경제나 상징계적 경제를 유지하려는 사람
들―에게는 어리석은 짓으로 보일 것이다. 복수라고 알려진 이 창조
적 무모함에는 분명 어두운 이면이 있으며, 이는 온통 그릇되게 과도
하고 분열적일 수 있다. 이런 이유에서 치고받는 맞대응으로서의 정의
는 그것이 속해 있는 상징계적 질서와 더불어 실재계 옹호론자들이 선
호하듯이, 그리 간단하게 제쳐둘 수 있는 것이 아니다. 『구약성경』은
우리에게 '눈에는 눈'을 요구하도록 가르치는데, 이는 그 자체의 문맥

22 Jacques Derrida, *The Gift of Death*, Chicago and London, 1996, p. 96.

에서 보면 상당히 개화된 교시다. 이 교시는 (사회적 통념에서처럼) 아주 잔인한 앙갚음을 하도록 전권을 위임하는 것이 아니라 그 보복을 위법 행위에 비례하는 처벌 이내로 제한하려는 시도다. 즉 우리는 '눈에는' 육체 전체가 아닌 '눈'을 요구하게 된다. 측정을 무효화하는 것이 항상 권할 만한 사안은 아니다. 이후에 살펴보겠지만, 실재계의 윤리는 대체로 바로 이 점을 인식하지 못한다.

칸트가 적법성에 전념한다는 이유에서 그가 법치주의자는 아니다. 오직 무정부주의자들과 귀족들만이 법을 그렇게 내재적으로 인지하지 않으려고 한다. 칸트는 법이란 그것이 강요하는 것으로 인해서가 아니라 그 자체로서 사랑과 존중을 받아야만 한다고 믿기 때문에 법치주의자다. 도덕적 행동은 법에 합치되어야 할 뿐만 아니라 법을 위해서 행해져야만 한다. 사실상 칸트에게서 법은 우리의 행동이 모종의 형식을 나타내 보여야만 한다는 것 이외에 아무것도 강요하지 않는다. 법은 독단적 신조를 전하는 전도사라기보다는 행동거지를 가르치는 교사인 듯하다. 이에 반해 사도 바울로에게 법이란 어린아이나 도덕적 보호관찰 대상자들, 즉 자신의 참된 의미를 파악할 수 있을 만큼 성숙하기 이전에 법의 계율을 통해 양육되어야 할 필요가 있는 초심자들에게 적합한 규율이다. 그들은 마치 탁월한 수학자가 되기 위해서 구구단을 기계적으로 외워야 하는 지루한 일을 참아내야만 하는 어린아이와 같다. 법은 그 자체가 목적이 아니라 입문 교육이다. 확실히 법이 선한 삶의 본질적 원형이기는 하다. 법이란 이미 도덕적으로 성숙한 사람들을 위해 있는 것은 아닌데, 우리들 가운데 어느 누구도 그런 사람은 없다. 법을 마치 정비공의 작업 설명서처럼 필요로 하는 사람은 여전히 도덕적 영아기에 있는 사람들인데, 이는 마치 아랍어를 배우는 초보자가 계속 사전을 들여다볼 수밖에 없는 것과 같다. 그들은 법이라는 버팀목을 치울 수 있을 때라야만 세상을 제대로 볼 수 있게 될 것이다. 그러나 도덕적 영아기란 만성적인 인간 조건이기 때문에, 불행하게도 법은 가난한 사람들만큼이나 끈덕지게 존속한다.

바울로는 덕을 석판에 새겨진 성문화된 법이 아니라 마음에 새겨진 법에서 오는 자발적 선함의 습관이라고 여긴다. 그는 도덕법을 오히려 속죄양 혹은 파르마코스(희생 제물)처럼 축복과 저주를 동시에 받은 것이라고 여기는 듯하다. 왜냐하면 도덕법이 부지불식간에 우리에게 죄의 가능성을—선정성을 얄팍한 도덕적 분개로 포장한 타블로이드판 섹스 폭로 기사처럼—경고하기 때문이기도 하며, 그 법이 선 자체를 구성하지 않은 채로 우리를 선한 것에 적응시키기 때문이기도 하다. 우리를 올바른 길로 인도하는 데서 법은 언제나 그 자체가 주장하는 바와 우리 사이에 개입하여 우리 욕망의 환상 대상이 될 수 있는데, 이로 인해 법은 그렇게 도덕적으로 두 얼굴을 지니게 된다. 우리는 마치 팬으로서 경기에 열광하지 않고 감독에게 심취해 있는 것처럼 언제든 법이 포고하는 바가 아니라 법에 현혹될 수 있다. 법 자체를 위해 법을 사랑한 나머지 형식을 위해 내용을 놓친 사람들 중에는 물신숭배자들과 바리새인들이 있는데, 이들은 신의 숭고한 부정성을 견디지 못해 대타자성의 견딜 수 없는 심연을 결정된 신의 이미지로 채우려고 한다. 우상파괴에 대한 첫 번째 계명이 금지하는 것은 바로 이런 물신숭배인데, 왜냐하면 야훼의 진정한 이미지란 인간의 살과 피뿐이기 때문이다.

달리 말하면, 이 계명은 상상계의 영역을 겨누고 있는데, 예를 들어 전능자와 친하게 지낸다고 자랑하는 사람들, 신을 그의 본성인 사랑을 펼치는 난폭한 테러범으로 보지 않고 흐뭇하게도 자기들 같이 문명화된 생물체로 보는 사람들을 겨누고 있다. 라캉이 나름대로 명료하게 언급하듯이, "이미지로서의 인간이 흥미로운 것은 바로 그 이미지가 비워놓은 텅 빈 곳 때문이다. 즉 누구나 그 이미지 안에서, 이미지의 포획을 넘어 발견되어야 할 신의 비어 있음을 보지 못하기 때문이다. 이미지로서의 인간이 인간의 풍요로움일 수도 있겠지만, 신은 바로 그 풍요로움에 비어 있음을 남겨주기도 한다."[23] 사람이 신의 이미지에 따라 지어졌다고 말하는 것은 다른 무엇보다 사람이 철두철미하게 비존재로 가득하다고 말하는 것이다. 왜냐하면 신은 어떠한 실체로도 보일 수 없기 때문이다. 이로 인해 상상계의 풍요가 아닌 실재계의 공백 속에서, 우상숭배의 위로감이 아닌 갈보리의 적막감 속에서, 신은 명예롭지 못하게도 뒤늦게 사람들 사이에 출현한다.

법의 억압적인 힘을 떨쳐버리는 길이 그것을 내면화하는 것은 아니며, 만약 그렇게 할 경우에는 그것의 정념적 강박을 심화할 뿐이다. 모호하게도 저주와 축복을 동시에 받은 이 지령에서 벗어나는 것이 그 법을 전제적 초자아라는 형태로 우리 내부에 장착하는 것은 아니며, 만약 그렇게 할 경우 우리는 결국 덕의 습관을 피상적으로 닮은 어떤 자연발생성으로써 법의 칙령에 복종하게 될 수도 있을 것이다. 거칠게 말하면, 이는 칸트에 대한 실러 식 대응이다. 즉 법이 여전히 주권을 가지고 군림은 하되 그 법을 감각 안에 안정적으로 심어넣어 그 엄격함을 순화해야만 한다는 것이다.[24] 버크의 경우에서와 마찬가지로 우리는 법이 미학화되어야만 그 법에 참으로 복종할 것이다. 말하자면, 이는 절대군주제에서 일종의 헤게모니로 이동해 가는 것이다. 우리는 들뢰즈 식으로 이 부담스러운 장치인 법을 밀려드는 대담한 자유지상주의의 큰 파도에 던져버리고 그 대신 본질적으로 혁명적인 '욕망'의 역학을 선택해서 법의 주권을 무너뜨리지는 않는다. 도덕법이 권하는 것은 그 자체로 선한 것이지 그것이 권해졌기 때문에 선한 것이 아니라는 사실을 인식해야만 우리는 그 도덕법으로부터 자유롭게 된다. 따라서 칸트는 여전히 도덕법에 사로잡혀 있는데, 앞서 살펴보았듯이, 그의 견해에 따르면 법은 오직 그 자체만을 권하기 때문이다. 법과 관련하여 그는 어떤 의미에서 물신숭배자가 아니라 우상파괴자로서 법의 숭고한 표상 불가능성을 주장하기는 하지만, 그가 행위란 법과 같은 형식을 드러내 보여야만 윤리적이 된다고 믿는다는 점에서는 말하

---

23 Jacques Lacan, *Ethics of Psychoanalysis*, p. 196.
24 Terry Eagleton, *The Ideology of the Aesthetic*, Blackwell, 1990의 제4장 참조.

자면 감독에게 심취하게 되는 위기에 처해 있기도 하다. 또한 그는 급진적 프로테스탄트주의를 과도하게 드러내는 위험에 처해 있기도 하다. 주류 기독교는 사물들이 선한 것은 신이 그것들을 지휘하고 통솔하기 때문이 아니라고 가르친다. 만약 그렇기 때문이라고 한다면, 전능자는 스피노자가 작정하고 불신한 변덕스러운 전제군주가 될 수도 있을 것이다. 오히려 신은 기본적으로 선한 것을 의지(意志)하는바, 이를 인정한다는 것은 도덕적으로 성숙하다는 표시다. 이를 인정하게 되면 선한 것이란 변덕스러운 법이 택해서 정한 모든 것이라는 주장으로부터, 선한 것이란 법 자체의 형식에서 발견된다는 칸트 식 주장으로 손쉽게 옮아갈 수 있게 된다.

무엇보다 우리는 법을 무시무시한 고압적 칙령이 아니라 정의와 자비의 법으로 인식하게 될 때 법에서 해방될 것이다. 사실상 이것이 바로 갈보리의 교훈이다. 즉 예수의 죽음으로 인해 사탄이나 바리새인들이 만든 야훼의 이미지―노보대디,* 초자아, 피에 굶주린 전제군주의 이미지―는 전복되고, 법 자체는 사랑과 정의에 대한 요구임이 밝혀진다. 그리고 그 요구를 고집스럽게 따르는 사람은 정치국가의 손에 의해 죽게 될 수도 있다. 예수는 성부의 이 해방적인 법과 하나이기 때문에, 즉 성부의 '성자'이기 때문에 고문을 받고 살해당한다. 법 자체가 범법적인 것이다.

칸트 식 도덕법은 바로 익명성 그 자체로 인해 급진적이다. 만약 이 도덕법이 상품 형식의 논리를 취하고 있다면, 이는 단지 억압적인 정신뿐만 아니라 계몽적인 정신으로 그 논리를 취한다. 역사는 그 자체의 나쁜 면으로 인해 진보한다고 본 마르크스에게서는 심지어 상품조차도 그 나름의 긍정적인 면을 지닌다. 즉 보편 언어로서의 상품은 '나

---

* '노보대디'(Nobodaddy)는 윌리엄 블레이크가 만들어낸 표현(nobody + daddy)으로, 인격화된 신을 조롱하며 지칭하는 말이다.

쁜' 특수성의 형식들을 짓밟고, 구체제가 세운 장벽을 전복하고, 사람들이 잠재적으로 보편적인 상호 소통을 할 수 있도록 인도하여, 국제 사회주의의 토대를 형성하는 데 기여한다. 아도르노에 의하면 "(칸트식 법이 지니는) 이 형식주의는 인도적이게도 특권과 이데올로기를 위해서 사물들의 질적 차이를 매도하지 못하게 한다. 그것은 보편적인 법적 규범을 규정하며, 이로 인해 그 추상성에도 불구하고 또한 바로 그 추상성 때문에 그 속에 평등주의적 이상이라는 어떤 실체가 존속하게 된다."[25]

이렇게 자유주의적 계몽주의의 가장 위대한 옹호자인 칸트는 말하자면, 자신이 지닌 나쁜 면으로 인해 진보해 간다. 이제는 어느 누군가의 아버지가 군주이거나 영주이어서가 아니라 그 자신이 인류의 일원이기 때문에 자유, 존중, 동료와의 평등한 권리가 그에게 주어진다. 이 대담한 주장은 매우 놀라운 것이다. 포스트모더니스트들에게는 미안하지만, 바로 이것이 추상과 보편성의 혁명적인 힘이다. 더군다나 이런 교리가 일단 수립되기만 하면, 부르주아 사회는 불가피하게도 그 자체의 매우 훌륭한 이상에 얼마나 못 미치고 있는가를 측정할 수 있을 것이다. 상징계적 윤리는 소외된 원자론적 윤리이기는 하지만, 자기 결정적 주체가 성인이 되었음을 알리는 것이기도 하다. 이처럼 이 윤리는 헤겔이 말한 인륜성(Sittlichkeit)의 덜 바람직한 면들—문화적 순응주의, 비반성적 관습, 맹목적으로 강제적인 전통—을 넘어서는 길을 지시한다. 그러나 이 윤리는 동시에 인륜성의 보다 긍정적인 면들—친족, 공동체, 습관화된 덕, 지역적인 정감—을 넘어서도록 재촉하기도 하기 때문에 영예이면서 동시에 재난이 되기도 한다.

칸트는 타자들이 자기 구역에서 멀리 떨어져 있기만 하다면 그들이 하는 대로 내버려두는 데 흡족해하는 그런 류의 자유주의자가 아니

---

25 Theodor Adorno, *Negative Dialectics*, London, 1973, p. 236. 번역 수정.

다. 오히려 그는 자유주의자로서 할 수 있는 만큼 가까이 공동체적 선과 자아의 상호성이라는 관념에 다가간다. 그저 문명화된 상호 불간섭 협정을 맺고 서로 공존하는 것은 불충분하다. 대신에 정의로운 사회를 추구하려면 우리 자신들뿐만 아니라 타자들의 도덕적 목적을 적극적으로 촉진해야 한다. 앨런 우드는 칸트의 도덕적 비전에 대해 '서로를 지지하는' 목적 가운데 하나라고 한다.[26] 하지만 칸트 식 도덕법과 기독교적으로 개념화된 사랑이 서로 다른 것처럼, 이와 연관하여 칸트의 자유주의와 헤겔 및 마르크스의 정치학도 서로 다르다. 앞서 살펴보았듯이, 영국의 자애 옹호론자들은 비록 주체들의 상호성을 장려하기는 하지만, 자아들의 쌍방향 교류를 대부분 자기들과 같은 사람들과 서로-얼굴을-마주보는 관계에 국한한 채 상상계의 덫에 빠져 있다. 전반적으로 이 교리는 전 지구의 인간을 영국 신사 한 사람으로 오인하는 흔한 실수를 저지른다.

앞서 제시했듯이, 결국 이런 종류의 도덕주의자들은 상상력을 아무리 동원해도 편견으로 인해 긍정적인 정감을 가질 수 없을 것 같은 이방인이나 반대 유형의 사람들에 대해서는 다소 골머리를 앓는다. 반면 칸트는 도덕법을 매개로 해서 낯선 사람들을 기꺼이 맞이하기는 하지만, 그 과정에서 우정과 유정적 동료 감정을 격하한다. 칸트가 보기에 사람들은 서로의 목적을 증진하려고 애써야만 하기 때문에 결코 외로운 단자가 아니다. 하지만 이 목적들이 공동 실천을 통해서 상호적으로 구성되지 않고 각각의 자율적 개인에 의해 상정된다는 점에서 칸트는 여전히 자유주의적 교리의 한계 안에 머물러 있다. 왜냐하면 사랑한다는 것은 타자에게서 자신의 목적을 찾는 것이지 단지 자기 스스로 제안한 목적을 장려하는 것이 아니기 때문이다. 또한 아니나 다를까, 칸트는 개인들이 대대적으로 서로의 목적을 장려하는 일이 구조적으

---

26 Alan Wood, *Kant's Ethical Thought*, Cambridge, 1999, p. 166.

로 분화되지 않은 사회질서에서나 가능하다는 점도 보지 못했다.

여기서 상상계 이론과 상징계 이론 모두에 필요한 것은 '제도'라는 개념이다. 흄과 허치슨을 비롯하여 그들의 동료 학자들에게 중요해 보이는 유일한 제도는 바로 가족과 사교클럽이다. 흄의 주의를 강하게 끌었던 문제가 분명 법과 재산이기는 하지만, 그는 대체로 이 문제들을 탈육화된 형태, 즉 사회적 현실이 아닌 개념으로 다룬다. 칸트와 그의 제자들에게 도덕법이란 확실히 넓은 의미에서의 제도이기는 하지만, 이들의 일차적인 도덕 자료는 대개의 경우 사회적 맥락에서 분리된 채 다루어지는 개인이다. 그렇다면 그저 서로-얼굴을-마주보는 것이 아닌, 즉 상상계적이 아닌 상징계적인 형식의 인간적 호혜성이 가능할 수 있을까? 헤겔과 마르크스는 그 이전의 루소와 마찬가지로 이 질문에 대해 긍정적으로 답한다. 칸트가 보기에 국가는 타자들의 욕구에 대한 우리의 본능적인 관심을 공동선(共同善, common good)을 위한 의식적인 배려로 변환할 수 있도록 형성되어야만 한다.

헤겔의 입장에서 볼 때, 칸트가 자유와 보편성에 대해 주목한 점은 극히 중요하기는 하지만 한쪽으로 치우쳐 있다. 칸트는 자신의 철저한 자율성을 얻으면서 모종의 사회적·정치적 무효성이라는 대가를 치렀다. 자유란 그 주체가 구체적인 사회생활에 참가하여 인륜성의 맥락 속에서 실천되어야만 참으로 활짝 피어날 수 있다. 칸트 식 도덕이 지닌 형식적 추상은 세상의 이치에 호소하는 모든 것을 집요하게 거부하는데, 이 형식적 추상은 반드시 사회적 관계라는 경험적 영역으로 되돌려져야만 한다. 법은 우리의 성품과 일과적인 문화 속에서 육화되어야만 한다. 거칠게 말하면, 이는 상상계와 상징계의 융합—낯익은 사람들에 의해 우리 자신이 되비춰지는 사회적 맥락과 도덕법의 보편적 영역의 융합—으로 보일 수도 있을 것이다. 헤겔이 빚진 아리스토텔레스와 마찬가지로 헤겔 자신에게 윤리적 실존이란 정치의 문제, 특히 국가의 문제인데, 그에게 이것은 삶의 구체적인 형식을 체현하며 보편적 이성의 정신을 체화한 것들이다. 이런 한에서 개별적인 것과 보편적인 것, 자유와 공동체, 추상적인 권리와 구체적인 덕이 결합될 수 있다. 칸트와 달리 헤겔과 마르크스는 주체와 주체의 목적이 타자와의 관계에 의해 구성된다는 것을 인정한다. 헤겔과 마르크스에게서 이는 각기 분리된 채로 구성된 개인이 칸트 식으로 자신들의 다양한 목적을 조화시켜 나가면서 그 목적을 성취하는 서로의 능력을 장려하고 그 목적을 서로 일치시키려고 시도하는 그런 문제가 아니다. 헤겔과 마르크스가 이렇게 생각할 수 있게 된 것은 바로 제도성이라는 개념 때문이다. 도덕이란 단순히 분리된 개인의 의지만의 문제가 아니라 필히 사회조직의 문제라고 인식한 사람은 바로 헤겔이다. 제도란 우리에게 알려지지 않은 타자들조차 우리 자신의 구성요소가 될 수 있게 하는 방식이다. 제도는 전혀 낯선 사람들을 하나의 동일한 기획으로 결속하는 방식이다. 이런 한에서 제도는 (호혜적이지만 제한적인) 상상계와 (보편적이지만 원자론적인) 상징계의 문제에 대한 일종의 해결책이다.

일례로 마르크스가 사회주의 아래에서 만개하리라고 생각하며 그려본 자치적 협동조합 이념을 살펴보자. 그런 사업체의 조합원들은 의지의 행위를 통해서 서로의 목적을 장려하지 않는다. 오히려 모종의 호혜성이 그 제도 자체의 구조에 내장되어 있다. 이것은 조합원들이 서로 낯선 사람들이든 아니든 간에 마찬가지로 잘 작동한다. 그 제도는 조직의 구성에 그 자체의 고유한 노력을 기울임으로써, 개별 구성원도 동시에 동료들의 발전을 장려하는 데 참여하고 있다는 점을 보장한다. 상징계의 비인격성은 상상계의 부드러운 맛을 지닌 '자기들의 상호성'에 연결된다. 칸트의 주식회사 식 '도덕적 덕'의 개념이 아니라 바로 이것이 사회주의의 윤리적 토대다. 각자의 성취는 모두의 성취를 위한 조건이 된다. 이보다 더 귀한 윤리를 생각하기는 어렵다.

엄격하게 자기를 부인하는 칸트조차 상상계의 유혹을 완전히 떨쳐 버릴 수는 없었다. 세계가 우리 반대편에 있지는 않지만, 그렇다고 우리가 판단하기에 우리 편에 있는 것도 아니다. 우리는 현실이 틀림없이 우리를 계속 응원하고 있다고 느끼지 않는다. 그럼에도 이성과 자연이 조화를 이룰 수 있는 길이 있는데, 이는 바로 미학의 영역이다. 우리는 비록 현실 자체란 무엇일까라는 심오한 형이상학적 질문에 결코 대답할 수는 없겠지만, 현실이란 합목적적인 목적에 의해 관장되며 적법성, 즉 우리 자신과 같은 본성에 의해 규제된다고 상상해 볼 수는 있을 것이다. 이런 상상은 일종의 주먹구구식 자기 발견적 허구로서 우리가 자연에 대해 미적 판단을 내릴 때, 즉 그 형식들이 말로는 표현될 수 없는 어떤 법에 따르고 있는 것 같다는 의식에 마주칠 때 사용하는 것이다. 칸트에게 미적 대상은 인식 행위를 수반하지는 않지만, 그 대상은 마치 우리의 인식능력 일반에 호소하면서 세계란 어느 특정한 지식 행위가 일어나기도 전에 우리의 정신에 경이로울 정도로 잘 맞춰져서 원칙적으로는 우리가 파악할 수 있는 장소임을 일종의 하이데거식 '선이해' 방식으로 우리에게 드러내 보여주는 듯하다.

그렇다면 일부 미적인 것의 쾌감은 우리가 이성이 발견한 것들과는 대조적인 듯한 방식으로 세계를 소상히 알고 있다는 느낌에서 온다. 미적 판단 행위에서 우리는 대상이 마치 우리 자신이 펼치는 통일성, 목적성, 자기 결정성을 드러내는 주체인 양 지각한다. 이런 식으로 우리는 세계가 마치 신비롭게도 우리의 목적에 적합하게 고안된 장소인 듯 우리의 상상 능력과 지적 능력에 즐거이 순응한다고 감지한다. 대상은 통상적으로 빠져 있던 실질적 기능의 그물망에서 벗어나서 동료 인간의 자유와 자율성 같은 것을 대신 부여받게 된다. 이 비밀스러운 주체성으로 인해 사물은 그 사물을 지각하는 사람들에게 의미 있게 말하며 자연이 사람들의 목적에 전적으로 무관심하지는 않다는, 경건하지만 실현성 없는 희망을 불러일으키는 듯하다.

만약 이성과 도덕법이 우리를 상상계로부터 벗어나게 한다면, 미적인 것은 우리를 다시 상상계에 빠지게 한다. 자기와 타자는 붙임성 있게 얼굴을 돌려 서로를 쳐다보고 현실은 자발적으로 우리에게 건네지는 듯한데, 이는 마치 어떤 사물이 기적적으로 우리의 붙잡을 수 있는 힘을 염두에 두고 고안된 듯 우리의 환심을 사기 위해 넌지시 우리의 손바닥 안으로 들어오는 것 같다. 미적인 것에서, 우리는 자신의 관점으로부터 약간 떨어져 자신을 둘러보면서 자신의 인식능력과 세계 자체가 외관상 정확하게 들어맞는 데 대해 경이로워할 수 있다. 그러므로 우리는 맹목적 진화의 산물인 우리 정신이 우주의 기저 구조들을 해독할 수 있다는 점을 아무런 또렷한 실익이 없는데도 놀라워하는 오늘날의 물리학자들과 같이 있다. 칸트가 생각한바, 아름다움의 대상은 독특하지만 보편적이기도 한 지위를 지니고, 송두리째 주체에게 건네져 주체의 능력에 주어진 것 같으면서도 '부족함을 덜어내어' 기적처럼 자기 동일적인 듯하고, 비록 우리에게 강렬한 충만감을 가져다주기는 하지만 우리에게서 리비도적 반응을 불러일으키지는 않는다. 아마 모든 욕망과 관능성을 벗어버린 이 이상화된 질료적 형상에서 상상계에서나 감지되는 것과 같은 모성적 육체에 대한 기억을 찾는 것이 그리 공상적이지만은 않을는지도 모르겠다.

이런 맥락에서 자연은 인간 오성에 따르는 듯하다. 그리고 칸트에게서 이렇게 생각하는 데로부터 자연이란 우리의 오성을 위해 고안된 것이라는 환상을 기르는 데 이르기까지는 그리 멀지 않다. 이런 식으로 우리는 우리를 둘러싸고 있는 것들에 의해 유지되면서, 우리가 두려워하듯 우주의 눈에 그리 하찮은 존재가 아니라는 꿈―우주 자체가 우리가 오는 것을 보았고 우리의 목적 같은 것을 공유하고 있다는 꿈―을 꿀 수 있다. 칸트의 주석자인 H.J. 페이턴은 다음과 같이 적고 있다.

도덕적 삶이란 생사를 건 기획, 즉 그가 맹목적이고 무관심한 우주에 맞서서 자신과 인류 전체가 영원히 없어질 때까지 동료 인간들과 손을 맞잡게 되는 어떤 기획, 그 이상의 무엇이라는 점을 믿을 수 있다면, 이는 도덕적 노력을 상당히 자극하고 인간의 정신을 강력히 지지할 것이다. 인간은 도덕적 완성을 향한 자신의 하잘것없는 노력이 우주의 목적과 …… 실제로 일치할 수 있는 가능성에 대해 무관심할 수는 없다.[27]

이는 마치 인자하게 연루되어 있는 우주를 완강하게 거부하던 토머스 하디가 결국 로마 교황청과의 싸움을 그친 것과 같다. 결국 냉혹하게도 의미를 잃은 세계라는 견해는 칸트를 너무나도 이데올로기적으로 확신을 잃게 만들었으며, 특히나 제2차 세계대전이 일어난 후 이런 논평을 발표한 페이턴에게는 더 확실히 그랬다. 우리 자신과 우주 사이에 어떤 합목적적 공모, 즉 주체와 객체 사이에 미리 조율된 조화가 있을 수도 있다는 것이 한낱 가정에 불과하기는 하지만, 페이턴의 로버트 베이든-파월* 식 용어로 표현하면, 우리에게 '도덕적 노력을 상당히 자극'하기 쉬운 것이다. 사람들은 자신들의 도덕적 가치가 자기 자신만을 근거로 삼고 있다는 점을 받아들이기 어려울 것이며, 이를 인식하게 되면 결국 공황 상태에 빠진 채 허무주의로 무너져 내릴 수도 있을 것이다. 이성이나 상징계가 우리에게 말하는 것이 정확히 이데올로기나 상상계가 듣고 싶어 하는 것은 아니다. 미적인 것이 합리주의적인 시대에서는 유기적 통일성에 대한 희미해져 가는 기억, 종교적 초월의 흐릿한 흔적이다. 조화가 개인주의 사회에서는 그 어느 때보다 더 필수적이지만, 그것은 정치제도나 경제제도가 아닌 감성 공동체나 공유된 감정 구조에서 발견된다.

거울단계의 어린 영아가 자신의 육체를 관조할 때, 그 영아는 실제

---

27 H. J. Paton, *The Categorical Imperative*, London, 1947, p. 256.

* 로버트 베이든-파월(Robert Baden-Powell, 1857~1941): 영국의 군인이자 작가이며, 보이스카우트 연맹의 창시자이기도 하다.

로 표상으로서의 자신에게 일관성을 귀속시킨다. 이것이 바로 영아가 누리는 기쁨의 원천이다. 칸트의 관찰자는 아름다운 것을 만날 때 그것 안에서 사실상 자신의 정신 능력의 효과인 통일성과 조화를 찾아낸다. 이 두 경우 모두에서 상상계적 오인이 일어나는데, 물론 한 이론에서 다른 이론으로 전환됨에 따라 주체와 객체는 전도될 것이다. 칸트 식 미적 판단의 주체는 다른 무엇보다 라캉의 기뻐하고 자기도취적인 영아다.[28] 하지만 우리가 너무 의기양양하게 자기 사랑에 편히 빠져들 경우에, 칸트 식 숭고는 우리를 타성에서 벗어나도록 자극하게 될 것이다. 바로 거기서 우리는 우리에게 집이 없다는 점과 유일한 참된 안식처란 측량할 수 없는 무한성이라는 점을 생각하게 된다. 버크의 경우에서처럼, 분명 우리는 번갈아 벌을 받기도 하고 회유되기도 하며, 아름다움과 숭고, 동의와 갈등, 여성성과 남성성에 교대로 노출된다. 만약 우리가 세계 안에서 합목적적으로 행동할 경우, 세계는 틀림없이 우리를 환대하는 듯 보일 것이다. 하지만 만약 우리가 우리의 힘닿는 데까지 분투해야 할 경우, 우리는 때때로 세계에 의해 테러를 당하여 너무나 안일하게 중심화된 자기성에서 쫓겨나는 상황을 달게 받아들여야 한다.

----

28 이 주제에 대한 보다 충분한 설명은 Terry Eagleton, *The Ideology of the Aesthetic*, Oxford, 1990의 제3장 참조.

6. 『자에는 자로』, 법과 욕망
Law and Desire in *Measure for Measure*

셰익스피어는 『자에는 자로』에서 통상적인 자신의 예지력으로 칸트식 윤리의 찬반양론을 가늠한다.[1] 제목이 암시하듯이, 이 희곡은 온통 치고받는 맞대응 혹은 교환가치에 대한 것이기는 하지만, 이 등가의 논리가 마주칠 수 있는 문제를 검토하기도 한다. 극이 시작되면서 법은 초라한 모습을 보인다. 즉 비엔나의 과도하게 자유주의적인 통치자 빈센티오 공작은 법의 평판이 나빠지게 놔두고선 준엄한 안젤로를 시켜 그 권위를 복원하라고 명한다. 공작은 "그에게 과인의 가공할 공포를 빌려주고 과인의 사랑의 옷을 입혔다"(1.1.20). 말하자면 버크라면 법의 숭고한 면과 아름다운 측면이라고 여겼을 것, 즉 강요하기도 하고 회유하기도 하는 법의 힘을 공작은 자신의 대리인에게 투여했다.

'정확한' 안젤로는 '엄격하고 확고한 절제력'을 지닌 사람으로, '그의 피는 녹은 눈처럼 차갑고' 그의 오줌은 응고된 얼음이라 이야기되는 인물이며, 피와 살로 만들어진 개인과 상징계적 질서를 엄격하게 구분한다. 이로 인해 그는 너무나도 쉽게 공작을 대신할 수 있게 된다.

---

1 Terry Eagleton, *William Shakespeare*, Oxford, 1986의 제3장 참조.

왜냐하면 여기서 중요한 것은 경험적 대체가 아니라 상징계적 대체이기 때문이다. 사실상 한 개인으로서의 안젤로와 그의 상징계적 위치 사이, 사적인 성향과 공적인 행동 사이에는 전혀 틈새가 없어 보이는 듯하다. 그는 이자벨라에게 "보시오, 내가 의지를 가지고 마음먹지 않은 것은 할 수 없소"라고 말한다(2.2.52). 그는 마치 공정한 권위를 비인격적으로 전하는 전령인 양 상징계적 질서 자체의 신적인 견지에서 자신을 보고 있다. 이자벨라의 오빠인 클로디오가 간통으로 사형선고를 받았을 때, 안젤로는 괴로워하는 그녀에게 "그대의 오빠에게 형을 선고한 것은 내가 아니라 법"이라고 말한다. "그가 내 친척, 형제, 아들이라 해도 다를 바 없소"(2.2.80-2).

완벽하게 정의로운 법에는 필연적으로 비인간적인 무엇이 있어, 필히 당파성이나 특수성에는 주의를 기울이지 않는다. 법의 냉랭한 특성은 법의 인간성을 보여주는 표식이다. 말하자면 안젤로는 훌륭한 칸트식 보편주의자로서 당연히 흄을 특징짓는 친구와 친척에 유리한 편견을 경멸한다. 만약 법이 타락한 지배계급 도당의 소유물이 되지 않아야 한다면, 법은 낯선 사람들과 이웃들을 다루는 데서 빈틈없이 공명정대해야 한다. 선한 마음을 지닌 교도소장은 안젤로의 냉정함을 전혀 지니지 않은 인물인데, 안젤로는 만약 어떤 살인자가 자신의 형제라 하더라도 결코 그 살인자를 동정하지 않을 것이라고 말한다. 안젤로는 자신이 편애하지 않고 행동하며 어떤 예외도 허용하지 않음으로써 오히려 그런 태도로 인해 상처를 받은 사람들을 동정한다고 설득력 있게 주장한다. 또한 그는 자신이 죄인을 처형함으로써 잠재적인 다른 희생자들이 해를 당하지 않도록 보호하고 있다고 언급하기도 한다. 정의란 동정심의 적이 아니라 동정심을 더 풍성하게 피어나도록 하는 전제 조건이다. 상징계적인 것과 정감적인 것은 진정 서로 모순되지 않는다. 만약 법이 살과 피로 만들어진 인간을 위해 타협한다면, 법의 보호를 구하는 모든 사람의 안전은 위태롭게 될 것이다.

이자벨라는 이 가혹한 대리 통치자에게 오빠의 생명을 탄원하면서

"오빠가 당신 같고 당신이 오빠 같았다면, 당신도 오빠처럼 실수를 했을 터 ……"(2.2.64-5)라고 주장한다. 이것이 물론 상대를 제압할 정도의 주장은 아니다. 이것이 입증하려는 바는 만약 안젤로가 클로디오였다면 클로디오처럼 처신했을 것이라는 점이다. 만약 이 견해가 극단화된다면 결국 개개인이 각자 자신의 규준이 된다는 것인데, 이런 상황은 안젤로의 굽힐 줄 모르는 정의만큼이나 나름대로 절대주의적이다. 각자 독자적으로 자기 자체에 따르는 것은 익살맞은 조연인 엘보우의 정말로 익살스러운 말의 오용에 상응한다. (예를 들어 'suspected'(의심했다)를 'respected'(존경했다)라고 잘못 말하는 것과 같은) 익살스러운 말의 오용이란 일종의 사적인 언어로서 자신이 의미하는 바를 자기 스스로 결정하겠다는 것인데, 마치 '특권'(privilege)이란 말이 문자 그대로 '사법'(private law)을 의미하는 상황이 되어 각 개인이 자기 자신의 척도가 되는 무법천지가 되는 것과 같다.

이자벨라는 자기 나름의 절대주의적인 방식으로 "종말이 올 때까지 진리는 영원히 진리"(5.1.45-6)라고 주장하는데, 사실상 반어적이게도 이는 그녀가 자신이 질색해하는 판결을 오빠에게 내린 안젤로와 닮은 여러 가지 가운데 하나일 뿐이다. 그러나 그녀는 이 열띤 논쟁에서 정의에 대해 문맥을 고려한 견해를 취할 수밖에 없게 되며, 이를 "대장에게는 성질 급한 한마디일 뿐인 것 / 병사에게는 여지없는 신성모독이랍니다"(2.2.130-1)와 같은 말로 예시한다. 그녀가 의미하는바, 법이란 언어처럼 변화하는 문맥에 즉각 반응해야만 한다는 것이다. 아마도 그래야 하겠지만, 그럴 경우에 나타나는 위험은 극단화될 경우 우리 모두 험프티 덤프티 식으로 자신이 사용하는 말의 의미를 사적으로 법제화하는 엘보우 같은 사람이 되고 말지도 모른다는 것이다. 셰익스피어에게 같은 용어의 두 가지 다른 쓰임새 사이의 관계는 공작과 그의 대리인인 안젤로 사이에 유지되는 동시적인 동일성과 비동일성 사이의 관계에 더 가깝다. 이자벨라가 궤변을 늘어놓으며 주장하듯이, 법은 그저 순전한 차이의 문제가 아니다. 극에서 그냥 아무렇지 않게 툭 던져진 심상들은 가벼운 논평과 사소한 비유들 속에 감추어진 채, 견고한 자기 동일성과는 구별될 수 있는 항상성 혹은 일관성의 관념을 환기한다.

이자벨라가 모색하는 문제란 우리 모두는 어쩌면 우리가 서로 공유하는 도덕적 약점으로 인해 상호 교환 가능하다는 점, 즉 추상적인 법의 평등성뿐만 아니라 살과 피로 만들어진 인간 혹은 순전한 인간의 평등성이 있다는 점이다. 만약 모든 사람이 계속해서 빙빙 돌아가면서 다른 사람들을 비난하고 있다면, 용서의 행위를 통해 이 무의미한 맞대응을 중지하고 그 순환 궤도를 파괴하여 새로운 도덕 체제를 출범시켜야 하지 않겠는가? 하지만 안젤로는 이런 조치를 그 나름의 논리로 얼버무리며 슬쩍 넘어간다. 그는 만약 자신이 클로디오처럼 죄인이라면 아주 호되게 벌 받기를 기다릴 것이라고 [에스칼루스]에게 말한다.

> 자신에게 그런 잘못이 있다 해서 그의 죄를
> 경감해 줄 수는 없소. 오히려 이렇게 말해 보오.
> 그를 문책하는 자신이 같은 죄를 짓는다면
> 나 자신의 판결이 나를 죽일 판례가 되게 하여
> 모든 것이 공정하도록 해야 한다고.

(2.1.27-31)

이는 타자가 나 자신을 대해주기를 원하는 방식으로 내가 타자를 대한 당연한 결과다. 내가 노래 한 곡도 부를 수 없다고 해서 내가 듣고 있는 어떤 가수가 세계적인 테너 가수라는 점을 알아차리지 못하는 것이 아니듯이, 내가 도덕적으로 결단력이 없다고 해서 내가 타자의 도덕적 비열함을 판단하지 못하는 것은 아니다.

안젤로가 보기에 자비는 감상주의처럼 위태롭게 추상적이다. 자비는 행동 본래의 공적과 과실 문제를 간과하여, 결국 판단을 순전히 주관적인 충동에 희생한다. 이런 의미에서 자비는 반어적이게도 그것이 완화하려는 법이 지닌 구체성에 대해 다소 무관심하다. 한데 안젤로는 자비를 인식론적 맹점 같은 것으로 생각하는 잘못을 저지른다. 햄릿이 "각자의 응분에 따라 모든 사람을 대접한다면, 태형을 피할 사람이 어디 있겠어요"라며 폴로니우스를 책망한 말은 과실을 기록하지 말라는 것이 아니라 과실을 용서하라는 의미일 뿐이다. 이자벨라도 이런 잘못을 저지르며, 수사적으로 안젤로에게 "최고의 심판자인 그분께서 / 지금 모습 그대로의 당신을 심판해야 한다면 / 어떻게 될까요?"(2.2.75-7)라며 도움을 요청한다. 그러나 요점은 신이 정말로 지금 모습 그대로의 인간을 본다는 것이다. 신은 인간들의 모든 두려움과 나약함을 보기 때문에 그들을 그토록 쉽게 용서한다. 공작이 암시하듯이, 사랑과 지식은 자연스럽게 짝을 이룬다. 진정한 사랑은 라캉이 주장하듯이, 결핍 상태의 타자에 대한 사랑이다. 자비와 실재론은 밀접하게 연관되어 있다.

　마찬가지로 정의로운 법은 그것이 판단하는 구체적 상황을 추출해서 그 상황의 변별적인 면을 무신경하게 뒷전으로 미뤄놓지는 않는다. 오히려 법은 그 상황 고유의 형태와 결에 민감한 어느 정도의 예의 적절한 절도 혹은 (아리스토텔레스가 말할 법한) 실천적 지혜(프로네시스, *phronesis*)를 통해 그 상황에 일반적인 규범을 적용한다. 이처럼 법적 판단은 언어적 발화와 같아서 아주 일반적인 관례들을 더 이상 환원할 수 없을 정도로 특수하게 적용한다. 법이 추상화되어 동등해지지 않을 경우에 우리는 다양한 상황만큼의 다양한 법을 지니게 되는 처지에 놓일 것이고, 개별 상황은 말 그대로 '독자적으로 자기 자체에 따라' 자율적이며 결국에는 제각각 절대적이 될 것이다. 자기 동일적인 것에 대해서 더 이상의 논쟁은 없을 것이다. 순전히 스스로 그 자체인 것은 계량할 수도 측량할 수도 없는데, 바로 이런 이유에서 『자에는 자로』에 그토록 수많은 동어반복이 나타난다. 이 같은 법의 유명론은 특수한 것들에 대해 따뜻한 마음이라는 정념을 보임에도 불구하고 결국에는 정의의 죽음을 가져오게 된다. 법은 차이에서 동일성을 만들어내기는 하지만, 언어와 마찬가지로 그 형식적 교의에서 완전히 읽혀질 수 없는 특정한 인간의 문맥 안에서만 유지된다. 법과 언어 모두에서 일반적인 것과 특수한 것을 매개하는 것은 바로 해석 행위다. 공작이 교도소를 방문할 때 그는 "그들의 죄상을 알아 그에 따라 그들을 살필 수 있도록"(2.3.6-8) 청한다. 자선은 빅토리아시대의 복음주의와 달리 자선을 받을 만한 가치가 있는 자와 없는 자를 구분하지 않으려 할 만큼 무분별하기는 하지만, 여러 다른 종류의 욕구를 구분하는 데서는 여전히 세심하기도 하다. 자선이란 모든 유효한 법과 마찬가지로 보편적이면서 동시에 개별 사람에 대한 것이기도 하다.

그러나 문제는 어떻게 세상물정에 밝은 자신의 자만심으로 가치 이념 자체를 전복하겠다고 위협하는 루치오의 비정한 무관심에 빠져들지 않고서, 공정하거나 자비로울 수 있겠는가라는 것이다. 만약 안젤로가 자신의 이름처럼 천사적이라면, 루치오는 악마적이다. 천사적인 것은 쿤데라가 주장하듯이, '똥 없는' 담론, 그 특유의 김빠진 수사법과 교화적인 감상으로 알려진 반면, 악마적인 것은 그 주변에서 똥밖에 보지 못한다. 성직자와 정치인은 천사적이지만 타블로이드판 신문 기자들은 악마적이다. 악마적인 것이 사악하지는 않은데, 왜냐하면 사악하려면 가치를 부정하기 위해서만이라도 가치를 믿어야 하기 때문이다. 밀턴의 사탄은 악마적이지 않지만 토마스 만*의 『파우스트 박사』에 나오는 악마는 악마적이다. 루치오는 윤리적 자연주의자로서 오직 욕망만이 실재적이며, '살과 피로 만들어진 인간'이란 규범적 범주가 아니라 기술적 범주라고 여긴다. 법에 대한 그의 태연한 태도는 비엔나에서 사창가를 금한다는 소식을 전해 듣고 거짓 경의를 표하며 반응하는 그의 친구 폼페이에게서 포착된다. "도시의 모든 젊음을 거세

---

* 토마스 만(Thomas Mann, 1875~1955): 독일의 소설가, 평론가로 주요 작품에 『마의 산』(The Magic Mountain, 1924), 『파우스트 박사』(Doctor Faustus, 1947) 등이 있다.

하여 엇나가게 할 작정이신지요?"(2.1.136). 루치오가 자신의 이해관계에 따라 안젤로에게 권한 대안적인 방침은 "호색에 대해서 조금 더 관대"(3.2.53)하라는 것이다. 그의 넓은 마음씨는 사실 일종의 냉소주의이며, 그가 인정한 유일하게 절대적인 것은 생물학적인 생리적 욕구밖에 없다. 법, 직함, 가치, 가문의 문장은 그저 문화적 겉치레에 불과하다.

냉소주의자는 오직 즐거움의 실재계만을 믿는 자로서, 대타자나 상징계적 질서를 자기의 목적을 위해 이용될 수 있는 텅 빈 가상이라고 여긴다. 이런 의미에서 냉소주의란 희극의 잔혹한 패러디인데, 우리가 어찌해도 도덕적 가치에 부응할 수 없다는 관점에서 그 가치를 신뢰하기는 하지만 반어적으로 뒤집어서 보는 장르다. 냉소주의는 우리에게서 너무나 많은 것을 요구하지 않으려 하기 때문에 초자아의 무자비한 지배 아래에 있는 사람들에게 치료제가 된다. 희극은 우리의 관례가 임의적이며 우리의 존재에 근거가 없다는 점을 뒤틀어 깨달으면서 인간의 가치를 세상에 알린다. 희극은 단순히 조화로운 미래에 대한 맛보기로서가 아니라 바로 이런 의미에서 유토피아적인 양식이다. 희극의 생기발랄함과 충일함은 잠시 역사의 납골당을 초월하게 해준다.

달팽이가 대수적 위상수학의 전문가가 될 수 없듯이, 루치오는 도덕적 가치의 담론을 논할 수 없다. 악덕에 대한 그의 세련된 관용은 진정한 용서에 대한 패러디인데, 특히 관용을 보인다고 딱히 돈이 들지는 않기 때문이다. 그의 관용은 저렴하기 때문에 무가치하다. 이런 의미에서 야만적인 정의(복수)가 있을 수 있듯이, 무가치한 자비도 있을 수 있다. 공작이 주시하듯이, "악덕이 자비를 베푼다면, 자비는 죄가 좋아 범인의 친구가 될 만큼 늘어난다"(4.2.88-9). 이자벨라는 '적법한 자비'를 그릇된 이유에도 불구하고 혹은 순전히 도덕적 나태함으로 용서를 하는 '악마적 자비'와 구분한다. 『베니스의 상인』(*The Merchant of Venice*)에서 포샤가 부단히 표명하듯이, 자비란 본질상 (억지로) 강요되는 것이((con)strained) 아니기는 하지만 그렇다고 완전한 방종이나 아무 대가 없는 무상도 아니다. 정의를 조롱한다거나 사물의 내재적 사용가치를 조롱하도록 허용해서는 안 된다. 당신이 안젤로처럼 지나치게 정확할 수도 있겠지만, 엄밀하게 분별하지 않고 인간의 모든 상황을 가리지 않고 하나로 합쳐 만드는 식으로 측량의 잣대를 넘어설 수도 있다. 셰익스피어는 『리어왕』(*King Lear*)에서도 너무 많음과 너무 적음, 중요한 것과 별거 아닌 것, 생명을 빼앗는 잉여의 양식과 생명을 주는 잉여의 양식 사이에 아슬아슬할 정도의 미미한 차이가 있을 뿐이라는 점에 열중한다.[2]

『자에는 자로』에서 루치오의 도덕적 무정념(*apatheia*)은 범죄자 버나딘─삶과 죽음에 전혀 개의치 않고 단지 잠에 지장을 준다는 이유 하나로 처형되지 않으려는 무질(Musil) 같은 정신병질자─의 놀랄 만한 정신적인 무기력에 필적한다. 어떤 의미에서 버나딘은 이미 죽어 있다. 즉 그는 자신에게 닥쳐온 죽음을 예견하고 죽음을 무장 해제시킨 채, 끝까지 정념적인 도덕적 마비 상태로 죽음을 잘 넘어가려 한다. 그는 이런 정신적 나태함에 빠진 채 이미 모든 차이가 없어지는 막바지에 와 있다. 죽음은 버나딘과 루치오 모두가 의심했던 것─즉 모든 가치란 결국에는 다 동등하다는 것─을 확인해 주는 듯하다. 그들은 모든 우열의 차이를 없애는 덜 냉소적인 방식, 즉 용서의 행위가 있다는 사실을 보지 못한다. 용서란 '치고받는 맞대응' 혹은 '자에는 자로'라는 완벽한 동치관계의 회로를 필요 이상의 대가 없는 무상으로 파열시키는 것으로서, 현재의 규제된 대칭 속에 있는 죽음을 미리 맛보게 하는 것이다.

버나딘은 앞서 설명한 방식으로 죽음을 이겨내 부럽게도 불사신이 된다. 자신의 운명을 의식적으로 끌어안은 사람은 바로 그 행위를 통해 자신의 운명을 초월하여 자유로 변화시킨다. 고전적으로 비극의 주인공을 특징짓는 것은 바로 이런 모호성이다. 클로디오는 "내

---

2 이는 니체가 『도덕의 계보』에서 자비를 다루는 방식과 같다.

가 죽어야 한다면 나는 어둠을 내 신부로 맞아 두 팔로 껴안을 것이다"(3.1.91-3)라고 공언한다. 이 비극적 행위는 운명과 자유로운 결단을 결합하여, 이 극이 중재하는 필요 이상의 대가 없는 무상인 것과 정해져 주어진 것, 해방과 속박, 무법성과 제약 사이의 갈등에 일종의 해결책을 제공한다. 국가는 버나딘이 기꺼이 자신의 죽음을 받아들이게 될 때까지 죽음을 지연시켜야만 한다. 즉 그가 여하튼 자신의 죽음을 '수행'하여 자신의 진정한 행동으로 바꾸지 않는다면, 죽음은 그의 삶에서 그리 중요하지 않은 사건이 될 것이며 결과적으로 죽음을 그에게 부과했던 권위자의 위신은 떨어지게 될 것이다. 그의 죽음은 그저 생물학적으로 일어난 일이 아니라 의식적인 실천의 일부여야만 한다. 우리 실존의 가장 견딜 수 없는 실제적인 순간, 즉 사멸하기 직전에 우리는 무언가를 성취한 배우가 되었음을 입증해야만 한다. 공작은 교도소장에게 "이 무례한 놈을 설득하여 기꺼이 죽도록 하겠네"라고 알려준다(4.3.49). 진정으로 권력을 개의치 않는 것만큼 권력에 저항하는 효과적인 방법은 별로 없다. 살아 있는 주검을 대표하는 이 괴물 같은 인물은 권력이란 권력이 그 자체에 복종하는 사람들에게 요구하는 반응에서나 존재할 뿐이라고 자기 나름대로 이해한다. 공교롭게도 흄도 똑같이 이해하여 주권에 관한 한 통치받는 사람들이 항상 우위를 점한다고 했다.

밝혀진 대로 이 극에서의 무정부 상태와 전제정치는 겉보기와는 달리 분리된 대립항이 아니다. 우선 한 가지 이유는 자유분방주의(Libertinism)가 억압을 낳는다는 것이다. 예를 들어 공작처럼 법의 평판이 나빠지도록 놔둔다는 것은 도래할 안젤로 식 권위주의를 위한 길을 열어주는 것일 뿐이다. 이 극에는 스스로를 가로막는 전략과 역효과를 낳는 행위에 대한 이미지가 무척 많이 들어 있다. 클로디오는 "지나침이 기나긴 단식의 근원이듯 무절제한 사용은 모두 다 구속으로 변한다"(1.2.76-8)고 논한다. 그는 불법적인 성교를 했다는 이유로 교도소로 호송되었기 때문에, 이를 알 수 있는 위치에 있었을 것이다.

또 다른 이유는 법이 오이디푸스적 금기에서처럼 먼저 욕망을 낳는다는 것이다. 그래서 안젤로는 순결하고 범접할 수 없는 이자벨라와 마주하게 되자 다스릴 수 없는 욕정의 먹이가 되어, 만약 자기와 성관계를 가지면 오빠를 사면해 주겠노라고 제안한다. 인격체인 안젤로에게 어떤 추상적 원리로 표상된 이자벨라는 스스로 실망스럽게도 자신이 그 원리가 아닌 인격체로서 그를 유혹했다는 사실을 발견한다. 이 대리 통치자의 덕은 루치오가 창녀를 찾아온 매독에 걸린 손님의 뼈를 묘사한 표현처럼 "속이 텅 빈 것 같다"(1.2.57)는 사실이 드러난다. 만약 안젤로가 도덕법을 체현하고 있다면, 그는 그 도덕법의 외설적인 이면을 표상하기도 한다. "감각의 음탕한 충동을 한 번도 느껴보지 못한"(1.4.58-9) 안젤로처럼 법 혹은 이성 형식은 육체를 낯설어하며, 갑작스러운 욕망의 반란이 일어나면 허를 찔리기 쉽다.

요컨대 안젤로는 실러가 『미적 교육론』(*On the Aesthetic Education of Man*)을 통해 칸트에게 가르쳐주려던 교훈—즉 만약 이성이 욕망에 대한 주권을 확보하려면 우선 적과 내통하는 배신자처럼 감각에 잠입하여 생리적 욕구로부터 냉랭하게 멀리 떨어진 데서가 아니라 그 내부에서 감각에 대해 알아내야만 한다는 교훈—을 받아들이지 못했다. 이는 대중에 대한 정치적 주권의 문제에도 똑같이 적용된다. 이런 이유에서 백성들 사이를 잠행하는 임금이라는 동화의 모티프가 있으며, 셰익스피어의 『자에는 자로』에 등장하는 공작도 그 일례다. 효율적인 정치권력이란 전제적 권력이나 물러터진 권력이 아니라 헤게모니적인 권력이다. 법의 문제는 이른바 '할 왕자와 폴스타프'의 딜레마다. 즉 인간의 나약함을 내부에서 이해할 수 있을 정도로 아주 가까이 있으면서, 그 나약함을 공정하게 판단하기 위해 그 나약함에서 떨어져 충분한 거리를 둔다는 것은 무엇인가? 이 세상의 빈센티오 공작 같은 사람들은 루치오 같은 사람들과 함께 학교를 다녀야 하지만, 그들의 봉이 되어서는 안 된다. 법은 내재적이면서 동시에 초월적일 수 있는 비책을 이뤄내야만 한다. 『자에는 자로』 이면에 있는 기독교적 문맥에서 보면, 그런 동시적 상황은 마치 죄를 용서하는 초월적 성부가 바로 그 죄로 인해 죽음을 당하게 된 육화된 성자이기도 한 것과 같다. 하지만 만약 자비가 죄를 내적으로 공감하는 데서 생겨난다면, 자비로우면서 동시에 유덕하다는 것은 약간 자기모순적으로 들리기 시작한다. 어느 지점에서 공감이 공모로 바뀔 것인가?

안젤로 스스로 어떻게 추측하든 간에, 그가 이자벨라와 면담을 나누던 중에 모두 다 부숴버릴 것 같은 욕망의 힘을 처음 접한 것은 아니다. 극의 시작부터 뱀은 정원에서 똬리를 틀고 있었다. 뱀의 치명적인 독은 그를 이미 지배하려는 정념적 의지로 감염시켰다. 아마 프로이트라면 틀림없이 그 의지에서 죽음 욕동의 그림자를 발견했을 것이다. 안젤로는 초자아를 절대적으로 숭배하는 인물로서 치명적일 만큼 공격적으로 질서를 열망하고, 이의를 제기할 수 없을 정도로 확실한 근거와 정교하게 만든 정의가 없다면 세계가 무질서 상태로 붕괴될 것이라는 신경증적 두려움을 가지고 있다. 무질서를 억제하는 힘은 은밀하게 죽음 욕동에 의해 그 자양분을 공급받기 때문에, 은밀하게 죽음 욕동과 사랑에 빠진다. 질서에 대한 충동 자체는 잠재적으로 무정부적이다. 그것은 세계를 완전한 무의 상태로 평정해 버릴 준비가 되어 있다. 프로이트가 가르쳐주었듯이, 초자아는 제어 불가능한 원초아(이드)에서 섬뜩할 정도의 징벌적인 힘을 빌린다.

이런 이유에서 안젤로는 거의 아무런 애도 써보지 못하고 갑작스레 금욕적 권위주의자에서 자유분방한 리비도적 위반자로 뒤집혀 버릴 수 있다. 법이나 모든 상징계적 교환 체계도 마찬가지다. 그런 상징계적 경제는 엄격하게 규제되기 때문에 안정성으로 향하는 경향을 지니기는 한다. 하지만 그 상징계적 경제를 규제하는 규칙들은 어떤 항목이든 그 개별적 특성과 상관없이 교체할 수 있기 때문에 무정부적인 상황—즉 모든 개별 구성요소들이 무차별적으로 희미해져서 서로 다른 것이 되고 체제는 오직 거래를 위한 거래에만 참여하는 것처럼 보이는 상황—을 낳을 수 있다. 안정성의 구조 안에 그 자체를 전복하려고 위협하는 무엇인가가 있다. 이런 현상이 가장 명백하게 나타나는 것은 바로 상징계적 질서로서, 이 질서는 효율적으로 작동하기 위해 그 자체의 다양한 역할이 유연하게 교체되도록 허용하기 때문에 근친상간의 가능성을 영원히 초래할 수밖에 없다. 체제의 중심부에 이런 가공할 만한 공포가 없다면, 그 체제가 작동할 수 없을 것이다.

『자에는 자로』는 육체들이 부단히 순환하는 상징계적 대체 행위로 그득하다. 안젤로는 공작을 대신해 일을 수행하고 이자벨라는 자비를 간청하는 클로디오의 역할을 대신하는 반면, 공작은 변장을 하고 백성들 사이를 돌아다니며 자기 자신을 대체한다. 안젤로는 클로디오의 육체 대신에 이자벨라의 육체를 원하지만, 결국 이자벨라를 대신해서 그의 침실에 든 마리아나와 잠자리를 같이 한다. 버나딘의 잘린 머리가 클로디오의 머리를 대신하기는 하지만, 버나딘은 너무 나태하여 처형될 수 없기 때문에 결국 래고자인의 머리로 교환된다. 안젤로는 클로디오를 다른 잠재적인 악한들의 범례로 사용함으로써, 그를 타자들을 위해 '죄를 짓게 된' 예수 같은 전형적 인물로 변신시킨다.

육체들을 각각 제자리로 분배하는 것은 희극에 걸맞도록 이 극이 끝날 때 발생하는 결혼이라는 사건이다. 육체는 일종의 언어와 같아서, (마리아나를 통한 침실에서의 속임수처럼) 위조할 수도 있고, 말처럼 거침없는 소통 형식으로 이용될 수도 있다. 이 극은 언술의 진리와 육체의 진리 모두에 관련되어 있다. 결혼을 통해 적절하게 육체들을 결합하는 것은 말과 사물을 조화롭게 연결하는 것과 같다. 이런 의미에서 안젤로는 공작의 끔찍하게 조악한 해석본이고, 엘보우는 언어가 열어놓은 기표와 기의의 잘못된 결합이다. 법을 어길 때에야 법의 힘을 느끼듯이, 거짓말을 하거나 잘못 말할 가능성이 영원히 없다면 진리도 존재할 수 없을 것이다. 다른 것을 표상하는 것은 일종의 교환가치를 수반하기 때문에 차이와 동일성 모두를 함축한다. 실제로 이 극은 한 개인이 다른 개인을 주조하고, 각인하고, 도안하고, 주입하는 이미지들로 가득하다. 하지만 정의가 자비에 의해 조절되어야만 하듯이, 표상 행위와 표상된 것 사이에는 항상 어느 정도의 미끄러짐 혹은 틈새가 존재한다. 앞서 살펴보았듯이, 안젤로는 이른바 타락 이전의 상태에서 자신의 인격을 법의 전령과 다름없다고 여기면서 자칫하면 그 간극을 거의 다 메울 뻔했다. 그러나 그 후에 일어난, 사람과 역할 사이의 미끄러짐은 안젤로의 경우에 심각하다. 표상과 표상된 것 사이의 완벽한 동일성이란 오직 자기 자신을 표상한 것일 텐데, 이에 대한 정치적인 등가물은 바로 민주주의일 것이다.*

이 또 다른 이유로 인해 『자에는 자로』는 ("은총은 은총이다", "진리는 진리다" 등과 같은) 동어반복에 그토록 심취해 있는데, 이는 그 동어반복이 비록 무가치하기는 하지만 교환가치로부터 벗어날 수 있는 방식이기 때문이다. 교환되는 요소들 사이의 이런 탈구 혹은 차이의 잔여물이 자비를 위한 여지를 만들어낸다. 안젤로가 처음에 자신의 공적 역할과 완전히 일치한 반면, 공작은 주체성이란 결코 그것의 의미화와 같지 않다는 점을 인식하고 있다. 판관의 상징계적 역할과 그 전령인 개인 사이에는 간극이 있으며, 이 간극은 창조적 비동일성으로서 법의 엄격함을 동정으로 완화한다. 교환에서 참된 동일성이란 존재하지 않는다는 점은 이 극의 지독하게 인위적인 결말에서 아주 분명하게 나타나는데, 여기서 결혼을 통한 육체 간의 분배는 많은 아쉬움을 남긴다. 셰익스피어는 심지어 이자벨라를 공작과 결혼시키기도 하는데, 이는 이 극의 논리라기보다는 작가의 환상에 의한 것으로 보인다.

상상계, 상징계, 실재계라는 세 등록소들이 겹치기도 하고 상호 침투하기도 한다는 것이 라캉의 신조다. 예를 들어 거울단계에 대한 한 설명에 따르면, 상징계적 차이는 아이가 자기 옆에 있는 거울에서 본 어머니라는 형태로 이미 상상계적 동일성에 침입해 있다. 더군다나 이

---

* '표상'은 'representation'을 번역한 것으로, 이 문맥에서는 '대의민주주의'에서의 '대의'(代議)를 의미한다.

미 살펴보았듯이, 상징계의 중심에는 단순히 근친상간이 아니라 어슴푸레한 실재계의 현존인 외상적 공포가 들어 있다. 그렇다면 상징계적 윤리의 탁월한 주창자인 칸트가 실재계의 도덕주의자로도 주장되었어야 한다는 것이 그리 놀랄 만한 일은 아니다. 이 논의를 다음에 살펴보도록 하겠다.

제 3 부

실재계의 시대
THE REIGN OF THE REAL

서론: 순수 욕망
Pure Desire

1970년대와 1980년대에 적어도 영국의 문화 이론에서 실재계는 라캉의 삼위일체를 구성하는 셋 가운데 단연코 가장 혜택도 받지 못하고 분명 가장 이해도 덜 되었다. 최근이 되어서야 지난 몇십 년간에, 특히 라캉의 대변자인 지젝의 저작을 통해 실재계가 라캉 사상에서 중심적이라는 점이 점차적으로 분명해졌다.[1] 사실상 실재계는 항상 제자리로 되돌아간다고 이야기되듯이, 지젝의 방대한 저술에서도 그렇다. 말하자면 그의 저술은 그 모든 현란하고 약간 정신 나간 듯한 다재다능함에도 불구하고, 자기 패러디적이며 강박적으로 반복적인 방식으로—즉 스스로 말할 수 있도록 도와주려 했지만 결국에는 무언의 상태로 남게 된 부재의 주위를 계속해서 맴돌며—이 파악하기 어려운 실체로 계속 되돌아간다. 프로이트의 '기괴함'(uncanny)이라는 관념처럼 지젝의 책은 친숙하기도 하고 친숙하지 않기도 하며, 놀랄 만

---

1 지젝의 저작 대부분이 실재계에 대해 조금씩 논의하고 있기는 하지만, 특히 *The Sublime Object of Ideology*, London, 1989; *For They Know Not What They Do*, London, 1991; *The Indivisible Remainder*, London, 1996 참조.

큼 혁신적이면서 진부하기도 하며, 아주 매력적인 새로운 통찰로 가득
하면서 끊임없는 재활용품들로 가득하기도 하다. 만약 그가 라캉을 동
일하게 지속적인 그 외상적 중핵을 포착하려는 일련의 시도로 읽는다
면, 그의 책에 대해서도 같은 말을 할 수 있을 것이다. 즉 그의 책은 계
속해서 프리드리히 셸링(Friedrich Schelling), 앨프리드 히치콕(Alfred
Hitchcock), 인종 폭동, 컴퓨터 게임 등을 새롭게 외쳐대고는 있지만,
동일하게 두렵고도 매혹적인 그 장면으로부터 시선을 돌리지 못한다.[2]

이런 면에서 라캉의 이 헌신적인 제자가 예전의 공산주의 세계에서
환영받고 있다는 사실이 이상한 일은 아니다. 지젝과 그의 류블랴나학
파 동료 라캉주의자들이 신스탈린주의 시대에 이른바 주인기표(主人記
標, Master Signifier)의 유령 같은 권위를 전복할 이론에 매료될 수밖에
없었다는 점은 그리 놀랄 만한 일이 아니다. 분명 그들은 거짓 투명성
과 본질주의적 자기성 숭배가 판치던 당대의 사회질서 속에서 인간 주
체의 불투명성과 그 주체의 정체성의 불안정성에 대한 주장에 열광하
기도 했다. 동시에 유고슬라비아 체제의 실제적인 투명성 결핍과 비잔
티움 신화화도 라캉의 사상을 의미 있게 만드는 데 일조했을 것 같다.
더군다나 로마나 뉴욕에 비해 국가적으로나 인종적으로 분리되어 오
랫동안 유럽의 위협적인 대타자 가운데 하나였던 발칸제국에서는 인
간의 주체성이 구성되는 방식을 다루는 학문인 정신분석학이 정치적
반향을 더 분명하게 취할 수 있다. 속죄양 만들기, 물신숭배, 분열, 폐
제(廢除, foreclosure), 부인, 투사, 이상화 등이 아주 익숙한 심적 기제
일 경우, 이들 기제는 인종적 불화와 군사적 갈등에 대한 것들이기도
하다.

지젝과 그 동료들은 라캉을 세계란 담론으로 해제될 수 있다고 본
멋진 파리풍의 포스트구조주의자(지젝이 냉소적으로 칭한 '스파게티 구

---

2 이 논의는 지젝에 대한 나의 이전 논평을 이용한 것이다. Terry Eagleton, *Figures
of Dissent*, London, 2003, pp. 196~206 참조.

조주의[자]')가 아니라 비타협적인 실재계의 만년 투사로 해석했으며, 이런 성벽은 그들이 처한 정치 상황에서 어느 정도 타당하다. 바로 자기 문 앞에서 살인적인 싸움이 창궐하는 곳에서 글을 쓰는 사람들이 코넬이나 크라이스트 처치에서 글을 쓰는 사람들보다 상징화에 저항하는 데 더 예민할 수밖에 없다는 점은 그리 불가사의한 일이 아니다. 그들의 전문 분야―범박하게 말하자면 언어―와 그것을 넘어서 있는 것 사이의 불일치가 정치적 격변 상황에서의 지식인들에게 충격을 주었을 것 같다. 전제적 권위가 가학적으로 희생자들에게 속박을 감수하라고 강요하는 방식은 말할 것도 없고, 총체성을 무너뜨리는 것에 대해서도 정치적인 관심을 보이는 사람들에게 실재계가 그토록 중요하게 여겨지는 것은 놀랄 만한 일이 아니다. 이 모든 것은 분명 관료적 공산주의라는 욕망의 집단적 봉쇄를 배경으로 읽혀질 수 있다.

이런 점에서 동유럽의 또 다른 이단자인 쿤데라도 유사하다. 앞서 살펴보았듯이, 쿤데라가 '천사적'과 '악마적'이라는 용어를 윤리와 관련해서 사용하기는 했지만, 이 용어들은 정치에도 똑같이 적용될 수 있다. 그는 『참을 수 없는 존재의 가벼움』에서 전체주의 국가를 '천사적'이라고 보는데, 이는 모호성을 두려워하고, 인간 품행의 어느 한 부분도 반드시 이치에 맞아야 한다는 점에 대해 단호하고, 모든 것이 빛나는 의의를 지니며 즉각 읽힐 수 있도록 그것들을 끌어들인다. 이 소설은 풍자적인 일화를 통해 신스탈린주의 시대에 프라하의 중심부에서 술 취한 병든 체코인에게 어떤 다른 체코인이 고개를 가로저으며 "난 당신이 뭘 의미하는지 정확하게 알지"라고 중얼거리며 다가가는 이야기를 한다. 모든 것이 분명하게 이해될 수 있다는 이 편집증적인 세계에서 그저 토하는 일조차도 어떤 불길한 의의를 띠어야만 한다. 이에 반해 쿤데라가 '악마적'이라고 한 것은 냉소적인 웃음을 그 특징으로 하는데, 이는 폭정의 질서정연한 도식에 저항하며 사물들의 외설적 무의미를 한껏 즐긴다. '천사적' 현상에서 라캉의 상징계적 질서를, '악마적' 현상에서 실재계를 찾아내는 것이 그리 어렵지는 않을 것이다. 혹은 이와 관련하여 실재계의 다듬어지지 않은 순전한 우발성, 채워지지 않는 욕망의 잔여물로써 닫힌 상징계적 경제에 균열을 내는 실재계의 습성이 왜 냉전시대 동유럽 지식인들에게 그토록 매력적이어야만 했는지를 파악하는 것도 그리 어렵지는 않을 것이다. 곧 살펴볼 라캉의 윤리적 명령―즉 아무리 불가능하게 보일지라도 자신의 욕망을 단념하지 말라는 명령―은 마치 가장 어려운 시절에 행한 폴란드 자유노조의 선언처럼 들린다.

실제로 라캉 식 관점에서 본 정신분석학적 치유란 정치적 독립의 성취와 다르지 않으며, 이런 이유에서도 발칸제국이 정신분석학을 아주 풍요롭게 만드는 온상이 되었을는지도 모른다. 라캉 식 분석을 '성공적으로' 받은 환자는 불만족 상태가 영원하다는 것을 배우게 되어, 자신의 욕망이 대타자에게서 어떤 지원도 받지 못한다는 점과 자신의 욕망이 완전히 자기 정초적이어서 소문으로 알려진 전능자의 속성처럼 절대적이며 초월적이라는 점을 인정해야 한다는 것을 배우게 된다. 만약 욕망이 타동적이었다면, 즉 그 시야 안에 어떤 특정 대상을 두었다면, 우리가 그 동경을 낳은 문맥을 조사할 수 있었을 것이고 욕망도 더 이상 토대가 되지 못했을 것이다. 사실상 욕망은 그 자체 이외의 어떤 목표물도 가지지 않으며, 이로 인해 그 자체가 근거이기 때문에 그 밑으로 탐색해 들어갈 수 없다. 마치 성령은 성부가 자신의 형상인 성자에게서 얻은 영원한 기쁨을 표상하는 것처럼, 욕망은 자신의 모습을 관조하면서 오직 그 자신만을 추구하고 순간적인 욕망 충족을 위해 여기저기서 돌출하는 번지르르한 하찮은 것들을 업신여긴다. 욕망은 전능자처럼 헤아릴 수 없는 근거 같은 것이며 결국 어떤 의미에서는 근거가 아니기 때문에, 정신분석학의 주체는 자기 존재의 우발성을 적극적으로 취해야 하며, 어떤 경우든 신기루 같은 존재일 뿐인 대타자에게서 진정성을 입증받으려고 헛되이 추구해서는 안 된다. 만약 이것이 정치적 압제자의 치하에서 벗어나는 일과 약간 비슷하다면, 그 주체는 성자 그 이상의 풍미를 지닌다. 분명 이런 이유에서 정신분석학적 치료란 일반적으로 오랜 시간―말하자면 일련의 약소국들이 자율성을 성취할 수 있을 정도로 기나긴 시간―을 요하는 일이다.

경탄할 정도로 지젝이 명료하게 해설을 하기는 했지만, 실재계는 여전히 여러 다른 층위에서 동시에 작용하는 (아퀴나스적 의미의) 유비적 개념처럼 수수께끼 같은 개념으로 남아 있다. 섬세하게 지적인 비평가 제임슨조차도 실재계를 그것과 아무 관계없는 유물사로 오인한 것으로 봐서, 실재계가 진정 파악하기 어려운 것이기는 하다. 제임슨에 따르면, "라캉이 의미하는 실재계가 무엇인지를 말하는 것이 대단히 어렵지는 않다. 그것은 순전히 역사 그 자체일 뿐이다 ……."[3] 이에 대해 제기할 수밖에 없는 반론은 실재계란 정말 대단히 이해하기 어려운 것이며, 라캉의 견해에 따르면 그것이 다른 무엇이든지 간에 철저히 비역사적이며 흐르는 물속의 돌처럼 용해되지 않은 채 항상 정확히 같은 장소로 되돌아간다는 것이다. 바로 이런 이유에서 실재계라는 개념보다는 더 잘 변하고 중심이 부드러운 현실을 선호하는 포스트모더니스트들에게, 이 실재계 개념은 물의를 일으킬 만한 것이다.

실재계는 지극히 평범한 현실과 동의어가 아닐 뿐만 아니라 오히려 거의 정반대다.[4] 사실상 라캉의 초기 저작에서 이 용어는 때때로 물질 세계의 불응, 표상 불가능한 육체적 욕동, 남근적 질서 너머에 있는 환락, 혹은 상징계적 질서를 벗어난 욕망의 비언어적 잔여물을 의미하는 데 사용되었다. 그의 후기 저작에도 실재계는 똑같이 다면적인 개념이다. 예를 들어 이것은 성적 관계의 가정된 불가능성을 넌지시 언급하거나, 비록 모든 참된 윤리의 토대인 자기 존재의 법이 이성적으로 불가해하다고 하더라도 그 법에 바치는 무조건적인 충성을 넌지시 언급

---

3 Fredric Jameson, "Imaginary and Symbolic in Lacan", *Yale French Studies* 55/56, p. 384 참조.

4 Anika Lemaire, *Jacques Lacan*, London, 1977은 실재계를 현실이나 체험(산 경험)과 동일시한 연구로 위의 관점을 알아보지 못한다.

할 수도 있다. 후자의 경우는 라캉이 말한 욕망의 윤리가 아니라 욕동의 윤리, 즉 욕망을 지탱하는 환상을 가로질러 다른 편에 있는 덜 신비화된 장소에서 나타나는 욕동의 윤리에 대한 것이다. 다른 식으로 말하면, 실재계란 쿤데라가 자신의 소설 『불멸』(*Immortality*)에서 개인의 정체성이라는 독특한 '테마'—즉 개별 인간 주체에 고유하여 더 이상 환원할 수 없는 욕망의 병적 상태—라고 부른 것이다. 설혹 에로스와 타나토스가 보편자들이라 하더라도, 이들은 각 개인에게 고유한 어떤 자국을 남긴다.

그렇다 하더라도, 제임슨의 논의로 되돌아가 보면, 실재계와 역사적 현실을 동일시하는 것은 확실히 명백한 오독이다. 라캉에게 현실이란 실재계의 심연으로부터 우리를 비호하는 기능을 하는 환상이 존재하는 저급한 장소, 말하자면 심혼의 소호 지역 같은 곳이다. 환상은 공백을 우리의 존재에 연결하여 우리가 현실이라고 알고 있는 일련의 오래 진열되어 더러워진 허구들이 드러날 수 있도록 한다. 라캉에게서 우리는 겉만 번지르르하고 아무것도 아닌 장소인 현실에서가 아니라 꿈에서 우리 욕망의 실재계에 다가간다. 실재계는 호감을 주는 이 가공물을 분열시켜, 주체의 형태를 왜곡하여 제 모습이 아니게 만들고 상징계적 질서를 구부려 제자리에 놓이지 않게 만든다. 실재계란 우리가 전-오이디푸스적 에덴동산에서 추방되면서 얻게 된 원초적 상처, 즉 주체가 자기 스스로와 하나 되지 못하는 실패와 난국의 지점이다. 그것은 우리 존재에 있는 상처의 틈새로서, 여기서 우리는 모성적 육체로부터 떨어져 나오게 되었으며 그 상처로부터 욕망은 멈추지 않고 흐른다.

무섭게 하는 부권적 금기, 거세하려는 법의 칼날, 분리의 비통함, 영원히 상실되는 욕망 대상, 우리의 죄책감 속에서 뒹굴라는 외설적인 초자아적 명령 등과 같은 이 기원적인 정신적 외상은 주체 내부의 무시무시한 핵심 같은 것으로서 끈질기게 지속된다. 법과 욕망 사이의 이 치명적인 쫓고 쫓기는 게임에서 우리는 마치 살아 있는 주검처럼 병적이고 강박적인 자학을 하도록 내몰린다. 쇼펜하우어가 우리를 이른바 의지라는 악성적인 힘에 의해 인간으로 구성된 괴물들을 영원히 품고 살아가는 사람들이라고 보았듯이, 실재계는 우리 안에 거하는 이물(異物)과 같은 것이다. 이 실재계는 주체 속에 있는 주체 이상의 무엇으로서 우리의 육신을 공격하기는 하지만, 아퀴나스가 말한 전능자처럼 우리 자신보다 우리에게 더 가까이 있는 치명적인 바이러스와 같다.

　욕망은 결코 인격적인 것이 아니다. 장 라신*이 인식했듯이, 욕망이란 처음부터 숨어서 우리를 기다리는 고난, 우리의 선조들로부터 물려받은 비극적인 시나리오, 우리가 태어나자마자 빠져들게 되는 그리고 우리를 왜곡하는 매개다. 욕망은 우리를 우리 자신으로 만들어주는 '주체 속의 객체'이며, 우리 존재의 중심에 있는 이질적인 쐐기다. 하지만 조금 뒤에 살펴보겠지만 욕망은 잠재적인 구원의 수단이기도 하다. 실재계는 우리와 영원히 어긋나 있으면서도 실로 우리의 본질을 이루기도 한다. 이런 모호한 상태에서 실재계는 자기 동일성의 결함 혹은 결핍—우리가 결코 이치에 맞지 않는다는 점을 확신시켜 주기도 하지만 없을 경우에는 우리가 우리 자신이 될 수 없는 것—을 일종의 '복된 타락'으로 형상화한다. 숭고의 현대판인 실재계는 숭고처럼 유혹적이면서 동시에 거슬리게 하는 것이기도 하다. 즉 이것은 형언할 수 없는 공포의 원천이기도 하지만, (곧 살펴볼 예정인데) 우리가 어떤 대가를 치르더라도 신의를 지켜야만 하는 우리 존재의 불가사의한 원천이기도 하다.

　실재계는 외상적이며, 꿰뚫어볼 수 없고, 잔인하고, 외설적이고, 공허하고, 무의미하고, 무시무시하게 즐거운 것이다. 실재계는 꿰뚫어볼 수 없다는 점에서 칸트의 알 수 없는 물자체 같은 것이고, 궁극적으로

---

* 　장 라신(Jean Racine, 1639~99): 프랑스의 극작가.

우리의 지식을 넘어서는 것은 바로 인간성 그 자체다. 비트겐슈타인이 윤리에 대해 말한 표현을 빌리면, 실재계는 우리에게 언어의 한계에 머리를 곤추세우고 덤비는 식의 불가능한 일을 하도록 시키며, 그 과정에서 우리가 받게 되는 상처는 우리의 필멸성이라는 검푸른 멍 자국이다. 우리가 실재계라는 이 이질적 현상을 파악할 수 있는 유일한 방법은 그것이 만들어내는 효과로부터, 즉 그것이 우리의 담론에 장애로 작용하는 방식으로부터 거꾸로 그것을 구성해 보는 것이다. 이는 가끔 천문학자들이 천체가 주변 공간을 뒤틀리게 하는 효과를 통해서만 천체를 확인할 수 있는 것과 같다. 실재계가 실체적인 형태를 취하게 되는 것, 즉 실재계가 현실 자체 속에 그 모습을 드러내게 된다는 것은 상징화하는 능력이 망가져버린 정신병자의 운명이다. 실재계는 맥거핀,* 카드의 조커, 순수한 메타기호 혹은 모든 기호학적 체계 속의 텅 빈 요소로서, 실재계가 총체화될 수 없다는 진리를 나타내는 기능을 한다. 어떻게 보면, 이 영(零, cipher)은 인간 주체 그 자체, 즉 상징계적 질서의 중심에 있는 공백이다. 이 공백은 상징계적 질서가 효과적으로 기능하게 하는 전제 조건이기는 하지만, 그렇다고 해서 그 공백이 거기서 완전히 표상될 수는 없다.

상징계적 질서의 내부 균열 지점으로서의 실재계는 상징화되는 것에 저항하는 것이며, 현실이 완전히 형식화되었을 때 남는 잉여 혹은 잔여물 같은 것이다. 이것은 우리의 기호 만들기가 점차 약화되어 일관성이 없어지게 되는 지점이며, 우리의 의미가 그 가장자리에서 풀어지기 시작하는 지점이다. 그리고 실재계는 그 자체를 직접적으로 등록하지 않고 우리 담론의 외측 한계 혹은 그 안에 새겨진 침묵으로서 등

---

* 맥거핀(MacGuffin)은 주인공이 추구하는 어떤 목적, 욕망 대상, 혹은 동기를 유발하는 것과 같은 플롯상의 장치로서, 어떤 설명도 없이 제시된다. 독자 혹은 관객의 주의를 끌기는 하지만 실상 플롯 전체에 걸쳐서는 중요하지 않은 요소이다.

록한다. 이것은 우리의 상징계적 도식 속에 있는 견고한 중핵 혹은 벌어진 공백으로서(이 모순적인 비유는 적절하다), 상징계적 도식이 그 자체의 통일성을 이루지 못하게 한다는 면에서 모든 총체성의 폐허이자 모든 의미 만들기의 파괴다. 실재계는 우리의 분명한 언술 안에서 메아리치는 완전한 무의미의 웅얼거림이며, 아무리 정신적인 노력을 기울여도 똑바르게 만들 수 없는 우리 존재 속의 비틀림이다. 시의 근원에서와 마찬가지로 의미의 근원에는 의미를 지탱해 주는 무의미의 잔여물이 언제나 존재한다.

버지니아 울프*의 소설 『등대로』의 끝부분에서 화가 릴리 브리스코가 그림을 마감하려 하면서 자신이 사랑하던 빛나는 중심인물 램지 부인이 사라진 세계를 의미 있게 만들어보려고 애를 쓰다가 감지한 것은 바로 이 실재계의 그림자다. 쉴 곳을 마련해 주던 이 모성적 육체가 갑자기 사라지자 릴리는 "사물을 묶어주었던 연결고리가 끊어져서 사물이 여기선 떠오르고 저기선 떨어지고 벗어난 채 아무렇게나 떠돌아다니는 것 같다"고 느끼며 "텅 빈 커피잔을 바라보면서 이것이 얼마나 정처 없고 혼란스럽고 비현실적인지를 생각했다." 사별한 램지 씨가 ('혼자', '사라져'와 같은) 앞뒤가 맞지 않고 죽음에 시달리는 소리를 중얼거릴 때, 릴리는 타격받은 이 기표들을 합쳐놓을 수만 있다면, 즉 "이것들을 몇몇 문장으로 써낼 수만 있다면 사물들의 진리에 도달할 수 있을 것이며, …… 그녀가 구하고자 한 것은 바로 신경을 건드리는 것, 무엇인가로 만들어지기 이전의 사물 그 자체"라고 느낀다. 모더니즘을 특징짓는 것은 일반적으로 이런 정념이 실재계와 직접 정면으로 마주하려 하지만, 결국 유감스럽게도 이미 기표에 의해 매개되어 있다는 사실을 발견하게 되고 만다는 점이다. 이는 모더니즘의 의기양양함

---

* 버지니아 울프(Virginia Woolf, 1882~1941): 영국의 모더니즘 소설가. 작품에 『댈러웨이 부인』(*Mrs. Dalloway*, 1925), 『등대로』(*To the Lighthouse*, 1927) 등이 있다.

이자 낙심천만함이라고 말해 볼 수 있을 것이다. 그러나 울프 소설에서의 실재계는 걸리고 휘어지게 하는 것이기도 하다. 즉 감정을 느끼는 인간의 기관처럼 그림을 그리는 인간의 기관은 "항상 가장 중요한 순간에 고장나 버리고 인간은 영웅적으로 그것이 계속 가동되도록 해야만 한다." 릴리는 자기 육체 안에 지니고 있는, 죽음의 빈자리를 표현할 단어—어떤 '완전히 텅 비어 있는 한가운데'의 의미—를 찾아다닌다. 한데 이 텅 비어 있는 중심의 원천은 죽은 램지 부인에 있지 않고 순전히 동경하는 행위 그 자체, 즉 순수하고 어떤 제한도 받지 않는 욕망의 본질에 있는 듯하다. 만약 릴리가 그림을 완성할 수 없다면, 이는 특히 수척한 죽음의 전령인 램지 씨가 소란스레 동정을 갈구하면서 그녀에게 달려들 때마다 "연결되지 않은 정념들로 가득한 [이] 집"에 "파멸이 다가왔고, 무질서가 다가왔기" 때문이다.

하지만 램지 씨가 마치 상처 입은 남성성이 기적적으로 복구된 영웅처럼 등대에 성공적으로 도착하면서, 그는 자신의 영아기적 자기 연민에도 불구하고 마침내 연민과 공감이라는 상상계의 영역을 넘어 "자신의 손이 닿지 않는 …… 어떤 다른 지역"으로 나아갈 수 있다는 점을 보여준다. 릴리는 "그가 그토록 집요하게, 그토록 몰두하며, 그토록 묵묵히 찾던 것이 무엇이었을까?"라고 자문한다. 램지 씨가 외딴 등대를 마주하며 자기 욕망의 한계에 이르기까지 여행하고 있을 때, 릴리는 스스로 다음과 같이 느낀다. 그녀는 "한담이나 생활이나 사람들과의 공동체로부터 자신의 무시무시한 숙적—갑자기 그녀를 붙잡고, 현상들의 배후에서 꼿꼿하게 나타나, 그녀의 관심을 요구하는 이 다른 무엇, 진리, 실재라는 숙적—이 현존하는 곳으로 이끌려 나왔다. 반쯤은 내키지 않았고 주저하기도 했다. 왜 항상 이렇게 끌려 나와 멀리 이끌려가는 것인가?"

하지만 실재계의 이 중대한 소환은 사물들의 내재적 불균형감에 대한 의식이기도 한데, 이런 식으로 마치 아름다운 표정에 갑자기 드리워진 찡그림이나 그림자처럼 사물들은 미세하게 일그러지거나 갑자기 낯설어 보이게 된다. "우리는 홍조, 창백함, 어떤 기이한 일그러짐, 명암과 같은 소소한 동요들을 잊어버리는데, 이런 것들은 한순간 얼굴을 알아볼 수 없게 만들기는 하지만 그 이후로 그 얼굴에서 우리가 언제나 볼 수 있는 어떤 자질을 더하게 된다." 보호하려는 습관을 지닌 상징계적 질서를 벗어나 이처럼 극단적인 위기에 처하여 노출되어 있다는 감정 속에는 희열뿐만 아니라 공포도 있다. "그 어느 곳도 안전하지 않은가? 세상의 이치를 마음에 새길 수 없다는 말인가? 안내자도 없고 쉴 곳도 없이, 그저 모든 것은 기적일 뿐, 첨탑에서 공중으로 뛰어드는 것일 뿐인가? 놀랍고, 예측할 수 없고, 알 수 없는 것? 인생이란 나이 든 사람들에게조차 이런 것일까?" 습관적인 것과 기적적인 것 사이의 이런 대조가 실재계에 대한 현대 윤리학자들의 저작을 어떻게 특징짓는가에 대해서는 이후에 살펴보겠다.

'외부의 사물들'이 비현실로 흐릿해지기 시작하자, 릴리의 미완성 그림은 "너무 가벼워 당신의 숨결조차 흔들 수 없는" 어떤 현존, "몇 필의 말로도 움직일 수 없는 그 무엇"이라는 느낌으로 시달리게 된다. 릴리는 여전히 죽은 이에 대해 성찰하면서 계속 "자신의 도안을 방해하는 어떤 것에 마주치다가" 마침내 화폭의 중간에 나무를 나타내는 한 획을 그을 수 있겠다는 생각이 번뜩 떠오르자 그 순간 엄청난 환희를 깨닫게 된다. 램지 부인처럼 그녀도 이제 보이지 않는 어떤 경계를 가로질러 간다. 이로써 그녀는 자신에게 램지 부인으로 상징되는 육신의 법—사랑을 주면서도 억압하는 법—을 뛰어넘어, 미칠 듯이 밀려드는 자유로움 속에서 자신은 결혼을 통해 그 법에 복종할 필요가 전혀 없다는 점을 인식한다. 램지 씨도 예전의 독신으로 변하여 "마치 우주로 뛰어올라 세상 전체를 바라보며 …… '신은 없다'고 말하는 듯" 젊은이처럼 등대로 발을 가볍게 내딛는다. 만약 그가 빛나며 불투명한 이 계시의 순간에 확고부동한 무신론자가 된다면, 이는 그의 욕망의 실재계가 자기 정초적이어서 그 너머로부터 어떤 지원도 빌리지 않게 보이기 때문이다. 동시에 릴리는 그림 그리기라는 위태로운 모험에 의해 자신이 지닌 자원들의 극단적 한계에까지 이끌린 상태에서 화폭 중앙에 갑자기 선을 하나 긋는데, 여기서 이 소설은 십자가에 매달린 예수의 "다 이루었다, 끝났다"라는 말을 원용하며 끝을 맺는다. 울프가 실재계를 이렇듯 예술적으로 그려낸 점을 고려한다면, 그녀의 또다른 걸작인 『댈러웨이 부인』의 중심에 죽음, 정신병, 의미의 해체가있어야 했다는 점은 그리 놀랄 만한 일이 아니다.

❖

어떤 의미에서 실재계란 무의미한 물질적 우발성이라는 얼룩 같은 것으로 상징계적 질서가 결코 완전하게 병합할 수 없는 것이며, 릴리 브리스코의 질서를 향한 예술적 욕동을 가로막는 힘이다. 다른 의미에서 실재계는 육체적 욕동과 긴밀하게 연관된 등록소로서, 그것들의 순수한 혹은 실제적인 상태에서 칸트의 본체만큼이나 우리에게 불투명하며 인간의 의식에 들어가기 위해서는 기표의 좁은 골짜기를 통과해야만 한다. 더군다나 실재계는 『등대로』에서처럼 영원히 잘못 놓인 물자체―우리 욕망의 대상으로서 금지되어 불가능해진 모성적 육체―와 동일시되기도 하는데, 그 대상에 대한 열렬한 추구는 정신분석학에서 흔히 인간 역사의 과정이라고 널리 알려져 있다. 이 상실된 낙원이 언젠가 복원된다면, 계속 되풀이해서 낙원을 이루려다 실패하는 것에 지나지 않는 역사는 결국 비틀거리다 멈추어 설 것이다. 모성적 육체를 수반하는 한, 실재계는 상실된 환락―즉 대타자의 황홀한 즐거움―의 발상지이며, 이런 환락에 비한다면 상징계의 순화된 쾌락은 실로 볼품없어 보일 것이다.

하지만 이 환락 혹은 절정의 황홀경은 또한 초자아의 위협적인 성질을 지니기도 하는데, 여기서 초자아라는 법은 우리에게 자신의 수치심에 즐거이 빠지라는 지령을 내리면서 우리를 죽이는 섬뜩한 일을 하며 열성적인 삶 같은 것을 뽑아낸다.[5] 환락이란 무시무시하고 탐욕스러운 즐거움인데, 여기서 우리는 법 혹은 초자아가 그 자체의 광적인 가학성을 우리에게 풀어놓는 데로부터 충족감을 얻는다. 이 환락은 미국의 웨이터들이 형식적이며 자동사적으로 하는 '즐기세요!'라는 교시만큼이나 전혀 의미가 없는 법이다. 실재계가 현존하는 곳에서 우리는 항상 죽음—좀 더 엄격히 말하면, 프로이트가 우리에게 가르쳤던 죽음 욕동—의 그늘 속에 존재한다. 부언하면, 우리는 이 죽음 욕동의 가학적인 칙령에 의해 우리 자신이 소멸되기를 갈망한다. 무엇보다 법과 욕망 사이의 이 숙명적인 교착상태에서, 즉 각각이 상대의 죽음을 초래하는 잠재력을 강화하는 정지 상태의 변증법에서 실재계의 현존이 감지될 수 있다.

하지만 실재계에는 파괴적인 면뿐만 아니라 구원적인 면도 있다. 정신분석학적인 관점에서 우리에 대한 가장 실재적인 것은 욕망이기 때문에, 우리의 욕망에 진실하다는 것은 우리 자신에게 충실하다는 것이다. 하지만 욕망은 본성상 멈출 수 없는 것이기 때문에, 불가피하게 그것은 실패에 충실하다는 것이기도 하다. 마치 고전적인 비극의 주인공이 패배의 문턱에서 승리를 쟁취하듯이, 이런 사실을 끌어안을 용기를 지닌 사람들이 참된 영웅들이다. 자신의 운명을 달게 받게 만드는 그 용기는 바로 그 운명을 초월하는 힘이기도 하다. 다음 장에서 살펴볼 문학상의 인물들은 명예, 정의, 순결 혹은 인정에 대한 절대적 요구에 물러서지 않고 자신들의 죽음을 향해 당당하게 나아가려는 인물들로서, 이들에게서 어떤 특정한 인간적 권리 청구란 욕망 자체—자신들 속에 있는 뚜렷한 요구들을 넘어서는 욕망—의 환유다. 바로 이런 이유에서 그들은 자신들이 동경하는 대상에 지독한 격렬함을 투여한다.

그렇다면 라캉에게서 도덕은 선한 것, 공리적인 것, 덕 있는 것, 쾌락적인 것을 넘어서서 욕망이라는 엄격한 적법적 영역에 놓여 있다. 이

---

5 Terry Eagleton, *Sweet Violence: The Idea of the Tragic*, Oxford, 2003의 제9장에서 이 문제를, 특히 악의 이념과 관련하여 보다 더 충분히 논의하였다.

타주의자들이 타자들의 욕구를 성취해 주고 타자들의 복리를 고양시키면서 진심으로 타자들에게 봉사하는 이유는 단지 즐거움의 참된 형태인 환락—아무데도 쓸모없는 쾌락—이 애처롭게도 그들을 실패하게 만들었기 때문이다. 공리주의적 혹은 정치적 개혁론자는 당면한 목표를 염두에 두지 않고서는 즐거워할 줄 모르는 사람이다. 실재계의 윤리학자들이 의심하듯이, 선에 대해 재잘대는 사람들은 타자들이 무슨 선을 필요로 하는지를 잘 알고 있다고 암암리에 독재적인 방식으로 가정한다. 이에 반해 분석가의 자기 환자에 대한 사랑은 결코 그런 가정에 빠지지 않는다.

그러므로 선의 정치란 선을 당파적 양식에 따라 규정하고, 도덕 시장에 존재하는 강력한 경쟁자들로부터 그것을 지켜내고, 그 분배와 규제를 결정하는 관료주의적인 부성적 온정주의 같은 것을 수반한다. 이에 대한 반박으로 진정한 연인이란 상대에게 그 상대의 선함의 본성을 가르치는 사람이 아니라 자기 스스로 그 본성의 이유 혹은 근거가 되는 사람이라고 말해 볼 수도 있을 것이다. 일례로 존 라이크만과 같은 실재론자는 바로 이런 상호성을 부인하고 싶어 한다. 그에 따르면 정신분석학은 "공동체, 호혜성 혹은 평등성에 기반을 두고 있는 에로스적 유대가 아니라 실재계에 대한 우리 각자의 단독적 '관련성'에 기반을 두고 있는 에로스적 유대에 대한 질문을 제기한다."[6] 요약하면, 정신분석학은 속류 마르크스주의자들이 의심했던 바처럼 탈정치화의 한 형태이기는 하지만, 훨씬 더 정교한 이유에서 그렇다. 실재계에 기반을 두고 있는 공동체적 혹은 호혜적 유대에 대한 질문은 그저 무시된다. 앞으로 살펴보겠지만, 이것은 사라지지 않을 유일한 공동체란 격렬하고 희생적인 사랑에 토대를 둔 공동체라고 보는 신학이 제기하려는 질문이다. 한데 라이크만은 자신의 훌륭한 연구를 통해 기독교가

---

6 John Rajchman, *Truth and Eros: Foucault, Lacan, and the Question of Ethics*, New York and London, 1991, p. 70.

라캉의 글에 영향을 주었다는 점에 주목하기는 했지만, 확연하게 침묵의 징후를 보이면서 이 주제를 다시는 제기하지 못한다.

그렇다면 라캉 식으로 볼 경우에 유일한 윤리적 보편자로서의 욕망은 당연히 선과 대비될 수밖에 없는 데 반해, 선을 우리가 욕망하지 않을 수 없는 것이라고 본 아퀴나스 같은 사상가의 경우 선과 욕망은 결코 대립하지 않는다. 토마스주의(Thomism)에서의 욕망이란 단지 우리 안에 지고선(至高善, sovereign good)을 각인하는 것인데, 이는 욕망이 우리의 물질적인 육체에 내장되어 추상적인 의지와 상관없이 우리를 붙잡는 식이다. 라캉을 예견이나 하듯이, 아퀴나스는 『신학대전』(Summa Theologiae)에서 우리를 우리로 만드는 것은 바로 욕망이며, 우리의 모든 행동을 조직화하는 원리로 작용하는 이 욕망은 그가 말한 지복 혹은 행복을 향한 열망이라고 믿고 있다. 우리가 행복을 욕망하는 것도 자연스러운 일이지만, 스스로 분열되고 시간으로 인해 찢겨진 채 자기 자신과 일치될 수 없는 생물체인 우리가 그 행복을 얻지 못한다는 것 또한 자연스러운 일이다. 아퀴나스에게서 욕망은 무한한데, 이는 그를 정신분석학적으로 계승한 사람들에게도 마찬가지다. 불만족은 우리의 정상적인 조건이며, 우리가 추구하는 완벽함이란 우리 인간의 죽음을 나타낸다. 인간 조건에 대한 토마스주의 식 견해는 라캉 식 견해와 매우 유사한데, 단 라캉 식 견해에서 비극적인 차원을 제거할 경우에 그렇다. 왜냐하면 아퀴나스가 보기에 우리를 고갈시켜 비존재로 만드는 욕망은 그 욕망의 원인이자 대상인 신의 사랑 속에서 성취되기 때문이다.[7]

라캉의 좀 더 편견 어린 시선에서 볼 경우, 선이란 우리 자신의 치명적인 환락으로부터 우리를 방어해 주는 장막이며, 따라서 부성적인 온정적 금기의 흔적으로 나타난다. 라캉의 견해에 따르면, 정신분석학

---

7 Stephen Wang, "Aquinas on Human Happiness and the Natural Desire for God", *New Blackfriars* 88: 1015, May 2007 참조.

은 만족감을 찾지 못하는 환락에 대한 학문이며 바로 그 행복의 가능성에 대한 우리의 도착적인 저항에 대한 학문으로서 혁명적으로 이전의 모든 윤리 사상과의 결별을 선언한다. 왜냐하면 (이를테면 프로이트 판 원죄같이) 우리의 복리에 근본적으로 삐딱한 환락이 우리의 리비도 안에 있어서, 우리가 더 이상 덕의 윤리 혹은 행복의 윤리—라캉 자신처럼 선택받은 인간 정신의 반란자들보다는 정치가들이나 사회복지사들에게나 더 적합한 윤리—에 만족하며 안주할 수 없기 때문이다. 라이크만이 간결하게 표현했듯이, "프로이트에게서 우리의 에로스와 에토스*는 서로 반목하고 있다."[8] 한편에는 정의의 법과 폴리스(도시국가)의 최고선이 있는데, 이는 소포클레스(Sophocles)의 『안티고네』(Antigone)에 등장하는 크레온이라는 인물로 체현되어 있다. 다른 한편에는 반체제적인 안티고네를 통해 명백하게 드러나는 또 다른 법이 있는데, 이 법은 성문화할 수도 없고 알 수도 없는 칙령으로서 치명적인 비타협성으로 인해 쾌락 원칙과 현실 원칙 모두를 넘어서며, 도시의 소시민적 관행에 대해 인정사정없이 무관심하다.

가령 라캉이 굴하지 않고 이 후자의 명령에 단호한 입장을 견지할 수 있는 것은 무엇보다 그가 정의로운 도시에 대한 정치적인 비전에 별로 도취되지 않기 때문일 것이다. 그래서 라캉은 프로이트가 결코 사회적 진보나 혁명적 정치를 믿지 않았으며, 그가 그런 진통제 같은 망상을 거부한 것은 전적으로 옳았다고 생각한다. 이런 의미에서 라캉 식 사유는 공동체적 에너지나 정치적 만병통치약에 전혀 열광하지 않는 포스트 혁명 시대에 속한다. 그의 사유는 다른 무엇보다 사회주의의 부패와 파시즘의 발흥이라는 점을 고려해서 읽어야 한다. 하지만 라캉이 그토록 존경하는 바로 그 소포클레스는 라캉의 정치적 회의

---

* '에토스'(ethos)는 '성격' 혹은 '관습'을 뜻하는 그리스어로, 화자 고유의 성품으로서 보편적인 도덕적 이성적 요소를 지칭한다. 윤리(ethics)의 어원이다.

8 Ibid., p. 47.

주의에 거의 의견을 같이하지 않는다. 『안티고네』나 『오이디푸스 왕』 (Oedipus the King)에서 『필록테테스』(Philoctetes)나 『콜로노스의 오이디푸스』(Oedipus at Colonus)로 옮아가 보면 매우 다른 종류의 정치를 만나게 된다. 후자에서는, 고집스러운 자기-망명의 신성한 힘이 폴리스를 회복하는 데 사용되면서 안티고네 같은 인물의 단호함은 결국 극복된다. 프로이트 식으로 말하면, 승화된 형태의 타나토스가 생명을 가져오는 에로스의 기획에 연결되어 있다는 것이며, 이런 면은 아이스킬로스(Aeschylus)의 『오레스테이아』(Oresteia)의 결론에서도 나타난다. 그 도시는 복수하는 퓨리들, 고름으로 시달리는 필록테테스 혹은 저주받은 오이디푸스 등과 같은 죽음과 질병과 무질서의 상징을 끌어안으면서, 결국 어떤 은총의 행위로 말미암아 도시 자체의 중심부에 도사리고 있는 흉측한 괴물성에 눈을 뜨게 되고, 실재계와의 이 섬뜩한 만남을 통해 그 자체를 보호하고 재형성하기 위해 숭고한 힘을 발휘한다.[9] 결국 이것이 무뚝뚝한 반사회적 반란자와 타성적으로 합의에 의해 성립된 도시 사이의 대립 문제가 아닌데도, 이런 카뮈 식 대립 구도가 정치적 패배주의 시대에 매력적일 수는 있을 것이다. 크레온이 안티고네의 욕망에 귀를 기울이지 않은 것으로 판명될 수 있을 텐데, 이와 달리 『콜로노스의 오이디푸스』에 등장하는 테세우스는 끔찍할 정도로 추락한 주인공 오이디푸스를 자신의 성 안에서 공손하게 맞이한다. 에우리피데스(Euripides)의 『바커스의 여신도들』(The Bacchae)에 등장하는 테베의 통치자 펜테우스는 크레온처럼 억압적으로 디오니소스와 그의 무리들을 다룰 수 있겠지만, 그가 죽음을 사랑하는 이 무정부적인 인물들―즉 실재계의 외설적 즐거움을 상징하는 인물들―에 대해 그토록 섬뜩할 정도로 무례하게 처신할 필요는 없다. 실제로 펜테우스는 즉시 그렇게 하지 말라는 조언을 듣는다. 정치와 욕망이 서

---

9 Terry Eagleton, *Holy Terror*, Oxford, 2005의 제1장 참조.

로 영원히 틀어져 있을 필요는 없다. 이런 면에서 블레이크는 라캉보다 현명했다. 라캉에게서 정치와 욕망은 이른바 욕망의 정치적 재교육이라는 둘 사이의 극히 중요한 만남을 성취할 수 없고, 실재론자들은 이 기획을 단지 음험한 거세라는 형태로만 상상할 수 있을 것 같다.

라캉이 주장한 윤리적 참신성은 분명 그 근거가 희박하다. 방금 살펴보았듯이, 기독교는 (신에 대한 인간의 동경인) 욕망을 도덕적 반성의 중심에 두고 있으며, 그 손위 형제자매들인 유대인들도 마찬가지다. 욕망과 복리가 서로 상충한다는 입장도 똑같이 불확실한데, 이 입장은 그 둘을 매개하는 사랑이란 것을 지워버릴 경우에만 그럴듯하게 들릴 것이다. 기독교 복음에서 믿음이자 소망인 사랑 혹은 열망의 모습을 한 욕망은 최고선과 대립하는 것이라기보다 실제로는 최고선의 모호한 기표다. 오직 신의 사랑이 자기의 중심에 있으면서 자기를 존재하도록 지탱해 주기 때문에, 우리는 그 최고선을 그것에 대한 욕망의 형식으로 추구할 수 있다. 이런 의미에서 헤아릴 수도, 형언할 수도, 상상할 수도 없는 신의 부정성은 그를 향한 우리의 영원한 동경이라는 또 다른 부정성으로 덧입혀진다. 실재계를 향한 이 욕망이 난폭하게 자기의 뿌리를 붙잡고 그 토대를 뒤흔든다. 더군다나 기독교 신앙에서 신이라는 최고선은 수수께끼 같은 실재계처럼 불가해한 것이지, 몇몇 하찮은 합리적 이상처럼 반투명한 것이 아니다. 비록 신이 라캉 식의 측량할 수 없는 지식을 지닌 '알고 있다고 가정된 주체'의 최고 예라 하더라도, 우리가 그 전지적인 능력에 의존해서 우리의 도덕적 상황을 고칠 수 있는 것은 아니다. 우리가 우리 존재의 법을 인식하는 것은 지식을 통해서가 아니라 믿음을 통해서다. 기독교와 정신분석학 양자 모두에서 구원이란 일련의 이론적 명제가 아니라 실천적이며 관계적인 일이다.

마찬가지로 기존의 모든 도덕적 사유는 쾌락에 집중되어 있다는 라캉의 다소 성급한 주장도 사실무근이다. 프로이트 이전의 모든 도덕주의자들이 부끄러운 줄도 모르는 쾌락주의자들은 아니다. 하지만 아리스토텔레스 식이든 헤겔 식이든, 마르크스 식이든 간에 모든 자기실현의 윤리는 망치고 역효과를 낳고 방해하는.과도함이나 표적 이탈과 같은 욕망의 효과를 받아들이려고 애써야만 한다는 점은 사실이다. 한데 라캉이 다소 흐릿한 눈으로 본 프로이트는 이런 점에서 완벽한 개척자다. 프로이트가 행한 전위적인 일은 도덕법을 상징계적 질서와 관련지어 놓은 것이 아니라 우리가 열망하지만 영원히 사라져버리는 대상—즉 그가 이론적으로 물자체라고 부르기도 하고 가끔 모성적 육체라고 번역하기도 한 것—과 관련지어 놓은 것이다. 정신분석학을 통해 표현이 가능하게 된 욕망은 실재계의 욕망, 즉 상징계적 질서의 한계를 위반하는 격동하는 힘이다. 바로 이런 점에서 욕망은 윤리적으로 독창적이다.

어떤 의미에서 분명 이 욕망은 모든 사람에게 동일하기 때문에 상징계적 질서의 보편적인 본성과 일치한다. 하지만 이 욕망은 모든 사람 속에서 각기 다른 형식을 취하면서, "강압적 소망이라는 특성을 가지고 그 자체의 친밀한 구체성으로" 그들에게 나타나기도 한다.[10] 욕망은 어떤 사람의 완전히 고유한 존재의 법이며, 그래서 더 이상 환원될 수 없는 가장 구체적인 칙령이다. 물론 이 구체성은 우리 모두에게 발견될 수 있는 것이기는 하다. 욕망은 도덕법의 추상적 획일성보다는 예술작품의 '법칙'이 지닌 파악하기 어려운 독특함을 지닌다. 이것은 칸트의 실천이성보다는 미적 판단과 더 유사하다. 상징계적 질서의 법과 달리, "더 이상 환원될 수 없이 주체 깊이 보존되어 있는"(24) 이 압도적인 욕망은 다른 것들과는 거의 비교할 수 없으며, 외부에서 판단할 수도 없다. 잘 알려져 있듯이, 라캉이 니체에 대해 무관심하다고는 하지만, 각 개인에게 고유한 법에 대한 이 독일인의 견해가 여기에 메아리치고 있다.

---

10 Jacques Lacan, *The Ethics of Psychoanalysis*, London, 1999, p. 24. 앞으로 이 책에서 참조한 내용의 출처는 인용부호 다음에 괄호로 표기한다.

라캉이 보기에 아주 전통적인 도덕 이론에서의 현자의 돌과 같은 어떤 지고선이라는 관례적 관념은 일종의 거짓 이상주의일 뿐이며, 결국 진짜 윤리에 걸림돌이 될 수밖에 없다. 라캉은 윤리적 전위주의자로서 덕, 의무, 공리 등과 같은 기존의 모든 도덕 담론이란 우리의 만성적인 불만족 상태를 그럴듯하게 이상화한 것이나 다름없다고 여기는 듯하다. 이는 마치 프로이트와 파리에 있는 그의 화신들이 전면에 등장하기 전에는 참으로 유물론적인 도덕 혹은 예를 들어 홉스나 마르크스나 니체가 없었다는 것과 같다. 이렇듯 겉으로만 그럴싸하게 승화된 것들과는 대조적으로 라캉 자신의 윤리란, 라이크만의 말을 빌리면, "오히려 우리 안에 있는 이상적인 것, 우리가 우리의 선 자체라고 가정하는 것, 결국 우리 자신 및 상대와의 정념적 관계 등에 대해 우리가 겪는 어려움에 관한 윤리 혹은 가르침이다."[11] 선한 삶의 추구와 도덕적 의무에 대한 질문은 모두 욕망의 문제와 관련해서 재설정되어야만 한다. 선하고 공리적이고 의무적인 것에 대한 라캉 식의 대안에는 약간의 고양된 관념론 이상의 그 무엇, 즉 욕망의 영웅주의가 있다는 점은 조금 후에 살펴보겠다. 당분간 우리가 주목해야 할 것은, 만약 지고선이 있다면, 그것은 프로이트의 이론에서 분명 금지된 것이라는 점이다. 법을 사랑하게 된 사람들은 결국 그 법이 선한 것으로 향하는 자신들의 길을 막는다는 것을 알게 되듯이, 금지된 물자체를 욕망하거나 어떤 절대선을 직접적으로 지향하게 되면 검열의 칼날을 지닌 법을 자극하게 되며, 이로 인해 법, 욕망, 공격성, 죄책감, 살인적으로 자기혐오적이며 자해적인 환락─이를테면 우리의 원죄 상태─의 꼬리를 영원히 쫓는 일을 우리 스스로 떠맡게 된다.

라캉 자신이 표현하듯이, 우리의 욕망은 어떤 법, 궁극적으로는 죽음의 법과 연관될 때라야만 작열한다. 삶에는 죽음을 선호하는 것이

11 John Rajchman, *Truth and Eros*, p. 17.

있으며, 라캉이 올바르게 논평하듯이, 바로 여기서 우리는 '올바른 생각'을 하는 자유주의자나 좌파를 영원히 당혹스럽게 만드는 악의 문제를 접하게 된다.[12] 하지만 보다 긍정적인 의미의 실재계는 우리 고유의 존재의 법에 영원히 충실한 것으로서 이 상징계의 법을 넘어선 기이한 영역에 놓여 있는데, 이런 이유에서 실재계는 열망과 금기의 치명적인 매듭이라는 상징계적 질서의 흑막을 푸는 힘을 지닌다. 이를테면 실재계의 욕망은 순수 욕망, 날것 그대로의 욕망이며, 이런저런 최고선이나 우발적인 선에 대한 욕망이 아닌 즉자대자적인 욕망이기 때문에, 특정 대상에 대한 그 모든 갈망을 처벌하기 위해 개입하는 법을 따돌릴 수 있다. 부언하면, 법이 그렇게 개입하는 것은 그것이 나름대로의 편집증적인 방식으로 그 모든 순진무구한 동경 속에서 어떤 금지된 물자체를 향한 불경한 갈구를 식별해 내기 때문이다. 그렇다면 라캉 식 윤리의 수호신, 이를테면 정신분석학에서 성 테레사에 상응하는 인물은 소포클레스의 안티고네로서, 그녀는 모든 선을 넘어서는 하나의 선, 교구의 목사나 수상이 이해하는 대로의 도덕을 넘어서는 선, 그래서 이 세상의 자존적 도덕주의자들로서는 악으로부터 구별해 내기 어려운 선에 이끌린 인물이다.

라캉이 지적하듯이, 소포클레스의 모든 위대한 주인공은 상징계적 질서의 보호막을 벗어나 길이 없는 정신의 영토로 들어가서, 시민으로서의 예절이라는 울타리를 넘어선 어떤 완강한 요구나 불가사의한 존재의 순수성으로 인해 극도의 고독함과 자기 폭로의 장소로 내몰리게 되는데, 그곳에서 그들은 성스러운 것으로 구별된다. 성스러운 것은 모호하게도 저주와 축복을 동시에 받은 대상들을 의미하는바, 이들에게 죽음이란 이미 결정되어 있기도 하지만 자신들의 필멸성의 창백한 기호들로 새겨진 채 오히려 변혁을 위한 무시무시한 힘을 발휘할 수

---

12 악과 죽음 욕동 사이의 관계에 대해서는 Terry Eagleton, *Sweet Violence* 참조.

도 있다. 실재계의 이 시종들은 모두 경계적인 생물체들―타나토스의 순수 화신들―로서 생기가 있으면서도 생기가 없는, 죽었지만 누우려고 하지 않는 사람들이다. 그들은 삶과 결별하는 대합실에서 머뭇거리고 있는 인물들로 본격 비극의 주인공들처럼 살아 있는 주검들의 대열에서 보이지 않게 움직이는 개인들이며, 그들의 무언의 고뇌에서 이미 죽음이 산 자의 영역에 몰래 침입해 있다는 점이 느껴질 수도 있다. 이처럼 그들은, 라캉의 표현을 빌리면, "존재하는 모든 것은 오직 존재의 결핍 속에서 살아간다"는 진리의 본보기다(294). 욕망은 결국 무(無, nothing)를 향한 욕망이다. 욕망은 사람들이 자기 자신들의 존재의 결핍에 대해 가지는 활기찬 관계이며, 이 존재의 결핍, 즉 무(néant)가 계속 그들을 분주하게 만든다. 정신분석학은 비극적 삶의 의식을 세속적이며 과학적으로 가장하여 소생시킨 것이다. 라캉의 손을 통해 정신분석학은 사뮈엘 베케트의 뜨내기들처럼 결코 도래하지 않을 구원에 집착하는 무신론적인 유형의 종교가 된다. 종교의 주춧돌인 신은 비난받고 있지만, 그 위에 세워진 정교한 건물은 고스란히 남아 있다. 실재계의 욕망이 아우구스티누스와 키르케고르가 알고 있던 믿음이 아니라면 무엇이란 말인가?

그러므로 지고선은 없고 단지 제어할 수 없을 정도로 고집스럽게 그것을 동경하는 행위만 있는 듯하다. 라캉의 바로크 식 말장난을 따라해 보면, 실재계의 윤리는 다음과 같은 명령으로 요약할 수 있을 것이다. 계속 결핍하라! 나중에 이 점에 대해 의구심을 제기하겠지만, 지금 중요한 사실은 마침내 욕망은 욕망 그 자체 이외의 어떤 대상도 취하지 않기 때문에 '마침내' 욕망을 실현했다는 것이 그 대상을 성취했다는 것이 아니라는 점이다. 요한 볼프강 폰 괴테(Johann Wolfgang von Goethe)의 파우스트처럼, 라캉의 도덕적 영웅은 "만약 매 순간 자신의 희망에서 그릇된 선들을 제거할 경우에, 만약 그의 요구가 모두 퇴행적 요구에 지나지 않다는 점을 감안하여 허망한 자기의 요구뿐만 아니라 허망한 자기의 재능을 모두 소진할 경우에, 그 (지고)선을 만나게 될 것이다"(300). 칸트의 도덕법에서처럼, 실재계의 욕망은 인간의 욕구, 생리적 욕구, 이해관계와 같이 아주 흔한 것들과는 관계 맺지 않는다. 욕망은 카르투지오 수도회의 수사만큼이나 구도적이고 자기 부인적인 특성을 지닌다. 고전적인 도덕은 그리 이색적이지 않은 가능성의 영역에 평범한 목표를 두는 반면, 실재계의 윤리는 "우리 욕망의 위상을 인식하게 해주는 바로 그 불가능성에 관심을 둔다"(315). 이 책 마지막 장에서 이 영웅적 패배의 윤리에 대한 찬반양론을 가늠해 보도록 하겠다.

7. 쇼펜하우어, 키르케고르, 니체
Schopenhauer, Kierkegaard and Nietzsche

분명 라캉의 세 등록소를 역사적 서사 형태로 구성해 볼 수 있을 것이며, 이 서사는 다소 속류 마르크스주의적 알레고리 방식으로 부르주아 문명의 흥망을 추적해 볼 수 있을 것이다. 허치슨과 흄 및 상상계는 낙관론과 자기 확신이 태동하는 계기를 특징짓는데, 이는 여전히 낙관적이고 쾌활한 정신을 지닌 중산계급이 아직 자기 활동에 대한 거리두기(소외) 효과를 완전히 기입하지 못한 채 자신들의 인도적인 감상을 기뻐하고 여전히 사회를 공동사회로서의 자질을 갖춘 것으로 볼 수 있는 시기다. 칸트 및 헤겔과 더불어 뒤이어 나타난 것은 보다 추상적이며 규제되고 비인격적인 상징계적 질서로서, 이는 역설적이게도 철저히 문명화되어 있으면서 동시에 극심하게 사회성 없는 질서다. 바로 이 상징계적 질서가 중산계급 문화의 절정기를 특징짓는데, 그 문화는 자유주의와 공리주의의 위대한 신조를 표방하고, 평등주의적 열의와 인도주의적 의제를 제시하며, 인권과 개인의 해방을 용감하게 촉진했다.

쇼펜하우어, 키르케고르, 마르크스, 니체의 비극적 · 회의적 혹은 혁명적 반성과 더불어 19세기가 저물어가면서 봉쇄와 교착상태 및 모순과 같은 주제들이 점진적으로 표면화되다가, 마침내 자본주의적 위기와 야만적인 제국주의적 갈등이 나타난 세기말에 이르러, 그리고 프로이트의 심하게 비관적인 성찰에 이르러 그 정점에 다다른다. 말하자면, 바로 이 시기 전체가 실재계의 시대로서, 한때 생기 넘치고 긍정적이던 욕망은 이제 치료할 수 없을 정도로 속부터 병들어버렸고 인자한 개념의 권위는 약탈적 혹은 가학적인 관념의 권력으로 대체된다. 유럽의 상징계적 질서는 제1차 세계대전의 대학살과 격변하던 그 정치적 여파로 인해 장기적인 위기 상황에 접어들고, 파시즘은 이 위기 상황에서 유럽의 상징계적 질서를 구하려고 (피, 땅, 인민, 모성 같은) 상상계의 원재료를 상징계에 동원한다. 이 라캉 식 등록소들이 치명적으로 융합되면서 원시적이며 태곳적인 것들이 지배와 합리화의 목적에 이용된다. 신화는 야만적인 도구적 합리성에 봉사하는 멍에를 메게 된다. 이 야만적인 실험의 중심에, 중부 유럽에 있던 죽음의 수용소에, 파시스트적인 타나토스 숭배에, 표상을 벗어난 실재계의 공포가 놓여 있다.

이런 서사에는 대부분의 거대 우화처럼 이례적인 것들이 섞여 있다. 위대한 17세기 합리주의자들, 데카르트, 라이프니츠, 스피노자는 어떤가? 18세기 철학은 한결같이 원기왕성하기만 한가? 헤겔의 뒤를 잇는 모든 것은 지독히 무서운 이야기일 뿐인가? 그래도 역시 쇼펜하우어로부터 프로이트에 이르는 동안 계몽주의의 위대한 기획이 제어 불가능한 어떤 실재계—즉 의지나 욕망의 억센 중핵 혹은 종교적 믿음이나 물질사의 억센 중핵—에서 좌초하여 놀랄 만큼 혼돈에 빠지게 되었다는 점은 전혀 의심할 바 없다. 헤겔에게서 자애로운 이성이라고 보이던 것이 쇼펜하우어의 손에서는 맹목적이고 끝없이 갈구하는 의지가 되고, 이는 무의식에 대한 프로이트의 생각에 영향을 끼치게 된다. 사실상 쇼펜하우어의 지나치게 우울한 『의지와 표상으로서의 세계』 전체는 그의 학문적 동료인 헤겔의 사상에 대한 섬뜩한 패러디로 읽힐 수 있다. 이 패러디를 통해 (자유, 정의, 이성, 진보와 같은) 수많은 헤겔 식 범주의 보편적 형식이 보존되기는 하지만, 그 고상한 내용은 모두 비워지고 대신에 중산계급의 일상적 실존을 구성하는 탐욕, 경쟁, 생리적 욕구, 갈등 등과 같은 비속한 것들로 채워진다. 쇼펜하우어로 인해 철학은 그 형식 면에서 여전히 통합하고 보편화하는 데 확고하기는 하지만, 그 내용 면에서는 이제 참으로 교훈적이지 않게 된다. 이는 마치 평균적인 부르주아의 상스러운 탐욕이 우주적인 지위로 고양되어 전체 우주의 형이상학적 원동자로 파악된 듯하다.[1]

쇼펜하우어에게 의지는 라캉의 욕망처럼 결핍에 의해 추동된다. "모든 의지하기는 결핍과 결함, 즉 수난에서 비롯된다."[2] 의지란 모든 현상의 근저에 있는 맹목적으로 지속되는 생리적 욕구로서, 우리의 혈류와 내장 같은 재료를 짜맞추는 힘, 그리고 보다 고매한 인간 정신의 운동에서와 마찬가지로 물결이 일거나 잎이 쪼글쪼글해지는 데서도 관측될 수 있는 힘이다. 의지가 의지에 대한 쇼펜하우어의 반성적 사고를 포함하는지 아닌지는 호기심을 자극하는 질문이다. 하지만 헤겔 식 이성과 달리 의지는 달랠 길 없이 적의에 찬 힘으로서 인간 주체의 정점에 놓여 있기는 하지만, 주체가 번영하는 데 대해서 지독히 무관심하다. 이 의지는 주체성의 원천에 놓여 있으며, 내가 다른 무엇인가를 알 수 있는 때와는 비교될 수 없을 만큼 직접적으로 내 육체의 내부에서부터 경험할 수 있는 것인데도, 회오리 폭풍이나 번쩍이는 번개처럼 망연하게도 무정하며 익명성을 띤다. 정신분석학적인 의미에서의 욕망처럼, 의지는 아무 의미도 없이 그 자체의 모든 투자 대상에게 냉랭할 정도로 무관심한 채 아무 결실도 없는 그 자체의 자기 증식을 위해서만 그 대상들을 이용한다.

---

1 쇼펜하우어에 대해 이후에 나오는 몇몇 자료는 Terry Eagleton, *The Ideology of the Aesthetic*, Oxford, 1990의 제6장에서 수정·보완하여 가져온 것이다.
2 Arthur Schopenhauer, *The World as Will and Representation*, New York, 1969, vol. 1, p. 196.

헤겔과 달리 쇼펜하우어의 사유는 결연히 반목적론적인데, 거대서사의 모든 통일성과 역동성을 지니기는 하지만 목적성을 지니지는 않는다. 의지는 헤겔의 '이념'(Idea)에 대한 악의적인 패러디다. 인간 존재들은 의지의 하루살이 같은 전령으로서 그 의지의 목적들을 완수하자마자 단호하게 버림받게 되는데, 문제는 이 목적들이 끝도 없이 헛되이 자기-영속적이라는 것이다. 우리는 그저 부모들의 성교 본능이 물질화되어 만들어진 것일 뿐이며, 결국 의지의 단순한 발현에 지나지 않는다. 그렇다면 세계 전체가 시장의 형상으로 재구성되면서 우리는 파우스트적인 무한 욕망의 영역에 존재하게 된다. 유독 염세적인 쇼펜하우어는 굳이 역겨움을 감추지 않으면서 "마침내 죽음의 품으로 떨어지기 전까지 한동안 서로를 집어삼키며 존속하고, 불안과 부족함 속에서 살아가며, 가끔은 끔찍한 고난을 참아내는, 항상 궁핍한 생물체들의 세계"에 대해 이야기한다.[3] 이 세계는 허치슨의 온후함이나 칸트의 평화로운 왕국과는 전혀 다르다. 쇼펜하우어에 따르면, 오직 근시안적 감상주의만이 인간 실존의 하찮은 쾌락—본격 비극의 진지함조차 결여한 저속한 통속극—을 완화되지 않는 처참함에 대한 보상이라고 상상할 수 있다.

쇼펜하우어가 주시한바, "욕망하기는 오랫동안 지속되고 그 요구 사항들과 요청 사항들은 무한하여, 이를 성취하기란 힘들고 아주 드물다."[4] 셰익스피어는 『트로일러스와 크레시다』(*Troilus and Cressida*)에서 이 점을 아낌없이 잘 표현한다. "부인, 사랑엔 흉측한 괴물 같은 것이 있답니다. 의지는 무한한데 그걸 실행하는 건 한정되어 있고, 욕망은 한이 없는데 행동은 제한을 받는답니다." 당신이 일단 욕망의 영역에 들어서게 되면, 경험 세계는 순식간에 평가절하된다. 그것은 단지 당신이 원하지 않은 것이 무엇인지를 깨닫게 해줄 뿐이다. 라캉이 말한 바에

---

3 Ibid., vol. 2, p. 349.

4 Ibid., vol. 1, p. 196.

따르면, "주체가 열심히 찾으려는 것에 비해 운동을 통한 발산의 영역에서 발생하는 것은 항상 축소되어 모자란 특성을 지닌다."[5] 욕망에 대해 말하는 사람은 결국 돈강법*을 이야기하게 된다. 프로이트가 알려준 것은 고대인들이 지혜롭게도 본능을 강조했던 반면, 우리 근대인들은 어리석게도 본능보다 본능의 대상을 강조하게 되었다는 점이다.

하지만 쇼펜하우어는 그 우선순위를 뒤집어 [즉 본능을 다시 강조함으로써] 결국 프로이트를 예시한다. 자본 축적의 유일한 결말이 다시 새롭게 축적하는 것이듯이, 목적론이 파국을 맞아 붕괴되면서 의지는 그동안 주목해 왔던 모든 구체적 대상으로부터 분리되어 독립된 듯 보이게 된다. 그래서 욕망은 완전히 욕망 그 자체에만 투자되고, 마치 악성적인 자기도취적 정신처럼 오직 자기 존재에서만 둥지를 틀고 번식하는 것처럼 보인다. 소유적 개인주의를 특징으로 하는 사회질서 속에서 쇼펜하우어는 아마도 역사적 상황으로 말미암아 이런저런 구체적 형식의 동경이 아닌 추상적 범주의 욕망 그 자체를 자기 저작의 중심에 둘 수 있는 권한을 부여받은 최초의 주요 근대사상가일 것이다. 희한하게도 지성적인 착오인지는 모르겠지만, 기존의 가장 위대한 여섯 인물 가운데 한 사람으로 쇼펜하우어를 생각했던 프로이트가 그에게서 물려받은 것은 바로 이 가공할 추상화다. 하지만 어떻게 칸트의 도덕 사상도 이와 비슷한 방식으로 읽을 수 있는가에 대해서는 곧 살펴보도록 하겠다.

그렇다면 의지란 측량할 수 없는 힘, 즉 (예술에 대한 칸트의 유명한 논평을 빌리면) 목적 없는 합목적성 같은 것이다. 이제 회복할 수 없을 정도로 손상된 것은 다름 아닌 주체성의 전체 범주이지 단순히 주체성의 어떤 억압이나 낯섦이 아니다. 인간의 주체성이란 그 자체로 소외

---

5 Jacques Lacan, *The Ethics of Psychoanalysis*, London, 1999, p. 42.

* '돈강법'(頓降法, bathos)은 고상한 문체나 장중한 주제에서 평범하거나 통속적인 것으로 갑자기 바뀌는 것을 지칭하는 수사학적 장치를 말한다.

의 한 형식인데, 왜냐하면 우리는 우리 안에서 견딜 수 없는 무의미의 무게를 견디며 마치 감방에 갇힌 무기징역수처럼 자신의 육체에 감금된 채 살고 있기 때문이다. 우리가 주체성을 우리의 것이라고 말하기는 어렵다. 우리가 쇼펜하우어 식으로 주체성을 의지가 준 유독한 선물로서 받아들이지 않는다면, [의지 대신에] 헤겔의 이념, 키르케고르의 신, 마르크스의 역사, 니체의 힘에의 의지, 라캉의 대타자와 같이 손쉽게 구할 수 있는 대체 기증자들도 많이 있다.

쇼펜하우어의 저작을 그와 경쟁 관계에 있는 이 실재계의 사도들로부터 구별해 주는 특징은 그가 다름 아닌 상상계를 실재계의 공포에 맞서도록 만든 점이다. 비상하게도 감정이입 숭배로 되돌아가는 상황에서, 우리가 기만적인 의지를 속여 벗어날 수 있는 길은 의지의 가증스러운 힘이 달리 표명된 것에 지나지 않는 행동을 통하는 것도 아니고, 우리 자신의 유한성과 대조적인 그 자체의 무한성을 과시하도록 허용하는 자살을 통하는 것도 아니고, 오직 완전한 무아의 순간에 욕망으로 괴로워하는 자아를 완전히 소멸하는 것을 통하는 것이다. 견딜 수 없이 지루한 실존이란 우리가 남루한 우리의 자아들을 족쇄처럼 뒤에 끌고 다니기 때문에 결코 우리 자신의 살갗 밖으로 뛰어나갈 수 없다는 것이다. 욕망이란 사물들을 똑바로 보지 못하는 우리의 무능력—강박적으로 모든 사물을 자신들의 지극히 사소한 이해관계에 내맡겨버리는 우리의 주관적 편견—을 의미한다. 주체가 된다는 것은 욕망하는 것이며, 욕망한다는 것은 망상에 빠지는 것이다. 하지만 미학의 영역에서는 욕망이 우리로부터 떨어져나가고 의지가 일시적으로 중지되어, 이 축복받은 순간에 우리는 있는 그대로의 세계를 볼 수 있게 된다. 이 소중한 현현으로 인해 가장 소중한 부르주아적 범주인 주체는 전면적으로 해체되는 대가를 치르게 되고, 평온하게 스스로를 제물로 희생하면서 감정이입에 의해 대상과 하나가 된다. 세계는 오직 미적 장관으로 전환되어야만 욕망의 참화로부터 해방될 수 있으며, 이 과정에서 주체는 축소되어 순수한 사심 없음이라는 소실점을 향한다.

이는 마치 우리가 우리의 동경에 의해 감염되듯이, 감염된 다양한 주변 사물에 연민을 느끼면서 그 치명적인 감염으로부터 사물들을 구하는 것과 같다. 부언하면, 이처럼 사물들을 구하는 길은 그 장면에서 우리 자신을 지워없애고, 정념에서 완전히 벗어난 채 스스로 더 이상 존재하지 않는 관찰자처럼 태연하게 이 인간 대학살의 모든 광경을 응시하는 것이다.

쇼펜하우어가 보기에 이토록 어렵게 객관성을 얻는 것보다 더 고된 일은 없으며, 이 객관성은 천진난만한 객관주의나 미숙한 직접 관찰이 아니라 도덕적 훈련을 통해 얻은 결과물이다. 그는 객관성이란 천재적인 작품이라고 말한다. 그에게 큰 인상을 남긴 불교사상에서처럼 객관성이란 '내려놓음'(letting-be)이며, 이것은 애를 써서 얻을 수 있는 것이 아니다. 왜냐하면 애를 쓴다는 것은 자아가 노력한다는 것이며, 결국 그것이 해결하려던 문제는 부분적으로나마 여전히 문제로 남을 수밖에 없기 때문이다. 사람은 마야(환영, *Maya*) 혹은 아주 흔한 환각의 장막을 뚫고 자아의 허구적 위상을 인식해야만 타자들과 자기 자신을 특별히 구별하지 않으면서 참으로 무관심/무차별하게 그 타자들을 대할 수 있게 된다. 바로 이런 의미에서 쇼펜하우어의 저작에 상상계가 다시 부각된다. 일단 개체화의 원리가 실상 사기라는 점이 드러나게 되면, 자기들은 애정 어린 동정으로 감정이입을 통해 서로 교환될 수 있을 것이다. 쇼펜하우어가 주목한바, 모든 윤리의 일차적인 근원은 자기 이익에 따른 동기와 상관없이 상대방의 수난을 서로 나누는 행위다. 윤리적으로 행동하는 것은 어떤 특정한 입장에서 행동하는 것이 아니라 아무런 입장 없이 행동하는 것이다. 유일하게 선한 주체는 죽은 주체 혹은 적어도 생기가 영원히 중단된 상태의 주체다. 주체란 현실에 대한 어떤 특수한 관점이기 때문에, 주체가 극복된 후에 남는 것은 오직 순수한 부정성 혹은 열반(涅槃, nirvana)일 뿐이다. 쇼펜하우어의 손에서 주체 철학은 자멸하며 그 뒤에는 어느 특정인에 결부된 것이라고 할 수 없는 무아적 관조만이 남는다.

하지만 쇼펜하우어에게서 상상계가 실재계에 대한 치유책으로 작용한다고 주장하는 것이 그리 꼭 정확하지는 않다. 오히려 실재계는 교묘하게 그 자체에 등을 지게 되고 그 자체의 기운에 말려들어 결국 쇠퇴하게 된다. 왜냐하면 주체를 무아적 영(零, cipher)으로 해체하여 동정적으로 타자들 속에 녹아들게 하는 바로 그 힘이 후에 프로이트가 말한 죽음 욕동이기 때문이다. 우리는 비명을 지르고 울부짖는 인간 세상을 괜한 광상극이라 여기면서 그 세상에서 이탈하여 죽음의 상태와 거의 비슷한 주체성의 말소 상태를 이룩하기도 하지만, 동시에 불멸성의 환상을 탐닉하면서 이 잔혹극이 우리에게 더 이상 어떤 해도 끼치지 않을 것임을 알고 평온해지기도 한다. 우리는 어떤 의미에서 이미 죽어 있기 때문에 셰익스피어의 버나딘처럼 기쁘게도 아무런 손상도 받지 않을 수 있으며, 이 올림포스 신의 시점을 얻음으로써 우리를 따라다니며 소멸하겠다고 괴롭히는 힘에 대해 통쾌하게 복수를 한다. 파괴에서 대리 즐거움을 탐닉하고 만화에서나 볼 것 같은 불사의 상태를 기뻐하는 상황이 바로 18세기 식 숭고를 특징짓는 것이다.[6]

쇼펜하우어에게 우리 자신의 소멸 과정으로부터 삶을 이끌어내는 현실의 심미화는 삶에 대한 본능인 에로스와 죽음에 대한 욕동인 타나토스 사이의 쫓고 쫓기는 게임을 수반하며, 이런 한에서 이는 실재계의 문제다. 하지만 주체의 죽음이 취하는 형식이 감정이입의 형식이기 때문에, 앞서 살펴보았듯이 이는 상상계의 문제이기도 하다. 우리가 자아보다 훨씬 더 심오한 층위에서 타자의 수난을 안타까워하기 때문에 개체성/개인성이라는 가련한 망상은 모두 철회된다. 결국 우리는 주체 없이 초월하게 되어 절대지(絶對知)의 자리는 보존되지만, 그곳을 차지할 사람은 남아 있지 않게 된다. 사심 없음은 우리에게 파괴적인 정념을 버리고 성자의 단순성을 지닌 채 겸허하고 욕심 없이 살라고

---

6 보다 상세한 논의는 Terry Eagleton, *Holy Terror*, Oxford, 2005의 제2장 참조.

가르친다. 나는 네 안에 있는 잔인한 의지라는 것이 내 것이기도 하다는 사실을 깨닫고 있기 때문에 너의 고난으로 아파한다. 흄과 허치슨의 경우에서처럼, 나는 지겨울 정도로 용의주도한 이성을 통해서가 아니라 너와 나 자신에게 직접적으로 다가감으로써 이 사실을 안다. 쇼펜하우어는 상상계를 인상적으로 공식화하면서 "살아 있는 모든 것은 우리 자신의 인격이면서, 그에 못지않게 우리 내면의 즉자적 존재이기도 하다"고 논평한다.[7] 하지만 우리는 공감적으로 화합하여 만날 수 있는데, 이는 단지 거울 속에서 만나듯 만나는 것이 아니라 우리가 극히 공통적으로 지니는 주체의 중핵인 실재계에 근거해서 만나는 것이다. 실재계 속에 상상계를 기입한다는 것은 갈 데까지 다 간 동료 의식을 불러일으키는 것이다. 우리의 인격적 관계나 정치적 관계는 우리 모두에게 낯설기도 하면서 숨결을 느낄 수 있을 정도로 가까이에 있기도 한 제3의 영역으로 수렴되어야만 지속될 것이다.

그래서 라캉은 이웃을 자기처럼 사랑하라는 성경의 교시란 상상계에서 또 다른 자아에 대한 사랑으로 파악될 수 없는 지령이며, 오직 훨씬 덜 투명한 차원의 실재계에서만 파악될 수 있는 지령이라고 이해한다. 라캉은 상상계를 폄하하면서 "내가 원하는 것은 타자의 복이기는 한데, 단 그것이 나 자신의 이미지로 남을 경우에 그렇다"며 부정적으로 말한다.[8] 그가 지적하듯이, "박애의 반응과 사랑의 반응 사이에는 큰 차이"가 있다.[9] 다른 사람을 사랑한다는 것은 그 사람을 지독히 사랑스럽지 않게 만드는 것—즉 라캉이 말한 그의 유해하고 악성적인 환락 혹은 프로이트가 본 그의 중핵에 들어 있는 순전한 악의와 악과 공격성—이 자기 자신 안에도 들어 있다는 점을 인식하는 것이다. 내가 적의에 찬 이 타자로부터 무서워 돌아선다면, 나는 내 안에 있는

---

7 Arthur Schopenhauer, *World as Will and Representation*, vol. 1, p. 231.

8 Jacques Lacan, *Ethics of Psychoanalysis*, p. 187.

9 Ibid., p. 186.

치명적인 실재계―이웃이 다가올 때 나를 압도하려고 쇄도하며 위협하는 실재계―로부터 도망치게 된다. 분명 이것은 라캉이 "악 속에서, 그리고 악을 통하지 않고서는 선의 법이 있을 수 없다"라는 아리송한 논평을 하면서 의도했던 바이다.[10] 이 말을 기독교 식으로 번역하면, 수난과 자기 상실의 지옥 같은 부정성을 통과하지 않은 부활은 없다는 말과 같을 것이다.

그러므로 사랑은 법의 저쪽 편에 있으며, 이는 우리 안에 있는 죽음욕동의 흔적인 실재계의 외설적 즐거움을―미약하게나마 다른 편 어디선가 나타나기를 바라면서―통과해야만 접근 가능하다. 라캉이 보기에 우리 자신을 사랑하라는 언어도단의 지령을 따르지 않겠다고 저항하는 것은 우리가 "곧 닥쳐올 견딜 수 없는 어떤 형식의 잔인성"을 감지한 듯이, 우리 자신의 섬뜩한 환락에 직면하지 않겠다고 저항하는 것이다. 이런 의미에서 라캉은 "자신의 이웃을 사랑하는 것이 가장 잔인한 선택일지도 모른다"라고 충고한다.[11] 이웃은 언제나 낯선 사람이고, 프로이트의 눈으로 보자면 낯선 사람은 언제나 적이다. 따라서 적을 사랑하라는 기독교의 지령이 보기보다 그리 터무니없지만은 않다. 왜냐하면 우리가 만나는 사람들은 잠재적인 적들일 뿐이기 때문이다. 그러나 만약 자기를 사랑하는 것이 상상계적 자기 수용이 아니라 실재계적 자기 수용이라면, 이 또한 그리 쉬운 문제는 아니다. 어떤 사람은 다른 사람들로부터 그들이 그들 자신을 사랑하는 방식으로 사랑받고 싶어 하지 않을 것이다. 케네스 레이너드는 자기 사랑이란 "거울단계에서 자기도취적 자아를 구성하는 자기에 대한 거울반사"로서 필연적으로 상상계적이라는 틀린 주장을 한다.[12] 물론 이런 오류만 없었다면

---

10 Ibid., p. 190.

11 Ibid., p. 194.

12 Kenneth Reinhard, "Toward a Political Theology of the Neighbor", in
    S. Žižek, E. Santner and K. Reinhard(eds.), *The Neighbor*, Chicago and

충분히 이해를 도울 만한 좋은 글이기는 하다. 회개는 자기 자신의 기형성을 인정하는 데서 우러나오는 자기 수용이며, 자기도취적인 자기 사랑이 아닌 진정한 자기 사랑을 수반한다.

만약 쇼펜하우어의 감정이입 윤리에 실재계와 상상계가 모두 작동하고 있다면, 그의 난데없는 견해가 수반하고 있는 바로 그 상징계 또한 작동하고 있다. 우리의 욕구 및 생리적 욕구와 전혀 상관없이 세계를 참으로 있는 그대로 보는 것, 사물에 대한 우리의 끈질긴 주장과 상관없이 영원히 사물은 있는 그대로의 사물이라는 압도적인 진리를 표명하는 것, 즉 쇼펜하우어가 미적인 것 혹은 지고의 사심 없음이라고 부른 바로 이것이 그의 글에 나타난 상징계의 계기이기도 하다. 바로 그 상황에서 우리는 자아의 영아기적 아우성을 그치고, 현실이 우리를 전혀 필요로 하지 않으며 분명 모든 면에서 이런 상태가 더 좋다는 사실에서 도착적인 기쁨을 얻는다.

❖

라캉의 상상계적 · 상징계적 · 실재계적 단계와 키르케고르의 미적 · 윤리적 · 종교적 범주는 유사하다. 이 가운데서 아마도 상상계적 단계와 미적 범주가 제일 유사하지 않을 것이다. 키르케고르에게서의 미적 개인은 어떤 목적이나 방향 없이 살아가면서 끊임없이 기분이나 외적 인격을 변화시키고, 수많은 가능성에 대한 전망으로 마비되고, 너무 변덕스럽고 산만하여 자기 결정적인 주체가 되지 못한다. 이 미적 개인은 시간적 혹은 역사적 일관성이 전혀 없는 감각적 직접성의 지대에서 거주하는데, 이 영역에서는 그가 그 자신의 행동을 한 것인지 아닌지 미심쩍을 뿐이다. 결정된 일생의 기획도 없고 그저 스쳐가

London, 2005, p. 71.

는 순간이나 인상에 자신을 동일시하는 이 미적 주체에게는 표층만 있을 뿐 심층은 없다. 오직 보이는 현상만이 그의 유일한 현실이다. 상황의 먹잇감에 지나지 않는 이 주체는 자기기만적인 생물체로서 그에게 자율성이나 책임감 같은 것은 전혀 없다. 검열관처럼 대단히 까다로운 키르케고르에게 대부분의 사회적 실존이란 감각적 수동성의 '고차원적인' 형태에 지나지 않는 것으로서, 그는 이것을 『죽음에 이르는 병』에서 '소량의 자기 반성을 첨가한 직접성'이라며 냉소적으로 언급한다.[13] 하지만 훨씬 더 고차원적인 형태의 자기-탈중심화가 있는데, 이는 바로 종교적 믿음이라는 것이다. 와일드처럼 상상계적 단계나 미적 범주에 거주하는 사람들에게 진리란 그저 자신이 최근에 느낀 일시적 기분일 뿐이다. 종교적인 신앙인들에게서의 진리란 자기 자신을 넘어선 신—그 진리를 찾아가는 우리를 완전히 뒤집어 놓는 신—안에 있다.

이런 정도까지는 미적 범주와 상상계적 단계가 특징을 다소 공유한다. 한데 이 둘의 가장 확실한 차이는 키르케고르에게서 미적인 것이란 일종의 헤겔 식 '나쁜 직접성'일 뿐만 아니라 '악무한성'(bad infinity)이기도 하다는 점이다. 즉 이 경우에 확고한 자아중심이 결핍된 주체는 무한한 자기 반영의 심연—실현되지 않은 가능성으로 법석대는 와중에서 자기 풍자만이 난무하는 심연—으로 내던져지게 된다. 이런 각도에서 본다면, 미적 주체가 자신의 빈 곳을 채우는 방법은 달아나는 감각을 붙잡는 것이 아니라 매 순간 무(無)에서 그 자신을 재창조하면서 사실상 순전히 자기 소모적 부정성에 지나지 않는 한없는 자유로움의 느낌을 유지하려고 애쓰는 것이다. 이 텅 빈 과도함에 중독된 미적 풍자가는 이처럼 현란한 자기 형성 이면에 허무주의를 숨긴 채 직설법이 아닌 가정법을 통해 살아간다. 종교적 믿음의 주체가 성육신이라는 상상하기 어려운 역설을 통해 유한과 무한을 결합하려는

---

13 Søren Kierkegaard, Walter Lowrie(ed.), *Fear and Trembling and The Sickness Unto Death*, New York, 1954, p. 191.

반면, 미적 주체는 유한과 무한 사이를 휘청거리며 헤맨다. 미적 주체는 감각적 유한성으로 달아나면서 스스로를 반반하게 만들어 사회질서에 비겁하게 순응하거나, 아니면 가공할 정도로 팽창하여 휘발하면서 자기 소멸적 아이러니의 끝없는 회오리 속에서 자기 자신이 되어야할 필요성으로부터 달아난다.

라캉의 상상계에는 이미 상징계의 그림자가 드리워져 있는데, 이로인해 예를 들어 상상계가 수반하는 소외는 후에 나타날 상징계의 여러 다른 소외를 미리 맛보게 해준다거나, 거울 속 어머니의 현존은 후에 나타날 가족 구성의 삼각구도화를 예견한다거나, 상상계적 타자와의 경쟁은 오이디푸스적 갈등을 예시한다. 이와 비슷하게 키르케고르에게서 미적인 것은 불안이라는 불길한 형태의 부정성에 의해 침략당한다. 그가 말한 불안이란 자기와 자기 자신의 무(nothingness)와의 만남이며, 이 무(néant)는 심지어 감각적 직접성의 영역에도 출몰한다. 불안 혹은 근심이란 아직 오지 않은 상징계적 질서의 흐릿한 사전 경고로서 자유, 차이, 자율성, 타자성에 대한 불길한 예시 같은 것이다. 미적 상태의 충만함은 웬일인지 딱히 이름 붙일 수 없는 어떤 결핍을 연상시킨다. 모든 직접성은 무에 대한 불안을 품고 있다. 키르케고르의 이 개념에서 심지어 크리스테바가 말한 '비체'(卑/非體, abject)—즉우리 자신을 전-오이디푸스적 어머니로부터 분리하려는 최초의 노력에 수반된 원초적 공포감 및 구토감—의 개념을 찾아볼 수도 있을 것이다.[14] 요컨대 타락은 언제나, 이미 발생했다. 만약 이미 아담이 죄를 저지르는 데 취약하지 않았더라면, 어떻게 그가 제일 먼저 신의 칙령을 어길 수 있었겠는가? 키르케고르가 주장한 바에 따르면, 차이의 가능성을 최초로 열어서 (라캉 식 용어로 말하면) 상징계적 질서의 서막을 올린 것이 바로 아담의 위반 행위이기는 하다. 하지만 만약 자유의 가

---

14 Julia Kristeva, *Histories d'amour*, Paris, 1983, pp. 27~58 참조.

능성에 대한 어떤 모호한 의식이 아담에게서 미리 작동하고 있지 않았더라면, 그리고 차이가 발생하기 전에 이미 차이의 가능성에 대한 최초의 어떤 희미한 이해도 없었더라면, 그는 타락하지 않았을 것이다. 우리는 지금 위반 행위 가능성의 발생이 아니라 그 조짐에 대해 이야기하고 있다. 그렇다면 태초에 존재한 것은 순수함이 아니라 기독교에서 원죄라고 알려진 위반 행위가 발생할 구조적 가능성이다.

만약 라캉의 상상계와 키르케고르의 미적 범주를 잇는 이음매가 그리 매끄럽지 않다면, 키르케고르의 윤리적 영역과 라캉의 상징계의 관계는 보다 더 직접적이다. 키르케고르가 『이것이냐, 저것이냐』(Either/Or)에서 묘사하듯이, 윤리적 영역은 자율적이며 자기 결정적 개인을 중심으로 돌아가는데, 이 개인의 행동은 칸트 식으로 보편적인 것을 표현한다. 윤리적 인간은 사회적이고 스스로 책임질 줄 아는 시민으로서의 인간이며 결혼, 직업, 재산, 의무, 시민의 책무에서 안정적이 된다. 변덕스러운 미적 생물체와 달리 윤리적 인간은 운명의 흥망성쇠에 대해서는 스토아적 무관심을 지닌 채 열의를 다하는 자기 주도적 인간이다. 공적 규범과 기준에 연루되어 있는 그의 윤리적인 삶은 헤겔이 말한 인륜성의 훌륭한 전범이다. 미적 주체와 반대로, 윤리적 주체의 인격 속에서 내부 세계와 외부 세계는 조화롭게 균형을 이룬다. 키르케고르의 윤리적 주체의 경우 결단, 헌신, 보편성, 객관성, 자기 반성, 중심이 있는 정체성, 시간적 일관성이라는 이념들이 그의 몸에 배어 있다.

하지만 윤리적 주체는 겉으로 보이는 것만큼 그리 지루할 정도로 대단히 훌륭하지는 않다. 한편으로 윤리적 주체란 근본적으로 스스로 '선택'해야만 한다는 키르케고르의 믿음은 칸트적인 자율성을 넘어 실존주의의 진정성 관념을 향해 나아간다. 물론 엄밀한 의미에서의 '선택'이라는 면에서 보면, 이 주체는 사실상 이 선택 행위에 우선해서 존재하지 않는다. 또한 키르케고르의 그런 믿음은 칸트보다는 니체에 더 가까운 자기 형성이라는 개념을 수반하기도 한다. 물론 키르케고르의 자기 선택적 주체는 자유롭고 미적인 자기 발명이라는 환상을 품는 것이 아니라, 오히려 갱생에 대한 아무런 희망도 없는 상태에 처한 자신의 인격적 현실을 취해 자유의 형식으로서뿐만 아니라 필연의 형식으로서의 자기와 맞서야만 한다. 키르케고르에게서 자기란 발견되어야 할 이미 주어진 자료이면서 동시에 성취되어야 할 기획이기도 하다. 이런저런 특정한 것들에 대한 윤리적 결단이 아니라 한 존재의 근본적 선택권으로서의 윤리적 결단이 내려지게 되면, 그 결단은 주체의 역사를 일관된 계획으로 결합해 가는 과정에서 끊임없이 재연되어야만 한다. 이런 반복의 교리가 나중에 바디우의 글에서 울려 퍼지게 된다는 점을 살펴볼 것이다. 윤리적으로 산다는 것은 실존하기―키르케고르에 따르면 주어지거나 받게 되는 것이 아니라 성취되어야 할 과업―에 대해 무한히 관심을 가지는 것이다. 그리고 이런 차원의 무한성에서 윤리적인 것이 종교적인 것의 징후를 보이는데, 이는 미적인 것의 내부에 윤리적인 것을 예시하는 흔적이 담겨 있는 것과 마찬가지다.

윤리적인 것이 공적이고 보편적이며 공동체적인 것과 관련되어 있는 한, 프로테스탄트적 개인주의자인 키르케고르가 이 영역에서 이용할 수 있을 만한 것은 별로 없다. 그런 것은 그저 집단적 허위의식에 지나지 않는다. 이에 반해 윤리적인 것이 내향성에 몰두하는 것을 의미한다면, 윤리적인 것은 그 자체를 초월한 종교적 믿음을 모호한 방식으로 암시한다. 이 종교적 믿음은 윤리적인 것의 균형을 뒤흔들고, 자기만족적인 자율적 자기를 전복하고, 모든 시민적 덕에 물의를 일으킨다. 이 믿음이 지닌 강한 개인적 내향성은 사회적인 것을 묵살하고, 대중 문명에 경멸적으로 등을 돌린다. 이후 실재계의 윤리를 옹호하는 프랑스 비평가들을 다룰 때 살펴보겠지만, 믿음이란 결코 사회질서의 관습이나 양식(良識, good sense)으로 순화되거나 동화될 수 없다. 믿음은 합의에 대해 영구히 비뚤어져 있으며 사회적 정설을 모욕한다. 믿음은 무엇보다 끊임없는 내향적 위기의 문제이기 때문에 보다 더 시민적이고 사회성 있는 윤리처럼 사회생활의 수레바퀴가 잘 돌아가도록 기름칠을 할 수 없다. 믿음은 관습이 아니라 충만한 영원의 시간(*kairos*)이며, 문화적 이데올로기가 아니라 두려움과 떨림이다. 그것은 결코 습관, 전통, 제도와 같은 결정체로 만들어질 수 없으며, 그렇기 때문에 근본적으로 반역사적이다. 키르케고르가 『죽음에 이르는 병』에서 언급하듯이, 인간의 조건이란 언제나 위기 상황에 처해 있다.

이 열렬한 주관주의는 고집스럽게도 특수해서 사실상 이성, 이론, 보편성, 객관성을 싫어한다. 키르케고르에 따르면, "현실은 개념으로 착상될 수 없고, 특수한 것은 사유될 수 없다."[15] 실존은 사유—특히 아도르노를 20세기의 가장 위대한 후계자로 둔 반성의 전통을 따르는 사유—에 대해 지극히 이질적이다. 이는 주체와 대상의 조화로운 동맹이 아니라 그 둘의 비통한 분리를 의미한다. 여기서 철학의 골칫거리는 헤겔인데, 그는 모든 거대 서사와 합리적 총체성이 믿음의 반석에 부딪쳐 난파된다는 점을 파악하지 못한다. 이처럼 안일한 관념론은 죄와 죄책감이라는 현실을 인정할 수 없다. 즉 이 관념론은 우리가 신 앞에서 항상 잘못을 저지른다는 사실, 그리고 자기가 무난하게 지양될 수 없는 상처와 비참함의 엄청난 짐을 지고 있다는 사실을 인정할 수 없다. 또한 그것은 역사란 순전히 우발적인 것일 뿐이라는 진리를 견디지 못한다. 순전히 인간(성)의 존재론적 뒤틀림인 죄는 일종의 걸림돌로서, 완전히 합리적인 윤리나 역사적 도식이 이 걸림돌에 걸려 넘어질 수밖에 없다. 기독교의 핵심인 성육신은 모든 이성을 망가뜨린다. 어떻게 무한자가 유한자의 한계 안에 거할 수 있겠는가? 진리는 이론적이지 않고 정념적으로 주관적이다. 진리란 "무한자의 정념을 가지고 객관적인 불확실성을 택하는 모험"이다.[16] 믿는다는 것은 존재하는 것이다.

---

15 Søren Kierkegaard, *Journals*, London, 1938, p. 151; *Concluding Unscientific Postscript*, Princeton, NJ, 1941, p. 290.

16 Søren Kierkegaard, *Concluding Unscientific Postscript*, p. 182.

키르케고르에 따르면, "기독교는 정신이고, 정신은 내향성이고, 내향성은 주관성이고, 주관성은 본질적으로 정념이며, 그 최대치는 영원한 자기 행복에 대한 무한하고 사적이고 정념적인 관심이다."[17] 상징계적 혹은 윤리적 질서가 법의 형평성과 사심 없음을 그 특징으로 하는 반면, 믿음은 정념적으로 편파적이다. 상징계가 추상적이고 보편적이며 평등주의적이라면, 믿음은 실존적이고 절대적이며 비교 불가능하다. 윤리적 질서에 속한 자기, 즉 일상적인 부르주아로 실존하는 일관성 있고 자체적으로 투명하며 또렷이 알아볼 수 있는 자아는 어떤 넘어설 수 없는 간극으로 인해 위험하고 불안정하고 모순적이고 자체적으로 불투명한 믿음의 주체 혹은 실재계의 주체로부터 분리된다. 후자는 전자에게 항상 염문과 수수께끼로 남게 되고, 이론이 아닌 실존을 통해 해소할 수 있는 여러 갈등에 시달리게 된다. 이 과정에서 믿음 혹은 실재계의 주체는 갈등을 평온하게 개념화하여 해소해 버리지 않고 잠정적으로 그 갈등을 시시각각 벌어지는 실제적인 실존의 모험 속에 함께 매어둔다. 이 주체는 모순을 살아가면서 모순을 함께 붙들어둔다. 라캉의 욕망처럼 믿음은 자기-정초적이고 자기-확증적이며, 영원히 성취되지 않는다. 실재계는 상징계적 질서의 생생한 표식인 언어 저편에 떨어져 있는데, 이는 아브라함이 아들을 죽이라는 신의 무모한 요구에 충실하여 명확히 표현할 수 있는 세계의 경계를 넘어 나아가는 것과 같다. 실재계는 보편적인 것 너머에 있는 순수한 단독성의 한 형식이며, 우매한 합리성에 대한 현명한 불합리성의 승리다. 아브라함은 윤리적인 것에 아랑곳하지 않고 인간으로서의 모든 품위에 역행하면서까지 믿음이라는 헤아릴 수 없는 욕망을 단념하지 않으려 한다.

하지만 라캉에게 긍정적인 실재계와 부정적인 실재계가 있다고 할 수 있는 것처럼, 키르케고르에게도 두 가지 실재계가 있다. 긍정적인

---

17 Ibid., p. 33.

실재계는 자기의 중핵에 있는 무한한 심연인 신인 데 반해 보다 사악한 부정성, 즉 키르케고르가 『죽음에 이르는 병』에서 명명한 절망, 프로이트가 말한 일종의 죽음 욕동이 인간의 중심에 있다. 보다 엄밀히 말하면, 이 부정성은 자기가 욕망하는 대로의 자기가 될 수 없어 자기를 없애버리고 싶어 하지만 죽을 수 없는 악마적인 상황에서 옴짝달싹할 수 없게 된 사람이 가지는 무(無)에 대한 헤아릴 수 없는 의식이다. 다른 곳에서 논의했듯이, 타자들을 파괴하는 데서 얻은 환락을 통해서만 자신들이 아직 살아 있다는 점을 스스로에게 입증할 수 있는 살아 있는 주검의 영역은 이른바 고전적인 악에 매우 가깝다.[18] 그리고 비록 키르케고르의 절망에 빠진 사람들이 타자가 아닌 자신들을 먹으며 살아간다는 면에서 이 살아 있는 주검과 다르기는 하지만, 그들은 이른바 '악마적 광기'를 표출하면서 절멸을 통해 무(無)로 만드는 일을 너무 사랑한 나머지 실존에 대해 앙심을 품고 격노하면서도 바로 이 음울한 앙심으로 인해 고집스럽게 스스로 소멸되게 놓아두기도 한다. 전통적으로 이는 바로 사탄의 존재 상황이다. 라캉 식으로 말하면, 이들은 아무런 희망도 없이 법과 욕망의 교착상태에 빠져 있는 사람들이며, 결국 실재계의 일차적 희생자들이다. 키르케고르가 보기에 이런 상황은 오직 생명을 산출하는 실재계인 신의 은총에 의해서만 해결될 수 있다. 키르케고르에게 사람들은 이런저런 절망—'믿음으로 가는 통로'를 구성하는 어떤 절망—으로 인해 고난에 처해봐야만 영원한 삶에 도달할 수 있다. 자신의 삶을 구하기 위해 자신의 삶을 버려야 한다고 요구하는 비전은 비극적이다. 이는 실재계의 부정성을 집요하게 고수해야만 완전한 윤리적 존재로 나타날 수 있다는 라캉의 믿음에 가깝다. 라캉의 실재계처럼 키르케고르의 믿음은 무미건조하게 확신에 찬 윤리적인 것에 영속적인 위기와 분열을 끼워넣는다.

---

18 Terry Eagleton, *Sweet Violence: The Idea of the Tragic*, Oxford, 2003의 제9장 참조.

키르케고르의 글은 헤겔의 집단적 인륜성을 넘어서서 칸트에 의해 프로테스탄트 식으로 엄격하게 분리된 의무와 행복에까지 거슬러 올라간다. 믿음은 인간의 복리나 감각적 성취감과는 전혀 관계가 없다. 참된 기독교인은 "신체를 지닌 인간을 그의 쾌락, 생활, 기쁨에서 불러낸다."[19] 실재계가 비록 보편적인 것으로부터 멀리 떨어져 있다는 점에서는 미적인 것과 유사하지만, 과격하게 반-미적이다. 믿음은 감상의 문제도 아니다. 믿음이란 "마음의 즉각적인 성향이 아니라 실존의 역설이다."[20] 섀프츠베리나 허치슨 식으로 마음의 정감에서 윤리적 절대로 가는 왕도는 없다. 키르케고르는 이렇게 칸트로 되돌아가면서 칸트가 종교를 순화하여 도덕에 동화시킨 점만을 거부한 것은 아니다. 그는 보편적인 것의 왕국에서 타자와 조화를 이루는 주체라는 칸트의 비전뿐만 아니라 칸트의 자율적이고 자기 결정적인 도덕적 주체 자체도 해체한다. 키르케고르는 『죽음에 이르는 병』에서 자기 자신의 주인인 자기란 나라 없는 왕과 같다고 한다. 이는 사실상 무(無)를 통치하는 형식으로서 완전한 동어반복이다. 키르케고르는 의존성이란 근본적으로 자율성에 우선한다고 제대로 보는데, 그가 문제 삼은 것은 다른 인간 존재에 대한 의존성이 아니라 주체성을 부여해 준 지존자인 신에 대한 의존성이다. 고전적인 프로테스탄트 식으로 믿음의 주체는 그 주체를 완전히 벗어나는 논리를 지닌 신에게 비천하게 의존하는데, 오직 이런 토대 위에서만 주체 스스로 자유로운 자기성을 형성할 수 있다. 개인은 독특한 부름 혹은 소명을 받은 주체이며, 그에게만 주어진 이 신성한 법령은 보편적 원리나 시민적 책무와 같은 따분한 문제들이 제공할 수 없는 것이다. 후에 이런 독특한 지령의 다른 형태를 실재계의 욕망이라는 모방 불가능한 '존재의 법'에서 만나게 될 것이다.

이렇듯 실재계는 상징계를 능가한다. 왜냐하면 절대적인 것을 향한

---

19 Søren Kierkegaard, *Journals*, 특히 p. 363.

20 Søren Kierkegaard, *Concluding Unscientific Postscript*, p. 390.

자기의 입장이 보편적인 것에 대한 자기의 관계에 우선하기 때문이다. 이런 윤리는 후에 이를 옹호하는 프랑스 철학자들의 경우에서처럼 정치적인 함의를 지닌다. 사람들이 서로의 거울 속에 반영된 자신을 발견함으로써 어떤 공동체적 성취감을 얻을 수 있다는 식의 사회적 상상계라는 것은 있을 수 없다. 모든 형태의 공동체적인 것은 레비나스와 후기 데리다에서 대체로 그렇듯, 이제 나쁜 믿음(bad faith) 혹은 허위의식이라는 유죄 선고를 받는다. 자신의 사회적 정체성을 벗어버리면 벗어버릴수록 그는 신 앞에 선 고독한 영혼으로서 더더욱 벌거벗은 채 떨게 된다. 진정한 영웅주의란 서슴없이 자기 자신이 되는 위험을 무릅쓰는 것이며, 이런 상황은 후에 레비나스와 데리다 모두가 동의하듯 키르케고르가 말한 '어마어마한 책임'을 수반한다. 개인은 고독한 원자로서 자신에게나 서로에게 판독 불가능하다. 특수성이 보존되려면 사회성을 희생해야 한다. 키르케고르는 "유한한 경험이 거할 집은 없다"고 한다.[21] 다른 사람의 현실은 나에게 결코 하나의 사실이 아니라 단지 하나의 '가능성'일 뿐이다. 더 이상 환원할 수 없는 구체적인 개인들 사이에는 어떤 직접적인 소통도, 상상계적 감정이입도, 자발적인 동료감정도 있을 수 없다. 그와 같은 기만적인 신념은 동일성이라는 유해한 이데올로기—즉 주체란 세계에 존재하는 다른 모든 것과 근본적으로 비교 불가능하다기보다는 그 스스로나 타자들과 동등할 수 있다는 이단적 사고—를 수반한다. 자연발생적으로 습관적인 선함이라는 덕 이념은 이교도적 교리로 치부된다. 어떤 논평가가 언급하듯이, 비록 "[키르케고르가] 자기실현, 즉 성취를 향한 개인의 추구에 모든 관심을 기울이기는"하지만, 지독히 청교도적인 취향을 지닌 그가 보기에 이 덕 이념은 전혀 고된 노력을 기울이지 않아도 되는 것이다.[22] 상상계적 질서의 초석인 모방이 바로 거부된다. 즉 어느 개인

---

21   Mark C. Taylor, *Journeys to Selfhood: Hegel and Kierkegaard*, Berkeley and Los Angeles, 1980, p. 64에서 재인용.

도 다른 개인의 내부 현실을 흉내 내거나 전용할 수 없게 된다. 모든 사람은 '익명자들'이다. 기껏해야 사회는 '개인 간 상호 호혜성의 소극적 통합'을 염원할 수밖에 없으며, 여기서의 상호성이 그 개인들의 존재를 구성하는 요소는 전혀 아니다.[23]

그래서 키르케고르는 문화 비판*이라는 정신적 귀족주의의 초기 주창자로 떠오르게 되는데, 그 유산은 이후에 간략히 검토할 것이다. 그는 '군중'을 매섭게 매도하는 성마른 엘리트주의자로서, 자기 자신이 될 수 있는 사람은 별로 없다고 실제로 주장한다. 민주주의란 진정성의 적이다. 인간 평등에 대한 요구는 끔찍한 형태의 균일화로서 구체적인 인간적 유대를 손상하고 개별적인 것의 순수한 차이를 무효화한다. 부르주아 문명의 추상적·보편적 주체는 모욕적으로 일축된다. 사회 진보, 시민 질서, 공공 여론, 인도주의적 개혁이란 하찮은 일로 부수적 등록소인 상징계에나 적합한데, 이런 것들을 믿음의 기사는 고매한 시야를 통해 내려다본다. 키르케고르는 인도주의적인 것을 경멸하는데, 이런 면은 이후 라캉주의자들에게서 만나게 될 것이다. 키르케고르가 언급하듯이, 믿음의 기사가 지닌 '심층적인 인간성'은 "타자의 행복과 불행에 대한 어리석은 관심보다 훨씬 더 가치 있는데, 그런 관

---

22 Anthony Rudd, *Kierkegaard and the Limits of the Ethical*, Oxford, 1993, p. 135.

23 Mark C. Taylor, *Journeys to Selfhood*, p. 57에서 재인용.

* '문화 비판'(*Kulturkritik*)은 문화를 인간 존재 양식 혹은 인간 삶의 상황에 대한 왜곡, 소외, 타락, 퇴폐, 불완전성의 형태로 본다. …… 서구 문화 비판의 뿌리는 문명 이전의 황금시대라는 그리스 신화에서 찾을 수 있으며, 이것이 진보·계몽·합리화 등에 대한 비판과 연결된다. 보수적인 문화 비판은 전통적인 세계상에 대한 향수에 연관된 반면, 좌파 문화 비판은 자유·평등·진보 등의 계몽주의 이념의 타락에 대한 비판에 연관된다. 문강형준 옮김, 『비평가의 임무: 테리 이글턴과의 대화』(*The Task of the Critic: Terry Eagleton in Dialogue*, 2009) 민음사, 2015.

심이 공감이라는 이름으로 존중되기는 하지만 사실상 허영에 지나지 않는다."[24] 이는 순전히 라캉적인 감상이다.

참으로 '실존'할 수 없는 근대인들은, 지식이 증가되는 데 비례해서 영적 지혜가 축소되는 시대에, 한 번 싸워보지도 않고 익명성과 비인간화의 영역—즉 혈기 없는 보편성과 영혼 없는 집단성—에 굴복해 버렸다. 이는 바로 하이데거가 말한 세인들이 지배하는 혈기 없는 영역이며, 독특하고 비할 데 없이 뛰어난 것에 대한 수량화된 유적인 것의 승리를 나타낸다. 기만이 증대되어 사람들은 인격적 진정성이라는 난처한 문제를 회피한 채로 공공의 선, 시대정신, 역사의 행진, 인간의 진보와 같은 이런저런 총체성에 대한 꿈에 빠져버린다. 그러면서 그들은 믿음의 주체가 항상 회의적으로 삐딱하게 보는 사회질서와 그들 자신을 상상계적 방식으로 동일시한다. 헤겔 이후 역사는 더 이상 주체가 자기 거울 이미지나 자기 성취를 발견할 수 있는 장소가 아니다. 반대로 이제 사람들은 점점 더 물화되어 가는 공적 이성에서 자신들의 믿음을 회수하여, 퇴화된 세계로부터 물러나 자기 내부의 심층으로 들어가야 한다. 똑같은 운명이 이후 모더니즘 시대의 예술을 괴롭히게 된다. 키르케고르의 업적은 합리주의 시대에 어긋나고 부조리한 믿음을 오히려 도착적으로 고집스레 선전한 것이다.

키르케고르는 일반적으로 상상계의 사도가 아니지만 어느 지점에서 상상계를 서슴없이 포용하는데, 그 지점은 바로 글쓰기 행위 자체다. 그가 『저자로서 내 작품에 대한 관점』(*My Point of View as an Author*)에서 주장하듯이, 독자는 자신이 거부하려고만 하는 절대 진리와 경솔하게 직접적으로 대면해서는 안 된다. 오히려 독자는 간접적으로 영향을 받고 소크라테스 식 아이러니의 세례를 받아야 결국 자신의 허위의식과 정면으로 맞부딪히지 않고 자신의 허위의식이 내부로부터 벗겨

---

24 Søren Kierkegaard, *Fear and Trembling*, p. 107.

질 수 있게 된다. 저자는 일련의 편파적인 주장과 필명을 통한 외적 인격을 차용하여 독자에게 일련의 게릴라 식 공습을 감행하는데, 허구와 아이러니와 속임수를 통해 독자를 결단—결국에는 독자 자신의 결단—의 순간으로 이끌어갈 수 있다. 한 세기 후에 사르트르가 주장하듯이, 글쓰기가 도덕적으로 결실을 맺으려면 독자의 자유를 끌어들여야만 한다. 키르케고르가 표현하듯이, 이는 '타자의 망상에 동조하는' 문제, 즉 소설가가 등장인물에 동조하듯 상상적 감정이입을 통해 타자의 가치 영역에 진입하는 문제다. 키르케고르가 고백한바, 글쓰기에는 상상계에서와 마찬가지로 어쩔 수 없이 기만성이라는 요소가 들어 있다. 이런 의미에서 글쓰기란 대화적인 사안으로서 계속 수용자의 귀로 자신을 엿들으면서 마침내 그 자체를 교정하는 것이다. 분명 진리는 진리다. 그러나 인간 담론이라는 타락한 세계에서 진리는 뱀 같은 교활한 지혜를 통해 작동될 수밖에 없다. 이는 저자가 적진에 들어가 내통하는 제5열 분자처럼 독자의 미지 영역에 쭈뼛거리며 조심스레 다가가는 것과 같다.

라캉의 세 단계와 마찬가지로 키르케고르의 세 범주에는 서로 복잡하게 중첩되는 것들이 있다. 종교적인 것은 미적인 것으로 기울어져 내려가야만 한다. 말하자면, 복음주의자들이 다루는 원재료는 바로 갱생되지 않은 환상과 생리적 욕구다. 키르케고르가 주시한 대로 믿음이란 영원한 것을 포착하기도 해야 하지만, 유한한 것을 꼭 붙잡기도 해야 한다. "단호한 무한의 변증법 속에서 매일매일의 생활을 영위하면서도 계속해서 살아가는 것, 바로 이것이 삶의 기술이자 어려움이다."[25] 세계-내-존재이면서 아니기도 하고, 떨어져 있지만 무관심하지는 않은 것과 같은 아이러니가 라캉주의자들의 사유에도 들어 있다. 키르케고르가 『두려움과 떨림』에서 "자신의 욕망을 단념하는 것이 대

---

25 Søren Kierkegaard, *Concluding Unscientific Postscript*, pp. 78~80.

단하기는 하지만, 욕망을 단념한 후에 다시 그 욕망을 굳게 지키는 것은 더 대단하다"라고 말할 때, 그는 아브라함이 지녔던 이삭에 대한 사랑과 이삭의 안전에 대한 소망―즉 아브라함이 야훼에 대한 믿음이라는 이름으로 단념하면서도 고수하던 그 사랑과 소망―을 염두에 두고 있다.[26] 라캉 또한 불가능하기는 하지만 어떤 대가를 치르더라도 충실히 지켜야만 하는 욕망을 믿는다.

이 세 차원 사이에는 또 다른 관계가 있다. 믿음과 미적인 것이 서로 반목할 수도 있겠지만, 이 둘은 윤리적인 것에 부족한 직접성을 공유한다. 자기 자신을 선택한다는 것은 지고의 윤리적 행위로서 결연한 믿음의 주체를 예시하기는 하지만, 이 선택은 음울한 '미적' 퇴보 상태에 있는 자신을 선택한다는 의미이기 때문에 미적 영역을 벗어나는 것이 아니다. 마찬가지로 종교적인 것은 윤리적인 것을 일소한다기보다는 '중지'시킨다. 그럼에도 불구하고 키르케고르는 윤리적인 것과 실재계의 관계를 전통적인 기독교 방식으로 이해하지 못한다. 『신약성경』에서 믿음이란 윤리적인 것을 초월하는 도약이라기보다는 윤리적인 것의 궁극적인 근거를 드러내는 것이다. 아무 유보 없이 사랑하는 사람은 죽음을 당하리라는 것은 진리다. 바로 이런 의미에서 예수는 도덕법의 완성이자 종말로서 도덕법을 철폐하지 않으면서 그 법의 무시무시한 내적 논리를 드러낸다. 믿음이란 정의, 자유, 우정, 평등의 신에 대한 믿음이기 때문에 결코 윤리와 반목하지 않는다. 이런 가치들에 대한 휴머니즘적인 헌신과 기독교적인 믿음이 구별되는 지점은 후자가 모든 역사적 현상에도 불구하고 결국 그 가치들이 성취될 수밖에 없을 것이라는 부조리한 명제를 고수한다는 사실이다. 기독교적인 믿음이 더욱 더 어리석게 계속 주장하기를, 그 가치들이 성취될 수밖에 없는 것은 그 가치들이 이미 성취되었다는 느낌이 있기 때문이라는 것이다.

---

26 Søren Kierkegaard, *Fear and Trembling*, p. 52.

❖

　니체는 놀랄 만큼 급진적인 사상가인데, 도덕에 대한 견해도 예외는 아니다. 그는 윤리 논쟁에 개입해서 이런저런 가치를 서로 견주어보지 않고 오히려 도덕 개념 자체에 이의를 제기한 최초의 근대사상가 가운데 한 인물이다. 이런 회의론자들 가운데 또 한 인물은 동시대인인 마르크스로서 그에게 도덕이란 본질적으로 이데올로기다. 비록 니체가 이데올로기라는 용어를 사용하지는 않지만, 이는 니체에게도 마찬가지다. 두 철학자들에게 도덕이란 여러 문제에 대한 사안이 아니라 그 자체로 하나의 문제다. 그들 모두 눈에 띄게 참신한 방식으로 윤리와 권력을 연결한다. 마르크스가 보기에 사회의 상부구조에 속한 도덕 담론이 다른 무엇보다 생산력의 발전을 가로막는 기능을 한다면, 니체가 보기에 도덕 담론은 일차적으로 '힘에의 의지'의 번성을 차단하는 기능을 한다. 주지하다시피 도덕이란 '떼거리' 도덕으로서 소심하고 정신적으로 그런저런 대중에게는 적절하지만, 니체를 아주 많이 닮은 고귀하고 특출한 영혼들에게는 치명적인 장애물일 뿐이다. 도덕이란 즐거움, 위기, 쾌활함, 굳건함, 고독, 수난, 자기 극복을 두려워하는 사람들이 만든, 삶에 대한 음모다. 도덕은 연금술만큼이나 공상적이고 터무니없다. 도덕이라는 이 쇠퇴해 가는 장치는 그 형이상학적 버팀목이 점진적으로 더 약화되어 왔다는 점을 고려한다면 이제 와해될 수밖에 없다.

　키르케고르가 대중을 지독하게 비판한다면, 순전히 독기 면에서 볼 경우 니체는 그를 쉽사리 능가한다. 두 사상가가 사회적 관행에서 본 것은 비겁하게도 하나의 인격체가 되려는 위험한 모험을 회피하는 것이다. 니체가 보기에 도덕이란 폭정, 백치성, 노예적 순응, 가학·피학적 원한의 문제다. 그것은 각 개인 안에 들어 있는 떼거리 본능으로서, 개개인을 그저 얼굴 없는 어떤 집단의 기능인이 되도록 훈련한다. 아무런 진리나 근거도 없고, 개인적인 것에 대한 공동체적인 것의 야비한 승리의 표시일 뿐인 도덕은 삶 자체를 활기차게 고양시키기 위해서가 아니라 단지 공동체를 성장시키고 보존하고 보호하기 위해서만 존재한다. 이렇듯 니체의 확고한 자연주의적 견해에 따르면, 도덕이란 그저 생물학, 심리학, 생리학, 인류학, 지배를 향한 끝없는 투쟁의 한 기능일 뿐이다. 그 근간은 정신이 아닌 육체에 있다. 도덕은 칸트 식으로 현상 그 자체로서 파악될 수 없고, 단지 그 현상의 외부에 있는 어떤 관점에서, 즉 '삶, 자연, 역사'의 기능으로서만 설명될 수 있다. 마르크스처럼 니체는 도덕의 자연사나 물질적 조건에 관심을 두는데, 사물 자체는 그것의 징후에 지나지 않는다. 도덕규범이란 이른바 관습, 습속(아비투스), 사회적 무의식에 분별없이 복종하도록 교화하는 것일 뿐이다. 절대적인 도덕적 가치는 전적으로 우발적인 전통과 감상에 줏대 없이 순종하는 데서 생겨난다. 도덕적 판단의 전체 역사는 잠시 후에 보게 되듯 어떤 면에서 생산적인 과오일 수도 있겠지만, 하나의 기나긴 과오였다. 니체는 『힘에의 의지』(*The Will to Power*)에서 삶을 해방하려면 도덕을 파괴해야만 한다고 주장한다.

실로 니체는 도도하게도 관례적인 윤리의 거의 모든 면을 거부한다. 도덕적 가치는 예외 없이 수난, 갈등, 착취의 역사에 그 뿌리를 두고 있다. 그는 『도덕의 계보』(*On the Genealogy of Morals*)에서 벤야민 식으로 "모든 '선한 것들'의 저변에 얼마나 많은 피와 잔인성이 놓여 있는가"라고 논평한다.[27] 그렇다면 모든 도덕은 그 자체의 고매한 기준에 따라 판단될 경우 부도덕하게 된다. 니체는 『힘에의 의지』에서 도덕 이념의 승리란 모든 다른 승리와 마찬가지로 무력, 거짓, 비방, 부정의 등과 같은 수단을 통해 성취되는 것이라고 언급한다. 도덕적 사실, 동기, 의도, 자질 혹은 특별히 도덕적 현상이라는 것은 없다.

만약 도덕적인 행동이나 비도덕적인 행동이라는 것이 없다고 한다면, 이는 인간 행실에 대한 이 모든 이데올로기가 그릇된 의지 개념에

---

27 Walter Kaufmann(ed.), *Basic Writings of Nietzsche*, New York, 1968, p. 498.

기초해 있기 때문이다. 의지는 자유롭지 않다는 주장은 그 그릇된 개념을 역전시킨 것일 뿐이며, 자유의지 같은 것은 없다. 자유의지라는 관념은 처벌하고 비난하려는 병든 욕망의 결과물이다. 니체는 『여명』(Dawn)에서 만약 의지의 자유에 따라 수행된 행동만이 도덕적이라면 결코 도덕적 행동이란 것은 없다고 비꼬듯 말한다. 사람은 자기 스스로 움직이고 결정하기 때문에 자기 행동에 전적으로 책임이 있다고 생각하는 것은 '상징계'적 윤리의 맹점이다. 이와 반대로 니체는 프로이트 식으로 『선악을 넘어서』(Beyond Good and Evil)에서 의식적이고, 알 수 있고, 가시적이고, 의도적인 행동에 관한 모든 것은 그저 그 행동의 표피적인 면일 뿐이라고 한다. 이른바 자유로운 인간 주체란 단지 야만적인 법을 내면화하여 순종적인 시민으로 스스로를 자제하여 더 이상의 외적 강압을 필요로 하지 않게 된 주체일 뿐이다. 법은 그 자체를 심을 수 있는 어떤 장소를 필요로 하기 때문에, 우리 안에 죄책감과 질병, 그리고 주체성이라고 할 수도 있는 양심의 가책과 같은 내면의 공간을 열어놓는다. 다른 무엇보다 니체의 바로 이런 면이 후에 푸코에게 전수된다. 건강하게 외부로 향할 수도 있는 본능이 법의 억압적 권력 아래에서 내향적으로 되어 우리 안의 공안 경찰인 '영혼'과 양심을 낳게 되면서, 우리의 내면세계는 두터워지며 확장된다. 한편 주체는 자기 내면에 장착된 징벌적인 법 혹은 초자아로부터 피학적인 쾌락을 얻는다. 자유란 자신의 쇠사슬을 끌어안는 것이다.

그렇다고 해서 니체가 지독한 결정론자는 아니다. 오히려 그는 바로 쓸 수 있는 극도로 단순화하는 교리가 아니라 보다 더 미묘한 심리학을 발전시키려고 노력하는데, 이런 심리학을 통해 자유와 필연 사이의 모든 고전적 대립을 허물어 버리려고 한다. 이를 위해 그는 특히 어떤 면에서 일관된 그의 주제인 예술적 창조성 —즉 의지의 행위나 냉혹한 필연의 문제가 아닌 예술적 창조성— 의 과정을 탐구한다. 어쨌든 대부분의 사람들은 자율성과 책임 같은 장엄한 이상에 못 미친다. 그들은 단지 자기 본성의 조건반사일 뿐이기 때문에 이들에게서 도덕적 칭찬이나 비난이란 전적으로 부적절하다. 우매한 대중의 성격을 주조하는 보이지 않는 힘의 그 복잡한 그물망을 호랑이의 책임으로 돌릴 수 없듯이, 더 이상 그 대중의 책임으로 돌릴 수 없다.

만약 니체가 상징계적 질서에 강경하게 반대한다면, 마찬가지로 상상계적 질서도 대수롭지 않게 여긴다. 스피노자가 일반 대중의 도덕이란 세계를 자신들의 편견과 편애를 반영하는 거울로 취급하는 데 있다고 주장한 것처럼, 니체는 도덕적 판단이란 자기에게 해로운 것은 모두 악이며 이로운 것은 모두 선이라고 느끼는 경향에서 나온 것이라고 여긴다. 이런 자아중심주의는 사회 자체 내에서 집단적인 형태를 취하기도 한다. 직관적인 도덕적 능력이라는 관념은 니체에게 천진난만함의 극치라는 인상을 준다. 영국인들이 선한 것과 악한 것을 직관적으로 안다고 생각하고 있을 때 니체는 『우상의 황혼』(*Twilight of the Idols*)에서 그들이 자기기만에 빠져 있다고 조롱한다. 또한 그는 관례적인 덕이란 '흉내 내기'에 지나지 않는다고 주장하면서, 도덕적 상호성이라는 버크 식 견해 전체를 거부한다. 사실상 니체가 흄 같은 도덕주의자들과 아주 드물게 동의하는 점 가운데 하나는 그의 단호한 반실재론이다. 니체의 18세기 선배들의 경우에서도 그렇듯이, 도덕적 가치란 세계에 성문화되어 있지 않다. 도덕적 가치란 우리가 직접 제조한 세계라는 가구의 조각들이지 우리 주변에 아무렇게나 놓여 있는 조각들이 아니다.

니체는 감상과 감성도 똑같이 무시한다. 감상이란 우리가 믿도록 교육받아 온 것의 정감적 징후에 지나지 않는다. 만약 흄과 허치슨에게서처럼 감상이 자연적이고 자연발생적인 것 같다면, 이는 단지 우리가 근거 없는 도덕법을 성공적으로 내면화했기 때문이다. 니체가 『여명』에서 주장한 바에 따르면, 도덕적 행동을 타자와 공감하는 행위라고 보는 고매한 가정 이면에는 타자가 우리에게 가하는 위협에 대한 원초적 불안이 놓여 있다. 그는 『선악을 넘어서』에서 이웃사랑이란 근본적으로 이웃에 대한 두려움으로 인해 나타난다고 한다. 그것은 순전히 부차적이고, 임의적이고, 관례적인 교시다. 두려움은 '도덕의 어머니'이기는 하지만, 으레 사랑으로 위장된다. 이는 니체의 수많은 교리를 물려받은 프로이트가 말한 것과 그리 다르지 않다.

그래서 자애주의자들의 이타주의는 전적으로 신화적인 것으로 거절된다. 희생, 무아, 자기 부인, 사심 없음이라는 이념은 전적으로 위조된 것이다. 동정적인 주체는 거세된 주체다. 자애를 행하는 내장된 능력은 없다. 인간 존재는 본성적으로 경쟁적이고 자아중심적인 동물이며, 타자들을 이롭게 하는 성품은 항상 자신의 이해관계에서 파생된다. 만약 도덕적 행동이 순전히 타자의 이익을 위해서 수행되는 것으로 특징지어진다면, 도덕적 행동이란 존재하지 않는다. 인간적 연민의 가치는 극도로 과대평가되어 있다. 그것은 우리를 타락시킬 것 같은 사람들과의 협정이다. 감상주의자들은 인간의 수난을 즐기며 호사스럽게 지내는데, 니체는 이런 현상을 부풀려 중요하게 여긴다. 초인(超人, Overman)은 역경을 당연한 일로 받아들이며, 그 역경 속에서 창조적 성취를 위한 중요한 교육을 받는다. 초인은 분명 불운한 사람들에게 도움을 줄 수 있을 텐데, 그 과정에서 그는 열성적인 중산계급의 인도주의자라기보다는 담대하게도 굽힐 줄 모르는 귀족의 풍모를 지닌다. 정신적 약자들은 자기 지배와 자기 극복으로서의 도덕을 전혀 알지 못한 채, "머리는 없고 그저 온통 마음과 도움의 손길만 있는 듯 보이는 본능적 도덕의 선하고 공감적이며 자비로운 감상을 찬양한다."[28]

『도덕의 계보』를 쓰던 시기의 니체는 "거만하고, 남성적이며, 정복하고, 지배하는 모든 것"을 찬양하기를 즐겼다.[29] 위험, 정복, 고통, '숭고한 사악함'에의 의지는 줏대 없는 도덕적 휴머니즘으로 인해 암암리에 약화되었다. 우리가 지닌 것과 같은 공감과 동정이란 천민의 종교인 유대 기독교의 병든 덕목이며, 악의에 불타는 원한을 품은 하층민

---

28 Richard Schacht, *Nietzsche*, London, 1985, p. 468에서 재인용.

29 Walter Kaufmann, *Basic Writings of Nietzsche*, p. 265.

들이 자신들의 주인들을 교묘히 설득하여 내면화하도록 했던 자기 증오와 삶에 대한 역겨움의 징후다. 약자들은 도착적인 천재성을 발휘하여 자신들의 곪아터진 허무주의로 강자들을 감염시켰고, 이 파국적 상황에 도덕이라는 명칭을 부여했다. 이에 대한 반응으로 초인은 타자들의 수난에 대해 마음을 모질게 먹고, 병적인 자들과 유약한 자들 위로 자신의 전차를 몰아가야만 한다.

만약 연민과 공감이 엄격히 평민들만을 위한 것이라면, 행복, 공리, 복리, 공동선이라는 이상도 마찬가지다. 니체는 『선악을 넘어서』에서 "어떻게 '공동선'이 있다는 것인지!"라며 비웃는다. "그 용어 자체가 모순이다. 공동으로 가질 수 있는 것은 언제나 별 가치가 없다."[30] 그는 『선악을 넘어서』에서 일반적인 복지의 개념이란 이상이 아니라 구토를 유발하는 것이며, 공리의 원리란 다름 아닌 유린당한 자와 짓밟힌 자들의 좌절된 염원을 반영한다고 한다. 행복이라는 하찮은 일과 관련해서, 그는 벤담주의자들을 염두에 두고서 오직 영국인들만 행복의 문제로 골치를 앓는다고 비웃는다. 개념과 마찬가지로 도덕 규약은 본래 지나치게 단순화하는 것인데, 이루 다 말할 수 없을 정도로 특수한 것을 유적인 것이나 보편적인 것의 저급한 논리로 환원한다. 이 전투적인 유명론은 포스트모던적 사유에 흘러들어간 니체의 여러 입장 가운데 하나인데, 사실상 그는 그 사상적 조류의 창시자다. 그는 일반적인 것이란 본래 일률적이며 조작적이라고 믿는다는 면에서 키르케고르와 많은 것을 공유한다. 실로 그는 의식이 풍성한 현실의 숲을 의식 자체의 보잘것없는 그림자로 만들면서 세계를 속악화(俗惡化)한다고 믿는다는 면에서는 심지어 광적으로 개인주의적인 이 덴마크인조차도 능가한다. 사고에는 필연적으로 뭔가 둔하고 몽롱한 것이 있다. 오히려 육체가 더 풍성하고, 더 명확하고, 더 믿을 만한 현상이다.

---

30 Ibid., p. 330.

그럼에도 불구하고 니체가 상징계적 질서나 대중의 도덕이 지배하는 시대를 완전히 청산하는 것은 전혀 아니다. 우선 첫째로, 그것은 대부분의 사람들이 언제든 운용할 수 있는 최선의 것이다. 진화론적으로 말하면, 상징계적 질서란 그들이 처한 정신적으로 유인원의 상태에 놀랄 만큼 잘 어울리는 영역이다. 인류는 대단히 많은 현실을 견딜 수 없으며, 진리를 정면으로 마주해야 할 정도로 불운하다면 결국 그 진리로 인해 죽게 될 것이다. 그러므로 휴머니즘적 주체의 탄생이 그리 유감스러운 것만은 아니다. 이 점에서 니체는 그보다 덜 신중한 제자들과 확연히 다르다. 또 다음으로 상징계적 질서는 추상적인 규범과 균일화하는 기준, 그런저런 평범한 것의 신격화, 예외적인 것에 대한 속박을 통해 궁극적으로 생산적인 결과를 산출한다. 물론 키르케고르가 자기 식으로 설명한 섬뜩한 상징계에는 그런 생산적인 결과가 전혀 없을 것이다. 그러므로 니체는 근대의 니체 옹호자들과 달리, 도덕이 세 단계의 역사를 거쳐 움직인다고 보는 순수한 목적론자다. 이 세 단계가 상상계, 상징계, 실재계와 정확히 일치하지는 않으며, 보다 정확하게 동물계, 상징계, 실재계로 기술될 수 있을 것이다.

흔히 동물적 단계가 니체의 도덕적 이상으로 잘못 여겨지기도 한다. 이 단계는 '자유롭고 거칠고 배회하는 인간들'이 존재하는 원시시대로서, 이들은 죄책감을 모르고, 멋지게도 아무런 구속도 받지 않은 상태에서 자신들의 아름답고 야만적인 본능을 실행하고, 전혀 개의치 않으면서 해치고 착취하는 포악한 전사들이다. 이들은 도덕적 인간보다 더 매혹적이기는 하지만, 그리 대단히 흥미롭다거나 복잡하고 난해한 생물체들은 아니다. 금발의 야수들의 잔인한 통치가 그들로 인해 지하 세계에 억류된 자들의 자유로운 본능을 추동하여, 관례적인 사회의 '노예 도덕'을 구성하는 죄책감과 나쁜 믿음을 병적으로 자해적인 상태로 만들 때, 도덕적 인간이 나타난다. 법과 욕망 사이의 이런 자기 파괴적 공모에 걸려든 채 관례적인 도덕적 생물체들은 부정적인 의미의 실재계에 시달리며 활기를 잃게 된다. 이에 반해 이후에 살펴볼 초인은 훨씬 더 긍정적인 의미의 그 어렴풋한 영역인 실재계에서 살아가는 자로서, 어떤 면에서는 거세하는 유대 기독교의 자해적인 시종보다는 라캉의 이상화된 안티고네―(음울함과 고집스러움을 잃어버린 안티고네)―에 더 가깝다.

하지만 도덕적 동물의 이 가학·피학적 자기 수양은 그 나름대로 놀라운 창조물이기도 하다. 양심의 가책에는 훌륭한 무엇인가가 있다. 마치 도착적이고 악의에 찬 니체가 인간에 대한 견해에서 에로스적 자극을 얻는 것처럼, 인간은 스스로의 자기 고문에서 에로스적 자극을 얻는다. 더군다나 본능의 한결같은 부정 행위는 인간의 삶을 취약하고 위태롭게 만들기도 하지만, 새로운 실험과 모험의 가능성을 열어주기도 한다. 이 욕동의 억압은 모든 위대한 예술과 문명의 토대다. 만약 우리의 정념이 약화된다고 한다면 그것이 세련되고 섬세해지는 것이기도 하며, 그로 인해 우리에게 요구되는 처벌적 자기 수양은 초인의 쾌활한 자기 지배를 위한 길을 열어주기도 한다. 우리가 계산적 이성에 위험할 정도로 의존하게 되면 암암리에 섬유질이 유연해지기는 하겠지만, 동시에 비교할 수 없을 정도로 풍부해진 실존이 도래할 수도 있다. 니체는 결코 계몽주의에 대한 증오로 가득 찬 단순한 반이성주의자가 아니다. 적어도 이런 점에서 그는 마르크스만큼이나 변증법적이다. 갖가지 목적론에서처럼 타락은 결국 복된 타락이라는 점이 밝혀진다. '떼거리' 도덕이 도입되어 예전의 야만적인 정념들이 조율되고 승화되어야만 초인이 장엄하게 들어올 길이 열리게 되며, 마침내 그는 이 정념적 성향들을 엄히 다스려 자신의 자율적 의지에 따르게 한다. 인간 주체가 질병과 복종 가운데서 태어나기는 하지만, 바로 이 상황이 파괴적일 수도 있는 힘을 다른 방식으로 동력화할 수 있는 근본적인 작업장이 될 것이다.

니체가 『힘에의 의지』에서 쓴 바에 따르면, "도덕이 성취해 온 것에 대해 최대의 심심한 감사를 표하지만, 이제 도덕은 그저 숙명이 되어 버릴는지도 모를 짐일 뿐이다!"[31] 니체는 『방랑자와 그의 그림자』(*The*

Wanderer and His Shadow)에서 "많은 쇠사슬이 인간에게 드리워져 왔기에 그는 동물처럼 처신하는 것을 잊도록 학습하게 되어 사실상 어느 동물보다도 더 온화하고, 더 정신적이며, 더 즐거워하고, 더 신중하게 되었다. 그러나 그는 너무나 오랫동안 자신의 쇠사슬을 짊어져 왔기에 지금도 여전히 시달리고 있다. ……"[32] 이는 모세의 율법에 대한 바울로의 태도를 생각나게 하는데, 그 핵심은 모든 효과적인 규제처럼 어떤 사람을 그가 더 이상 법을 필요로 하지 않을 장소로 이끌어가는 것이다. 『신약성경』처럼 니체는 자기 나름의 무신론적인 방식으로 법이란 그 자체에 봉사하는 것이 아니라 삶을 풍요롭게 하는 데 봉사해야 한다고 믿는다. 법은 일단 그 목적을 성취하고 나면 폐기될 수 있다. 키르케고르에게서는 그렇지 않다 하더라도 니체에게서, 주권적 개인은 비록 그가 구속적인 관습을 초월한다고 해도 그 관습의 산물이다. 금발의 야수가 문명화된 실존에 적합하게 만들어지기 위해서는 기운도 심신도 약화되어야만 한다. 만약 인간 존재들이 계산될 수도 없고 추상적으로 교환될 수도 없다면 그들은 본능에 따르는 야생동물로 남게 될 것이며, 결코 지고의 문명화된 초인이 도래할 수 있는 기반도 마련되지 못할 것이다. 결국 상징계적 질서는 그 나름의 쓸모가 있다. 인간 존재는 그럴듯한 보편법을 내면화하도록 훈련받아야만, 이 찬란한 새로운 창조물―즉 얼굴 없는 따분한 도덕에 의해서가 아니라 비할 데 없는 자기 존재의 법에 따라 살아가는 초인―의 자기 통치를 얻을 수 있다. 귀족은 자기보다 못한 사람들과 함께 식사를 하지 않듯이, 자신의 도덕적 가치를 공유하지 않는다. 니체를 가장 격분시킬 만한 것은 개인들이 어떤 의미에서 통약 가능할 수 있다는 의견이다. 이런 면에서 그는 키르케고르의 참된 철학적 동지다. 자기가 스스로에게 법인 초인은 '긍정적' 실재계의 차원에서 의기양양하고, 결연하고, 철저

---

31 Friedrich Nietzsche, *The Will to Power*, New York, 1968, p. 404.

32 Richard Schacht, *Nietzsche*, p. 370에서 재인용.

히 단독적이며, 집단적인 도덕규범의 범위를 넘어서고, 죽음과 무(無)를 마주하여 대담하게 움직여 다니기는 하지만, 그가 그럴 수 있는 것은 오직 상징계라는 가혹한 수련의 장(場)에서 훈련을 받았기 때문이다. 문명이란 도덕적 야만의 산물이다. 자기를 잃어야만 자기를 얻을 수 있는 것이다.

그렇다면 니체의 목적론에는 비극적인 특성이 있다. 결국 끔찍하게 많은 폭력과 처참함과 자기혐오가 있어야만 인간의 삶은 번창할 수 있다. 하지만 정중함, 평온함, 고상한 정신, 그리고 니체가 묘하게 표현한 '영혼의 고결함' 등을 과도하게 발산하는 초인에게 비극적인 것이라고는 조금도 없다. 결코 약탈적인 야만인으로 형상화될 수 없는 초인은 쾌활함과 자기 수양과 담대함의 거장으로서 예술가가 자신의 화폭에만 전념하듯이, 한 마음으로 자신의 번영에만 전념한다. 자기 창조와 자기 실험의 끝없는 모험을 시작한 초인 혹은 메타 인간은 동일한 육체에 들어 있는 예술가이면서 동시에 예술품이기도 하다. 말하자면, 그는 자기 손에 있는 진흙이며, 자유롭게 자기 자신을 어떤 형태이든 삶과 성장과 권력에 최대의 경의를 표할 장엄한 이미지로 빚어낸다. 우리는 가장 미세한 부분에 이르기까지 '우리의 삶을 창조하는 시인'들이어야 한다. 분명 도덕이 있기는 하겠지만, 이미 만들어진 기성복 같은 것이 아니라 아무도 모방할 수 없는 자신의 인격에 맞춘 맞춤복 같은 것이어야 한다.

이것은 잘못된 개인주의가 아니다. 초인은 자기 자신을 위해서가 아니라 종의 보다 더 큰 번영을 위해서 자신의 권력을 연마하고 풍성하게 만든다. 그는 진화론적 진보라는 미명 아래에서 사라져야만 했던 유기체들처럼 그 제단에 바쳐진 제물이다. 이런 면에서 니체는 걸출한 빅토리아인이다. 그렇다면 이타주의는 보다 높은 차원으로 되돌아온다. 어떤 의미에서 초인은 가장 온순하게 순응하는 시민처럼 엄격한 법의 지배를 받기는 하지만, 이 법은 그가 스스로 제정한 법으로서 (니체의 조롱에 찬 견해에 따르면, 소심한 늙은 환관인) 칸트가 우리에게 머리를 조아리라고 역설한 보편법의 아주 독특하고 비할 데 없는 변형판이다. 결국 잔인한 강압이 자기 주도적 헤게모니에 자리를 내주게 된다. 니체가 칸트로부터 의무라는 관념을 빌려오는 과정에서 그것이 항상 모든 사람에 대한 의무를 의미할 수 있다는 점을 부인하듯이, 그는 이 선배 철학자로부터 법을 자유롭게 전유할 수 있다는 견해를 훔쳐오는 과정에서 그 법으로부터 획일성과 보편주의를 제거해 버린다. 미래의 법은 희한하게 반(反)법치주의적인 형태로서 전적으로 각 개인에게 특유한 법이 될 것이다. 초인은 철두철미한 결단주의자로서 선험적 원리나 일반적 규약이 아닌 자기의 즐거움에 넘치는 초유동적 권력을 본보기로 삼는다. 그는 예술작품처럼 자신의 법과 규범을 만들어낸다. 진정한 철학자들이 포고하는 것은 품행의 어떤 특정 양식이 아니라 삶의 충만함이다. 어떤 규준이 삶의 '고양'이라고 여겨지는 것을 결정하는지는 명확하지 않다. 이와 관련해 니체는 당대의 관행에 호소할 수 없는 것처럼 직관에 호소할 수도 없다. 게다가 만약 힘에의 의지가 모든 현상을 다 포함하여 그것의 범위 밖에서 그 자체를 판단할 수 있는 도덕적 규준이 없게 된다면, 우리는 그 힘에의 의지가 유익하다는 것을 알 수도 없다. 만약 그렇다면 삶을 고양하는 것이 뭐 그리 경탄할만한 일인가?

니체는 이후에 살펴볼 아리스토텔레스 식 도덕 전통에서 흘러나온 덕의 관념을 잘 못 참는다. 그가 『인간적인, 너무나 인간적인』(Human, All Too Human)에서 도덕은 강박충동으로 시작해서 관습이 되고, 그 자체를 본능으로 변형해서 결국에는 덕이라는 이름으로 충족감으로 이어진다. 덕이란 라캉에게서도 가끔 그래 보이듯 맹목적 강박충동이 승화된 것일 뿐이다. 그럼에도 불구하고 초인의 삶에는 이른바 덕 윤리의 몇 가지 요소가 들어 있다. 아리스토텔레스처럼 초인이 설정한 지고의 목표는 자기실현이다. 이 고대의 선배 철학자와 달리, 니체는 자율적 자기와 유사한 무엇인가가 실제로 존재하는지에 대해서는 심각하게 의심하지만, 어쨌든 자기실현이란 아리스토텔레스의 경우에서처럼 실현 그 자체를 위해서가 아니라 '삶' 전체를 증대하기 위한 것이라고 본다. 마찬가지로 그는 '미래의 자유롭게 발전된 자신'이라고 쓴 문구뿐만 아니라 '전인적 인격체'의 '최고 복리'와 같은 아리스토텔레스를 연상케 하는 용어를 사용하기도 한다. 물론 이런 문구나 용어는 다소 은밀하게 아리스토텔레스적인 마르크스에게도 있을 만큼 일반적이기는 하다. 유덕한 개인처럼, 초인은 습관의 생물체로서 문화와 문명의 가장 훌륭한 가치들을 그 자체에 통합해 온 본능에 따라 살아간다. 이런 의미에서 그는 '동물' 단계의 인간이 지닌 본능적인 에너지를 자기 자신이 특이하게 선택한 '도덕' 시대의 가치와 결합한다.

　니체와 덕 윤리 사이에는 또 다른 접점이 있다. 후에 살펴보겠지만, 덕 윤리의 전통은 도덕법과 계율에 반대하지 않는다. 즉 칸트 식 도덕과 달리, 덕 윤리 전통은 처음 시작될 때부터 그런 것들에 반대하지 않았다는 말이다. 그 전통은 오히려 덕, 탁월성, 복리, 자기실현 등의 개념으로 시작하여, 이와 같이 보다 넓은 문맥 내에서 규범과 규정의 기능을 평가한다. 교시와 금지 자체가 목적이라고 간주되지는 않는다. 이 점에서 니체는 전례를 따른다. 즉 도래할 자유의 왕국에도 여전히 법은 있겠지만, 그 법은 오직 삶을 보다 더 풍요롭게 만들기 위해 존재할 뿐이다. 하지만 만약 니체가 아리스토텔레스를 완전히 이해했더라면, 심지어 쇠락한 현재의 도덕조차도 일차적으로 법과 책무의 문제가 아닐 수도 있다는 점을 인식했을 것이다. 바로 이 점이 이 고대 철학자의 교리가 지닌 보다 긍정적인 함의 가운데 하나다. 반어적이게도 니체가 윤리란 의무와 규정의 문제라는 칸트의 모호한 명제에 동의하기는 하지만, 결국 자신의 전혀 다른 견해를 위해서 이 모든 초자아적 개념을 거부할 뿐이다. 그는 도덕이란 일차적으로 어떤 행동의 추이를 규정하고 어떤 유형의 행동과 개인을 질책하는 문제라고 보면서, 당연히 이 모두를 거부한다. 그러나 만약 니체가 애초에 도덕을 그토록 궁색하게 정의하지 않았더라면, 군이 그토록 현란하게 도덕과 의절할 필요는 없었을 것이다. 이 정도로 그는 떼거리 도덕을 공격하다가 그 자신이 그 떼거리 도덕의 제물이 된다. 이와 유사한 아이러니는 마르크스에게도 있다. 마르크스는 가끔 도덕을 도덕주의로 환원하는 듯 보이며, 이로 인해 자신의 작업이 고전적이고 비도덕주의적인 의미의 도덕적 탐구라는 점을 파악하지 못한다.[33]

초인은 지극히 긍정적인 존재이며, 그에게는 강건함과 삶의 즐거움이 넘쳐흐른다. 하지만 초인은 영원한 긍정을 위해 엄청난 대가를 치러야 하기 때문에 아리스토텔레스의 위대한 영혼을 지닌 인간과는 근본적으로 다르다. 그 대가란 두려움에 떨며 실재계와 대면하는 것, 즉 이 세계에는 진리도, 본질도, 정체성도, 근거도, 목적이나 내재적 가치도 없다는 점을 인정하는 것이다. 인간 주체는 허구이며, 그 주체에게 그토록 견고해 보이는 대상들도 마찬가지다. 이 모두를 인정한다는 것은 『비극의 탄생』(*The Birth of Tragedy*)에 묘사되어 있듯이, 진통제 같은 아폴론적 환각을 거부하고 탐지할 수 없는 디오니소스적 심연을 응시하는 것이다. 이는 또한 심지어 죽음 욕동에 대한 이 섬뜩한 지식조차 미세한 본능적 습관으로 전환하여, 아무런 확실한 것도 없이 심연의 가장자리에서 춤을 추는 것이다. 초인은 가공할 필연에서 덕을 뽑아내는 인물로서, 아무 근거 없는 현실을 미적 기쁨을 위한 기회이자 끊임없는 자기 발명의 원천으로 전환한다. 라캉의 실재계의 윤리적 영웅처럼 초인은 비극인 불의 세례를 통과하고 넘어서서 그 즐거움에 넘치는 고난을 완전히 넘어서는 곳에 도달한다. 하지만 이 부러운 상황을 성취하기 위해 종으로서의 인간은 상징계적 질서의 힘든 수업에 전력을 기울여야만 한다.

말하자면, 니체에게서 진정한 인간 생물체란 상징계적 질서의 복된 타락으로부터 실재계와의 징벌적인 만남을 통해, 추론적인 이성을 자발적인 본능으로 전환하는 덕의 상태로 진보하는 것이 아닌가 한다.

---

33 마르크스의 윤리 사상에 대한 탁월한 논의는 R. G. Peffer, *Marxism, Morality, and Social Justice*, Princeton, NJ, 1990 참조.

초인은 아낌없이 아량 있는 정신을 지닌 인물이기는 하지만, 귀족의 세련되고 아랑곳하지 않는 태연함도 지닌다. 이런 상황에서는 육체적 충동과 정감(정동)이 가장 중요해지며, 이로 인해 결국 어떤 면에서 보다 고차원적인 형태의 상상계가 된다. 후에 살펴보겠지만 라캉과 바디우에서 도덕이란 상징계의 온갖 덫과 망상에도 불구하고 사람들이 고수해야만 하는 실재계에 이를 악물고 충성하는 데 있다. 파리의 전위파에게 참으로 윤리적인 행위란 이 숭고한 진리에 지속적으로 헌신하기 위해 실없고 지루한 일상적인 것을 일축해 버리는 것이다. 니체는 이들과 다르다. 사실상 사람들은 타박상을 입어가면서까지 실재계와 만나야만 세계에는 도덕적 토대가 없다는 점, 신은 죽어 있을 뿐만 아니라 애초에 한 번도 살아 있던 적이 없다는 점, 그리고 정통 도덕주의자들 대부분이 가증스럽고 품위가 떨어진다는 점을 인식할 수 있을 것이다. 하지만 일단 사람들이 이런 식으로 자기 자신의 정신적인 주인이 된다면, 에드먼드 버크가 이해했을 법한 의미에서의 후덕한 삶이 그 결과로 나타날 것이다. 어쨌든 니체가 선호하는 몇몇 덕목, 예를 들어 용기, 쾌활함, 상냥함, 담대함 등은 관례적인 덕목과 아주 가깝게 부합한다. 그렇다면 니체에게 할 수 있는 한 가지 비판은 우리가 알고 있듯 그의 글이 문명의 종말을 나타낸다는 점이 아니라 실망스럽게도 초인이 아주 익숙한 구식 귀족을 닮았다는 점이다. 초인은 악마적 인물이라기보다는 벤저민 디즈레일리*의 작품에 등장하는 인물이다.

─────

* 벤저민 디즈레일리(Benjamin Disraeli, 1804~81): 영국의 정치가, 소설가. 보수파인 토리당 의원으로 두 차례 총리를 지냈으며, 작품에 『비비언 그레이』(Vivian Grey, 1826), 『젊은 공작』(The Young Duke, 1829~30) 등이 있다.

8. 실재계를 그린 허구들
Fictions of the Real

『자에는 자로』에는 공작이 유죄를 선고받은 클로디오에게 운명을 받아들이라고 설득하는 장면이 있다.

> 죽음을 확신하게. 그러면 죽음이든 삶이든
> 더 달콤할 테니. 삶을 이렇게 타이르게.
> 내 너를 잃는다면 바보들이나 지키려는
> 물건 하나 잃는다고 ……
> 너는 행복하지 않다.
> 못 가진 걸 가지려고 여전히 노력하고
> 가진 건 잊으니까 ……
>
> (3.1.6-8, 21-3)

죽음을 옹호하는 이 유창한 웅변에 설득당해 클로디오는 공작의 청에 동의한다.

> 겸허히 감사하오.

살고자 하니 죽음을 찾게 되고

죽기를 바라니 살게 됨을 알았소. 죽음, 와보라 하지요.

(3.1.41-3)

클로디오는 죽음을 확신하고 끊임없이 계속되는 불만족스러운 삶을
외면하면서, 보다 심오하고 달콤한 삶을 발견하게 된다. 이것은 죽음
과 욕망을 대비하는 것이 아니라 세속적 형상을 입고 나타난 욕망이
그저 범속하게 계속되는 일련의 '작은 죽음'*일 뿐이며, 스스로 종식
되기를 재촉한다는 점을 인식하는 것이다. 삶이 아닌 죽음을 사랑하는
것—신랑이 신부를 끌어안듯 죽음의 어둠을 끌어안는 것—은 욕망을
거부하는 것이 아니라 가장 순수한 형태의 욕망을 선택하는 것이다.
이것은 자신의 욕망을 굽히지 않은 채, 욕망의 아린 공백을 이런저런
우상이나 물신으로 채우지 않고 욕망의 초월적 본성을 용인하는 것이
다. 욕망의 법은 우상파괴적인 법으로서 거짓 신과 우상을 거부한다.
죽음에 대해 결연하다는 것은 병적인 시체애착증이 아니라 애정으로
자기 정체성의 본질—욕망의 특정 대상 모두를 초과하는 것이면서 그
대상 위에 있는 텅 빈 잉여로서의 본질—에 충실하다는 것이다. 라캉
은 포스트모더니스트들과는 달리 사실상 독실한 본질주의자이며, 그
에게 인간의 본질인 욕망이란 일종의 무(無)일 뿐이다. 자기 안에 있는
가장 생생한 이것에 진실하지 못한 사람은 바로 사라져갈 이런저런 사
랑의 대상에 의해 불러 세워져, 살아가는 일에 너무 많이 투자를 한 사
람이다.

  하지만 그 욕망에 대해 진실하기 위해서는 값비싼 대가를 치러야
한다. 지젝이 지적하듯이, 기꺼이 그렇게 하려는 사람들의 가장 위대
한 원형은 바로 소포클레스의 오이디푸스이며, 이들은 "쓰라린 최후

---

* '작은 죽음'(*La petite mort*, the little death)이란 오르가슴을 완곡하게 지칭하
  는 표현으로, 일반적으로는 오르가슴 이후의 무의식 혹은 수면 상태를 말한다.

에 이르기까지 '인간 조건'을 살아가면서" 그 인간 조건의 가장 근본적인 가능성을 실현하는데, 어쩌면 이런 이유에서 (그들은) "'더 이상 인간'(이) 아닌 비인간적 괴물로 변하여 그 어떤 인간의 법이나 고려 사항에 제한받지 않게 된다."[1] 극도로 궁핍한 상태에서 그들은 형언할 수 없는 어떤 공포—나치 강제수용소의 끔찍한 희생자들처럼 엄청난 용기를 지녀야만 지켜보며 살아갈 수 있는 그 적나라한 인간성의 공포—를 체현한다. 모든 문화적 표식이 다 벗겨지면서 우리가 가장 순수하게 인간적으로 되는 바로 그 지점에서 우리는 가장 비인간적이며 괴물 같고 기형적으로 된다. 앞서 살펴보았듯이, 실재계와 직면하고 있는 사람은 삶과 죽음 사이의 어느 정지된 중간 지대에서 움직인다. 이곳에서 인간 존재는 "인간 경험의 극한으로서의 죽음 욕동을 만나게 되고, 그 대가로 근본적인 '주체적 궁핍'을 겪으며 배설된 잔여물로 격하된다."[2] 기독교 식으로 보면, 지금 우리는 지옥으로 내려간 예수에 대해 이야기하고 있다. 부언하면, 이 사건을 통해 예수는 인간의 고통과 절망에 대해 연대를 표했으며, 그가 그렇게 하지 않았더라면 결코 죽은 자들로부터 부활하지 못했을 것이다.

칸트 식 숭고와 마찬가지로 욕망은 우리가 지극히 평범한 현실에 투자하는 것을 질책하며, 우리의 참된 고향이 무한성에 있다는 점을 준엄하게 알려준다. 이 무한성은 기독교적 믿음에서처럼 우리가 마침내 얻을 수 있는 것이 아니라 오히려 괴테의 파우스트의 경우에서처럼 무한성을 찾아가는 과정 자체의 무한성이다. 끊임없이 계속되는 욕망은 영원한 삶의 세속적인 변형판이다. 이 영속적인 욕망은 지속적으로 충족되지 못하는 우리의 상태에 부정적인 모습으로 불쑥 나타나는 무한성이며, 이는 마치 충족의 실패로 인한 좌절이라는 사실이 그 사실 자체를 뛰어넘어 지금으로서는 상상할 수도 없는 어떤 충족의 성취 상태

1 Slavoj Žižek, *The Ticklish Subject*, London, 1999, p. 156.
2 Ibid., p. 161.

를 가리키는 듯하다. 그리고 이런 욕망은 우리가 무한성을 알 수 있는 최대치다. 존재의 결핍인 우리 자신에게 충실하다는 것은 (고전적으로 윤리를 추구하는 방식에서처럼) 잘 사는 방법을 찾는 것이 아니라 근본적으로 탈주술화된 우리의 상태를 감수하는 방법을 배우는 것이다. 한마디로 이는 일종의 부정신학이며, 여기서 우리는 실패한 어떤 신에게 여전히 충실하다. 이런 면에서도 이는 유일하게 선한 신이란 죽은 신이며, 실패에서 얻어낸 유일한 승리라고 보는 정통 기독교 신앙에 공명한다.

자신의 욕망을 단념하지 않는다는 것은 메시아—즉 확정적으로 도래하지는 않으며 이로 인해 더욱더 절실히 기다려지는 메시아—를 즐거이 기대하며 사는 것이다. 아우구스티누스가 모든 욕망의 유일한 휴식처인 신에 푹 빠져 있었던 만큼, 우리는 실재계에 순종하는 헌신적인 추종자로서 자신의 근본적인 미성취 상태에 대해 여전히 마음을 쏟는다. 나름대로 실재계의 욕망은 안셀무스* 식으로 완고하게 표현하면, "불가능하기에 내가 믿는"것이다. 우리는 비극적인 '존재의 부재'로서의 우리 자신에 영구히 공고화된 채 그 불완전함 속에서 완전해지도록 노력해야 한다. 우리는 욕망의 자동사적 특성을 위태롭게 해서는 안 된다. 이렇게 본다면, 보편적 자애나 이웃사랑과 같은 어떤 최고선을 목표로 삼겠다는 것은 욕망이라는 잠재적으로 무한한 의미화 연쇄를 단락하고, 분실되어 찾고 있는 물자체를 정면으로 마주 보려 하고, 결국 라캉이 말한 정신병을 무릅쓰겠다는 것이다. 즉 상징화하는 능력이 망가진 사람들이 실재계와 직접적이고 외상적으로 만나겠다는 것이다.

그렇다면 셰익스피어의 클로디오와 이자벨라가 오빠와 동생이라는

---

* 안셀무스(Anselmus, 1033~1109) 혹은 안셀름(Anselm): 중세 이탈리아의 신학자, 철학자. 스콜라철학의 창시자로 신의 현존에 관한 존재론적 논증으로 유명하다.

것은 그리 놀라운 일이 아니다. 왜냐하면 이자벨라는 클로디오처럼 죽음보다는 삶을 선택할 준비가 되어 있기 때문이다. [오빠의] 죽음과 [자신의] 명예 가운데 하나를 선택해야 하는 상황에 처하자, 이자벨라는 주저하지 않고 죽음을 선택한다.

> 그렇다면 나 이자벨라는 순결하게 살고, 오빠는 죽겠지.
> 우리의 순결은 우리 오빠보다 귀하다.

(2.4.184-5)

이것은 결코 아들이나 딸로서 취할 수 있는 감상이 아니다. 실제로 클로디오는 일순간 처형을 받아들였다가 재빨리 원래대로 되돌아가 이자벨라의 이런 생각을 몹시 나무란다. 이자벨라는 (라캉의 말로 표현하면) 자신 속에 있으면서 자신보다 더한 것—즉 순결, 명예, 정직, 진정성 혹은 단순히 자기성이라는 '주체 속 대상'—을 위해 죽을 준비가 되어 있다. 이에 대한 선택의 여지는 애초부터 없다. 왜냐하면 만약 그런 것이 없다면 사람은 사실상 이미 죽은 것이나 다름없으며 그럴 경우에는 선택이라는 것 자체가 타당하지 않은 문제이기 때문이다. 논리적으로 삶을 제물로 바쳐야 하는 대상은 삶을 살 만하게 만드는 모든 것이다. 순교자와 그의 명분도 마찬가지다. 어떤 의미에서 순교자는 자신의 명분을 위해 죽지 않을 수 없으며, 이는 그가 홉슨의 선택* 같은 것에 직면하기 때문이다. 즉 만약 그 순교자가 죽지 않는다면, 그는 의미화하는 자가 아니라 무의미하게도 아무것도 아닌 자가 된다. 어떤 극단적 상황에서는 죽음이 삶을 유지할 명분을 입증하는 유일한 길이기 때문에, 순교자가 죽음을 선택하게 된다. 그는 세계에 대한 사랑으로 세계를 거부하며, 바로 이 점이 순교자와 자살자를 구별한다. 자살

---

* 홉슨의 선택(Hobson's choice): 선택의 여지가 없는 선택. 자유로이 선택할 기회가 주어진 듯하지만 주어진 것만을 선택하거나 그만둬야 하는 가능성밖에 없다.

자는 죽음 욕동에 시달려 쇠약해지고 외설적 즐거움에 북받쳐 죽음 욕동이 자신의 육신을 공격하도록 하는 반면, 순교자는 타나토스를 에로스나 아가페에 봉사하도록 강제하면서 타자들의 성취를 위해 죽음 욕동을 이용하는 길을 찾는다.

자살자에게 삶은 아무런 가치도 없고 견딜 수도 없게 된다. 이런 상황을 소포클레스의 안티고네와 대비해 본다면, 그녀가 자살자와 다른 점을 분명히 할 수 있을 것이다. 안티고네가 극의 시작에서 "나는 죽었고 죽음을 욕망한다"라고 선언했음에도 불구하고, 마지막 순간에 자신이 결혼과 자식이라는 성취된 삶을 포기한 것을 후회하도록 허용된다. 삶을 무가치하게 보는 죽음은 가치를 지닐 수는 없다. 순교자는 존재보다 의미를 선택하여 이 기표가 순교자의 필멸성이라는 어두운 상황을 배경으로 빛나게 한다. 죽음에 대해 확고부동하다는 것은 삶을 거부하는 것이 아니라 그 자체가 바로 삶—즉 죽음에서 대담하게 뽑혀 나와 강화되고 변형된 삶—의 하나의 방식이다. 영원히 살 것처럼 행동하는 사람들은 문명화된 사회에 위협적인 존재다. 굼뜬 버나딘은 죽음을 개의치 않기 때문에 삶도 개의치 않는다. 죽음을 중대하게 보지 않는다는 것은 살아 있는 것을 평가절하하는 것이다. 오직 윤리적 존재만이 자신의 필멸성에서 의미를 자아낼 수 있는데, 버나딘은 전혀 그럴 수 없는 인물이다. 행위 주체성의 치명적인 결핍으로 인해 그는 자신의 죽음을 인격적으로 전유하지도 못하거니와, 돼지의 삶보다 덜 피폐한 삶을 살지도 못하게 된다.

지젝이 말한 이 '결핍의 영웅주의'[3]란 한마디로 실재계의 윤리이며, 라캉에게서 그 윤리의 위대한 창시자는 놀랍게도 칸트다. 라캉은 「칸트와 사드」(Kant and Sade)[4]라는 중요한 글에서 이 독일 철학자가 도덕

---

3 Slavoj Žižek, *The Indivisible Remainder*, London, 1996, p. 96.

4 이 에세이는 라캉의 *Écrits*, Paris, 1966에 실려 있으며, *October* 51(winter, 1989)에 영어로 번역되어 게재되었다.

법을 개념화하면서 최초로 정신분석학의 씨를 뿌렸다고 주장하는데, 그가 보기에 칸트의 도덕법은 가장 순수한 상태의 욕망을 그린 초상화다. 이것은 쾌락 원칙을 완전히 넘어선 욕망이며, 사드가 모든 단순한 경험적 즐거움을 넘어 추구한 불가능하고 영원한 환락이다. 라캉이 다른 곳에서 언급하듯이, 이런 종의 욕망은 "엄격히 말해 인간적인 다정함 속에 있는 사랑의 대상 모두를 희생하는 데서, 즉 정념적 대상을 거부하는 데서뿐만 아니라 그것을 희생하고 살해하는 데서 그 절정에 달한다."[5] 이것은 허치슨 같은 사람의 감정이입의 세계나 흄 같은 사람의 붙임성과는 전혀 다르다. 간단히 말해 욕망은 최신 형태의 초월이며, 카르멜파 수도사들의 금욕적 경계심을 지닌 채 '정념적' 대상들―(말하자면, 사랑, 생리적 욕구, 정감의 모든 대상)―로부터 그 자체의 자동사적 특성을 보존하면서 목적을 결핍한 욕망 그 자체에서 안식을 얻는다. 우연하게도 이는 괴테의 파우스트가 구원을 성취하길 소망하는 방식이기도 하다. 유사하게도 칸트의 도덕법은 그 자체의 엄격한 형식주의로 인해 모든 특정 목적과 특정 선을 멀리하고, 자기와 자기의 쾌락을 도덕법 자체의 주권에 희생하고, 그 자체의 거창한 텅 빈 명령에만 근거하고 있기 때문에 욕망과 도덕법 사이의 유사성이 분명해진다. 그 둘 각각 내용은 비어 있고, 그 둘 모두는 기표를 미끄러지게 하여 따돌리기 때문에 숭고하다.

더군다나 법과 욕망에는 엄격하고 혹독한 필연성이 있다. 우리의 가장 자유로운 행동이란 우리가 여전히 우리 자신이라면 수행할 수밖에 없는 행동이다. 그 행동은 '의지의 행위'에 의한 결과가 아니라 협상 불가능한 우리 존재의 법에 굴복한 결과, 즉 우리 안에 있는 그 무엇―단순한 반성 행위라기보다는 보다 더 집요하게 우리 자신인 그 무엇―에 복종한 결과다. 법과 마찬가지로 욕망에서도 주체는 거부를

5 Jacques Lacan, *The Four Fundamental Principles of Psychoanalysis*, London, 1977, pp. 275~76.

용납하지 않는 권력의 단순한 전령일 뿐이다. 욕망은 절대주의적 주권자다. 자기가 '비정념적으로' 행동하고 있는지를 스스로 확신할 수 없기에 어떤 의미에서 칸트의 정언명령이 불가능한 것이듯이, 라캉의 윤리적 절대인 "자신의 욕망을 단념하지 말라"는 교시도 마찬가지로 불가능한 것이다. 오직 성자나 순교자들만 그렇게 살 수 있을 것이다. 이는 하찮은 자들을 위한 윤리가 아니다. 라캉의 견해에 따르면, 칸트가 보지 못한 점은 욕망이 경험적 동기, 대상, 효과를 무시한다는 측면에서 모든 안젤로 같은 사람들만큼이나 엄격하고 독단적인 절대법이라는 점이다. 그 결과 법과 욕망의 구분은 무너진다. 즉 어떤 사람이 자기성의 본질인 욕망의 법을 성취하는 것은 그의 필연적인 의무다.

또한 이 욕망에 따라 행동한다는 것은 자유와 의존을 조화시키는 것이기도 하다. 상상계의 주체가 과도하게 의존적이어서 자기 밖에 있는 이미지에 사로잡혀 있다면, 상징계의 주체는 너무나 자율적이다. 상상계적 주체가 행위 주체성 의식을 결핍하고 있다면, 그에 상응하는 상징계적 주체는 철저히 미결정 상태이기를 꿈꾼다. 하지만 실재계의 주체는 자기 안에 있는, 자기 이상의 그 무엇에 귀를 기울임으로써 행위 주체자로서 역량을 발휘하게 된다. 이 결정적 권력을 배반하게 되면 결국 그 주체 자신을 배반하게 되는 것이다. 다른 의미에서도 그렇지만 바로 이런 의미에서 정신분석학은 사실상 전치(轉置)된 신학이다. 실재계의 주체는 유대 기독교의 주체에서 영향을 받는데, 이 주체의 자유는 그 자신이 존재의 근거인 신에게 의존하고 있다는 점을 인정하는 데 있다. 이를 인정하는 행위가 바로 믿음이다. 정신분석학과 유대 기독교의 교리에서 영아기적 의존성과 그릇된 자율성은 인격적 자유의 원천을 구성하는 보다 더 심층적인 형태의 결정이라는 이름으로 거절된다.

도덕법이 쾌락에 대해 고매한 태도를 취할 수도 있겠지만, 그 자체가 이미 '아무 데도 쓸모없는' 외설적 즐거움에 오염되어 있다. 이 외설적 즐거움은 지극히 평범한 모든 쾌락을 넘어 죽음 욕동의 영역에 놓여 있는 것인데, 라캉은 이를 환락이라고 부른다. 법의 이 어두운 면은 바로 초자아의 가학적 기쁨인데, 이 초자아는 도덕법처럼 주체의 복리에는 지독히 무관심하고, 주체에게 거의 따르기 불가능한 계율에 복종하라는 불합리한 지령을 내릴 뿐만 아니라 그 불가능한 것을 수행하지 못한 데 따르는 치명적 죄책감의 문화를 그 주체에게 심어놓는다. 이 정도로는 충분하지 않은 듯이, 초자아는 주체에게 주체가 죽을 때까지 죄책감이 따라다니며 괴롭히는 병적인 드라마에서 쾌락을 얻으라고 명한다. 하지만 실재계의 윤리에서 자신의 욕망에 항상 충실하려는 행위가 초자아에 의해 강제된 것은 아니다. 왜냐하면 라캉이 소포클레스의 안티고네를 통해 아주 수려하게 형상화한 순수 욕망의 주체는 자신의 욕망을 지속시키는 책무를 성취하는 데서 전혀 죄책감을 느끼지 않기 때문이다. 실재계의 충직한 주체들이 어떤 상징계적 재생을 위해 죽음을 불사할 준비가 되어 있다는 것이 입증되면서, 참된 윤리는 우리를 초자아 너머로 이끌어간다. 이것이 바로『자에는 자로』에 등장하는 안젤로와 이자벨라의 차이다. 한데 이자벨라에게 죽음을 선택하도록 고취한 것은 이후에 살펴볼 셰익스피어의『베니스의 상인』에 등장하는 정말 잊을 수 없는 수수께끼 같은 인물인 샤일록을 추동한 것이기도 하다.

❖

자신의 욕망에 항상 충실하다는 것은 라캉의 대표적 사례인 소포클레스의 안티고네가 암시하듯, 흔히 불가사의한 외고집과 편집광 같은 것을 수반하는 것 같다. 한데 라캉은 자신의 허구적 애인인 안티고네에 대한 모진 말을 듣고 싶지 않아서인지 그녀가 실로 비타협적이라는 아주 합리적인 견해를 고려해 보지도 않고 거부하고, 그 과정에서 극적 공감의 복잡 미묘한 변화를 지나치게 단순화한다. 라캉은 오이디푸스에 대해서도 유사하게 편파적인데, 그는 "끝까지 굴하지 않고, 모든 것을 요구하고, 아무것도 단념하지 않고, 절대 타협하지 않은"채 죽어가는 오이디푸스를 윤리적 실재론의 방식으로 본다.[6] 이렇게 표현된 오이디푸스는 『콜로노스의 오이디푸스』에서 새로운 정치질서의 초석이 되는 파르마코스(희생 제물)처럼 들리지 않고, 그저 라캉에게서 1천 광년이나 떨어져 있을 것 같지 않은 시대에 사는 한 파리의 철학적 프리마돈나처럼 들릴 뿐이다. 오이디푸스의 더럽혀진 육체는 다름 아닌 문 앞에서의 가공할 괴물 같은 공포를 의미한다. 여기서 만약 그 육체에 재생의 가능성이 있으려면 폴리스가 그 자체의 흉측한 기형성을 인식해야만 한다. 라캉은 이 비극의 이토록 심오한 정치적 차원에 대해 별로 성찰하지 않는다.

한데 분명히 실재계와 고집 센 반항자는 밀접하게 연결되어 있다. 정치적 테러리즘에 대한 하인리히 폰 클라이스트*의 기이한 이야기 『미하엘 콜하스』를 예로 들어보자. 이 작품은 클라이스트가 불치의 암에 걸린 한 젊은 여성과 동반 자살하기로 약속하고 총으로 여자를 쏴죽인 후에 자기 머리를 쏘아 자살하기 1년 전인 1810년에 처음 출간되었다. 그의 죽음은 그의 예술만큼이나 극적이며 과했다. 그 둘은 여인숙에 묵으면서 포도주와 럼주 몇 병과 열여섯 잔 정도의 커피를 마시고, 같이 노래하고 기도하면서 죽을 준비를 했다. "대중은 이 미친 행위에 대해 감탄은커녕 시인하려고도 하지 않는다"고 어떤 신문이 다소 지나친 감은 있지만 단호하게 보도했다.[7]

그 이전에 클라이스트는 죽기를 소망하여 나폴레옹 군대에 입대했

---

6 Jacques Lacan, *The Ethics of Psychoanalysis*, London, 1999, p 176.

* 하인리히 폰 클라이스트(Heinrich von Kleist, 1777~1811) : 독일의 극작가. 작품에 『펜테질레아』(*Penthesilea*, 1808), 『프리드리히 폰 홈부르크 왕자』(*Prince Friedrich von Homberg*, 1809~10), 『미하엘 콜하스』(*Michael Kohlhaas*, 1810) 등이 있다.

7 D. Luke and N. Reeves(eds.), Heinrich von Kleist, *The Marquise of O And Other Stories*, London, 1978, p. 8에서 재인용.

지만 정말 원통하게도 그럭저럭 살아남았다. 또한 그는 아마도 인간사에서 칸트로 인해 죽은 유일한 개인일지도 모른다. 클라이스트는 칸트의 인식론을 해석하면서 진리는 영원히 교묘하게 달아나 파악하기 어렵고, 이성은 그릇되고 아무 근거도 없으며, 현상과 실재는 구분할 수 없고, 모든 실재는 걷잡을 수 없을 정도로 모호하고 불분명하다고 보았다. 그가 보기에 실존은 결국 분별할 수 있는 목적을 결핍하고 있기 때문에 머리에 총을 쏘아 자살하는 것은 다른 어떤 행위만큼이나 타당한 것 같았으며, 최고는 아니지만 어느 정도 더 만족스러운 것 같았다.

미하엘 콜하스는 16세기 브란덴부르크의 점잖고 시민 의식을 지닌 말 장수인데, 그의 검은 말 두 마리는 오만한 융커 폰 트롱카의 수중에 있는 동안 혹사당했다. 콜하스는 이 학대에 대해 끈기 있게 소송을 걸어 법적인 정의를 요구하면서 계속되는 불이행과 유예를 견딘다. 그러나 그의 아내 리스베트는 남편의 명분을 탄원하다가 선제후의 경호원에게 살해당한다. 법정이 폰 트롱카와 공모하여 이 사안에 대한 콜하스의 진정을 듣지 않고 묵살해 왔다는 사실이 드러나게 된다. 그러자 콜하스는 무장한 무리를 모아서 비텐베르크의 몇 구역과 융커의 성을 불태운다. 그가 고용한 의용군은 여자들과 아이들을 무참히 칼로 베어 죽인다. 오래지 않아 그는 로빈 후드 같은 인물로 변해 군사적 혼란을 부추기고 국가를 상대로 전면전을 벌여 민중의 열렬한 지지를 이끌어 낸다. 과대망상증이 잠시 발동하여, 그는 새로운 세계 정부를 구성했다고 공표하고 트롱카를 응징할 수 있도록 자기에게 건네 달라고 요구한다. 그는 비텐베르크에 세 차례나 불을 지르고 라이프치히를 습격하고 자신에게 대적하여 투입된 가공할 원정군을 물리친다.

자신의 굶주린 말 두 마리에 대한 콜하스의 보상 요구는 마르틴 루터, 작센의 선제후, 신성로마제국의 황제를 끌어들이는 지점에 이르기까지 기상천외하게 확대된다. 여기서 루터는 말 장수가 실로 부당하게 취급받았다는 점에 동의한다. 루터의 충고에 선제후는 콜하스와 그의 준(準)군사부대의 무리들을 사면하고 이에 따라 콜하스는 자기 사람들을 해산하고 다시 법적 수단을 통해 정의를 찾기 시작한다. 그러나 콜하스의 무리 가운데 약탈을 일삼는 분파가 저지른 야만적인 행동이 법정의 계략에 빠지게 되고, 법정은 이를 구실로 사면을 철회하고 말 장수를 재판에 회부한다. 그는 자신의 행동을 변호하지 않으며, 화형에 처하고 사지를 찢으라는 판결을 받는다. 브란덴부르크의 선제후가 정치적으로 개입하여 그 판결은 참수형으로 변질되고, 콜하스는 융커 폰 트롱카에 대한 자신의 권리 청구가 모두 실현되었다는 것을 차분히 반기며 이 판결을 담담히 받아들인다. 처형장에서는 융커가 2년형을 선고받았다는 소식과 더불어 이제 윤기가 흐르고 쾌활해진 말 두 마리가 완전히 회복된 채 그에게 건네진다. 브란덴부르크의 선제후는 그에게 그의 아내가 융커의 성에 남겨둘 수밖에 없었던 목도리, 동전 몇 개, 빨래꾸러미와 다른 물건들을 숙연하게 전해준다. 콜하스는 이렇게 처리된 데 대해 완전히 만족한다고 선언한 후, 자기 차례가 되어 법을 어긴 데 대해 죽음으로써 배상할 각오를 한다. 이야기는 그의 참수로 끝이 난다.

이는 그다지 사회적 리얼리즘의 방식을 따른 작품이 아니다. 콜하스의 행동이 점점 더 기이해지며 기상천외하게 변하고, 녹초가 된 말 두 마리에 대한 국가의 광적인 정치적 계략이 점점 심화되면서, 정의에 대한 이 말 장수의 고집스러운 요구와 그 하찮은 명분 사이의 그로테스크한 불일치로 인해 이야기가 리얼리즘의 서사가 아닌 실재계의 서사라는 점이 아주 분명하게 드러난다. 말 장수의 범죄와 국가의 교묘한 책략이 터무니없이 빠르게 서사적인 규모로 확대되면서, 우리가 비극과 익살극, 여기에 더해 그로테스크 양식이 아무렇지도 않게 뒤섞인 이야기를 읽고 있다는 점은 분명해진다. 실제로 콜하스의 처참한 동물들로 인해 어떤 엄청난 혼란이 야기될지를 아는 군중에게 그 동물들이 처음 공개적으로 모습을 드러내자, "국가의 근간을 흔들리게 했던 말들, 이미 도살업자의 수중에 들어간 한 쌍의 말들!"을 보며 한바탕 시끌벅적한 웃음이 터져나온다. 욕망에 돈강법적인 무엇인가가 있으며,

이것은 서술자가 말한 '광적인 고집스러움'과 더불어 거의 아무것도 아닌 것에 대해 엄청난 소란을 일으킨다. 한데 후에 살펴보겠지만 이렇게 이야기가 전개되는 것은 그 '별것 아닌 것'이 욕망의 목적이 아니라 욕망의 계기이기 때문이다.

콜하스가 가족을 빈곤하게 만들면서까지 자신의 명분을 위해 자금을 모은 잔인한 대량 살인범이라는 사실을 별개로 생각한다면, 그는 정말로 상당히 합리적인 인물이다. 융커가 그의 말들을 학대하기 전까지 콜하스는 널리 '시민의 덕의 귀감'으로 여겨지며, 어떤 의미에서 이야기 내내 그렇게 나타난다. 결국 콜하스가 정의라는 전형적인 시민의 덕을 훌륭하게 변함없이 추구하기는 하지만, 그가 정의를 확보하기 위해 사용한 수단은 약간 비정통적이다. 그는 보편적 정의의 이름으로 보편적 정의와 정반대되는 것의 살아 있는 화신이 될 준비가 되어 있다. 그는 수많은 무고한 남자와 여자와 아이들을 살육하고 처참한 지경에 내몰면서, 해체될 수 없는 단 하나의 현상이라고 데리다가 주장한 정의가 얼마나 절대적인 덕인지를 성공적으로 보여준다.

서술자가 우리에게 알려주듯이, 정의에 대한 콜하스의 의식은 "황금 저울만큼이나 훌륭했다." 융커의 불법적인 행위에 대한 그의 첫 반응은 전적으로 합리적이고 실로 거의 너그러이 용서하려는 것이며, 그는 적절한 법적 경로를 통해 본보기가 될 정도로 꼼꼼하게 그 문제를 추적한다. 그는 자기 개인적인 동기를 위해서가 아니라 가혹한 트롱카가 억압해 왔던 동료 시민들의 동기를 명분 삼아 그렇게 한다. 말 장수는 단지 사적인 일개 시민이 아니라 자칭 정치 개혁가로서 사람들에게 "지금 모든 세상을 삼켜버리는 기만성을 …… 응징하고" "보다 더 나은 사물의 질서"를 구축하는 데 자기와 함께 해줄 것을 호소한다. 요컨대 그는 성공적으로 자기 일신상의 고충을 계급에 기초한 세계관으로 보편화한다. 단지 사법제도를 통해 정의를 이루려던 그의 염원이 국가의 편파주의와 부패에 의해 좌절된 바로 그때, 그는 무력에 의존한다.

그때조차 지나치게 과다한 군사행동에도 불구하고, 콜하스는 세심하게도 자신이 불법적으로 박탈당한 것에 엄격하게 한정하여 원상회복을 요구한다. 이 요구는 후에 셰익스피어의 샤일록의 사례에서 주목하게 될 과도함과 정확함이 결합된 것이다. '불만에 찬 복수로 인한 지옥 같은 고통'에 대해 서술자가 저의를 가지고 중얼거리기는 하지만, 콜하스가 앙갚음이 아닌 정의를 추구한다는 점은 분명하다. 우리는 정의를 찾다가 좌절하게 되면 괴물을 키우게 되는 사례를 잘 알 정도로 충분히 우리 시대의 테러리즘에서 많은 것을 배웠다. 루터가 '정상이 아니며, 이해 불가능하고, 끔찍한 인간'이라고 부른 콜하스가 말을 돌보던 자신의 대장 말구종이 말들과 함께 남겨둔 몇 가지 물품과 그 가치를 찬찬히 목록으로 작성하기는 하지만, 그는 잃어버린 자신의 전 재산과 사유지 및 자기 부인의 장례 비용에 대해서조차 보상금을 요구하지 않는다. 그의 유일한 욕망은 융커가 몸소 굶긴 말들을 다시 살찌워 자신에게 되돌려달라는 것이다. 단지 융커가 거만하게 콜하스의 이 희망에 응하지 않겠다고 한 바로 그때, 콜하스는 융커의 성을 불태우고 테러리스트 혹은 게릴라 지도자가 된다. 이는 민중이 전력을 다해 받드는 그 가증스러운 귀족에 반대하는 저항운동이다. 민중이 생각하기에 자신들에게 화포와 검을 쥐게 한 장본인은 바로 콜하스가 아닌 트롱카다. 비텐베르크의 불운한 거주자들은 심지어 콜하스의 병사들이 적어도 세 차례나 자신들의 집을 불태워 쫓겨났음에도 불구하고 콜하스의 가장 열성적인 신봉자로 남는다.

후에 에밀리 브론테(Emily Brontë)가 창조한 히스클리프의 사례에서 살펴보겠지만, 콜하스가 자신에게 인간 사회에 대해 전쟁을 벌일 수 있는 권리가 있다고 믿는 것은 오직 그가 그 사회의 추방자로서 경계 너머로 떠밀려 나 있었기 때문이다. 실로 국가 자체는 필사적으로 그의 폭력을 봉쇄하며, 내부 모반자가 아닌 '외국의 침략 세력'으로 다시 이름 붙이려 한다. 이 게릴라 지도자는 루터가 자신에게 불쾌한 모욕을 퍼붓고 자신의 고해성사를 듣지 않겠다고 했음에도 불구하고, 그를 깊은 존경심으로 대한다. 그리고 사면에 대한 생각을 루터에게 제안하면서 법정에서의 공정한 항변의 기회가 주어진다면 그 대가로 무기를 내려놓겠다고 약속한 것도 바로 콜하스다. 그는 상징계적 질서 너머로 이끌려나간 무법자일지도 모른다. 그러나 바로 그 질서의 중심에는 엄청난 폭력, 즉 법 자체의 내부에 있는 보복성과 악의에 찬 과도함이 있으며, 그것이 무엇인지를 노출하는 것이 바로 말 장수의 정치적인 역할이다. 사기꾼과 반역자는 주인공인 콜하스가 아니라 바로 국가의 관리들이다. 이 서사가 역설하는 바는 그 관리들이 트롱카에 대한 콜하스의 고소가 전적으로 정당하다는 것을 알고 있을 뿐만 아니라 자신들을 향해 휘두르는 칼을 콜하스의 손에 쥐어준 것이 바로 억압과 공모한 자기 자신들이라는 점에 대해 당혹스러워하기도 한다는 것이다. 이런 통찰력을 지닌 현대의 지배 권력이 그리 많지는 않다.

콜하스는 말들이 과거의 기력을 회복하여 자기 앞에서 앞발로 땅바닥을 긁고 있는 모습을 보면서 몹시 기뻐하며 이 세상에서 가장 심원한 자기의 희망이 성취되었다고 전하면서 소설은 끝이 난다. 그러나 말할 필요도 없이 그의 욕망의 대상은 그 말들 자체가 아니다. 누군가 자기의 말들을 방치했다고 해서 비텐베르크를 불태우지는 않을 것이다. 아마도 이 말들을 라캉이 언급한 소타자—실재계의 가공할 힘이 투여된 대단찮고 우발적인 물질 조각—의 일례로 보는 것이 더 좋을 것 같다. 만약 콜하스가 죽음에 순종하며 굴복하는 행위를 통해 자신의 죽음으로부터 승리를 쟁취하여 비극적 즐거움 속에서 사라져간다면, 이는 반갑게도 자신의 가축이 늘어났기 때문이 아니라 그가 어떻게 해서든 자신의 욕망을 단념하지 않으려 했기 때문이다. (마찬가지로 클라이스트의 희곡『프리드리히 폰 홈부르크 왕자』에서 작품 제목과 같은 이름을 지닌 주인공도 너무나 죽음을 확신하여 마치 이삭을 희생하려는 바로 그 시점의 아브라함처럼 그의 결연함으로 인해 마지막 순간에 형 집행 정지라는 은총을 받게 된다.) 사실상 자기 물건을 원상회복해 달라는 콜하스의 직접적인 요구가 이행되기는 했지만, 그는 그 요구가 유보되어 있는 동안에 충족감 없이 살 준비도 되어 있었으면서 똑같은 정신으로 죽음을 마주할 준비도 되어 있었다. 그 말들은 주인 속에 있는, 주인 이상의 그 무엇으로서, 정의와 인정에 대한 대단히 합리적이면서도 비정상적일 만큼 터무니없기도 한 요구를 의미하며, 그의 이런 요구는 무시무시하게 광포한 죽음 욕동을 이용할 만큼 아주 교묘하기도 하다. 정념이란 프로이트 식 욕동처럼 결국 그 대상에 의해 규정되지 않기 때문에, 콜하스의 정념도 비타협적이다. 정의는 절대적인데, 그 정의가 부인된다면 사람들은 거의 통제할 수 없을 정도로 격분하게 된다. 하지만 비록 어떤 한 사례에서 정의가 부인될 경우 모두의 정의에 대한 요구가 손상된다는 점이 사실이라 하더라도, 어떻게 이 타자들의 권리 청구가 콜하스의 경우에서처럼 (그 스스로 인식하고 있듯이) 자기 자신의 것일 수만은 없는 형평성에 대한 자신의 요구에 희생될 수 있겠는가? 만약 자비와 용서가 창조적인 형태의 과잉성이라면, 정의에 대한 해소되지 않는 갈증은 자기 파멸적으로 나타날 수 있다. 사람들은 딱 들어맞는 정밀함을 과하게 추구할 수 있다. 하지만 용서도 과도할 수 있다. 예를 들어 『자에는 자로』의 사례에서 보았듯이, 용서가 정의의 요구를 모두 무효화하도록 허용될 수는 없다. 사악한 자들은 반드시 심판을 받아야 하지만, 그렇다고 해서 그들이 절대로 용서받지 못하는 것은 아니다. 콜하스가 이 점을 포착하지 못했는지, 그는 실제로 루터에게 그 사건에 연루된 다른 모든 타락한 권력자를 용서할 수 있게 허락해 달라고 간청하면서도, 자기 대신에 융커가 자기 말을 살찌우도록 강제할 수 있게 허락해 달라고 간청하기도 한다. 하지만 자신의 적에게 그 일을 하라고 강제하는 것은 정의일 뿐, (그 자신이 믿고 있는 것처럼) 반드시 용서를 거부하는 것은 아니다.

우리가 문학작품에서 주인공을 완전히 고립시키고, 그를 그 자신에게서 낯설게 만들고, 어떤 불가항력의 내적 욕구를 표현하고, 강경하게 타협을 거부하겠다고 표명하고, 삶 자체보다 더 귀중한 하나의 대상에 스스로를 투여하고, 한 인물을 삶과 죽음 사이에 유배하고, 결국

가차 없이 그 주인공을 무덤으로 향하게 하는 욕망을 우연히 발견하게 되면, 우리는 우리 자신들이 실재계의 면전에 있다는 점을 상당히 확신할 수 있게 된다. 이 사례에 가장 적합한 예는 헨리크 입센*의 주인공보다는 조지프 콘래드**의 소설에 등장하는 주인공 로드 짐이다. 클라이스트의 아주 훌륭한 비극인 『펜테질레아』는 디오니소스적 희열 혹은 환락으로 수놓아져 있다. 이 극은 한 논평에 따르면 "파괴하고 게걸스럽게 삼켜버리는 욕정과 다정함이 완전히 어우러진 부단한 원초적 욕동"에 의해 움직이는 연극이다. 이 극은 제목과 같은 이름을 가진 아마존의 여왕이 이빨로 자신의 연인들을 찢어버리는 데 대해 말하면서 훨씬 더 명확한 타나토스의 극으로 나타난다.[8] 콜하스도 치밀어 오른 정념 같은 것에 사로잡혀 있다. 즉 달래기 어려운 실재계에 비추어볼 경우 순전히 지상적인 모든 대상은 철저하게 평가절하되기 때문에, 그는 양심 없이 학살할 수 있게 된다.

클라이스트의 이야기에는 부차적 줄거리가 있으며, 이것은 주된 서사에 비해 문학적 리얼리즘에 대해 훨씬 더 무신경하다. 이런 이유에서 몇몇 학자는 그 부차적 줄거리를 무시해 왔지만, 이를 무시하는 것보다 더 근시안적인 것은 없을 것이다. 형식적으로 개연성 있게 보이려는 시도조차 업신여기는 이 환상적인 부차적 줄거리는 콜하스의 수중에 들어온 쪽지를 중심으로 선회한다. 이 쪽지에는 말 장수 콜하스에게 사면해 주겠노라고 약속했다가 지키지 않고 그를 속인 작센의 선제후의 장래 운명에 대한 예언이 적혀 있다. 선제후는 거기에 무엇이

---

* 헨리크 입센(Henrik Ibsen, 1828~1906): 노르웨이의 극작가이자 시인으로 대표작에 『인형의 집』(A Doll's House, 1879)이 있다.

** 조지프 콘래드(Joseph Conrad, 1857~1924): 폴란드 출신의 영국 소설가로 대표작에 『로드 짐』(Lord Jim, 1900), 『암흑의 핵심』(Heart of Darkness, 1902), 『노스트로모』(Nostromo, 1904), 『비밀요원』(Secret Agent, 1907) 등이 있다.

8 Ibid., p. 1.

적혀 있는지는 모르지만 그런 쪽지가 있다는 것을 알고서는 미친 듯이 자기 수중에 넣으려 한다. 그가 보기에 그것은 자기에게 자신의 생명보다 더 가치 있는 것이다. 그는 그 내용에 대한 모든 지식이 지금 막 내세로 보내질 그 소유자인 콜하스와 함께 사라지게 될 것이라는 생각으로 고통스러워하며, 콜하스의 시신에서 그 종이를 되찾아오려고 그의 처형식에 참석한다. 이런 계략을 미리 전해들은 콜하스는 죽기 직전에 간절하게 기대하던 선제후에게 성큼 다가가 그를 찬찬히 응시한 후, 자기 목에 걸려 있는 목걸이의 작은 갑에서 쪽지를 꺼내 읽고는 삼켜버린다.

노예를 사형에 처하라는 훈령을 그 노예가 자는 사이 그의 머리에 문신으로 새겨 그 스스로는 영원히 접근할 수 없는 훈령 같은 것으로 그 쪽지의 예언적 메시지를 보는 것이 그리 어렵지는 않을 것이다. 앞서 살펴보았듯이, 라캉은 이 인상적인 이미지를 통해 우리가 자신들의 정체성을 위해 필연적으로 측량 불가능할 수밖에 없는 의미화 장소(대타자)에 의존하는 방식을 예시한다. 이런 관점에서 보면, 대타자로부터의 인정을 요구하며 피의 강을 건넌 콜하스는 이제 그 자신이 선제후에게 신비롭게 불가사의한 대타자—즉 그 선제후의 운명의 비밀을 표상하는 기표인데 그 선제후가 영원히 접근할 수 없는 기표를 지닌 대타자—의 역할을 하게 된다. 이는 마치 사형선고를 받은 자가 자신의 죽음을 이용하여 선제후로부터 자신에 대한 지배권을 어느 정도 빼앗으려는 것 같다. 이런 의외의 권력 역전을 통해, 억압받던 콜하스는 선제후가 기꺼이 자기 목숨과도 바꿀 수도 있는 그 무서운 지식에 내밀히 접근함으로써 억압하는 자에게 복수한다. 그 지식은 그가 대타자에게 어떻게 보이는가에 관한 불가능하고 소유할 수 없는 지식으로서, 영원히 손에 닿지 않는 자신의 참된 정체성에 대한 비밀이다. 한데 콜하스는 이 비밀의 누설을 거부하면서 그 기표를 없애버려 영원히 유포되지 못하게 한다. 그의 진정한 승리란 자기 말들의 회복이 아니라 바로 이것이다. 말장수의 죽음이라는 공백은 선제후 자신에게는 적의 비현전이 되어, 결국 선제후는 자기 욕망의 실재계에 접근하지 못하게 된다. 독일의 비극적 주인공이 마땅히 그러하듯이, 콜하스는 자신의 죽음을 향해 의기양양하게 걸어가지만, 선제후는 콜하스의 최후의 행위로 인해 정신적 외상을 입고 망가진 채 살아간다. 이 두 인물 모두 서로 달리 전형적으로 살아 있는 주검들이다. 죽은 자의 자기 자양(滋養)이라는 풍자적인 몸짓을 통해, 콜하스는 타자의 정체성의 비결인 그 치명적 기표를 죽어가는 자기 육체에 흡수하여 선제후를 여생 내내 죽은 채로 있게 만든다. 이는 마치 말 장수가 태연자약하게 예언의 소타자를 자기 육체에 흡수하면서 그의 적에게 말 그대로 실재계의 화신이 되는 듯하다. 그는 식인종처럼 선제후의 정체성을 한 조각도 남기지 않고 집어삼키면서, 가장 약탈적인 융커조차도 훔쳐갈 수 없는 완전한 무(無)라는 최고 권력을 성취하게 된다. 이런 서사를 쓴 클라이스트는 라캉이 주시한 것—즉 "어떤 분석을 끝까지 완수하게 되면 결국 욕망의 모든 문제틀이 제기되는 한계를 만나게 될 뿐"이라는 점—을 생각나게 한다.[9]

그 쪽지가 만약 선제후가 자기 생명보다 더 귀하게 여긴 소타자를 표상한다면, 기록된 또 다른 문서인 샤일록의 법적 계약서도 『베니스의 상인』에서 유사한 역할을 한다. 잘 알려진 치고받는 맞대응의 과정에서, 샤일록은 만약 안토니오가 자신에게서 빌린 돈을 갚지 못하면 1파운드의 살점을 떼어내야 한다는 상업적인 계약을 안토니오와 맺는다. 안토니오의 배들이 침몰하자, 샤일록은 안토니오에게 가차 없이 고집을 피우며 법적 소송을 제기한다.

> 그자에게 자기 계약서나 잘 보라고 해요. 늘 나를 고리대금업자라고 부르곤 했는데 자기 계약서나 잘 보라고 해요. 그자는 늘 기독교인의 호의로 돈을 빌려준다고 하더니, 자기 계약서나 잘 보라고 해요.
>
> (3.1.50-4)

---

9 Jacques Lacan, *Ethics of Psychoanalysis*, p. 300.

반복되는 '계약서'라는 단어는 후에 훨씬 더 희한하게 두드러지며, 위험에 빠진 안토니오에게 불길한 종소리처럼 울려 퍼진다.

> 계약서대로 할 거요. 계약서에 맞지 않는 말은 하지 마오.
> 계약서대로 할 거라고 맹세했소.
> 아무 이유 없이 당신은 나를 개라고 불렀소.
> 한데 나는 개니까 내 이빨을 조심하란 말이오.
> 공작님은 내게도 공정하실 것이오.……
> 계약서대로 하겠소. 당신 말은 듣지 않겠소.
> 계약서대로 하겠으니 더 이상 말하지 마시오.
> 나는 녹녹하고 흐리멍덩한 바보처럼
> 고개 젓고 누그러져 한숨 쉬며 기독교인 중재자들에게
> 굴복하지 않을 거요. 따라오지 마시오.
> 더 할 말 없소. 계약서대로 하겠소.
>
> (3.3.4-8, 12-18)

샤일록의 계약서가 여느 다른 법적 문서처럼 언어로 표현되어 있기는 하지만, 그것이 의미하는 바는 말로 다 표현할 수 없어 침묵하게 만든다. ("더 할 말 없소.") 극의 문맥에서 이 발언이 의미하는 바에 의하면, 다른 무엇보다 돈을 빌려준 이 사람은 과거에 자신의 얼굴에 침을 뱉은 기독교인들이 자신들에게 현저히 부족한 것으로 드러난 자비를 이제 와서 자신들에게 베풀어 달라고 구걸하며 사용하는 감언이설적인 수사와 교묘한 이데올로기적 설득을 결코 듣지 않겠다는 것이다. 샤일록을 계속 이끌어가는 것은 욕망의 기표다. (편협한 반유대주의자들로 그득한 법정에서 "판결을 내려주시오. 대답해 주시오. [살점을] 떼어가도 되겠습니까?"라며 대담하게 소리치는 샤일록의 욕망은 콜하스의 경우처럼 정의에 대한 욕망이기도 하지만) 클라이스트의 주인공처럼 박탈당한 자가 다수의 파렴치한 통치자로부터 받으려는 인정에 대한 요구이기도 하

다. 샤일록은 콜하스처럼 자신이 응당 받아야 할 것을 받으려는 것일 뿐이지만, 정확하게 계산된 이 교환은 터무니없을 만큼 균형이 안 맞는 것이기도 하다.

> 육천 더컷* 하나하나가
> 여섯 조각이 나서, 각 조각이 한 더컷이 된다 해도,
> 그 돈은 받지 않고 계약서대로 하겠소.

(4.1.89-91)

샤일록이 갈구하는 살점은 값을 매길 수 없다. 즉 그것은 그 자체로 무가치하고 쓸모없고 무익한 생고깃덩어리라는 의미에서뿐만 아니라 평가할 수 없고 상품화할 수 없는 것이며, 지극히 평범한 재화의 유통을 초월하는 것이라는 의미에서도 값을 매길 수가 없다. 샤일록에게 그 살점은 상징계적 질서 내에서 법적 협상 카드 혹은 물적 재산의 대체물로 기능하기는 하지만, 이 하찮으면서도 헤아릴 수 없을 만큼 소중한 살점은 상징계적 질서의 중심에 있는 일종의 부정성—즉 자체적으로 표상될 수 없는 주도면밀하게 보정된 상징계적 교환을 붕괴시키는 것—을 의미하기도 한다. 이 유대인이 1파운드의 살점을 요구하면서 보이는 그 무자비할 정도의 격렬함은 기독교 법정이 그에게 머리카락 한 올의 무게보다 많지도 적지도 않게 자기 몫만 가져가라고 권고하면서 보이는 그 잔인할 정도의 정확성과 유사하다. 그러나 이 두 요구는 꽤 다른 질서에 속하는데, 전자는 실재계적 질서에 속하고 후자는 상징계적 질서에 속한다. 샤일록의 행실은 정신분석학을 시행하는 데 대한 라캉의 논평에 의해 밝혀진다. "만약 분석이 의미 있다면, 욕

---

* 더컷(ducat): 중세 후기 유럽에서 통용되던 금화 혹은 은화. 13세기 초에 만들어져 사용되었으나, 후반기에 베니스의 공식 화폐로 사용한 이후 널리 보급되었다.

망은 다름 아닌 어떤 무의식적 테마를 지탱하는 것일 뿐인데, 그 무의식적 테마를 표명하는 것 자체가 우리를 어떤 특수한 운명에 뿌리내리게 하고, 그러면 그 운명은 빚을 갚으라고 집요하게 요구하게 되고, 욕망은 계속해서 되살아나 되돌아오면서, 다시 한 번 우리를 어떤 정해진 궤도—특별히 우리의 본분인 그 무엇인가의 궤도—에 올려놓는다."[10]

샤일록은 살점 대신 금을 주겠다는 제안을 거절하는데, 이는 그가 살점이란 수량화될 수 없는 것이라는 점을 제대로 인식하고 있기 때문이다. 그라시아노가 흔히 그렇듯 '팔릴 수 없는 처녀'라는 투박한 말을 하기는 했지만, 육체와 더컷[돈] 다발은 통약 불가능하다. 그러나 인간의 가슴뼈에서 잘라낸 조각은, 안토니오의 배가 유실되자 빚으로 허덕이게 된 바사니오가 자신의 처지에 대해 말한 것처럼, 아무것도 아닌 것보다 더 못하다. 왜냐하면 샤일록이 지적하듯이, 다른 동물의 살점이야 시장에서 아주 잘 팔리기라도 하기 때문이다. 샤일록이 욕망하는 것은 인간 육체 그 자체의 실재계이며, 바로 이것이 1파운드의 살점 혹은 소타자가 의미하는 것이다. 좀 더 정확히 말하면, 그는 영양 상태가 좋은 육체를 지닌 기독교인들에게 자신도 살과 피로 만들어진 인간이라는 점—매도된 유대인들도 누가 간지럼을 태우면 웃고 찌르면 피를 흘린다는 점—을 인정해 달라고 요구한다. 샤일록은 반유대주의를 논박하는 그 유명한 대사에서 문화적 친화성이 아니라 서로 공유하고 있는 물질적 육체에 호소한다.

그렇다면 샤일록의 욕망이란 인간의 상호 호혜성에 대한 욕망이며, 기독교인의 살점 1파운드를 받아야겠다는 그의 요구는 이 욕망에 대한 섬뜩한 패러디다. 이는 마치 그가 상징계를 바로 실재계로 전환하면서 제품의 교환을 육체의 상호성으로 치환하는 듯하다. 샤일록이 자신을 경멸하는 안토니오와 육신을 두고 맺은 거래는 일종의 악마의 미

---

10 Ibid., p. 319.

사 혹은 그로테스크하게 희화화한 성만찬의 동료 의식이다. 여기서 샤일록이 안토니오의 육체를 소유할 수 있는 유일한 방법은 육체의 기호나 그 환유적 잔여물을 통해서다. 유대인과 기독교인 사이의 치명적인 갈등은 샤일록의 한 부분이 욕망하는 참된 동지애가 풍자적으로 전도된 것이다. 샤일록에게는 안토니오를 비운의 대상으로 삼은 잔인한 공격이나 죽음 욕동에 의해 추동되는 이런 부정적 형식을 통해서만 진정한 호혜성이 가능하다. 이 상황에서 사랑은 아주 불안하게 제휴하고 있는 증오로 표현될 수밖에 없다. 마지막 숨을 몰아쉬는 콜하스처럼 샤일록은 상징계적 식인종이며, 이는 성만찬의 애찬에 참가하는 사람들도 마찬가지다. 그러나 이런 의미에서 그의 행동이 상징계적 질서에 속해 있다면, 그 행동이 목표로 삼는 바는 아무 매개 없이 육체와 죽음의 실재계를 만나는 것이기도 하다. 또한 샤일록이 욕망하는 것은 다름 아닌 육체의 어우러짐이기 때문에 상상계적 차원을 지니기도 한다. 샤일록이 안토니오를 자신의 동료 사업가이자 또 다른 자아로 보는 것 못지않게, 안토니오에 대한 그의 치명적인 경쟁심 또한 이 상상계적 관계에 속한다.

그러므로 이는 모든 면에서 두 사람 사이의 살과 피에 대한 문제이다. 심지어 그 상인[안토니오]에 대한 샤일록의 증오조차도 그를 껴안으면서 동화하는 방식으로 표현된다. "그의 엉덩이를 붙잡아 거꾸러뜨릴 수 있다면, 그에게 품은 해묵은 원한을 더 살찌울 것이다"(1.3.47-8). 그는 나중에 "방탕한 기독교인이나 먹고 살아야겠다"고 말한다(2.5.14-15). 샤일록에게 1파운드의 살점을 못 받게 한다는 것은 그를 부인하는 것이고, 결국 그의 살과 피를 부인하는 것이며, 인정받고자 하는 그의 주린 요구를 부인하는 것이다. 샤일록이 포기하지 않으려는 실재계는 다른 사람의 육체로 표현된 일반적 인간성인데, 안토니오와 그의 지배계급 친구들은 이것을 건드릴 수 없는 이 유대인에게 빚지고 있지만 오만하게도 인정하지 않으려고 한다. 샤일록은 자신이 안토니오의 친구가 되어 사랑받고 싶다고 청구한다. 그런데 비록 그의 청구가 부분적으로는 그저 함정으로 끌어들이려는 교활한 미끼에 지나지 않는 거짓말일 수도 있겠지만, 그렇다고 완전히 무시될 만한 것은 아니다.

샤일록은 안토니오의 살점을 자기 것이라고 주장하는데, 어쨌든 어떤 의미에서는 그렇기도 하다. 계약서는 이 근본적인 친화성의 기표이기 때문에 극에서는 중대하게 다가온다. 법적 구속력이 있는 법적 합의라는 의미에서의 '계약서'는 인간 결속이라는 의미에서의 '유대'이기도 하기 때문에, 샤일록은 자신의 불운한 소송에 엄청난 리비도적 에너지를 투여한다.* 법률 언어의 비인격성은 일반적 인간 혹은 유적 존재의 계약(유대)이 지닌 비개성성을 반영하는 것으로, 이는 어떤 단순한 문화적 편견이나 주관적 변덕으로 인해 파기될 수 없다. 샤일록이 믿는 히브리어 성경[구약]에서, 인간의 육체는 우선적으로 물질적 대상이 아니라 타자들과의 합일을 가능하게 하는 원리다. 샤일록이 추구하는 것은 실용적인 거래, 인종주의적 모욕, 그럴싸한 설득, 맥 빠진 기표들이 아니라 안토니오를 비롯한 그 부류 사람들과의 진정한 소통이다. 샤일록은 베니스의 통치계급으로부터 인정을 받기 위해 헤겔 식의 생사를 건 인정 투쟁에 참여한다. 샤일록은 안토니오를 몹시 원해서 그를 먹어버릴 각오를 하며 안토니오의 육체와 합쳐지는 행위를 통해 그에게 치명적인 폭력을 분출한다. 만약 이것이 샤일록이 기독교 압제자들로부터 한 가닥의 인정이라도 얻어낼 수 있는 유일한 길이라면, 사정은 훨씬 더 악화된다. 안토니오의 운명이 돌이킬 수 없을 정도로 샤일록과 밀접하게 연관되어 있다는 면에서, 안토니오는 아마도 오로지 적이나 협박당하는 사람으로서만 샤일록의 친구가 될 수 있을 것이다.

실재계의 윤리는 진리와의 만남이 아무리 외상적이라 하더라도 새

---

* '계약서'와 '유대'(紐帶)는 모두 영어 'bond'의 번역이다.

로운 인간 질서를 열기 위해 기괴한 힘의 방출을 그 특징으로 한다. 사람은 희생 혹은 상징계적 죽음을 통과하고 상상계적 정체성과 상징계적 정체성을 벗어버려야만 그 변혁을 위해 혼신을 다해 노력할 수 있다. 『신약성경』에서는 이를 메타노이아(회개)라고 한다. 기독교의 성만찬은 동지애, 즉 미래의 정의로운 사회나 신의 왕국을 미리 맛보게 해주면서 서로를 묶어주는 새로운 길을 축하하는 것이다. 그러나 이 혁명적인 삶은 죽음에서 부활로 이어지는 그리스도의 피로 얼룩진 이행을 상징계적으로 공유해야만 가능하다. 이런 의미에서 상징계와 실재계는 하나의 행동 속에서 혼합된다. 성만찬에서의 연대를 표현하는 언어인 '빵과 포도주'는 마치 단어 속에 의미가 들어 있듯이, 그 두 단어속에 현존하는 훼손된 육체의 기표이기도 하다. 바로 이런 이유에서 ('기호'의 신학적 용어인) 성사(聖事, sacrament)*는 먹기와 마시기를 수반한다. 왜냐하면 먹기와 마시기가 관습적으로 우정을 표현하는 것이기 때문이기도 하지만, 그 두 행위가 제공하는 영양분은 파괴와 분리될 수 없기 때문이기도 하다. 안토니오, 바사니오, 그들의 동료 반유대주의자들이 만약 샤일록이 안토니오의 살점 1파운드를 요구하는 참된 의미를 파악할 수만 있었더라면, 그 의미를 인식함으로써 경쟁과 분열이 아닌 평화로운 동료 의식에 기초한 새로운 도덕적 · 정치적 체제가 세워질 수 있었을 것이다. (그렇다고 해서 샤일록이 살점 1파운드를 요구한다는 것이 그가 의식적으로 안토니오의 살 조각을 게걸스럽게 먹고 싶어 한다는 말은 결코 아니며, 더군다나 샤일록 자신이 그 참된 의미를 인식하고 있다는 말도 아니다).

물론 살점 1파운드는 아마도 식인주의와 관련된 것이기도 하지만 그에 못지않게 거세와 관련된 것일 수도 있다. 샤일록은 결국에 자신이 안토니오의 육체 아무 데서나 선택해서 살점을 도려낼 수 있게 되자,

---

* 가톨릭의 교리문답에 따르면, '성사'는 그리스도에 의해 제정되어 교회에 위임한 은총의 효과적 '기호'로서 이를 통해 신성한 삶이 우리에게 제공된다.

자신의 요구사항을 말하면서 재미 삼아 그 상인의 사타구니를 가리키는 것이 무리는 아니다. 만약 그렇다면 샤일록이 징벌적이며 가부장적인 법 혹은 거세하는 아버지의 이름으로 비춰지기는 하겠지만, 이 문제와 관련하여 그 이상의 무엇이 있을 수도 있다. 라캉은 『햄릿』에 관한 글에서 욕망의 대상이란 원초적 상실의 장소를 채우는 그 무엇이라고 말하는데, 그는 그것을 "기표와의 (바로 그) 관계에서 저당 잡힌 그 살점, 그 자기 희생"이라고 특징짓는다.[11] 상징계적 질서에 들어간다는 것 혹은 대타자와의 관계를 수립한다는 것은 육신을 기호로 교환하는 것이며, 이는 언어, 성적 성향, 사회적 실존에 접근하는 대가로 모성적 육체에 대한 자신의 권리 청구를 철회하는 것이다. 이와 달리 성만찬은 육신과 기호가 하나라는 사실에 대한 유토피아적인 약속이다. 라캉은 근친상간의 환상을 버린 사람만이 말을 할 수 있다고 주장한다. 이처럼 상상계에서 상징계로의 이행을 통해서만 그는 주체의 지위에 오를 수 있으며, 그래야만 자신의 욕망에 응할 수 있다. 그렇다면 샤일록은 안토니오에게 그렇게 이행하라고, 즉 자기 정체성의 일부를 희생하고 자신의 육체적 환락의 일부를 포기함으로써 여러 의미에서 샤일록으로 표상된 대타자와 관계를 맺으라고 청하고 있는지도 모른다. 라캉의 표현을 빌리면, 살점 1파운드는 [만족을 주는] '좋은 대상'으로서 누군가가 자신의 욕망을 성취하기 위해서는 반드시 양보해야 하는 것이다. 이것은 안토니오가 전적으로 의존하고 있는 기표로서 샤일록의 계약서라는 형태를 띠고 있다. 그런데 문자는 생명을 죽이기도 하지만 살릴 수도 있다. 이 두 베니스인은 지금 한 조각의 글을 통해 서로에게 얽매여 있다. 그리고 이 한 조각의 글은 잠재적으로 치명적인 것이면서도 (샤일록의 표현처럼) '유쾌한 놀이'나 무해한 장난 혹은 유대교 율법에 따른 상업적 계약에 대한 익살맞은 패러디이기도 하다. 샤일록의

---

11 Jacques Lacan, "Desire and the Interpretation of Desire in *Hamlet*", *Yale French Studies* 55/56, New Haven, CT, 1977, p. 28.

요청이 지닌 엉뚱한 임의성은 그것이 환기하는 실재계만큼이나 상징계적 질서의 대칭성과 상충한다.

라캉은 프로이트의 승화 개념을 반추하면서, 저급한 욕망을 보다 고상한 대상으로 전환하는 승화를 예시하기 위해 천사가 서술자에게 글이 담긴 두루마리를 먹어버리라고 명하는 「요한계시록」(10:9)을 참조한다. "이 책을 먹어버리라!"는 구절은 프로이트가 기술한 그 과정을 아주 정교하게 잘 요약하고 있다. 이는 마치 샤일록이 상징계적으로, 즉 자신의 계약서라는 기표 차원에서 안토니오를 먹고자 욕망하는 것과 같다. 계약서의 기호들은 성만찬에서처럼 해체된 육체를 체현한다. 그 증서는 안토니오의 살점을 먹으려는 샤일록—상상계의 친화성과 공격성 모두를 암시하는 행위를 통해 안토니오의 육체를 동화하려는 샤일록—의 굶주림을 기호학적으로 승화시킨 것이다. 그렇다면 이 복잡한 교류에는 라캉이 말한 존재의 세 등록소 모두가 관련되어 있다. 사실상 라캉은 소포클레스가 안티고네의 완강함을 묘사하기 위해 사용한 단어가 생살을 먹는 자를 지칭할 수도 있다고 주장한다.

샤일록은 안토니오와 협상하며 절친한 사람이 되고자 하면서 ("이건 나의 친절한 제안인데")라고 말한다. 이는 전적으로 빈정대려고만 한 말은 아니다. 여기서 '친절'이라는 단어는 아량 있는 마음뿐만 아니라 친족 혹은 일반적 인간성을 의미하기도 한다. 놀랍게도 이 악명 높은 유대인 고리대금업자는 별나게도 대가 없는 무상 행위나 우스꽝스러운 블랙코미디의 이름으로 자신의 습관적인 손익계산을 제쳐두고, 그런 일에 대해 그가 흔히 요구하던 것보다 더 많이 그리고 더 적게 요구한다. 어떤 사람이 실재계와 맞닥뜨릴 경우에 흔히 그렇듯 안토니오가 장난으로나마 죽음을 생각해 보도록 요구받기는 하지만, 그가 자신의 부채를 갚지 못할 가능성이 적어져 샤일록의 제안은 평소와 달리 아주 후하다. 실제로 안토니오도 그렇게 생각하기는 하지만, 그는 어쩔 수 없이 고압적인 태도를 취하며 친구가 아닌 적으로서 그 흥정에 합의한다. 후에 포샤가 법정에서 우회적인 수사를 통해 샤일록의 계약서에 담긴 정신 혹은 상식적인 의미를 거부하듯이, 채무자 안토니오는 샤일록이 보기에는 실재계의 기미가 있는 그 무엇을 오만하게도 순전히 상징계적 혹은 경험적 교류로만 취급하여 흥정의 정신을 거부한다.

피를 취해도 된다는 언급이 계약서에 없다는 포샤의 주장은 터무니없는 기회주의적 강변이며, 이런 법적 술책을 통해서 기독교인들은 겉으로 자비에 대해 재잘거리며 은밀하게 샤일록의 재화를 강탈하여 자기네를 곤경에서 면하게 한다. 물론 계약서에는 돈을 빌려준 사람이 안토니오에게서 살을 떼어내는 동안 피를 흘리게 할 수도 있다는 점이 실제로 명시되어 있지는 않지만, 이는 모든 실제 법정이 인정하듯 그 텍스트에서 합리적으로 추론할 수 있는 것이다. 어떤 문서가 법적으로 타당하려면 그 문서가 지칭하는 사태의 모든 인지 가능한 상황을 자세히 적어두어야만 한다고 주장하는 것은 불합리하다. 포샤도 받아들이듯, 그 계약서에는 의사가 바로 옆에 대기하고 있어야만 한다는 점이 명기되어 있지 않다. 물론 그녀 자신이 지적하듯, 이것이 자선을 베푸는 조항이기는 할 것이다. 그녀는 샤일록의 계약서를 지나치게 축자적으로 해석하여 노골적으로 그 의미를 어긴다. (신경증적으로 씀씀이가 큰 아테네의 타이먼의 경우처럼) 척도를 파괴적으로 무효화하는 지나친 풍부함이 있을 수 있듯이, (샤일록의 인색함에서도 보이듯) 포샤의 이처럼 과도한 정확함도 있을 수 있다. 샤일록이 그의 경쟁자의 살점 딱 1파운드만 얻겠다고 스스로를 제한하면서 보여준 그 주도면밀함은 불필요할 정도로 과도한 정밀함이다. 왜냐하면 그는 1파운드를 얻으면서 거의 확실히 전부를 취하게 될 것이기 때문이다.

샤일록의 참된 요구는 복수가 아니라 인정을 위한 것이기 때문에 그는 이길 수 없다. 그러나 그의 소송은 위험하게도 도시국가 베니스에 그 자체의 권위를 떨어뜨리라고 강요하는 것이기 때문에 그는 완전히 질 수도 없다. 샤일록의 끈질긴 요구를 이유로 그를 벌하는 과정에서 국가는 이 유대인만큼이나 완고하며 그의 '비인간적' 율법주의를 능가한다는 점이 드러난다. 결국 샤일록은 과감하게도 법적 구속력이 있는 부채를 해결하려다가 자신의 재산을 권력자들에 의해 압류당하고 기독교인으로 개종하도록 강요당한다. 이에 대해 그는 절망하여 그 대신 차라리 자신을 죽이라고 청한다. 하지만 그 과정에서 이 유대인은 기독교인들의 정의가 가짜라는 점을 폭로하게 된다. 안토니오 식으로 돈을 무상으로 빌려주는 것이 그 도시에서의 일반 환시세에 영향을 주는 것처럼, 특정한 법적 궤변을 통해 기독교인들을 곤란하게 만드는 것은 그들의 법 일반을 실추시키는 것이다. 샤일록은 이런 사실을 인식하는 데 그리 아둔하지 않다.

> 내가 그에게 요구하는 1파운드의 살점은
> 비싸게 산 것이고, 내 것이니 꼭 받아야겠습니다.
> 공작께서 이걸 거부하신다면, 도대체 공작님의 법이란 게 뭔지요!
> 베니스의 법령에는 아무 힘도 없나 봅니다.
>
> (4.1.99-102)

이 강력한 주장은 그 불운한 사람을 납득시킬 수 있을 만큼 강력하고도 타당한 주장이다. 안토니오는 이 사태가 베니스의 무역 상대국들에게는 좋지 않게 보일 것이고, 이로 인해 경제 재앙으로 이어질 수도 있다는 점을 알고 있다. 그렇다면 권력은 어떤 밉살스러운 외부인의 요구에 따라 그 권력에 유착한 신분 높은 한 사람을 응징함으로써 개인들에게 적절한 냉철함을 견지할 것인가? 만약 그러지 못한다면, 권력은 그 자체의 협약을 파기하는 위험에 처하게 될 것이고, 포샤가 법이란 거부하게 마련이라며 주관적으로 얼버무리는 말을 늘어놓을 수 있도록 허용하게 될 것이다. 그런 해석학적 자유분방함의 궁극적인 결과는 정치적 무정부 상태일 것이며, 이 두 가지 소요 상태는 셰익스피어의 마음속에 긴밀하게 관련되어 있다.

　이에 반해 샤일록의 행위는 무정부적이 아니라 해체주의적이다. 그는 시민이자 추방당한 사람이고 그 도시의 경제에 중요하기는 하지만 사회적으로 동화될 수 없는 인물로서, 그 상징계적 질서의 치고받는 대칭성에 진입하여 그 균형이 부조리함으로 인해 내파되도록 유도한다. 그는 안토니오의 친구 중 하나에게 말한다. "나는 당신네들이 가르쳐준 비열한 짓을 행동에 옮길 겁니다. 어렵기는 하겠지만 배운 것보다 더 잘 할 겁니다." 모방은 가장 진지한 공격이다. 샤일록이 지적한 바, 기독교인들은 육체(노예)를 사고 나서 기꺼이 내어놓지 않으려고 하는데, 그렇다면 왜 그가 지금 자신의 법적 소유물이 된 안토니오의 살 한 조각을 단념해야 한다는 말인가? 그는 교환의 논리를 자기 풍자에 이르도록 극단까지 몰아붙여 결국 실재계의 중핵에 있는 빈 곳을 드러낸다.

샤일록이 상징계적 윤리를 뿌리채 뒤흔들어 놓기는 하지만, 그렇다고 해서 그것을 불신하는 것은 아니다. 오히려 상징계적 질서에 대한 그의 광적인 충실성이 그 질서를 거의 해체하는 데까지 몰아간다. 샤일록이 상징계적 질서에 참가하고 있다는 점을 표시하는 그 계약서는 그런 상징계적 경제를 초과하는 것으로서, 이는 다른 무엇보다 살과 피의 '실재계'를 의미한다. 샤일록은 이 특수한 상징계적 질서가 그런 제도처럼 공식적으로는 살과 피를 보호하기 위해 존재하지만, 실제로는 그것을 억압하고 있다는 점을 숨긴다는 진실을 드러내 보여준다. 하지만 그렇다고 해서 그가 법, 의무, 자격, 정의, 책무, 응분, 정확한 보상 등을 매우 부차적인 것들이라거나 너무 이데올로기적인 장식물에 지나지 않는 것들이라고 결론짓지는 않는다. 샤일록은 라캉의 '속지 않는 자'—즉 상징계적 질서를 정교한 허구에 지나지 않는 것으로 간파했다고 상상하면서 스스로 가장 심각한 망상에 빠져든 자—들 가운데 하나가 아니다. 반대로 그는 오늘날 실재계의 윤리를 훨씬 더 과장해서 옹호하는 자들의 취향에 전혀 맞지 않을 어떤 정확성을 일구어낸다. 그는 레비나스와 데리다 식으로 책무가 무한하다고 믿지 않는다. 오히려 샤일록은 콜하스처럼 오직 자신이 마땅히 받아야 할 몫만 요구한다. 이 두 인물이 얻으려고 애쓰는 정의는 주도면밀한 계산을 초과하는 것으로 여기서 초과적인 혹은 과도한 것은 바로 그들이 그런 정확성을 고수하는 과정에서 가지는 절대성이다. 샤일록과 콜하스는 결코 천진난만한 자유지상주의자들이 아닌 인물로서, 상징계적 질서의 규약을 존중하며 법과 권위의 취지를 인정한다. 샤일록은 공손하면서도 반항적으로 "나는 법을 갈망하오"라고 외친다. 이들은 오직 법과 그 법이 마땅히 담아야 할 정의가 서로 맞지 않을 때에만 법을 어긴다. 바로 그 지점에서 정의에 대한 요구 자체는 일종의 파괴 행위, 즉 문명화된 사회에 대한 추문이자 걸림돌이 된다. 이 요구는 그 문명화된 사회의 모든 이데올로기적 수사를 심각하게 받아들이면서 그 사회의 은밀한 야만성을 성공적으로 폭로한다. 샤일록과 콜하스는 윤리적인 것을 명분으로 [그런 사회의] 윤리를 넘어선다.

조금 후에 살펴보겠지만, 데리다와 그의 동료들은 상징계적 윤리 혹은 등가의 윤리에 대해 다소 귀족적인 관점을 취한다. 데리다가 대체로 저속하게 공리주의적인 것일 뿐이라고 본 계산 가능성은 그의 어휘 목록에서 은연중에 악마화된 일련의 관념들―법, 닫힘, 정체성, 공평성, 경제, 논리, 안정성, 규범성, 합의, 이론, 지식, 정설, 결정 가능성, 비교 가능성, 유적인 것, 보편성, 개념성 등―에 포함된다. 이 용어들을 그 반대 용어들(비동일성, 결정 불가능성 등)과 맞서게 한다는 것은 해체주의를 실천하는 사람들이라면 마땅히 무효화해야 할 이항대립 같은 것을 스스로 떠맡는 것이다. 푸코의 저작이 주체성에 대한 거의 병적인 싫증을 품고 있듯이, 데리다의 사상은 결정된 것에 대한 거의 병적인 반감을 드러낸다. 해체주의가 동일성이나 결정성 같은 것들은 전적으로 불가피한 관념이라고 신중하게 고백하기는 하지만, 이를 인정한 것은 다른 무엇보다 해체주의란 현대판 낭만주의적 자유지상주의에 지나지 않는다는 혐의를 벗기 위한 것일 뿐이다. 하지만 이런 조심스러운 고백에도 불구하고, 해체주의자들의 마음은 분명 미끄러짐, 과도함, 무한성, 비결정성, 불가능성에 가 있다. 그래서 해체주의란 자인하는 자유지상주의가 아니라 부끄러워하는 자유지상주의일 뿐이다.

하지만 매도된 집단의 일원인 샤일록은 스스로에게 이런 호사를 용납할 수가 없다. 샤일록의 계약서에 기록된 그 면밀한 요구를 무정하다거나 비인간적이라고 여기는 자들은 바로 베니스의 상류계급에 속한 자유주의자들이다. 그들의 생각으로는 그런 엄격함이란 그저 냉혹한 유대 율법주의―용서의 덕에 근접할 만큼 성경에 대한 지식이 충분하지 않은 사람의 정신상태―의 또 다른 예일 뿐이다. 심지어 자비를 구하는 베니스인들의 아우성조차 반유대적이다. 이에 반해 샤일록은 억압받는 자는 인쇄물의 보호를 필요로 한다는 점을 이해하고 있다. 포샤와 그 부류들에게, 인간적인 것은 텍스트의 죽은 문자로 포착될 수 없다. 이 점은 문서의 전제적 정확성에 의해서가 아니라 그녀가 행한 법정연설에서의 열변을 통해 분명히 나타난다. 그녀는 정밀한 정의에 반하여 지나치게 풍성한 자비를 제안한다. 이 관점에 따른다면, 천하게도 물건값을 두고 티격태격하며 살아온 샤일록 같은 사람에게는 아무 대가 없는 무상이라는 관념이 전혀 없다는 것이 된다. 한데 이런 가정은 그의 흥정이 임의적이라는 점, 그리고 그가 죽기 살기로 흥정을 하면서 희한하게 아무런 동기도 없이 집요함을 보인다는 점을 고려해 본다면 확실히 반어적이다.

하지만 샤일록이 어리석게도 자신의 응분의 몫을 받기 위해 사회적으로 우월한 사람들의 너그러운 마음씨에 의존할 것이기 때문에, 그에게는 자신의 양피지 증서가 필요하다. 상징계적 질서란 약자들을 착취하기 위해 작동하기도 하지만 보호하기 위해서 작동하기도 하는데, 이 질서 자체를 배격하는 측은 오직 특권적이고 사변적인 부류의 좌파주의뿐이다. 노동조합주의자들은 무분별하게도 임금 인상을 위해 고용주들의 변덕스러운 선한 본성에 의존하려 할 것이다. 모호하지 않은 계약서가 열린 사고를 하는 지식인들에게는 그저 지루하게 결정되어 있는 것 정도로 생각되겠지만, 희생당하는 사람들에게는 반드시 필요한 것이다. 왜냐하면 이들은 자신들의 주인이 언제 즉흥적으로 터져 나오는 명랑함이나 비열함에 사로잡히게 될지를 전혀 알 수 없기 때문이다. 글은 '비인간적'인 것이 아니라 살과 피의 문제다. 실제로 바사니오는 안토니오의 재화가 사라졌다는 소식을 전하는 편지를 두고 "내 친구의 육체와" 다름없고 "그 단어 하나하나는 입을 벌린 채 / 생명의 피를 내뿜는 상처와 같다"고 한다(3.2.267-9). 분명히 단어는 육체와 혼동되어서는 안 되지만, 그럼에도 셰익스피어는 자신이 쓴 글에서 '단어'와 '육체'를 계속 교체해 가며 사용한다. 그러나 진정한 의미화, 특히 진정한 법적 의미화는 그 자체를 육체에 맞추어 진행된 의미화다. 만약 문서가 비인격적이라고 한다면, 이는 오직 온당하게 공정한 법의 경우처럼 비인격적이라는 말이다. 글로 쓴 서면 계약은 타자들의 변덕이나 변절로부터 자신을 보호해 준다. 법은 본질적으로 사랑과 자비에 대립하지는 않는다. 법적인 영장과 문서라는 상징계적 질서가 실재계와의 직접적인 만남에 의해 완전히 파기될 수는 없다. 이 두 질서를 단락시킬 경우 나타날 법한 결과는 정신분석학적으로 말하면 정신병이며, 정치적으로 말하면 눈이 휘둥그레진 자유지상주의의 일종인 극좌파주의의 영아기적 무질서다.

그래서 자비를 구하는 포샤의 그 유명한 청원은 비평가들이 추정해 왔던 것보다 더 정치적으로 자기 이익에 빠진 것일 뿐만 아니라 더 수상쩍기도 하다.

> 자비는 강요한다고 생기는 것은 아니지요.
> 그건 하늘에서 이 땅으로 내리는
> 단비와 같습니다…….

(4.1.184-6)

포샤는 자비의 강요되지 않는 특성과 샤일록의 입에서 방금 튀어나온 강요라는 단어를 대비한다. 하지만 기독교 복음에서의 자비는 비처럼 예측 불가능하지는 않다. 기상학이 부정확한 과학이란 말을 하려는 것이 아니다. 포샤는 유혹적인 이미지를 통해 용서란 산발적이고 자연발생적인 것이라며 우리를 설득하는데, 이는 용서를 선택이 아닌 책무라고 보는 주류 기독교의 관점에 반하는 것이다. 햄릿이 묻듯이, 모든 사람을 각자의 응분에 따라 대접한다면 태형을 피할 사람이 어디 있겠는가? 유대 기독교 교리에서 자비롭다는 것은 신의 삶을 공유하는 것이며, 자비란 신의 몇몇 피조물에게 무엇이든지 간에 그에게는 변덕스러운 일이 아니다. 마찬가지로 잉여 이자는 상거래의 필수적인 일부인데, 이를 근거 삼아 샤일록은 그것을 면제해 주는 경쟁자에 대해 진저리를 친다고 한다.

이 극에서 아무 대가 없이 무상인 것은 기독교인들이 필히 베풀어야만 하지만 베풀지 않는 자비가 아니라, 샤일록의 무시무시한 집요함이다. 극이 전개되는 과정에서 그는 자신의 욕망을 단념할 수 없는 엄청난 이유를 댄다. 예를 들어 안토니오는 밉살스런 기독교인, 인격적으로 진저리나는 자, 반유대주의자, 이자 없이 대출을 해주면서 베니스의 이자율을 낮추는 자, 정확히 복수하는 것이 기독교인들의 관습인데 이를 똑같이 행하지 않는 자, 처리해야 할 위험한 상업적 경쟁자, 바보 취급당하고 싶어 하지 않는 자 등과 같은 수많은 이유를 댄다. 하지만 자신의 적대자 못지않게 샤일록은 자기 안에 있는, 자기 이상의 그 무엇의 참된 속성을 파악하고 있다. 그가 법정에서 강요당해 시인한 것처럼, 이것은 돼지나 백파이프에 대한 반감처럼 도저히 설명할 수 없는 정념이다. 안토니오는 처음부터 자기 입장에서 경쟁자의 모호한 욕망의 대상이 바다나 바람처럼 협상할 수 없는 것이라는 사실을 알고서, 동료 기독교인들에게 샤일록의 '완고한' 마음을 누그러뜨리려는 시도를 하지 말라고 간청한다. 한 등장인물이 언급하듯이, 샤일록은 실제로 그렇듯 '꿰뚫어볼 수 없는' 인물로서 텍스트의 중심에 있는 해독 불가능한 수수께끼다. 이 극에서 가장 중요한 것은 어떤 타협도 허용하지 않는 실재계—위험할 정도로 샤일록에게 다가가 그를 죽음으로 끌고 가는 실재계—에 대한 갈망이다. 샤일록은 안토니오를 방면해 주지 않으려고 하는데, 이는 자신이 불쾌감에 휘말려서가 아니라 필연의 지배 아래에 있기 때문이다.

이 극의 부차적 줄거리에서, 안토니오의 심복인 바사니오는 앞날을 생각하지 않고 헤프게 돈을 마구 뿌리면서 유복한 포샤를 매수하려 한다. 그녀에 대한 그의 사랑은 상자들이 등장하는 유명한 장면에서 시험받는다. 돈 버는 데만 관심이 있는 이 구혼자는 금상자, 은상자, 납상자 중에서 하나를 선택해야 한다. "나를 선택하는 자는 다수가 욕망하는 것을 얻으리라"(2.7.5)는 글귀를 담은 금상자는 바사니오가 자신의 욕망을 타자의 욕망과 동일시하도록 이끈다. 그렇게 해서 이는 상상계라고 알려진 대항과 미메시스의 영역을 의미한다. "나를 선택하는 자는 자신의 가치만큼 얻으리라"(2.7.7)는 글귀를 지닌 은상자는 등가와 교환의 상징계적 영역을 암시한다. 바사니오는 은이란 "인간들 사이의 / 창백하고 천한 일꾼"(3.2.103-4)이라 평하는데, 이것은 보편 상품으로서 사랑과 정반대인 듯 보이는 익명의 계약으로 우리를 연결해준다. 이 극에서는 바로 이 물건을 중심으로 중상주의적이고, 부당 이익을 취하며, 부에 사로잡혀 있는 베니스가 돌아가고 있다. 이와 반대로 납상자는 관―(영국과 미국에서 상자의 또 다른 의미인 관)―의 안을 대는 재료로 만들어져 있으며, 이 죽음의 상징에 적절하게도 "나를 선택하는 자는 가진 것 모두 내놓는 위험을 감수해야만 하리라"는 글귀를 담고 있다(2.7.9). 실재계의 영역에서 누구든 자신의 욕망을 위해서는 자신의 생명을 걸어야만 한다. 그렇다면 납상자를 선택한 바사니오는 샤일록이 받을 1파운드의 살점만큼이나 하찮고 가치 없는 물질, 즉 일종의 무(無)를 택한 것이다. 하지만 샤일록이 의미의 무한성이 이 보잘것없는 물체에 걸려 있다고 본 것처럼, 바사니오 또한 어떻게든 아무것도 아닌 무를 가장 귀중한 유로 전환하고자 납덩어리를 새로 얻은 아내의 막대한 재산으로 연금술처럼 변질시키려고 한다. 처음 포샤에 대해 넌지시 언급하는 부분에서 그녀를 '풍성하게 물려받은' 숙녀(즉 부유한 상속녀)라고 묘사했던 이 궁색한 모험가는 약삭빠르게 경건한 체하며 금과 은의 유혹을 물리치면서 그녀의 마음을 얻는다. 만약 납이 무가치하다는 의미에서 헤아릴 수 없는 것이라면, 낭만주의적 유형의 인물에게 사랑은 모든 척도를 넘어선다는 의미에서 헤아릴 수 없는 것이다. (『안토니와 클레오파트라』에서 선견지명이 없는 안토니는 "계산할 수 있다면 그 사랑은 구걸이오"라며 호언장담한다.) 바사니오는 한 여자를 매수하는 바로 그 순간에 사랑이 타락한 상품의 영역을 초월한다고 본다. 마르크스를 원용하여 이를 표현하면, "낭만주의적 견해는 …… 그 복된 결말에 이르기까지 (공리주의적인 견해를) 그 합법적인 반정립으로 수반하게 된다."[12] 추정상 모든 계산과 공리를 무력화하는 욕망은 결혼 시장의 치밀한 계산에 묶여 있는데, 이 시장에서는 '육신과 기호'가 '육체와 그 육체를 사는 돈'이라는 형태로 수렴된다.

대부분의 셰익스피어 희극처럼 『베니스의 상인』은 육체들이 서로 교환되면서 끝난다. 그런 희극의 마지막 순간에는 육체들이 결혼이라는 형식을 통해 각자의 적합한 자리에 분배된다. 하지만 만약 결혼이 법, 계약, 상징계적 교환에 대한 사안이라면, 이는 욕망의 문제이기도 하다. 그런데 이 욕망에는 그런 균형들을 계속해서 뒤집어놓으려고 위협하는 어떤 변덕스러움이 있다. 인간 사회를 재생산하는 욕망을 규제하기는 어렵다. 법이 자신에게 마땅히 해주어야 할 것에 대한 샤일록의 고집스러운 충실성이 그 법을 망가뜨리듯, 상징계적 질서를 지탱해 주는 것은 바로 그것을 파괴하려고 위협하는 것이기도 하다. 그래서 극의 말미에 연인들의 다툼, 그들의 불륜에 대한 암시가 나타난다. 상징계적 질서의 관점에서 보면, 결혼이란 공정함과 적합함의 문제다. 하지만 『한여름 밤의 꿈』(A Midsummer Night's Dream)에서 어지러울 정도로 복잡하게 얽힌 사랑 이야기가 보여주듯이, 누구든 다른 아무나 욕망할 수 있다는 것이 전복적인 진리이기 때문에 추정상 균형 잡힌 듯 보이는 짝들에게는 항상 우발성의 기미나 실재계의 조짐이 있다.

---

12 Karl Marx, *Grundrisse*, London, 1973, p. 162.

실재계는 아주 잘 짜인 상징계적 도식이 풀어지는 지점이다. 극이 전개되는 과정에서 샤일록은 자신의 딸을 기독교인에게 빼앗기고 가산을 국가에 빼앗긴 홀아비로서 상징계적 질서에서 쫓겨난 사회적 추방자일 뿐 아니라 성적 추방자이기도 하다.

이 극이 진행되는 내내 셰익스피어는 과도함과 형평성의 대립에 대한 문제로 계속 되돌아가는데, 이를 이른바 실재계와 상징계의 대립에 관한 문제라고도 할 수 있을 것이다. 최근에 실재계의 윤리로 전향한 자들과 달리, 셰익스피어는 과도함과 무절제함이 상징계적 질서의 본질적인 과업을 평가절하하도록 허용하지는 않는다. 그는 실재계를 향한 정념이 순교자들 못지않게 편집광들의 표식일 수 있다는 점, 그 둘의 차이가 때로는 결정 불가능하다는 점을 아주 잘 알고 있다. 삶의 풍요라는 이름으로 죽어가는 사람들과 병적으로 죽음을 사랑하여 사라져가는 사람들 사이에는 이따금 육안으로는 인지할 수 없는 어떤 차이가 있다. 또한 정의를 향한 절대적 욕망과 욕망 그 자체를 절대적 목적으로 삼는 욕망 사이에도 차이가 있다. 지독하게 비인간적인 형태의 정확한 교환도 있지만, 적당하게 비인간적인 형태의 정확한 교환도 있다. 복수처럼 해로운 형태의 무모함도 있지만, 용서처럼 생명을 주는 형태의 무모함도 있다. 내가 마땅히 받아야 할 것만을 올바르게 요구하는 것이 치명적으로 과도한 것이 될 수도 있다. 실재계는 신성한 것이나 숭고한 것처럼 초월의 장소일 뿐만 아니라 공포의 장소이기도 하다.[13] 그리고 이 실재계에 기초한 윤리는 잔인하리만치 엘리트주의적인 극단주의를 자초하는 위험을 무릅써야만 혁명적인 변혁의 필요성을 알게 된다. 이 엘리트주의에 대해서는 후에 좀 더 자세히 살펴보기로 하자.

바사니오는 친구 그라시아노가 "무한히 많은 아무것도 아닌 것을 지

---

13 Terry Eagleton, *Holy Terror*, Oxford, 2005의 제2장 참조.

결인다"고 비웃는데, 그의 동료 안토니오는 다른 의미에서 그렇다. 극의 첫 대사인 [안토니오]의 ("정말 왜 이리 슬픈지 나는 모르겠네.")라는 첫마디는 이 베니스의 상인이 우울증에 시달리고 있다는 점을 보여준다. 이 우울증이란 프로이트가 '대상 없는 애도'라고 기술한 정서로서 결국 아무것도 아닌 것(無)에 대한 헛소동이다. 여기에 맞추어 비평가들은 안토니오의 정서 상태의 이름 모를 원인에 성급하게 살을 붙이려고 하면서, 안토니오가 처참하게 된 근본적인 이유란 집요하게 이성애적인 바사니오에 대한 그의 동성애적 사랑이라고 추측한다. 뭐 그럴 수도 있겠지만 이 상인이 우울하다고 보는 것, 즉 그의 욕망이 결정된 대상을 결핍하고 있다고 보는 것이 논리적이다. 왜냐하면 안토니오는 이를 통해 자신의 생계를 꾸려가기 때문이다. 그의 관심을 끄는 것은 사물들의 교환가치이지 사물들의 구체적인 특성들 혹은 사물들을 축적하려는 추정상의 목적이 아니다. 우울증은 대상들을 도구적으로 잘 다루는데, 그 자체에 자양분을 주기 위해 그 대상들을 약탈한다. 『뜻대로 하세요』(As You Like It)에 등장하는 자크는 "족제비가 알을 빨아먹듯 노래에서 우울을 빨아들일" 수 있다(2.5.9-11). 이런 상황이 점점 더 불어나면 불어날수록, 그 대상들은 점점 더 고갈되어 가는 듯하다. 이런 의미에서 우울증은 욕망 자체의 적절한 이미지다.

이렇듯 셰익스피어는 교역과 욕망의 친화성에 대해 빈틈이 없다. 교역과 욕망은 모두 사물을 추상적으로, 즉 그저 그것들 자체의 자기 증식을 위한 계기로밖에 다루지 않는다. 우울증도 마찬가지라고 할 수 있다. 상인들이 그저 더 많은 축적을 위해서 재화를 축적하듯이, 안토니오는 의기소침 그 자체를 위해 의기소침한 듯하다. 그 자신이 친구들에게 재차 확인시켜 주듯, 그의 무기력의 원인은 재정상의 불안이 아니다. 그래서 이 극은 무한히 많은 아무것도 아닌 것(無), 즉 원인이나 대상이 상실된 빈 곳으로 시작된다. 그리고 그렇게 상실된 빈 곳으로 인해 안토니오는 예정된 샤일록의 칼로 인해 이따금 거의 충족감을 느끼는 것처럼 보이기도 한다. 확실히 그는 자신의 죽음을 피할 대책도 별로 강구하지 않는다.

이런 세계고*를 보여주는 셰익스피어의 가장 잘 알려진 인물은 안토니오가 아니라 햄릿이다. 만약 그라시아노가 무한히 많은 아무것도 아닌 것(無)을 지껄이는 인물이라면, 햄릿은 그 아무것도 아닌 것의 화신이다. 안토니오의 우울증처럼, 햄릿의 권태는 전 세계를 평가절하하여 인간 주체라는 활기 없는 부정성의 그림자로 격하한다.

> 오, 너무나도 더럽고 질긴 이 육신이
> 허물어 녹아내려 이슬로 변해 버렸으면!
> 영원한 하느님께서 자살을 금하는
> 법을 정하지 않았더라면! 오 하느님! 하느님!
> 세상만사가 나에겐 왜 이다지
> 맥 빠지고, 밋밋하고, 부질없어 보이는가!
>
> (1.2.129-34)

햄릿의 얼굴은 처음부터 죽음―빈 곳으로서의 자기 자신에 예시된 죽음―을 향하고 있다. 자신과 어머니 거트루드 사이의 상상계적 관계가 클라우디우스의 개입으로 파열되자, 그는 우유부단하게 상징계적 질서의 언저리에서 배회하며 그 질서 안에 결정된 위치를 상정하지 않으려 한다. 햄릿은 순수한 비존재로서 자기 욕망의 실재계를 어떤 구체적 대상만큼 범속한 것에다가 투여할 생각이 전혀 없다. 그가 왕위 계승자, 기사다운 연인, 연장자들을 편파적으로 대하는 사람, 왕의 유순한 신하, 너그럽게 용서하는 아들, 화해한 의붓아들 혹은 충실하게 복수하는 아이처럼 처신하지는 않을 것이다. 햄릿이 무던히도 경계하

---

* 세계고(世界苦, *Weltschmerz*): 독일의 작가 장 파울(Jean Paul, 1763~1825)이 사용한 용어로, 세계의 악이나 잘못에 대한 슬픔이나 우울을 뜻한다.

며 지키려던 자신의 내면성이란 이 모든 역할을 넘어서는 과도함―즉 기표의 표식을 거부하는 순수 부정성―이다. 그 결과 그는 자신에게 제공된 다양한 공적 정체성의 갈라진 틈으로 떨어지게 되며, 엘리엇의 문구를 빌리면 그 정체성 가운데 어느 하나도 햄릿의 자기성에 적합한 '객관적 상관물'*을 제공할 수 없다. '겉으로 드러난 모습 이상의 그 무엇'을 자기 '안에' 지니고 있는 햄릿은 자신의 불가사의한 비밀의 핵심을 뽑아내려는 자들을 저지한다. 자신의 역할과 자신을 일치시킬 수 없어서 행동과 말을 서로 맞추지 못하는 무능한 배우처럼, 이 왕자는 모든 상징계적 정체성과 교환의 파멸로 형상화된 채 복수라는 그릇된 등가를 일축해 버리고, 유성생식을 경멸적으로 거부하고, 대타자의 욕망에 머리 숙이기를 거절한다. 자기 아버지의 유령처럼 유동적이며 셰익스피어의 여느 광대처럼 유창한 말솜씨로 잘 구슬리는 햄릿은 명확하게 결정적으로 의미화되는 데서 벗어나는 자기만의 방식을 수수께끼처럼 만들고, 조롱하고, 헷갈리게 만든다. 엄밀히 그는 자기 욕망의 불가해하고 불가능한 대상에 충실한 채로 있으면서, 죽음을 통해서조차 성취될 수 없는 존재의 결핍을 길러낸다. 라캉이 주시하듯, "그는 자기 욕망의 대상이 이 불가능성의 기표가 되도록 모든 것을 다 짜놓는다."[14]

* 객관적 상관물(objective correlative): 엘리엇은 「햄릿」(Hamlet)에서 특정 정서를 예술적으로 표현하는 유일한 길은 그 정서에 상응하는 객관적 상관물― "일단의 사물, 상황, 일련의 사건"―을 찾는 것이라고 보았다. 엘리엇에 따르면, 작품 「햄릿」을 쓴 셰익스피어와 주인공 햄릿은 모두 정서에 적합한 객관적 상관물을 찾지 못해 실패했다고 보았다.

14 Jacques Lacan, "Desire and the Interpretation of Desire in *Hamlet*", p. 36.

❖

　라캉이 보기에 실재계의 윤리를 가장 뚜렷하게 구현한 인물은 바로 소포클레스의 안티고네인데, 이런 면에서 안티고네에 상응하는 인물이 영국에도 있다. 18세기 영국 소설가 새뮤얼 리처드슨의 걸작『클라리사』의 여주인공 클라리사 할로는 세계문학에서 자신의 욕망을 단념하지 않으려다가 죽은, 또 다른 걸출한 여성 인물이다.[15] 러브레이스의 겁탈로 정신적 외상을 입은 후에, 클라리사는 꼼꼼하게 의식을 거행하듯 상징계적 질서로부터 자신의 육체를 거두어들이면서 자신을 '아무것도 아닌 것(無)'이라 부르고 '나는 누구의 것도 아니라'고 공언한다. 죽음에 대해 결연한 채 그녀는 자기 문화의 상징계적 유통에서의 교환 품목으로 형상화되기를 거부한다. 그 대신에 그녀는 자신이 꿰뚫어본 권력체계로부터 물러나는 초현실적인 행위를 통해 아무것도 아닌 것, 편력하는 자, 분열증 환자, 비장소(non-place), 비인격체가 된다. 클라리사는 아주 정밀하게 자신의 죽음을 글로 쓰고 수행하여 자신의 죽음을 자기 삶의 의미로 전환한다. 버나딘과 달리 그녀의 죽음은 그저 생물학적인 삶의 종지부가 아니라 자기 삶의 하나의 사건, 아니 사실상 아주 중대한 사건이다. 적지 않은 비평가들이 이 소설을 참을 수 없을 정도로 소름끼친다고 혹평해 왔다는 사실은 그리 놀랄 일이 아니다. 자신의 육체를 죽음 욕동의 외설적인 쾌락에 내주면서 리처드슨의 이 여주인공은 러브레이스와 같은 약탈자들이 타자들에게 상처를 입히며 가하는 치명적인 공격을 자신의 살과 피로 향하게 한다. 이렇듯 그녀는 공개적으로 연출된 희생 제의―그녀 스스로 관장하는 사제이면서 동시에 훼손된 희생자인 제의―를 주재하고, 이를 통해 고대의 희생 제물처럼 약자에서 강자로, 죽음에서 영광으로 나아간다. 클라리사

15　Terry Eagleton, *The Rape of Clarissa*, Oxford, 1982 참조.

는 '죄 없는 죄인'이라는 자신의 상황으로 상징화된 원죄를 특징으로 하는 사회에서 그런 갱생이란 오직 죽음을 통한 희생적 통과의례에 의해서만 실현 가능하다는 점을 알고 있다.[16] 파르마코스(희생 제물)의 한 형태, 즉 공동체의 집단적인 죄를 감당하는 속죄양인 그녀의 더럽혀진 육체는 보다 근대적인 상징계적 질서의 여러 범죄와 모순을 체현하고 있다. 그녀의 침해당한 육신은 재산에 강박적으로 집착하는 사회가 자체를 재형성할 경우 반드시 직면해야 하는 가공할 실재계를 상징한다. 이후에는 바로 이런 메타노이아(회개) 혹은 정신적 변혁에 정치적 혁명이라는 이름이 부여된다.[17]

클라리사는 이런 문명에서 여성들이 살아갈 수 없다는 점을 의식하고 자신의 약탈당한 육체를 위험이 없는 안전한 곳으로 옮기면서, 자신의 임종을 야단스러운 공적인 광경으로 전환하고 심란한 친구들과 친척들이 요구하는 타협을 단호히 거절한다. 실재계의 모든 신봉자처럼 그녀는 살아 있는 주검 가운데 하나가 된다. 그녀의 신체적 죽음은 그저 자신의 정신적 죽음을 완성하게 된다. 이런 극단적인 상황에서 자기를 지킬 수 있는 유일한 길은 그 죽음에 굴복하는 것이다. 리처드슨의 이 여주인공은 냉랭하게 타나토스의 에로스적 유혹에 자신을 내주면서, 자기를 죽음으로 몰아간 체제에 대한 무언의 부정으로 자신의 육체를 변화시키고, 이로 인해 굴욕당하게 된 가해자들의 손에 피를 묻히게 한다. 클라리사는 고전적인 비극의 주인공의 기개를 가지고 자신의 나약함에서 가공할 만한 힘을 뽑아낸 사례인데, 헨리 제임스*의

---

16 '죄 없는 죄인'(guilty innocent)은 폴 리쾨르의 표현이다. Paul Ricoeur, *The Symbolism of Evil*, Boston, 1969, p. 225.

17 희생이 지닌 정치적인 함의에 대해서는 Terry Eagleton, *Sweet Violence: The Idea of the Tragic*, Oxford, 2003의 제10장 참조.

* 헨리 제임스(Henry James, 1843~1916): 미국 출신의, 영국으로 귀화한 소설가. 대표작에 『미국인』(*The American*, 1877), 『데이지 밀러』(*Daisy Miller*, 1878), 『어느 부인의 초상』(*The Portrait of a Lady*, 1881), 『나사의 회전』(*The*

소설 이전에 피학증이 이 사례에서보다 더 강력한 정치적 무기로 나타난 적은 없었다. 정의로운 사회질서는 이처럼 오직 진리에 대한 고독하고도 사회성이 없는 충실성 위에서만 세워질 수 있다. 클라리사의 피학증이 극단적이기는 하지만, 이 극단성은 바로 그런 상황에서 진리와 정의가 나타나도록 할 때 필요한 것이 무엇인가를 가늠해 주는 척도다.

순교자는 직접 실재계에 들어서서, 상징계를 단락(短絡)하고 어떤 대안적 진리를 증명하고자 죽음조차 불사하며 세상의 모든 이치를 거부한다. 순교자는 벤야민이 말했음 직한 '호랑이의 도약'을 미래를 향해 내딛으면서, 현재를 마치 자신들은 이미 죽었고 그 현재는 이미 과거가 되어버린 듯 응시한다. 순교자는 자신의 삶을 중단함으로써 생겨나는 보다 더 풍성한 타자의 삶이라는 명분에 죽음 욕동을 연결한다. 보다 더 형평성 있는 사회질서를 만들기 위해서 보다 더 실용주의적으로 일하는 사람들, 그리고 그 게임의 규칙을 어느 정도 잘 따라야만 하는 사람들에게 순교자들의 이런 행위는 극좌파의 어리석은 짓처럼 보일 수밖에 없다. 그러나 정의를 위해서 일하는 것과 비록 부정의 방식을 통해서나마 [온몸으로] 정의를 체현하는 것은 서로 다르다. 그리고 여성이 정치적 삶에서 배제되어 있는 사회에서, 후자의 방식을 통해 정치적 이견을 나타내는 본보기가 될 법한 사람은 바로 클라리사 할로 같은 사람이다. 클라리사는 선한(좋은) 삶을 증명하기 위해 그것을 직접적으로 선동한다거나 그 이름으로 설파하지 않는다. 오히려 그녀는 자기 육신을 정치적 기표로 전환함으로써 강탈당한 자기 육체를 공적인 볼거리로 만들어 애처롭게도 자기 주변에 정의가 결여되어 있다는 점을 폭로한다. 데이비드 우드가 언급하듯이, "희생자가 된다는 것은 자신의 개인적인 삶을 그 개인성을 초월하는 보다 더 중요한 무엇으로

Turn of the Screw, 1898) 등이 있다.

변화시키는 것이다."[18]

어떤 의미에서 우리 모두 상징계로 진입하는 과정에서 이처럼 육신에서 기호로 전환되는 경험을 하기는 하겠지만, 순교자는 그 경험을 배가한다고 할 수 있다. 바울로가 그리스도를 표현한 구절을 원용하면, 클라리사는 속죄양처럼 "죄가 된다." 그녀가 더 많이 죄가 되면 될수록, 즉 자신의 육체를 통해 사회질서의 범죄적 폭력을 더 많이 드러내면 낼수록 그녀는 자신의 성인다움을 더 많이 증명하게 된다. 속죄양은 손상되면 될수록 더욱더 순결해진다. 이런 상황에서 독과 약은 하나다. 속죄양은 정의롭지 않은 사회의 정수를 증류하여 제거함으로써 그 너머를 지향한다. 라캉이 오이디푸스에 대해 논의한 것은 리처드슨의 여주인공에게도 적용된다. "그는 여느 보통 사람들처럼 그저 우발적으로 죽지 않는다. 그는 자신의 존재를 지우는 참된 죽음으로 인해 죽는다. 그 저주는 인간 존재의 참된 자존(自存)―세계의 질서로부터 자신을 빼낸 결과로서의 자존―에 기초하여 자유롭게 받아들여진다. 이는 아름다운 태도다 ……."[19] 이와 관련하여 라이너 마리아 릴케*가 구분한 두 가지의 죽음을 생각해 볼 수도 있다. 하나는 하찮은 죽음으로 순전히 생물학적인 사건을 의미하며, 다른 하나는 자기만의 고유한 죽음, 즉 자기 스스로 적극적으로 붙잡아 진정으로 입증하는 죽음으로 이는 어떤 도덕적 논리에 따라 자신의 삶에서 자라나는 것이다. 라캉은 안티고네가 죽음을 향한 순수 욕망 자체를 한계 지점까지 몰아간다고 쓰고 있는데, 저주받은 성자다운 클라리사도 마찬가지다.

---

18 David Wood, *The Step Back: Ethics and Politics After Deconstruction*, Albany, NY, 2005, p. 89.

19 Jacques Lacan, *Ethics of Psychoanalysis*, p. 303.

*   라이너 마리아 릴케(Rainer Maria Rilke, 1875~1926): 오스트리아-헝가리 제국 보헤미아 왕국의 프라하에서 출생한 시인, 소설가. 시에 「하찮은 죽음」(der kleine Tod), 「고유한 죽음」(der eigne Tod) 등이 있다.

클라리사는 자기 안에 있는 자기 이상의 그 무엇—이 소설이 명명한 명예나 순결—에 비해 자신의 생물학적 실존을 더 낮게 평가하기 때문에 죽는다. 클라리사를 창조한 독실한 프로테스탄트인 작가는 그 인물이 단념하지 않으려던 실재계, 즉 부인할 수 없는 존재의 본질에 신이라는 이름을 부여한다. 이 여주인공의 비세속성은 욕망을 거부해서 생겨난 것이 아니라 지속적으로 욕망에 충실했기 때문에 생겨난 것이다. 그녀는 이 착취적인 문화에서 그 어느 대상도 갈망할 만한 가치가 없다는 점을 인식하게 되어, 결국 그 모든 대상에 투여했던 자기 자신을 조용히 거두어들이게 된다. 바로 이 혁명적이면서도 완벽하게 순응주의적인 인물, 즉 [헨리] 제임스의 여주인공처럼 지조를 지키면서 행동하지 않음으로써 오히려 승리를 거둔 이 인물에 대해, 비평가들은 우둔하고, 고상한 체하고, 융통성 없고, 소름끼치고, 심술궂고, 자기도취적이고, 피학적이고, 독실한 체하고, 유연성 없다는 낙인을 찍었다. 이들 비평가는 막상 가부장적인 영국에서 보호받지 못한 한 여성에게 위의 특징 가운데 몇몇이 얼마나 권할 만한 것인지를 지적하지 못한다.

❖

대체로 지난 200년간 워즈워스의 작품에 대한 논평은 상상계의 시각을 통해 고찰된 것이었다. 비평가들의 관심을 사로잡아 온 것은 바로 아낌없는 자연과 베푸는 인간 사이에 조인된 공생적 합일이며, 이는 그의 시에 대한 천사적인 독해라고 할 수 있을 것이다. 1964년에 발간된 제프리 하트먼(Geoffrey Hartman)의 『워즈워스의 시 1787~1814』(Wordsworth's Poetry 1787~1814)는 그 제목만으로는 그리 놀랍지 않지만 여전히 이 시인에 대한 가장 훌륭한 단행본으로 남아 있는데, 이는 워즈워스의 세계에 대한 낙천적인 해석을 보다 회의적이고 악마적인 독해로 대체했다. 워즈워스의 글에 나타난 상상력—(정통 문학비평에 의해 가장 무비판적으로 숭상되어 온 인간 능력)—은 하트먼의 연구를 통해 망측하게도 치명적이고 강박적이며 전멸시키는 힘으로 드러난다. 한마디로 상상력은 상상계의 통합 원리가 아니라 실재계의 유출물이라는 것이다.

하트먼이 대단히 예리하게 설명하듯, 워즈워스의 시에는 실재계와의 외상적 만남에서 나타나는 모든 특징을 담은 하나의 각본이 반복적으로 나타난다. 죽음과 심판을 바로 생각나게 하는 묵시록적 소멸의 순간에 자기는 정지와 분열의 기괴한 순간, 즉 갑자기 실존의 일상적 연속이 산산이 부서지고 감각의 빛이 사라지고 상상의 심연이 자기 발밑에서 열리는 순간을 깨닫게 된다. 상상력은 '아버지 없는' 자생적인 힘으로서 (워즈워스가 언급하듯이) 넘쳐흐르는 나일 강만큼이나 과도하다. 그리고 이로 인해 상상력은 결국 자연, 익숙한 거처, 안전하게 중심화된 실존으로부터 자기를 난폭하게 비틀어 떼어내 모진 상실감과 고립감 속으로 던져넣는다. 하트먼이 서술하듯이, 영혼은 이 '종국적인 경험'을 통해 스스로 세계에 맞지 않는다고 느끼면서, 너무나 비현실적으로 하찮아 보이게 된 매일매일의 실존으로부터 분리된다. 숭고의 경험과 마찬가지로 이런 자기 소멸감의 반대 면은 자기 긍정의 승리다. 왜냐하면 이전에 의존했던 모든 것으로부터 낯설어진 상태에서, 인간 주체는 자기 내면의 힘에 크게 기뻐하고, 자신의 의식이 묵시록적인 정점으로 고양되는 것을 느끼며, 자신이 모든 단순한 주위 환경으로부터 자립해 있다는 것을 깨닫기 때문이다. 특히 인간 주체는 자신이 인간적인 교우관계에서 영원히 분리되어 있다는 것을 안다. 즉 워즈워스에게서의 상상력이란 근본적으로 사회성 있는 힘이 아니라 고독하게 만드는 힘이다. 하트먼이 주시하듯, 상상력은 본질적으로 묵시록적인 것으로서 보통의 흔한 대상이나 관계로 이루어진 세계를 모독한다. 상상력은 살인, 폐허, 희생, 비인간적인 것, '묵시록적 상처 내기'와 연관되어 있지, (시인 자신도 더 믿고 싶어 하듯이) 즐거움에 차서 자기를 타자들 및 주변 환경과 결합하는 것과는 연관되어 있지는 않다. 워즈워스의 시는 완고하고 고정적이고 고독한 인물들로 그득한데,

이들은 모두 일상적인 의식을 깨뜨리고 변형하는 이상한 힘을 지닌다. 『서곡』(*The Prelude*)의 시인이 런던에서 눈먼 걸인을 보고 있을 때, 잊을 수 없는 이 상형문자 같은 광경을 보자 그의 "마음은 마치 물결의 힘에 휩싸인 듯 소용돌이친다."

이처럼 무시무시하게 영감을 주는 현현에서 얼핏 보이는 것은 상상력의 힘이며, 이것은 자연에 있는 아무리 숭고한 그 무엇으로도 만족할 수 없다. 아마도 위즈워스에서의 이 상상력이 바로 정신분석학에서의 욕망에 상응하는 등가물일 것이다. 『서곡』제6권에서 시인이 묘사하듯이,

> 우리의 운명, 우리 존재의 심장이자 고향은
> 무한과 함께 있고, 그곳에만 있다네.
> 소망, 결코 사라지지 않을 소망과 함께 있으며,
> 노력과 기대와 욕망
> 그리고 영원히 곧 있게 될 무엇과도 함께 있다네.

분명 위즈워스의 기독교인 독자들에게는 이런 감상이 아주 경건하게 울려 퍼지겠지만, 이 구절이 함축하는 바는 그처럼 훌륭한 영혼을 지닌 독자들이 인식했던 것보다 훨씬 더 전복적이다. 이 강력한 자연의 예언자는 자애와 고요함이라는 메시지를 전달하면서, 우리의 비전을 완전히 가리고 우리의 자기 충만감을 파열시키고 우리를 영원히 불만족스럽게 만드는 결과를 초래하는 어떤 이름 붙일 수 없는 힘에 비한다면 자연이란 그저 쓸모없는 것일 뿐이라고 훈계한다. 하트먼이 주장하듯, 참으로 위즈워스는 이 외상적 진리에 저항하는 데 대부분의 노력을 기울이면서, 분열을 연속으로 재흡수하면서 상상력의 가공할 공포를 받아들여 길들인다. 후에 그는 프랑스 혁명이 묵시록적 상상력의 작품으로서 매우 영국적인 유기체론에 의해 저항을 받게 될 것이라 의구심을 갖게 된다. 자연의 임무는 인간 주체를 유혹해서 주체의

비밀스러운 무한성을 망각하게 하고, 그 대신에 그를 이 속세에 정착시키는 것이다. 하지만 이 일은 쉽게 성취되지 않는다. 하트먼은 상상의 능력은 매우 보수적이라고 본다. 즉 그 유명한 송시 「불멸의 암시」(Intimations of Immortality)에 예시되어 있듯이, 상상력은 사람들 안에 예전의 불멸의 실존에 대한 기억과 회상을 살려내려는 것이다. 이런 한에서 상상력이란 우리를 우리 자신의 불멸의 기원으로 되돌아가게 하려는 또 다른 보존력, 즉 프로이트의 죽음 욕동과 완전히 다르지 않다. 시인은 자연과 주체성이 서로 협력자들이지 영원한 적대자들이 아니라고 믿고 싶어 한다. 그러나 만약 워즈워스가 이런 의미에서 상상계의 시인 혹은 상징계의 시인이 되려고 애를 쓴다면, 이는 그가 근본적으로 실재계의 사도이기 때문이다.

묵시록적 정체 혹은 정지의 순간은 정신적 전향의 순간이기도 하다. 주체는 자신에게 어떤 치명적인 위험이 닥치더라도 그 자신과 무한한 것 사이에 끼어들 수 있는 모든 것을 몰아낸다. 하트먼이 묘사한 '무시무시한 아름다움에로의 파국적인 전환'을 통해 낡은 세계는 사라져가고 새로운 의식이 탄생한다. '눈을 멀게 하는' 이 통과의례를 통해 시인은 익숙한 풍경을 넘어 (하트먼의 표현을 한 번 더 빌리면) '존재 상태들 사이의 해협'으로 여행해 간다. 엄습한 상상력에 사로잡힌 자기는 살아 있는 주검이 되어, 유한과 무한 사이의 연옥 혹은 경계에서 방랑한다. 워즈워스의 『변방인들』(The Borderers)에 등장하는 악마적인 오스왈드는 자신에 대해 "나는 홀로 미래의 영역으로 넘어가 버린 어떤 존재인 듯하다"라고 말한다. 오스왈드는 워즈워스의 작품에 있는 수많은 배반 행위 가운데 하나를 저지르는데, '배반'(betrayal)이라는 말은 라캉이 실재계의 상황에 대해 사용한 용어다. 오스왈드는 불경스럽게도 관습, 전통, 자연법과 결별하는데, 그의 이런 불경을 그의 창조자인 워즈워스는 공식적으로 책망하기는 하지만 비밀리에 전적으로 공감한다. 사실상 『변방인들』을 쓰던 시기에 워즈워스는 삶, 의식, 문명 자체가 자연에 대한 어떤 원초적 살해나 범죄에 기초한다는 의구심을 품고 있었다.

자연과 일상적인 것으로부터 측량할 수 없을 정도로 현격하게 분리된 주체는 하트먼이 애처로우면서 동시에 놀랍다고 본 집요함을 가지고서 단 하나의 대상이나 이념에 강박적으로 집착하여 그 낯선 느낌을 극복하려고 한다. 『서정민요집』(*Lyrical Ballads*)은 그와 같은 소중한 이런저런 것들로 가득 차 있는데, 이것들로부터 라캉의 소타자의 모습을 식별해 내는 것이 그리 어렵지는 않다. 심지어 워즈워스의 인물들이 아주 평범한 상실을 겪을 때조차도 그들이 그 상실을 경험할 때 보이는 정념은 전혀 평범하지 않다. 그래서 그들은 이 지극히 평범한 것들에 자신들의 욕망을 투여하는 데 몰두한다. 하트먼이 지적하듯이, 집요함과 결의는 워즈워스 시의 요체이며, 이는 실재계의 욕망의 지표이기도 하다. 워즈워스의 시에 등장하는 수많은 인물에게는 콜하스와 샤일록의 사례에서 주목했던 것과 같은 종류의 미친, 도착적인, 비인간적인 끈기가 있다.

『서곡』 제5권에 제시된 두려움을 자아내는 묵시록적인 꿈속에서, 시인은 길도 없고 경계도 없는 '온통 어둡고 공허한' 황야에 있는 자신을 발견하는데, 이것은 워즈워스에게서 실재계의 도래와 연관되어 있는 고독과 방향감 상실을 나타내는 꽤 흔한 기호다. 안내인은 인간 존재를 서로 묶어주는 것의 상징물을 들고 등장한다. 예를 들어 그가 들고 있는 돌은 기하학 혹은 하트먼의 표현을 빌리면 정념에 좌우되지 않는 영원한 관계를 나타내고, 조개껍데기는 시 혹은 정념적인 인간관계를 의미한다. 안내인의 이 표상적 대상들은 인간 실존의 상징계적 차원 및 추상적 관계와 상상계적 차원 및 정감적 관계 모두를 고양시키는 것들이라고 할 수도 있을 것이다. 하지만 그 꿈은 임박한 자연과 인간성 파괴를 나타내는 이미지, 즉 시인이 두려워하면서도 열망하는 실재계와의 적나라한 맞대면을 나타내는 이미지들로 가득하다. 그런데도 이 재난에서 그를 구해 줄지도 모를 안내인은 먼저 서둘러 가버린다. 그 안내인을 따라잡을 수 없어 이 몽상가는 공포에 휩싸인 채 깨어난다. 자연, 인도주의적 감정, 유기체적 연속성을 노래한 가장 위대한 이 영국 시인은 그 세 가지 모두를 부정하는 힘에 이끌려 글을 쓴다.

❖

만약 하디의 작품이 등장하기 전에 『클라리사』가 영국에서 정말로 보기 드문 비극적 소설 가운데 하나라고 한다면, 이런 현상은 바로 [독자를] 낙담시키는 것이 아니라 교화하는 것이 당대 중산계급 예술의 목표였기 때문이다. 아주 드문 또 다른 비극적 소설은 에밀리 브론테의 『워더링 하이츠』다.[*][20] 결혼, 재산 분쟁의 해결, 덕 있는 자의 성공, 악한 자의 패배와 같은 희망을 주는 신호로 이야기가 끝나기를 바라는 사회 혹은 제임스가 표현한 "최후에 상, 연금, 남편, 아내, 아이, 기백만, 부수적인 단락, 생기를 주는 말이 퍼지면서"[21] 이야기가 끝나기를 바라는 사회에서, 리처드슨과 브론테의 작품에 그 특유의 비극적 지위가 주어진 것은 바로 이 두 작품 모두 실재계를 그린 허구이기 때문이다. 사실상 『워더링 하이츠』는 결말에서 잠정적으로나마 그런 낙천적인 음조를 자아내기는 하지만, 그 음조는 소망의 아주 미약한 가락일 뿐이며 실로 캐서린과 히스클리프의 격정적인 비극이 드리워놓은 그림자 속으로 잦아들고 만다.

이 두 인물 사이의 유대에는 타자성에 대한 의식이 완전히 결핍되어 있는 것 같기 때문에, 이들의 유대를 관계라고 말하기는 어렵다. 또

---

* 에밀리 브론테(Emily Brontë, 1818~48): 영국의 소설가이자 시인으로 작품에 『워더링 하이츠』(*Wuthering Heights*, 1847) 등이 있다.

20 Terry Eagleton, *Myths of Power: A Marxist Study of the Brontës*, London, 1975의 제6장 참조.

21 Henry James, "The Art of Fiction", *Henry James: Selected Literary Criticism*, London, 1963, p. 82.

한 그들 사이의 유대는 희한하게도 성이 개입되지 않은 결속이다. 만약 그런 유대에 사랑이나 정감과 같은 관례적인 도덕 담론을 적용하기가 훨씬 더 어렵다고 한다면, 이는 자기들의 이 난폭한 공생에 기묘하게도 비인간적인 무엇 ─즉 상징계적 윤리에 반항하는 그 무엇─이 있기 때문이다. 다정함과는 거리가 먼 원초적 굶주림에 이끌려 캐서린과 히스클리프는 결국 성직자 앞에 나란히 서서 결혼하기보다는 서로를 산산조각내 버리기가 더 쉬울 것이며, 이야기 내내 죽음을 향한 멈출 수 없는 행로를 따라간다. 캐서린이 안달하며 자살하려 할 때처럼, 혹은 살아 있는 주검인 히스클리프가 그녀의 창밖에 조각상처럼 석화된 채 서 있을 때처럼, 그들을 강제하는 것은 에로스가 아니라 타나토스다. 서로를 향한 그들의 격앙된 욕구는 실재계를 향한 정념으로서, 이는 그들을 상징계적 질서의 정중함을 넘어 이 소설에서 자연으로 표현된 길 없는 황야로 데려간다.

에밀리의 언니인 샬럿*의 허구적 소설은 욕망과 사회적 관례를 조정하려는 전략이다. 제인 에어는 매혹적인 바이런적 인물인 로체스터를 향한 자신의 열망을 성취할 수 있도록 허용되기는 하지만, 오직 사회적 적정성을 위배하지 않으면서 위험하게 노출되지 않는 한에서 그렇다. 욕망과 관례 사이의 이토록 사려 깊은 타협이 『워더링 하이츠』에서는 전혀 불가능하다. 오히려 캐서린은 성적으로 히스클리프와 에드거 린튼 가운데 한 사람을 선택하기를 강요받아, 결국 그 지역에서 가장 부유한 지주인 린튼을 선택함으로써 유년기의 영적 친구인 히스클리프와 상상계적 유대를 유지하면서 자신이 상징계적 질서에 지불해야 할 것을 내고 싶어 한다. 이런 방책을 통해 그녀는, 말하자면 현상적 자기와 본체적 자기를 동시에 부양하고자 한다. "나는 히스클리프다!"라는 그녀의 유명한 절규는 자기 연인과의 상상계적 공생─상호

---

* 샬럿 브론테(Charlotte Brontë, 1816~55): 영국의 소설가이자 시인으로 작품에 『제인 에어』(Jane Eyre, 1847)가 있다.

필요성 못지않게 살인적인 공격성을 그 특징으로 하는 공생—을 의미한다. 캐서린이 사회적인 사려분별에 따라 히스클리프가 아닌 린튼을 선택하기는 하지만, 숨을 쉬는 것만큼이나 자기 존재의 필연적 동반자인 히스클리프를 선택한다는 것이 개념적으로 전혀 타당치 않기 때문에 린튼을 선택한 것이기도 하다. 이 연인들이 이복 오누이일 가능성도 있으며, 이는 그들이 무성적이라는 점뿐만 아니라 상대를 자신의 또 다른 자아로 의식하고 있다는 점을 밝혀 줄지도 모른다. 하지만 만약 그렇다면 그들의 관계에는 근친상간의 기미가 있다는 것이며, 근친상간은 상징계적 질서의 중심에 있는 외상적 공포의 기호—즉 상징계적 질서에서 철저히 배제된 가능성의 장—이기 때문에 실재계와 밀접한 관련을 맺고 있다. 죽음으로 추동된 이런 연계로 인해 상징계적 질서는 상상계와 실재계 모두에 의해 측면공격을 받게 된다.

이런 이유에서 캐서린이 샬럿처럼 타협하려고 노력해 봐야 결국 실패할 수밖에 없을 것이며, 이는 실재계가 타협을 위한 양자의 균형이나 타협적인 미봉책을 허용하지 않기 때문이다. 히스클리프는 자신의 연인에게 상상계적 보충일 뿐만 아니라 문명화되지 않은 색다른 지역에서 온 방문객으로서, 상징계적 질서라는 카드 한 패에서 조커 역할을 하는 문명화되지 않은 불량배다. 하이츠의 제한경제에는 그가 자연스레 설 수 있는 자리가 없으며, 그가 그곳에 현존하는 것 자체만으로도 '결혼-및-재산' 시장은 극심한 혼란에 빠지게 된다. 캐서린에게 히스클리프는 숲 아래 있는 영원한 반석—문화의 유연한 요소들 내부에 있는 실재계의 단단한 중핵—이다. 말씨가 세련된 이 야만인은 하이츠에 입양된 추방자이기도 하지만 그 벽면 안에서의 내부 망명자이기도 한 인물로, 자연 그 자체의 내부인이자 외부인이라는 모호한 지위를 지니고 있다. 더군다나 이 소설에서 자연조차 (인간 문화의 차원인) 경작된 영지로 형상화되어 있기도 하지만, 문명화된 실존의 경계 너머에 있는 야만적이지만 비옥한 지역으로 형상화되어 있기도 하다.

히스클리프는 죽음을 부르기도 하고 삶을 부여하기도 하는 실재계의 야누스적인 특징을 지니고 있다. 어린 시절 그는 파르마코스(희생제물) 같은 인물로서, 주인 언쇼 씨의 말에 따르면 신의 선물이면서도 악마처럼 어두운 아이이기도 하다. 어른이 되어 그는 파괴하면서 재생시키는 욕동의 행위 주체자처럼 캐서린에게 삶과 죽음을 모두 가져다준다. 그는 실재계의 수많은 인물처럼 자신의 욕망을 단념하지 않고 오히려 피의 강을 걸어가려는 잔인한 편집광이다. 불가사의할 정도로 강렬한 그의 욕망은 그가 갈망하게 된 죽음의 절대성을 미리 맛보게 해주는 전조다. 하지만 이 소설은 히스클리프가 표상하는 바를 서둘러 기입하지 않는다. 이 소설은 히스클리프가 지나치게 잘 키워진 에드거 린튼―겁쟁이 약골일지는 모르지만 캐서린에 대한 사랑만큼은 다정하고 확고부동한 린튼―에게 퍼붓는 거친 상남자의 경멸을 전적으로 공유하지 않는다. 이 텍스트는 '하이츠' 측이 히스클리프를 초월적 에너지의 원천으로 읽은 것에 대해 '그랜지' 측이 히스클리프를 늑대같이 잔인한 착취자이며 그 어떤 유대나 전통도 신성하게 보지 않는 몰인정한 지주 귀족으로 보는 견해를 대치시킨다. 히스클리프가 비인간적인 것은 그가 의미화하는 것이 인격적인 것의 영역을 초월하기 때문이기도 하지만, 다소 덜 고상한 의미에서는 캐서린이 자신을 거절하자 자신을 억압하던 자들이 벌이는 '결혼-및-재산'의 음모에서 그자들을 능가하려 했기 때문이기도 하다.

그렇지만 히스클리프는 자신의 모든 적의에도 불구하고 살아 걸어다니는 주검처럼 처신한다. 그의 영혼은 죽은 캐서린과 함께 묻히고, 하이츠에서 기이하게 사라진 동안 그가 모은 문화 자본은 순전히 자신에게서 그녀를 앗아간 자들을 굴복시키기 위해서만 사용된다. 오직 자기를 자기 연인에게서 떼어냈던 자들에 대해 보복하려는 계획에서, 그가 비정한 자본가처럼 투자를 하면 할수록 정신적 투자를 더 적게 하게 된다. 그의 이 세속적으로 빈틈없는 계획은 비세속성의 이름으로 행해진다. 그 어떤 지상적 한계도 용납하지 않는 욕동에 사로잡힌 히스클리프가 정념적으로 끈질기게 집착하던 실재계는 그의 실제 주변 환경을 비현실로 환원한다. 법, 금융, 재산에 대해 매우 실리적인 이 귀재의 욕망은 은둔자의 믿음처럼 지상 밖에 존재한다. 이로 인해 죽음은 그에게 낯선 사람이 아니라 친구로 다가간다.

하지만 이 소설은 이런 실재계의 윤리가 지닌 근사한 면뿐만 아니라 척박한 면도 본다. 문명화된 정감과 세련된 관행을 지닌 그랜지의 관점에서 본다면, 캐서린과 히스클리프는 한 쌍의 소란스러운 악동들로서 그들이 상징계적 질서를 거부하는 것은 영원한 미숙함을 나타내는 표지다. 그들은 이상화된 유년기를 단념할 수 없어서 한 사람은 안달하며 자기 파괴적인 청춘으로 변하고, 다른 한 사람은 괴물 같은 약탈자로 변한다. 이런 견지에서 보면, 서로에 대한 이 둘의 사랑은 퇴행적이면서 자기애적이며, 제대로 된 역사로 진화해 나가지 못한 채로 상실된 신화적 세계에 완전히 빠져 있다. 히스클리프가 식기세척기에 그릇을 쌓거나 아기를 목욕시키는 것을 상상하기는 어렵다.

하지만 하이츠의 관점 혹은 최소한 그 장소에 대한 비판적 옹호자들의 관점은 다소 다르다. 만약 주인공들의 관계가 자기 파괴로 이끌려 간다면, 이는 그들 자신의 순수한 상호성을 위한 장소가 관례적인 사회에 없기 때문이다. 이들 사이의 강렬한 교제는 퇴행적이어서가 아니라 유토피아적이기 때문에 어긋나 있다. 만약 그들의 관계가 문화적이 아니라 전-사회적이거나 반사회적 혹은 자연적인 관계라면, 이는 오직 그런 관계만이 착취적인 사회질서 속에서 그들에게 열려 있는 유일하게 진정한 실존의 형태이기 때문이다. 그들이 지향하는 새로운 가능성들이 아직은 실현될 수 없기 때문에 그들은 그 대신 자연과 신화와 상상력의 영역으로 내몰릴 수밖에 없다. '신의 선물'인 히스클리프가 하이츠에 현존하게 된 것은 아무 대가 없는 무상적인 것이다. 말하자면 그는 외부인으로서 이 '가정-겸-경제' 단위에 받아들여져 그 인색한 가족 중심의 구조 내에서 아무런 역할도 할당받지 못한다. 이런 경제의 잉여로서, 즉 역사가 사실상 계보인 세계에서의 낯선 사람으로서 그는 오직 그가 누구인지에 의해서만 포용되거나 거절당하면서, 인간이라는 것 이외에 그 어떤 지위도 주장하지 못한다. 두려움을 주는 오염된 파르마코스(희생 제물)가 인간 찌꺼기와 쓰레기이기는 하지만, 만약 이를 두려움 없이 응시하고 자기 테두리 안으로 환대하며 받아들일 수 있다면 문에 서 있는 이 낯선 사람은 영원히 헤아릴 수 없을 정도의 힘을 발휘할 수 있을 것이다.[22]

마찬가지로 캐서린은 언쇼 가(家)의 독립 자영농 경제에 불필요한 과잉이며, 단지 딸이라는 이유로 상속을 받을 수도 없게 되어 있다. 그런데 하이츠는 이런 예측 불허의 인물을 학대하거나 무시하는 것 말고는 달리 사용할 수 있는 길이 없어, 결국 자기네들의 계획에 따라 이 두 인물을 내버린다. 사랑이란 여가뿐만 아니라 여가를 즐기는 데 아낌없이 쓸 수 있는 재원을 가진 사람들에게는 참 좋은 것이다. 인색하고 실리적인 하이츠 측은 사회적 · 가족적 · 경제적 토대가 없는 관계라는 것을 이해할 수 없으며, 더군다나 이 소설이 일관되게 묘사하고 있는 계층화되고 잔인한 지배적 체제 안에서 존재의 심원한 평등성을 수반하는 관계라는 것도 이해할 수 없다. 『워더링 하이츠』가 성취한 가장 대담한 업적 가운데 하나는 이 소설이 빅토리아 조(朝)의 가정을 그로테스크한 폭력과 추잡한 권력투쟁이 난무하는 싸움터로 드러낸 것이다. 바로 이런 의미에서 캐서린과 히스클리프의 관계는 유토피아적인 것으로 읽힐 수 있다. 실재계는 두려움을 일으킬 만한 대혼란을 현재에 풀어놓는 현실뿐만 아니라 억압적인 과거와 단절된 새로운 존재 양식을 출범시킬 가능성도 수반한다.

에밀리 브론테 소설의 중심에 있는 욕망이 의미화에 저항하듯이, 텍스트의 형식 자체도 노골적으로 편향적인 서술자, 서로 싸우는 목소리들, 바부슈카처럼 이야기 속에 이야기 끼워넣기 등을 통해 독자가 이야기를 쉽게 읽어나가지 못하도록 상당히 방해를 한다. 마치 텍스트에

---

22 Terry Eagleton, *Sweet Violence*의 제9장 참조.

서의 역사가 순행과 역행을 거듭하면서 자체적으로 형성되어 나가듯이, 잠재적으로 믿기 어려운 하나의 서사를 전적으로 신뢰하기 어려운 또 다른 서사 속에 쌓아올리는 장치도 연대기를 붕괴시키는 데 영향을 끼친다. 또한 이런 형식의 이야기는 마치 도덕적 진보와 역사적 진보를 암묵적으로 신뢰하듯 단선적으로 전개되는 샬럿의 이야기와 현저하게 대비된다. 다양한 등장인물과 일화들, 그리고 사건들이 시간의 변전 속 소용돌이 주변을 빙빙 돌고 있듯이, 실재계에는 역사적인 것을 붕괴시키려는 무엇인가가 있다.

　샬럿 브론테 소설의 경우, 전지적 서술자의 목소리가 한 여교사의 매서운 권위를 가지고 적절한 독자적 반응을 알려주기 때문에 굳이 우리가 무엇을 생각해야 하는지에 대해 그리 의아해 하지 않아도 된다. 이에 반해『워더링 하이츠』에는 메타서사가 결핍되어 있기 때문에 우리 독자들은 소설의 중심에 있는 불투명성에 직접적으로 다가갈 수 없고 원근법적으로 접근해 갈 수 있으며, 하나의 편향적 보고와 또 다른 편향적 보고 사이의 틈새에서 드러나는 그 불투명성을 얼핏 볼 수 있을 뿐이다. 그래서 이 소설은 상징계와 실재계, 즉 무례하게 강박적인 층위의 히스클리프와 혁명적으로 새로운 층위의 히스클리프 사이에서 단순히 어떤 하나를 선택하지 못하게 한다. 우리는 히스클리프가 매력적인 악당 혹은 아직 다듬어지지 않은 금강석이 아닌 가학적인 불한당이라고 이해하게 되어 있기도 하지만, 동시에 우리는 그가 언쇼 가로부터 받은 혹사로 인해 대담한 아이에서 비정한 사기꾼으로 변했다는 점을 인정하도록 요청받기도 한다. 캐서린을 향한 그의 욕망이 한 번 거부되자 죽음과 부정 및 자기 폭력을 향한 정념적 욕동으로 뒤틀어지는데, 그의 욕망 자체는 전적으로 합리적이며 오직 엄격한 계급구조에 의해 좌절되었을 뿐이다. 히스클리프는 처음에는 언쇼 가에 의해 다음에는 자신의 연인에 의해 존중도 인정도 받지 못하는데, 우리는 이런 거부가 어떻게 샤일록, 콜하스, 클라리사 같은 사람들을 평화적인 시민으로부터 죽음과 파괴의 화신으로 변형하는지를 이미 살펴보았다.

단지 질투나 원한 혹은 심지어 증오 속에 있는 그 무엇보다 부정의라는 것 속에 있는 그 무엇이 사람들을 광기로 몰아가게 한다.

마찬가지로 공평하게도 이 소설은 문화란 갈 데까지 다 내려가지는 않는다는 점—즉 문화가 그렇게 되는 데 대한 저항력을 지닌 어떤 물질성이 인간 실존에 있다는 점—을 우리가 알게끔 하려고 한다. 하지만 동시에 우리는 문화란 전혀 표피적이지 않다는 점, 그리고 히스클리프 식으로 문화란 깨지기 쉽고 연약한 것이라고 경멸하는 것은 거친 상남자의 편견에 지나지 않는다는 점을 인정하게 되어 있기도 하다. 모호성과 관련하여, 독자들이 행동의 상태에 초점을 맞추는 것조차 매우 어렵다. 이 소설은 비극적 영웅주의에 대한 이야기인가, 아니면 하찮은 일로 다투는 말썽꾸러기의 이야기인가? 결국 진리는 경멸적이고 현실적인 넬리 딘에게 있는가? 욕망은 극히 위험하리만치 사회적 구별에 개의치 않는 전복적인 힘으로 드러나기는 하지만, 그렇다고 해서 모든 욕망이 다 긍정되는 것은 아니며 모든 사회적 관례가 다 위조된 가짜도 아니다. 실재계가 변혁적이면서 동시에 정신적 외상을 초래하는 것이라는 점과 마찬가지로, 상징계적 질서는 억압하는 것일 뿐만 아니라 보호하는 것이기도 하다.

❖

에밀리 브론테의 소설이 나타나고 4년 후에 실재계를 그린 훨씬 더 엄청난 이야기가 문학의 장에 불쑥 나타났다. 『모비딕』*에 등장하는 악마적 에이헙이 죽을 때까지 계속 쫓아다닌 흰 고래는 '불가해'하며 칸트의 본체만큼이나 알 수도 없는 것이다. 서술자인 이슈마엘은 "그러니 내가 어찌 그를 분석할 수 있겠는가. 그저 표피적으로만 할 수 있

---

* 『모비딕』(*Moby-Dick*, 1851): 미국의 소설가 허먼 멜빌(Herman Melville, 1819~91)의 작품이다.

겠지. 나는 그를 알지 못하며 결코 알지 못할 것이다"라며 한탄한다. 모비딕의 흰색은 신성함—즉 '감미롭고 고결하고 숭고한' 그 무엇—의 기호이기는 하다. 하지만 "이 흰색이 지닌 내밀한 이념 속에는 파악하기 어려운 무엇인가가 도사리고 있으며, 이는 놀라게 하는 피의 붉은색보다 영혼을 더 극심한 공황상태에 빠지게 한다." 흰색은 순수하지만 순수한 부정이기도 하고, 모비딕은 신의 숭고성이나 실재계의 힘처럼 마음을 빼앗을 정도로 매혹적일 뿐만 아니라 섬뜩한 것이기도 하고, 신성할 뿐만 아니라 저주받은 것이기도 하고, 눈이 멀게 될 위험을 감수해야만 응시할 수 있는 기괴하고 헤아릴 수 없는 무(無)다. 실재계처럼 이 고래는 순수 부정성이면서 동시에 긍정적인 힘이기도 하며, 인식을 통해 파악하기 어려운 영(零, cipher)이면서 동시에 죽음에 사로잡힌 에이헙이 파멸적으로 사랑한 격한 소멸의 힘이기도 하다. 모비딕의 괴물 같은 비결정성, 모든 동물학적 범주를 교란하는 불명확성은 서술자에게 소멸 및 '우주의 비정한 공백과 광대무변함'을 생각나게 한다. 이슈마엘이 언급하듯이, [망망대해의] 육지 없음이란 신만큼이나 불명확한 것이다.

만약 이 고래가 동물학적 정연함을 혼란스럽게 만든다고 한다면, 고래는 또한 이 소설의 비극적 주인공을 어지럽히기도 한다. 그에게 고래는 "가장 미치게 만들고 고통스럽게 하는 모든 것, 사물의 앙금을 휘젓는 모든 것, 내부에 악의를 품고 있는 모든 진리, 힘줄을 파열시키고 뇌를 경색되게 만드는 모든 것, 삶과 사유의 모든 교묘한 악마주의, 모든 악 ……"의 살아 있는 화신으로 보인다. 갱생되지 않은 에이헙에게 모비딕은 실재계의 비뚤어지고 심술궂은 속성, 자연의 균형 속에 들어 있는 교묘한 결점을 의미한다. 실재계가 그 자체의 잔인하지만 파악하기 어려운 '거기 있음'(thereness)을 통해 기표를 좌절시키는 것처럼, 에이헙은 지상 최고의 더없는 행복조차도 "그 속에 도사리고 있는 의미화하지 않는 어떤 하찮음"을 지니고 있다고 숙고한다. 그가 고래의 백지 상태로부터 식별해 낸 것은 죽음 욕동의 순수한 악의,

우주 전체에 울려 퍼지는 악마적 무의미의 낄낄대는 소리다. 그러나 이는 모비딕에 대한 이 선장의 견해가 신에 대한 사탄의 견해, 말하자면 신을 친구이자 연인이 아닌 판관이자 가부장, 즉 압제자로 보는 견해와 비슷하기 때문이다. 에이헙이 보기에 모비딕은 '저주받은 것'이기는 하지만, 적의를 덜 품은 눈으로 볼 경우 그는 초월적 광채로 빛난다. 우리가 알게 되는 것은 자신의 기분에 따라 고래가 악마로 보이거나 대천사로 보일 수 있다는 점이다.

모든 신성한 것처럼 이 짐승은 축복과 저주를 동시에 받은 존재이며, 그 짐승을 향한 에이헙의 편집광적 욕망은 사랑이자 치명적인 공격, 즉 뒤얽힌 에로스와 타나토스다. 고전적인 악마적 인물처럼 에이헙은 오직 고래에 대한 자신의 자해적인 증오가 주는 고통에서만 대용적 활력 같은 것을 얻을 수 있다. 이처럼 자기에게 고통을 가하는 상황은 전통적으로 지옥으로 간주되는 것이며, 이 선장은 악마적인 위반자들의 오랜 문학적 계보에 속하는 인물 가운데 하나다. 그는 사탄의 선민으로서 자기 스스로 관찰하듯이, "아주 교묘하게 악성적으로, 저주받은 …… 최고의 지각 능력을 타고난!"인물이다. 오직 타락 천사인 악마만이 창조주와 같은 기량을 가지게 되며, 이 악마는 마치 신이 창조의 순수한 기쁨을 위해 창조하듯 파괴 자체를 위해 파괴하는 데 가치를 둔다. 에이헙은 인간의 경계를 넘어서서 어느 황량한 무인지대로 들어가는데, 여기서 밀턴의 사탄처럼 그가 절규하듯 "모든 사랑스러움은 나를 비통하게 만들 뿐이다." 그는 살아 있는 주검들 가운데 하나이며, 자신의 자기 소멸적인 실존 전체는 광적인 '죽음을 향한 존재'에 휘말려 있다. 심지어 갑판 위에서 마치 관을 톡톡 두드리는 것 같은 소리를 내는 그의 상아 의족조차도 말 그대로 자신의 살과 피에 결합된 죽은 물질 조각이다. 이 선장은 『베니스의 상인』의 안토니오에게 요구된 것―즉 자기 육체의 일부를 대타자에게 희생하는 것―을 실행하기는 했지만, 아무 결실 없이 뒤쫓고 있는 이 괴물 같은 유령에게서 아무런 인정도 받지 못했다. 항상 그렇듯 이처럼 제어할 수 없는 욕망으로 인해, 일상적인 현실은 그 자체의 존재론적 실체가 모두 비워진 채 아주 요란한 표면으로 축소되고 만다. 일례로 에이헙은 "눈에 보이는 모든 대상이란 그저 판지로 만든 가면일 뿐"이라고 여긴다. 실재계의 시종들은 타고난 플라톤주의자들이다.

이슈마엘은 쓸쓸해 보이는 선장의 상황을 관조하면서 "당신의 여러 생각이 마음속에 어떤 생물체를 창조했다"며 생각에 잠긴다. 에이헙의 존재를 뒤흔드는 것은 그의 내부에 있는 실재계라는 이질적인 쐐기로서 불가능한 대상을 얻으라고 그를 계속해서 몰아가는 것이기도 하지만, 동시에 이 광적이며 빗나가지 않는 욕망은 그의 위대함을 구성하는 것이기도 하다. 실재계의 모든 주인공처럼 그는 무한성을 향한 격정적인 동경에 사로잡혀 있다. 그는 "진리엔 한계가 없다"고 항변한다. 그는 자신의 욕망을 추구하는 데 자기의 생명을 걸 준비가 되어 있으며, 이런 의미에서 그는 바다로부터 생계거리를 뽑아냄으로써 죽음에서 삶을 거둬들이는 동료 선원들의 통상적인 행위를 비극적 극단으로 몰아간다. 선장과 마찬가지로 선원들도 파르마코스(희생 제물)들, 즉 인간으로부터 제외된 추방자들이며, 이들의 교역은 '불결함'을 특징으로 한다. 하지만 비록 세상이 이 불법거래업자들을 비인간적이라며 내친다고 해도, 그 세상은 집과 일터에 불을 밝혀 줄 기름을 제공한 그들에게 마치 불을 가져다준 프로메테우스와 같은 전령인 양 경의를 표하기도 한다. 인간의 문명이란 죽음에서 삶을 건져 올리는 일, 즉 제어할 수 없는 자연을 문화에 복종하도록 만드는 일인데, 이런 한에서 에이헙의 이중성은 사회성 없는 일탈이 아닌 문명화된 규범을 반영한 것이다. 사실상 인간은 불가능하며 야누스의 얼굴을 한 그의 욕망의 실재계로 구성되어 있는데, 바로 이런 인간이 참된 파르마코스(희생 제물)이며, 최고의 바다 생물조차 뛰어넘어 구원과 저주 모두가 가능하다. 만약 에이헙이 이 지구상에서 일탈적인 인물이라고 한다면, 이는 그가 인간적인 것의 논리를 도저히 생각할 수 없는 어떤 한계에까지 몰아가기 때문이다. 그리고 이 한계 지점에서 인간은 단번에 비인간적인 모습을 드러내기도 하고 가장 진정한 그 본모습을 드러내기도 한다. 이곳이 바로 실재계의 영역이며, 여기선 상상계의 변호자도 상징계의 옹호자도 감히 선과 악 모두를 찾아 위험을 무릅쓰지 못한다.

허먼 멜빌의 소설에 비해 그리 멋지지 않은 아널드 베넷*의 소설 『늙은 아내들의 이야기』에는 노스 미들랜즈라는 곳에서 완벽하게 소시민적인 관행을 따르며 살아가는 별 특징 없는 포목상 해럴드 포비가 사촌의 부당한 처형으로 인해 놀랍게도 알아볼 수 없는 인물로 변해가는 기이한 장면이 있다. 폐렴으로 시달리던 해럴드는 형을 선고받아 옥에 갇힌 친척을 방문하기 위해 병상에서 비틀거리며 일어나서, 그 선고에 반대하는 정치적 시위에 대해 지역의 교구 목사와 협의하러 간다. 정의를 위한 그의 불가사의한 노력에도 불구하고 포비가 독혈증으로 숨을 거두게 되어, 결국 한 사람이 아닌 두 사람이 죽게 된다. 작가가 언급한 바에 따르면, "그에겐 개인성이 없다. 그는 보잘것없는 인물이다. ……하지만 나는 그를 좋아했고 존경했다. ……나는 그의 생애 마지막에 운명이 그를 붙잡아 모든 영혼에 예외 없이 흐르는 위대함의 맥을 보여주었다고 생각하며 항상 즐거워했다. 그는 어떤 대의를 끌어안았고, 상실했고, 그로 인해 죽었다." 라캉에 따르면, "우리 안에는 영웅의 행적이 남아 있으며, 그 길을 끝까지 따라가는 자는 바로 평범한 사람이다."[23]

---

* 아널드 베넷(Arnold Bennett, 1867~1931): 영국의 소설가, 극작가, 비평가, 수필가로 작품에 『늙은 아내들의 이야기』(*The Old Wives' Tale*, 1906)가 있다.

23 Jacques Lacan, *Ethics of Psychoanalysis*, p. 319.

아서 밀러*의 희곡『다리 위에서 바라본 풍경』의 끝부분에서 변호사 알피에리는 죽은 주인공 에디 카본에게 코러스처럼 헌사를 바치러 입장한다.

> 대체로 이제 우리는 타협하며 살아갑니다. 저도 그것이 더 좋기는 합니다. 하지만 진리는 신성하답니다. (에디)가 얼마나 잘못했는지, 그의 죽음이 얼마나 무익한지를 잘 알고 있기는 하지만, 그를 기억하면 고집스럽게 순수한 그 무엇, 순수한 선이 아닌 순수하게 그 사람 자신인 그 무엇이 제게 소리치고 있다고 고백하려니 떨립니다. 왜냐하면 그는 자기 자신을 온전히 드러내 알려지게 했기 때문이지요. 바로 이로 인해 저는 여느 분별 있는 고객보다 그를 더 사랑하게 되리라 생각합니다. 하지만 타협이 더 좋습니다. 그래야만 합니다. 그래서 저는 솔직히 말하면 약간 …… 불안한 마음으로. 그를 애도합니다.

위 인용문의 어조는『늙은 아내들의 이야기』에서 패배하기는 했지만 반항적인 해럴드 포비에 대한 비가적 논평이 지닌 어조와 그리 다르지 않다. 카본에 대한 알피에리의 이 먹먹한 반응은 실재계의 고유한 양면성을 반영한 것이다. 이 극의 주인공은 자신의 명성이 더럽혀졌다는 이유로 고집스럽게 죽음을 향해 질주했으며, 이 극은 그를 비극적으로 망상에 사로잡힌 인물로 제시할 때조차 자신의 욕망을 고수하는 그의 집요함에 대해 경탄한다.『세일즈맨의 죽음』에서 주인공 윌리 로먼에 대한 견해도 거의 동일하다. 즉 로먼은 허위의식에 빠진 채 죽기는 하

---

* 아서 밀러(Arthur Miller, 1915~2005): 미국의 극작가로 작품에『세일즈맨의 죽음』(*Death of a Salesman*, 1949),『시련』(*The Crucible*, 1953),『다리 위에서 바라본 풍경』(*A View from the Bridge*, 1955) 등이 있다.

지만, 그가 자신의 정체성 문제에서 벗어날 수 없다는 사실에 그의 비극적 위엄이 있다. 라캉이 다른 문맥에서 언급한 것을 원용하면, 근대의 이 원형적인 영웅은 "(자기) 환락의 텅 비어 있기는 하지만 진정한 장소를" 보존하고 있다고 할 수 있을 것이다.[24] 로먼은 살아 있는 주검의 대열 사이에서 움직여 다니는 또 다른 문학상의 인물로서, 그는 그 자체가 그의 운명의 일부인 이 극의 제목이 애초에 그를 위해 마련해 둔 죽음과의 만남을 향해 굽히지 않고 전진한다. 밀러 자신이 이 주인공에 대해 경탄하는 것은 "그 강렬함, 그에게 주어진 한계를 넘어서는 인간적인 정념, 자기 스스로 고안한 자기 역할에 대한 광신적인 주장" 이다. 실재계의 수많은 주인공처럼, 윌리는 일상의 범속성에 시달리면서 숭고하리만치 변함없는 자신의 요구와 작가가 표현한 '그가 믿어왔던 모든 것의 공허함' 사이의 현격한 대비로 인해 낙담한다. 이어서 밀러는 다음과 같이 말한다. "내 생각으로는, 어떤 인물이 극 속의 중심적 갈등에서 벗어날 수 없으면 없을수록, 그는 비극적 실존에 더욱더 가까이 다가간다. 결국 이것이 의미하는 바는 어떤 사람이 비극에 더 가까이 다가가면 갈수록, 그가 헌신하는 고정점에 대한 정서의 집중도가 더욱더 강렬해진다. 즉 그는 우리가 삶에서 흔히 말하는 광신에 더욱더 가까이 다가간다."[25]

그렇다면 『다리 위에서 바라본 풍경』에서 변호사 알피에리가 살해당한 자신의 고객에 대해 곤혹스러워하는 점을 이해하기는 그리 어렵지 않다. 왜냐하면 특히 이 변호사는 『시련』을 쓰기도 한 작가가 창조한 인물이기 때문이다. 영웅적 이상을 잃어버린 시대에 사람들이 취할 수 있는 유일한 고결함은 자기 욕망의 본성에 있는 것이 아니라 계속해서 자기 욕망에 충실하려는 바로 그 강렬함에 있다. 한데 그 강렬함은 항상 잠재적으로 정념적이다. 그렇다면 지금 우리는 순전히 형식주

24 Ibid., p. 190.
25 Arthur Miller, *Collected Works*, London, 1961, pp. 33, 37.

의적 윤리를 다루고 있으며, 이 윤리에는 약간의 매력뿐만 아니라 무모함의 낌새도 있다. 사실상 "자신의 욕망을 단념하지 마라"는 라캉의 말은 이런 계열의 형식주의적 교리에 속하며, 이보다 훨씬 이전에는 실존주의의 "진정성 있게 행동하라!"라는 선구적 표현이 있다. 라캉은 "무엇이 필록테테스를 영웅으로 만드는가?"라는 질문에 대해, "단지 그가 최후까지 맹렬하게 자신의 미움에 전념하고 있었다는 사실"이라고 답한다.[26] 최후까지 맹렬하게 소아성애에 전념하는 사람조차 도덕적으로 영웅적인 위상에 적합한지 아닌지는 불분명하다. 실로 라캉이 안티고네에게서 경탄한 것은 바로 이런 형식주의적 윤리다. 말하자면 안티고네는 상징계적 질서에서 변방 저 멀리에 떨어진 상태에 있기에 살해된 오빠의 행동이 지니는 도덕적 자질이나 사회적 효과를 참조하지 않고서도 그의 독특한 가치를 확인할 수 있다. 하이데거에서 사르트르와 라캉으로 이어지는 전통에서, 중요한 구분은 좋음과 나쁨의 구분이 아니라 진정성과 비진정성의 구분이다. 물론 라캉의 경우에는 나쁨이나 비진정성이란 단어가 매우 불명확하기는 하다. 어떤 행동의 내용이 위험한지 아니면 그저 단조로운지와 상관없이, 사람들은 숭고한 혹은 아름다운 행동의 형식을 찬탄하거나 그 행동의 담대한 극단성을 찬탄하도록 초대받게 된다.

한데 이런 면에서 실재계에 대한 어떤 이론보다는 그것을 그린 허구가 미묘한 감을 더 잘 살리는 경향이 있다. 로먼과 카본이 합당한 이유로 나쁜 일을 하지만, 그들이 등장하는 극작품들은 굳건히도 끈질긴 그들의 욕망을 그저 긍정하기보다는 욕망을 그 욕망의 무가치한 대상과 서로 대립하게 만든다. 이 인물들이 자신들에게서 벗어날 수 없다는 사실은 어처구니없는 일이면서 동시에 승리로 비춰지기도 하는데, 이런 이중적 비전은 밀러가 입센에게서 물려받은 유산이다. 실재계에

---

26 Jacques Lacan, *Ethics of Psychoanalysis*, p. 320.

너무 가까이 다가간 사람들은 진리로 인해 죽을 것 같기는 하지만, 진리로 인해 죽는 것이 그나마 진리를 한 번도 보지 않으려는 것보다는 더 바람직할지도 모른다. 어떤 의미에서 밀러의 주인공들은 이 두 가지 방식 사이에 끼인 채 욕망의 그럴듯한 대상에 고착되어 있기도 하지만, 이 가짜 우상들에 강렬한 진리를 투여하기도 한다. 라캉의 표현을 빌리면, 이런 의미에서 로먼은 "자기 욕망의 끝까지 가지"는 못했다. 그 욕망의 끝에서 사람들은 삶이란 안락한 장미 화단이 아니라는 사실을 알게 되기도 하지만, 라캉이 구어체로 말하듯 "이로운 이유, 애착, 혹은 정념적 관심의 철저한 상대적 가치"에 대해서도 똑같이 눈뜨게 된다.[27] 윌리가 자신을 인정해 달라고 요구하는 것이 정당하기는 하지만, 그는 망상에 사로잡힌 채 자신에게 사회적으로 가능한 형식의 인정이 가치 있으리라고 상상한다. 카본이 자신의 '이름' 혹은 공적 명예를 되돌려 달라고 요구하는 것은 옳지만, 정당하게 그것이 몰수되었다는 점을 시인하지 못한다. 전통적인 도덕적 선이 점점 더 손상되어 가는 사회―선한 삶에 대한 이런저런 개념 사이의 불화가 첨예해지는 사회―에서 윤리는 대체적으로 형식의 문제가 될 수밖에 없다. 실재계의 윤리는 이런 형식주의의 최신판이다.

『정신분석학의 윤리』의 한 구절에서 라캉은 자기 자신의 욕망을 버릴 경우 수반되는 배반에 대해 다음과 같이 쓰고 있다.

내가 말한 "자신의 욕망에 관련하여 물러선다는 것"은 주체의 운명에 있어 항상 어떤 배반을 수반한다. 여러분들은 그 배반을 모든 사례에서 관찰하게 될 것이며 그 중요성에 주목해야만 한다. 주체가 자신의 방식을 배반하고 자기 스스로를 배반하여 그 결과가 자기 자신에게 의미 있게 되거나, 아니면, 더 단순하게, 무엇인가를 함께하기로 맹세했던 누군가가 주체의 희망을 배반하고 둘 사이의 협정에 담겨 있는 것을 그 주체에게 해주

---

27 Ibid., p. 323.

지 않는다는 사실에 대해 그가 관용을 베풀게 된다. 물론 이 경우 그 협정이 운명인지 악연인지, 위험한지, 근시안적인지 혹은 실로 반항의 문제인지 도피의 문제인지는 별로 중요하지 않다.

만약 배반이 허용된다면 배반 속에 어떤 일이 일어난다. 말하자면 만약 선의 이념, 즉 배반 행위를 저지른 사람의 선의 이념에 이끌린다면, 결국 자신의 권리 청구를 포기하는 지점까지 물러서서 자신에게 다음과 같이 말하게 된다. "그러게, 이게 이치라면 우리 자신의 입장을 포기할 수밖에. 우리들 가운데 그 어느 누구도, 특히 나는 그만 한 가치가 없어. 그러니 우린 그저 통상적인 길로 되돌아 가야 할밖에."[28]

에디 카본이 자기 자신을 배반한 주체라면, 샤일록과 콜하스는 자신들의 정식 협정을 어긴 적들과 대치하는 주체들이다. 자신들의 권리 청구를 포기하고 타협점을 찾는 사람들에 관련해서, 라캉 인용문의 마지막 문장은 비프 로먼이 아버지에게 운명에서 손을 떼라고 하는 처절한 호소를 풀어서 설명한 것이라 할 수 있다. "아버지, 저는 세상에 널린 평범한 인간이에요. 아버지도 그렇고요!" 이에 반해 이 문제에 대한 윌리 자신의 견해는 조카인 버나드와 나눈 간결한 몇 마디 속에 구체화되어 있다.

버나드: 하지만 윌리 아저씨, 가끔은 그저 벗어나는 게 더 좋아요.
윌리: 벗어나라고?
버나드: 그래요.
윌리: 근데 벗어나지 못한다면?
버나드: 그러면 힘들어지는 거죠.

---

28 Ibid., p. 321.

9. 레비나스, 데리다, 바디우
Levinas, Derrida and Badiou

서로 다른 두 가지 윤리 이론을 비교할 경우, 영국의 18세기 자애주의와 레비나스의 철학만큼 서로 달라 보이는 것도 없을 것이다.[1] 하지만 레비나스의 사상은 무엇보다 유정성과 감성에 기초한 윤리로 되돌아가는 것으로서, 칸트가 드리워 놓은 냉랭한 그늘에서 벗어나 도덕적 가치를 다시 한 번 굶주리고 고난을 당하고 동정 어린 육체의 맥락에 둔다. 그 이전에도 이와 같은 주목할 만한 기획이 있었다고 덧붙여 볼 수도 있을 텐데, 이를테면 젊은 시절의 마르크스가 감성적 육체로부터 『경제학 철학 수고』(*Economic and Philosophical Manuscripts*)에서의 공산주의 윤리로 향해 가는 길을 주장하려던 시도가 그런 기획 가운데 일례가 될 것이다. 레비나스는 (바디우처럼) 윤리적인 것이란 자연에 반하는 것이라고 보면서, 그런 자연주의적 이론 모두뿐만 아니라 실상은 윤리 이론 자체를 강경하게 반대한다. 그가 보기에, 생물학적 종에

---

1 특히 다음의 책을 참조할 것. Emmanuel Levinas, *Totality and Infinity*, Pittsburgh, 1969; *Otherwise than Being*, Pittsburgh, 1981; *Ethics and Infinity*, Pittsburgh, 1985; *Time and the Other*, Pittsburgh, 1987.

대한 이야기 같은 것은 어떤 식으로든 히틀러 치하의 제3제국과 공명할 수밖에 없다. 그에게 윤리란 육체에 그 뿌리를 두고 있는 것이기는 하지만, 육체를 초월하는 것이기도 하다. 그리고 이 초월의 양식은 인격적인 것이라고 알려져 있다.

레비나스에게 주체가 된다는 것은 주체화를 당하는 것이다. 이는 대타자의 힘든 요구, 즉 정신이 아니라 '살갗의 표면, 신경의 가장자리'에 기입된 대타자의 요구에 노출되는 것이다.[2] 크리츨리가 논평하듯이, "주체성은 감성에 기초한다." 레비나스가 칸트와 많은 점을 공유하기는 하지만, 감성에 대한 칸트의 불신만큼은 공유하지 않는다. 크리츨리의 표현을 빌리면, 레비나스에게 삶이란 "유정성, 즐거움, 영양이고, 환락이자 삶의 즐거움이다."[3] 물론 의도적으로 밀교적인 이 텍스트들이 지닌 극도의 엄격함을 고려한다면, 누군가 이 사실을 간과한다 하더라도 용서받을 수는 있을 것이다. 레비나스가 보기에 영양과 즐거움은 전-역사적 구조를 형성하고 있는데, 이것은 의식의 삶이 섭취하는 것이기는 하지만 근본적으로 항상 의식의 삶에 선행한다. 18세기의 상상계에서와 마찬가지로 의지와 반성 및 인식은 윤리의 장에 나중에 등장한 후발주자들로서 훨씬 더 본원적인 무엇인가로부터 파생된 활기 없는 것들이다. 크리츨리는 자신의 유명한 논평을 통해 "먹는 존재만이 타자를 위할 수 있는데" (약간 하이데거 식으로) "현존재는 먹지 않는다"고 말한 것처럼, 레비나스에게 윤리적 주체란 살과 피로 만들어진 생물체라고 본 것은 옳다. 레비나스는 윤리란 "마음으로부터의 선물이 아니라 입으로부터의 빵에 대한 것이다"라고 선언한다.[4] 그가 말한 바에 따르면, 타자란 누군가의 살갗을 자극하는 사람인데, 이 이미지를 통해 보면 서로 다른 자아들이 서로 잘 어울리게 합쳐진다기보

---

2 Emmanuel Levinas, *Otherwise than Being*, p. 81.

3 Simon Critchley, *Ethics-Politics-Subjectivity*, London, 1999, p. 189.

4 Emmanuel Levinas, *Otherwise than Being*, p. 74.

다는 서로 자극적으로 합쳐진다는 것을 암시하는 셈이다. 윤리적인 것은 인식이 아닌 감성을 통해 접근되는 것이다. 우리는 정감을 받는 한에서 존재한다. '외부'에 대한 무한한 개방성으로서의 감성은 그 자체로 초월의 한 형식이다. 숭고한 것은 우리의 감각에 기입되어 있다.

그렇다면 우리는 계몽주의적 사유에 성대하게 과장된 반응을 하면서 자유롭고 자발적이며 자기 결정적인 행위 주체자들의 세계를 포기해 버렸고, 그 대신에 선택이 아닌 책무인 희생자의 상태(Victimage) 및 의존성의 윤리적 영역으로 들어가게 되는데, 여기서 군림하며 통치하는 것은 바로 의지의 자유가 아니라 두려움을 주는 감수성이다. 레비나스는 죽음이란 기획하는 것 자체를 불가능하게 만드는 것이라고 적고 있다. 전통적인 윤리에서의 "내가 무엇을 해야 하는가?"라는 질문은 "대타자가 나에게서 무엇을 원하는가?"라는 질문으로 바뀐다. 윤리는 더 이상 어떻게 행동해야 하는가에 관한 추론이나 무엇이 선한 삶을 구성하는가에 관한 추론의 문제가 아니다. 레비나스는 라캉처럼 최고선이라는 개념을 싫어하는데, 그가 보기에 이런 개념은 결국 실패와 좌절로 이어질 뿐이다. 윤리는 너무나도 중차대한 사안이기 때문에 행복이나 성취나 복리 같은 현세적인 고려사항들로 축소될 수도 없다. 또한 그는 윤리란 어떤 특수한 상황 속에서 가장 효과적으로 행동하는 방법을 찾아내기 위해 그 상황을 숙고하는 것이라고 보는 고전적 윤리 개념에 대해서도 거의 인내심을 보이지 않는다. 합리적인 목적을 얻기 위해서 건전한 이유들을 제시한다는 생각도 특별히 그를 사로잡지 못한다. 윤리적인 것이란 선택하는 문제가 아니라 선택되는 문제다. 우리는 현명한 수동성이라는 광맥이 감상주의자들—즉 연민이나 역겨움이란 의식의 지배를 넘어서는 것이라고 보는 감성주의자들—의 감정이입적인 세계에서 얼마나 많이 발견되는지에 대해서 이미 살펴보았다. 레비나스의 윤리는 강건하게 성취하는 것에 대한 윤리가 아니라 몰락하고 쉽게 상처받는 것에 대한 윤리이며, 결국 정치와 기술의 세계에 속하지 않고 오히려 그런 것들로 인해 죽은 동료 유대인들에게 속한다. 그는 무제한적인 의지의 과도한 오만으로부터 인간 실존의 유한성을 회복하려고 애쓰기는 하지만, 그럼에도 불구하고 우리가 서로에게 지고 있는 무진장한 책임이라는 면에서 슬그머니 무한성이 다시 밀반입된다. 이에 대해서는 후에 살펴보겠다. 레비나스는 라캉 식 실재계를 연상케 하는 언어를 사용하여 무한성이란 "내 안에 있는, 내가 담을 수 있는 것 그 이상의 무엇"이라고 쓴다.

레비나스의 도덕 사상 중심에는 대타자와의 어떤 관계가 놓여 있는데, 이를 관계라고 할 수도 있겠지만 대타자란 수수께끼처럼 접근 불가능한 절대타자이기 때문에 비관계(非關係, non-relation)라고 할 수도 있다. 『무지개』와 『사랑하는 여인들』을 쓴 D. H. 로런스*처럼, 레비나스는 관계를 넘어선 어떤 관계—즉 존재 자체를 넘어선 영역이면서 존재론을 훨씬 넘어선 영혼의 나라로 가기 위해 로런스 식으로 의지, 의식, 심리, 정서, 사회적 관행, 도덕법, 인도주의적 공감 등에 대한 낡아빠진 관례적 담론 모두를 내버린 어떤 관계—를 추구한다. 인간의 지배가 지닌 위험성이 이제 너무나 끝없이 지속되어, 결국 권력에 물들 수밖에 없는 관계 그 자체가 포기되어야만 하는 듯하다. 정복할 수 없는 타자성에 열려 있음, 즉 주체성의 중핵에서 만나게 되는 초월—똑같이 주고받는 빈틈없이 계획된 교환이나 상호성으로는 생각할 수 없는 (초월적 신의 경우와 같은) 초월—에 열려 있음, 바로 여기에 죄책감에 시달리는 나의 실존이 기초하고 있다. 다른 말로 하면, 우리는 지금 이런저런 인격체와의 경험적 만남에 대해서 말하고 있는 것이 아니라 모든 경험적 관계의 조건이면서 모든 연결이 진행되는 모체를 구성하는 본원적이며 초월적인 만남에 대해 이야기하고 있다. 자기란 자기를 능가하는 무엇인가의 반향일 뿐이다. 나의 책임 의식을 환기하는

---

* D. H. 로런스(D. H. Lawrence, 1885~1930): 영국의 소설가, 시인, 평론가로 작품에 『무지개』(*The Rainbow*, 1915), 『사랑하는 여인들』(*Women in Love*, 1920), 『무의식의 환상』(*Fantasia of the Unconscious*, 1922) 등이 있다.

것은 심지어 대타자가 아니고, 고압적으로 대타자를 나의 책임에 일임하는 법 자체 혹은 무한 자체다. 만약 여기에 상징계적 윤리, 즉 균형성, 평등성, 상호성의 여지가 없다고 한다면, 이는 대타자가 '얼굴'로 의미화된 순수하고 고동치는 취약성을 통해 나의 자율성을 강탈해가고 나를 정신적 외상을 입은 비체(abject)로 만들어버리기 때문이다. 나는 이 무한히 질책하는 대타자에게 인질로 붙잡혀서, 그에 의해 존재 너머에 있는 어떤 의미로 완전히 벌거벗긴 채 불려나간다. 이런 무한성의 현현은 나의 자기 지배를 깨뜨리는, 절대 알 수 없는 무엇인가의 기호로서 내 죽음의 전조이기도 하다.

윤리적인 것의 비인간적인 기원은 바로 정신적 외상—즉 절대적이고 거의 견딜 수 없는 타자성에의 노출, 라캉이 말한 정신병의 표식인 그 외상—에 있다. 존재는 외재성이다. 자기가 주체성으로 산산조각 나게 되는 것은 충격적일 만큼 아무런 매개 없이 대타자에게 노출되어 거의 견딜 수 없을 정도로 강렬하게 정감을 받기 때문인데, 여기서의 대타자는 상징계적 질서의 비인격적인 교환을 벗어나 있으며 기표의 좁은 골짜기를 통과하지도 않는다. 대타자와의 이런 대치로 인해서 내가 어떤 주체로 태어나기 때문에, 나의 '선택받음'이란 결국 나의 종속됨이기도 하다. 선한 것은 존재에 우선하는데, 왜냐하면 대타자에게 헌신함으로써 우리가 스스로 주체적 실존이 되기 때문이다. 나는 대타자를 파악하거나 알거나 주제화하거나 개념화할 수 없으며, 만약 그렇게 할 경우에는 대타자를 상상계적으로 나 자신과 동일시하여 축소하게 된다. 그러므로 대타자란 나에게 어떤 절대적 타자성—즉 낯설고 엄청나고 무조건적이고 표상 불가능하고 언어도단이고 통약 불가능하고 완전히 단독적이고 나의 욕망에 둔감한 타자성—을 의미하며, 결국 우리 모두에 거하는 신처럼 나의 자기성을 초월한다. 사실상 레비나스는 효과적으로 신과의 (비)관계를 대타자와의 (비)관계로 바꿔놓는다. 근대 윤리학의 한 조류는 전능자가 더 이상 이곳에 있다고 생각하지 않으면서, 전능자의 초월성을 단순히 대타자의 인격성으로 전환한다. 레비나스도 그렇게 하는 과정에서 모든 인간관계란 친화성과 자율성의 어떤 결정 불가능한 혼합을 필요로 한다는 익숙한 역설을 극단으로 몰아가서, 친화성과 자율성이라는 두 조건 모두 손상되는 지점에 다다른다. 그 지점에는 정체성이 한 조각도 남아 있지 않고 나 자신과 대타자 사이의 공통 기반도 없으며, 단지 대타자의 애조 띤 호소가 나의 독립성을 몰수하여 나를 신령하게 현존하는 그의 정신적인 노예로 축소한다.

하지만 대타자가 비록 멀리 존재하며 불가해하고, 불가능한 요구를 하면서 짓누르는 부담을 주거나 반박할 수 없는 비난을 퍼붓는 초자아처럼 경험되기도 하지만, 동시에 나의 육체 안에 있는 타자성처럼 압도적으로 친밀하기도 하다. 이렇듯 대타자는 실재계의 이중적인 속성 같은 것을 드러낸다. 대타자는 근접해 있기는 하지만 소유할 수 없는 무엇이며, 너무 가까워 피할 수도 없지만 너무 멀어 포착할 수도 없다. 말하자면, 대타자는 나에 대한 그의 절대적 초월을 손상하지 않은 채 그의 주어지지 않음을 통해 자발적으로 나에게 주어지며, 그의 철저한 비가시성은 그의 살갗을 통해 가시화된다. 대타자는 나를 절대적인 나 자신의 존재에 대한 어떤 주장—칸트 식 도덕법처럼 내가 적절하게 만들 수도 없고 피할 수도 없는 주장—과 대치시켜, 상징계적 질서 안에 정해진 나의 장소를 붕괴시키면서 내 세계의 자기도취적 전체성을 난폭하게 부수고 들어와, 나를 정처 없이 떠돌게 만들고, 나를 내 집에서 밀어내고, 나에게 무한한 책임의 짐을 자기 대신 짊어지라고 명한다. 누구든 대타자에 대해서 결코 대등해질 수 없으며, 바로 이런 의미에서 이 대타자는 진정할 수 없는 신을 본떠 만들어진 것이다. 이런 점에서 레비나스는 이 끔찍한 요구를 사랑—즉 그 가차 없는 절대성에도 불구하고 우리의 나약함을 속속들이 이해하고, 있는 그대로의 우리를 기뻐하는 사랑—의 한 형태로 보는 『신약성경』의 역설을 고려하지 않는다. 마치 예수가 드러내 놓고 죄인들에게 자신의 동반자가 되는 즐거움을 누리기 전에 먼저 회개부터 하라고 요청하지 않은 것처럼, 신은 무조건적으로 그의 피조물들, 말하자면 전혀 갱생의 의지가 없는 피조물조차 사랑한다. 도덕적으로 독단적이며 선취적으로 자신들의 인격 함양 프로그램에 참가하고 있는 사람들은 이런 사랑을 언어도단이라고 여기며 받아들이지 않는다.

주체는 상처를 주는 이런 만남에 뒤얽힌 채, "그의 살갗을 편치 않게" 느끼며 "자기 자신으로부터 유배되어" 마치 네소스의 [피와 독이 묻은] 겉옷인 튜닉 같은 것을 걸친 듯 면할 수 없는 죄책감에 내맡겨진다. 자애주의자들의 경우에서처럼 대타자는 자기(the self)를 탈중심화하려고 하는데, 탁월하게 문명화된 18세기에 비해 레비나스는 이것을 훨씬 더 섬뜩하고 아찔하다고 본다. 대타자를 향한 책무는 흄이나 버크 같은 사람이 말하는 시민적 합당성을 훨씬 넘어서며 유대 기독교가 요구하는 헤아릴 수 없는 자기 헌신을 향해 확대된다. 이 대타자의 절대적인 지위는 그의 무한한 요구와 더불어 심한 정신적 외상을 초래한다. 주체는 이 제어할 수 없는 현존과 대면하면서, 자율적이라기보다는 비천한 비-자기정체성으로 탈구되어 영원히 자기 스스로와 일치할 수 없게 된다. 감상주의 윤리처럼 이 모든 것은 지식, 의도, 헌신, 의식 혹은 자유로운 결단에 선행하는 자기의 전-반성적 · 전-역사적 심층에서 발생한다. 이 대타자는 괴롭게도 영원하고, 모든 사회적 문맥이나 역사적 문맥 밖에 존재하고, 모든 규정적인 문화적 표식으로부터 벗어나 있고, 모든 도덕적이거나 심리적인 요소를 초월한다. 그의 얼굴이 나에게 열어주는 것은 가장 순수한 상태의 인간이다. 레비나스는 주체에게서 그 사회적 문맥을 벗겨내는 것이 그 주체를 보다 더 직접적으로 만들지 않고 결국 보다 더 추상적으로 만든다는 점, 그래서 오히려 그가 진저리 치는 핏기 없는 계몽주의적 주체와 더 유사하게 만들게 된다는 점을 인식하지 못하는 듯하다.

레비나스가 애써 탐구하려는 것은 바로 윤리적인 것―즉 기원적 타자성의 현현―에 대한 고고학이다. 이 기원적 타자성은 우리의 전-의식적 구성체 속에 너무 깊이 흐르고 있기 때문에 그 현현을 사건 혹은 경험이라고 말할 수조차 없으며, 정신적 표상처럼 애처롭게도 단조로운 모든 것을 따돌린다. (동시에 그는 이 기원적 타자성에 대한 학문으로 추정되는 정신분석학을 받아들이지 않으려고 한다.) 이 원초적인 윤리적 만남은 모든 지식과 반성의 원천이며, 따라서 주체성 자체의 기원으로 불쑥 나타난다. 이 만남을 통해 진리가 탄생하게 되는데, 왜냐하면 진리란 전적으로 사변적 담론에 선행해서 무모하게도 대타자에 자기를 노출하는 사건이기 때문이다. 또한 이 만남은 인식론의 원천이기도 한데, 왜냐하면 우리가 타자와의 교섭을 통해 공동의 객관적인 세계를 구축하기 때문이다. 대타자의 객관성, 즉 나의 지평에 대한 대타자의 순수 현상학적 주장은 객관성 일반의 전형적인 범례다.

더군다나 대타자는 자기의 근원을 이루고 있으며, 대타자를-향한-존재는 자기 자신을-향한-존재의 전제 조건이다. 자기는 다름 아닌 대타자여서, 자기의 독특함이란 자기 스스로 다른 어느 누구도 흉내낼 수 없는 자기만의 방식으로 대타자의 죄와 죄책감의 짐을 떠맡음으로써 구성된다. 이렇게 최면을 걸어오는 대타자에 대한 나의 책임은 원초적인 것으로서, 모든 특수한 사회적 혹은 도덕적 책무에 선행하고, 모든 보편적 규약이나 계율에 우선하며, 실로 모든 담론에 앞서 있다. 실제로 언어를 탄생시킨 것은 바로 대타자인데, 왜냐하면 담화는 동요시키는 대타자의 현전에 대한 논리정연한 반응에 그 기원을 두고 있기 때문이다. 대타자는 자유에도 우선한다. 왜냐하면 자유란 개인의 선택 문제가 아니라 오히려 '대타자를 따르는' 문제―즉 대타자의 맹렬한 호소에 의해 지령을 받고, 자기 존재의 심층에서 그의 무시 못할 외침에 의해 강요당하는 문제―이기 때문이다. 대타자와의 만남에서 자기의 자유는 자기의 의무를 통해서 그 의미를 부여받게 된다. 오직 자유로운 존재만이 책임을 질 수 있는데, 여기서의 자유는 레비나스가 거리를 두려는 근대 자유주의의 유산에 친숙한 자유를 생각한다면 실제로 자유가 아니다. 대타자가 현존하는 곳에서, 누구든 아무 구속 없이 의지 행위를 발휘할 수 없으며 공정한 결단을 내릴 수도 없다. 우리는 지금 선택이 아닌 강박에 대한 이야기를 하고 있다.

칸트 식 도덕법의 요구나 프로이트 식 초자아의 요구처럼 대타자의 요구는 무한하고, 과도하고, 논리정연하게 표현될 수 없고, 성취될 수 없고, 모든 포괄성을 넘어서는데, 대타자가 나에게 불러일으키는 반응 또한 마찬가지다. 나는 악인들이 대타자들에게 가한 범죄에 대한 책임뿐만 아니라 모든 대타자에 대한 무한 책임, 심지어 그들의 책임과 (하이데거의 경우에서처럼 우선적으로 나 자신의 죽음에 몰두하지 않은 채) 그들의 죽음에 대한 무한 책임이 나에게 있다고 자임해야 한다. 심지어 그들이 나를 박해하는 것도 나에게 책임이 있다. 이런 최고의 자기 거부 속에 어떤 전도된 과대망상증 같은 것이 있지 않을까라고 의아해 할 수도 있을 것이다. 모든 사람에 대해 책임이 있다는 것은 윤리가 아닌 신경증인 것처럼 들린다. 나는 대타자의 달랠 길 없는 요구에 심문받고 박해받고 심지어 사로잡힌 채, "속이 뒤집혀 밖으로 드러나 샅샅이 수색당하고" 괴롭힘을 당하고 고통을 당하며, 그에 의해 내 존재의 말 없는 공백 속으로 되돌려진다. 대타자의 무언의 호소를 듣고서, 나는 타자가 그 자신을 대신해서 나에게 단호한 행동을 취하라고 나를 소환하여 주장하는 바로 그 순간에 하찮은 내 실존의 가치에 의문을 가지도록 강요당하고, 자기혐오를 하도록 종용되며, 빈약한 내 자원들을 박탈당한다. 나를 주체로 구성하는 바로 그 행위로 인해 나는 나 자신의 존재로부터 멀어지게 된다. 대타자 앞에서 나는 항상 그릇되며, 항상 죄 없는 죄인이 된다. 주체는 속죄양으로서 존재하게 된다.

하지만 대타자에 대한 책임은 자기 정초적이다. 즉 이 책임은 규약이나 규범이나 일련의 가치에 선행하기 때문에, 그런 것들에 의해 그 정당성을 인정받지 않는다. 그것은 "책임을 지라!"는 어떤 숭고한 미지의 명령으로서, 우리가 알 수 없는 곳에서 울려나오고 우리가 이유도 모른 채 귀를 기울여야만 하는 것이다. 많은 근대 프랑스 사상가들처럼, 레비나스는 무지에서 덕을 만들어낸다. 하지만 이 신비로운 명령은 법, 지식, 정의, 도덕, 존재론, 정치 등과 같은 직설법적인 것들의 근거가 되기도 한다. 타자의 극도로 연약한 취약성인 '얼굴'은 모든 도덕 담론과 정치 담론 이전에 나온다. 그리고 비록 얼굴이 그런 사안들을 우리에게 열어놓는다고 하더라도, 서로-얼굴을-마주보는 만남이라는 본원에서 너무 멀리 이탈되지는 말아야 한다. 요컨대 상징계적 질서는 실재계에 근거한다. 왜냐하면 윤리적인 것이란 실재계라는 라캉식 개념을 레비나스가 자기 나름대로 만든 것으로서, 이에 따르면 타자와의 '관계'에는 라캉의 윤리를-넘어선-윤리가 지닌 정신적 외상을 입히는 힘, 절대주의, 자기 낯설게 하기, 확고부동성, 파괴성, 무역사성, 무한성, 단독성, 비관계성, 불가능성, 강박적 집착성, 변혁적인 힘이 있기 때문이다. 바디우가 말한 '사건'을 다룰 때 함께 살펴보겠지만, 레비나스에게 대타자란 예견할 수 없는 어떤 계시로서 이미 알려진 알 수 있는 것을 난폭하게 파열시켜서 아주 흔한 인식과는 동떨어진 어떤 영역에 새로운 종의 진리를 탄생시킨다. 만약 실재계가 목숨을 건 모험을 수반한다면, 레비나스에게서 이처럼 극도로 위험한 모험과 자기 노출은 '미운' 타자—프로이트의 적대적인 이웃처럼 적대감을 품고서 우리를 소멸하겠다고 매 순간 위협하는 타자—에 대한 자기 포기라는 형태로 나타난다.

사실상 레비나스의 저작에서 라캉의 세 등록소는 모두 뒤섞여 있다. 레비나스의 사유는 연민과 동정과 책임이라는 독특하고 환원할 수 없는 서로-얼굴을-마주보는 관계를 중심으로 삼고 있으며, 이는 분명 우리가 사용하고 있는 도식 가운데 상상계를 지칭하는 것이다. 두려운 '낯선 사람으로서의 이웃', 즉 실재계의 무시무시한 현현이 '자애의 대상으로서의 타자'가 있던 장소를 차지한 것이 사실이기는 하지만, 서로-얼굴을-마주보는 관계의 특권적 지위는 거의 변하지 않는다. 대타자의 얼굴은 '내 이름을 부르거나', 나를 '환호하거나' 혹은 알튀세르가 말한 상상계적 이데올로기에서처럼 나를 호명하는 어떤 현현 혹은 계시다. 물론 레비나스의 경우, 나는 이 호명으로 인해 친숙한 사회적 풍경 안에 안락하게 자리 잡지 못하고 오히려 궁핍하게 될 뿐이다. 자애주의자들과 마찬가지로 레비나스도 이기주의 윤리를 손상하려고 애쓰는데, 자애주의자들의 골칫거리가 홉스라면 레비나스의 골칫거리는 후설이다. 여기서 중요한 점은 주체들 사이에서 벌어지는 반쯤 성애적인 '애무', '어루만지기' 혹은 '접촉' 같은 근접성이다. 주체들이 경험하는 만남은 내용에 의해 매개되지 않는다. 그 대신에 레비나스는 그 만남을 "소통 중의 소통, 즉 순수 소통"이라고 거창하게 묘사한다.[5] 이 신성한 영역에서는 대화처럼 단조롭고 '상징계적인' 것은 결코 발생하지 않는다.

레비나스는 "감성적인 것의 직접성이란 지식의 사건이 아니라 근접성의 사건"[6]이라고 주장한다. 우리는 감성적인 것 혹은 레비나스가 가끔 다르게 부른 '감수/감내성'(passibility)을 흄이나 스미스 식 경험주의에서의 경험이라는 하찮은 것으로 잘못 생각해서는 안 된다. '근접성'이란 인간 주체들 사이에서 일어나는 접촉의 한 형식으로서, 그 어떤 인식이나 그 어떤 상상할 수 있는 감각 혹은 직관보다 더 내적이며 친밀한 것이다. 타자의 현존은 허치슨이나 흄에게서와 마찬가지로 즉각적이며 전-반성적으로 나에게 주어지고, 나 자신의 행위나 의도나 주도권에 의해 결정되지 않는다. 지금 우리는 주체의 감각 행위와 감각 대상 사이의 간극으로 인해 직접성이 상실되면서 의식이 구성되는 상징계적 질서의 매개체에 대해 이야기하고 있는 것이 아니다. 익숙한 의미에서의 주체와 대상은 여기서 문제되지 않는다. 만약 대타자가 지식의 대상이라고 한다면 대타자는 내 지식의 대상이 될 것이며, 그렇다면 결국 모든 것을 소진하는 자아를 피하지 못해 대타자가 아니게 될 것이다.

하지만 이는 거의 알아볼 수 없을 정도로 변형된 상상계로서, 여기

---

5 Jeffrey Bloechl(ed.), *The Face of the Other and the Trace of God*, New York, 2000, p. 99에서 재인용.

6 Ibid., p. 100.

서 대타자는 나를 지탱해 준다기보다는 산산이 부숴버린다. 자기와 대타자 사이의 특권적인 관계가 상상계의 영역으로부터 이월된 것이기는 하지만, 이 관계 속에는 상상계의 안일함이나 무심한 호혜성 같은 것이 전혀 없다. 18세기 철학자들이 생각했던 자기들 사이의 잠재적으로 끝이 없는 상호 거울반사는 견딜 수 없는 내 책임의 무게로 인해 갑자기 중단된다. 레비나스는 "타자의 수난, 그의 수난에 대한 나의 연민, 나의 연민에 대한 그의 고통, 그의 고통에 대한 나의 고통 …… 이라는 이 소용돌이가 내게서 멈춘다"[7]라고 쓴다. 호혜성은 비대칭적으로 기울어진다. 서로-얼굴을-마주보는 영역이 그 자체의 밀실공포적 · 전-반성적 친밀성을 유지하기는 하지만, 자기와 타자 사이의 유동적이며 정감적인 유대가 끊어지기 때문에 결국 대타자는 실재계의 장엄한 아우라를 지닌 채 모든 자연적인 인간성이나 인식 가능한 관계를 넘어선 어떤 영역으로 물러난다. 만약 상상계가 자연발생성의 영역이라면, 레비나스 식 만남은 주체를 전치하고 뒤집어 놓으면서 자기의 자연발생성에 대해 격하게 의문을 가지게 만든다. 레비나스가 주장한바, 대타자는 결코 나 자신이 아니며, 우리는 어떤 한 가지 공동의 실존을 공유하지 않는다. 우리를 연결하는 것은 이를테면 우리의 차이다. 즉 나를 나로 만드는 것은 바로 나 자신과 대타자 사이의 연결할 수 없는 넓은 격차이며, 우리의 (비)관계의 측정할 수 없는 불균형이다. 욕망이란 절대적 대타자의 욕망이다.

하지만 이 대타자가 다른 무엇이든지 간에, 대타자는 일반적인 의미에서의 충족시켜 주는 것도 아니고 욕망할 만한 것도 아니다. 여기서 문제가 되는 것은 상상계의 기분 좋은 또 다른 자아가 아니라 상처를 주는 순수한 낯섦과 타자성이다. 우리는 그리스 식 결정 가능한 현존의 영역이 아니라 유대교 식 초월의 영역에 있다. 습관적으로 계몽

---

7 Ibid., p. 101.

주의에 반대하는 레비나스는 동일화라는 개념을 싫어하기 때문에 감정이입을 통해 대타자의 감정과 공감하는 것은 전혀 문제가 되지 않는다. 이런 의미에서 실상 그의 윤리는 상상계의 정반대다. 타자의 얼굴이 허치슨의 경우에는 이런저런 특정 정서에 대해 말하지만, 레비나스의 경우에는 무한(성)에 대해 말한다. 『전체성과 무한성』(*Totality and Infinity*)에서의 상상계는 우리가 즐겁게 편안함을 누리는 곳으로서, 동일함과 자기성의 주권 내에서 비-자기(非自己, non-self)를 회복하는 곳이다. 이런 상황에서 세계는 나의 욕망에 건네지고, 자기에게 타자는 환락의 원천으로 취해지게 되어 결국 타자성은 위협이 아닌 쾌락이 된다. 이것이 바로 레비나스 식 거울단계인데, 그가 보기에 이는 진정한 윤리와 상당히 동떨어진 것이다.

레비나스 식 대타자에게는 가혹하게 비인간적인 무엇인가가 있는데, 그것의 체화된 현존은 우정의 근거가 아니라 위협적인 법이다. 이는 마치 정감성의 언어가 헤아릴 수 없을 정도로 그 자체를 넘어선 어떤 영역을 기술하는 데 사용되고 있는 것 같다. 만약 이런 것이 세속적으로 육화된 세계라면, 이는 별로 호감이 안 가는 고결한 세계이며 허치슨과 흄의 일과적(日課的) 공감과도 동떨어진 것이다. 여기서는 마음이 쾌적하거나 편치 않고, 활기차게 서로의 존재를 기뻐하지도 않는다. 이는 지그문트 바우만(Zygmunt Bauman)의 어떤 구절에 대한 브루스 로빈스의 논평을 생각나게 한다. "바우만이 신성화하는 '대타자를 위해 죽어가는 것'의 또 다른 측면은 평범한 삶을 보란 듯이 경멸하는 것인데, 이는 행여 (삶)을 살 만하게 만들 수도 있는 다른 어떤 것을 전혀 포괄하지 못한 처사다."[8] 우리는 지금 조화와 영적 교제와 공감 같은 것들에 대해 이야기하는 것이 아니라 지극히 일상적인 도덕 담론 모두를 초월하는 듯 보이는 어떤 '관계' 혹은 무언의 현현에 대해 이야

---

8 Bruce Robbins, *Feeling Global: Internationalism in Distress*, New York and London, 1999, p. 172.

기하고 있는 것이다. 요컨대 우리는 지금 쾌락 원칙의 저편 어딘가에 있다. 데이비드 우드는 『한걸음 물러서기』에서 비대칭적인 책무 관계가 우정과 협동의 관계와 결합될 수 있다고 제안한다. 하지만 레비나스에게는 근본적으로 그렇지 않은 듯하다.

꾸짖고 질책한다는 면에서, 대타자는 거친 실재계의 기미뿐만 아니라 칸트의 법처럼 실체적인 도덕적 내용이 없는 상징계적 법의 기미도 보인다. 이것은 앞으로 살펴볼 레비나스의 수많은 프랑스 동업자들과 그 자신이 공유하고 있는 어떤 어려움을 극복하게 해준다. 왜냐하면 그의 상상력은 상징계적 질서에 관한 사유에 거의 얽매이지 않기 때문이다. 부언하면, 여기서의 상징계적 질서란 자유, 정체성, 자율성, 평등성, 호혜성, 표상, 적법성, 공동체성, 규범성, 개념성, 계산 가능성, 비교 가능성, 대체 가능성 등과 같이 대타자와의 만남을 통해 거부하게 되어 있는 많은 것을 나타낸다. 대체로 레비나스는 키르케고르와 같은 부류의 사람처럼 이 모든 따분한 현상을 경시하듯 호방하게 다루는 데 능숙하다. 그러나 만약 상징계적 질서가 고압적이지만 고작 텅 빈 지령 정도로 축소된다면, 즉 만약 칸트 식 당위 자체가 유지되지만 그에 수반된 자유롭고 평등하고 교환 가능한 인간 주체들에 대한 비전이 폐기된다면, 상징계적 영역의 가장 달갑지 않은 것들이 철학사의 휴지통으로 내버려질 수도 있다. 레비나스의 칸트는 데리다의 칸트처럼 경제 없는 책무에 대한 것이라고 말해 볼 수 있을 것이다. 이런 전환으로 인해 상징계적 명령은 실재계의 불가사의한 지령으로 합쳐진다. 칸트가 부여한 합리적 토대를 박탈당한 그 명령은 모든 이성이나 규제를 넘어서는 절대적인 (정확히 하자면 논리정연하게 표현될 수 없기 때문에 절대적인) 힘을 여전히 가지고 있기는 하지만, 수수께끼처럼 아무 근거도 없이 불쑥 나타난다. 그러므로 포스트구조주의 사상가들은 바로 이런 종류의 명령을 필요로 하는데, 이를 통해 그들은 무한성의 아우라를 보전할 뿐만 아니라 모호함과 비결정성이라는 자신들의 관념에 집착하면서도 윤리적 책무에 대해 말하고 싶어 한다.

확실히 레비나스는 자기 나름의 방식으로 대체 가능성을 개념화한다. 나는 타자들을 대신할 수 있도록, 심지어 그들을 위해서 죽을 수 있을 정도로 준비되어 있어야만 한다. 사실상 이처럼 타자들을 대신해서 그 자리에 있어주는 행위를 통해 주체가 탄생하게 된다. 즉 나를 다른 사람의 자리에 놓음으로써 나는 내가 된다. 자유란 나의 의지를 너의 의지로 대체하는 것이다. 그러나 타자들에 대한 의무 관계가 상징계적 경제에서처럼 거꾸로 뒤바뀔 수는 없다. 즉 타자들은 자기들 차례가 된다고 해서 결코 나를 대체할 수 없는데, 왜냐하면 내가 항상 그들보다 더 많은 책임을 지기 때문이다. 마치 두 사람이 서로 머리를 숙여 인사하면서 더 많이 숙이려고 애쓰는 것처럼, 여기에는 희한하게도 (자기) 거부가 더 많이 작동하고 있다. 자신의 죽음을 포착하는 것과 자신의 절대적 대체 불가능성을 경험하는 것은 결국 매한가지가 된다. 그러므로 타자가 결코 나를 대신해서 죽을 수 없지만, 나는 타자를 대신해서 죽을 수는 있을지라도 그의 죽음을 떠맡을 수는 없다. 그리고 이는 나의 환원할 수 없는 단독성의 지표이기도 하다. 사실상 "나는 다른 사람을 위해 대신 죽을 수 없다"는 논리가 "나는 다른 사람을 위해 대신 잘 수 없다"거나 "나는 그를 위해 대신 주석 피리를 불 수 없다"는 논리와 본질적으로 다른지는 분명하지 않지만, 레비나스가 보기에 죽음은 주체의 궁극적인 고독을 나타낸다. 이와 유사하게 데리다도 『죽음의 선물』(*The Gift of Death*)에서 내가 타자를 위해 대신 죽을 수 있다는 것은 내가 타자를 그의 필멸성에서 구해 낸다는 의미가 아니라 그를 대신한다는 의미라고 쓰고 있다. 이렇게 타자를 위해 대신 죽는 것은 부활이라는 기독교 교리에서처럼 궁극적인 선물일 것이다. 이렇듯, 상징계적 교환은 실재계의 단독성으로 대체된다. 데리다의 표현을 빌리면, 나의 죽음은 거머쥐어지거나 차용되거나 양도되거나 교부되거나 약속되거나 전달될 수 없다. 레비나스와 데리다 두 철학자에게서 죽음의 절대적 대체 불가능성은 상징계적 질서에 대한 최후의 반박이다. 누군가 자신의 걸음걸이나 말하는 방식에 대해서 똑같이 이야기할 수 있다는 생각이 그들에게는 떠오르지 않은 것 같다. 아마도 이는 하이데거의 초기 저작 이래로 죽음이라는 주제가 누군가의 철학적 깊이를 나타내는 지표가 되었기 때문일 것이다.

18세기 도덕주의자들에게서 대체의 원리는 자아의 차원에서 작동한다. 레비나스에게서 이 원리는 훨씬 더 깊은 차원에서 작동하고 있는데, 그 차원에서 사람은 자기 자신에게 낯설고, 자기 존재에 편안함을 느끼지 못하며, (레비나스가 『존재와는 다른』에서 주장하듯이) 소유주가 아니라 '자기 집에서 쫓기는' 임차인이다. 사실상 나는 그저 타자들 사이에 있는 어떤 존재가 아니며 타자들도 마찬가지다. 나는 타자들이 속해 있는 전체성의 한 부분이 아니며, 그들도 자신들의 입장에서 마찬가지다. 오히려 자기란 자기 자신과 불평등한 것이다. 그것은 어디에도 속하지 않는 부분이며, 모든 양식이나 도식이나 거대서사의 무너진 잔해다. 이런 의미에서 윤리는 존재론의 종말이다. 인간 주체들은 전체화될 수 없는데도, 그들을 전체화하려는 존재론들은 손쉽게 정치적 전체주의를 보강하는 데 봉사할 수 있다. 이런 의미에서 레비나스는 초창기 포스트모더니즘 사상가들 가운데 하나다. 그가 동일성과 일반성에 대해 극도로 경계하는 것은 야만적인 파시즘과 스탈린주의라는 역사에 근거한다. 그를 따르는 포스트모더니즘 계열의 후계자들과 마찬가지로 레비나스에게는 유적인 것으로부터 강제수용소로 이어지는 식별 가능한 경로가 있다. 바로 이런 이유에서 그는 데리다처럼 공동체 이념을 본질적으로 상상계적인 사안—즉 유기체주의적이며, 불길할 정도로 투명한 전체 속에서 각자가 타자에 투영되는 거울반사—이라고 여긴다. 인간의 동료 의식이라는 세련된 관념은 더 이상 허용되지 않는다. 레비나스는 연대를 생각하면서, 파시즘을 염두에 두기는 했지만 파시즘을 극복하기 위해 싸웠던 저항운동을 염두에 두지 않았다. 데리다와 마찬가지로 그의 윤리 사상은 다른 무엇보다 인간 공동체라는 전체 개념이 그것의 옹호자들이든 반대자들이든 간에, 어느 누구도 손쓸 수 없을 정도로 손상되어 버린 시대의 징후다. 가장 부정적일 경우, 그의 윤리 사상은 사회의식이 점진적으로 마비되어 가는 현상을 나타내는 표시다. 이제 정치란 문제일 뿐, 해결책이 아니다.

하지만 스탈린주의를 멈추게 한 것은 다른 것을 용납하지 않는 단독성이 아니다. 아돌프 히틀러(Adolf Hitler)를 좌절시킨 군대에 초월적 타자성의 경험이 충만한 것은 아니었다. 막연히 포스트구조주의적 혹은 포스트모더니즘적 윤리라는 것은 다른 무엇보다 유럽의 지식계급이 전 지구적 법인 자본주의의 가공할 힘에 직면해 있을 뿐만 아니라 여전히 강제수용소와 가스실의 기나긴 그늘 속에서 죄책감으로 괴로워하기도 하면서 정치적 용기를 엄청나게 상실했다는 사실을 반영하고 있다. 좌파 승리주의가 한때 번성했을 당시처럼, 이런 정치적 용기의 쇠퇴를 단순히 과거에 레온 트로츠키(Leon Trotsky)를 지지했던 변절자들이 품었던 나쁜 믿음인양 간단히 기각할 수는 없다. 미처 날뛰는 다양한 근본주의들로 넘쳐나는 시대를 굳이 상기할 필요도 없이, 신념이란 실제로 위험한 것일 수 있다. 우리가 번영하기 위해 어느 정도의 확실성이 필요하지만, 너무 과하면 치명적일 수도 있다. 그래서 오늘날 거대서사에 대한 건실한 회의론과 결합된 신중한 자유주의적 실용주의가 유행하고 있는지도 모르겠다. 그러나 그런 실용주의가 비록 소중하게도 교조적 비합리주의와 겨룰 수는 있겠지만, 그 비합리주의를 탄생시킨 조건을 변혁하기에는 역부족이다. 게다가 만약 자본주의와 코란 (혹은 이 텍스트를 특정 경향에 따라 읽는 행위) 사이의 21세기적 갈등이 거대서사를 구성하지 않는다면, 무엇이 그렇게 할 수 있을지는 잘 모르겠다.

그렇다면 만약 누군가가 도덕법을 숭고하게도 접근 불가능한 대타자—동떨어진 익명의 대타자라기보다는 단독적이고 독특한 대타자—의 요구로 바꾸어 놓는다면, 그는 불가사의한 칸트 식 명령이 규제하는 상징계적 질서에서 그 명령을 회수한채 그것을 고수할 수 있게 된다. 레비나스는 책무, 지령, 의무, 죄책감, 책임 등과 같은 상징계의 관용어를 가지고 상징계의 의무론적 언어를 전개하기는 하지만 법, 도덕 담론, 사회적 관계, 집단적인 정치적 실천 등과 같은 상징계적 질서의 익숙한 비품을 손상하는 방식으로 전개하고 만다. 동시에 그는 상징계와 어느 정도 거리를 두는 식으로 생물성, 신체성, 삶, 즐거움, 감성, 수난, 고통, 수동성 등과 같은 상상계의 관용어를 받아들인다. 라캉처럼 레비나스는 윤리란 일차적으로 책무에 대한 것이라고 (후에 살펴보겠지만, 잘못) 추정하는 듯하지만, 책무를 육신과 살아 있는 현존의 문제, 즉 자기와 모방 불가한 대타자의 문제로 각색해서 연출한다는 것은 칸트 식 전통의 별로 풍미도 없고 무미건조하게 합리주의적인 면으로부터 책무의 이념을 구해 내려는 것이다.

어떤 의미에서 법은 대타자와 비동일적인데, 왜냐하면 법은 대타자와 나 자신 모두를 무한히 넘어서는 어떤 장소로부터 부여되는 것이기 때문이다. 다른 의미에서 법은 다름 아닌 이 대타자가 인격화되어 나타난 것이다. 도덕법이라는 참을 수 없는 무거운 짐이 타자의 피할 수 없는 요구라는 거의 견딜 수 없는 부담으로 체현되면서, 의무론은 현상학이 된다. 칸트 식 도덕법의 가혹함이 그대로 굳건히 남아 있기는 하지만, 그것이 실재론을 결핍한 도덕법이라는 엄연한 사실은 후기 근대 혹은 포스트모던 시대에 더 호의적인 (개방성, 타자성, 육체성 등과 같은) 현상학적 어휘로 인해 완화된다. 감성은 책무의 매개가 된다. 법이 그 자체의 모든 비인간적 초월성을 유지하고 칸트의 명령 못지않게 무조건적인 명령이기는 하지만, 이제 법은 살이 붙여져 느끼고 고난을 받기도 하는 동료 생물체라는 신체적 형태가 된다. 이런 의미에서 도덕법이 상상계로 되돌려지면서 동시에 실재계로 전환된다고 주장해 볼 수도 있을 것이다. 이는 마치 상상계의 친근한 또 다른 자아가 일단 상징계적 법의 명령을 부여받게 되면 실재계의 단독적이고 수수께끼 같은 주체가 된다는 것과 같다.

이런 식으로도 법과 사랑의 껄끄러운 관계는 해소될 수 있다. 왜냐하면 대타자는 사랑의 대상이면서도 칙령이 지니는 절대적인 힘으로 가득 차 있기 때문이다. 이는 마치 사랑의 대상인 대타자에 대한 응답에 법과 같은 필연성이 있다는 것과 같다. 레비나스는 자신의 유대교적 방식에 따라 아가페와 정감 사이의 감상적인 유대를 끊어버리는데, 그에게서 이는 정감과 정감적인 것 사이의 연결고리를 잘라버리는 것이기도 하다. 우리는 우리의 맥박이나 굼실대는 살갗에서 대타자를 정감적으로 느끼는데, 이것은 지극히 일상적인 정감 어린 상태와는 구분되어야 한다. 레비나스가 말하는 사랑은 스미스 같은 이들이 말하는 상냥한 감정이입과는 완전히 동떨어진 실재계에 위치해 있는 것이다. 상처를 입히는 것이 윤리다. 만약 대타자와의 관계가 상상계에서처럼 가까운 관계라 하더라도, 문제의 이 대타자는 애덤 스미스나 흄이 말한 소중한 반려자가 아니다. 레비나스 자신의 표현에 따르면, 대타자는 우리에게 우연히 '닥쳐온' 모든 존재이며, 그러기에 항상 잠재적으로 적대적인 낯선 존재다. 그러나 18세기 도덕주의자들의 경우에서처럼, 낯설든 낯설지 않든 이 대타자에게 얼굴을 붙일 필요가 있다. 레비나스는 대타자에 관해 이야기하면서 '익명성의 윤리'를 장려하지 않는데, 레비나스라면 분명 이런 구절을 모순어법적이라고 했을 것이다. 우리에게 응답하라는 지령을 내리는 자들은 근접해 있는 낯선 자들이지, 멀리 떨어져 있거나 추상적으로 포착되는 낯선 자들이 아니다. 우리와 타자들 사이의 익명의 관계는 대체로 윤리가 아닌 정치에 맡겨진다.

이와 같은 상상계와의 파열에는 긍정적인 결과뿐만 아니라 부정적인 결과도 있다. 부정적으로 말하면, 이 파열은 정감, 자애, 교우 관계, 평등성, 상호성, 당연시되는 친밀성, 그리고 차이뿐만 아니라 (레비나스뿐만 아니라 그가 도와 만든 포스트모던한 감성이 배척하는) 동일성에 대한 기쁨 등과 같은 일상적인 덕으로부터의 단절이기도 하다. 우리 자신과 같은 사람들과 교유하는 것을 즐기는 것은 거기서 배제된 사람들에게 해를 끼치지 않는 한에서 선한 삶에 속한다. 오직 스토아적 금욕주의자 혹은 강경한 합리주의자만이 친밀한 사람들에 대한 우리의 감정과 낯선 사람들에 대한 우리의 반응이 털끝만큼도 다르지 말아야 한다고 주장한다. 그러나 레비나스는 대타자를 상상계적인 또 다른 자아로 전환할까 봐 너무나도 과민하게 반응하여, 그런 아주 흔한 친화적인 요소들을 지지하지 않는다. 그는 정통 철학이 시종일관 타자성을 동일성으로 환원한다고 공언하는데, 이는 전형적으로 지나치게 동질화하는 주장이다. 레비나스 식 주체는 틀림없이 다른 사람을 위해 대신 교수대로 가려고 하기는 하겠지만, 술집에 함께 있는 사람들 가운데 가장 유쾌한 사람일 것 같지는 않다. 그는 일례로 이민법이나 동물 보호법에 대한 가장 믿음직한 자문가도 아닌데, 이런 문제는 그의 고고한 사유와 동떨어져 있는 경험적 문제일 뿐이다. 이런 문제는 그저 철학자가 아닌 교구 목사에게나 알맞은 먹거리인 도덕적 사안일 뿐이다. 타자에게 무한히 개방적인 사람이 어떻게 탈세를 잡아내는 일을 할 수 있을는지 확실치 않다. 그리고 이 억세게 유럽 중심적인 사상가는 (예를 들어 아시아인들이나 아랍인들과 같은) 상당수의 실체적인 타자들에 대해 반감과 싫증을 뒤섞어 가며 드러낸다.

일반적으로 윤리학은 도덕에 관한 학문이라고 여겨지기 때문에 이미 실제적인 행실에서 한걸음 물러나 있기는 하지만, 레비나스의 도덕철학은 일종의 메타윤리학으로서 윤리적인 것 자체를 가능하게 하는 조건에 대한 반성이기 때문에 경험적인 품행에서 두 걸음이나 물러나 있다. 물론 레비나스가 반인간주의적인 프로이트를 의심하기는 하지만, 레비나스의 도덕철학을 감히 윤리적 무의식의 문제라고 부를 수도 있을 것이다. 아주 평범한 도덕을 너무나 숭고해서 구체적인 내용이 텅 비워져 버린 윤리적 삶과 혼동하지 말아야 한다. 그러나 ("무한 책임을 지라!"는) 윤리적 명령이 놀랍게도 텅 비면 빌수록 그 명령은 더욱더 묘한 매력을 지닌 신비감을 발산하게 되고, 그래서 더욱더 공허하게 권위적으로 되어간다. 레비나스가 황송하게도 세속적인 도덕의 영역으로 강림할 경우에, 그의 판단이 항상 온전히 믿을 만한 것은 아닐 것이다. 그가 보기에 "나를 죽이지 마라!"는 것은 대타자의 얼굴이 간청하는 것이지만, 죽이는 행위가 아퀴나스가 이해하듯 허용될 수 있을 뿐만 아니라 책무일 수도 있다. 마주한 '얼굴'이 학생들로 가득한 교실을 향해 기관총을 든 정신병질자의 얼굴이라면 어쩔 것인가? 레비나스는 윤리에 대해 내재적 관점을 취하여 궁핍한 자들과 박탈당한 자들 안에서 무한한 것의 부름을 듣기는 하지만, 그 관점을 형성하는 그의 사유 양식은 결국 그 부름이 체현될 수 없게 만들어버린다. 예를 들어 시온주의의 가장 뛰어난 이 옹호자에게 분명히 팔레스타인 사람들은 박탈당한 자들이 아니다. 만약 그가 인간 주체에게 제국적 요구조건을 버리라고 요구할 경우, 이와 똑같은 요구를 이스라엘에게 하지는 못할 것이다. 그 얼굴에 경험적 표정을 붙인다거나 그 얼굴의 요구에 어느 정도의 결정성을 제공한다면, 결국 그 얼굴의 절대적 권위가 축소되리라는 느낌이 있다. 하이데거처럼 레비나스는 평범한 것을 향상시키기도 하고 축소하기도 하는 그 어떤 심오함을 그 평범한 것에 투여한다. 이를테면 그는 너무 지나치게 심오한 사상가다.

어쨌든 모든 윤리적 질문이 동일성보다 타자성을 더 격상하는 것으로 환원될 수 있다는 것은 전혀 확실하지 않다. 이 반-환원주의 자체가 환원주의적이다. 지구 보호, 정치적 부패에 대한 반대 운동, 암거래나 허위 광고 금지 등은 대타자 숭배로 쉽게 환원될 수 없다. 레비나스라면 분명 거짓말을 대타자의 신뢰를 위반하는 것이라고 생각하여 반대하겠지만, 아퀴나스는 거짓말을 상징계적 질서의 통화가치 하락이라고 생각하여 반대할 것이다. 만약 남성이 여성의 타자성을 존중한다면, 동일임금이 필요 없지 않을까? 어떻게 전자로 인해 후자가 가능한 것인가? 우리가 궁핍하지 않기 때문에 대타자가 궁핍하다면 어떻게 될까? 착취 상황이 우리들 사이의 가장 중요한 윤리적 관계라면 어떻게 될까? 현상학만으로 우리가 이 사실을 알 수 있을까?

어쨌든 타자성에 대해 개방성은 그 자체로 윤리가 아니라 윤리의 조건이 아닌가? 아리스토텔레스 식으로 윤리란 존재를 넘어선 상태는 물론이고 존재의 상태도 아닌 실천이라는 점을 전제로 논의를 시작해본다면, 위의 질문이 더 명백해지지 않을까? 이오시프 스탈린*이나 루퍼트 머독**의 타자성에 대해 개방적이라는 것은 무슨 의미인가? 절대적 타자성 및 절대적 책임과 더불어 절대적 개방성이라는 관념은 논리적으로 터무니없지 않은가? 데리다는 절대적 타자성이 있는 곳이면 어디든 거기에는 신이 있다고 주장하는데, 이는 신의 비실존을 나타내는 아주 용이한 방법인 듯하다. 타자성이란 주어지는 것이 아니라 우리 서로의 거래에 의해 구성되는 것이며, 그로 인해 동일성 및 호혜성과 밀접한 관계가 있다. 인간의 상호작용은 차이뿐만 아니라 동일성도 필요로 한다. 소통이라는 관념은 절대적 동일성과 절대적 타자성 모두를 붕괴시키는 원인이 된다. 동화에서나 나올 법한, 인간 존재와 대화를 나누는 주전자와 같은 형식의 타자성은 다른 인간들의 타자성과 같은 종류가 아니다. 사람이 독특한 것과 복숭아가 독특한 것은 같지 않다. 너의 타자성을 존중하기 위해서, 나는 말하자면 잎사귀나 컴퓨터 같은 종이 아닌 자율성을 지닌 구체적인 인간이라는 종 앞에 현존한다는 사실을 인식해야 한다. 그리고 내가 만약 어떤 공유된 인간성에 암묵적으로 준거하지 않는다면, 그 사실을 알 수 없을 것이다.

마찬가지로 절대적 책임이란 실제로 헤겔이 말한 '악무한성'의 한 사례다. 나를 고문하고 있는 비밀경찰에 대해 내가 절대적으로 책임져야 한다고 주장하는 것은 우스꽝스럽다. 개방성과 관련하여, 만약 우리가 우리에게 빵을 구걸하는 굶주린 사람에게 개방적인 것과 학생들에게 마약을 밀거래하는 자들에게 개방적인 것을 구분하려면, 코드화할 수 있는 어떤 도덕적 규준에 의해 그것이 이미 은밀하게 고지되어

---

* 이오시프 스탈린(Iosif Stalin, 1879~1953): 러시아의 정치가이자 공산주의 운동가로 소비에트 연방의 공산당 서기장(1922~53)을 역임했다. 소비에트 전체주의의 최고 설계자라 할 수 있으며, 그의 집권 기간 동안 개인의 자유는 말살되었다.
** 루퍼트 머독(Rupert Murdoch, 1931~): 오스트레일리아 출신의 세계적인 언론 재벌로 세계 최대의 미디어 복합기업 '뉴스 코퍼레이션'(News Corporation)의 회장이다.

있어야만 하지 않겠는가? 물론 우리는 그런 밀거래를 하는 자들의 자율적 존재를 존중하면서 그들의 초월적 현존에 의해 우리 자신이 적절히 정신적 외상을 입고 비천해졌다고 느끼기는 해야겠지만, 윤리란 그들을 당장 멈추게 하는 것과 관련이 있지, 그들의 차이가 지닌 신령한 의미와 관련이 있는 것은 아니다. 이아고는 오셀로에게 개방적이기는 하지만, 그 과민성의 양식은 달랠 길 없는 증오라고 알려진 것뿐이다. 진정성처럼 개방성이란 필수불가결한 요소로서 그 자체로는 아무것도 아니다. 개방성은 그 자체로는 칸트 식의 정언명령만큼이나 놀랍게도 공허한 것이다. 유대 기독교의 계명은 이웃의 타자성을 사랑하라는 것이 아니라 타자성을 지닌, 즉 '실재계' 안에 있는 이웃을 사랑하라는 것이다.

레비나스의 윤리 사상은 때때로 어떻게든 이 진리를 모호하게 만드는데, 이는 그의 사유가 대타자에 대한 주체의 무아적 관계에 주목하고 있기 때문이다. 그리고 왜 그런 관계에 주목하는가 하면 대타자를 자기의 관점에서 생각하는 것이 서구의 악습을 되풀이하는 듯 보였을 것이기 때문이다. 앞서 살펴보았듯이, 나는 너를 대신할 수 있다 해도 너는 나에 대해 똑같이 할 수 없다는 의미에서 자기와 대타자는 추정상 균형이 잘 맞지 않는다. 그러나 이는 물론 현상학적으로만 참이다. 레비나스가 말한 '제3자' 혹은 상징계적 질서의 관점에서 보면, 대타자는 내가 그에게 지는 책임과 똑같은 책임을 나에게 져야 한다는 점은 아주 분명하다. 그리고 레비나스는 당연히 이 사실을 알고 있다. 그래서 그는 일종의 수정된 스피노자주의를 우리에게 제시한다. 앞서 살펴보았듯이, 스피노자에게서, 현상학적으로 말해 보면 우리는 마치 이 세계가 우리를 중심으로 집중되어 있는 듯 존재하기도 하지만, 이런 자아중심주의가 모든 사람에게 해당되기 때문에 결국 자기 부정적이라는 점을 이론적으로 잘 알고 있기도 하다. 레비나스에게 윤리적으로 산다는 것은 모든 인간 존재 가운데 내가 가장 비천하고 탈중심화된 존재라는 점을 의식하면서 비-자아중심적으로 사는 것이기도 하지만, 이론적인 관점에서는 이것이 필요한 허구라는 점을 아는 것이기도 하다. 왜 이것이 필요한 허구인가 하면, 만약 그것이 모든 사람에게 보편화될 경우에 마땅히 완전히 소멸될 수밖에 없기 때문이다. 현상학적으로 나에게 진리인 것이 실제로 진리이기는 하지만, 그리스인들에게는 이를테면 어리석은 것이며 철학에서 제시되는 진리가 아니다. 윤리가 밝혀내는 것은 존재론이 인정하고 싶어 하는 것이 아니다. 존재론은 우리가 공동으로 지닌 것을 다루는 반면, 윤리는 단독성을 취급한다. 그러나 윤리와 존재론이 그토록 대립하지 않았다면 어떻게 될까? 측량할 수 없는 어떤 비천함이 우리가 공동으로 지닌 것이었다면 어떻게 될까? 내가 대타자에게 말을 건네는 것처럼 만약 대타자도 (비천하게 된, 정신적 외상을 입은, 잡혀 있는 인질 같은) 나에게 말을 건넨다면, 우리 둘 사이의 비관계는 이를테면 균형을 이루게 될 것이다. 그렇다면 모든 것을 요구하는 대타자에 의해 평등성과 통약 가능성이 그토록 빨리 제거되지는 않을 것이다. 우리의 공유된 정신적 외상이라는 근거에서, 말하자면 실재계라는 공동의 영역에서, 우리들 사이의 자유롭고 평등하고 성취감을 주는 만남이 가능하게 된다.

내가 대타자성의 밀도를 인지할 수 있는 유일한 방법은 나의 맥박을 통해 그것을 느끼는 것인데, 바로 이 행위를 통해 대타자성을 빼앗아 버리는 위험을 자초할 수도 있다는 것은 현상학적 역설이다. 이런 한에서 레비나스의 현상학적 방법은 그 자신의 도덕적 신조에 어긋날 위험성을 지니고 있다. 하지만 그는 그렇다고 해서 우리가 후설 같은 이들이 주장한 자아론적 수렁에 빠지지 않아도 된다고 주장한다. 왜냐하면 대타자가 자아의 차원보다 비교할 수 없을 정도로 더 심층적인 (실제로 단순한 '현존'보다 비교할 수 없을 정도로 더 심층적인) 차원에서 나에게 현전하기 때문이며, 또한 대타자의 현상학이 나 자신의 귀중한 자기성이란 단지 타자성과의 껄끄러운 관계일 뿐이라는 점을 드러내기 때문이다. 내 삶의 의미는 모든 면에서 나를 넘어서 있다. 이에 따라 자기 증식을 하는 자아는 책망을 받고서, 갑자기 대타자에 의해 그 자체의 자기애적 망상에서 벗어나게 된다. 그러나 이 모든 것은 대타자와의 현상학적 관계의 틀 속에서 계속 남아 있으며, 이로 인해 레비나스의 도덕적 성찰은 제한적이다. 왜냐하면 대타자가 항상 나보다 우월한 존재로 인식되는 이 현상학적 구조를 벗어나야만, 나는 대타자란 (내가 대타자에게 그러하듯이) 사실상 죄책감에 시달리면서 나에게 복종하는 어떤 양태에 지나지 않는다는 점을 인지할 수 있게 되기 때문이다. 그리고 그렇게 된다면, 상호 봉사나 자기 헌신은 적절하게 변형되어 전혀 다른 형태의 관계—즉 상호 의존이 상호 자유의 조건이 되고 자기 증여가 자기 성취의 원천이 되는 그런 관계—를 위한 근거를 마련할 수도 있을 것이기 때문이다. 이는 다른 무엇보다 레비나스가 자기 나름대로 특징지은 영역인 윤리적 영역에서 정치적 영역으로의 길을 찾아내는 한 가지 방식일 것이다. 이런 상황에서 누군가가 마주하게 되는 '법'이란 더 이상 어떤 고압적인 초자아가 아니라 타자의 성취 속에서 느끼는 자기 성취 혹은 타자의 성취를 통한 자기 성취의 법이기 때문에, 결국 레비나스가 윤리적인 것의 중심에 놓여 있다고 여기던 죄책감은 줄어들게 된다. 참된 도덕이란 어느 정도 죄책감의 정반대라고 주장해 볼 수도 있을 것이다. 그렇다면 인간의 번영이라는 관념과 거리가 먼 이론은 말할 것도 없고, 죄책감이 현저한 역할을 하는 레비나스나 데리다의 윤리 이론과 같은 이론은 심각한 결함을 지닌 것이 된다. 레비나스는 대타자의 현존에 대해서뿐만 아니라 행복, 자유, 충족감, 자기 성취라는 이념에 대해서도 죄책감을 느낀다. 그런 관념에 대한 그의 간헐적인 경멸은 물론이고 그것들에 대한 그의 죄의식이 어떻게 진실로 대타자에게 봉사할 수 있는지는 알기 어렵다. 자해를 통해서는 대타자에게 최고로 봉사할 수 없다.

　앞서 살펴보았던 18세기 도덕주의자들은 타자들과 공감의 교환을 주장하기는 하는데, 그들이 말한 공감의 교환은 다소 의심스러울 정도로 너무 수월한 것 같다. 이런 공감은 너무 훈훈하게 자연발생적이어서 온전히 윤리적이지 않아 보인다. 이에 반해 칸트와 레비나스는 도덕법이나 대타자에 대한 사람들의 복종에 열중한다. 유대 기독교의 관점에서 보면, 공감에 기초한 윤리 사상의 양식과 희생에 기초한 윤리 사상의 양식은 서로 분리되어 있음으로써 양자 모두 훼손되어 있다. 일반적으로 자기 성취를 주창하는 사람들은 (그것이 모든 사람에게 정치적으로 유효할 경우에) 자기 성취가 실제로 얼마나 아픈 자기 포기를 수반하는지를 파악하지 못한다. 그들의 입장에서, 희생적 윤리를 퍼뜨리는 사람들은 만약 이 자기 거부가 전반적으로 더 넘쳐나는 풍요로운 삶을 위해 행해진 것이 아닐 경우에는 그저 병적 강박에 지나지 않으리라는 점을 모르는 듯 보일 것이다. 희생이란 희생자의 상태에서 힘을 가진 상태로 혁명적으로 이행하는 것, 궁핍한 상태에서 부유한 상태로 격하게 전환하는 것이다. 희생 그 자체가 목적은 아니다. 하지만 비극적이게도 희생은 언뜻 보기에 희생과 반대되는 것—즉 타자에게 봉사하며 얻는 쾌락과 복리와 자기 성취의 윤리—의 근본적인 전제 조건으로 드러날지도 모른다. 참으로 유감스럽게도 이러하다.

　레비나스에게 무한한 것은 인격체 내에 살아 있는데, 왜냐하면 하나의 인격체가 된다는 것은 무한성 자체에 못지않게 계량되거나 측량될 수 없는 절대적 타자성을 명시하는 것이기 때문이다. 여기에는 특이한 역설이 있다. 필멸이라는 것이 유한하다는 것이기는 하지만, 자신의 죽음으로 의미화되는 유한성 및 (어느 누구도 나의 죽음을 대신 죽어줄 수 없기 때문에) 자신의 모방 불가능한 단독성을 깨닫는 것이기도 하다. 하지만 이 단독성은 대체 불가능하고 통약 불가능하고 복제 불가능하기 때문에 일종의 무한성으로 보일 수 있다. 키르케고르처럼 레비나스는 한 사람이 영원토록 다른 사람이 아닌 자기 자신이라는 중대하면서도 범속하여 정신을 혼미케 하는 사실에 사로잡혀 있다. 그래서 칸트의 숭고 미학에서와 마찬가지로 유한성은 반어적이게도 유한성과 정반대되는 것을 깨닫게 해준다. 하지만 유한성과 반대되는, 여기서의 무한성은 레비나스가 보기에 역사, 정치, 자연, 생물 혹은 아주 평범한 도덕적 사안과 같은 일상생활 속에 체현된 무한성이 아니다. 레비나스는 수많은 골(Gaul) 지방 출신의 동료 철학자들처럼 좀 세련되게 이런 일상생활을 경멸한다. 초월성이 내재성으로 인해 손상되어서는 안 된다. 즉 초월성은 현존으로 환원될 수 없으며, 그러므로 대타자의 현시 불가능한 얼굴을 통하지 않고서는 체현되지 않는다. 순수 초월인 대타자는 구원의 수단을 제공할지도 모르지만, 폴리스는 그 자체의 추상적이며 익명적인 삶의 형태를 가지고 그런 일을 하지 못한다. 여기서는 그 어떤 제도적인 구원이나 근본적인 변혁적 정치도 있을 수 없다. 레비나스는 정치를 그 자체에 맡겨두면 전제정치의 위험을 자초하게 된다고 공표한다. 달리 말하면, 흄이나 스미스에게서와 마찬가지로 얼굴 없는 것에는 문제가 있다. 상징계적 질서를 거쳐서 우리는 다시 원점으로 되돌아온 듯하지만, 상징계의 익명성에 저항하는 것은 이제 상상계가 아니라 실재계. 이는 마치 레비나스가 상상계의 윤곽만을 겨우 존속시킨 채 상상계로부터 등을 돌리면서, 상징계를 우회하여 곧장 실재계로 움직여 가는 것과 같다. 확실히 그는 근접해 있는 낯선 사람, 말하자면 상징계적 질서의 일원으로서 우연히 이웃의 자리를 잠시 차지하고 있는 인물 누구든 상대할 수 있다. 이 낯선 인물과의 관계에는 상상계와 실재계의 요소들이 뒤섞여 있다. 왜 상상계인가 하면, 여기서 아주 중요한 것은 손에 닿을 정도로 가까이 있는 사람에 대한 신체상의 동정이기 때문이다. 그리고 왜 실재계인가 하면, 우연히 딸이나 자매일 수도 있는 이 이웃은 무한성의 불가해한 화신으로서 빛나는 이 장막을 배경으로 드러내 보여야만 적절하게 상대할 수 있기 때문이다. 이토록 친밀한 윤리학이 파악하기 더 어려운 것은 상상계와 실재계의 협공 작전으로 인해 몰려날 위기에 처한 상징계의 영역 그 자체다. 그러나 레비나스는 다름 아닌 정치의 문제인 그 어려움을 잘 알고 있으며, 아주 기이한 자기만의 도덕적 사유를 부여잡고 놓지 않은 채 그 문제를 이야기하려고 한다. 이 점에 대해서는 곧 살펴볼 것이다.

그 모든 매혹적인 세속적 육신성에도 불구하고, 레비나스 식 도덕 담론에는 대체로 너무나도 고고하고 경이로운 무엇인가가 있다. 기독교도나 유대교도는 분명히 레비나스가 신의 초월을 대단히 의식하고 있기는 하지만, 이로 인해서 그 형언할 수 없는 불가해한 존재가 대타자의 타자성에 체현되어 있을 뿐만 아니라 일상적인 동료 의식이나 친숙함처럼 사람들이 통상적으로 이용할 수 있는 것에도 체현되어 있다는 점을 파악하지 못하고 있다고 주장하고 싶어 할 것이다. 레비나스의 대타자는 버크 식 용어로 표현하면, 아름답다기보다는 숭고하다. 이와 같은 레비나스의 윤리는 기독교적인 관념과 거리가 멀다. 기독교적 관념에 따르면 사람들은 대타자 안에 있는 신의 신령한 현존을 고통스러운 상처나 죄책감의 각성으로 느끼도록 요청받지 않고, 오히려 그리스도의 인간성을 통해 신의 우정을 함께 나누도록 요청받는다. 윤리적 책임은 현상세계에서 발현되어야 함에도 불구하고, 레비나스에게서의 윤리적 책임은 현상세계에 속해 있지 않다. 결과적으로 레비나스는 칸트가 윤리의 정신이 어떻게 육화되는지를 설명하는 과정에서 마주친 어려움을 공유한다. 한편에는 결정 가능한 대상들의 전체성 영역이 있고, 다른 한편에는 바디우의 사유에서처럼 전체성을 가로질러 난폭하게 탈구시키는 완전히 분리된 무한성 영역이 있다. 하지만 이두 영역이 어떻게 조화를 이룰 수 있는지는 알기 어렵다.

그렇다면 자기와 대타자의 신령한 회로 밖에 있는 얼굴 없는 존재의 문제는 어떻게 다루어져야 하는가? 만약 이 문제가 자애주의자들의 경우에서처럼 중요한 사안이 될 수 있다고 한다면, 이는 그 문제가 다름 아닌 정치의 문제―즉 윤리가 어떻게 인격체들의 상호 관계 이상의 모든 사안과 관련되어 있는가라는 문제―를 제기하기 때문이다. 여기서 레비나스의 문제점은 그가 윤리적인 것을 구성하는 과정에서 순전히 비사회적인 용어―즉 공동체, 합의, 평등성, 민권, 적법성, 보편성, 호혜성, 천부적 자질, 유적인 것 등과는 너무 동떨어진 언어―를 사용하기 때문에 결국 윤리적인 것에서 가장 범속한 형태의 자유주의적 다원주의 이외의 어떤 정치도 거의 만들어낼 수 없다는 것이다. 실제로 이 문제점은 그의 논평자들이 거의 보편적으로 시인한 사실이다. 데리다처럼 레비나스가 정치적인 것의 불가피성을 인정하기는 하지만, 때때로 사람들은 그가 오히려 정치적인 것이 이미 사라져버렸다는 점을 인정하리라고 느낀다. 대체로 상징계적 질서는 그가 놀라운 방식으로 합성해 놓은 상상계와 실재계에 걸림돌로 밝혀진다. 레비나스와 데리다의 글에서는 아주 매력적이고 전위적인 음조를 지닌 그들의 이론과 그 이론이 실천 과정에서 수반할 것 같은 지루하리만치 익숙한 다문화주의가 돈강법적으로 대조된다. 흄처럼 레비나스는 낯선 사람들―'근접해 있는' 낯선 사람들이 아니라 어떤 주어진 순간에 우연히 근접해 있지 않은 익명의 대중들―과 불화를 겪는다. (문제의 대중이 비유럽인일 경우에 사태는 훨씬 더 악화된다. 레비나스가 『역사의 예외들』(*Les Imprévus de l'histoire*)에서 '황인종의 위협'을 얼마나 지독하게 싫어하는지를 보라.) 상상계의 옹호자들이 자신들의 강력한 배타적 집단 밖에 있는 사람들과 대처하기 어려운 처지라면, 실재계의 후원자들도 다른 방식으로 그럴 것이다.

그럼에도 불구하고 레비나스는 어떤 해법을 찾기 위해 다양한 시도를 한다.[9] 특권을 지닌 대타자와 만나면, 무수한 타자들의 잠재적인 현존이 은연중에 드러난다. 이런 의미에서 레비나스가 칭한 그 혹은 제3자는 이른바 레비나스 식 오이디푸스적 계기에서의 원초적 장면에 이미 등장하여 자기와 타자의 관계를 파열시킨다. 레비나스의 글에서 어떤 경우에는 제3자가 서로-얼굴을-마주보는 관계 이후에 그 장면에 나타나는 듯 보이기도 하는데, 이는 라캉의 경우와 완전히 다르다. 라캉이 타자를 대타자라고 쓴 경우에 타자와 매개되지 않은 관계란 있을 수 없다는 점, 즉 전체적인 상징계적 질서의 굴절을 통과하지 않은 '유일무이한 독특한' 타자와의 연계란 있을 수 없다는 점을 주장하기 위

---

9 이에 대한 탁월한 설명은 Howard Caygill, *Levinas and the Political*, London and New York, 2002 참조.

한 것이다. 그러므로 레비나스가 칭하려는 '제3자'는 처음부터 서로-얼굴을-마주보는 모든 만남 안에 각인되어 있는데, 그 결속을 서로 낯설게 하여 분리하는 층위로서 각인되어 있다.

하지만 레비나스의 글에서 다른 경우에는 제3자의 현존이 처음부터 대타자와의 관계를 특징짓는다. 만약 그렇다면, 그 얼굴의 현현은 나에게 보편적 이성 및 정의의 담론과 더불어 궁핍한 인간 전체를 열어 보여준다. 대타자의 얼굴 자체는 어떤 사람을 제3자와의 관계 속에 위치시키고, 결국에는 법과 국가제도와 정치제도의 대륙을 열어놓는다. 다른 방식으로 공식화해 보면, 얼굴은 '대타자의 대타자'—말하자면 나의 대타자와 그의 대타자 사이의 또 다른 비대칭적 관계—를 드러내면서, 사회란 그저 가지각색의 단독적인 자기들에 지나지 않는다고 제안한다. 이렇게 되면 대타자는 잊을 수 없는 다수의 얼굴들 가운데 하나의 얼굴이 된다. 그러나 서로-얼굴을-마주보는 관계는 여전히 기원적이다. 이는 그 관계가 자유, 자율성, 결단 등에 선행하기에 모든 정치 및 정의 문제보다 앞서 있다는 의미이기도 하며, 우리가 대체 불가능한 대타자 너머로 뻗어가는 책임의 그물망을 의식함에 따라 먼저 외부의 상징계적 질서로 향하게 되는 장소이기 때문이기도 하다. 제3자의 현존을 통해 상징계의 행낭 속에 들어 있는 정의, 객관적 지식, 평등, 존재론적 안정성, 호혜성 및 기타 모든 것이 출현하게 된다.

이런 의미에서 윤리로부터 정치로의 이행은 이른바 원초적 장면이라는 것에 내재하는데, 물론 그 원초적 장면은 정치적인 것들을 영원히 비판하는 역할을 하기는 한다. 『전체성과 무한성』에서 대타자는 비대칭성뿐만 아니라 (제3자의 형태를 띤) 평등성의 현현이기도 하다. 유일무이한 독특한 대타자는 언제나 또 다른 대타자들이 될 수도 있는 여러 타자의 가능성을 함축하고 있다. 그렇다면 이 대타자들은 자기와 연결되지도 않은 상태에서 자기에게 중요하게 된다. 이는 레비나스가 칭한 제3자성에 해당하는 상황이며, 다른 무엇보다 상징계적 질서에 대한 그 나름의 특이한 용어다. 독특한 대타자와의 특권적인 관계는 법, 정의, 평등, 사회적 양심이 출현할 수 있도록 '조절'되어야만 한다. 이웃사랑은 이미 정의를 내포하는데, 왜냐하면 이웃사랑이란 이웃이 제3자들과 맺고 있는 관계의 맥락 안에서 발생해야만 하기 때문이다. 나는 나와 대타자의 관계뿐만 아니라 타자들 사이의 관계들에 대한 나의 관계도 고려해야 한다. 정의는 그런 정도로 '필수적'인데, 이 말로는 정의에 대한 전통적인 유대교적 갈증을 거의 포착하지 못하리라고 생각할 수도 있을 것이다.

이렇게 윤리에서 정치로 이행하는 경로들이 있다. 그래도 역시 정의 · 해방 · 평등 등에 관한 문제들은 대타자와의 원초적 만남 ─ (외부의 지식에는 닫혀 있는 대면) ─ 에서 파생된 것들이기 때문에, 마치 사막을 여행하는 사람이 주기적으로 수분을 보충하기 위해 수원지로 돌아가야만 하듯 그런 문제들은 그 원초적 만남으로 되돌아가야만 한다. 윤리는 정치의 현상학적 근거이고, 예언자는 우리를 정치의 닳아빠진 타협으로부터 윤리의 순수한 마음으로 다시 불러들이는 불편한 인물이다. 레비나스는 정의란 "근접한 상태에서 정의를 행하는 사람이 없다면 불가능한 것"이라고 한다.[10] 이것은 우리가 정의롭게 대하는 사람들과 인격적으로 친분이 있어야만 한다는 의미가 아니라 근접해 있는 사람들의 무한한 책임이라는 원천에서 우리의 덜 근접한 도덕적 교제가 흘러나오게 된다는 의미로 받아들여진다. 그러나 이 두 영역 사이의 관계는 여전히 파악하기 어렵다. 윤리는 통상적인 행실을 관장해야지, 그것으로 환원될 수는 없다. 대타자에 대한 무한한 책무인 윤리는 일상적인 도덕의 원천이기는 하지만, 일상적인 도덕과 완전히 구분된 영역으로 나타나기도 한다. 윤리적인 것은 규칙, 규약, 책무, 관례, 특정 교시로 구성된 계량화하는 일과적 세계와 혼동되지 않아야 한다. 그러나 여하튼 일반 규정과 제도인 (정치)는 환원 불가능한 단독적 관

10 Emmanuel Levinas, *Otherwise than Being*, p. 159.

계인 (윤리)에서 도출되어야만 한다. 통약 불가능한 것이 통약 가능한 것을 산출해야만 한다.

하지만 앞서 살펴보았듯이, 레비나스는 유적인 것, 보편적인 것, 규범적인 것, 관례적인 것, 통약 가능한 것, 호혜적인 것 등에 대해 심히 회의적인데, 이런 것들이 위태롭게도 그것들 자체의 원천이라고 여겨지는 윤리적 토대를 전복할 것처럼 보인 듯하다. 윤리적인 것은 보편법의 체계를 필요로 함에도 불구하고 그 체계에 의해 부정되는, 영구적인 위험에 빠져 있다. 윤리적인 것은 폴리스의 동일화하는 논리에 의존하고 있음에도 불구하고 그 논리에 저항한다. 정의의 요구는 윤리 영역에서 생겨나기는 하지만, 그 영역의 비호혜적인 속성에 의해 반박되거나 심지어는 배반당하기도 한다. 윤리적인 것의 사심 없는 영역과 세속적인 도덕적 이해관계의 좀 덜 매력적인 세계 사이에는 깊은 심연이 입을 벌리고 있다. 독특하게도 투박하고 반계몽주의적으로 레비나스는 자신이 『전체성과 무한성』에서 말한 '보편적이며 비인격적인 것의 폭정'을 두려워하기는 하지만, 그럼에도 불구하고 만약 정의가 번성하려면 '비교 불가능한 것들의 비교'는 필수적이라는 점을 인정해야 한다. 그다음으로 이것은 종합하고 공시화(共時化)하는 이성을 필요로 한다고 그는 고백한다. 물론 누군가는 그가 아랍 민족주의에 대해서 별로 열의를 보이지 않는 것처럼 이성의 종합하고 공시화하는 작용에 대해 별로 열의를 보이지 않는다고 의심할 것이다. 레비나스가 도덕주의자로서 마땅히 상징계적 질서를 검토해야 함에도 불구하고, 상징계적 질서는 그가 아주 소중하게 여기는 가치들의 철천지원수라고 주장하는 것이 아주 지나친 것은 아니다.

레비나스에게 윤리적인 것이란 하나의 절대적 단독성과 또 다른 하나의 절대적 단독성 사이의 관계다. 부언하면, 이는 비록 연루된 두 사람이 친밀한 친구들이라 할지라도 사실상 낯선 사람의 낯선 사람에 대한 사랑이며, 모든 정치 공동체 밖에서 일어난다. (분명 심히 의심스러운 제안이기는 하지만) 만약 윤리가 타자를 동일자로 환원하는 것의 절대적인 불가능성이라고 정의된다면, 이런 윤리는 공적 영역의 비교와 등가 항에 잘 맞지 않게 된다. (칸트의 본체적 영역과 현상적 영역처럼) 윤리적 주체와 시민은 모두 동일한 육체에 거주하기는 하지만 서로 구분되어 있다. 이 두 영역은 비록 둘 다 긍정되어야 한다 하더라도, 서로 만성적으로 갈등할 듯하다. 윤리적인 것이 정치적인 것에 "불쑥 끼어들어 가로막는다." 이 주장은 차이, 타자성, 무한성 의식이 외부에서 정치 영역으로 유입되어야 한다는 점을 함축한다. 희한하게도 다문화주의, 존중의 문화, 사회적 차이의 숭배 등이 도처에서 유행하고 있기는 하지만, 정치가 내재적으로 그런 가치들을 발생시킬 수는 없는 듯하다. 그렇다면 윤리는 정치의 장에 불쑥 끼어들어 가로막기는 하지만, 정치를 근본적으로 변화시키지는 않는다. 정치적인 것은 본래 획일적이거나 타락하는 경향을 지니며, 윤리가 할 수 있을 법한 최상의 일은 정치적인 것을 이따금 뒤흔들어 바꾸는 것이다. 정치적 변화를 통해 개인들 사이의 윤리적 관계를 변혁할 수 있다고 보는 사회주의의 도덕이나 여성주의의 도덕과 레비나스의 이런 도덕을 대조해 볼 수도 있을 것이다. 사회주의나 여성주의 정치는 정치적인 것의 의미 자체를 변화시킨다. 이 견해에 따른 윤리는 단순히 기존의 정치적 실존 양식에 덧붙여진 것이 아니다. 이런 윤리는 외부에서 폴리스에 개입하는 것이 아니라 폴리스를 기술하는 특정 방식이다.

별로 고무적이지 못할 때의 레비나스는 정치사회가 영구적인 전쟁―홉스 식의 늑대 같은 경쟁자들 사이에서 벌어지는 권력투쟁―에 의해 갈라져 있다고 그린다. 잘해야 폴리스는 대체로 중립적인 영역, 즉 규범과 교환이 있는 필수적이지만 교화적이지 않은 구역 정도로 그려진다. 윤리적인 것이 격변하는 정념을 보여주는 본격 드라마라면, 정치적인 것은 이류 다큐멘터리에 불과하다. 폴리스를 소외의 공간으로 보는 견해는 정치에 대해 소원해진 견해를 반영한다. 어떤 대담에서 레비나스는 "우리 인간의 생존을 조직하고 개선하는 사회 · 정치 질서"에 대해 이야기하는데, 이는 관료적인 표현이며 루소나 버크나 마르크스에게서의 정치를 기술하는 데에는 적절하지 않다. 만약 정치가 대부분의 자체적인 가치는 거의 고갈된 채 임의적인 결단과 행정적인 장치의 영역으로 축소되어 버린 것 같아 보인다면, 왜 윤리가 어떤 정신적인 외부 공간으로부터 일련의 자기 정초적인 가치를 낙하산으로 들여보내야 할 필요가 있는지를 알 수 있을 것이다. 정치와 윤리라는 이 두 영역이 어떻게 결합되는가에 대한 것은 아주 복잡한 일일 수밖에 없다. 그러나 만약 편견을 좀 덜 가지고 정치적인 것을 보기 시작한다면, 꼭 그렇지 않을 수도 있다. 일례로 19세기 후기의 신칸트주의적 마르크스주의자들을 생각해 볼 수 있는데, 이들은 자신들의 결정론으로 인해 그 도덕적 목적이 표백되어 버린 어떤 역사에 가치를 부여하기 위해 칸트의 윤리학에 이끌렸다. 정치에 이의를 제기하며 그것을 파괴하고 개조하는 윤리가 없다면, 정치사회는 자체적으로 어떤 심오한 가치도 발생시킬 수 없다. 윤리가 필수적일 수밖에 없는 부분적인 이유는 정치가 정신적으로 파산 상태에 있다는 것이다. 순차적으로 그다음에는 정치적인 것이 윤리적인 것에 이의를 제기할 수 있다—말하자면 제도상의 변화를 통해 타자들을 대하는 양식을 바꿀 수도 있다—는 생각은 대체로 등한시된 채 지나가 버린다.

곧 살펴보겠지만, 후기의 데리다도 거의 마찬가지다. 1968년의 여러 자극적인 사건에 이어, 서구 자본주의가 그 자체의 권력을 공고화하고 그로 인해 정치적 좌파의 모든 분파가 환멸로 빠져들면서, 특히 지식인들이 거친 반응으로 급격하게 빠져들어 가던 프랑스 같은 나라에서 정치 개념 자체는 점점 더 철학적 논란의 대상이 되었다. 불만을 품고 이반한 이 소수의 영혼들은 이전 시대의 정치적 환멸, 즉 파시즘과 스탈린주의의 쓰디쓴 경험의 기억을 더듬어 돌이켜보았으며, 그 경험에 비추어 모든 집단적 혹은 유토피아적 기획이 운명적으로 가공할 전제정치를 낳을 수밖에 없는 듯 보였다. 데리다가 나치 강제노동수용소에 복역했던 레비나스에게 진 빚은 서로 다른 두 역사적 계기를 이어주는 그런 식의 접합점이다.

레비나스에게서 대타자의 영역과 정치의 구역을 구분하는 것은 전자에서의 관계들이 비대칭적인 반면, 후자에서의 관계들은 평등성과 호혜성의 문제라는 것이다. 그러나 이 구분을 의심해 볼 필요가 있다. 앞서 살펴보았듯이, 사실상 레비나스가 자신의 도덕적 원형으로 간주하는 것은 비대칭성과 비천함을 수반하는 상태인데, 왜냐하면 대타자가 나 자신보다 더 초라하고 더 궁핍하며 그래서 결국 (유대교적 지혜의 역사를 통해 보면) 더 고결하기도 하기 때문이다. 그러나 실상 이것이 인간 사랑의 원형은 아니다. 사랑이라는 말의 온전한 의미에서 본다면, 평등성과 상호성 없는 사랑이란 있을 수 없다. 우리가 우리의 정감을 온전히 되돌려주지 못하는 토끼들뿐만 아니라 영아들 같은 생물체를 진정으로 사랑할 수 있다는 것이 사실인 것처럼, 『신약성경』이 적들을 일방적으로 사랑하라고 지령하는 것도 사실이다. 그런데 상호적인 사랑에 비해서 이를 악물고 악의와 조롱을 견뎌내며 무모하고 아무 결실도 없이 자기를 소모하는 일방적인 사랑은 특히 비교할 수 없을 정도로 아주 힘든 일이기에 도덕적으로 더 가치 있기는 하지만, 어떤 의미에서는 덜 완전하다. 일방적인 사랑이 덜 완전하다는 것은 이런 상황에서 그 온전한 의미에서의 사랑과 달리 서로의 상대 가운데 어떤 한 사람이 타자(들)의 번영 속에서, 그리고 그것을 통해서 번영하지는 않기 때문이다. 가장 완벽한 의미에서의 사랑이란 평등한 사람들 사이에서만 가능하기 때문에, 기독교 교리에서 성부는 자신의 피조물들을 그들의 맏형인 인간 성자 속에서, 그리고 그를 통해서 사랑한다. 그리고 성자 속에서 피조물들은 단순한 피조 상태로부터 성자와 우정을 나누는 평등 상태로 격상된다. 만약 그렇지 않다면 신은 마치 우리가 우리의 햄스터나 볼보 자동차를 사랑하는 것처럼 우리를 사랑했을 것이다. 사랑과 평등이 이런 식으로 뒤섞여 짜여 있다는 점을 인정하지 않는다는 것은 윤리와 정치 혹은 사랑과 정의 사이의 경계를 강화하는 것이다. 나중에 살펴보겠지만, 이는 또한 그 두 영역 사이의 장벽을 깨뜨리는 정치적 사랑이라는 개념을 간과하는 것이기도 하다.

또 다른 의미에서 평등성과 단독성은 레비나스가 추정하려는 것처럼 서로 그리 어긋나 있지 않다. 타자들을 평등하게 대한다는 것은 그들을 똑같이 대하는 것이 아니다. 이것은 결국 명백한 부정의를 낳게 된다. 이와 달리 그것이 의미하는 바는 그들 각자의 독특하게 다른 욕구에 대해 공평하고 사심 없이 유념하는 것이다. 이런 의미에서 동일성과 차이성은 본래 서로 마찰을 빚지 않는다. 실비안 아가젠스키는 레비나스처럼 절대적으로 단독적인 것들을 상징계적 질서의 비인격적 등가물들과 대비함으로써, 결국 "윤리적인 존중 혹은 의무적인 사랑의 경우에서 나의 관계성은 타자의 개인성에 무관심/무차별한 어떤 요구에서 생겨난다"고 주장하는 오류를 범한다.[11] 레비나스는 부르주아적 평등성 관념을 추상적인 등가성으로 가정하기 때문에 그 개념을 정치적인 것의 보조 영역에 위탁할 수밖에 없으며, 이에 반해 단독성은 윤리적인 것의 전유물이 된다.

이와 반대로 마르크스에게서 모든 사람은 각자의 욕구가 독특하게 다르다는 점이 인정되는 방식으로 평등하게 존중되어야만 한다. 이는 마르크스가 『고타강령 비판』(*Critique of the Gotha Programme*)에서 소득의 평등이라는 이념을 반대한 한 가지 이유다. 추상적인 평등이 당시에 아무리 진보적인 가치를 지니고 있었다 하더라도 사회주의의 덕은 아니다. 낭만주의적 특수주의와 계몽주의적 보편주의 모두에 빚지고 있는 사상가인 마르크스에게 평등이란 인간의 차이를 아무렇게나 짓밟는 것이 아니라 인간의 차이 속에 체현되어야만 하는 것이다. 마르크스주의적 사회주의란 간단히 말해 다음과 같다. 이제 물적 수단은 인간 공동체를 위해 확립되었는데, 이 공동체가 지금까지는 개인의 자유를 대가로 번영하는 경향을 보여왔지만, 이제는 독특하고 풍성하게

---

11 Sylviane Agacinski, "We Are Not Sublime: Love and Sacrifice, Abraham and Ourselves", in Jonathan Rée and Jane Chamberlain(eds), *Kierkegaard: A Critical Reader*, Oxford, 1998, p. 146.

진화된 개인의 차원에서 재창조되어야 한다. 바로 이런 이유에서 마르크스는 위대한 중산계급의 자유주의적 유산을 혹평할 뿐만 아니라 칭송하기도 한다. 사회주의적 민주주의에서 모든 사람은 평등한 권리를 지니고서 공동의 삶을 결정하는 데 참가하게 되겠지만, 어떤 방식으로 그렇게 하는가는 그들 각자의 개인적인 역량에 달려 있게 될 것이다.

❖

데리다의 윤리 사상에 그리 오래 매달릴 필요는 없다. 그의 윤리 사상 대부분은 레비나스가 성찰한 것들에 대한 확장된 주석인데, 데리다는 (그 선배 철학자에 대한 자신의 다양한 비판에 비추어본다면 이상하기는 하겠지만) 한때 레비나스가 성찰한 것들에 완전히 동의한다고 공언했다. 데리다는 레비나스가 윤리의 전체 의미에 일대 혁신을 일으켰다고 흥분해서 쓰기는 하지만, 이는 실상 데리다도 마찬가지지만 레비나스의 저작이 일차적으로 책무로서의 윤리라는 전통적인 (심히 의심스러운) 개념에 여전히 빚지고 있는 방식을 간과한 것이다. 프랑스 학계에서 칸트의 명성을 감안한다면, 파리의 사상가들 가운데 가장 색다르게 자유분방한 이 사상가조차 다른 곳에서라면 부단히 역사의 쓰레기통에 들어갈 도덕적 의무라는 개념에 경의를 표하고 있다는 점은 분명하다. 데리다는 그 연상의 동료를 본받아 아무런 의심도 없이 진정한 윤리란 전적으로 책임의 이념에 달려 있다고 가정하는데, 이런 가정은 아리스토텔레스, 흄, 벤담 혹은 니체에게는 상당히 놀랍게 다가왔을 것이다. 레비나스와 데리다의 윤리 사상은 여전히 의무론적인 것의 테두리 내에 갇혀 있다. 그들의 윤리 사상은 법, 권리, 보편적 주체에 대한 그저 평상적인 담론을 훨씬 더 시적 혹은 현상학적 관용어—즉 위기, 소명, 지령, 모험, 타자성, 수수께끼, 무한성, 불가능성의 수사—로 번역하려고 애쓴 것일 뿐이다. 레비나스와 데리다로 인해 우리는 칸트 식 윤리의 신비화된 버전—즉 쾨니히스베르크의 이 현자

[칸트]가 그토록 통절히 결여한 시적 울림이 투여된 버전—을 제공받게 된다. 데리다의 초기 저작이 윤리적인 것에 참여한다고 알려져 있지는 않지만, 그가 후기 산문인 「법의 힘」(Force of Law)에서는 해체주의를 정의라고 주장한다는 점이 드러난다. 이는 마치 『마르크스의 유령들』(*Specters of Marx*)에서 해체주의를 마르크스주의의 급진적 형태라고 줄곧 생각해 왔다고 주장하는 것과 같다. 문제의 이 두 진영의 이론 가운데 어느 쪽이 데리다의 이런 주장을 더 놀랍게 여길지는 말하기 어렵다.

레비나스처럼 데리다는 사회 · 정치적인 것을 폄하하기 위해 윤리적인 것을 이용한다. 그는 "전통, 권위, 정설, 규칙 혹은 교리에 대한 반체제적이며 창의적인 파열 없이는 책임도 없다"라고 한다.[12] 윤리적인 것은 정신적 전위주의의 한 형태로서, 자족적인 일상생활의 타성에 파괴적으로 침입한다. 실로 반체제적인 것과 규범적인 것 사이의 엄격한 대립에 사로잡힌 데리다에게, 압제적인 전통뿐만 아니라 창의적인 전통도 있고, 야만적인 교리뿐만 아니라 계몽적인 교리도 있고, 억압적인 규범뿐만 아니라 혁명적인 규범도 있고, 관료적인 규칙뿐만 아니라 보호적인 규칙도 있으며, 유해한 권위뿐만 아니라 이로운 권위도 있다는 생각이 떠오르지는 않은 듯하다. 또한 심히 불쾌한 주변부성, 범죄적인 위반 행위, 무지몽매한 반체제, 유해한 규칙 파괴도 아주 많다. 합의가 오히려 급진적인 것일 수도 있고, 비순응이 끔찍하게도 특권적인 것일 수도 있다. 데리다가 『이름에 대하여』(*On the Name*)에서 자신이 항상 의심스러워했던 개념이라고 말한 공동체는 질식시키기도 하지만 자양분을 제공하기도 한다. 그런데 데리다가 공동체 개념에 대해 너무나 적대적이어서, J. 힐리스 밀러는 어느 정도 정당성을 지니고 데리다 저작의 특징에 대해 "모든 자기 혹은 현존재가 모든 타자로부터

---

12 Jacques Derrida, *The Gift of Death*, Chicago, 1995, p. 51.

철저하게 고립되어 있다는 근본적인 가정"이라고 표현할 수 있었다. 밀러는 자신의 개인 자료에 다음과 같이 데리다를 인용해 둔다. "나의 세계와 모든 다른 세계 사이에는 …… 가로막는 것이 있으며, 이것은 …… 이행, 가교, 지협, 소통, 번역, 비유, 전이의 모든 시도와는 통약 불가능한 것이다. 세계는 없고 오직 섬들만 있을 뿐이다."[13] 우리가 지금 다루고 있는 것은 타자성이 아니라 단자론이다.

데리다가 무슨 생각을 하든, 윤리적인 것이 아주 흔한 것, 결정된 것, 정설적인 것, 합의된 것과 자연발생적으로 반목하지는 않는다. '교리'라는 단어는 단순히 '가르침'을 의미할 뿐이지 필연적으로 교조주의를 암시하지 않는다. 데리다가 지루할 정도로 유행하는 이런 관찰을 한 저작은 바로 교리에 관한 것인데, 그렇다고 해서 더 나쁜 것은 아니다. 우리는 데리다가 선호하는 과도하게 공들인 문체상의 장치를 전개함으로써 결정된 명제들을 피하지 못한다. 일례로 ("킥킥거리며 웃는다는 것은 무엇인가? 법, 의무, 부채, 책무로부터 벗어나 순수하게 킥킥거리며 웃는 것이 가능한가? 이 질문이 과연 지성적이기는 한 것인가? 그러면 저것은 어떤가?")[14]와 같은 장치, 즉 수사적 질문은 흥미진지하게 열려 있다는 느낌을 자아내면서도 어떤 독특한 관점을 교묘히 주입한다.

하지만 교리란 상징계적 질서에 속하는 것인데, 이로 인해 데리다는 교리를 그토록 꺼린다. 윤리적인 것이란 개념적으로 결정된 것의 적이다. 책임은 "지식과 주어진 규범 밖에서 내려진 절대적 결단, 즉 결단 불가능한 것의 호된 시련을 통해 내려진 절대적 결단"을 수반한다.[15] 낙태를 하겠다는 결단이 당신의 임신 상태가 얼마나 진행되었는지에 대한 지식 밖에서 내려져야 하는지 아닌지 분명하지 않지만, 분명히

---

13 J. Hillis Miller, "Don't Count on Me In", *Textual Practice* 2:2, June 2007, p. 285.

14 이 예문을 내가 만든 것이라는 점을 굳이 지적할 필요는 없다고 믿는다.

15 Jacques Derrida, *Gift of Death*, p. 76.

9. 레비나스, 데리다, 바디우 | 391

데리다는 그런 통속적으로 세속적인 문제에 대해서 이야기하지 않는다. 그 대신에 그는 결단이란 규범이나 규준으로 환원될 수 없기 때문에 '광기'의 한 형태라는 기이한 견해를 취한다.

신학적으로 보면, 데리다는 합리성에 대한 프로테스탄트적 의구심을 지닌 신앙지상주의자다. 키르케고르 식으로 보면, 그는 윤리적 결단에 수반되는 '믿음의 도약'이 이성에 의존하지 않는다고 본다. 그러나 결단은 이성으로 환원되지 않으면서 그것에 의존할 수 있는지도 모른다. 데리다가 도덕적 선택은 어떤 규칙에 의해 '보장될' 수 없다고 지적하기는 하지만, 그렇다고 해서 그 선택이 어떤 규칙에 의해 인도될 수 없는 것은 아니다. 만약 그가 그런 결단을 이성으로부터 격리할 필요를 느낀다면, 이는 그가 결단을 그저 선험적 원리에서 연역된 것일 뿐이라는 불명예로부터 구해 내고 싶어 하기 때문일 것이다. 그런데 이는 마치 수영을 잘해서 뻔히 익사하지 않을 사람을 군이 구조하는 것과 같다. 발화가 기계적으로 예측될 수는 없어도 문법적일 수 있는 것처럼, 결단은 원리들로부터 엄격하게 연역되지 않고서도 합리적일 수 있다. 누군가 자신의 헌신에 대해 이유들을 제시한다고 해서, 예를 들어 누군가가 자신의 운전수와 가망 없이 사랑에 빠진 이유들을 제시한다고 해서 그의 헌신이 그 이유들로 환원되지 않는다는 점을 데리다는 인식하지 못하는 것 같다. 다른 어떤 사람은 내 운전수와 사랑에 빠지지 않은 상태에서도, 내가 제시한 이유들의 온전한 힘을 느낄 수 있을 것이다. 헌신은 실로 합리적이어야 하지만, 이 필요조건을 고집스럽게 주장한다고 해서 우리가 왜 헌신하는지에 대한 문제가 해결되는 것은 아니다. 왜냐하면 서로 양립할 수 없는 이유들이 똑같이 합리적일 수도 있기 때문이다. 중요한 것은 어떻게 그 헌신의 합당성이 우리를 참여하게 만드는가라는 것이지만, 이는 텅 빈 공간에서 내려진 결단과 같지 않다.

만약 누군가가 실제로 모든 규범이나 규준과 관계없이 행동 방침을 선택해야 한다면, 이것을 어떤 의미에서 결단이라고 부를 수 있는지는 알기 어렵다. 만약 그것을 결단이라고 부른다면, 이는 마치 내장에서 나는 꼬르륵 소리를 왕의 포고라고 부르는 것과 같을 것이다. 이른바 결단주의가 인식하지 못하는 것은 만약 선택의 규준이 없다면 내가 한 것을 선택이라고 부를 수 없다는 점이다. 그래서 데리다는 윤리란 필연적이면서 동시에 '불가능'하기도 한 절대적 결단—즉 오이디푸스처럼 어찌 되었든 우리에게 전적으로 책임이 있는 일종의 바꿀 수 없는 운명—의 문제라고 주장한다. 누군가 자신의 사건이 법정에 오를 때 자신이 더 이상 배심원이 되지 않아도 된다는 사실로 인해 안심할 수는 있다.

레비나스와 마찬가지로 데리다 식 윤리는 대체로 죄책감에 근거하고 있는데, 이 죄책감은 책임감의 반대라고 볼 수도 있을 것이다. 타자에 대한 나의 책임은 절대적이어야만 하는데, 만약 내가 모든 사람에게 책임을 져야 한다면 어떻게 그럴 수 있겠는가? 나의 단독성을 집단적 개념이나 일반적 개념에 용해시키는 것이 무책임하게 행동하는 것이기는 하지만, 만약 그런 유적 개념들이 없다면 내가 어떻게 두루두루 책임 있게 처신할 수 있겠는가? 모든 책임은 절대적이고, 단독적이고, 예외적이고, 비범하기는 하지만, 책임을 특정하게 표명하게 되면 다른 모든 사람에 대한 나의 책임을 배반하게 된다. 곧 살펴보겠지만 이것은 명백히 말도 안 되는 그릇된 딜레마다. 더군다나 실제적인 책임은 반드시 계산—상징계적 질서의 수많은 주제 가운데 하나로서 데리다가 달갑지 않아 하지만 피할 수도 없는 계산—을 수반한다. '경제'라는 용어도 그에게는 또 다른 골칫거리다. 여기서의 '경제'란 실로 상품이나 직무나 용역의 지루할 정도로 규제된 교환을 의미하는 것으로, 무제한적인 소모의 광기, 규범을 넘어선 헌신과 같은 위험한 모험, 대타자에 대한 절대적인 노출로 인한 두려움과 떨림과는 전혀 동떨어진 것이다. 그 노출이 진정한 것이 되려면 "인간, 인류, 사회, 자신의 동료, 혹은 자기 자신에게 계산해서 모두 기장하여 설명하지 않는" 그런 것이어야만 한다.[*16] 데리다가 계산(책임/설명)이 있을 만한 여지는 나름대로 있다고 주장하기는 하지만, 그의 어조를 봐서는 그 주장이 대체로 치과의사들이나 식료품 가게 주인들을 위한 것이라고 추측해 볼 수 있다. 카이사르의 것은 카이사르에게 돌리고, 절대자의 것은 절대자에게 돌려야 한다. 계산(책임/설명)과 정당성을 요구한다는 것은 '폭력'의 한 형태가 되는데, 여기서의 '폭력'이란 포스트구조주의의 전형적으로 지나치게 부풀리면서 보란 듯이 멋을 부리며 쓴 말이다. 이는 철도회사들에게 사고를 일으킨 과실에 대해 계산(설명)하라고 (혹은 책임지라고) 주장하는 경우인가, 아니면 지금 우리가 훨씬 더 숭고한 어떤 차원에서 이야기하고 있는 것인가?

데리다에 따르면 책임이란 "한편으로는 계산(책임/설명), 즉 일반적인 것에 대하여 그리고 일반성 앞에서의 일반적인 자기 해명, 말하자면 대체의 이념을 필요로 한다. 그리고 다른 한편으로 책임이란 독특함, 절대적 단독성, 즉 대체되지 않음, 반복되지 않음, 침묵, 비밀의 이념을 필요로 한다."**17** 우리는 이런 양극성이 해체될 수 있다는 점을 이미 살펴보았다. 참된 일반성은 구체적인 것에 주의를 기울이는 것이기 때문에, 보편적인 것을 집요하게 추구하여 그 구체적인 것의 고유한 주장에 대해 눈을 감아버리지 않는다. 여기서 '일반적' 혹은 '보편적'이라는 용어가 지닌 힘으로 인해 우리는 어떤 구체성이든 다 말하고 있다는 점을 상기하게 된다. 레비나스의 글에서는 단독적인 것에서 보편적인 것으로의 이행을 절충하려는 시도가 아무리 힘들고 모호하다고해도 있는 반면, 데리다의 경우는 아무런 시도도 없다. 칸트의 본

---

* 이글턴은 여기서 'account(ability)'라는 단어가 지닌 다의성을 이용하여 말놀이를 하면서 데리다를 우회적으로 비판하고 있다. '기장/기록하다'(keep account), '설명하다'(give an account to). 'accountability'는 '계산 가능성', '설명 가능성', '책임.'

16 Ibid., p. 101.

17 Ibid., p. 82.

체적 영역과 현상적 영역처럼, 이 두 세계는 메울 수 없는 심연으로 분리된 채 바싹 붙어 있다. 데리다는 결단력이 강한 사람이 아닌데, 그는 결단이라는 것을 거의 항상 진통제 같은 것이며 유기체주의적인 것이라고 부당하게 의심한다. 윤리와 정치는 영원히 갈등하면서 존재한다. 확실히 이 둘 모두가 필수적이기는 하지만, 하나에서 다른 하나로 변환되는 과정에서 걱정스러울 정도로 많은 것이 상실되는 것 같다.

윤리의 실재계는 상상계의 거짓 위안에 저항하면서 동시에 상징계의 필수품도 거절한다. 이 실재계는 데리다가 경멸적으로 칭한 시민사회의 '매끄러운 기능'—"도덕, 정치, 법, 권리 행사 …… 에 대한 그 사회적 담론의 단조로운 안일성"—에 단호하게 반대한다.[18] 그렇다면 모든 형태의 정치와 도덕이 그저 현 상태의 매끄러운 기능을 뒷받침하는 데 봉사하는 것일 뿐인가? 정치·법·도덕에 대한 모든 시민사회의 담론이 그저 단조롭게 안일한 것일 뿐인가? 전쟁과 빈곤에 저항하는 사회운동, 아동 학대에 반대하는 법, 이민자들의 권리를 위한 투쟁은 무엇이란 말인가? 획일적으로 보이는 이 사회질서에 모순은 어디 있는가? 왜 차이를 옹호하는 사도들의 펜이 사회적 실존을 그토록 폭력적으로 균질화하는 것인가? 데리다는 법의 폭력에 대해서는 할 말이 많을 테지만, 대부분의 자유지상주의적 좌파들처럼 법의 보호하고, 양육하고, 교육하는 능력에 대해서는 말이 없다. 정치적 해방이 보수적인 레비나스에게는 이질적인 긴급 상황으로 지정되어 있기는 하지만, 데리다의 상상력에 불을 지핀 것은 정치가 아니라 무한성의 관념이다. 크리츨리도 동일한 견해를 받아들여 윤리란 '무정부적 메타 정치' 혹은 "질서를 부가하려는 모든 위로부터의 시도를 아래로부터 지속적으로 의문시하는 것이며 ……정치란 이견을 표명하는 것 혹은 국가의 권위와 합법성에 의문을 제기하는 무정부적 다양성을 함양하는

18 Ibid., p. 71.

것"이라고 주장한다.[19] 그러나 문제의 이 국가가 혁명 세력에 의해 식민주의로부터 벗어나려고 투쟁하고 있다면 어떻게 되는 것인가? 어느 특정 조류의 반대 의견이 반동적인 것이라면 어떻게 되는 것인가? 근본적 합의란 불가능한 것인가?

데리다의 「법의 힘」은 이런 편견들을 보여주는 고전적인 예다. 데리다에게 법은 유한하고 결정되어 있고 대체로 부정적인 반면, 정의는 무한하고 결단 불가능하며 지극히 긍정적이다. 이는 마치 상징계적 질서의 귀중한 주춧돌인 정의가 대체로 불명예스러운 상징계의 영역으로부터 구출되어 그 대신 유사종교적 아우라를 부여받아야만 하는 듯하다. 레비나스는 이 문제에 대해 더 애매모호해하며, 정의를 윤리 영역에 포함할 것인지 정치 영역에 포함할 것인지를 가끔 확신하지 못한다. 데리다의 관심을 얻은 것은 아주 평범한 적법성이 아니라 일종의 정의 같은 것이다. 한데 여기서의 정의는 "법을 초과하거나 법과 모순되는 것일 뿐만 아니라 법과 아무런 관계가 없거나 법을 배제하느니 요구하는 편이 더 낫다는 식으로 법과의 이상한 관계를 유지한다."[20] 그가 무엇보다 소중히 여기는 것은 파악하기 어렵고, 위반하기 쉽고, 결단할 수 없는 것들이며, 이 모든 것은 일상적인 실존의 재미없이 결정되어 있는 것들보다 훨씬 더 매혹적이다. 데리다의 눈에 결정된 것은 치과 진료처럼 불가피한 것이기는 하지만 그다지 매력적이지는 않다. 그가 보기에 전반적으로 애매모호하지 않은 것은 별로 고무적이지 않다. 이것이 신기하게도 엄격한 교리다. 데리다는 진부하게 다가치적인 발화뿐만 아니라 매혹적으로 다의적이지 않은 발화도 있다는 점을 헤아리지 못하는 것 같다. 참된 다원주의자들은 우리가 때로는 할 수 있을 만큼 정확하게 계산(설명)할 필요가 있고, 때로는 그렇지 않다

19 Simon Critchley, *Infinitely Demanding*, London, 2007, p. 13.

20 "The Force of Law: The 'Mystical Foundation of Authority'", in Jacques Derrida, *Acts of Religion*, New York and London, 2002, p. 223.

는 점을 이해한다. 정의되어 있는 것들은 해방적인 것일 수 있고, 그저 (비트겐슈타인이 표현하듯이) 장식적인 가로대 같은 것일 수도 있다. (데리다는 확실히 자기 시대의 가장 탁월한 철학자들 가운데 한 사람인데) 그의 저작이 지닌 엄청난 힘과 독창성에도 불구하고, 그는 윌리엄스의 표현을 빌리면 "불확실성 자체에서 덕을 만들어내고 확신 대신에 세련된 우유부단함을 …… 만끽한다."[21] 그렇다고 그가 아무것도 확신하지 않는다는 말은 아니다.

데리다에게서 법이 계산 가능성을 수반하는 반면, 정의는 계산 불가능하다. 이 둘을 대비하는 용어들은 이젠 지루할 정도로 예측 가능하다. 법은 "안정화할 수 있고 제정할 수 있고 계산 가능한 기구, 즉 규제되고 규약화된 규정들의 체계"이며, 중립성을 가장하지만 그 모든 단어 속에 있는 은밀한 적개심을 드러내는 (계산/책임/설명) 보고서다. 반면 정의는 "무한하고, 계산 불가능하며, 규칙에 저항적이고 대칭성과 상관없으며, 이질적이고 이종적이다."[22] 정의는 규칙·계획·계산을 초과한다. 물론 입장을 취하는 데 대한 반감이 있기는 하겠지만, 데리다가 어느 쪽을 더 매혹적이라고 할지는 너무나도 명백하다. 그래서 다소 겉치레로 형평성에 대한 논의가 이어진다. 데리다는 평등성과 보편적 권리가 이질적이고 독특하게 단독적인 것만큼이나 반드시 지켜야만 하는 것이라고 주장한다. 사람들은 법과 규칙을 '계산(고려)하면서' 스스로를 '불가능한 결단'에 넘겨줘야만 한다. 법을 넘어서는 정의의 과도함이 법률적·정치적 싸움을 회피하기 위한 구실이 되어서는 안 된다. 그런데 평형을 위한 이런 노력은 규칙과 이성을 초월하는 것이 진정한 도덕적 선택이라고 여기는 듯한 데리다의 윤리적 결단주의에 의해 훼손된다. 만약 데리다가 결정된 것에도 합당한 비중을 허용

21   Bernard Williams, *Ethics and the Limits of Philosophy*, Cambridge, MA, 1985, p. 169.

22   Jacques Derrida, "Forces of Law", p. 250.

한다면, 그는 도덕적 선택이 비록 규약에 얽매어 있고 규칙에 지배받는다 하더라도 여전히 선택이라는 점을 인정하게 될 수도 있을 것이다. 비트겐슈타인이 『철학적 탐구』에서 지적하듯이, 규칙을 따른다는 것은 법에 얽매이는 것과 같지 않다. 규칙을 적용하는 것 자체는 창조적 실천이다. 사실상 규칙이 없으면 해방도 없을 것이다. 그러므로 결단의 자유를 보존하기 위해 결단을 규칙에서 구조할 필요는 없다. 데리다가 생각하듯이, 결단은 광기의 한 형식이 아니다. 그렇게 생각하는 것이 바로 광기의 한 형식이다.

정의가 무한하다고 주장하는 것은 무슨 의미인가? 셰익스피어의 샤일록과 클라이스트의 미하엘 콜하스의 사례에서 이미 살펴보았듯이, 아마도 정의에 대한 정념이 무한하다는 의미에서 혹은 부정의에 분명한 끝이 없기 때문에 정의에도 끝이 없다는 의미에서 정의가 무한할 수는 있을 것이다. 그러나 정의란 유한하다고 보는 것이 더 적절하다. 정의에 대한 샤일록의 갈증이 풀릴 수는 없겠지만, 그의 욕망의 대상은 그가 당연한 자기 몫이라고 여기는 것이다. 그가 찾는 것은 공정함이다. 정의는 복수처럼 치고받는 맞대응의 문제다. 정의란 자격을 가늠하여 수확을 계산하는 문제로서, 윤리적 실재론자들이 의심하는 것과 달리 결코 본질적으로 천하거나 옹졸하지 않은 실천이다. 돈을 빌려주어 다소 빈궁하게 된 사람이 많은 재산을 상속받은 채무자에게 이제 그 돈을 돌려달라고 요구하는 것은 전혀 옹졸한 처사가 아니다. 만약 정의의 이념이 레비나스와 데리다에게 어떤 문제를 일으키는 것이라면, 이는 실제로 그들 모두 (특히 유대인 출신이기 때문에) 열정적으로 정의에 헌신하기는 하지만 동시에 그들이 부당하게 숭고의 윤리라기보다는 따분한 교외 거주자의 윤리라고 폄하한 법, 조치, 규칙, 호혜성을 경계하기 때문이다.

어떤 의미에서 데리다는 욕심스럽게도 자신의 상징계라는 케이크를 그냥 손에 들고 있으려고도 하고 먹어버리려고도 한다. 그가 만약 아동 학대에 대한 담론의 단조로운 안일함이라는 의미에서의 윤리를 포기한다면, 그는 실재계의 요구에 대한 대답 가능성이라는 의미에서의 윤리를 위해서 그렇게 하는 것이다. 이런 의미에서 데리다는 키르케고 르의『두려움과 떨림』에 등장하는 분명히 가학적인 신에 대한 절대적 의무와 아들인 이삭에 대한 사랑 사이에서 괴로워하는 잠재적 아동 학 대자인 아브라함의 역설을 재연한다. 혹은 다른 말로 표현하면, (레비 나스와 달리) 데리다에게서 일반성의 문제인 윤리와 믿음의 단독성 사 이에 끼인 채 데리다는 그 역설을 재연한다. 자신의 아들을 살해하라 는 신의 칙령을 명받은 아브라함은 보편적인 것보다는 신을 선택하고 일반법보다는 전능자에 대한 믿음의 절대적 단독성을 선택함으로써 책임이 있으면서 동시에 없기도 하다. 그는 상징계적 질서의 책무를 선택하지 않고, 항상 윤리적인 것을 넘어서고 상회하는 과도함인 실재 계를 선택한다. 데리다의 주장에 따르면, "의무와 책임의 절대성이 추 정하는 바는 누군가 모든 의무와 모든 책임과 모든 인간의 법을 동시 에 비난하고 논박하고 초월한다는 점이다."[23] 하지만 그와 같은 상징계 적 유대도 소중히 여겨져야만 하는데, 왜냐하면 만약 아브라함이 자신 의 아들을 그토록 소중하게 사랑하지 않았더라면 그의 아들 살해는 희 생으로 여겨지지 않았을 것이기 때문이다. 이를테면 그는 아들 이삭을 사랑하는 한에서 미워해야 하고, 그 아들의 목숨을 빼앗는 행위를 통 해서 윤리를 제물로 바치기도 해야 한다. 그러나 만약 윤리적인 것의 가치가 인정되지 않는다면 이 또한 진짜 희생은 아닐 것이다.

아브라함의 관점은 엄밀하게 눈물을 자아낼 정도로 순진하게 감상 적이지 않으며, 그에게는 오히려 급진적 소망이라는 장점이 있다. 미 국 철학자인 조너선 리어가 유용하게도 예증하듯이, 소망과 낙관론은 다르다.[24] 아브라함은 상상할 수 없는 역설인 믿음 속에서 불가능한 존

23 Ibid., p. 78.

24 Jonathan Lear, *Radical Hope: Ethics in the Face of Cultural Devastation*, Cambridge, MA, 2006 참조.

재—상징계적 질서의 법령과 동일한 지령을 내리는 신—에 대한 자신의 욕망을 단념하지 않으려 하고, 아브라함이 그 불가능한 존재를 그토록 집요하게 고수하기 때문에 신이 아브라함의 손을 멈추게 하여 그 아들을 구해 주면서 결국 아브라함의 욕망은 실현된다. 분명 아무런 결실도 맺지 못할 자신의 행위를 감수한 것이 결국 그를 살려낸 것이다. 키르케고르가 주시하듯이, 아브라함은 "힘없는 힘으로 충만한 인물이다." 많은 비극적인 플롯에서처럼, 오직 무(無)에서만 유(有)가 나올 것이다.

키르케고르가 보기에 고전적인 비극적 주인공은 윤리적인 것의 영역 안에서 움직이는데, 이는 그 주인공의 운명이 아무리 부럽지 않다 하더라도 최소한 이해 가능하기는 하다는 의미다. 이에 반해 아브라함은 모든 특수한 것들이 무관심/무차별하게 교환되고 있는 곳인 윤리적인 것에 대한 성찰을 우회하여, 도덕적 담론과 합리적 포괄성의 경계 너머로 자신을 내던진 절대자와 직접적인 관계를 맺으려고 한다. 미학적으로 말하면, 아브라함은 알레고리의 실천보다 낭만주의적 상징에 더 유사하다고 주장할 수도 있을 것이다. 아브라함은 윤리적인 것이 주장한 바들을 실재계의 이름으로 무시할 준비가 되어, 관례적 관행뿐만 아니라 헤겔 식 변증법을 모욕하는 살아 있는 인물로 드러난다. 그는 특수한 것을 보편적인 것 너머로 고양시키면서, 상징계적 질서의 반투명한 표상에 대비되는 해독 불가능한 신비로운 야훼의 의지를 선택한다. 믿음이라는 눈을 통해서 볼 경우, 상징계적 대타자조차 넘어서는 어떤 대타자가 있다. 이런 의미에서 아브라함은 키르케고르에게 가장 두려운 기획인 '한 개인으로 실존하기'라는 모험을 감행한다. 이미 살펴보았듯이, 이 급진적인 프로테스탄트적 관점에서 개인들은 순수한 단독자들이며 통약 불가능하다. 이렇듯 이 개인들 혹은 단독자들은 모든 합리적 정치의 파멸뿐만 아니라 상징계적 질서의 궁극적인 파멸을 나타낸다. 순수하고 영원히 그 자체인 것은 결코 개념으로 파악될 수 없다.

실로 아브라함은 이렇게 행동함으로써 십자가에 못 박힐 예수의 비극을 예고한다. 예수가 자신의 운명―성부가 공명하는 침묵으로 맞이해 줄 예수의 갈보리에서의 고통스러운 탄원―에 대해 아무것도 모르고 있어야만, 죽은 자들 가운데 영광스럽게 일어서게 될 수 있다. 만약 그렇지 않다면 그는 치고받는 맞대응이나 상징계적 교환의 논리, 즉 천상의 더할 나위없는 복 대신에 덧없는 고뇌에 빠져 있게 될 것이다. 그러나 아브라함은 그 모든 투명한 것들과 등가적인 것들을 초월하는 신에 대한 믿음을 표명함으로써, 상징계적 질서로 되돌아가 아들인 이삭과 다시 한 번 재회하게 된다. 이는 인간 사랑의 법이란 실로 세상에 현존하는 신의 매개라는 점을 나타내는 징표다. 윤리적인 것이 중단되기는 하지만, 결코 파기되지는 않는다. 이 이야기의 구조는 반어적이다. 실제로 키르케고르 식으로 만들어진 이 이야기는 근대 반어법의 대가 가운데 한 사람의 펜에서 나온 것이다. 믿음이 어떤 해독 불가능한 잔여분 없이 완전히 윤리적 담론으로 번역될 수는 없겠지만, 그렇다고 해서 이 둘이 소통 불가능한 세계에 각각 존재하지는 않는다. 만약 믿음이 현명한 사람들에게 어리석은 것, 즉 수확을 계산하지 않으려는 일종의 수수께끼와 숭고성 같은 것이라면, 믿음은 또한 일상적인 인간 사랑에 체현되어 있기도 하다. 그리고 결국 아들이 즐거이 아버지에게로 되돌아오기 때문에, 아브라함의 신화가 궁극적으로 옹호하는 것은 바로 인간 사랑이다.

그렇다면 이삭을 그의 파멸에서 구한 것이 신의 자비이기는 하지만, 그렇다고 해서 우리는 신의 논리가 우리들의 논리라고 안일하게 추정해서는 안 된다. 그리고 신은 그저 이삭의 목숨을 요구하는 잔인할 정도의 '대가 없는 무상 행위'를 통해 아브라함에게 이 불편한 진리를 적절한 시기에 상기시켜 주었을 뿐이다. 이에 반해 데리다는 이 이야기를 어떤 급진적 프로테스탄트주의를 위해 사용한다. 그가 읽은 신은 제멋대로인 록음악 스타처럼 유행을 타고 마음도 수시로 변하는, 변덕스럽고 고압적인 저명인사다. 실제로 바로 이런 점으로 인해 보통의 자유주의적 휴머니스트들이 이 이야기를 아주 싫어하는 반면, 데리다는 아주 매력적이라고 본다. 그는 합리적인 것보다 아무 대가 없는 무상적인 것을 더 예찬하기 때문에, 즉 이성을 (헤겔의 경우처럼) 정치적 변혁과 관련짓지 않고 정치적 현 상태와 관련지어 생각하기 때문에, 그의 구미에는 이 제멋대로인 파스칼적인 신이 잘 맞을 것이다. 두려움과 떨림이 전적으로 불쾌한 정서는 아니다.

(데리다가 실재계라는 용어를 사용하지는 않지만, 신에 대한 경험을 '망연자실케 하는 공포'라고 하는데) 이 실재계에 대한 충실성으로 인해 "(키르케고르 식) 믿음의 기사는 극악무도할 듯한 (실로 틀림없이 극악무도하게 될) 것들을 말하고 행해야만" 할 것이다.[25] 실제로 데리다가 (문자 그대로?) 극악무도한 것들을 틀림없이 해야만 한다는 의미로 이렇게 말을 한 것이라고 받아들여야 하는지, 아니면 또 다른 화려한 수사학적인 장식으로 받아들여야 하는지는 알기 어렵다. 어쨌든 이는 아브라함의 이야기에 대해 인식이 부족해서 나타난 결과로서, 데리다는 놀랍게도 어느 한 시점에서 아브라함을 '살인자'라고 묘사하기도 한다. 그러나 물론 아브라함이 살인자는 아니다. 아브라함은 자기 아들을 살해하지 않으며, 데리다가 이 이야기의 줄거리에서 예기치 않게 전개된 결정적인 뒤틀림을 간과한 것은 너무나도 근시안적인 기미를 보여주는 듯하다. 이를 간과한다는 것은 데스데모나가 미미한 상처들을 부여안고 계속 살아가리라고 가정하는 것과 흡사하다. 아가젠스키도 아브라함의 '범죄'라는 표현을 계속 사용하면서 비슷한 실수를 저지른다. 그러나 만약 누군가가 우연하게도 열렬한 사상경찰의 신봉자가 아니라면, 그는 굳이 아브라함이 범죄를 저질렀다고 보지 않을 것이다. 결국 실재계의 요구와 상징계의 격식에 맞는 것들은 서로 갈등하지 않는다. 신은 단지 자기 제자의 믿음을 시험하고 있을 뿐이다. 이 이야기는

---

25 Jacques Derrida, *Gift of Death*, p. 77.

민음의 창조적인 무모성을 은밀하게 패러디한 것이다. 살인하지 말라는 지령과 같은 상징계의 법은 바로 실재계의 요구다. 이런 차원에서 내재성과 초월성은 서로 대립하지 않는다. 유대 기독교 전통이 공언하듯이, 우리가 서로에게 현존하는 한에서 신은 우리에게 현존한다. 신은 단순히 (데리다가 자신의 얀센주의적인 방식으로 생각하듯이) 하찮은 인간 이성의 분수를 알게 해주는 영원히 접근 불가능한 비현존이 아니라 살과 피로 체현되어 있다. 기독교 신앙에서 신과 인간의 목적이 궁극적으로는 서로 상치되지 않는다는 사실은 성육신이라는 교리로 알려져 있다. 만약 신이 실로 어떤 의미에서 완전히 타자라면, 그는 비난받은 정치범의 고문당한 육체에도 나타날 것이다. 그러면 이 육체는 파르마코스(희생 제물) 혹은 가공할 괴물같이 더럽혀진 속죄양처럼 신의 적절한 기호가 되기에 충분히 '타자적' 혹은 비인간적이게 된다. 복음서의 섬뜩한 복음에 따르면, 사랑과 정의를 위해 목청 높여 소리쳤다는 이유로 국가에 의해 죽임을 당하는 것이 우리 모두가 염원해야 하는 상태다. 『신약성경』의 메시지에 따르면, 만약 네가 사랑하지 않는다면 죽은 것이고, 만약 네가 사랑한다면 그들이 너를 죽일 것이다. 그러므로 이것이 현혹하는 그림의 떡이며 민중의 아편이다. 이 메시지는 문명화된 자유주의자와 전투적인 휴머니스트와 눈이 휘둥그레진 진보주의자 모두에게 마찬가지로 언어도단이다.

대타자의 얼굴을 통해 초월에 접근할 수 있다고 본 레비나스는 신이 전적으로 모호하지만은 않다는 점을 잘 이해하고 있다. 반면 데리다는 실재계와 상징계, 신과 이웃, 종교적 믿음과 사회적 윤리 사이의 갈등을 믿기 어려울 정도의 교착상태로 몰아간다. 아브라함 전설이 전하는 메시지는 먼저 야훼가 실제로 인간의 사랑에 내재해 있다는 진리이며, 또한 우상숭배를 하듯 야훼를 마치 우리 자신을 초대형으로 확대해서 만든 존재인 양 다루면서 그 진리를 부당하게 이용해서는 안 된다는 점이다. 야훼를 우리의 확대된 존재로 다룬다는 것은 상상계에서 그를 보는 것이며, 이렇게 만들어진 신 아닌 신을 위안이 되는 또 다른 자아로 환원하는 것이고, 이 경우 우리는 그의 금지된 이름을 우리 자신의 목적을 위해 조작할 수도 있을 것이다. 믿음을 이데올로기로 바꾸어버리는 이런 식의 조작은 종교의 역사라고 알려져 있다. 그러므로 야훼의 절대적인 차이성—즉 그의 비존재, 인간의 빈틈없는 거래를 넘어서는 그의 초월성, 우리의 사물화하는 도식을 따돌리면서 섬뜩할 정도로 무조건적인 사랑을 통해 그 모든 도식을 가차 없이 비판하는 그의 방식—이 야훼의 내재성과 더불어 강조되어야만 한다. 신은 타자들에게서 윤리의 원인이기는 하지만, 그 자신이 윤리적인 존재는 아니다. 신은 도덕적 자질을 지닌다고 할 수 있는, 나무랄 데 없이 행실이 바른 초대형 인격체가 아니다. 신은 주체의 지루한 시민적 합당성을 지니는, 칸트 식으로 순전히 합리적인 신학의 주체일 수 없다. 데리다는 이 모든 것을 올바르게 인지하고 있다. 그러나 아무리 신앙지상주의가 발작을 일으키고, 포스트구조주의가 광적이고 폭력적이고 부조리하고 비이성적이고 아무 대가 없이 무상적이고 불가능한 것들을 가지고 시시덕거려도, 야훼는 결코 인간의 윤리에서 분리되지 않는다. 데리다가 보기에 정치적인 것은 '결단'의 영역이면서 동시에 행정의 지대이기도 하다. 말하자면, 그는 정치적인 것을 지나치게 미화하면서 동시에 평가절하한다. 만약 나치 철학자 카를 슈미트(Carl Schmitt)의 결단주의가 계몽주의적 합리성의 경련 상태에서 나온 것이라고 한다면, 데리다와 그의 조수들의 결단주의는 이후에 나타난 어떤 역사적 위기의 징후다. 데리다의 결단주의는 분명 급진적 정치를 위한 합리적 기반이 없는 시대에 속한다.

키르케고르에게 종교적 신념이 있다면, 레비나스와 데리다에게는 신령한 형태의 윤리가 있다. 이 덴마크 철학자가 윤리보다 종교를 더 높이 승격시킨다면, 그의 프랑스 측 상대들은 상징계적 윤리보다 실재계의 윤리를 더 높이 고양시킨다. 대타자는 이제 비속한 세계에 있는 초월의 마지막 흔적이다. 그러나 아브라함의 이야기를 윤리적 실존의 범례로 간주하는 것은 잘못이다. 대체로 그런 견해를 지닌 사람들은 자신들의 윤리가 슈퍼마켓에 반대하는 사회운동보다 더 정신적으로 고양되기를 요구하고, 유아원을 보존하기 위해 싸우기보다는 부조리하고 불가능하고 해결할 수 없고 무한한 것들과 더 공명하기를 요구한다. 이 『구약성경』의 신화가 그 이론가들과 철학자들이 보기에는 실로 믿음의 부조리성에 대한 것이겠지만, 문제의 이 믿음은 배고픈 자들을 좋은 것으로 채워주고 부유한 자들을 빈손으로 돌려보내는 야훼에 대한 믿음이다. 그렇다면 이 신화는 윤리와 믿음의 대비 문제, 도덕과 종교의 대립 문제가 아니다. 오히려 이는 아브라함이 모든 실체적 증거에도 불구하고 윤리와 정치의 신―즉 궁핍한 자들의 변호자, 이민자들의 옹호자, 예속된 자들의 해방자, 히브리인들의 번제물을 경멸하고 가난한 이들을 억압하는 자들을 맹렬히 비난하는 반종교적인 신―에게 확고부동하게 매달리는 것에 대한 신화다. 데리다 식 윤리는 언뜻 보기에 "카이사르의 것은 카이사르에게 돌리고 신의 것은 신에게 돌리라"는 『신약성경』의 교시와 일치하는 것처럼 보일 수도 있다. 상징계적 영역과 실재계적 영역 모두의 주장이 충족되어야만 하지만, 이 둘은 서로 친화적이라기보다는 더 대립적인 것처럼 보인다. 정치와 종교는 서로 섞이지 않는다. 하지만 1세기의 어떤 독실한 유대인이 이런 방식으로 예수의 지령을 이해했을 가능성은 전혀 없다. 왜냐하면 '신의 것'은 『구약성경』에서 약자를 보호하고 추방자를 환대하는 데서 나타나는 정의와 자비와 의로움을 포함하기 때문이다. 여기서 정치와 종교 사이의 근대적 구분은 시대착오적이다.

전통적으로 아브라함은 십자가에 못 박힌 예수의 원형, 즉 고통과 당혹감 속에서도 자신을 저버린 듯 보이는 성부에게 여전히 충성스러운 또 다른 인물로 다루어진다. 그러나 성경상의 이 두 인물은 다른 의미에서도 비슷하다. 이들은 모두 친족이라는 의미에서의 상징계적 질서에 대해 거칠게 비판적인데, 왜냐하면 아브라함은 자신의 혈육을 죽일 준비가 되어 있기 때문이며 예수는 대체로 가족에 대해 인정사정 없이 무시하는 태도를 취하기 때문이다. 어떤 새로운 형태의 상징계적 질서나 대중운동이 만들어져야 할 텐데, 그것은 주권적인 것들과 혈연 관계 및 굳건한 충성을 격하게 갈라버리면서 아이들로부터 부모를 분리하고, 이웃들을 서로 격하게 반목하게 하고, 한 세대의 품에서 다른 세대를 떼어낼 것이다.

절대적 단독성과 보편적 책임성 사이의 데리다 식 갈등―그가 보기에 해결되리라는 단순한 생각을 결코 허용하지 않는 갈등―은 윤리와 정치 사이의 레비나스 식 긴장 관계의 한 형태다. 그러나 이 갈등 또한 대체로 그릇된 딜레마다. (데리다가 『죽음의 선물』에서 사용한 진지하게 우스꽝스러운 일례처럼) 내가 내 고양이에게 먹이를 줌으로써 어쩔 수 없이 이 세상의 다른 모든 딱한 고양이들을 등한시하게 된다는 사실은 데리다가 생각하듯 유책성(有責性, culpability)의 문제가 아니며, 나는 오직 합리적인 나의 유책 행동이나 태만에 대해서만 죄의식을 느낄 수 있다. 지상 최고의 의지 및 잘 다진 간을 실은 엄청난 분량의 트럭 없이는 지구상의 모든 고양이에게 먹이를 줄 수는 없다. 이런 의미에서 책임은 무한하지 않으며, 무한하다고 주장하는 것은 괜한 과장일 뿐이다. 파리의 지식인들이 굳이 위조된 상황을 날조해서 덧붙이지 않더라도, 세상에는 죄책감을 느낄 만한 진짜 상황들이 충분히 많이 있다. 이에 못지않게 엄청 터무니없게도 레비나스는 마치 정신이 혼미할 정도로 캠페인을 벌이는 록음악 스타 같은 태도로 우리가 아침마다 커피를 마시면 정작 마실 커피가 없는 어떤 에티오피아인을 '죽인다'고 본다. 이런 것이 일부 근대 프랑스 철학의 전형적인 멜로드라마적 과장법의 특징이며, 여기에 '광기', '괴물성', '폭력', '불가능성', '순수 차이', '절대적 단독성' 등과 같은 터무니없는 단어들이 동원되고 있다고 감히 말해 볼 수도 있을 것이다. 따분하리만치 과장되지 않은 진리란 내가 골웨이에 있겠다는 선택을 한다고 해서 결코 내슈빌이나 뉴캐슬을 비방하는 것이 아닌 것처럼, 내가 글을 쓰는 순간에 수단에서 수난을 겪고 있는 이름 모를 어린아이에게 부정의의 죄를 범하는 것이 아니라는 점이다. 단독성과 보편성 사이의 갈등에 대한 참된 해결은 이미 살펴보았다. 사람들은 공교롭게도 어떤 순간에 이웃의 위치를 차지하고 있는 낯선 사람들에게 충분히 주의를 기울여야만 하며, 우연히 나타난 그다음의 어느 누구에게든 똑같이 해야 한다. 보편성이란 어느 누구에 대해서든 책임이 있다는 의미이지, 모든 사람에 대해 동시에 책임이 있다는 불가능할 듯한 의미가 아니다. 보편성이 모든 사람에 대해 동시에 책임이 있다고 추정하면서도 굳이 그 불가능성을 주장한다는 것은 그 논조가 아무리 변명적이며 자책적이라고 하더라도 무한자의 어떤 과도한 오만을 드러내는 것이다.

레비나스가 책임이란 최소한 이런 의미에서 무한하다는 점, 즉 나는 대타자를 위해 죽을 준비가 되어 있어야 한다는 점을 주장한 것은 옳다. 이런 점은 심지어 그 대상이 어떤 의미에서 항상 그렇듯 낯선 사람이거나 적일 때조차도 마찬가지다. 사실상 만약 타자가 적일 경우라면, 이는 부분적으로 우리가 항상 그 적을 위해 우리 자신의 목숨을 내려놓도록 요구받게 될지도 모르기 때문이다. 게릴라 전사들은 극도로 불편한 이런 요구에 항상 마주치지만, 사람들은 자신들에게 그런 상황이 닥쳐오지 않기를 간절히 바랄 수 있을 뿐이다. 적절한 상황이 주어져 어떤 사람이 아무런 차별 없이 어떤 누군가를 위해서든 죽을 준비가 되어 있어야 하는 한, 평등성과 보편성은 사랑이나 윤리와 밀접하게 연관되어 있다. 사랑이 인격적인 것의 영역에 국한되지 않는 것처럼, 레비나스가 상상하는 것 같이 평등성과 보편성이 정치 영역에 국한되지는 않는다. (바디우 또한 사랑에 대한 골 지방 출신 사람들 특유의 정형화된 실수를 저지르는데, 그는 대체로 사랑을 에로스적 관점에서 정의하면서 사랑이란 정치가 끝나는 지점에서 시작된다고 주장한다.) 그러나 결국에는 어떤 사람이 모든 사람을 위해 죽을 수는 없다. 또한 어떤 사람이 타자들 스스로가 져야 할 책임을 덜어주는 데 과도하게 열성적이어서도 안 된다. 인간의 다른 선과 마찬가지로, 타자들에 대한 책임은 사려분별과 실재론의 범위 내에서 작동해야 한다. 예를 들어 어떤 낯선 사람을 위해 죽는 것과 같은 적절한 무모함이 있는 반면, 어떤 낯선 사람이 아이스크림을 떨어뜨리는 불편함 없이 길을 건널 수 있도록 달려오는 트럭 앞으로 자신이 돌진해 들어가는 것과 같은 부적절한 무모함도 있다.

그렇다면 여기서의 무한성에 대한 논의에는 어쩔 도리 없이 이지적인 무엇인가가 있다. 레비나스가 가끔 상상하는 것처럼 대타자에 대한 나의 책임이 무한하지는 않은 반면, 상징계적 질서의 얼굴 없는 시민들에 대한 나의 빚은 엄격히 규제된다. 한편으로, 나는 심각한 상황에서 단지 나와의 신령한 근접성 안에 들어온 사람들만을 위해서가 아니라 얼굴 없는 사람들을 위해서도 내 목숨을 내려놓을 준비가 되어 있어야 한다. 다른 한편으로, 이제까지 익명이었던 어떤 시민이 대타자로서의 위치를 차지할 때조차 그에 대한 나의 관계는 사려분별과 정의라는 필요한 요건에 의해 관장되어야만 한다. 정의는 그저 익명의 시민들 사이의 관계가 아니다. 정의는 우리의 대타자에 대한 대우와도 관계가 있다. 여러 이유 가운데 바로 이 이유로 인해 윤리와 정치는 첨예하게 구분될 수 없다. 이 주제에 대해서는 결론에서 다시 논의하겠다.

레비나스와 마찬가지로 데리다에게서도 대타자성은 "접근 불가능하고, 고독하고, 초월적이고, 비명시적인 ······" 절대적 단독성의 문제다.[26] 왜 고독한가 하면, 윤리가 자신과 타자들 사이의 올바른 관계에 대한 사안인데도, 실재론자들이 보기에 윤리는 자신의 삶을 타자들과 공유하는 문제가 아니기 때문이다. 그런 한에서, 윤리적 실재론은 그 자체를 무색하게 만들 정도로 대단한 영향력을 지닌 그 칸트만큼이나 반사회적이다. 품위 있고 고풍스럽고 의무론적인 방식으로 그런 윤리는 타자들에 대한 우리의 즐거움이 아닌 우리의 책무와 관련되어 있다. 여기서의 대타자성은 주로 우정과 친화성의 근거가 아니다. 오히려 그것은 어떤 절대적 조건으로 사물화되어, 친구와 이웃은 야훼에

---

26 Ibid., 41.

대한 사탄의 견해만큼이나 놀라울 정도로 접근 불가능하게 된다. 타자들이 우리를 그들 자신에게 동화할 것이라는 공포, 말하자면 포스트모더니즘의 이 강력한 신경증은 우리와 타자 사이의 상호 불투과성을 용인할 정도로 너무나도 격심하다. 라캉주의자들의 경우, 바로 이 지점에서 윤리가 시작되어야 한다. 우리는 이 공유된 낯섦에 근거하여 타자들과의 실존을 형성해 가야만 한다. 레비나스와 데리다의 경우, 흔히 이 두려운 불투명성을 인정하는 데서 윤리는 끝이 난다.

❖

현대 프랑스 철학자들 가운데 아마 가장 영향력 있는 바디우의 글에서 실재계는 '사건'(Event)이 되는데, 여기서의 사건은 역사적 상황에 속하지 않으면서 동시에 그 상황으로부터 솟구쳐 일어나는 기적적인 발생이다. 바디우에게서 사건은 적나라한 역사적 사실이 아니라 믿음의 대상이다. 사건이란 순전히 자기 정초적으로 일어나는 완전히 독창적인 해프닝이고 순수 단절이자 시작으로서, 그 역사적 '자리'와 어긋나 있고, 그 문맥을 초과해 있으며, 그것들을 예견할 수 없었던 기존의 정통성에서 무작위로 (이를테면) 무(無)에서 솟아나온다. 사건은 순전히 우발적인 행위로서 은총이나 스테판 말라르메* 시의 전략만큼이나 계산 불가능하다.

바디우가 말한 진리사건은 예수의 부활로부터 자코뱅주의까지, 사랑에 빠지기부터 과학적 발견을 하기까지, 볼셰비키 반란으로부터 큐비즘의 계기까지, 아르놀트 쇤베르크(Arnold Schönberg)의 무조(無調) 음악 작품으로부터 중국의 문화대혁명 및 (바디우 자신의 인격적인 주체 구성적 사례인) 1968년 5월의 정치적 격동에까지 이르는 다양한 형

---

* 스테판 말라르메(Stéphane Mallarmé, 1842~98): 프랑스의 시인. 상징주의 시의 선구자.

태와 규모로 일어난다. 그에게서 이 모든 전위적인 파열은 형식상 그 파열을 포함하는 상황 속에 있는 어떤 '공백'—즉 그 상황 속에 잠복해 있기는 하지만 완전히 논리정연하게 표현될 수 없는 무한을 현존하게 만드는 것—을 나타낸다. 바디우의 견해에 따르면, 어떤 상황에서든 무한히 많은 원소들이 있으며, 이 사실로 인해 관례적 권력이 단속해야만 하는 잠재적 무질서나 예측 불가능성이 주어진다. 그는 초월적 선험성 혹은 생각할 수 없는 선행성으로 여겨지는 이 무질서한 다수성을 어떤 상황 속에 있는 '공백'—즉 그 상황에 내재해 있지만 표상될 수는 없는 것—이라고 본다. 바로 '무'(無)의 이 특이점에서 그가 말한 사건이 분출된다.

이것은 바디우가 다시 쓴 라캉의 실재계라고 주장할 수도 있을 것이다. 사건이란 계산을 벗어나는 것, 정원 외적인 것, 쓸모없는 것, 그리고 (그 사건이 일어나는 상황의 관점에서 볼 경우) 그것의 실존이 전혀 결정될 수 없는 그런 것이다. 가장 완고한 신학적 축자주의자들조차 예수의 부활을 사진에 담을 수 없었던 것처럼, 사건은 발생하는 상황 내에서 이름 붙여질 수가 없다. 어떤 놀랄 만큼 전위적인 공예품처럼 사건은 순수한 기원 혹은 절대적 새로움을 의미하며, 형식상 속해 있는 문맥과는 아무 관계도 없고, 확실히 그 담화의 지극히 제한된 어휘 내에 포착되어 있을 수도 없는 것이다. 상황은 그 자체의 공백에 대한 그 무엇도 표명할 수 없다. 사건이 발생하는 그 상황은 사건 자체가 진리라고 파악한 것을 가치의 공백이라 여긴다.

바디우가 보기에 존재란 무궁무진한 다수로서, 인간 주체에 의해 '일자화'되거나 일시적으로 일관화되는 작용을 통해서만 인식될 수 있는 덩어리들 혹은 식별 가능한 상황들로 우리에게 다가온다. 그렇지 않다면 존재란 칸트의 본체적 영역만큼이나 우리에게 무한히 접근 불가능하게 된다. 어떤 사건의 현시에서, 이는 마치 하나로 계산할 경우 감춰져버리는 '비일관적 다수성'이 다시 순간적으로 터져나와 우리에게 순수 존재의 무질서한 무한성을 흘낏 엿볼 수 있는 특전을 주는 듯하다. 사건들은 규칙에 대한 폭발적이고 형언할 수 없는 예외사항이며, 아무 근거도 없는 진리의 현현이다. 푸코에게서의 이란 혁명처럼, 사건들은 통상적인 역사적 인과론과의 궁극적으로 설명 불가능한 단절을 의미한다.[27] 이렇듯 사건들은 지식, 반성, 존재론, 계산 가능성, 법, 도덕에 정면으로 도전한다. 요컨대 이 모든 정통적인 범주의 관점에서 볼 경우에 그런 사건들의 실존이란 마치 순수하게 그 자체에만 귀속되는 수학의 집합처럼 엄밀히 말해 불가능한 것이다.

만약 애초부터 진리 관념이 이미 작용하고 있지 않다면, 우리가 사건으로 여길 만한 것이 어떤 것들인지를 어떻게 결정할 수 있겠으며 혹은 상황들이 무한히 다수인지를 어떻게 알 수 있겠는가라고 감히 질문해 볼 수도 있을 것이다. 그런데 바디우에게 진리란 명제적이라기보다는 수행적이다. 어떤 사람들은 좀 더 진중하게, 옳고 그름에 대한 일상적인 평가라는 의미에서의 도덕을 가차 없이 묵살해 버린 윤리가 과연 건전한 것인지에 대해 질문할 수도 있을 것이다. 바디우는 마오쩌둥(毛澤東)의 문화대혁명을 찬미하는 노래를 부르며 혁명적 폭력을 옹호하면서, "총체적 해방이라는 테마는 …… 항상 선과 악을 넘어서는 상황에 놓여 있다. …… 실재를 향한 레닌주의적 정념은 …… 도덕을 모른다. 도덕이란 니체가 인식하듯이, 계보학의 지위만을 지닌다. 그것은 구세계의 잔존물이다"라고 말한다.[28] 윤리가 전위적인 것인 반면, 도덕은 소시민적이고 철 지난 것이다. 니체 식 엘리트주의는 혁명적 순수주의와 잘 어울린다.

반어적이게도 바디우가 말하는 '사건'의 절대적인 진기함은 다소 사

27 Janet Afary and Kevin B. Anderson, *Foucault and the Iranian Revolution*, Chicago, 2005 참조.

28 Alain Badiou, "One Divides Itself into Two", in S. Budgeon, S. Kouvelakis and S. Žižek(eds.), *Lenin Reloaded*, Durham and London, 2007, pp. 13~14.

회 통념적인 것이다. 실제적인 것과의 그 형언할 수 없는 파열이라는 꿈보다 더 전통적으로 모더니즘적인 것은 없다. 예를 들어 조지프 콘래드의 소설을 생각해 볼 수 있을 것이다. 로드 짐의 결정적인 도약, 『암흑의 핵심』(*Heart of Darkness*)에서 커츠를 둘러싼 이루 말할 수 없는 의식들, 『비밀요원』(*The Secret Agent*)에서 위니 벌록의 남편 살해와 스티비의 폭사, 『노스트로모』(*Nostromo*)에서 드쿠의 점진적인 붕괴 등과 같은 서사상의 중요한 사건들은, 말하자면 독자들의 등 뒤에서 몰래 발생하기에, 독자들은 이를 정면에서는 볼 수 없고 곁눈질을 해야만 얼핏 볼 수 있게 된다. 단조롭게도 결정론적인 세계에서 진리, 자유, 주체성은 아프리카만큼이나 꿰뚫어볼 수 없는 수수께끼로 계속 남을 수밖에 없다. 그래서 콘래드의 등장인물들은 숭고한 초월의 계기를 부여받아 마침내 이전의 자유로운 주체가 자신의 실존을 순수 현사실성(facticity)으로 마주하게 될 때까지, 곧 현상세계로 냉혹하게 다시 흡수 동화되어 버릴 (즉 의미 없는 물질과 타락한 시간의 흐름 속으로 다시 빨려들어 가게 될) 이 유사 기적적 사건을 목격하게 된다. 도약하는 행위는 자유로운 결단일지도 모르겠지만, 자기 자신이 통제할 수 없는 자연의 힘에 자기 스스로를 건네주는 것이다.

바디우가 말한 진리사건은 그것이 발생하는 동안에는 알려질 수 없다. 사도 바울로가 몸소 만난 적이 없던 예수를 주님 혹은 퀴리오스(*Kyrios*)라고 선언하듯이, 진리사건의 실존은 소급적으로 결단될 수밖에 없다. 어떤 주체의 결단하는 행위가 없다면 진리사건도 없는데, 닭이 먼저냐 달걀이 먼저냐는 식으로 역설적이게도 주체는 이 원초적 계시에 대한 그의 집요하고 근면하고 때론 영웅적인 충실성에 의해서만 실존하게 된다. 바디우는 인간 주체란 대담하게 자신의 실존을 극단적으로 위험에 내맡길 때라야만 진정한 주체가 된다는, 의아스러운 전위적 교리를 물려받는다. 진리는 전부이든 아무것도 아니든 간에, 둘 중하나다. 만약 그렇지 않다면, 일종의 세속화된 형태의 선택 교리 식으로 우리는 단지 그런 헌신의 힘에 의해 진짜 혹은 무한한 주체로 아직 변형되지 못한 유한한 생물학적 개인들일 뿐이다. 그 개인은 일종의 무(無)로서, 합리적으로 증명될 수도 없고 존재의 질서와 관계도 없는 다메섹 도상에서의 회심과 같은 사건에 대한 자신의 믿음에 의해 소멸되었다가 다시 태어나야 하는 영(零, cipher)이다. 인간 주체는 항상 어떤 진리사건의 주체다. 그 주체를 실존하도록 자극하는 것은 영원하고, 타락하지 않고, 예외적이고, 철저히 특수한 진리다. 주체화는 전환이다. 유대 기독교적 신앙의 경우에 신에 대한 우리의 지식이 믿음의 영역 안에서 작동하듯이, 오직 이런 주체만이 진리사건이 실제로 발생했다고 확언할 수 있다. 바울로에게서의 예수 부활은 오늘날 우리에게서의 가스실과 마찬가지로 목격자들의 문제가 아니다.

진리의 새로운 질서를 열어놓는 사건에 대한 이런 충실성이 바로 바디우가 의미하는 윤리적인 것이다. 이것은 성스러운 은총처럼 모두에게 가능한 초대이기 때문에, 결국 바디우는 이런 의미에서 상징계적 질서의 평등성과 보편성을 옹호한다. 그러나 어떤 이가 자신의 실존을 내걸어야 하는 진리란 항상 단독적이고 외상적이고 무한하고 변혁적이며 궁극적으로 형언할 수 없는 것이기 때문에, 실재계의 등록소에 속하기도 한다. 또한 진리는 그 자체의 완고한 프로테스탄트 식 고독이라는 면에서 실재계의 기색을 띠기도 한다. 라캉 식 실재계의 주체가 폴리스의 매력적인 편의시설을 거부하면서 어떤 극도로 사회성 없이 실존하는 것처럼, 바디우의 믿음의 기사는 어떤 순수 단독성이다. 이 조건은 단지 윤리적일 뿐만 아니라 존재론적이기도 하다. 바디우의 사상에 있어 보다 논란이 많은 한 가지 측면은 그가 존재들의 비관계성—존재들의 무작위적 증식, 우연한 교차, 우발적인 만남, 그리고 질서정연한 접속에 대한 저항—을 고집스럽게 주장하는 것이다. 인간 주체들은 일종의 '우리라는 공동의 존재' 혹은 '단독자들의 공산주의' 내에서 협동할 수 있기는 하지만, 구성적으로 관계적이지는 않다. 바디우가 집단적인 것을 믿기는 하지만, 그가 보기에 그것에 어떤 이름이나 결정적인 형태를 부여하게 되면 항상 정치적인 파국이 초래된다.

반구조주의적이게도, 우선하는 것은 이산(離散)적인 원소들이지, 원소들 사이의 관계가 아니다. 사건을 강조하는 이 철학자가 들뢰즈의 찬미자라는 사실은 그리 놀랍지 않다.

이처럼 이산적인 것을 선호하기 때문에 좌파 행동주의자인 바디우는 가장 무지몽매한 정치평론가만큼이나 전 지구적 자본주의 체계라는 이념에 대해 적대적이다. 관계를 맺을 수 없는 존재의 고독에 대한 그의 견해는 고전적인 모더니스트의 견해다. 라캉이 그토록 찬사를 보낸 오이디푸스와 안티고네 같은 실재계의 윤리적 영웅들에 대해서도 같은 말을 할 수 있을 것이다. 진리는 수학이나 상징주의 시처럼 자기 정초적, 자기 구성적, 자기 확증적, 자기 준거적이다. 진리는 자연·역사·생물이라는 일과적인 영역으로부터 멀리 떨어져 있는데, 이는 마치 한때 마오주의자였던 바디우에게 정치가 의지와 정신—즉 사회·경제적인 것이라는 세속적인 지대로부터 동떨어진 결단, 예외, 자명한 확신—의 문제인 것과 같다. 정치는 주체에 대한 것이지, 식량 공급의 조직화에 대한 것이 아니다. 피터 홀워드가 언급하듯이, 바디우는 노동조합주의, 사회·정치적 의제들, 사회민주주의 및 이처럼 이론적으로 매력적이지 못한 여타의 현상에 대한 극좌파적 경멸과 결부된 어떤 '고상한' 정치 개념을 가지고 있다.[29] 바울로의 참된 정신을 따라 사람들은 세계에 순응하지 말아야 하는데, 바디우는 이 교리를 일종의 극좌파적 순수주의로 만든다. 적어도 바울로에게는 자신의 불개입주의 (abstentionism)에 대한 구실이 있었다. 즉 바울로는 일반적인 초대교회처럼 그리스도의 재림—역사를 종결시킬 것이기 때문에 역사적 실천을 종결시킬 사건—이 곧 닥쳐오리라고 확실히 믿고 있었다. 이런 이유에서 『신약성경』에는 정치적 행동이라는 실질적인 개념이 없다. 거기에는 그 어떤 시간도 존재하지 않는다. 예수는 자신의 몇몇 사도

---

29 Peter Hallward, *Badiou: A Subject to Truth*, Minneapolis, 2003, p. 226.

가 여전히 살아남아 있는 동안에 역사가 끝날 것이라고 믿었던 것 같다.

바디우가 여전히 정치적 행동주의자라는 점이 사실이기는 하지만, 『마르크스의 유령들』에서의 데리다—즉 교리, 강령, 정당, 정통성, 제도가 없는 어떤 마르크스주의를 욕망하는 데리다—를 생각나게 한다. 이는 마치 신, 예수, 천국, 지옥, 죄, 회개처럼 당혹스럽게 만드는 것들로 방해받지 않는 기독교를 추구하는 극단적인 자유주의적 영국 국교도 같다. 데리다가 불러모을 수 있는 최대치는 이름 없는 어떤 마르크스주의 혹은 그 선조들의 범죄에서 사면되기는 했으나 정치적으로 공허해져 버린 다소 겸연쩍은 사회주의다. 누군가는 이상적인 시에 대한 상징주의의 꿈을 생각해 볼 수 있을 텐데, 그 이상적인 시는 타락한 세계로 더럽혀지지 않은 백지장일 뿐이다. 긍정적인 것에 대해 병적일 정도로 과민한 프랑스 좌파 지식인들에게 스탈린주의의 죄책감과 파시즘의 망령은 여전히 장애물이었다. 바디우의 경우, 마치 모든 완벽한 선언은 필연적으로 독재적일 수밖에 없다는 듯, 그 어느 누구도 전체 진리를 말할 수도 없고 말해서도 안 된다. 데리다의 경우, 누군가가 제안할 수 있기는 하지만 오직 두려움과 떨림, 반어와 자기 전복을 통해서만 가능하다. (아도르노에 대해서도 같은 것을 주장할 수도 있겠지만) 아마도 이런 유형의 과묵이 억압의 희생자들에게 에두른 경의를 표할 수는 있겠지만, 억압이 다시 일어나지 못하게 만드는 데 과연 얼마나 효과적일지는 잘 모르겠다. 이런 의미에서 그런 과묵을 통한 경의는 그 과묵이 고백한 것보다 더 타협적이다.

바디우는 사회적 이해관계에 대한 추잡한 계산에 반대하며 무한성을 주장한다. 인간의 이해관계에 대한 이런 반대로 인해 바디우는 칸트의 유산을 충실히 잘 지키는데, 반어적이게도 칸트는 인간의 유한성에 대한 위대한 예언자다. 정의는 유한성의 문제라기보다는 불멸성의 문제다. 사건은 그 자체의 고유한 시간—즉 지극히 일상적인 역사에서 분리된 자율적인 시간—을 출범시킨다. 이 심오하게 별세계적인 관점에서 진리는 이미 주어진 것들과 대립적이며, 전반적으로 감성적인 것이나 경험적인 것에 대해 대체로 무관심하다. 이 점에서도 바디우는 칸트와 같은 의견이다. 윤리는 동물성에서 분리되어야 한다. 바디우가 단독성에는 매료될 수 있을지는 모르겠지만, 특수성에 대해서는 플라톤 식으로 경멸적이다. 유한성과 육체에 토대를 둔 자연주의적 윤리는 무한한 것의 윤리―말하자면, 우리의 생물성을 초월하게 하면서 일종의 영원성을 구성하는 진리사건에 대한 결연한 헌신―를 위해 묵살된다. 이것은 이전의 알튀세르주의자의 윤리일 뿐만 아니라 수학자의 윤리이기도 하다. 그러나 윤리적인 것은 초월적이라는 점, 즉 진리가 우리를 자연 너머의 영원 속에 있는 우리의 고향으로 인도한다는 점을 확신한다는 측면에서는 칸트적인 경향도 있다.

레비나스와 데리다처럼 바디우는 윤리에서 일상적인 도덕이라는 골칫거리를 발견한다. 바디우가 레비나스와 데리다의 사유에 대해 (『윤리학』에서 간결하고 독설적으로 대타자 숭배를 '엉망진창'이라고 일축하면서) 모질게 반대했음에도 불구하고, 그의 이론이 지닌 몇 가지 측면은 그가 속 시원히 무례하게 대한 이 두 대타자성 관리인들의 전철을 밟는다. 바디우 자신의 모든 독설에도 불구하고, 그는 레비나스와 데리다와 마찬가지로 고매하게 이론, 합의, 지식, 공동체, 적법성, 이해관계, 개혁주의, 계산, 민권, 인도주의, 시민의 책임, 사회적 정통성 및 이제는 익숙해진 기타 등등을 싫어한다. 정치는 인간 주체에는 관여하지만, 인간의 권리나 대중 민주주의나 경제에는 관여하지 않는다.[30] 바디우가 언급한바, 모든 합의는 분열을 피하려고 하면서, 인종차별정책(아파르트헤이트)을 무너뜨렸고 신스탈린주의를 전복했던 연대를 편리하게도 망각한다. 그는 또한 파리의 이 동료들과 마찬가지로 쾌락, 행복, 복리, 공리, 감성을 별로 좋지 않게 여긴다. 홀워드가 관찰하듯이,

---

30 예를 들어 Alain Badiou, *Metapolitics*, London, 2005 참조. 여기서 그는 대중 민주주의는 독재와 구분될 수 없다고 주장한다.

바디우는 라캉처럼 "본질적으로 비사회적이며 본질적으로 외상적인 예외를 선호하여 (행복, 쾌락, 믿음 등과 같은) 모든 합의된 사회적 규범들"을 배척한다.[31] 마치 실재계의 윤리 이외의 모든 것은 그저 지루한 사무행정의 문제일 뿐이라는 듯, 그는 지젝이 똑같이 별 대수롭지 않게 말한 "존재의 영역에서 일어나는 일의 순조로운 진행"을 거부한다.[32] 홀워드의 논평에 따르면, "라캉이나 지젝 못지않게 바디우에게서도 주체화 과정은 삶 자체의 용무와 요구에 대해 본질적으로 개의치 않는다."[33] 이는 좀 희한한 윤리로서 삶의 용무를 그다지 중요치 않게 여긴다. 바디우는 이런 저급한 목표 대신에 '초인적 끈기'의 윤리를 제안하는데, 이는 결국 "포기하지 마라!" 혹은 "믿음을 지키라!"는 말로 귀결되며, 라캉의 "네 욕망을 단념하지 마라"는 말의 반향 그 이상의 무엇이다. (바디우는 라캉을 '고인이 된 우리의 인물들 가운데 가장 훌륭한 위인'이라고 여긴다.) 이 두 사례 모두에서 윤리는 마지막 후위 전투 같은 것으로, 말하자면 지금 만성적으로 갱생되지 않게 그려진 세계에 대한 대담하고 필사적으로 마지막 희망을 건 최후의 저항의 몸짓이다. 그처럼 보편적인 듯한 그들의 전투적 함성에는 그 나름의 고유한 역사적 조건들이 있다.

바디우가 존경하는 파스칼에게서처럼, 바디우에게서 진리사건에 충실함은 순수한 신앙지상주의적 사안이다. 일종의 마오 식 자연발생론(spontaneism)에서처럼, 지식과 반성이란 믿음을 견고하게 떠받쳐 주는 것이 아니라 오히려 믿음의 적이다. 분석과 정치적 실천은 별개로 남아 있어야 한다. 윤리란 진리에 대한 체험의 관계이지 무엇을 해야만 하는가에 대한 사색의 문제가 아니다. 진리 그 자체는 심의적이라기보다는 공리적인 것으로, 이는 마오라면 진심으로 동의할 만한 그

---

31 Peter Hallward, *Badiou*, p. 265.

32 Slavoj Žižek, *The Ticklish Subject*, London, 1999, p. 143.

33 Peter Hallward, *Badiou*, p. 134.

런 독단론이다. 진리는 반성과 아무 관계도 없으며, 실로 지식의 극단에 존재한다. 그렇다면 우리에게는 지식에 대립하는 진리(혹은 믿음), 일상생활에 반대되는 정치, 유한성이 아닌 무한성, 존재론에 대립하는 사건, 체계에 반하는 우연, 대상이 아닌 주체, 합의를 넘어서는 반란, 인과성에 대비되는 자율성, 역사적 내재성을 넘어서는 초월성, 시간에 반하는 영원과 같은 일련의 극명하게 현저히 해체 가능한 여러 대립 항목이 주어진다. 모든 진리사건은 사회적 정통성에 의해 중립화되거나 흡수될 절박한 위기에 처해 있기 때문에, 우리는 위의 대립 항목에 아주 익숙한 베버 식 대립쌍인 카리스마와 관료제를 추가해 볼 수도 있을 것이다.

데리다처럼 사실상 포스트모더니즘 식 사유 일반과 마찬가지로 바디우는 모든 정통성이란 억압적인 것이고 모든 합의란 질식시키는 것이며, 모든 이단성이란 박수갈채를 받아야 하는 것이라는 범속한 가정을 공유한다. 그러나 악마를 숭배하는 반대자들에게서 계몽된 것이 무엇인지를 파악하기 어려운 것처럼, 노동자들이 때때로 자신의 노동을 철회해야 한다는 정통 교리가 왜 비웃음거리가 되어야 하는지도 알기 어렵다. 이항대립을 차가운 시선으로 바라봐야만 하는 사람들이 결국 한쪽에는 악마화되어 버린 정치체제를, 다른 한쪽에는 타고난 창조적 반체제를 설정해 놓고 만다. 진리는 항상 대항적이다. 진리가 새로운 통치체제를 개시할 수는 있다고 해도, 일반적인 정치적 변혁을 촉발할 수는 없을 것이다. 바디우가 보기에 혁명의 시대는 끝났다. 정치적 현상태가 분열될 수는 있겠지만 전복될 수는 없으며, 이런 명제는 아마도 1980년대 말 소비에트 연방의 지도자들이라면 어느 정도 놀라면서도 반겼을 만한 것이다. 변혁보다는 전복을 신뢰한다는 점에서 바디우는 자신이 진저리 치는 포스트모더니즘 이론과 의견을 같이한다. 또한 그는 라캉과 데리다와 함께 이른바 전위주의의 오류—즉 급진적인 혁신은 항상 높이 평가되어야 하며, 늘 그렇듯 불모 상태로 희화화된 과거와 단절해야만 한다는 믿음—를 공유한다. 이 미숙한 우상파괴주의는 순진하게도 전통과 혁신을 대위법적으로 대비하면서, 과거가 지닌 재생적인 힘을 망각하고 수많은 새롭게 만들기가 지닌 유해성을 의식하지도 못한다. 그 어떤 삶의 형식도 자본주의보다 더 혁신적이고, 전복적이고, 분열적이지는 않다. 이런 양식의 사유가 다양한 것들과 변별적인 것들을 숭배함에도 불구하고, 과거와 현재 모두를 황량할 정도로 획일적이게, 기적적으로 내적 모순이 없도록 묘사한다. 그래서 정치적인 것을 고양하는 철학은 정치의 위기를 나타내는 징후가 된다. 모든 가치는 내재적이라기보다 초월적이다. 일탈의 독단주의에서 모든 진정한 진리는 규칙에서 벗어난 예외에서 생겨난다. 이는 정도에서 벗어나 틀을 깨는 (레닌, 로베스피에르, 세잔 같은) 천재에 대한 범속한 낭만주의적 숭배와 그리 다르지 않다.

바디우는 대타자의 윤리를 거부하면서 신선하지만 유행에 어울리지 않게 동일성의 정치를 전투적으로 주장한다. 그는 우리 시대에 희생자의 상태, 타자성, 정체성, 인권이라는 가짜 인도주의적 이데올로기가 정치적 기획들을 한쪽으로 밀쳐내면서 윤리가 정치를 대체하게 된다고 믿는다. (그는 아마도 우리 시대의 또 다른 위대한 정치적 대체물이 문화라는 이름을 지닌다고 덧붙일지도 모른다.) 차이와 타자성과 같은 유행어는 그가 말한 도덕적이며 문화적인 다양성에 '관광객처럼 매료'된 것을 반영하며, 인권 숭배는 세계를 힘없는 희생자들과 자기만족적인 독지가들로 분할한다. 다문화주의는 오직 '선한' 타자(너무나도 나와 비슷한 사람)에게만 관용을 베풀기 때문에, 그 이외의 다른 타자에게는 전혀 관용을 베풀지 않는다. 이런 의미에서 다문화주의는 여전히 상상계에 유폐되어 있다. 다문화주의는 그 자체의 소중한 차이를 존중하지 못하는 사람들의 차이는 존중하지 않는다. 이런 주장에는 꽤 많은 전형적인 골 지방 사람들의 과장법뿐만 아니라 꽤 많은 진리도 들어 있다. 파리 지식인들 사이에서 유행하지는 않았지만, 과감하게 보편성으로 복귀한 바디우는 대신에 차이나 타자성이란 현 상태의 표식이고, 동일함을 성취하기 위한 투쟁이 중요한 투쟁이라고 주장한다. 요컨대 정치적 과업이란 급진적인 계몽주의 이래로 지속되어 왔던 그대로의 과업—즉 혁명적인 보편성의 이름으로 불평등하고 특수주의적 이해관계에 저항하는 것—이다. 바디우의 보편성 관념은 확실히 아주 색다르기는 하다. 즉 그에게서 보편적인 것의 영역은 주어지는 것이 아니라 구성되는 것이며, 받아들여진 사실이 아니라 주관적인 작용이다. 이런 의미에서 모든 하나하나의 보편은 주관적 결단의 산물로서 예외적이다. 하지만 레비나스, 데리다, 리오타르, 푸코의 반보편주의에 대한 바디우의 적개심은 확고부동하다. 그는 플라톤이 프로타고라스(Protagoras)와 벌인 논쟁으로부터 칸트가 흄과 벌인 논전에 이르기까지, 철학은 항상 궤변에 맞서서 스스로를 구성해 왔다고 여긴다. 그리고 포스트모더니스트들은 그저 논전에서 겨루게 될 가장 최근의 궤변 철학의 대원들일 뿐이다.

바디우의 사유에서 바로 이런 보편주의적이며 평등주의적인 측면들이 그를 상징계적 윤리와 연합하게 만든다. 진리들은 모두에게 동일하고, 그 어느 누구든 진리들을 선언할 수 있다. 진리들은 모든 지역적·인종적·공동체주의적 의견에 역행한다. 그러나 진리들은 그 자체로 집요하게 단독적이다. 사실 인간 주체가 많은 만큼 진리도 많다. 상징계적 질서의 진리들과 달리, 이 진리들은 규칙에 따라 지배된다거나 이론적이거나 명제적이지도 않고 사건 같으며, 비개념적이고 계시적이며, 주체 구성적이다. 진리는 칸트적이라기보다는 키르케고르적이다. 그러므로 이런 의미에서 상징계와 실재계는 서로 연합하게 된다. 즉 진리들은 실재계의 질서에 속하기는 하지만, 상징계적 질서를 통해 입증된 어떤 절차들에 의해 보편화되어야만 한다. 아주 탁월한 소규모 연구서인 『사도 바울로: 보편주의의 수립』(*Saint Paul: The Foundation of Universalism*)을 쓴 그 바디우에게서, 그리스도와 사도 바울로 사이의 관계는 바로 이 연합의 알레고리다. 왜냐하면 이론, 지식, 도덕 담론, 상징화 등으로는 헤아리기 어려운 사건인 그리스도의 십자가에 못 박힘과 부활이라는 실재계가 바울로에 의해 보편적 복음으로 반포되기 때문이다. 그리스도 안에서 모든 구성원이 평등하고 동일하게 되는 새로운 형태의 상징계적 질서 혹은 교회는 관례적인 상징계적 질서에 따른 젠더, 친족, 계급, 인종상의 구별을 격하게 넘어선다. 그처럼 이 새로운 상징계적 질서 혹은 교회는 국가와 세기를 넘어서는 가장 항구적인 운동일 뿐만 아니라 인간사에서 최초의 참된 보편적 운동을 개시한다. 상징계는 실재계를 그 자체의 이미지와 유사성으로 재형성하여 만난다. 기독교 교회는 기존의 사회질서로부터 새로운 형태의 공동체―즉 그리스도의 죽음과 궁핍이라는 실재계를 중심으로 결합되는 공동체―를 개척해 낸다.

바디우는 포스트모더니스트들과 다문화주의자들에 반대하여 특수성에 대해 칸트 식 무관심을 취하기는 하지만, 동시에 칸트주의에서 규범과 책무를 제거한다. 우리는 이미 레비나스가 이와 유사하게 칸트를 선택적으로 차용한 형태를 보았다. 바디우의 사유는 계몽주의의 합리주의와 숭고한 계시로서의 진리에 대한 낭만주의적 믿음을 기묘하게 혼합한 것이다. 하지만 어떤 의미에서 이런 진리 관념은 윤리적 실재론자들―즉 연속보다는 분열을 더 선호하고, 지루하게 지속되는 역사보다는 현현하는 수수께끼를 더 선호하는 실재론자들―의 진리 개념과 다르다. 왜냐하면 바디우의 윤리가 지닌 전체적인 취지는 드러난 진리에 영구적으로 충실하게 살아가려는 시도, 즉 그의 표현에 의하면 "분열 속에서 견인(堅忍, persevere)하려는" 시도이며, 결국 혁신과 지속을 함께 묶는 것이기 때문이다. 진리의 대폭발은 윤리의 안정된 상태와 결합되어야 한다. 이런 의미에서 바디우의 사유는 급진파들의 사유와 다른데, 이 급진파들에게서의 문제는 총파업이 끝난다면, 공중 시계들이 저격당한다면, 다다이즘의 해프닝이 시작되자마자 곧바로 끝난다면, 현현이 점차로 희미해진다면, 환락이 좋았던 중년의 기억에 지나지 않게 된다면, 무엇을 할 것인가라는 것이다. 바디우는 이런 탈주술화된 대원들과 달리 영원성을 시간 속에 끼워넣어 진리사건과 일상생활 사이의 길을 찾아내고자 하는데, 바로 이것이 우리가 일반적으로 알고 있는 정치다. 사건의 순수한 비관계성을 고집스럽게 주장하면 서 사건을 상징계적 질서 안에 있는 그것의 시간적 영향으로부터 분리 하려는 사람들은 '신비주의자들'로 일축된다.

그러나 사건과 일상생활이 완벽하게 교차하는 것 같지는 않다. 왜냐 하면 어떤 사람이 진리 속에서 견인하는 '시간'은 상징계적 질서 자체 의 시간이 아니기 때문이다. 그것은 전적으로 주관적 영역에 속한다. 사건들이 연결될 수 있는 단일한 역사는 없으며, 오직 그 사건들 자체 가 개시한 다수의 역사들만 있을 뿐이다. 평범한 것과 현현한 것, 내재 적인 것과 초월적인 것의 대비는 그렇게 유지된다. 바디우는 아주 흔 한 세계 안에 그 자체를 변혁할 수 있는 내재적 힘이 있을 수 있다고 믿을 정도로 충분히 그 세계에 신빙성을 부여하지는 않는다. 일상생활 은 유사생물학적 관점에서 생리적 욕구, 자기 이익, 말 없는 강제의 구 역으로 특징지어진다. 반복되는 일상에 대한 그의 견해에는 홉스적인 특성이 있다. 만약 그가 일상적인 것에 대해 보다 덜 비뚤어진 견해를 지녔더라면, 보다 덜 고양된 대안을 필요로 했었을 것이다. 실제로 이 일상의 영역에는 용기나 동정이나 무아가 없는 것인가? 규범적인 것 에는 은총이 없으며, 평범한 것에는 기적이 없다는 말인가? 오직 예외 주의적인 진리사건에 충실해야만 덕의 삶이 나타난다는 말인가? 어떤 의미에서 해방, 평등성, 보편성이 소중한 정치적 목표들로 인정되면서 상징계적 질서가 그에 합당한 대우를 받기는 하겠지만, 그 모든 목표 들은 홀워드가 표현한 "근본적인 형제애―표상될 수 없으며, 호전적 일 경우 상징계의 순화된 대칭을 뒤흔들어놓는 형제애―라는 실재계 를 중심으로 조직"되어야만 한다.

바디우는 후에 살펴볼 윤리의 한 계통인 아리스토텔레스의 덕 윤리 를 대수롭지 않게 처리해 버린다. (번스타인의 권위 있는 연구서인 『아 도르노: 탈주술화와 윤리』에 대해서도 같은 말을 할 수 있을 텐데, 450여 쪽 에 달하는 이 저서는 아리스토텔레스에 대해서 거의 아무 말도 하지 않는 다.) 바디우의 경우 이는 대체로 덕 윤리가 진리가 아니라 행복과 복리와 같은 오염된 도덕적 선과 관련되어 있기 때문이다. 그러나 이는 또한 그런 도덕적 선이 우리의 동물적 구성 혹은 (마르크스의 표현으로 하면) 종적인 존재를 수반하며, 그래서 바디우의 플라톤적인 합리주의적 관점에서 보면 자연, 역사, 일상적인 것이라는 부수적인 영역에 속하기 때문이기도 하다. 바디우에게 윤리란 이 활기 없는 비진정성의 지대로부터 진리에 대한 헌신의 무한성을 향한 결사적인 도약을 수반한다. 오직 그런 무모한 모험을 통해서만 사람은 생물의 상태에 묶인 채 죽음을 향해 가는 동물이 아닌 '불멸'의 주체가 된다. 만약 무한이라는 용어가 타당하다면, 무한한 것이란 자신의 유한성과의 비극적인 대면을 통해서만 만나게 될 수 있는 것이라는 점을 바디우는 받아들이지 않는다. 쿤데라가 소설 『불멸』(*Immortality*)에서 표현하듯이, "인간은 어찌 필멸하는 줄을 모른다." 불멸성이란 우리가 태어나며 빠져드는 환각이라는 점, 그리고 육체들을 절단하고 공동체를 파괴하는 이 치명적 환상을 없애는 데는 강인한 도덕적 노력이 필요하다는 점을 파악하기는 쉽지 않다. 만약 우리가 자신들의 유한성을 더 의식했더라면, 우리는 자신의 생리적 욕구와 적대감이 결국 모두 티끌로 사라질 것이라는 점을 잊으려는 경향을 덜 보였을 것이다. 그러나 바디우가 보기에 유한성은 우리의 유적 존재의 하찮은 영역에 속한다. 이것은 진정한 윤리의 정반대다. 바디우는 '유한한 것을 끝내버리는 것'이 자신의 야망이라고 공언한다.[34]

바디우의 저작은 무한한 것의 화신들과 유한한 것의 변호자들 사이의 전투에서 이렇듯 편을 든다. 하이데거의 『존재와 시간』(*Being and Time*)으로부터 조르조 아감벤(Giorgio Agamben)의 『호모 사케르』(*Homo Sacer*)와 매킨타이어의 『의존적인 합리적 동물』(*Dependent*

---

34 Alain Badiou, "Philosophy and Mathematics: Infinity and the End of Romanticism", in R. Brassier and A. Tascano(eds.), *Alain Badiou: Theoretical Writings*, London and New York, 2004, p. 25.

Rational Animals)에 이르기까지, 우리의 관심을 요하는 것은 바로 이 취약하고 죽음에 지배되는 인간 생물체다. 푸코 또한, 비록 한없는 것에 대한 동경이 저류를 형성하며 광적으로 흐르기는 하지만, 나름대로 유한성의 시인이다. 들뢰즈는 니체 식으로 물질적 과정 자체를 한없는 창조성의 흐름이라고 여기는데, 개인들의 삶이란 바로 그 창조성의 흐름에서 소멸될 산물에 지나지 않는다. 결국 현행성은 전체적인 시간의 무한 연속에 다름 아닌 잠재성 혹은 잠재력의 이름으로 강등된다.

레비나스는 나약함과 필멸성의 주창자이면서도 무한한 책임의 필요성을 역설하기 때문에, 그를 범주화하기는 더 어렵다. 실로 무한성에 대한 대부분의 이런 이야기를 자아내게 만든 사상가인 키르케고르도 우리의 유한한 조건을 주장하면서도 사람들이란 정신의 무한함으로 가득 찬 존재라고 보기 때문에, 그를 범주화하기는 마찬가지로 어렵다. 칸트는 인간의 유한성에 대한 가장 위대한 근대 철학자이면서도 동시에 너무나 숭고해서 취할 수 없는 이성의 옹호자이기도 하다. 프로이트도 비슷하게 모호한 인물이다. 즉 에릭 샌트너가 지적하듯이, 프로이트에게서 인간 존재들이 생물체 그 이상의 존재인 것은 오직 그들을 같은 동물들보다 더 생물체답게 만드는 '죽음으로 추동되는 단독성'에 의해 그들의 실존이 증폭되기 때문이다.[35] 우리는 자신의 죽음에 대해 반성할 수 있는 유일한 동물이기 때문에 살아 있는 다른 생물체들에 덧붙여 어떤 초과를 향유하기는 하지만, 동시에 이 반성이 우리의 필멸성에 대한 의식을 강화하기 때문에 다른 생물체들보다 더 순수한 동물이 되기도 한다.

유한한 것으로부터 무한한 것으로 돌아선 사람들도 있다. 1970년대에 마오주의의 기미를 보이던 유물론적 정치와 시학의 산실이었던 전

---

35 Eric Santner, "Miracles Happen: Benjamin, Rosenzweig, Freud and the Matter of the Neighbor", in S. Žižek, E. Santner and K. Reinhard(eds.), *The Neighbor*, London and Chicago, 2005, p. 47.

위적 프랑스 잡지 『텔 켈』(*Tel Quel*) [『있는 그대로』]은 좌파적 조류가 썰물처럼 빠져나가자 그 이름을 덜 유물론적인 『랭피니』(*L'Infini*) [『무한』]로 바꿨다. 절대적 책임을 꿈꾸면서도 기표를 끝없이 춤추게 하는 데리다는 분명 무한한 것의 화신이다. 그리고 다소 다른 방식이기는 하지만 바디우도 마찬가지인데, 그는 수난을 당하는 희생자로서의 인간은 일반적으로 고문을 가하는 자로서의 인간만큼이나 그리 가치 있지 않다며 태연하게 진술한다. 이들은 버크가 말한 사회적 대칭으로서의 아름다움이 아닌 숭고성을 지지하는 인물들이다. 바디우에게 필멸할 육체의 윤리는 너무나 자연주의적일 뿐만 아니라 너무나 비영웅적이기도 하다. 대부분의 실재론자들과 마찬가지로 그의 견해에는 육신처럼 미천하고 품위 없는 것에 함몰되기를 거부하는 초인적인 데가 있다. 라캉 계열의 철학자인 알렌카 주판치치가 쓴 바에 따르면, "윤리의 기초가 우리에게 자신의 유한성을 시인하고 자신의 '보다 높은' '불가능한' 염원을 단념하라고 지령을 내리는 명령일 수는 없고, 오히려 본질적으로 우리 행동의 어떤 부산물 같은 것으로 발생할 수 있는 '무한한 것'을 우리 자신의 것으로 인식하도록 이끄는 명령일 수는 있다."[36]

그러나 라캉 식 윤리 저변에 흐르는 비극의 이론은 그 어느 측에도 위안을 주지 않는다. 비극이란 자신이 파악할 수 있는 범위를 초과하는 사람들의 과도한 오만을 깨닫게 하여, 그들의 비정상적인 가정을 무효화하고, 그들 자신으로부터 자기성을 벗겨내고, 그들을 실재계의 섬뜩한 현존으로 인도해 가는 것이다. 하지만 만약 이런 인물들이 눈멀게 되거나 돌로 변하지 않은 채 자기 조건의 괴물성을 응시하면서 자기의 거울 속에서 상상계적 '또 다른 자아'가 아닌 어떤 혐오스러운 추방자를 볼 수 있다면, 이 어두운 것을 자기 것으로 인정하도록 하는 측량할 수 없는 힘은 바로 자신을 앞서간 사람들의 빛바랜 뼈들과 부

---

36 Alenka Zupančič, *Ethics of the Real*, p. 97.

서진 두개골들을 넘어서 (라캉이 『정신분석학의 네 가지 근본 개념』(*The Four Fundamental Concepts of Psychoanalysis*)에서 말한) '한없는 사랑'의 머나먼 영역으로 데려갈 수 있는 힘이기도 하다. 만약 유한한 것이 초월되어야 한다면, 이는 그것을 배척하는 방식이 아니라 그것의 얼굴을 물끄러미 쳐다보는 방식을 통해서 가능하다. 그러나 그것이 가능하려면 궁핍의 상태 혹은 바디우의 보다 긍정적인 윤리가 제공하는 것을 넘어 지옥에로 하강한 상태가 필요하다. 지젝이 언급하듯이, "파멸한 오이디푸스는 '과도하게 인간적'이며, '인간조건'을 최후까지 처절하게 살아내 그 조건의 가장 근본적인 가능성을 실현했다. 바로 그 이유로 그는 어떤 면에서 '더 이상 인간이 아니며' 어떤 인간의 법이나 상념에도 얽매이지 않는 '비인간적인 괴물'로 변한다. ……" 인간 경험의 극한으로서의 죽음 욕동을 만난 오이디푸스는 "철저한 '주체적 궁핍'을 겪고 배설 잔여물로 환원됨으로써 그 대가를 지불한다."[37]

여기서 지젝이 (분명 알고 있기는 하지만) 덧붙이지 못한 것은 이것이 『콜로노스의 오이디푸스』에 등장하는 저주받고 오염된 주인공에게는 일종의 신격화의 서곡이라는 점이다. 사도 바울로가 예수의 추종자들을 독특하게 묘사한 '세상의 배설물' 혹은 마르크스가 프롤레타리아를 묘사한 '총체적인 인간성 상실'처럼, 다름 아닌 폴리스의 찌꺼기이자 쓰레기가 된 오이디푸스는 자신의 정체성과 권위를 박탈당하게 되어, 찢겨진 자신의 육체를 새로운 사회질서의 초석으로 바칠 수 있게 된다. 현재 권력체계의 눈에 아무것도 아닌 것(無)으로 여겨지는 사람들만이 근본적으로 새로운 시대를 개시하기에 충분할 정도로 그 체계와 틀어져 있다. 거지왕은 "내가 인간이기를 그치는 바로 이때 나는 버젓한 인간이 되는 것인가?" (혹은 "내가 아무것도 아닐 때라야만 / 더 이상 인간이 아닐 때라야만, 소중한 무엇인가로 여겨지게 되는 것인가?")라고 소

---

37 Slavoj Žižek, *The Ticklish Subject*, p. 156.

리치며 의아해한다. (우리의 인간성을 구성하는 것은 바로 문화이기 때문에) 자신의 문화적 차이를 박탈당하고 유적 존재가 된다는 것이 그저 쓸모없고 초과적이며 없어도 좋은 배설물로서 실존하게 되는 것이기는 하지만, 또한 가장 진정으로 인간적인 것의 살아 있는 체현, 즉 우리가 공유하는 필멸성과 연약함의 견딜 수 없는 기표가 되는 것이기도 하다. 바로 이런 변증법을 비극은 깊이 이해하고 있다.

오직 이런 '비인간적' 토대 위에서만 지속 가능한 인간 공동체가 구축될 수 있다. 만약 상상계가 동일성의 문제이고 상징계가 차이의 문제라고 한다면 이 표상 불가능한 인간성의 소실점, 즉 라캉이 말한 실재계는 동일성과 낯섦 모두의 문제다. 이로 인해 우리는 타자의 이질성, 비관계성, 치명적인 단독성에 비추어진 우리 자신을 발견하게 된다. 타자의 단독성을 통해 그를 사랑하는 것은 그 사람 자체를 사랑하는 것이기는 하다. 하지만 타자를 구성하는 원소는 그의 순전한 인간성, 즉 모든 차이가 해소되는 공백 혹은 소실점이기 때문에 그 사랑은 적절히 비인격적인 층위를 지니게 되며, 이로 인해 우리는 자선을 법이라 부를 수 있게 된다. 그러므로 변별적인 문화적 표식을 잃어버린 사람들이 괴물들─쳐다보기조차 무서운 눈먼 오이디푸스나 궁핍해진 리어 혹은 십자가에 못 박힌 그리스도와 같은 외설적 생물체들─이라는 점을 고려한다면, 사랑은 정말 불가능한 것이다. 기독교는 이런 사랑의 필연성과 불가능성을 동시에 믿기 때문에 구원의 은총이라는 교리를 설파한다.

매우 기쁘게도 우리들 가운데 많은 사람들이 비극적 주인공이 되기를 요청받는 것은 아니다. 우리들 대다수는 타자들의 복리를 위해서 자신의 목숨을 거는 게릴라 전사들이 아니다. 하지만 자기 박탈로부터 새로운 삶으로의 길을 찾아내는 대리적인 방식이 있다. 그 한 가지 방식은 정신분석학이라는 수행적 기술이며, 다른 하나는 성만찬의 기독교적 의식이다. 이 의식에서 사랑의 만찬 혹은 제물로 바쳐진 식사에 참가하는 사람들은 훼손된 시체라는 매개를 통해 서로간의 연대를 구축한다. 이런 방식을 통해 그 참가자들은 그리스도가 나약함으로부터 권세로, 죽음으로부터 변모된(현성용된, transfigured) 삶으로 나아가는 핏빛 어린 수난의 길을 기호 혹은 성사(sacrament)의 층위에서 공유한다. 이에 반해 바디우가 그린 사도 바울로는 부활만을 설파하지, 부활을 그 일부로 포함하는 비극적 행동 전체를 설파하지는 않는다. 레이먼드 윌리엄스는 『현대 비극론』(Modern Tragedy)에서 비극 예술에 나타나는 죽음과 파멸의 순간을 그 순간 이후에 존속될 수도 있는 활기찬 삶으로부터 분리하는 비평가들을 비난한다. 하지만 그 반대로 지옥을 통과하는 데서 지불해야 하는 그 무시무시한 대가를 계산하지 않고서, 그저 살아남는 정신만을 찬양할 수도 있을 것이다. 이런 의미에서 바디우는 비극적 사상가는 아니다. 너무 완강하게 긍정적인 휴머니즘 때문에 가끔 자신의 저작을 훼손하기도 하는 윌리엄스 자신도 이런 실수로부터 완전히 자유롭지는 않다. 예이츠는 찢어지지 않은 것은 결코 하나이거나 전체적일 수 없다는 점을 알기는 했지만, 그의 글에서 이런 통찰도 너무나 자주 니체 식 비극적 승리주의로 그 길을 내주고 만다. 참된 비극적 주인공들처럼 수난과 소망의 균형을 아주 훌륭하게 유지하는 사람들은 잃을 것이 별로 없으며, 이로 인해 오히려 자신들의 조건을 변혁할 힘을 지니기 때문에 들고 일어날 수 있다.

10. 선함의 범속성*
The Banality of Goodness

    로베스피에르(Robespierre)로부터 아르튀르 랭보(Arthur Rimbaud)에 이르기까지, 앙드레 브르통(André Breton)에서 리오타르에 이르기까지, 프랑스는 전위파(avant-garde)의 위대한 본거지 가운데 하나였다. 전위파라는 용어 자체도 클로드 생-시몽(Claude Saint-Simon)이 만들어낸 것이라고 한다. 한데 어떤 전위주의는 흔히 일반적인 생활에 대해 경멸적인 모습을 보여왔다. 사회적 통념과 달리, 이런 경멸은 전위파의 이념에 붙박이로 들어 있지 않다. 어떤 의미에서 사실은 그 반대다. 왜냐하면 전방 지역을 미리 정찰해서 책임지고 보고해야 할 대상인 군대가 없는 전위대는 없기 때문이다. 이 용어는 '정예'(엘리트, elite)나 '파벌' 같은 단어들과 달리, 별로 매력적이지 않은 일군의 보

---

* 여기서 'banality'는 '범속성'(凡俗性)으로 번역한다. 흔히 한나 아렌트가 『예루살렘의 아이히만』(*Eichmann in Jerusalem*, 1963)에서 'the banality of evil'를 '악의 평범성'이라고 번역하기는 했지만, 이 글에서 이글턴은 선함의 평범성뿐만 아니라 (이 장에서 열거한 프랑스 사상가들이 세속성을 결여한 '실재계 윤리'를 주장한다는 점을 비판하며) 그 선함의 세속성도 함께 주장하고 있다는 점을 감안하여 '범속성'으로 번역한다.

병들과 관계 있다는 점을 의미한다. 전위파는 결국 앞으로 형성될 미래의 미미한 진동을 미리 느끼는 최초의 집단이기는 하지만, 그 진동을 느끼면서 후방에서 행군해 오며 아직 그 흔들림에 적절히 조율되지 못한 사람들에게 그것을 전달하기를 바란다. 만약 전위대가 위계질서를 수반한다면, 그것은 영원한 것이 아니라 일시적인 것이다. 일반 급진적 운동처럼 이들은 자신의 임무를 성공적으로 완수하게 되면 그 자신의 존재 이유가 사라지게 된다. 즉 모든 일이 잘 진행된다면 언젠가는 본대가 지평선 위로 나타나 그들을 따라오게 될 것이다.

그러나 실제로는 전위주의자와 정예(엘리트)주의자 사이의 구분선이 꽤 불분명하다. 근대에는 이 경계선을 가로지르는 양방향 통행이 빈번했다. 예를 들어 가장 성공적인 정예 엘리트들은 대중적인 뿌리를 지닌 사람들로서, 고지식하고 따분한 교외의 대중에 반대하는 점에서 공통적인 어떤 소수집단과 일반인들을 서로 연결한다. 파시즘은 낭만주의적 좌파주의만큼이나 인민을 이상화한다. T. S. 엘리엇은 재즈와 연예장을 즐기면서 반문맹의 독자층을 꿈꾸기도 했다. 예이츠는 용감하고 모험적인 영국계 아일랜드 지주들과 아일랜드어를 사용하는 농민들 사이의 연합을 추구하는데, 이들 모두는 영원한 지혜를 담고 있고 이들 가운데 소수는 현란하게 광기에 빠져 있다. 볼셰비키에게 당이란 실제로는 거의 실현되지 않은 비전이라 할지라도 공식적으로는 노동자들의 공화국을 위해 봉사하는 것이었다. 이런 면에서 정예 엘리트란 실로 빈틈없이 배타적이며 비대중적인 계파, 클럽, 비밀 도당, 파벌과는 다르다.[1]

말라르메와 조르주 소렐(Georges Sorel)에서부터 사르트르와 바디우로 이어지는 일련의 프랑스 사상가들은 일상적인 것의 비진정성을 파열시킬 위기의 순간을 꿈꾸어 왔다. 혹은 그들은 그런 실존의 불모성

---

1 추가적인 논의는 Terry Eagleton, *The Idea of Culture*, Oxford, 2000의 제5장 참조.

을 완전히 초월하는 존재의 어떤 영역을 상상해 왔다. 이로 인해 일상 담화에 대비되는 순수시, 사회적 환각에 반하는 신화, 공평한 교환에 대비되는 선물, 상징계와 대립하는 실재계, 상징계에 대비되는 기호계, 나쁜 믿음을 넘어서는 자유, 이데올로기에 반하는 이론, 결정성에 대비되는 차이, 망상에 대비되는 분열, 존재론에 반하는 사건 등과 같은 일련의 극명한 대립항이 나타났다. 이처럼 대비되는 것들이 다양하기는 하지만, 그 근저에 있는 기획은 한결같다. 그 기획은 바로 참된 가치를 일상적인 것─하이데거가 경멸적으로 세인들이라고 표현한 얼굴 없는 순응주의─의 수중에서 구제해 내는 것이다. 이들 대립항 이면에는 자유지상주의적 사유의 강건한 전통이 흐르고 있다. 반란은 에로티시즘만큼이나 골 지방적이다. 반란은 또한 성교처럼 그 자체로 즐거운 것이다.

초기 사르트르의 경우 대자존재의 자유와 즉자존재의 영혼 없는 타성이 대비된다. 후기에 이 존재론적 대립은 실천과 실천적 타성태(practico-inert)라는 정치적 대립이 된다. 데리다의 경우 순수 차이의 유희는 형이상학이라는 구속복 속에 감금되어 있다가, 마치 의기양양하게 감시인들을 피해 나가는 광인처럼 이따금씩 그 구속에서 벗어날 수 있을 뿐이다. 조르주 바타유(Georges Bataille)로부터 들뢰즈에 이르는 포스트-니체 사상가들에게 광기와 위반은 잿빛의 아폴론적 경건함으로 가득한 시민 영역을 포위해서 공격한다. 때때로 푸코는 (생물학, 의학, 심리학, 경제학, 인구통계학 등과 같은) 이른바 생명과학이나 일상생활의 담론을 다름 아닌 사회적 감시의 사악한 시녀들로 다룬다. 여기에는 대가 없는 무상 행위, 전환의 계기 혹은 실존적 헌신에 대한 꿈이 있는데, 이는 사람들을 필연의 왕국에서 자유의 영역으로 날아가게 하여 지루할 정도로 산문적인 전통, 생물학과 도덕 담론, 정치적 정통성을 내버리고 해방과 욕망과 참여와 진정한 자기성이라는 들뜨게 하는 환경으로 나가게 해 줄 것이다. 이 거듭난 서사에 해체주의적 반전을 더하고자 한다면, 그 어느 것도 그토록 간단히 내버려질 수 없다거나, 대립항의 한쪽은 다른 한쪽을 반드시 함축한다거나, 형이상학은 그리 간단히 떨쳐지지 않는다거나, 결국 권력과 법과 결핍과 자아와 나쁜 믿음과 닫힌 틀과 관례는 피할 수 없다고 주장할 수는 있을 것이다. 그럼에도 불구하고, 제공된 선택 사항 가운데 무엇이 가장 귀중하게 판단될지는 너무나 분명하다.

최근의 몇몇 프랑스 사상가에게서 이 양극은 일종의 분열된 감성을 수반한다. 한편에는 데리다의 신중한 얼굴이 있으며, 더불어 그의 모범적일 만큼 꼼꼼한 독해, 계몽주의와 합리적 탐구에 대한 존중, 그리고 자신은 체제와 진리와 주체와 변증법과 안정성과 보편성 등에 반대하지 않는다는 냉정한 주장이 있다. 다른 한편에는 이런 조심성 아래에서 거친 저류처럼 흐르고 있는 더 광적이고 더 무정부적인 텍스트가 있으며, 이는 여기저기서의 시적 분출과 유토피아적인 사색의 섬광을 통해 드러난다. 푸코에 대해서도 같은 말을 할 수 있다. 즉 어둠침침한 기록물 보관소를 탐사하는 푸코는 부정이나 초월이나 억압에 대한 모든 이야기를 비난하는데, 그의 이런 모습은 임상적 탐구의 가장자리를 배회하고 있다고 느껴질 수 있는 더 거칠고 디오니소스적인 모습과 대조를 이룬다. 권위에 따르지 않는 바로 이런 모습의 푸코가 갑자기 엄청나게 바타유나 들뢰즈를 찬양하면서 모든 통치 체제를 거부하고, 모든 규제에 저항하고, 그 이름을 확실히 말하지 못한 채 논리정연한 표현의 언저리에서 흔들리고 있는 충동에 고삐를 내주어 멋대로 날뛰게 한다. 이런 포스트구조주의적 규범에 대한 예외가 바로 들뢰즈인데, 그는 스피노자처럼 일종의 '초월적' 초과 혹은 무한성이 물질적 현실 자체에 내재되어 있다고 본다. 모든 것을 평범하면서 동시에 기적적이라고 보는 들뢰즈는 아주 흔한 것들의 시를 잘 이해하고 있으며, 라캉이나 바디우보다 초현실주의에 더 가깝다.

이 분열된 감성을 자유지상주의적 비관주의의 한 형식으로 그려볼 수 있을 것이다. 자유지상주의적 비관주의의 경우, 1968년의 비전이 여전히 살아 숨 쉬는 게 느껴질 수 있고 해방적인 충동은 전혀 가라앉지는 않았지만, 그 환멸의 시대의 여파로 인해 이제 욕망은 법으로 부터 영원히 자유로울 수 있다거나 주체는 권력에 영원히 물들지 않을 수 있다고 꿈꾸었던 것이 얼마나 순진했는지를 고백해야 한다. 전반적으로 프랑스인들은 머리에 피도 안 마른 듯 풋내기라고 여겨지기보다는 사악하다고 여겨지는 것을 더 좋아한다. 그래서 사람들은 욕망과 그 불가능성, 해방과 비관주의를 동시에 긍정해야 한다. 반항적이면서 동시에 체념적인 이 분열된 감성이 라캉 식 윤리에도 아주 많이 나타난다. 사람들은 순수 차이, 자유로운 리비도의 흐름, 정의의 왕국 혹은 법을 넘어선 사랑의 영역에 대한 자신의 현란한 꿈을 단념해서도 안 되지만, 그런 것들을 달성해서도 안 된다. 왜냐하면 그것을 달성하는 길에는 정신병, 전체주의 혹은 소름끼치는 정신의 묘지가 놓여 있기 때문이다.

역사와 관계를 끊어버리려는 전위파의 야망은 대단히 오랜 역사를 지니고 있다. '근대적'이라는 의미의 '모던'이라는 용어는 라틴어 '모데르누스'(*modernus*)까지 거슬러 올라가는데, 하버마스에 따르면 이는 5세기 기독교인들이 자신들을 그 이전의 이교(異敎) 신봉자들로부터 구분하기 위해 사용한 단어다.[2] 이 견해를 따른다면, 기독교는 근대성(모더니티)의 가장 이른 형태로서 그 자체의 자의식적 새로움을 통해 구시대와 결별한다. 그러나 절대적 참신성에 대한 여러 시도는 그저 기존에 있었던 것에 더 많은 역사를 쌓아올릴 뿐이다. 역사의 죽음을 공표하는 것 자체가 물질적 영향력을 지닌 역사적 행위이며, 바로 그렇기에 이는 자신의 사망을 공표하는 것만큼이나 자기 반박적이다. 전위파는 과거가 살아 있는 자들의 머리를 항상 악몽처럼 내리누른다고 그릇되게 믿고 있다. 과거는 우리를 구성하는 것이기 때문에, 우리는 과거가 제공하는 모호한 자원들로만 미래를 창조할 수 있다. 역사

---

2 Jürgen Habermas, "Modernity: An Incomplete Project", in Hal Foster(ed.) *Postmodern Culture*, London, 1985 참조.

란 억압일 뿐만 아니라 해방이기도 하며, 전위란 정치적 폭동 못지않게 새로운 자본주의의 기술이기도 하다. 과거와 결별한다는 것은 다른 무엇보다 과거를 초월할 수 있는 기회와 결별하는 것이다. 프랑스의 전위파뿐만 아니라 독일의 전위파도 있는데, 독일 식 사유에는 보다 더 변증법적인 특색으로 인해 이른바 혁명적 지속성에 대한 비전이라는 것이 있기도 하다. 왜냐하면 우리는 어떤 변모된 현재의 지점에서 과거를 되돌아보면서 어떻게 그 현재가 과거와 긴밀히 연결되어 있으면서 동시에 어긋나 있는지를 파악할 수 있기 때문이다.

만약 프랑스가 전위주의의 위대한 본거지 가운데 하나라고 한다면, 일상적인 것이라는 개념 또한 그 문화에 빚지고 있다고 주장할 수 있을 것이다.[3] 특히 이런 점에서 루이 아라공(Louis Aragon)의 '반복되는 일상의 경이로움이라는 감상'이라는 말이 가장 눈에 띈다. 지저분하고 초라한 도시에서의 실존을 다룬 최초의 위대한 시인인 보들레르 혹은 말라르메와 기욤 아폴리네르(Guillaume Apollinaire)의 산재하는 일과적 대상들은 어떤가? 매일매일의 생활을 다룬 권위자들인 미셸 드 세르토(Michel de Certeau)와 조르주 페렉(George Perec)이 뒤따르던 인물이자 일상적인 것이라는 이념을 지식의 지도에 올려놓았던 인물이 세 권으로 된 기념비적인 『일상생활 비판론』을 쓴 앙리 르페브르 말고 누구란 말인가? 르페브르는 자신의 대표작 제1권에서 "인간에 대한 학문이 존재하는 한 그 재료는 '사소한 것', 일상적인 것 안에 있다"고 말한다.[4]

이런 주장은 스탕달(Stendhal)로부터 앙드레 말로(André Malraux)에 이르는 소설상의 리얼리즘의 강력한 유산에서 확인될 수도 있다. 프랑코 모레티는 리얼리즘 소설을 일상생활에 대한 비판이 아니라 '일상생

---

3 이에 대한 유용한 개관을 보려면 Michael Sheringham, *Everyday Life: Theories and Practices from Surrealism to the Present*, Oxford, 2006 참조.

4 Henri Lefebvre, *Critique of Everyday Life*, London, 1991, vol. 1, p. 133.

활의 문화'라고 기술했다.[5] 피에르 부르디외(Pierre Bourdieu)의 사회학적 탐구와 더불어 아날학파가 미시적으로 상세하게 묘사한 역사적 생활 풍경 또한 적절한 사례다. 심지어 구조주의에도 이런 통속적인 특성이 있는데, 왜냐하면 구조주의는 랭보 못지않게 레슬링에서, 샤를 푸리에(Charles Fourier)뿐만 아니라 패션에서 그 숨겨진 코드를 찾아내 드러내기 때문이다. 그래서 초기의 롤랑 바르트(Roland Barthes)는 미셸 레리스(Michel Leiris)와 레이몽 크노(Raymond Queneau)와 같은 일상적인 것에 대한 초창기 진단 전문가들의 후예다. 아주 흔한 것들에 대한 20세기의 가장 위대한 개론서인 벤야민의『파사주 작업』(Passagenarbeit)은 독일인의 저작이지만 파리를 배경으로 한다. 메를로-퐁티의 글은 일상적인 것의 해석학을 위해서 플라톤 식의 절정에 다다른 초월적 현상학을 버린다. 실존주의가 아주 흔한 것들에 대해 비진정성이라는 판결을 내릴 수는 있겠지만, 실존주의는 또한 그날그날의 일상적인 것 내부에서부터 사유하기도 한다. 이런 이유에서, 이를테면 논리실증주의적 소설과 반대되는 실존주의적 소설이 가능하다. 눈을 휘둥그레 뜬 사르트르에게 철학이 재떨이에서 만들어질 수 있다는 점을 제시했던 사람은 바로 메를로-퐁티였다. 초현실주의와 상황주의가 하찮은 것들에 대한 시가 아니고 무엇이란 말인가?

이런 작업의 풍성함에 대해서는 의심의 여지가 없다. 하지만 반복되는 일상으로 뛰어드는 행위 가운데 몇몇은 그 일상을 신랄하게 비판하는 입장에서 혹은 그것을 갱생되지 못한 상태로부터 구제해 내려는 입장에서 수행되었다는 점을 상기해 봐야만 한다. 보들레르가 매춘부들과 부랑자들을 응시하는 경우, 이는 그들에게 영원성의 아우라를 투여하려는 것이다. 르페브르와 상황주의자들은 일상 경험이란 뿌리깊이 모호한 것으로서 귀중하면서도 곤궁한 것이라고 여긴다. 주입된 복리

---

5   Franco Moretti, *The Way of the World*, London, 1987, p. 35.

의 수렁에 빠져 마취된 소비자들에 대한 기 드보르의 견해는 일상적인 것의 창조적 에너지를 찬양하는 찬미가가 아니다.[6] 르페브르와 상황주의자들은 열렬한 전위주의자들로서 르페브르가 말한 '새로운 인간'의 탄생을 간절히 기대한다. 사실상 초현실주의자들은 아주 흔한 것들에서 마술적인 것을 추출하여 새로운 형태의 도시적 신화를 형성하고자 한다. 하지만 르페브르는 초현실주의자들이 그날그날의 일상적인 것을 폄하하는 특권적 계기를 숭배하는 죄를 범했다고 본다. 그는 실존주의에 대해서도 마찬가지로 생각한다. 부언하면 그는 실존주의가 "생활에 더 가까이 다가가기는 했지만 …… 단지 불신하기 위해서 그렇게 한 것"이며, "비통함과 죽음을 통한 생활 비판과 같은 순수한 혹은 비극적 계기 및 진정성이라는 인위적 규준 등"을 선호하여 생활을 평가절하했다는 이유로 비난한다.[7] 브르통과 그의 조수들은 자신들의 영웅적인 위반에 대비되는 일반적인 도덕이란 줏대 없는 소시민적인 것으로 비난받아야만 한다고 여긴다. 이런 교리는 후에 실재계의 윤리로 흘러들어 간다. 리얼리즘에서 모더니즘으로 이행해 가면서, 일상생활의 질감에 대한 강한 흥미는 그것에 대한 지나치게 정교한 회의론으로 대체된다. 평범한 경험은 이제 진리의 장소가 아니라 환각의 고향이 되어버렸다. 흄이나 허치슨 같은 인물의 윤리가 토비아스 스몰렛(Tobias Smollett)과 리처드슨의 세계와 같은 종류라면, 데리다와 바디우의 윤리는 상징주의, 형식주의, 추상화의 시대에 속한다.

프랑스 문화의 이런 경향을 일반적인 생활에 몰두하는 영국적인 기질—윌리엄 코빗(William Cobbett), 조지 엘리엇(George Eliot), 존 러스킨(John Ruskin)으로부터 윌리엄 모리스(William Morris), 토머스 하디, F.R. 리비스(F.R. Leavis), 조지 오웰(George Orwell), 리처드 호가트(Richard Hoggart), 레이먼드 윌리엄스, E.P. 톰슨(E.P. Thompson)에

---

6 Guy Debord, *Society of the Spectacle*, Detroit, 1970 참조.

7 Henri Lefebvre, *Critique of Everyday Life*, vol. 1, pp. 130, 264.

까지 이르는 기질—과 대비해 볼 수 있을 것이다. 분명 이 영국적 계보에도 많은 결함은 있다. 아주 흔한 것에 대해 너무 거들먹거리는 것이 프랑스의 악폐이듯이, 그것에 대해 너무 무른 것은 영국의 악폐다. 전성기의 분석철학은 노스 옥스퍼드 지역에서 매일 사용하는 용어를 가지고 인간의 모든 지혜를 확인하려고 너무 지나치게 애를 쓴 나머지 결국 실패하고 말았다. 하지만 영국의 이 전통은 평범한 것을 진정으로 높이 평가하기도 하는데, 이는 정치적 급진주의와 상충하는 것이 아니라 오히려 그것을 고무할 수 있다. 좌파의 사유 속에는 일반적인 생활에 대한 존중심과 그 생활에 스며들어 있는 권력과 환각에 대한 적개심 사이의 필연적인 긴장이 있다. 초기의 윌리엄스가 때때로 적개심을 내주고 존중심을 취했다면, 전위파는 일반적으로 존중심을 내주고 적개심을 취하는 실수를 저지른다. 일반적인 생활을 업신여기는 전위주의자들이 때때로 그런 실수를 저지르는 것은 그들이 일상적인 것과 이를 규제하는 정치체제를 혼동하여 통상적인 공모뿐만 아니라 그 권력에 대한 매일매일의 저항도 있다는 사실을 망각하기 때문이다. 후기 비트겐슈타인은 일과적인 것에 대한 깊은 신뢰를 부르주아 정치의 가차 없는 기각과 결합하여 생각한 몇 안 되는 20세기의 거장 가운데 한 사람이었다.[8]

프랑스 전통과 영국 전통의 상이함은 문체를 통해 드러나기도 한다. 전위적인 프랑스 이론의 특징적인 비유가 과장법이라면, 영국 이론의 결정적인 수사적 표현은 돈강법이나 곡언법이다. 이 영역과 관련해 어떤 영국식 글쓰기에는 현실적인 속성이 있어서 과장되거나 과도한 것에 대해서는 노골적으로 회의적이다. 이런 점에서의 그리 훌륭하지 않은 한 가지 근거는 화려한 생각에 대한 억센 경험주의적 의구심이다. 그럼에도 불구하고 데리다가 우스꽝스럽게도 지구상의 모든 고

---

8 Terry Eagleton, "Wittgenstein's Friends", in *Against the Grain: Selected Essays 1975~1985*, London, 1986.

양이 하나하나를 다 먹일 수 없다는 데 대해 가슴을 치며 통곡한 것에 대해, 데이비드 우드는 『한걸음 물러서기』에서 마드라스의 어떤 '알려지지 않은 뭇 고양이들'에 대해 글을 쓰면서, 파리 철학자들의 글쓰기에서는 거의 생각할 수 없을 어떤 문체상의 장치를 전개한다. 현세적인 것의 기미가 조금만 있어도 그들의 격조 높은 저작물에는 치명적일 것이다. 마찬가지로 그 기미는 매우 급진적인 미국 식 글쓰기의 완벽하게 학문화되어 버린 논조에도 잘 어울리지 않을 것이다. 이와 똑같은 비꼬는 기지를 크리츨리, 조너선 레이 혹은 사이먼 블랙번(Simon Blackburn)에게서도 찾아볼 수 있다. 레이는 "홉스로부터 섀프츠베리와 벤담에 이르기까지 조롱을 진리의 진정한 척도로 삼는" 영국적 전통에 대해 쓰고 있다.[9] 이에 반해 프랑스 이론의 고매한 작풍에서는 유희나 쾌락조차도 위협적이며 매우 편치 않은 것처럼 된다. 카니발적인 것은 여전히 분명하게 이지적이다. 이 규칙에 확실히 예외는 있다. 라캉은 종종 몽매주의라는 이유에서 비난을 받는데, 그렇게 비난을 받을 만한 상당한 이유가 없는 것은 아니다. 하지만 일반적으로 이런 이유에서 그를 비난하는 사람들은 뜻밖의 외설적인 요소들, 이례적인 구어체적 표현들, 번득이는 장난기 어린 멋진 유머, 반어적인 자기 인유, 청중에 대한 짓궂은 농담 등을 다루지 않으려 한다.

만약 지젝이 어떻게 해서든 이지적이면서도 외설적으로 되려고 한다면, 즉 식자층에 속하는 철학자와 포스트모던한 광대를 혼합한 어떤 인물이 되고자 한다면 이는 그가 명예 프랑스인일 뿐만 아니라 슬로베니아인이기 때문이다. 아일랜드인들을 관찰해 왔던 사람들이 잘 알고 있듯이, 약소국들은 일반적으로 탄복하면서도 재밋거리로 메트로폴리스 이웃들의 엄숙한 우스꽝스러운 행동을 지켜보는 경향을 지닌다. 위대한 전위적 소설가 가운데 가장 세속적이고 유물론적인 인물이 제임

---

9 Jonathan Rée, *Times Literary Supplement*, 20 October 2006, p. 14.

스 조이스(James Joyce)라는 점은 결코 우연이 아니다. 그의 더블린 출신 동료인 베케트의 저작도 마찬가지로 평범한 것들에 대한 변함없는 충실성을 보여준다. 그 이전의 더블린 사람인 버크는 일상적인 관습과 당연시되는 경건한 것들과 같은 기본적인 요소에 대한 미적 민감성을 보여주었다. 지젝의 역설과 도치와 도착은 와일드의 기지만큼이나 약소국 지식인들의 표식이다. 정신분석학 자체는 돈강법의 한 형태로서, 숭고한 것에서 우스꽝스러운 것으로 기어를 내려 우리의 가장 고양된 승화물 속에 숨어 있는 가장 저급한 욕동을 감지해 낸다. 라캉이 주시한바, "프로이트에 관한 한 현실로 움직여 가는 모든 것은 어조를 누그러뜨리거나 낮추어 조절할 필요가 있다."[10] 윌리엄 엠프슨은 현명하게도 "가장 세련된 욕망들은 가장 꾸밈없는 것에 내재해 있는데, 만약 그렇지 않다면 잘못된 것"[11]이라고 말한다. 라캉에게 아주 단조로운 대상이란 실재계에서 떨어져 나온 파편이 될 수도 있다.

20세기의 수많은 위대한 지적 흐름은 일상적인 것에 대해 의심을 품어왔다. 프로이트주의자들에게 매일매일의 생활이란 대체로 정신병리학의 문제다. 형식주의자들은 일상언어가 산산이 부서지고 낯설어져 일상적인 진술이 더 진기하고 더 연마된 시적 발화로 다시 나타날 때라야만 그 일상언어에서 가치를 발견할 수 있다. 일상언어가 엄청난 의미의 짐을 벗을 수 있으려면 조직화된 폭력을 당해야 한다는 것이다. 단어를 현상학적으로 되풀이해서 생각하는 형식주의 미학 이면에는 일반적인 언술에 대한 고질적인 회의론이 있다. 이는 두드러지게 모더니스트적 회의주의로서, 이를테면 일상적인 발화의 자원들을 너무 쉽게 믿어버리는 하버마스 식 믿음과는 반대된다. 마찬가지로 해석학은 의미란 바로 쓸 수 있도록 미리 준비된 것이라고 추정하지 않으려 한다.

---

10 Jacques Lacan, *The Ethics of Psychoanalysis*, London, 1999, p. 13.

11 William Empson, *Some Versions of Pastoral*, London, 1966, p. 114.

신칸트주의는 진상과 가치의 연관성을 파기해 버린다. 초기 비트 겐슈타인도 거의 마찬가지다. 『논리-철학 논고』(*Tractatus Logico-Philosophicus*)에서 가치는 결코 일반적인 세계에 있지 않다. 하이데거의 저작들은 온통 영웅주의와 범상함을 구분하고 예외적인 것과 평균적인 것을 구분하고 있는데, 이런 경향은 1930년대 총통에 대한 그의 충성을 통해 그 정점에 다다랐다. 하이데거가 대지, 거주, 평민을 무척 매력적이라고 생각한 것이 사실이기는 하지만, 그의 글에서 이 모든 것은 유사 신비적 아우라를 부여받으면서 아주 흔한 것들 너머의 훨씬 더 출중한 영역으로 격상된다. 모더니즘은 이와 같은 평범한 것들의 이국정조(異國情調)로 가득하며, 이런 경향은 농민과 원시인 숭배로부터 떠들썩하게 시궁창에 빠져 있는 자연주의에까지 이른다. 현상학은 일상 사회 세계가 의식 속에 나타나는 방식을 더 주의 깊게 주목하기 위해 정작 그 세계에 대해서는 판단중지를 한다. 생철학은 일상적인 제도의 텅 빈 껍데기보다는 생의 약동에 특권을 부여한다. 막스 베버(Max Weber)의 저작에서는 이와 유사한 긴장이 카리스마와 관료제 사이에 있다. 마르크스주의, 프로이트주의, 과학적 실재론처럼 구조주의는 사물의 습관적인 외양에 속아 넘어가지 않으려 하면서, 그 대신 그런 사물의 외양을 탄생시킨 보이지 않는 기제를 찾아간다.

실존주의는 부서지기 쉬운 진정성의 계기를 매일매일 생활의 그릇된 믿음과 대비한다. 대다수의 모더니즘은 얼핏 반쯤 보이는 절대적이며 갑작스러운 현현 혹은 산발적으로 스쳐지나가는 강렬함을 일상적인 것의 지루한 측면과 대비한다. 형식주의자들은 러시아인들이 일상생활(*byt*)이라고 알고 있는 것—즉 정신을 파괴하는 황량한 그날그날의 일상적인 실존—에 자신들의 적이 있음을 발견한다. 하이데거는 자기 이전의 키르케고르처럼 자신이 유사 철학적 지위를 부여하려고 애쓴 개념인 권태에 사로잡힌다. 사르트르가 즉자존재의 격심한 혼란에 빠져 있는 처지라면, 레비나스는 피로감, 나른함, 불면증의 혼합물—즉 그가 '있다'라고 칭한 자기 실존의 배경에 있는 둔한 익명의 웅성거리는 소리—에 사로잡혀 있다. 이 사상가들은 모두 반복되는 일상으로 인해 시달린다. 그들은 아주 흔한 것들을 모욕적이고 지루하고 영혼을 죽이는 무감동과 권태의 상태로 경험한다. 많은 근대 윤리 이론의 비밀스러운 원천은 바로 소외다. 이는 일반적인 가치 의식과 일상적인 연대 의식이 파국적으로 상실되었다는 점을 반영한다.

❖

정신의 머나먼 변경에 존재하는 고독한 모더니즘의 영웅이 있으며, 이 인물은 실재계의 윤리에 때늦게 다시 출연한다. 흔히 이 인물은 진리란 극도의 곤경에 처할 때라야만 드러난다고 잘못 추정하는 모더니즘의 풍조에 속해 있다. 이는 101호실* 신드롬이라고 부를 수 있는 것으로서, 극심한 고문을 받는 사람이 더듬거리며 내뱉은 몇 마디 말은 필히 진리일 수밖에 없다는 것이다. 사실상 미국 중앙정보부조차 이제는 알게 된 것처럼, 이것이 사실일 것 같지는 않다. 진리와 선이 오직 머나먼 변경 지역에서만 빛을 발한다고 보는 근대적 교리는 일반적인 경험에는 타당성이 없다고 추정한다. 손에 닿을 수 있을 만큼 가까이 있는 것은 항상 피폐한 것이다. 의식을 이야기하는 사람은 허위의식을 이야기한다. 인간의 진리는 비인간적인 것에 있다. 경험의 경계 밖에서나 자기 자신이 인간임을 입증할 수 있다.

윤리적 실재론자들의 글에는 이런 순수주의의 기미 그 이상의 무엇인가가 있다. 이런 한에서 그들은 탈-모더니스트들이라기보다는 후기-모더니스트들이다. 욕망의 주권은 초현실주의의 일관된 주제다. 라캉의 안티고네는 장 아누이**의 안티고네 못지않게 본격 모더니즘적

---

* 조지 오웰의 소설 『1984』에 나오는 고문실.

** 장 아누이(Jean Anouilh, 1910~87): 프랑스의 극작가로 작품에 소포클레스의

여성 주인공이다. 한 파벌의 정신적 극단주의자들에게 국한된 듯 보이는 윤리의 가치에 대해 제기되는 질문들이 있다. 대중은 단순한 도덕으로 속고 있는 반면, 선택받은 자들은 실재계와 긴급으로 직통전화를 할 수 있는 특권을 누리고 있는 것인가? 이는 익숙한 형태의 윤리적 엘리트주의로서, 마치 상징계가 과도하게 천사적인 것처럼 균형에 맞지 않을 정도로 악마적인 것이다. T. S. 엘리엇이 그린, 상당히 따분한 '텅 빈 사람들'은 정신적으로 너무나도 무기력하여 심지어 저주조차 받지 못한다. 달리 부를 수도 있겠지만 어쨌든 적어도 저주받은 사람들은 그들 나름의 고유한 방식에서 형이상학적으로 생각하는 생물체들로서 이른바 도덕적 중산계급에 비해 구원받은 자들에 더 가깝다.

최고선을 거부한다는 것은 그것과 적어도 일면식 정도는 있다는 것을 수반하는데, 이는 그저 행실이 바른 것만 가지고는 안 된다. 게다가 악한 자들은 전혀 사심 없이 파괴 자체를 위해 파괴하는데, 바로 이런 점에서 모든 이성과 공리에 굴하지 않고 자신의 욕망을 고수하는 사람들과 소름끼칠 정도로 유사하다. 칸트의 견해에서 보면, 극악무도한 악이 만약 정말로 존재한다면 그것은 최고의 윤리적 행위와 거의 같은 자질을 지닐 것이다. 그 둘 가운데 어떤 형태의 품행도 감성적 충동에서 생겨나지는 않으며, 그 둘은 전적으로 각기 그 자체를 위해 수행되고, 그 어느 것도 합리적으로 지성적이지 않다. 보다 순진무구한 무정부주의자들이 일반적으로 규칙을 파괴하듯이, 순수하게 악한 자들은 으레 도덕법을 위반하기로 되어 있다. 그들은 자신들의 이해관계에 반하여 행동하게 된다 해도, 심지어는 그로 인해 죽게 된다 해도 도덕법을 위반한다. 이런 의미에서 그들은 칸트의 윤리적 영웅들의 거울 이미지들이다.[12] 이미 살펴보았듯이, 사탄은 타락한 천사로서 공포와 영광 모두를 알고 있었다. 그저 행실이 나쁜 자들과 달리, 악한 자들은

고전극을 각색한 『안티고네』(*Antigone*, 1943)가 있다.

12 Alenka Zupančič, *Ethics of the Real*, London, 2000, p. 85.

부정을 통해 신을 안다. 악은 신의 창조를 무효화하고자 열망하는데, 왜냐하면 아직 악에게 그것만이 허락된 유일한 형식의 절대적 창조성이고 이미 전능자는 아무 배려심도 없이 자신에게 가장 충족적인 생산 형식 일체를 가지고 있기 때문이다.

만약 콘래드의 소설 『비밀요원』에 등장하는 정신 나간 무정부주의자 교수가 모든 현실을 절멸하고 무(無)에서(ex nihilo) 다시 시작하기를 바라는 인물이라면, 라캉과 바디우에게서 윤리적 행위란 그처럼 시선을 사로잡는 새로운 창조 행위다. 주판치치는 새로운 것은 언제나 긍정적이라는 전형적으로 전위적인 믿음에 사로잡힌 채, 진정한 윤리적 행위란 주어진 경계를 넘어서서 결국 악과 구분될 수 없게 된 행위라고 쓴다.[13] 이런 입장은 순전히 형식주의적이다. 이 관점에서 본다면, 실제로 존재하는 도덕은 언제나 허위의식이다. 그레이엄 그린*의 『브라이튼 록』에 등장하는 악성적인 주인공 핑키는 따분한 도덕적 교화를 일삼는 이다 아널드보다 정신적으로 더 우월한데, 왜냐하면 바로 그가 신을 믿으면서도 신의 얼굴에 고의적으로 침을 뱉기 때문이다. 이런 의미에서 핑키는 표도르 도스토옙스키**의 이반 카라마조프의 아류다. 오웰은 1948년 『뉴요커』에서 그린이 "보들레르 이래로 떠돌아다니던 이념—즉 저주받은 상태에 오히려 어떤 기품 같은 것이 있다는 생각—을 공유하고 있는 듯하다"고 논평했다. 헤겔도 공유하고 있는 이 관점에서 본다면, 모든 위대한 예술가와 혁신자와 입법자에게는 위반하는 용기가 있었다. 몇몇 위대한 착취자, 독재자, 제국주

---

13 Ibid., p. 94.

* 그레이엄 그린(Graham Greene, 1904~91): 영국의 소설가, 단편 작가, 극작가, 문학평론가로 작품에 『브라이튼 록』(Brighton Rock, 1930) 등이 있다.

** 표도르 도스토옙스키(Fyodor Dostoevsky, 1821~81): 러시아의 소설가, 단편 작가로 작품에 연작 소설 『카라마조프 가의 형제들』(The Brothers Karamazov, 1879~80) 등이 있다.

의자도 거의 마찬가지라는 점에 대해 이 '급진적인' 입장은 냉랭하게 침묵한다.

그렇다면 사악한 자들은 성자들 못지않게 구원과 파멸에 관련되어 있다. 파스칼은 『팡세』에서 선함처럼 드물기도 하고 선함과 쉽게 혼동되기도 하는 악이 있다고 언급한다. 낙원에서 문지기를 하느니 지옥에서 통치하는 것이 더 좋다. 극단적인 경험, 악에 대한 지식조차 도덕적으로 좋지도 나쁘지도 않은 범상함보다 더 낫다. 참으로 타락한 자는 신성에 대해 잘 안다. 악마에게는 가장 멋진 가락이 있다. 무신론자는 전도된 형이상학자다. 토마스 만의 『파우스트 박사』에 등장하는 악마는 소시민의 범속성에 대해 우월감을 느끼면서 자신이 신학적 진리의 수호자라고 자랑스럽게 선언한다. 그가 의미하는바, 악은 근대에 유일하게 살아남은 형이상학적인 것이다. 근대성이 형이상학적인 것을 알 수 있는 것은 오직 그것의 부정—일례로 특히 아우슈비츠라는 형상—을 통해서다. 창조주의 유일하게 남아 있는 것은 그의 부재의 쓸쓸한 그림자다. 만이 『파우스트 박사』에서 그려낸 사탄 같은 주인공 아드리안 레버퀸의 음악은 "가장 축복받은 자와 가장 저주받은 자의 실체적인 동일성"을 드러낸다. 만의 『마의 산』(The Magic Mountain)에 등장하는 엄격한 예수회의 절대주의자인 나프타는 신과 사탄이 지루하게도 따분한 이성과 덕에 반대한다는 면에서 서로 결합되어 있다고 본다.

이는 매혹적이면서도 심히 위험한 신화로서, 악이란 실로 어떤 결핍 혹은 부정이며 삶의 풍부함이라기보다는 삶에 대한 무능력이라는 전통적인 관점과는 전혀 다르다. 지루하고 취약한 것은 악이지 선이 아니며, 선은 유머러스하고 활기찬 것이다. 만약 이 사실을 헤아리지 못한다면, 부분적으로는 중산계급이 너무나 길들여진 지루한 덕을 선택했기 때문이다. 어떤 점에서 실재계의 윤리는 보들레르 식 이데올로기의 현대판이다. 이것은 진정한 삶이란 자기 궁핍으로부터 나와야만 한다는 그 자체의 적절히 비극적인 통찰과 비교해서 검토되어야 한다.

실재계의 윤리는 상징계나 상상계적 윤리보다 훨씬 더 깊이 흐르기는 하지만, 이로 인해 너무나도 과장되고 특권적이며 유사하게 신성하기도 하다. 칸트의 상징계적 윤리와 마찬가지로 그 모든 논의는 지나치게 고조되어 있다. 칸트가 『도덕 형이상학 정초』에서 오류를 범하기 쉬운 인간의 성향에 대한 도덕법의 '경멸과 무시'에 대해 이야기할 때, 이 위대한 자유주의자는 자신이 이런 정신적 엘리트주의의 한 원천임을 드러낸다.

아가젠스키는 자신이 키르케고르의 글에서 본 '위대함과 방대함 및 절대성의 고양'에 대한 의구심을 기술하면서, "무한자 혹은 절대자로부터 나온 숭고한 소명이나 요구는 유한성에 대한 비난을 수반하며, 이 비난은 통약 불가능한 것에 대한 모든 형태의 향수에 다 나타나 있다"고 덧붙인다.[14] 아가젠스키는 계산 가능하며 공리주의적인 것을 귀족적으로 싫어하는 조지 스타이너가 키르케고르 식 숭고성을 그토록 열렬하게 지지한 인물이라는 사실에서 그 숭고성에 대한 자신의 의혹을 확증할 수 있다고 볼지도 모른다. 분명 이는 실재론자들을 좀 불안하게 하는 것인데, 이들은 자기 스스로를 어떤 현란한 반동주의자—즉 후기 근대에 잔존하는 몇 안 되는 문화 비판의 옹호자—가 열렬한 죽음의 입맞춤으로 환영해 주는 급진주의자라고 여긴다. 스타이너는 키르케고르를 찬미한 글에서 "소크라테스나 칸트 같은 철학자의 경우에 도덕이 최고로 고양된 곳에는 비인간성과 비합리적 부조리가 들어설 자리가 없다"[15]라고 적고 있다. 이 글이 소크라테스와 칸트를 칭찬하기 위해서가 아니라 비난하려는 의도에서 쓴 것이라는 점은 반드시

---

14 Sylviane Agacinski, "We Are Not Sublime: Love and Sacrifice, Abraham and Ourselves", in Jonathan Rée and Jane Chamberlain(eds), *Kierkegaard: A Critical Reader*, Oxford, 1998, pp. 129, 130.

15 George Steiner, "The Wound of Negativity: Two Kierkegaard Texts", in Rée and Chamberlain, *Kierkegaard*, p. 105.

지적되어야 할 것이다. 비극적 비인간성과 비합리적 부조리는 모든 사람이 가장 좋아하는 존재 상태가 아닌데, 스타이너가 보기에 이것들은 이성, 도덕, 평등주의, 대중 민주주의의 소시민적 지루함—요컨대 결점을 보완해 주는 자질을 잃어버린 가증스러운 근대성—으로부터 유예되는 반가운 시간이다. 우파인 스타이너가 좌파인 데리다 식으로 공언한 바에 따르면, 이삭을 희생하려고 준비하는 아브라함의 행위는 "지적 책임(계산)과 윤리적 규준에 따라 생각할 수 있는 모든 주장을 초월하며", 그런 주장들은 "무한성에 사로잡힌 사적 개인"에 비한다면 아무것도 아니다.[16] 어떻게 아브라함이 사적 개인인지는 여전히 불분명하다. 보통 그를 중산계급의 따분한 교외 거주자와 관련해서 생각하지는 않는다.

　스타이너와 데리다가 가깝다는 것은 우연한 일이 아니다. 왜냐하면 어떤 의미에서 실재론자들은 최근에 문화 비판의 전통을 잇는 후계자들이기 때문이다.[17] 콜리지, 매슈 아널드(Matthew Arnold), 러스킨으로부터 리비스, T. S. 엘리엇, 초기의 토마스 만, 카를 만하임(Karl Mannheim), 호세 오르테가 이 가세트(José Ortega y Gasset)로 이어지는 이 계열의 사유는 계몽주의와 평등주의에 대해 반감을 가지고, 자유주의와 유물론과 대중 문명을 의심스러워하며, 대중민주주의와 범상함의 승리를 넘어서는 몇 안 되는 진기한 인간 정신을 고양시킨다는 특징을 지닌다. 이런 사유의 가장 멋진 표현 가운데 하나는 솔 벨로(Saul Bellow)의 소설에서 발견할 수 있을 것이다. 이 계열의 사유는 어려운 상황에 대한 지략이 매우 풍부하며 정치적으로 파국을 초래하는 계통으로서, 주입된 복리보다는 오히려 비통한 부조리를 훨씬 더 포용한다. 합리성이란 가게 주인들을 위한 것이지 현인들을 위한 것이

16　Ibid., p. 108.

17　이에 대한 탁월한 설명은 Francis Mulhern, *Culture/Metaculture*, London, 2000 참조.

아니다. 확실히 이런 견해와 실재계의 윤리 사이에는 명확한 분기점이 있다. 분명 레비나스 이외의 윤리적 실재론자들은 좌파로 기우는 경향을 보이며, 일반적으로 사회주의와 민주주의를 맹공격하는 것 같지는 않다. 데리다는 정치적 이단자로서의 특징적인 이력에 문화 비판의 일부 측면을 혼합한다. 하지만 행복, 정치, 공리, 복지, 사회적 합의, 세상의 재물, 중산계급의 도덕에 대한 라캉 식 경멸은 리비스나 엘리엇 같은 사람들의 작풍과 뚜렷하게 유사하다. 좌파뿐만 아니라 우파에게도 부르주아에 반하는 적개심이 있으며, 바로 이런 면이 가장 걸출한 모더니즘 작품들을 탄생시켰다. 데리다의 이력이 펼쳐지면서, 자본주의 문명에 이의를 제기하던 이 좌파 성향의 인물은 정치 영역에서 용감하게 싸움을 계속하기는 했지만 점차 정치 영역 자체를 정신적으로 경멸하는 데 빠지게 된다.

문화 비판의 전통에 굳건히 서 있는 로런스와 라캉 사이의 잘 어울리지 않는 친화성을 예로 들어보자. 전통적으로 도덕주의자들은 윤리가 선한 것과 정의로운 것 가운데 어느 쪽에 우선적으로 관여하는지에 대해 논쟁을 벌여왔다. 이 논쟁은 공리주의자들과 의무론자들 사이의 충돌, 덕과 행복을 위해 횃불을 든 선구자들과 권리와 책무를 옹호하는 사람들 사이의 충돌이었다.[18] 로런스와 라캉은 두 가지 양식의 도덕 사상 모두를 거부하고, 권리와 덕을 하위 등급에 국한해 버리는 욕망의 윤리를 지지하는 데서 의견을 같이한다. 라캉에게서 유일하게 참된 죄책감이 자신의 욕망을 단념하는 데 있는 것처럼, 로런스에게서 유일하게 참된 범죄는 자기성의 본질인 욕망을 끊어버리는 것이다. 이는 자기 자신 안에 있는 '신'을 부인하는 것이며, 그렇기 때문에 일종의 신성모독이다. 라캉의 실재계의 욕망처럼, 로런스의 형이상학에서의 욕망이란 그 욕망의 전령들에게는 완강히 '타자적'이다. 욕망은 존

---

18 Terry Eagleton, *The Illusions of Postmodernism*, Oxford, 1996의 제4장 참조.

재의 헤아릴 수도 없고 저항할 수도 없는 차원으로서, 우리가 의식적으로 무엇을 편애하든 그 나름의 감미로운 방식으로 우리를 다룰 것이다. 로런스가 "한 사람에게서의 자기란 그 사람 자신을 따르는 법이 아니라 독자적으로 그것 자체를 따르는 법이다"라고 할 때, 이 둘의 차이는 자아 및 자아의 하찮은 생리적 욕구의 지역과 실재계의 장대한 영역의 차이다.[19] 그리고 이는 욕망과 욕망들 사이의 차이, 즉 장대한 형이상학적 추상으로서의 욕망과 고전적 도덕이 꽤 적절하게 관여하는 실체적 필요와 욕구들로서의 욕망들 사이의 차이다.

로런스에게서 자기 욕망에 충실한 사람은 정신적으로 귀족인 사람, 즉 자기성의 자랑스러운 단일함에 사로잡힌 사람으로서, 그에게 대중은 너무나도 하찮은 비존재일 뿐이다. 성취할 수 없거나 성취될 수 없는 사람은 거의 말 그대로 비실존적이며, 생명력에 의해 단호하게 휩쓸려 없어질 것이다. 중요한 것은 영혼의 순수성이지 인간적 공감이 아니다. 『무의식의 환상』에서처럼 보다 더 저하된 시기의 로런스는 "금수 같은 자애, 더러운 선의, 악취 나는 자선, 유독한 이상들"에 대해 지독하게 악담을 퍼붓는다.[20] 라캉이 말한 '재화(선한/이로운 것들)의 용역'(service of goods)과 마찬가지로, 자유주의와 인도주의란 잘 자란 교외 거주자들이 너무나도 비겁해서 실재계를 대면할 수 없어 마련한 회피책이다. 라캉은 「칸트와 사드」에서 '행복의 이기주의'에 대해 이야기하는데, 로런스라면 분명 그런 견해를 시인했을 것이다. 로런스에게서 감정, 도덕, 의식, 심지어 인간 자체도 그저 생명력의 거대한 검은 파도에 이는 수많은 물거품일 뿐이다. 대다수의 문화 비판에서처럼 윤리, 정치, 사회, 합리성은 전혀 영혼이 없는 '장치'로 청산되어 버리거나 잘해 봐야 필요악 정도로 용인된다. 민주주의와 평등성이란 개

---

19 D. H. Lawrence, "Democracy", in *Selected Essays*, Harmondsworth, 1962, p. 91.

20 D. H. Lawrence, *Fantasia of the Unconscious*, New York, 1967, p. 34.

인의 자율성을 끔찍하게 위협하는 것들이다. 자신 안에 있는 영혼이나 욕망이 시키는 것은, 마땅히 하는 것이 옳다. 자연발생적이며 창조적인 삶이라는 이름으로 저지른 살인은 의무감에서 배고픈 자를 먹이는 것보다 도덕적으로 더 가치 있다.

문화 비판에 아주 잘 어울리는 본거지는 비극의 이념이었다. 만약 비극적인 것이 근대 서구 문화에서 너무나 중요하게 되어 연이은 탁월한 철학자들의 뇌리를 사로잡을 만큼 두드러지게 나타난다면, 이는 예상했을지도 모르겠지만 그 철학이 인간 역사에서 다른 여느 시대에 비해 잉여 사망자들을 더 많이 걸머진 시대에서 생겨났기 때문이 아니다. 오히려 비극적인 것이 반영웅적 혹은 탈형이상학적 시대에도 희한하리만큼 끈질기게 지속되는 데에는 네 가지 주된 이유가 있었다. 첫째, 그것은 세속적인 세계에서 종교를 대체하는 역할을 하려고 했다. 절대적이며 초월적인 것을 전하면서, 비극적인 것은 종교의 후광을 강탈하여 신빙성을 상실한 교리의 내용을 제쳐둔다. 둘째, 비극 이념은 근대인들이란 어디서나 자유롭기도 하지만 속박되어 있는 존재라는 역설에 대한 미적 해결책을 제공하려고 했다. 이는 요컨대 자유와 결정에 관한 이론적 질문에 대한 실질적인 대답이다. 비극적 주인공은 운명을 사랑하라는 정신에 입각해서 피할 수 없는 것에 머리를 숙이며 자신의 숙명을 자신의 선택으로 만드는 행위를 통해 자신의 비참한 상황을 초월하는 무한한 자유를 드러낸다. 고결한 마음으로 그 자유를 포기하는 행동보다 더 설득력 있게 자유를 증명할 수 있는 것은 없다. 셋째, 비극은 현대판 신정설(神正說, theodicy)의 역할을 하면서 악의 존재를 정당화하려는 여타 시도처럼 거의 아무런 성공도 하지 못한 채 악의 문제를 다루어왔다. 악의 실존은 신의 실존에 대한 지극히 강력한 반박이다.

끝으로 비극은 근대성에 대한 전치된 비판이라는 역할을 해왔다. 부언하면 여기서의 근대성이란 합리적이고 과학적이고 평준화하고 공리적이고 미숙하게 진보주의적이고 즉각 이해할 수 있는 문화로서, 비극 예술이 지닌 불가사의, 신화, 유혈의 죄에 대한 숭배, 신성한 의례, 존재의 위계질서, 절대적 가치, 우발적인 것에 대한 경멸, 초월의 정신, 신과 영웅과 귀족의 화려한 신전 등을 저버린다.[21] 비극은 고급문화의 쇠퇴에 대한 애도이자 보다 더 고양된 세계에 대한 신령한 향수다. 비극은 과도하게 오만한 이성에 대한 비판이기도 한데, 왜냐하면 자기 나름의 역사를 주조해 가려는 자유주의적 주체의 시도가 달랠 길 없는 숙명에 의해 수포로 돌아가기 때문이다. 정치적 소망은 자기 망상이라는 사실이 드러나게 되어, 물질적 진보에 대한 그 어떤 순진한 신뢰도 필록테테스의 발을 고칠 수는 없을 것이며, 그 어떤 사회공학도 파이드라를 운명에서 구할 수 없을 것이다. 지식보다는 지혜가 더 선호될 것이다. 오이디푸스는 한계에 다다른 지식이다. 경배는 합리적 설명의 적이다. 정치적 군중이나 과학자의 실험실 너머에 불멸의 인간적 위엄이 있다. 중산계급의 감상적 휴머니즘은 비극적 대재난에 직면하여 가증스러운 가짜로 드러난다. 세속적인 것의 그 어떤 기미도 이 장엄한 세계에 들어갈 수 없다. 스타이너가 멋들어지고 오만하게 언급하듯이, "만약 비극의 집들에 욕실들이 있다면, 이는 아가멤논이 그 욕실 안에서 살해되도록 하기 위한 것이다."[22] 비극의 반대는 배관이다. 수많은 비극 이론가들에게 아가멤논은 비극적이지만, 아우슈비츠는 그렇지 않은가 보다.

실재계의 윤리가 문화 비판의 몇몇 귀족적인 편견을 물려받았다는 점을 알기는 그리 어렵지 않다. 설득력이 제일 낮은 비극 이론은 허무주의와 승리주의를 결합한 것이다. 실존이 모질고 부조리하기는 하지만, 주인공의 불굴의 의지는 그를 그 실존 너머로 유유히 올라서게 만든다. 가장 강력한 비극은 허무주의와 승리주의 모두를 거절한다. 그

21 Terry Eagleton, *Sweet Violence: The Idea of the Tragic*, Oxford, 2003, 특히 제1장과 제2장 참조.

22 George Steiner, *The Death of Tragedy*, London, 1961, p. 243.

것은 우리에게 어떻게 낙관하지 않은 채 소망하는지를 가르친다. 그러므로 라캉 식 윤리처럼, 비극은 정치적 실재론을 버리지 않은 채 끝까지 신념을 지키고 싶어 하는 탈주술화된 급진주의자들에게 적합한 신조가 된다. 만약 허무주의자들의 방식으로 인간 정신을 축소한다면, 사람들로부터 자신들의 불행을 측정할 수 있는 수단인 규준을 빼앗아 버리게 된다. 이로 인해 그들은 위험하게도 결국 자신들의 처참한 상황을 견딜 수 없는 것이 아니라 피할 수 없는 것으로 보게 된다. 만약 승리주의자들의 양식에 따라 인간 정신을 부풀린다면, 인간의 수난은 아주 사소한 일처럼 보이게 될 것이다.

소망은 확신에 차서 긍정적인 결과를 기대하지 않는다는 점에서 낙관주의와 다르다. 이런 면에서 문화 비판가들은 눈을 반짝이는 진보주의자들보다 더 유리하다. 유일하게 어려움을 이겨낼 수 있게 해주는 굴하지 않는 소망은 실패 가능성의 면면을 피하지 않고 찬찬히 응시할 수 있는 것이다. 우리의 힘이 꺾이고 차단될 때, 하지만 그럼에도 불구하고 무엇인가가 남아 그 사실을 등록할 때, 우리가 발견하게 되는 것이 바로 소망이다. 예를 들어 『리어왕』(*King Lear*)에서 에드가가 표현하듯이, "우리가 '정말 최악'이라고 말할 수 있는 한, 최악은 아니다"(4.1.29-30). 이는 허무주의도 아니고 승리주의도 아니다. 만약 예수가 기민하게도 곧 닥쳐올 부활에 마음을 조금 빼앗겨서 자신의 죽음을 달게 받았더라면, 그는 죽은 자들로부터 일어나지 못했을 것이다. 그러나 예수가 자신의 욕망─그의 경우에는 믿음이라는 독특한 종류의 사랑으로 이루어진 욕망─을 단념했더라도 마찬가지였을 것이다. (키르케고르는 『죽음에 이르는 병』에서 "결국 신앙인이란 사랑에 빠진 사람"이라고 쓴다.) 만약 십자가에 못 박힘이 [탈출 전문 마술사] 후디니 식 야바위가 아니라 궁핍의 실재계와의 섬뜩한 만남이라면, 변모(현성용)된 삶으로 이행이 가능할 것이다. 예수가 자신의 임무는 결국 수포로 돌아갔었다는 점, 즉 자신은 공황 상태에 빠진 동지들에 의해 버려진 비참한 실패자라는 점을 인정하면서 동시에 그렇게 고백했음에도 불구하고 자기 존재의 원천이라고 여긴 것에 대해 애정 어린 충성을 유지했어야만, 그의 죽음이 타자들의 삶 속에서 결실을 맺을 수 있었을 것이다.

수용과 변모(현성용)의 이 변증법은 일상적인 것과 비범한 것의 변증법이기도 하다. 이런 면에서 이 변증법은 문화 비판과 '본격' 비극 이론 및 윤리적 실재론 모두가 주장하는, 도덕적 고결함과 사회적 범속성의 대비와 다르다. 『신약성경』이 그 어디에서도 예수의 수난을 영웅적으로 제시하지 않는다는 점은 주목할 만하다. 예수의 죽음에 본질적으로 영예로운 것은 하나도 없다. 키르케고르가 『두려움과 떨림』에서 비극적 영웅은 더욱더 확실한 것을 위해서 지금 확실한 것을 포기한다고 말하기도 하지만, 믿음의 행위에 대한 답례로서의 보장된 승리란 없다는 점을 인식하기도 한다. 예수의 죽음이 여느 다른 인간의 죽음 그 이상으로 기념되지는 않는다. 복음을 탄생시킨 유대 기독교 문화에서 수난이란 분명히 악이다. 그것은 찬미해야 하는 것이 아니라 반대해야 하는 것이다. 예수가 병자들에게 자신들의 고난을 감수하라고 충고한 적은 없다. 오히려 그는 병이란 악령의 소행이라는 신화에 동조하는 듯하다. 만약 누군가가 자신의 환난에서 긍정적인 무엇인가를 끄집어낸다면 더 좋기는 하겠지만, 애초에 그렇게 할 필요가 없더라면 훨씬 더 좋을 것이다.

순교란 타나토스를 에로스의 대의에 연결하고 죽음을 살아 있는 자에 기여하도록 하는 것으로서, 이에 수반되는 것은 죽음을 비극적 현실로 받아들이는 것이지 기대를 가지고 죽음 너머의 세계를 유심히 바라보는 것이 아니다. 이런 상황에서조차 자신들의 믿음이나 사랑이 아무리 변변찮게 실현되거나 보상된다 하더라도 그것을 포기할 수 없다고 깨닫는 사람들에게서만, 죽음이나 자기 궁핍이라는 장애물이 어떤 지평으로 변모될 수 있다. 죽음과 실패와 필멸성을 상징계적 교환에서의 협상 카드가 아니라 최종적인 결정으로 보는 사람들에게서만 그것들이 완전히 최종적인 결정이 아닌 것으로 드러날 수 있다. 이는 마치 만의 『파우스트 박사』를 마무리하는 악마의 교향곡이 불가능하고, 무한히 조용하고, 거의 들리지 않은 선율―즉 대기에 떠도는 미약한 유령이나 몸짓 혹은 전혀 다르게 바라보며 살아가는 어떤 방식을 암시해 줄지도 모를 어떤 '절망을 넘어선 소망'―로 끝나는 것과 같다. 이런 의미에서 사회주의 또한 비극적 기획이다. 사회주의는 실패와의 연대를 실천하는 것으로, 유일하게 지속 가능한 권력이란 무력함과의 협정을 통해 태어난 것이라는 점을 인식하고 있다. 잃을 것이 거의 없는 사람들만이 보다 더 정의로운 미래라는 위험천만한 가능성에 자신들의 얼마 안 되는 자원을 걸 것 같다.

전통적으로 십자가에 못 박힘은 그리스도가 인간의 죄책감을 떠맡아 구원하는 계기라고 여겨진다. 문제의 이 죄책감은 법과 욕망의 치명적인 공모에서 비롯된다. 왜냐하면 법 혹은 초자아는 우리로 하여금 우리 자신의 비합법적 열망을 처벌하게 하고, 그 과정에서 어떤 외설적 쾌락―연이어 더 심한 죄책감과 더 야만적인 자해를 유발하는 쾌락―을 얻게 하기 때문이다. 만약 그리스도의 죽음이 이런 나선형적 과정을 부수어 여는 것이라고 한다면, 이는 앞서 살펴보았듯이 그의 죽음을 통해 아버지의 법이 죽음을 초래하는 권력이 아니라 사랑과 정의의 법이라는 점이 드러나기 때문이다. 그리스도의 죽음은 법이 억압의 멍에가 아니라 은총―즉 사랑, 희열, 해방, 즐거이 풍성한 삶―이라고 선언한다.

라캉 식 사유는 주체와 대타자 사이, 즉 주체로서의 우리의 존재와 불가사의한 대타자가 우리에게 요구하려는 것 사이에 비극적 균열이 있다고 본다. 이에 반해 예수를 '성자'라고 말한다는 것은 신이라고 알려진 대타자에 대한 예수의 존재가 예수의 자기 자신에 대한 존재이기도 하다고 주장하는 것이다. 사랑의 원천과 예수의 개인적 실존의 원천은 동일하다. 그는 아버지의 법―그 법의 투명한 기표 (혹은 '말씀')―과 같으며, 전적으로 육신이 아닌 사랑에서 태어난다. 그리고 이와 같은 자기 정체성의 뿌리에 대한 충직한 동일화, 즉 자기 존재의 근거에 대한 애정 어린 믿음을 포기하지 않음으로써 예수는 고문 받고 살해당한다. 아버지의 법에 대한 그의 충실성은 그 자체로 한없는 사랑의 일례이며, 따라서 아버지 자신의 계시다. 신은 단순히 예수의 욕망의 대상이 아닌 원천이기 때문에, 결국 그 대상이 끊임없이 달아나는 라캉 식 욕망의 '악'무한성은 어떻게든 이미 향유된 경우에만 가능할 수 있는 선한 것에 대한 욕망으로 대체된다. 기독교의 옛 문구에 있는 것처럼, 이미 신을 발견하지 못했다면 신을 찾을 수 없을 것이다. 이런 의미에서 욕망의 무한성은 풍요로운 삶의 영원성에 길을 내준다. 정말 중요하게도, 한없는 것은 욕망이 아니라 바로 자선이다. 이런 의미에서 욕망은 일단 믿음의 형식을 띠기만 한다면 더 이상 끊임없는 상실이 아니게 된다. 하지만 우리는 대타자가 우리를 용서하기보다는 질책해야 한다고 병적으로 아우성을 치며 요구하기 때문에, 그런 자기 징벌적 환상에서 거둬들인 환락을 포기하지 않으려고 한다. 실제로 우리 편인 어떤 대타자성이 존재할 수도 있다는 추문을 받아들이기는 어렵다. 이를 시인한다는 것은 우리를 법에 묶어두는 피학적 기쁨의 포기를 의미하며, 결국 뿌리부터 가지까지 철저한 자기 변혁을 요구하는 것이다.

그렇다면 예수를 아버지의 '아들'이라고 주장하는 것은 그가 아버지의 진정한 형상이라고 말하는 것이며, 그를 가부장적 노보대디나 사탄 같은 판관이나 피에 굶주린 전제군주라기보다는 친구이며 애인이자 동료 희생자로 드러내는 것이다. 예수는 자신의 아버지가 아니라 로마와 그 국가의 무기력한 식민지 수하들에 의해 살해당했는데, 이 수하들은 가난한 자들 사이에서의 예수의 엄청난 인기뿐만 아니라 자비와 정의라는 그의 메시지를 두려워하면서 심하게 요동치는 정치적 상황에서 그를 제거했다. 그의 가장 친한 동지들이 아마도 열심당원들이나 반제국주의적 혁명가들이었을 것이라는 점도 도움이 되지는 않았을 것이다. 신의 사랑의 성스러운 공포는 죄 없는 죄인—즉 타자들을 위해 화를 당한 속죄양—의 성스러운 공포가 된다. 이는 신이 인자한 모습을 보이면서도 외설적이게 가학적인 이면을 지니고 있다는 말이 아니라 신이 사랑의 테러리스트라는 말이다. 십자가에 못 박힘이 전하는 메시지는, 구약의 예언자 전통을 따라 가난한 자들에게 힘을 가지라고 요청하는 자는 국가에 의해 죽게 되리라는 것이다. 부활이 암시하는 바는 그런 국가의 승리가 최종적인 결정이 아니라는 점이다.

법의 우상숭배적이며 초자아적인 이미지는 결국 최고의 위치에서 축출된다. 이로 인해 이제 원칙적으로는 죄책감 없이 사랑하고 욕망하는 것이 가능해진다. 존재의 결핍인 욕망은 보다 심원한 부정성인 신의 흔적으로 보일 수 있게 된다. 이에 따라 우리는 욕망이 법의 악의적인 가학성을 조장하면서 우리 안에 짓무르는 죄책감의 문화─고전적인 기독교의 용어로는 원죄─를 자라게 하는 비극적 상황에서 해방된다. 놀랍게도 외설적이지 않은 형태의 환락이나 희열이 이제 가능하게 된다. 이런 환락이 타나토스 혹은 죽음 욕동처럼 라캉 식 표현에 따르면, 공리를 극도로 초과하여 '아무 데도 쓸모없는' 것이기는 하지만, 이제 그것은 신의 지고한 자기 기쁨 이외에는 다른 목적이 없는 순수하고 아무 동기도 없는 선물이자 은총으로서의 창조 그 자체가 지니는 무용성을 지닌다. 법의 공포는 달랠 길 없을 정도로 극단적인 신의 사랑으로 드러나고, 사랑 자체는 난폭하고 파괴적이고 외상적인 요구이며 결국 다름 아닌 야누스의 얼굴을 한 실재계로 밝혀진다. 만약 욕망이 더 이상 비합법적이지 않다면, 즉 이제 우리가 죄책감 없이 서로를 사랑할 수 있다고 한다면, 이는 그 사랑의 근원이 항상 이미 우리를 용서해 왔으며, 도덕적으로 비참한 상태에 처한 우리를 있는 그대로 받아들이며, 그 자신이 우리를 사랑할 수 있게 해달라는 것 이외의 어떤 요구도 하지 않는다는, 용납하기 어려운 사실을 우리가 받아들였기 때문이다. 놀랍게도 우리의 복지를 붕괴시키지 않고 오히려 욕망하는 형태의 실재계, 우리를 실패하지 않도록 해줄 실재계가 있다. 그로 인해 우리는 회한의 외설적 쾌락을 불시에 빼앗기게 되며, 이는 적어도 우리가 존재하고 있다는 점을 우리에게 확신시켜 준다.

이 모든 것은 실재계 윤리의 알레고리로 읽힐 수 있다. 실재계는 신의 사랑처럼 신성하면서도 저주받은, 성스러운 공포다. 실재계는 우리가 죽음 욕동의 보복적인 분노의 먹이가 되는 장소이면서도 그 족쇄로부터 풀려날 수 있는 장소이기도 하다. 절망으로 인한 궁핍은 보기보다 사랑으로 인한 자기 박탈에 더 가까울 수도 있다. 라캉이 보기에, 우리가 죽음의 힘을 포용한다면 욕망의 등록소로부터 욕동의 등록소로 옮아갈 수 있다. 그렇게 하면서 우리는 법의 잘 일구어진 영역을 통과하여 다른 편으로 나와서 정신의 어떤 불법 지역 혹은 와일드 웨스트—즉 유일하게 중요한 법이 바로 우리 욕망의 법인 장소—로 옮아가게 된다. 우리는 상징계적 법을 실재계의 법과 교환하게 된다. 상징계적 법의 부담을 주는 필연성은 자신의 욕망을 고수하는 생명을 주는 필연성에 자리를 양보하는데, 이 욕망은 모든 진짜 도덕적 충동처럼 불가항력적이라고 느껴지는 것이다. 이제 두려워해야 할 유일한 죄책감은 자기 존재의 본질로 확인된 그 욕망을 단념하는 나쁜 믿음이다. 이런 면에서 라캉은 자기 나름대로 로렌스만큼이나 본질주의자다.

살아 있는 주검은 법망에 걸려 욕망과 자기혐오 사이의 동결된 변증법이라는 영원한 지옥에 빠진 채 자기에게 고통을 가하는 자들이기는 하지만, 일단 죽음이 막다른 골목이 아니라 출발점으로 보이게 된다면 좀비나 뱀파이어 같은 이 생물체들은 이제 실제로 죽음으로써 자신들의 유한성을 포용하고 죽음 욕동을 붙잡아 욕망의 동력으로 전환할 수 있게 된다. 이를 통해 그들은 기묘한 종류의 불멸성을 확인한다. 더 이상 죽음을 두려워하지 않는다는 것은 일종의 영원한 삶을 즐기는 것이다. 바로 이런 상황을 염두에 두고서 라캉은 오직 상징계적 질서를 넘어서는 이 영역에서만 "한없는 사랑의 의미화가 나타날 수 있는데, 왜냐하면 그 사랑은 법의 한계 밖에 있으며 거기서 홀로 살 수 있기 때문"이라고 언급한다.[23] 라캉이 칸트 식 의미에서의 '정념적'이라고 본 우리의 정감의 직접적인 대상을 포기해야만 우리는 실재계라는 욕망의 순수성을 확인할 수 있다. 그렇게 하면서 우리는 죄책감으로부터 해방되어 결국 조금도 거리낌 없이 사랑할 수 있게 된다.

그렇다면 기독교의 경우와 마찬가지로 라캉의 윤리는 희생의 윤리다. 사실상 라캉은 만약 (결코 그러리라고 신뢰하지는 않았지만) 참된 종교가 있었다면, 그것은 기독교였을 것이라고 한 차례 언급한 적이 있다. 그러나 이 두 교리 사이에는 중요한 차이가 있다. 라캉은 세속적인 것들에 대한 사랑을 그것들이 반드시 포기되어 대체되어야 하는 실재계의 욕망과 대비한다. 이에 반해 기독교는 세속성과 실재계가 그토록 선명하게 대립된다고 보지 않는다. 그리스도는 세상을 사랑하기에 세상을 단념했다. 그는 인간에 대한 사랑을 위해 모든 것을 잃어버릴 준비가 되어 있었다. 체현적 믿음에서 실재계는 몇몇 라캉주의자에게 보이는 것과 달리 타자에 대한 사랑을 대체하는 대안이 아니다. 오히려 실재계는 사랑을 통해서 실현된다. 샌트너가 표현하듯이, "우리가 …… 신을 필요로 하는 것은 신성한 것들을 위해서가 아니라 세속적인 것들에 대해 적절히 주의를 기울이기 위해서다."[24] 이런 의미에서 기독교적 믿음에는 실재계와 상징계, 신과 타자들, 욕망과 사랑, 중대한 것과 세속적인 것이 서로 대립하지 않는다. 사랑의 대상들은 욕망의 행로에 던져진 미끼들이 아니라 신의 사랑의 실재계가 통상적으로 조우될 수 있는 길이다. 실로 유대 기독교 신앙에서 타자들이 오로지 참된 사랑의 대상들이 되려면 그들은 '실재계 내에서' 조우되어야 한다. 즉 타자들은 상상계의 '둘만의 이기주의'(*égoisme à deux*)에 저항하면서 아버지의 초월성으로 인한 숭고한 낯섦의 전령이 되어야 한다.

전혀 어울릴 수 없을 만큼 이질적인 이웃을 '자기 자신처럼' 사랑해

23 Jacques Lacan, *The Four Fundamental Concepts of Psychoanalysis*, London, 1977, p. 276.

24 Eric Santner, "Miracles Happen: Benjamin, Rosenzweig, Freud, and the Matter of the Neighbor", in S. Žižek, E. Santner and K. Reinhard(eds.), *The Neighbor*, Chicago and London, 2005, p. 133.

야만 한다는 주장은 자기도취가 아니라 고된 노동을 요하는 비법이다. 왜냐하면 자기 자신을 사랑하는 것은 결코 쉬운 일이 아니며, 이는 실로 자기 정체성의 중핵에서 변모시키는 실재계를 받아들여야 하기 때문이다. 하지만 이것은 상상계의 상호 존중 혹은 상징계를 특징짓는 자율적 주체 사이의 계약에 의한 협정과 대조적으로, 인간 존재가 서로 만나게 될 견고한 근거가 될 수 있다. 성서에서 신을 사랑하고 자신의 이웃을 자기처럼 사랑하라는 닮은꼴의 두 지령은 어떤 의미에서 분리될 수 없는 것으로 받아들여진다. 즉 이웃에 대한 사랑은 실재계에 근거해야만 가능하다. 하지만 또한 이 둘은 구분되기도 해야 하는데, 그래야 모든 이웃사랑이 다 타당하지 않다는 점을 드러낼 수 있기 때문이다. 상상계적으로 이웃을 사랑하는 것이 가능하기는 하겠지만, 이것은 실재계에 전혀 미치지 못한다. 다른 말로 하면, 상상계적 이웃사랑에는 새로운 사회질서를 탄생시키는 데 필요한 비인격적·희생적·자기 박탈적 사랑이 없다.

이런 의미에서 이웃사랑을 비밀스러운 자기도취로 축소하고 싶어 하는 라캉주의자들도 있는 듯하나, 그렇다고 이웃사랑이 전부 다 비밀스러운 자기도취를 의미하지는 않는다. 자기도취를 의미하지 않는 사랑은 바로 희생적 사랑이다. 이 희생적 사랑은 마르크스가 『헤겔 법철학 비판 서설』(*Contribution to the Critique of Hegel's Philosophy of Right*)에서 '인간성의 완전한 상실'이 '인간성의 완전한 획득'으로 전환되기 위해 필요하다고 묘사한 바로 그것이다. 속죄양 혹은 희생물―마르크스에게서의 프롤레타리아 계급―은 힘없는 상태에서 힘 있는 상태로 옮아가는 자이며, 이와 같은 낮은 상태로부터 고양된 상태로의 움직임에 대한 정신분석학적 용어는 바로 승화다. 만의 『마의 산』에 등장하는 한스 카스토프가 그 위대한 눈보라 장면에서 인식하게 된 것처럼 죽음보다 더 강한 것은 이성이 아니라 사랑이고, 오직 이 통찰로부터 문명의 감미로움이 생겨날 수 있지만 "항상 피의 희생을 암묵적으로 인정하기에" 생겨난다. 사람들은 정신의 아름다움과 고결함에 경의를 표하면서도 그 근저에 있는 공포감과 처참함을 인정해야 한다.

결국 라캉이나 레비나스나 바디우의 윤리 사상은 정말 충분히 지루하거나 돈강법적이지 않다.[25] 많은 사람들이 보기에 본래적 가치들을 많이 잃어버린 듯한 시대에, 이 사상가들은 너무 쉽게 내재적인 것을 초월적인 것과 교환해 버렸다. 이런 점에서 그들의 사상은 내재와 초월에 관련하여 굳이 선택해야 할 필요가 없는 기독교 윤리와 불리하게 대비된다. 배고픈 자들에게 먹을 것을 주는 것은 신의 은총의 삶을 살아가는 것이다. 윤리적 실재론자들은 대단히 유물론적인 유대 기독교적 도덕보다 훨씬 더 금욕적이고 '종교적'이며, 타세계 지향적 (otherworldly)이다. 돈강법은 유대 기독교의 유산을 구성하는 비유이며, 이와 관련하여 항상 대상이 애석하게도 그 대상을 향한 욕망에 못 미칠 것이라고 보는 정신분석학의 경우도 마찬가지다. 실재론자들의 경우와는 달리, 유대 기독교에는 내재와 초월 사이의 갈등이 없다. 『구약성경』의 야훼는 자신의 백성들이 이민자들을 환대하고, 궁핍한 자들을 돌보고, 부자들의 폭력으로부터 가난한 자들을 보호할 때 자신이 어떤 사람인지를 알게 될 것이라고 선언한다.

물 한 잔의 선물에 전 우주의 성패가 달려 있다는 믿음에는 카니발적인 속성이 있다. 사람의 아들은 단지 당신이 병자들을 방문했는지 굶주린 자들에게 음식을 주었는지를 무미건조하게 알아보기 위해서 장엄하게도 영광의 구름을 타고 급히 내려온다. 관례적인 메시아들은 당나귀가 아닌 방탄 리무진을 타고 경호원들을 대동하고 수도로 입성하는 경향이 있다. 예수는 구세주의 병적인 농담거리 정도로 제시된다. 하지만 기독교의 복음은 헐벗은 자에게 옷을 입혀주는 것과 같은 단조로운 행위에서 어떤 변모된 세상을 미리 맛보게 된다고 보는데,

---

25 라캉 식 윤리에 대해 희극의 관점에서 탁월하게 비판한 것에 대해서는 Simon Critchley, *Ethics-Politics-Subjectivity*, London, 1999의 제10장 참조.

이는 프랑스인들이 보기에 어리석은 생각일 것이다. 라캉의 제자들에게서와 달리, 예외적인 것과 일상적인 것은 분리된 영역이 아니다. 물질세계가 구원의 유일한 장소다. 그레이엄 페치가 쓴 바에 따르면, 근대적 글쓰기가 "고전적인 '문체 분리'(Stiltrennung)를 폐기하고 일상적인 것 안에서 진지한 것과 비극적인 것을 발견했던 그 이면에는, 세계를 뒤흔들었던 로마령 유대에서의 아주 평범한 치안 활동이 있었다."[26]

마찬가지로 사회주의적 윤리도 현재의 통상적인 형태의 동지애가 미래의 혁명 체제를 예시한다고 본다. 고전적 마르크스주의가 혁명의 '실재계'를 위기와 혼란의 그 장대한 전체 드라마와 더불어 고수하기는 하지만, 이 중대한 파열은 일반적인 생활을 위해서 존재하며 평범한 사람들에 의해서 일어난다. 만약 영웅주의라는 것이 있다면, 그것은 반영웅적인 대중의 영웅주의다. 실재계와 상징계가 분리되어서는 안 된다. 죽음 욕동을 일상생활의 보이지 않는 색채로 보는 정신분석학에서도 이 둘이 분리되어서는 안 된다.

이와 같은 내재와 초월 사이의 긴장이 「요한복음」에서는 세계를 사랑하는 것과 배척하는 것 사이의 긴장으로 나타난다. 지배적 권력체계라는 의미에서의 세계는 정의의 사도들을 비방할 것이며, 그로 인해 거부될 것이다. 그렇다고 해서 이것은 바디우 같은 이들의 극좌파적인 타세계 지향성을 반영하지 않듯이, 일상적 실존을 데리다 식으로 싫어하는 것도 아니다. 왜냐하면 우리가 들은바, 세계란 신이 사랑하는 것이기도 하기 때문이다. 세계는 신의 창조물이기 때문에, 정치적 이의제기가 육신적이며 유한한 것에 대한 금욕적인 싫증과 혼동되어서는 안 된다. 바디우가 바울로에 대한 연구에서 인식하듯이, 육신은 신의 성스러운 창조물인 육체가 아니라 타락하고 폭력적인 형태의 정치적

---

26 Graham Pechey, *Mikhail Bakhtin: The World in the World*, London, 2007, p. 155.

삶을 의미한다. 기독교와 사회주의는 실제로 타세계 지향적 신조로서, 변형된 인간을 기대한다. 그러나 기독교와 사회주의가 그런 기대를 하는 것은 실제로 존재하는 사람들에 대한 관심 때문이지 현혹하는 그림의 떡에 대한 열망 때문이 아니다. 예수가 동지들에게 자신의 복음에 충실하다면 살해당할 것이라고 한 경고에는 마취시키는 망상이 없다. 그와 같은 타세계 지향성을 멸시하는 자들은 자유주의자들 혹은 보수주의자들이라고 알려져 있다. 그들은 그때그때의 적절한 개혁에 사소한 차이가 있을지라도 그런 개혁만한 것이 없다는 이상한 명제에 완전히 빠져 있다. 천진난만하게도 비현실적인 것은 바로 이런 가설이지 인간의 실존이 실현 가능하게 훨씬 더 증진될 수 있다는 믿음이 아니다.

❖

라캉은 『정신분석학의 윤리』에서 (윤리적) 영웅의 목소리가 "무(無) 앞에서는 떨지만 …… 특별히 타자의 선/이로움 앞에서는 떨지 않는다"라고 적고 있다.[27] 이타주의, 형평성, 권리 존중이란 상징계적 윤리 영역에 속하는 것으로서, 이에 대해 라캉은 정중하게 그 가치를 인정하기는 하지만, 그가 보기에 상징계적 윤리는 충분하게 깊이 파고들어가지 못한다. 실재계의 윤리는 박애주의에 반하는 편견을 품고 있는데, 도움이 절실히 필요한 사람들이 그런 윤리를 그리 열렬하게 공유하지 않으리라고 생각해 볼 수 있을 것이다. 윤리는 행복이나 자기 성취나 타자들의 선/이로움에 봉사하는 것에 대한 문제가 아니라는 것이다.

그러나 라캉이 『정신분석학의 윤리』에서 그런 것에 반대하며 전개

---

27 Jacques Lacan, *Ethics of Psychoanalysis*, p. 323.

한 반론은 매우 미약하다. 그가 지적한바, 선함이나 덕의 영역은 불가 피하게 권력을 수반하는데, 이는 그가 보기에 어쨌든 어떤 사람의 욕 망 실현을 산만하게 만드는 방해물에 지나지 않는 다양한 사회적 선을 누군가 통제하고 분배하기 때문이다. 하지만 실재계를 향한 욕망도 분 명 그에 못지않을 만큼 모조리 권력을 수반한다. 분명 클라리사 할로 는 죽음에 대해 그토록 고집스럽게 결연한 태도를 취함으로써 어마어 마한 권위를 발휘한다. 게다가 라캉은 선한 것에 관한 문제란 누구의 선이 달려 있는가라는 쟁점을 제기한다고 주장하는데, 마치 이런 식의 주장이 그 문제를 신뢰하지 못하게 만들기에 충분하다는 듯하다. 지젝 과 주판치치도 똑같은 주장을 개진한다. 이들은 전통적인 의미에서의 윤리란 누구의 무슨 선이 어떤 특정 상황에 관련되어 있는가에 대한 끝없는 논쟁이라는 사실을 헤아리지 못하는 것처럼 보인다. 마치 이제 까지는 어느 누구든 선을 행하면 죄책감이 누그러든다고 상상해 왔다 는 듯이, 라캉은 우리에게 그렇게 누그러들지 않는다고 근엄하게 일러 준다. 그는 타자에게 선한/이로운 것을 원하는 것은 일반적으로 자신 에게 선한/이로운 것을 원하는 것의 문제라고 믿는다. 요컨대 박애주 의는 일종의 사기 행위다. 그렇다면 우리는 우리를 대신해서 분명 복 지사업이 해줄 수 있는 타자에 대한 배려보다 더 고상한 것들을 윤리 적 목표로 삼아야만 한다.

다른 면에서는 탁월하다고 볼 수 있는 연구에서, 주판치치는 실재 계 윤리에서의 환락이 이웃사랑에 의해 '길들여졌다'고 조롱하듯 말 한다.[28] 이것이 구경꾼들로 붐비는 거리에서 방금 트럭에 깔린 사람들 의 견해는 아니리라고 의심해 볼 수도 있다. 철학자 카트린 샤를리에 는 행복의 윤리는 자기 사랑에서 연유될 수밖에 없기 때문에 칸트와 레비나스가 행복의 윤리를 거부한 것은 옳다고 믿는다.[29] 행복이 자기

---

28 Alenka Zupančič, *Ethics of the Real*, p. 23.

29 Catherine Chalier, *What Ought I To Do? Morality in Kant and Levinas*,

중심적인 데 반해, 말하자면 욕망은 그렇지 않다는 이유가 그리 명확하지는 않다. 레비나스는 대타자가 현전할 경우 우리가 느껴야만 하는 고뇌를 느끼지 못하도록 우리를 마취시킬 위험이 있는 행복 관념에 대해 매우 예민하다. 우리가 속세의 풍미로 인해 실재계를 잊게 될 수도 있다고 본 라캉처럼, 레비나스는 우리가 속세의 것을 즐기면서 신을 잊게 될 수도 있다는 점을 우려한다. 그는 거의 항상 행복이란 우둔한 현실 안주(자기만족)라고 여긴다.[30] 또 다른 윤리적 실재론자인 케네스 레이너드는 누군가가 자신의 이웃을 "나의 '동포', 나의 닮은꼴"로 대하면서 "이웃의 선(자기 보존, 욕구의 만족)을 내 자아의 거울에 비추어 상상하는 것"에 반대한다고 공언한다.[31] 그러나 모든 인간의 자선이 이처럼 미숙하게 자기도취적이라고 의심해야 할 이유는 없다. 이웃 사랑은 안티고네의 경우에서처럼 자기 자신의 죽음을 초래할 수도 있다. 어떤 실재론자들은 이른바 (본질적으로 상상계적인 사안인) 이타주의의 동물적 쾌락을 실재계의 숭고한 환락과 대비한다. 그러나 라캉이 가르치듯이, 환락은 죽음을 감수하는 것을 수반하며 타자에 대한 사랑도 마찬가지다. 비록 순교자의 경우에서처럼 누군가가 정말로 죽지는 않는다고 할지라도, 죽음은 여전히 타자에 대한 사랑이 수반하는 자기 포기에 대한 비유다. 동정과 실재계 사이, 이웃다운 것과 이질적인 것 사이에 필연적인 갈등은 없다. 클라리사는 인간에게 등을 돌리고 신에게 자신을 바치기는 하지만, 그녀가 고수한 기독교적 믿음의 원리란 바로 그 신이 가장 근본적으로는 박탈당한 자들에게 현전한다는 것이다. 그녀는 허구 안에 형상화된 채 그저 영광스러운 고독 속에서 죽는 것이 아니라 동시대의 모든 학대받은 여성을 대신해서 죽는다.

Ithaca, NY, 2002, p. 133.

30 예를 들어 Emmanuel Levinas, *Noms propres*, Montpellier, 1976, p. 169 참조.

31 Kenneth Reinhard, "Towards a Political Theology of the Neighbor", in S. Žižek, E. Santner and K. Reinhard, *The Neighbor*, p. 48.

더군다나 레이너드가 그래 보이듯 자기 사랑의 가치를 너무 가볍게 일축하지는 말아야 한다. 선하고 정의로운 사람은 선하고 정의로운 것들을 스스로 소망할 것이며, 그런 자원 없이는 타자들을 돌볼 준비가 덜 된 것이라는 점은 익숙한 도덕적 통찰이다. 모든 자기 사랑이 다 자기 만족적이고 헛된 것은 아니다. 왜 내가 다른 사람들을 대할 때보다 나 자신을 대할 때 더 인색할 수 있도록 허용되어야 하는가? 왜 내가 그저 우연히 나라는 이유로 보편적인 자선의 법에서 면제되어야만 하는가? 나 자신을 대하듯 타자들을 대하라는 교시는 내가 나를 어느 정도 존중할 경우에만 작동될 수 있다. 그리고 이것이 자연스럽다거나 자연발생적인 것이라고 가정해야 할 이유는 없다. 기독교 신앙에서 자기 자신을 사랑하는 것은 타자들을 사랑하는 것과 마찬가지로 신의 은총을 필요로 한다.

소포클레스의 크레온은 폴리스의 대표자로서 선한 것을 통제하고 분배하는 데 참여하는데, 이런 정신의 관료주의는 지나칠 정도로 라캉의 관심을 끌지 못한다. 이것은 단지 '재화(선한/이로운 것들)의 용역'으로서의 윤리일 뿐이다. 라캉의 상상력을 붙잡은 것은 칸트적 실천이성의 승자인 크레온이 아니라 안티고네다. 즉 공공 재화(선/이로움)의 규제 경제가 아니라 속세의 모든 이해관계와 충족감을 넘어서는 고독하며 죽음으로 추동된 어떤 과도한 욕망이다. 라캉은 "오직 순교자들만 연민이나 두려움을 모른다"고 당당하게 논평하면서, 아마도 성경에서 예수가 죽기 전날 극심한 공포를 느끼던 겟세마네 동산의 장면을 잊어버렸나 보다.[32] 전통적인 순교자는 살아 있는 자들에게 쓰일 수 있도록 자신의 죽음을 내어놓는데, 이는 타나토스를 에로스의 목적에 연결하는 것이다. 한데 라캉 식 순교자, 영웅은 자신의 죽음을 자기 안에 있는 대의 혹은 물자체—즉 사회적 실존의 머나먼 변경 기지 너머에

---

32 Jacques Lacan, *Ethics of Psychoanalysis*, p. 267.

서 어떤 고독한 환락으로 경험되는 자신의 욕망—에 내맡겨 버린다.

그래서 주판치치는 쾌락, 동정, 이웃사랑, 행복, 공공선 등의 '유혹에 빠지게 되는' 것을 윤리적으로 거부하는 데 대해 말할 수 있는 것이다. 그의 이런 견해에 따르면, 생명윤리, 문화윤리, 의학윤리, 환경윤리 등과 같이 그런 속세의 방침에 따라 윤리를 사유한다는 것은 소심하게도 실재계의 윤리를 관조할 줄 모르는 무능력을 반영할 뿐이다.[33] 지극히 평범한 자선이란 소름끼치게 화려한 환락—즉 사회 개혁이나 무료 급식소와 달리, 아무 데도 쓸모없는 소모—에 대한 무의식적인 방어 수단이다. 단순한 윤리적 '행동들'은 혁명적인 윤리적 '행위들'과 대비되어야만 하며, '행위들'이라는 용어는 주판치치가 다른 곳에서 설명하면서 그 논지를 확인하려는 듯 훨씬 더 위엄 있는 행위 그 자체로 그 꼴이 변형된다. 만약 그런 순수한 행위들만이 참으로 윤리적이라면, 도덕은 정치적 혁명 못지않게 공급 부족 상태일 것 같다. 지젝은 마치 윤리적인 것이 행정이라는 바퀴에 사무적으로 기름칠이나 하는 것에 지나지 않는다는 듯이, 관례적 혹은 상징계적 도덕을 폄하하면서 "존재 자체의 영역에서 일이 순조롭게 진행되도록 하는 것"이라고 말한다.[34] 윤리는 귀족적인 반면 도덕은 소시민적이다. 신과 같은 실재계의 관점에서 보면, 일상생활은 지루하게 획일적이며 자동화된 것처럼 보일 것이다. (일반적으로 지젝이 그러하듯) 일상생활은 다른 무엇보다 윤리적이며 정치적 갈등의 각축장으로 파악되지 않는다. 실재계의 숭고한 화려함에 비해 일상생활 내부의 투쟁이나 모순은 상대적으로 하찮아 보인다. 그런 것들은 엘리트주의적 윤리 문제라기보다는 따분한 도덕 문제다.

라이크만은 정신분석학의 목적이 "우리를 더 유덕한 시민이나 더 생산적인 노동자로 만드는 것은 아니다"라고 표현한다. 말하자면, 이 말

33 Alenka Zupančič, *Ethics of the Real*, p. 95.

34 Slavoj Žižek, *The Ticklish Subject*, London, 1999, p. 143.

이 함축하는 바는 유덕한 시민이란 국가권력에 의문을 제기하기 위해 덕을 행사하는 사람이라기보다는 오히려 분별없이 국가를 지지하는 지독하게 틀에 박힌 생물체라는 것이다. 만약 존 에드거 후버*가 유덕한 시민이었다면, 로베스피에르**도 마찬가지였을 것이다. 마찬가지로 생산성이 높은 노동자를 키워내는 것이 히틀러의 독일에서는 보수적인 기획이었을지도 모르지만, 포스트-식민 세계의 여러 지역에서는 여전히 건설적인 기획이다. 라이크만이 주장하듯이, 실제로 정신분석학의 재료가 인간의 불만이기는 하지만, 나치 독일에서의 삶에 대해 불만을 품는 것과 카스트로의 쿠바에서 구체제를 축출하는 것에 대해 심란해하는 것 사이에는 매우 중요한 차이가 있다. 만약 이런 차이에 주목하지 않는다면, 외로운 반대자와 획일적으로 억압적인 국가라는 닳아빠진 낭만주의적 대비를 훨씬 더 정교하게 가장하여 재생산하는 위험에 빠지게 된다. 많은 실재계의 윤리는 이런 케케묵은 자세를 취한다.

윤리적 삶에 대한 라캉의 태도에는 디오니소스적인 면이 예측할 수 있을 만큼 조금은 있다. 그래서 그는 우리 시대에 인간의 욕망이 관례적이며 정통적인 도학자들과 개혁주의자들과 교육자들에 의해 순화되고, 거세되고, 누그러지고, 길들여져 왔다고 생각한다. 이는 마치 도덕적인 것은 여성적인 반면, 윤리적인 것은 남성적이라는 듯하다. 근대 정치문화는 단지 '재화(선한/이로운 것들)의 용역'—행복과 복지와 복리와 민권 및 여타 진통제 역할을 하는 현실 원칙의 일례들—에 사로잡힌 채, 인간과 그의 욕망의 관계에 대한 핵심적인 윤리적 질문을 포기해 버렸다. 라캉은 복지와 권리 및 기타 등등의 분야가 "물론 존재하며 그 점을 부인해 봤자 소용없다"라고 대범하게 인정한다.[35] 이는

---

* 존 에드거 후버(John Edgar Hoover, 1895~1972): 미연방수사국(FBI)의 창설자.

** 로베스피에르(Robespierre, 1758~94): 프랑스 혁명기 공포정치의 대표적인 인물.

라캉이 오히려 그런 것이 장티푸스처럼 존재하지 않기를 바란다는 인상을 심어줄 뿐이다. 아마도 윤리적 엘리트주의의 위험성을 의식해서인지, 라캉은 비극적 주인공과 일반적인 개인 사이에는 그 어떤 근본적인 차이도 없다고 계속 주장한다. 그는 "우리 각자 안에는 영웅이 걸어갔던 길의 흔적이 나타나 있으며, 누군가는 아주 평범한 사람으로서 그 길을 끝까지 따라간다"라고 적고 있다.[36] 영웅은 평균적인 보통 사람의 모든 정념을 경험하는데, "단 영웅의 경우 그 정념이 순수하며 그가 거기서 완전히 자립하는 데 성공한다는 점은 예외적이다."[37] 이처럼 영웅이 실제로 바로 옆집에 사는 사람이라고 하는 듯하다가, 바로 연이어 우리는 그게 그렇지 않다는 말을 듣게 된다. 라캉은 관대하게도 예외적인 것과 평균적인 것 사이의 차이를 없애고서는 즉시 원상복구한다. 그가 우리에게 알려준 바에 따르면, 평균적인 개인은 배신당할 경우에 자신의 욕망을 저버리고 재화(선한/이로운 것들)의 용역이라는 저급한 영역으로 되돌아가는 경향을 보이는 반면, 영웅은 계속해서 자신의 정념에 충실하다는 것이다. 이 지독한 인물들은 자신들의 욕망을 그 욕망이 더 이상 표상될 수 없는 지점, 즉 그들이 그 진리로 인해 소멸되는 지점에까지 이끌어간다.

칸트는 『이성의 한계 내에서의 종교』(*Religion within the Limits of Reason*)에서 한 사람 한 사람을 새롭게 창조하는 개인 성품에서의 혁명에 대해 쓰고 있다. '정념적인 것'에서 윤리적인 것으로 옮아갈 경우에 우리에게 필요한 것은 바로 이 혁명이다. 실재계의 윤리는 귀하게도 이 교리를 물려받아 실로 우리의 상징계적 우주를 다 뒤집어 놓는 어떤 '불가능한' 계시 혹은 극단—즉 우리를 탈구시켜 우리의 세계를 다시 총체화하고 우리 실존의 토대를 격렬하게 재구성하는 요동치는

---

35 Ibid., p. 321.

36 Ibid., p. 319.

37 Ibid., p. 320.

사건—을 중심으로 움직인다. 실재론자들이 오직 이런 혁명적 윤리만이 인격적이든 정치적이든 우리의 갱생되지 않은 상황에 대해 답할 수 있다고 본 것은 맞다. 정치와 관련하여, 특히 우리의 비참한 정치적 상황을 고려하면, 자유주의자들과 보수주의자들, 개혁주의자들 등과 같이 실재론을 과감하게 내던져버린 자들만이 이보다 덜 근본적인 변화가 우리에게 필요한 정도만큼을 줄 것이라고 상상할 수 있을 것이다.

그러나 이런 다메섹 도상에서의 회심과 같은 계시가 지닌 한 가지 문제는 그 이후에 무엇이 일어날 것인가라는 문제다. 윤리적 영웅이 실재계와 고독하게 만나는 것이 어떻게 정치적 변혁을 위한 길을 마련할 수 있는지에 대한 실마리가 라캉 식 이론에는 거의 없다. 정치에 관한 한, 이 윤리는 너무나 엘리트주의적이며 사회성이 없어 그런 변환에 그리 쉽게 도움이 되지 않는다. 정치와 윤리는 대개의 경우 서로 반대편에 있다. 어쨌든 모든 사람이 반드시 리어나 안티고네 같은 인물이 되어야만 잘 살게 되는지에 대해 물어볼 필요는 있다. 실재론자들의 실수는 정녕 대단히 예외적인 경험을 도덕적 삶의 전형으로 삼는다는 것이다. 모더니즘 식으로 보면, 극단적인 것이 규범적인 것을 규정한다. 그러나 어떤 사람은 오직 죽음의 수용소나 바리케이드에 적합한 윤리만이 아니라 정형외과 병원과 취학 전 놀이학교에 적합한 윤리도 필요로 한다. 전환, 계시, 파열 혹은 혁명의 순간을 실로 귀하게 조명하는 윤리는 사회생활 전체로 투사될 수 없으며, 결국 그러기에는 어쩔 수 없이 역부족일 수밖에 없게 될 것이다. 그래서 실재계는 프로이트 식 초자아나 칸트 식 도덕법처럼 처신하면서 우리에게 성취 불가능한 요구를 함으로써 우리의 유약함을 들먹일 위험성이 있다.

바디우에게서 하나의 영역으로부터 다른 영역으로의 어떤 변환 같은 것이 있을 수 있다. 실재계가 어떻게 상징계와 합쳐지는가에 대한 대답은 실재계가 드러내는 진리에 대해 그날그날의 일상적 충실성을 유지하라는 것이다. 이를테면 이는 바디우가 자기 나름의 방식으로 설명한 성육신, 즉 무한한 것과 유한한 것의 교차다. 이런 방식으로 예외적인 것을 평범한 것으로 변환하는 것이 무슨 의미인지를 알기가 쉽지는 않지만, 최소한 바디우는 이 둘 사이의 어떤 지속성을 상정하고 있다. 하지만 일반적으로 상당 부분 폴리스에 맞서서 형성된 윤리를 정치적 용어로 변환하는 것은 윤리적 실재론의 문제다. 버나드 윌리엄스가 다른 문맥에서 언급하듯이, 사람들은 "마음의 순수성으로서의 덕이란 그것이 유일하게 선한 것인 동안에는 미성숙한 성취일 뿐이며, 그 다음에 그 덕을 갱생되지 않은 사회와 연결하기 위해서는 또 다른 정치를 필요로 하게 될 것이라는 점을 받아들여야 할 것이다."[38] 이것이 바로 앞서 살펴보았듯이, 레비나스가 다소 헛되이 성취하려고 더듬거리며 찾는 것이다.

기독교는 모든 사람이 리어나 안티고네 같은 인물이 되어야만 하는지 아닌지에 대한 질문에 대해 그 나름대로 답변을 하는데, 이는 모든 것을 단번에 해결하는 그리스도의 희생이라는 교리다. 그리스도는 순수한 인간성의 오염된 기표인 우리의 죄책감을 떠맡은 속죄양 혹은 파르마코스(희생 제물)이기 때문에, 그를 따르는 사람들은 그처럼 유혈이 낭자한 자기 박탈을 정말로 견뎌야 할 필요는 없다. 대신에 그들은 기호학적으로, 즉 기호 혹은 성체성사 차원에서 그것을 서로 나누게 된다. 바디우의 진리의 주체가 기원을 이루는 사건에 대한 충실함을 지키듯이, 성만찬이란 과거의 율법시대에서 새로운 율법시대에로의 격동적인 이행을 기념하는 것이다. 그러나 틀림없이 모든 기독교인이 정말로 타자들을 위해 자신의 생명을 내놓을 준비가 된 잠재적 순교자들이라 하더라도, 그 원래적 변혁과의 지속성은 바로 기표를 통해서 유지된다. 대화 치료라는 의미에서, 분석을 받고 있는 환자가 어떤 억압된 상태에서 해방의 상태로의 길을 찾아내는 것 또한 바로 이 기표를 통해서다. 지젝의 표현을 빌리면, 가장 위태로운 문제는 말 그대로

---

38 Bernard Williams, *Ethics and the Limits of Philosophy*, Cambridge, MA, 1985, p. 46.

의 자기 상실이라기보다는 '주체적 궁핍'이다. 정치와 관련지어 말하면, 가난한 자들이 권력을 장악하는 것을 보고 싶어 하는 사람들이 굳이 스스로 가난에 시달려야 할 필요는 없겠지만, 파블로 피카소(Pablo Picasso)의 작품을 너무 많이 소유하지 않는 것이 그들의 정치적 신뢰성을 높일 수는 있을 것이다. 중요한 것은 정치적 연대이지, 말 그대로 타자의 박탈을 함께 나누는 것이 아니다.

하지만 주로 성체성사 측면에서만 기독교인들이 그리스도의 자기 포기를 재연하는 것은 아니다. 이것은 오히려 아주 평범한 사랑을 통해 일어난다. 야훼의 사랑이 드러나는 것은 동정과 용서를 통해서이지 제의, 번제물, 도덕 규약이나 정교한 규정식을 통해서가 아니다. 그리고 인간의 영역에서 야훼의 사랑은 다른 무엇보다 가난한 자들과 박탈당한 자들에게서 잘 드러난다. 종교의 시대는 갈보리에서 대체된다. 즉「히브리서」의 저자가 주시하듯이, 그리스도는 마지막 대제사장으로서 "염소나 송아지의 피가 아닌 자신의 피로써 영원한 구원을 이루어 단번에 거룩한 곳에 들어간다"(9.12). 새로운 율법시대에 유일하게 중요한 번제물은 파손된 인간의 육체다. 바로 이 기괴한 진리를 중심으로 해서 새로운 종류의 연대―즉 상징계적 질서의 주어진 역할을 비타협적으로 해체하고 넘어서는 연대―가 구축되어야 한다. 바로 이런 이유에서 『신약성경』은 성적 성향에 그토록 무관심하고 가족 또한 그토록 무시한다.

그렇다면 실재론적 윤리와 대조적으로 기독교는 불가능한 것과 일상적인 것, 초월과 내재, 사건과 그 역사적 여파를 통합하는데, 이를 세속의 숭고함이라고 부를 수도 있을 것이다. 키르케고르는 믿음의 기사가 "숭고한 것을 평상적인 것으로 표현하는 점에" 대해 말한다.[39] 아주 흔한 사랑은 비유적인 죽음이나 자기 헌신을 수반하기 때문에 십자

---

[39] Søren Kierkegaard, Walter Lowrie(ed.), *Fear and Trembling and The Sickness Unto Death*, New York, 1954, p. 70.

가에 못 박힘을 재연한다. 이와 같은 사랑과 죽음 사이의 연계는 하이데거의 위대한 철학적 고전인 『존재와 시간』에서 대체로 간과되고 있다. 타인들과-함께하는-존재와 죽음을-향한-존재 모두가 하이데거의 현존재 혹은 인간을 구성하는 요소이기는 하지만, 하이데거는 어떻게 일상적인 형태의 자기-버리기인 사랑이 최종적인 자기-제거하기인 죽음의 예행연습인지를 대체로 파악하지 못한다. 윤리는 욕망이 아닌 사랑에 대한 것이다. 욕망으로서의 윤리로부터 폴리스의 매일매일의 생활로 가는 길은 없지만, 곧 살펴볼 사랑으로서의 윤리로부터 그곳으로 가는 길은 있다.

그래서 기독교와 더불어 평범한 것들에 대한 새로운 평가가 등장한다. 찰스 테일러는 초기 근대 사회의 베이컨 식 혁명이란 "선한/좋은 삶의 장소를 고차원적인 활동의 특별한 구역으로부터 옮겨서 '생활' 자체 내에 둔" 것이라고 본다.[40] 영예와 영광의 규약들은 노동, 상업, 성적 성향, 가족생활에 관한 관심에 길을 내준다. 정신적 가치는 더 이상 엘리트주의적인 사안이 아니라 일상생활의 일부다. 성스러운 것과 세속적인 것 사이의 장벽을 침식한 것은 바로 평범한 생활을 신성화한 종교개혁인데, 테일러는 그 기원이 일상적인 것을 긍정한 유대 기독교의 정신성에 있다고 본다. 예수의 처형을 비극적으로 만드는 것은 일상생활의 귀중함인 반면, 소크라테스는 별 가치 없는 것을 잃을 뿐이라고 믿으며 죽어간다. 희생이란 포기한 것이 지닌 가치를 함축한다. 테일러는 "기독교인들에게서 단념한 것은 바로 그 사실 자체로 인해 선한/좋은 것으로 확인된다"라고 적고 있다.[41] 모든 삶은 신으로부터 나오기 때문에 그저 살아 있다는 것 자체가 이제는 하나의 가치가 되는데, 영예를 단순한 실존보다 우위에 있다고 보는 이교도 전사 집단은 이런 견해를 공유하지 않을 것이다.

---

40 Charles Taylor, *Sources of the Self*, Cambridge, 1989, p. 213.

41 Ibid., p. 219.

에리히 아우어바흐는 자신의 훌륭한 연구서인 『미메시스』에서 호메로스(Homeros) 시의 본질적으로 단순한 심리와 히브리어[구약] 성경의 정교하고 다층적이며 발전적인 인간 형상을 대비한다. 그는 "『구약성경』의 이야기에는 처음부터 숭고하고 비극적이며 문제적인 것들이 가정적이고 아주 흔한 것들 속에서 형상화된다"라고 논평한다.[42] 만약 호메로스의 텍스트가 귀족의 일들을 묘사한다면, 『구약성경』은 일반인들에 대해 타고난 감각을 가지고 있다. 『구약성경』에서 "일반인들의 활동은 항상 식별 가능하고, 그들은 자주 동요하며, 하나의 전체로서뿐만 아니라 분리된 집단들로서, 그리고 전면에 나서는 독립된 개인들의 매개를 통해서 여러 사건에 빈번히 개입한다. 예언의 기원은 억압할 수 없는 그들의 자발성에 있는 듯하다."[43] 바로 이 문화가 그 기독교적 속편을 통해 역사상 알려진 최초의 일반인들의 보편적 운동을 일으켰던 것이다.

앞서 살펴보았듯이, 바디우는 우리에게 혁명적 사건에 대한 신의를 지키라고 촉구한다. 하지만 정의로운 사회가 그 사회를 성립시킨 계기에 영원히 얽매여 있어야만 한다고 상상하는 것은 잘못이다. 이와는 대조적으로 그 사회의 해방을 나타내는 지표는 그 사회가 더 이상 그런 도덕적 영웅주의를 필요로 하지 않는다는 것이다. 일단 정치적 혁명의 '실재계'가 발생했다면, 이 비극적 드라마에서 등을 돌리고 성취감을 주는 일상적 실존을 즐길 자유가 주어지게 된다. 기독교의 교리에서처럼 여기서도 위기와 전환은 일반적인 실존에 봉사하는 것으로 보이게 되며, 결국 실재계는 상징계의 시녀로 여겨지게 될 것이다. 하지만 우리가 살고 있는 세계를 고려할 경우, 정의와 평등이라는 비영웅적이며 일과적인 덕을 보편적인 규모로 확립하기 위해서는 그야말

---

42 Erich Auerbach, *Mimesis: The Representation of Reality in Western Literature*, Princeton, NJ and Oxford, 2003, p. 2.

43 Ibid., p. 21.

로 전력을 다한 변혁이 필요할 것이라는 의미에서, 실재계와 상징계는 하나이기도 하다. 윤리가 상상계의 능수능란함을 띠려면, 즉 윤리가 덕이라고 알려진 습관의 편이성을 취하려면 정치적으로 말해 상징계의 행위 주체성과 자기 수양뿐만 아니라 실재계의 외상적 불연속성도 필요하다.

❖

라캉은 아리스토텔레스를 존경하기는 하지만 그의 윤리가 회복 불가능할 정도로 결핍되어 있다고 본다. 덕 윤리는 오이디푸스와 안티고네 옹호자들에게는 너무나 세속적인 도덕 담론이며, 숭고성이나 초월의 문제이기에는 너무나 사소하다. 덕 윤리는 너무나 둔감하게도 실재계가 아닌 상징계에 속한다. 그것은 일상적인 사회적 실존에서 라캉을 비롯한 데리다와 바디우의 사도들이 참고 받아들일 용의가 있는 정도보다 더 많은 소중한 것들을 찾는 계열의 탐구다. 한데 아리스토텔레스로부터 흘러나온 이 도덕 전통은 실재론자들의 금욕주의에 중대한 도전장을 내민다. 무뚝뚝하게도 사회성이 없는 실재론적 윤리와 견주어볼 경우, 인간의 선이란 사회 · 정치적 실존 속에 깊이 새겨져 있다고 보는 이 도덕 사상의 맥은 매력적으로 보일 수밖에 없다. 죽음에 시달리는 환락의 황홀경에 직면해 있을 경우, 선한/좋은 것이란 삶의 활기찬 풍요로움―즉 자기 특유의 동물적 본성의 기분 좋은 성취―에 있다고 보는 윤리에 의탁한다는 것은 참으로 다행이다. 라캉주의자들이 욕망을 고수하는 것 자체를 목적으로 여기는 반면, 덕 윤리주의자들은 인간의 번영에 대해 그렇게 느낀다. 번영에 대한 덕 윤리주의자들의 이념이 포스트모더니즘 식 사유가 시인할 용의가 있는 정도보다 훨씬 더한 의미의 일관된 자기를 상정하는 것은 당연하다.

법, 권리, 의무, 원리 및 책무에 대한 격조 높은 칸트 식 공론에 직면한 상태에서, 사람들은 그런 문제들에 대해 별로 관심을 기울이지 않는 덕 윤리에 이끌릴 수밖에 없을 것이다. (물론 그렇다고 해서, 권리, 명령, 금기, 심지어는 절대적인 형태의 그것들이 이 도덕 이론에서 아무 역할을 할 필요가 없다고 제안하는 것은 아니다.) 칸트 식 윤리는 초자아를 본떠 만들어진 것인 반면, 덕 윤리는 그렇지 않다. 그리고 덕 윤리가 물론 이 불쾌한 힘으로부터 우리를 벗어나게 하지는 못한다고 하더라도, 적어도 그 힘을 강화하지 않는 형태의 인간 품행을 권고한다는 점은 사실이다. 덕 윤리로 인해 우리는 예언적인 지령이 아닌 문맥의 세계 속에, 초월적 존재 상태가 아닌 사회적 제도의 세계 속에 있게 된다.[44] 윤리적인 것이란 매혹적이게도 얻을 수 없는 어떤 이상이 아니라 일반적인 물질적 실천이다. 그것에는 형언할 수 없는 것 혹은 터무니없이 엄청난 것이란 없다. 우리는 지금 격리된 행위들의 미학적 장대함이 아니라 평균적인 생활의 형태와 결에 대해 이야기하고 있다.

행동은 단지 그 행동이 성취한 것의 관점에서만 평가되어서는 안 된다. 우리는 어떤 방식으로 행동하기를 원하지, 단지 어떤 정세를 유발하기 위해서만 행동하기를 원하지는 않는다. 덕 윤리는 행동, 의지, 감정, 의도, 동기, 결과 등에 대한 연구를 '도덕적 인격'으로 되돌리면서, 그것들을 격리된 현상이 아니라 (옛날식 용어로 말하면) '인성' 혹은 주체 형성의 역사적 과정의 산물로 파악한다. 덕 윤리는 이처럼 윤리 영역에서 저자의 죽음에 상응하는 것을 거부하면서, 문화, 유년기, 양육, 친족, 정치 및 교육의 모든 일에 도덕 담론을 다시 끼워 넣는다. 이처럼 덕 윤리는 교통법규보다는 소설에 더 가깝다. 잘 행동한다는 것이 단지 옳은 일을 행하는 것은 아니라는 지점에서, 이런 유형의 도덕은 상징계적 윤리와 달라진다. 한데 그 어느 것도 동정과 동료 감정에 의해 보장되는 옳은 행동이 아니라는 지점에서, 이런 유형의 도덕은 상상계적 도덕 담론으로부터도 갈라진다. 아리스토텔레스에게 윤리란

44 유익한 설명은 Rosalind Hursthouse, *On Virtue Ethics*, Oxford, 1999 참조.

인간 욕망에 관한 학문이기는 하지만, 몇몇 실재론자가 그에 대해 그토록 폄하하는 것은 문제의 그 욕망들이 단순히 근대적 형태의 형이상학적 욕망이 아니라 감지할 수 있는 이런저런 필요 혹은 욕구이기 때문이다. 사실상 이런 경험적인 경향을 고려한다면, 덕 윤리는 항상 이미 주어진 것을 안일하게 잠자코 따르게 될 수 있으며, 이는 후기의 비트겐슈타인이 받았던 혐의와 같다. 분명히 일상적인 것을 받아들인다는 것은 실상 보수적일 수 있다. 그렇다고 하더라도 그것은 결국 실재계의 묵시주의에 비해 정치적으로 덜 유해하다고 판명될지도 모른다.

덕 윤리는 존재론적 위계질서를 다루기보다는 행동과 인성의 다른 자질을 구별한다. 윤리 실재론자들과 달리, 덕 윤리는 행복, 쾌락, 복리를 아주 신중하게 다룬다. 아리스토텔레스에게서 인간의 행복이란 우선적으로 정신의 상태가 아니라 어떤 활동이다. 그것은 우리가 능숙하게 잘 해야만 하는 무엇이다. 성취된 개인이란 인간이 되는 불안정한 기획을 성공적으로 완수한 사람이다. 결국 윤리란 법이나 욕망에 대한 충실성에 관한 것이 아니라 즐겁고 풍성하게 사는 방법을 아는 데 대한 것이다. 윤리는 지당하게 해야 하는 것뿐만 아니라 (분명, 결정하기 정말 어려운 문제이기는 하지만) 자신이 하고 싶은 것을 하는 데에 대한 것이다. 덕 윤리는 자신의 가장 심오한 욕망에 충실한 것 혹은 도덕법 자체를 위한 도덕법에 머리를 조아리는 것을 자비나 동정보다 더 우월한 선/좋음으로 평가하지 않는다. 법과 책무가 필수적이기는 하지만, 그 자체로 숭배되는 물신으로 다루어져서는 안 되며 어떤 형태의 생활에 설치된 비계(飛階)로 여겨져야 한다. 우리가 우리의 문화를 남김 없이 규약화할 수 없는 것처럼 도덕을 일련의 규칙들로 환원할 수는 없다. 사비나 로비본드는 "우리의 합리적 소통 능력이란 우리 자신이 만들지 않은 '한마음'—즉 단순히 규칙에 대한 공통 규약을 집단적으로 고수하는 것 이상의 그 무엇—에 의존한다"라고 쓴다.[45] 여기에서는 상징계적 책무가 아닌 상상계적 유사성이 작용한다. 실천이성은 예의 적절한 절도, 타고난 재능 혹은 (아리스토텔레스가 칭한) 실천적 지혜(프로네시스, *phronesis*)를 필요로 하며, 바로 이 점에서 상징계보다는 상상계에 더 가깝다. 또한 실천이성은 덕이란 실로 유년기의 모방에서 시작하는 미메시스적인 것에 그 뿌리를 둔다고 보는 점에서도 상상계에 더 가깝다. 이 계보의 도덕은 여타 이성과 어떤 결정적인 면에서 상이한 이른바 '도덕적' 이성이라는 행동을 위한 부류의 이성이 있다고 상상하지 않는다. 이런 의미에서 윌리엄스는 고대 그리스 사상에는 "기본적으로 도덕이라는 개념이 전혀 없다"라고 주장한다.[46] 그는 이 기묘한 관념을 세상에 소개했던 사람이 칸트라고 주장한다.

여느 다른 도덕 이론과 마찬가지로 덕 윤리에도 문제는 있다. 덕 윤리는 인간학적 윤리로서, 어떤 경우에는 많은 사람들이 오늘날 타당하지 않다고 보는 인간 본성에 대한 이론에 기초한다. 게다가 아리스토텔레스가 선호하던 여러 가지 덕은 근대적 감성에 무조건 매력적이지만은 않다. 그가 제시한 유덕한 개인의 대표적인 일례인, 이른바 '위대한 영혼을 지닌 인간'은 끔찍하게 생색을 내고, 도덕군자연하면서 자기비판적이지는 않으며, 오만하게 자족적이고, 자존심이 너무 강해 타자들의 신세를 지지 않으며, 타자들을 현저히 낮게 평가하는 인물이다. 만약 이것이 덕이라면, 사소한 악덕도 그리 나쁘지는 않을 것이다. 또한 덕 윤리는 우리의 일상적인 욕망 속에 그 욕망을 엉망으로 만드는 경향이 있다는 정신분석학의 주장과도 맞서야만 한다. 자기실현과 관련해서, 무엇이 그 진정한 모델로 간주될 것인가? 무엇보다 덕 윤리는 실재계에 대한 개념을 거의 결여하고 있는 듯하다. 그것은 전적으로 상징계적 질서에 속하며, 죽음, 희생, 비극, 자기 박탈, 상실, 욕망, 부정성, 난국, 자기의 극단적인 낯섦과 같은 것들의 온전한 무게를 느

45 Sabina Lovibond, *Ethical Formation*, Cambridge MA and London, 2002, p. 30.

46 Bernard Williams, "Philosophy", in M. Finley(ed.), *The Legacy of Greece*, *202~55*, Oxford, 1981, p. 251.

끼지 못한다. 몇 가지 점에서 덕 윤리는 그 무게를 느끼기에는 너무나도 순화되어 있다. 아리스토텔레스가 최초의 위대한 비극 이론가이기는 하지만, 그의 『윤리학』은 그의 『시학』(Poetics)으로부터 치명적일 정도로 동떨어져 있다. 그는 번영과 상실이 긴밀하게 연관되어 있다는 점을 이해하지 않았을 것이다.

그럼에도 가끔 아무리 과도하게 '시민적'이라 하더라도, 덕의 이념에는 라캉이 생각하는 듯한 습관의 신경증적 강박 이상의 무엇이 있다. 덕 윤리가 전위적인 유럽에서 유행할 수 없는 것은 틀림없이 그 윤리가 규칙성, 연속성, 예측 가능성, 통일된 자기를 높이 평가한다는 점과 관계가 있다. 또한 어떤 사람들에게는 덕 윤리가 주어진 삶의 방식의 관례를 강조하는 보수적인 것처럼 보였을 것이다. 물론 그렇다고 해서 어떤 급진적인 덕 윤리가 전혀 불가능하다는 말은 아니다.[47] 하지만 또한 그것이 유행에 뒤떨어지게 된 것은 근대에 그 사조를 강력하게 물려받은 헤겔을 격하하고 그 대신 칸트를 실질적으로 신격화한 것과도 관계가 있다. 많은 도덕철학자는 칸트 자신이 도덕법에 바쳤던 그 경의로써 칸트를 대해왔다. 거대서사를 쫓아버렸다고 믿는 반-총체화 시대에 헤겔보다는 칸트가 확실히 더 매력적이다. 탐구 영역을 주도면밀하게 구분하는 칸트는 윤리가 실패한 정치의 대안을 제공하리라고 기대하는 시대에도 잘 맞는다. 만약 정치가 치명적으로 위태롭게 되었다면, 윤리는 대안적인 가치의 원천을 제공할 수 있을지도 모른다. 그러나 헤겔은 아리스토텔레스의 참된 제자로서 정치와 윤리라는 두 영역을 그리 예리하게 구분하지는 않는다. 이 점에서 그는 자신의 옛 그리스인 스승에게 충실하다. 아리스토텔레스는 『니코마코스 윤리학』의 시작 부분에서 인간의 최고선을 연구하는 학문이 있다고 독자에게 알려주면서 다소 놀랍게도 그 이름을 정치학이라고 덧붙

---

47 예를 들어 사비나 로비본드의 탁월한 연구서인 *Ethical Formation*, 2002 참조.

인다.

실제로 윤리적인 것이 구분되는 '영역'인지 아닌지, 만약 그렇다면 어떤 의미에서 그런지에 대한 질문은 제기해 볼 만하다. 데리다는 그 것이 구분된 영역이라는 듯 아주 빈번하게 주장해 놓고는, 『정신에 대해서』(Of Spirit)에서 자신의 그 주장을 부인한다. 그는 「법의 힘」에서 윤리, 정치, 경제 등을 여러 다른 '장'이라고 적고 있기는 하지만, 그 용어가 더 이상 충분치 않게 되는 지점에 이를 정도로 그 장들이 서로 뒤얽혀 있다고 보기도 한다.[48] 키르케고르에게 윤리적인 것은 확연히 구분된 인간 실존의 한 차원이다. 하이데거는 『휴머니즘에 관한 편지』 (Letter on Humanism)에서 특별한 탐구 분야로서의 '당위'의 문제란 플라톤 철학이 탄생할 때야 생겨난 것으로서 인간 사유에 뒤늦게 나타났다고 주장한다. 레비나스의 글에서 윤리적인 것을 정치적인 것과 연관시키려는 그 모든 길고 복잡한 작업은 그 두 가지가 구분된 영역이라는 가정에서 비롯된다. 미국 비평가인 밀러는 독해에서의 윤리적 계기에 대하여 "인식적이지도 정치적이지도 사회적이지도 상호 인격적이지도 않지만, 적절히 독자적으로 윤리적"이라고 말한다.[49] 도덕생활이 적절히 두텁게 개념화된 경우에 그런 계기가 어떻게 보일 것 같은지를 말하기는 어렵겠지만, 만약 밀러처럼 누군가가 얄팍한 형태의 칸트 식 도덕을 채택한다면 예측컨대 그 대답은 어떤 절대적 명령일 것이다. 밀러는 그런 명령이 "그 명령에 지장을 주는 사회·역사적 힘에 의해 설명될 수 없다"라고 생각한다.[50] 비평가 폴 드 만(Paul de Man)은 독해의 윤리적 차원을 불가항력적으로 우리들에게 부과되는 '텍스트의 법'이라고 간주한다.

크리츨리는 『해체의 윤리학』에서 "정치는 윤리로 시작한다"라고 주

---

48 Jacques Derrida, "Force of Law", p. 257.

49 J. Hillis Miller, *The Ethics of Reading*, New York, 1987, p. 1.

50 Ibid., p. 8.

장하는데, 이 명제에 대해 우리는 나중에 실례를 무릅쓰고 의혹을 가지게 될 것이다. 그리고 그는 윤리적이며 정치적인 공동체가 그럼에도 불구하고 동시에 존재한다고 주장하는데, 왜냐하면 이 문장에서의 '시작한다'라는 단어가 시간적 우선성보다는 존재론적 우선성을 나타내기 때문이다. 또한 그는 사회란 평등한 사람들 사이의 공동체성, 즉 (정치)이면서 동시에 (레비나스 식) 윤리의 불평등주의적 계기에 기초하여 한쪽으로 보다 더 치우친 질서라는 이중적인 구조를 지닌다고 주장한다. 크리츨리는 정치적 공간이란 "윤리적 초월성의 환원 불가능성에 기초하고 있으며 ……총체화할 수 없는 윤리적 관계들의 개방적이고 다원적이며 불투명한 그물망 ……"이라고 주장한다.[51] 여기서 정치적인 것이 윤리적인 것에 의해 거의 축출되었다는 점을 감지하는 것은 그리 어렵지 않다. '개방적', '다원적', '총체화할 수 없는'이라는 말을 염두에 두고서, 사람들은 어쨌든 지루할 정도로 익숙한 자유주의적 다원주의가 아무 기여도 하지 못한 이 논쟁에 추정상의 해체주의적 윤리가 기여한 바에 대해 의아해한다. 레이너드는 레비나스가 윤리와 정치 사이에 '메울 수 없는 간극' 혹은 '근원적 난제'를 상정하고 있다고 믿으며, 비록 "윤리와 근본적으로 비관계적인 정치의 관점에서나 사랑 자체가 생겨날 수 있을……"지라도 레비나스가 그렇게 상정한 것을 옳다고 믿는다.[52] 윤리와 정치 사이의 비관계성은 그저 어떤 비관계성이 아니라 근본적인 비관계성이라는 점을 알게된 것은 유익하다.

이렇게 정식화된 것과 철학자 허버트 맥케이브(Herbert McCabe)의 견해—즉 '도덕적 차원에서' 혹은 '도덕에 비추어' 무엇인가를 본다는 것은 없다고 주장한 그의 견해—를 대비해 볼 수도 있을 것이다. 그의 주장이 다소 미심쩍기는 하다. 왜냐하면 때때로 기술적·미적 혹은 정치적 관점으로부터 '도덕적 관점'을 구분해야 할 필요가 있기 때문이

51 Simon Critchley, *The Ethics of Deconstruction*, Oxford, 1992, p. 225.

52 Kenneth Reinhard, "Towards a Political Theology of the Neighbor", p. 49.

다. 하지만 이는 말하자면 봐줄 만한 실수다. 맥케이브에게 윤리는 규약이나 원리의 적용 같은 것이라기보다는 오히려 문학비평 같은 것이다. 그는 윤리의 목적이란 "우리가 삶에 보다 더 민감하게 반응하고 인간 행동의 의의에 관여함으로써 삶을 더 즐길 수 있게 하는 것"이라고 주장한다.[53] 그리고 이런 연구는 복잡한 문학 텍스트를 분석하는 연구처럼 원칙적으로 한없이 방대하다. 이는 (사실상 몇몇 도덕법과 원리가 관련된 데서는 절대주의자인) 맥케이브가 도덕법과 원리를 일축한다는 것이 아니라 보다 더 넓고 개념적으로 보다 더 두터운 탐구의 맥락 속에서라야만 그런 계율과 금기가 이치에 맞게 된다는 것이다. 윤리는 삶의 전체적인 형태가 지닌 결 및 질감에 관한 것이다. 우리는 절대적 책무나 무한한 책임이 아닌 바로 이것으로부터 출발해야 한다. 윤리와 정치는 각기 다른 각도에서 사회적 실존을 자세히 조사한다는 의미에서 서로 구분되는 독특한 탐구 양식이다. 즉 윤리는 인간 품행과 관계의 가치 및 자질을, 정치는 공적 제도와 권력의 과정을 조사한다. 하지만 여기에 중차대하게 명확한 존재론적 구분은 없다. 차이가 있다면 실재적이라기보다는 방법론적인 차이가 있을 뿐이다.

지젝은 레비나스가 대타자와 서로-얼굴을-마주보기에 부여한 특전을 거부한다.[54] 대신에 그는 바르게도 정치적인 것은 윤리적인 것의 조건이지 그 반대는 아니라고 주장한다. 그의 견해에 따르면, 정의는 사랑에 우선하며 이른바 제3자는 아주 근접해 있는 사람에 우선한다. 하지만 이것은 레비나스의 대립 항들을 거꾸로 놓은 것이지 해체한 것은 아니다. 지젝이 격하한 사랑은 레비나스의 경우에서와 마찬가지로 여전히 서로-얼굴을-마주보는 사안인 반면, 그가 사랑보다 더 소중하게 여긴 정의는 눈을 가린 것으로 묘사된다. 그러나 앞서 살펴보았듯이,

---

53 Herbert McCabe, *Law, Love and Language*, London, 1968, p. 95.

54 Slavoj Žižek, "Neighbors and Other Monsters: A Plea for Ethical Violence", in Žižek, Santner and Reinhard(eds.), *The Neighbor*, p. 181.

사랑은 우선적으로 얼굴을 마주하는 문제가 아니다. 「베드로 후서」는 적절히 비인격적인 사랑과 이른바 '형제의 우애(정감)'를 구별한다. 사랑은 결코 정의와 대비되지 않으며 눈을 가린 점에서, 즉 타자들보다 몇몇 사람들에게 더 많은 특권을 부여하기를 거부한다는 의미에서 정의를 닮았다. 반면에 살과 피로 만들어진 사람들의 권리 청구를 처리하는 데 관한 한, 정의는 사랑과 마찬가지로 눈을 가리지 않는다. 법은 사랑처럼 구체적인 것에 민감해야 한다. 정의는 사랑의 반대가 아니라 사랑의 한 차원이다. 이것은 우리와 타자들과의 관계의 부분집합으로서 타자들이 번영할 수 있도록 그들에게 마땅한 몫을 주는 데 관여한다.

레이너드는 "이웃사랑은 보편적인 사회적 사랑으로 일반화될 수 없다"라고 주장한다.[55] 그러나 이 주장은 또다시 사랑을 주로 상호 인격적이라고 생각한 것이며, 이로 인해 사랑을 사회적 용어로 번역하기가 어렵게 된다. 이런 주장은 자기 이웃과의 관계가 어떤 중요한 의미에서 비인격적이라는 사실을 간과한다. "그리스도를 위하여" 타자들을 사랑한다는 것은 그들의 순전한 인간성을 위해서 그들을 사랑하는 것을 의미하는데, 여기서의 순전한 인간성이 추상적 개념이기는 하지만 그렇다고 해서 그들에게 주의를 기울이지 않는다는 의미는 아니다. '보편적인 사회적 사랑'은 어떤 막연한 전 지구적 박애주의처럼 들리는데, 레이너드는 타당하게도 이 이념을 의심스럽다고 생각한다. 그러나 그가 그것과 반대되는 것을 주로 상호 인격적인 사랑이라고 상상한 점은 잘못이다.

덕 윤리와 사랑의 윤리 사이에 긴장이 있는 것처럼 보일지도 모른다. 예를 들어 주지의 사실로서 아리스토텔레스는 자신의 덕목에 자선을 포함하지 않았다. 매킨타이어가 표현하듯이, "인격체의 선량함, 유

---

55 Kenneth Reinhard, "Towards a Political Theology of the Neighbor", p. 49.

쾌함, 유용함과 대비되는 그 인격체의 사랑과 관련해서 아리스토텔레스는 논외다."[56] 기독교인들에게서 이런 긴장은 아퀴나스의 글에서 해소된다. 아퀴나스의 지복이라는 개념은 아리스토텔레스의 행복 혹은 복리의 일종인데, 단 여기서의 복리란 이미 살펴보았듯이 궁극적으로 오직 신의 사랑 속에서만 발견될 수 있는 것이다. 기독교는 아리스토텔레스주의자들이 말하는 덕 혹은 잘 행동할 수 있는 자연발생적 역량을 은총이라고 부른다. 마치 은총이 가득한 무용수란 별로 힘들이지 않고 공연을 하는 사람이듯이, 은총의 삶을 사는 것은 아리스토텔레스의 덕에 따른 자발적인 선의 습관을 필요로 한다. 이것은 칸트 식으로 힘들여 법을 따르는 것과 정반대다. 또한 이것은 훨씬 더 유쾌하기도 하다.

보다 덜 천상적인 사고방식을 지닌 사람들에게서, 아리스토텔레스로부터 보다 더 사회성 있는 윤리로 가는 길은 헤겔과 마르크스를 통해 뻗어 있다. 헤겔은 실현을 향한 개인의 분투를 타자 편에서의 동일한 욕망이라는 맥락에 두고서, 어떤 정의로운 사회질서에서 개개인은 타자들의 자기 성취를 통해서, 그리고 타자들의 자기 성취에 의해서 자신의 자기 성취에 도달하게 된다는 결론을 내린다. 타자들은 한 사람이 자신의 자기성에 도달하는 근거이자 조건이 된다. 마르크스가 『공산당 선언』(Communist Manifesto)에서 이 점을 다르게 표현하듯, 각 개인의 발전은 모든 사람의 발전의 조건이 된다. 그리고 이는 레비나스가 말한 대타자와의 만남에 못지않은 사랑의 일례. 이것이 상호 인격적 사랑이라기보다는 정치적 사랑이라는 사실은 이 점에 아무런 영향을 주지 않는다. 따라서 라캉은 "정치는 정치이지만, 사랑은 언제나 사랑이다"라는 마자랭의 꼬리표 같은 어구를 만족스러운 듯 인용하는 오류를 범한다.[57] 마르크스주의는 단지 이런 형태의 삶이 번창하

---

56 Alasdair MacIntyre, *A Short History of Ethics*, London, 1968, p. 80.

57 Jacques Lacan, *Ethics of Psychoanalysis*, p. 324.

려면 어떤 사회적 변혁이 필요한가를 탐구한다. 두 개인 사이에서 이런 상호적인 자기 성취가 일어난다면, 즉 각각이 타자의 번영의 근거이자 수단이 된다면 이 또한 에로스적이든 아니든 사랑이라고 알려져 있다. 사랑은 실천이지 애당초 어떤 영혼의 상태가 아니다. 사랑은 자유와 자율성 모두를 수반하는데, 왜냐하면 사랑으로 인해 사람은 두려움에서 벗어나 자기 자신이 되기 때문이다. 미움이 아니라 바로 두려움이 사랑의 반대다. 사랑은 또한 평등성을 필요로 하는데, 왜냐하면 그 과정이 실제로 오직 평등한 사람들 사이에서만 발생할 수 있기 때문이다. 이것은 아리스토텔레스가 말한 필리아(*philia*), 즉 우정의 문제다. 자신이 방에 들어갈 때마다 아무리 살갗이 상기되고 자극된다 하더라도, 자기 자신과 자기의 시종 사이에는 진짜 우정이 있을 수 없다.

타자들도 자신들의 본성을 실현할 수 있도록 공간을 마련해 주는 방식으로 자신의 본성을 실현하는 것이 법이나 의무나 양심이나 책무의 윤리가 아니기는 하지만, 분명히 그 사안들을 함축하고 있기는 하다. 그 방식은 타자들 혹은 자신의 자기 성취를 이루지 못하도록 타자들을 대하는 모든 방식—예를 들어 강간, 고문, 살인 같은 것들—을 배제한다. 바로 이런 식으로 이 윤리에서의 법과 금기는 (칸트 식 도덕법 혹은 최소한 그 도덕법을 따르려는 의지처럼) 어떤 최고선 그 자체로 표상화되기보다는 선한 것을 적극적으로 개념화하는 데서 도출돼 나오는 것이다. 이미 잠시 살펴보았듯이, 가능한 한 나 자신의 자기실현이 내 동료 노동자들의 자기실현을 촉진하기도 하고 그들의 자기실현에 의해 촉진되기도 하는 방식으로 마련된 자치적 협동조합이 다소 장대한 이 이념을 보다 더 구체화하는 데 도움을 줄 수 있을지도 모르겠다. 확실히 이것이 유토피아적인 윤리이기는 하지만, 그렇다고 해서 그 가치가 손상되는 것은 아니다. 그 점에 대해서는 칸트의 도덕적 관념론도 마찬가지다. 자신의 도덕적 목표치를 아주 소심하게 낮추어 잡는다고 해도 별 소용은 없다. 비록 그 이념이 완전히 실현될 수 없다고 하더라도 그

보다 더 소중한 목표를 생각하기는 어렵다. 비록 실재계의 윤리가 이런 정치적 우정을 성취하기 위해 취해야 할 수도 있는 것에 대해 말할 뭔가 가치 있는 것을 가지고 있다 하더라도, 이것은 분명 실재계의 윤리보다 더 호감이 가는 형태의 삶이다.

칸트가 인간사에서 가장 혹은 두 번째로 훌륭한 철학자로 불릴 자격이 있다는 점을 감안한다면, 라캉, 레비나스, 들뢰즈, 리오타르, 푸코, 데리다 같은 사상가들의 저작에 칸트의 사유가 현저하게 드러난 것, 파리에서 칸트의 사유에 어마어마한 경의가 주어진 것은 충분히 적절하다. 어떤 이들이 느끼기에, 이 사상가들에게는 칸트가 바로 도덕철학이다. 그러나 이런 공경은 반어적이기도 하다. 왜냐하면 최근에 의무론적인 것을 폐위하려는 결연한 시도가 있어왔기 때문인데, 그 대표적인 예는 버나드 윌리엄스의 『윤리, 그리고 철학의 한계』(*Ethics and the Limits of Philosophy*)이다. 레비나스와 데리다, 그리고 여타 사상가들이 절대적 책무와 무한한 책임에 대해 이야기해 온 반면, 윌리엄스와 여타 사상가들은 이런 의무 숭배가 얼마나 철저히 피폐한 형태의 윤리인지를 지적하고 있다. 이런 의미에서 헤겔에 반대하며 칸트를 선택한 것은 꽤 처참한 결과를 초래해 왔다. 도덕이라고 알려진 그 담론은 윤리 논쟁의 핵심에 책무가 있다고 잘못 추정하는데, 레비나스와 데리다는 전통적인 도덕 사상에 대한 자신들의 회의론에도 불구하고 이 견해를 열광적으로 전파한다. 라캉주의자들의 경우도 거의 마찬가지인데, 앞서 살펴보았듯이 그들은 문제의 절대적 책무가 도덕법이 아니라 어떤 사람의 특이한 존재에 고유한 욕망이라고 본다. 그러나 단순히 어떤 필연성을 다른 필연성으로 대체한다고 해서 책무의 전제주의를 피하지는 못한다. 책무는 원리와 마찬가지로 분명히 도덕 담론의 일부가 되는데, 필연적으로 다른 모든 요인이 반드시 따라야만 하는 단 하나의 요인으로서가 아니라 여러 요인 가운데 하나로서 그 일부가 된다.

많은 도덕 담론은 원리와 필연성에 사로잡혀 있는데, 그 담론의 전위주의적 계승자들도 이 점에서 그리 다르지 않다. 그 담론은 행동을 하게 하는 특별한 계열의 동기들, 즉 다른 동기들과는 근본적으로 그 종류가 다른 이른바 '도덕적' 동기들이 있다고 추정한다. 또한 그 담론은 도덕 문제의 복합성이 단일한 원리나 일련의 원리로 환원될 수 있다고 상상하는 경향을 보이기도 한다. 그것은 판단과 비난, 시인과 부인이라는 일단의 다소 거친 개념을 중심으로 폭 좁게 돌아간다. 이런 면에서 도덕과 덕 윤리의 차이는 교훈적인 소설가와 일류 사실주의자의 차이와 같다. 그 담론은 도덕적으로 판단할 가치가 있는 행동이 순전히 자발적이어야만 한다거나 이런 주의주의(主意主義, voluntarism)의 유일한 대안이 결정론이라고 잘못 믿기 때문에, 도덕이란 누군가를 탓하는 비난으로 가득한 담론이다. 그 도덕 담론은 인간 실존에 대한 일종의 법치주의적 견해로서, 이는 바리새파 수장들에게 소름끼치는 저주를 내리도록 예수—신학적으로 말해서 다른 면에서는 그들과 꽤 가까웠던 예수—를 자극했던 견해다.

이 견해에 따르면, 도덕이란 회한과 자책과 절대적 책임에 대한 것이다. 이런 견해에 따른 도덕으로 인해 미국의 경우 수많은 개인이 교도소의 사형수 수감 건물로 보내지기도 했다. 누구든 자신의 행동에 대해 절대적 책임을 져야 한다는 견해는 미국적 이데올로기가 레비나스와 공유하는 것이다. 역사상 가장 강력한 이 국가는 광적인 형태의 주의주의에 사로잡혀 있다. 독실하게 칸트적인 방식으로 라캉주의자들 또한 사실상 도덕이 거의 비난, 회한, 법, 책무, 의무에 대한 것이라고 추정하지만, 그 초점이 이처럼 매력 없는 존재 양식에서 벗어나는 출구를 찾는 것이라고 추정하기도 한다. 그 도피구는 법을 넘어서 (긍정적으로 개념화된) 실재계의 윤리 속에서 발견된다. 그러나 그들이 만약 애초에 그와 같이 무미건조한 갖가지 윤리에 서명하고 참여하지 않았더라면, 그것을 따돌리는 그런 기발한 (때로는 있을 법하지 않은) 묘책에 의지하지 않았을지도 모를 것이다. 도덕과 실재론적 윤리가 공유하는 것은 그 자체의 순수주의다. 이것은 라캉주의자들이 칸트로부터 물려받은 유사 종교적 타세계 지향성이며, 이에 대해 유대교와 기독교는 대단히 필요한 현세계적인 개선책으로 작용한다. 지젝이 마치 기독교인들은 다른 은하계에서 온 유황빛의 발이 여럿 달린 생물체인 양 기독교에서는 "궁극적으로 지상에서의 삶이 부차적으로나 중요(하다)"[58]고 적을 때, 그는 구원이 현세계적인 일이라는 점, 부활한 육체가 전통적으로 역사적인 육체보다 더 육체로 여겨진다는 점, 신의 왕국이 전통적으로 별에 있는 도시가 아닌 변형된 지구로 여겨진다는 점을 순간적으로 망각하고 있다.

데리다, 리오타르, 밀러, 드 만 같은 포스트구조주의자들이 자신들의 도덕적 진리들을 위해 쾨니히스베르크 출신의 이 현자에게 의존하는 것은 아주 이상야릇한 데가 있다. 한편으로, 칸트는 포스트구조주의가 질색하는 바로 그 보편주의를 장려한다. 다른 한편으로, 의무와 법에 대해 엄격한 이 옹호론자는 그 논조나 감성 면에서 파리 센 강 좌안의 리브 고슈*에 사는 익살맞고, 느긋하고, 쾌락을 쫓는 상대주의자들로부터 몇 광년이나 떨어져 있는 듯 보일 것이다. 엄혹한 필연성과 무조건적 법령은 우리가 연상하기에 바르트나 보드리야르에게 잘 어울리지 않는 것들이다. 그러나 이 두 진영이 의견을 같이하는 점도 몇 가지 있다. 예를 들어 이 두 진영은 어떤 형식주의를 공유한다. 칸트 식 도덕법이 그 자체 이외의 모든 실체를 결핍하고 있는 것처럼, 포스트구조주의에서의 실체는 담론의 규칙들, 기표의 놀이, 임의적인 위치 정하기 혹은 끊임없이 명멸하는 차이에 종속된다. 칸트 식으로 자기 자신에게 법을 부여하는 것은 포스트구조주의자들의 수중에서 자기 준거적 기호의 또 다른 일례가 된다.

---

58 Slavoj Žižek, "Neighbors and Other Monsters", p. 150.

* '리브 고슈'(*La Rive Gauche*, The Left Bank)는 '강의 좌안'이라는 의미로, 파리의 센 강 남단 혹은 그곳에 거주하던 예술가들을 지칭하며, 자유분방함과 반문화 및 창조성을 그 특징으로 한다.

이 두 이론들은 어떤 반토대주의를 공유하기도 한다. 칸트의 도덕법은 신성이나 인간 본성이 아니라 그 자체에 토대를 둔다. 마찬가지로 포스트구조주의는 니체 식으로 궁극적인 근거 없이도 존속할 준비가 되어 있다. 그러나 불가사의하게 위압적인 법처럼 보이는 윤리적인 것이 이 불안정한 세계 너머에서 그 세계에 안정감을 제공해 줄 수는 있다. 드 만은 "윤리란 주체의 (좌절된 혹은 자유로운) 의지와 아무런 관련이 없으며, 더군다나 주체들 사이의 관계와도 아무런 관련이 없다"고 쓰고 있다.[59] 그렇다면 주체성을 넘어선 윤리에서 칸트와 포스트구조주의자들 사이에는 또 다른 친화성이 있는데, 이는 법의 순종적 기능에 지나지 않는 칸트의 도덕적 주체가 포스트구조주의자들의 탈중심화된 주체와 하나로 수렴되기 때문이다. 순전한 임의성이 주체를 해체하는 것처럼, 냉혹한 필연성 같은 것도 마찬가지로 주체를 상당히 필요 이상으로 과잉되게 만든다.

이 암울한 드 만 식 각본에서 윤리적인 것은 인간의 행위 주체성이나 결단과 아무런 관련이 없다. 오히려 윤리적인 것은 마치 언어처럼 아이스킬로스 식 희곡의 임의적 강박으로 그 자체를 우리에게 부과하는 어떤 힘이다. 칸트의 도덕법은 언어 혹은 텍스트로 번역되기도 한다. 예를 들어 드 만이 논평한 바에 따르면, "읽기를 다소 참되게 만드는 것은 독자나 작가의 희망과 상관없이 오직 읽기가 발생할 필연성 및 예측 가능성이다."[60] 만약 드 만이 의도한 바가 도덕적 절대란 특정 방식으로 텍스트를 읽도록 강제되는 것과 유사하다는 것이라면, 그는 언제든 불복될 수 있는 책무의 속성을 잘못 이해한 것이다. 그가 말하는 필연성이란 윤리적이라기보다는 자연적인 듯하며, 도덕적 칙령이

59 Paul de Man, *Allegories of Reading*, New Haven, CT and London, 1979, p. 206.

60 Paul de Man, Forward to Carol Jacobs, *The Dissimulating Harmony*, Baltimore, MD and London, 1978, p. xi.

라기보다는 지진인 듯하다.

드 만처럼 밀러 또한 윤리를 절대와 필연의 관점에서 사유한다. 드 만처럼 그는 보다 더 현대풍의 포스트구조주의적 스타일로 칸트를 다시 쓰기도 한다. 무조건적인 법들이 있기는 하지만, "(그것들에 대한) 지식—즉 참과 거짓의 범주에 의해 관장되는 인식론의 영역—에는 전혀 토대가 없다."[61] 데리다의 결단주의와 마찬가지로, 인식이라는 하찮은 능력은 도덕적 가치 문제에 대해 발언할 수 없게 되어 있다. 도덕적 가치는 어떤 경우에서든 근거를 지닐 수 없는데, 왜냐하면 '어떤 경우에서든'이라는 것 자체가 근거 없는 해석이기 때문이다. 이는 칸트주의자들의 경우처럼 반드시 순수이성과 실천이성이 조금도 빈틈없이 구분되어야 한다는 것이 아니라 오히려 사실상 순수이성이라는 것이 애초에 없다는 것이다.

칸트주의자들에게서 사실과 가치는 구분되어 있다. 하지만 포스트구조주의자들과 그들의 포스트모던 후계자들에게서 사실과 가치 사이에는 아무런 틈새도 없는데, 왜냐하면 사실이란 그저 경험적으로 가장된 가치일 뿐이기 때문이다. 자신의 가치가 자신이 본 것을 결정한다. 칸트에게서 특히 세계는 결정론의 사안이고 도덕은 자유의 문제이기 때문에, 우리가 경험 세계에 대해 가질 수 있는 지식은 우리의 도덕적 기획에 근거를 마련해 줄 수 있는 지식이 아니다. 포스트구조주의자들에게 지식이란 너무나도 불확실한 것이어서 그 어느 것에도 근거를 마련해 주지 못한다. 사실상 이런 이유에서 그들은 칸트에게 의존한다. 이전 장에서 우리가 주목했듯이, 19세기 말에 수많은 실증주의자와 과학적 결정론자, 진화론적 마르크스주의자는 자신들이 부지런히 도덕적 가치를 제거하여 표백했던 세계로부터 도덕적 가치를 불러낼 수 없는 처지가 되었다. 따라서 그들은 자신들이 도려내 버렸던 도

---

61 J. Hillis Miller, *Ethics of Reading*, p. 48.

덕의 공백을 채우기 위해 칸트의 이런저런 면을 선택하여 자신들의 세계관에 들여올 수밖에 없었다. 포스트구조주의는 세계를 끊임없는 기호작용이나 리비도의 강도, 힘의 유희로 그리면서 이 설명으로부터 가치를 창출해 내는 방식을 적극 지지하는 처지가 되어, 그 나름대로의 칸트를 찾으려고 세기말 선조들의 묘책을 반복한다.

포스트구조주의적 사유에서 사실과 가치가 모두 근거 없는 허구로 드러나기 때문에 어떤 의미에서 그 둘이 서로 연결되어 있다는 점은 맞는 말이다. 하지만 다른 의미에서 사실과 가치는 서로 단절되는데, 왜냐하면 사실의 허구적 위상으로 인해 우리는 인식론을 윤리에 도움이 되도록 하지 못하기 때문이다. 가령 사실이라는 것이 우선 존재한다면, 윤리적이며 정치적인 헌신은 분명 그 사실과는 별개이어야 한다. 여기서는 '어떤 경우'로부터든 단순히 도덕적 가치들을 읽어낼 수 없다는 합리적 주장이 어느새 인식적인 것과 윤리적인 것이란 전적으로 각기 자율적이라는 그리 타당성 없는 주장으로 은밀하게 바뀐다. 이와 달리 덕 윤리에서 유덕한 사람은 덕이 별로 없는 사람에 비해 실제로 어떤 상황의 객관적인 측면을 인지하면서, 이 사실들이 취해져야 하는 어떤 행동에 대한 충분한 이유를 구성한다고 여길 수 있을 것이다.[62]

하지만 밀러에게서 사실이 가치에 대한 일에 덜 개입하면 할수록 우리의 도덕적 판단은 더 순수해진다. 밀러는 "분명 정치적인 것과 윤리적인 것은 항상 친밀하게 뒤얽혀 있다"라고 언급하다가, 마지못해 주려던 것을 다시 거두려는 사람처럼 조심스레 양해를 구하는 어조로 "하지만 전적으로 정치적 고려나 책임에 의해 결정되는 윤리적 행위는 더 이상 윤리적이지 않다. 어떤 의미에서 그것은 심지어 무도덕적이라고 말할 수도 있다"라고 언급한다.[63] 우리의 행동이 보다 더 순수

---

62 후자의 사례는 존 맥도웰(John McDowell)이 논의하였다. John McDowell,
    "Are Moral Requirements Hypothetical Imperatives?", *Proceedings of the Aristotelian Society*, supp. vol. 52, 1978.

하게 정치적이면 정치적일수록 덜 도덕적이 된다는 이런 주장은 아마 마틴 루서 킹(Martin Luther King)에게 깜짝 놀랄 만한 일일 수도 있을 것이다. 윤리적 실재론자들의 경우에서처럼 정치적 영역은 생기 없는 공리주의적 지위로 격하되며, 그 자체는 그와 상반되는 것으로 규정되어 온 윤리와 당연히 연결되기 어렵다. 정치적인 것이 더 실추되면 될수록 윤리적인 것은 더 우쭐해지는 듯하다. 이것 자체가 특정한 정치사의 결과물이라는 것을 밀러는 분명히 순수한 윤리적 판단이 결코 아니라며 기각할 것이다.

그렇다면 윤리적인 것은 게임의 규칙처럼 임의적이면서 동시에 절대적이기도 하다. 그것은 토대이기도 하지만, 결코 토대가 아니기도 하다. 그것은 회피될 수 없기도 하지만, 그렇다고 정당화될 수도 없다. 적어도 포스트구조주의적 언어관에 따른 언어처럼, 도덕적 법령은 전적으로 자기 정초적인 것이 지니는 이렇다 할 동기 없는 힘을 지닌다. 이 법령은 비-자기-동일적인 세계에 있는 위풍당당하게도 자기-동일적인 칙령이다. 도덕적 법령이 어디선지 모르게 갑자기 생겨난 듯하며, 지식, 역사, 정치 혹은 자연 그 어디도 출처가 아니기 때문에 임의적으로 보이기는 하지만, 이처럼 분명한 맥락의 결핍으로 인해 그 법령은 어떤 절대적 혹은 초월적 지위를 부여받기도 한다. 우리는 그런 지령 그 자체를 불가사의한 실체이며, 이상할 정도로 절대적인 힘을 지닌 것이라고 간주해야 한다고 느낀다. 이 법령은 그 토대가 의문의 여지없이 굳건하기 때문이 아니라 오히려 정확히 그렇지 않기 때문에 절대적이다. 도덕적 법령의 절대주의는 아무 대가 없는 무상에 비례하기 때문에, 무모하게 대가 없는 무상 행위의 경우에서처럼 법령의 근거 없음 그 자체가 도착적인 근거로 불쑥 드러난다. 만약 그 법령에 복종해야 할 특별한 이유가 없다면, 그것들을 어겨야 할 특별한 이유도

---

63 J. Hillis Miller, *Ethics of Reading*, p. 4.

없다. 그래서 포스트구조주의는 반토대주의적인 것에 대한 신념을 유지하면서 도덕적 상대주의의 당혹스러운 점을 피해갈 수 있다. 그러나 포스트구조주의가 그렇게 하기 위해서는 무조건적인 것과 이렇다 할 동기가 없는 것을 혼동하는 대가를 치를 수밖에 없다.

윤리란 주로 명령, 금기, 약속, 규정 등을 그 특징으로 한다는 잘못된 가정이 포스트구조주의자들에게 편리한 또 다른 이유가 있다. 그 이유란 그 잘못된 가정이 윤리 문제를 포스트구조주의자들이 가장 편안하게 느끼는 수행적 영역으로 축소하기 마련이라는 사실이다. 법이 언어로서 다시 쓰여지면 결국 살과 피로 만들어진 인간 주체들의 능력을 냉랭하게 무시하는 칸트 식 도덕법의 비인간적인 속성은 언어 자체의 비인간적인 힘으로 변환된다. 이것은 문학적 부류를 위한 윤리다. 우리를 인간으로 만드는 것 자체가 비인간적이라는 점은 칸트에서 데리다에 이르는 근대성의 한 가지 주제다. 그렇다면 이 다시 쓰기는 도덕적 진리의 문제와 관계가 있다. 윤리적 명제는 실제로 담론적 발화로서 여느 다른 종류의 수행적 언술 행위와 마찬가지로 그 진리값에 대한 평가를 받을 수 없다. 밀러가 주목한 바에 따르면, 도덕적 판단이란 "어떤 윤리 규약을 근거 없이 상정하는 것으로 항상 부당하고 정당화될 수 없기 때문에, 언제든 또 다른 더 강력하고 설득력 있지만 마찬가지로 근거 없이 상정된 윤리 규약에 의해 대체되기 쉽다."[64] 이런 경고가 마오쩌둥이 수백만 명의 동료 시민들을 살육했다는 판단에 어떻게 적용될 수 있는지를 알아보는 것은 흥미로울 것이다. 밀러에게서 도덕 규약은 그 규약이 도덕적으로 더 적합한 규약에 의해 전복되어 더 이상 절대적이지 않게 되는 시점까지만 절대적이다. 이와 유사한 방법으로 로마 가톨릭교회도 그 정신을 바꾸지 않는데, 예를 들어 로마 가톨릭교회는 낙태나 피임에 대한 교회의 가르침을 변경해야 할 경우에 그

---

64 Ibid., p. 55.

러하듯 그저 어떤 하나의 확신 상태에서 다른 확신 상태로 옮아갈 뿐이다. 밀러와 드 만의 '근거 없는 상정'이 지닌 결단주의에서와 마찬가지로, 밀러의 강한 것에 의한 약한 것의 대체라는 것에는 니체적 혹은 사회진화론적 기미가 있다. 사실상 이 윤리 전체는 니체와 칸트의 기묘한 혼합물이다. 니체가 그리 겸손하지 않게 쓴 바에 따르면, "진짜 철학자는 지휘관이자 입법자로서, '그러하리라!'고 말한다."[65] 만약 도덕적 판단이 더 이상 이성과 증거에 의해 지지받지 않는다면, 사람들은 그 대신에 언제나 순전히 수사학의 위력에 기댈 수밖에 없을 것이다. 이런 종류의 교시는 "일단 해봐!"라는 형태를 취한다. 이것은 어떤 합리적 권위에 의해서도 지지받지 않기 때문에, 거기서 논의될 것이 없으니 반박될 수도 없다. 그런 칙령은 그저 높은 곳에서 신비롭게 전해진다. 일단 모더니즘 이후의 예술이 신령한 아우라를 벗어버리게 되자, 윤리가 탈종교 시대에 초월의 새로운 형태가 된다.

똑같은 급진적 결단주의는 리오타르의 『단지 게임하기일 뿐』(*Just Gaming*)에도 들어 있는데, 이 책은 통상적으로 철학이 기술적인 진술에서 규정적인 진술을 도출하지 못하도록 하는 금지사항에 포스트구조주의적인 요소를 더한 것이다. 리오타르는 윤리도 정치도 사회에 대한 학문을 근거로 할 수 없다고 선언한다. 푸코도 동조하며 "윤리 문제를 과학적 지식에 결부시킬 필요는 전혀 없다. ……여타 사회구조, 경제구조 혹은 정치구조와 윤리 사이에 분석적 혹은 필연적인 연계가 있으리라는 생각 자체를 없애야만 한다"라고 주장한다.[66] 그 대안적 주장은 데니스 터너에 의해 개진된다. "우리는 알고 싶어 한다. 왜냐하면 자유로워지고 싶기 때문이다. 그리고 이따금 우리는 어쨌든 우리 자신

---

65 Friedrich Nietzsche, *Beyond Good and Evil*, in W. Kaufmann(ed.), *Basic Writings of Nietzsche*, New York, 1968, p. 326.

66 Michel Foucault, "On the Genealogy of Ethics", in Paul Rabinow(ed.), *The Foucault Reader*, New York, 1984, pp. 349~50.

을 역사의 과정에서 시대착오적 이데올로기로 퇴화되어 묵어버린 개념들로부터 자유롭게 할 경우에 필요한 탐구 형식을 '지식'이라고 부르도록 배운다."[67] 물론 모든 지식이 이런 정치적인 것은 아니지만, 터너는 이른바 해방적 지식이라는 지극히 중요한 인식이 기술적인 것과 규정적인 것 사이의 엄격한 구분에 쉽게 들어맞지 않는다고 본다. 계속해서 그는 고전적으로 착상된 도덕이란 "행동 규범을 생성하는 사회질서에 대한 과학적 조사"라고 언급한다.[68] 그러므로 도덕은 이데올로기의 정반대다. 예를 들어 비록 마르크스 자신은 거의 인식하지 못했지만, 그가 자신의 저작에서 추구한 것은 전통적인 의미에서의 도덕적 탐구다. 그는 너무 성급히 그런 도덕적 탐구를 도덕주의와 동일시하여 매우 이데올로기적인 수사로 치부해 버렸다. 마르크스는 서로 공모하여 윤리를 그저 정치적으로 무력한 것으로 축소해 버렸던 칸트주의자들, 감상주의자들, 자유주의자들, 모진 복음주의자들에 의해 자신도 모르는 사이에 그렇게 하도록 부추겨졌다.

도덕적 규정들은 세계의 현황에 대해 신념을 분명하게 시사해야만 한다. 영국의 헤멜 헴스테드 지역에서 봉건적 농노제도의 철폐를 계속 요구해 봐야 아무런 의미가 없다. 적어도 아직까지는 수단의 흑인 딩카족들 사이에 포르노 비디오 가게들이 금지될 필요는 없다. 그러나 리오타르에게서는 이토록 자명한 의미에서조차 경험적인 것이 도덕의 영역에 들어가지 못하는 듯하다. 그가 표명한 바에 따르면, 우리는 '규준 없이' 판단해야만 한다. "그것은 결정되어 있다. 말할 수 있는 것은 오직 그뿐이다. ……무슨 말인가 하면 매 경우에 나는 어떤 느낌을 갖는다는 뜻이며, 그것이 전부다. ……그런데 만약 내가 어떤 규준에 따라 판단하는지를 묻는다면, 내가 해줄 수 있는 대답은 없다."[69] 몇 쪽을

---

67 Denys Turner, *Marxism and Christianity*, Oxford, 1983, p. 113.

68 Ibid., p. 85.

69 Jean-François Lyotard and Jean-Loup Thébaud, *Just Gaming*,

지나면, 직관의 독단성에 대한 이 계획적으로 터무니없는 호소는 보다 온전한 칸트 식 용어로 간결하게 설명된다. 말하자면, 우리에게 좀 더 온건하게 알려진 것은 도덕적·정치적 판단들이 "실천(practice)의 규준으로 이용될 수 있는 개념 체계를 거치지 않고도" 이루어질 수 있다는 것이다.[70] 그 판단들은 칸트의 인식론보다는 미학과 더 유사하다. 규정적인 것들은 정당화될 수 없는데, 바로 이로 인해 리오타르에게는 그것들이 헤아릴 수 없이 매력적이다. 도덕법은 어떤 텅 비어 있는 초월적인 것으로부터 공표된다. 왜 어떤 사람이 다름 아닌 하나의 특정 윤리적 혹은 정치적 정당의 사람이 되는가라는 질문에 답할 수 있는 원칙적·일반적 혹은 개념적 방식은 없다. 우리에게 책무를 지우는 것은 "절대적으로 우리의 지성을 넘어서는" 일종의 도덕적 숭고성이다.[71]

이는 신비화된 방식으로 진짜 직관을 포착한 것인데, 말하자면 근본적인 도덕적 헌신은 단지 의식적 결단이 아니라 필연성의 기미를 띤다는 것이다. 누군가가 그저 내킨다고 해서 자신이 가진 반감을 대량 학살로 바꿀 수는 없다. 이런 의미에서 우리가 가장 자기다운 곳은 우리가 (적어도 익히 잘 알고 있는 '자유'라는 의미에서의) 가장 자유로운 곳이 아니다. 이것은 아마도 자유와 결정론 사이의 칸트 식 대립을 와해시킬 수 있는 한 가지 방식일 것이다. 신이란 어떤 존재의 필연적인 원천이면서 동시에 그 존재를 자유로운 행위 주체자가 될 수 있게 하는 힘이기도 하다고 보는 기독교 신앙에서도 그런 양극성은 해체된다. 사람들은 신에 의존하는 바로 그 이유 때문에 자기 결정적이 될 수도 있다. 리오타르가 보기에 칸트 식 법은 "정의로운 것과 정의롭지 않은 것을 알도록 우리를 인도한다. 그러나 그 법이 우리를 인도하기는 하지만 결국에는 정말로 우리를 인도하지 않으며, 무엇이 정의로운지를

Minneapolis, 1985, pp. 14~15.

70 Ibid., p. 18.

71 Ibid., p. 71.

말해 주지도 않는다."[72] 데리다의 저작에서처럼 결단주의, 칸트 식 형식주의, 그리고 불가해한 것의 유사-신비적 매력이 결정된 사안들에 대한 포스트-마르크스주의적 염증과 합쳐진다.

밀러는 윤리적인 것이 정치적인 것과 얽혀 있다는 점을 마지못해 수긍하기는 하지만, 윤리적인 것은 그 비천한 현존에 물들어 있으며 공처가처럼 혼자 따로 있는 편이 더 낫기도 하다. 극단적으로는 바로 여기에 정치, 윤리, 인식론을 (별개의 영역이 아닌) 자율적 영역으로 보는 견해가 있다. 정치로부터 윤리를 구출하는 일은 부패하게 만드는 20세기 역사의 풍토로부터 도덕적 가치를 회복하는 일이다. 보편적인 강령과 원리를 망쳐버린 것은 무엇보다 파시즘과 스탈린주의의 망령이다. 그래서 이것은 우리가 추적해 온 칸트주의와 포스트구조주의 사이의 마지막 연결고리를 제시하는데, 이 두 교리는 전혀 다른 이유에서 역사적인 것을 심각하게 경계한다. 아리스토텔레스의 경우 그가 비정치적인 덕이라는 이념을 포착하기는 어려웠을 것이다. 이는 아리스토텔레스가 밀러나 라캉과는 다른 덕의 관념을 가지고 있기 때문만이 아니라 그가 훨씬 덜 환멸적으로 정치를 개념화하고 있기 때문이다. 어떻게 행동이나 인성의 자질을 그것들을 생산한 폴리스로부터 분리해서 평가할 수 있겠는가? 그 조건들을 설명하지 못한 판단은 도덕적 판단이 아니라 도덕주의적 판단일 것이다. 윤리와 정치는 서로 분리된 영역이 아니라 동일한 대상에 대한 서로 다른 관점으로서, 윤리는 욕구, 욕망, 자질, 가치를 탐사하고, 정치는 관례, 권력 형태, 제도, 그리고 이런 것들을 이해하기 위해 반드시 고려되어야 할 문맥인 사회적 관계를 조사한다. 바로 이런 이유에서 아리스토텔레스는 윤리를 정치의 하위 부문이라 생각한다. 이 주장이 지닌 몇 가지 함의로 인해 이제 결론으로 갈 수 있게 되었다.

---

72 Ibid., p. 77.

결론

　어떤 의미에서 모든 낯선 사람들은 혈연관계가 있는 낯선 사람들이다. 사도 바울로는 「에베소서」에서 이스라엘인들과 이방인들—즉 "한때는 멀리 있었(지만) 이젠 그리스도의 피로 가까워진" 이질적인 사람들—사이의 장벽을 허물라고 말한다. 그래서 바울로는 자신이 "멀리 있던 너희에게 평화를 설파했고, 가까이 있던 그들에게 평화를 설파했다"라고 말한다. 그리스도는 지리적 공간을 재형성하여, 법의 테두리 아래에 있는 자들과 밖에 있는 자들 사이의 구분을 없앴다. 물리적인 영토는 더 이상 중요하지 않다.

　우리의 자연발생적인 공감이 우리가 아는 사람들에게 한정되는 반면, 공간적으로 멀리 떨어져 있는 사람들에 대한 우리의 관심은 추상적 이성이라는 녹슨 장치에 위임되어야 한다고 주장하는 것은 잘못이다. 대부분의 사람들은 옆집에 사는 사람이나 심지어 더 가까운 사람에 대해서보다 멀리 떨어진 어떤 현상에 대해 더 정념적으로 느끼기도 한다. 또는 친형제의 파산보다는 오히려 지구상 먼 곳에서의 기아나 심지어 100년이 지난 과거의 정치적 패배로 인해 잠을 설치기도 한다. 자애주의자들은 정서를 거의 가정적인 사안이라고 생각하는 잘못을 저지른다. 많은 보수주의자들이 의심하듯, 감정이 세계시민주의의 적이라는 것은 진실이 아니다. 감정이 가정에서 시작된다는 것은 말 그대로 우리가 감정을 처음 배우게 되는 곳이 대체로 가정이라는 의미에서일 뿐이다. 하지만 그렇다 하더라도 우리의 열광적인 애착의 첫 대상은 친족이 아니라 위대한 지도자일지도 모른다. 감상주의란 어떻게든 결코 가정을 벗어나지 않는 정감의 한 형태라고 제안해 볼 수도 있을 것이다. 이런 지방주의적인 편협성에 대응하면서 칸트는 우리가 낯선 사람들에 대해 처신하는 것과 거의 같게 우리가 소중히 여기는 사람들을 대하는 것이 더 가치 있다고 주장한다. 칸트가 이를 통해 의미하는 바가 우리가 자신의 배우자나 아이들을 정서적으로 무관심하게 대해야 한다는 것이 아니라면, 이는 무엇보다 우리가 낯선 사람들에게 항상 정서적으로 무관심하지는 않기 때문이다. 영국인들조차도 이를 받아들이게 될 수 있을 것이다.

아가젠스키는 "윤리적으로 존중하거나 의무감으로 사랑할 경우에 나의 관계는 타자의 개인성에 무관심/무차별한 어떤 요구로부터 나온다"라고 주장한다. 이 주장이 만약 우리는 낯선 사람들이 관련된 경우에 항상 아무 정서도 없이 행동한다는 것을 의미한다면, 이 주장은 분명 옳지 않다. 또한 앞서 살펴보았듯이, 자신의 사랑을 어떤 정해진 인격체(예를 들어 친구, 동포, 자신과 별자리가 같은 사람 혹은 모발의 색상이 같은 이들)에 국한하지 않겠다는 의미에서 다른 사람의 개인성에 무관심/무차별하다는 것이 반드시 그 사람의 특정 욕구에 주의를 기울이지 않겠다는 의미에서 그들의 개인성에 무관심/무차별하다는 것을 의미하지는 않는다. 어쨌든 타자들의 개인성을 존중하는 데에는 그들에 대해 인격적 정감을 느끼는 것 말고도 더 많은 방식이 있다. 아가젠스키가 덧붙인 바에 따르면, 법은 항상 "우리를 한정적 개인들에 배속시키는 끈과 개인적인 육체적 존재들을 묶어주는 끈을 해체하라고" 요구한다.[1] 그러나 우리는 앞서 샤일록의 사례에서 법이란 육체적인 끈을 무효화하기 위해서가 아니라 보호하기 위해서 존재하는 것이라는 점을 보았다. 타자와의 육체적인 끈은 단순히 서로의-얼굴-마주보기가 아니다. 그리고 우리와 타자 사이의 정감적 유대가 토지에 대한 법이든 사랑에 대한 법이든 우리들 사이에서의 유효한 법에 의해 반드시 해체되는 것도 아니다. 아가젠스키는 흄과 같은 실수를 범하면서 감정이란 필연적으로 지역적인 것이며, 법이란 단지 그 감정을 대신하여 원거리까지 영향을 끼치는 것이라고 추정한다. 하지만 사실상 우리는 모르는 사람들에 대해 감정을 느낄 수 있을 뿐만 아니라 지척에 있는 사람들에 대한 우리의 감정이 부분적으로 낯선 사람들을 대하면서 우리가 배웠던 것에서 비롯되기도 한다.

이런 한에서 상상계와 상징계가 뚜렷이 서로 반목하지는 않는다. 우리는 당연히 친숙하지 않은 사람들보다 아는 사람들과 더 깊은 정감의 유대를 느끼지만, 낯선 사람들에 관한 한 정감만이 중요한 감정은 아니다. 브루스 로빈스가 지적하듯이, "멀리 떨어져 있는 세상 사람들의 복리라는 관점에서 보다 나은 정책을 위해 로비를 하려고 강렬하게 온 상상과 정서를 다해 그들과 관계를 맺는 멋진 솜씨를 보여줄 필요는 없다."[2] '두터운' 관계가 항상 상호 인격적인 것은 아니다. 로빈스가 표현하듯이, "가정적인 사실로 쉽사리 받아들여지는 두텁고 짙은 체화 상태는 국가적 경계를 가로지르는 주장 및 관계에서도 부정될 수 없다."[3] 어쨌든 아퀴나스가 지적하듯이, 인격적인 우정은 보다 덜 직접적인 관계를 위한 일종의 도덕 수련장으로 작용할 수 있다. 아퀴나스에게서 필리아, 즉 인간의 우정이란 애초에 인격적인 사안이 아니기는

---

1 Sylviane Agacinski, "We Are Not Sublime: Love and Sacrifice, Abraham and Ourselves", in Jonathan Rée and Jane Chamberlain(eds.), *Kierkegaard: A Critical Reader*, Oxford, 1998, p. 146.

2 Bruce Robbins, *Feeling Global: Internationalism in Distress*, New York and London, 1999, p. 152.

3 Ibid., p. 172.

하지만, 바로 여기서 우리는 보다 비인격적인 일인 정의와 정치를 연습하는 데 필요한 민감성 같은 것을 양성할 수 있다.

상징계적 관계들은 법과 정치와 언어에 의해 매개된 것들이며, 이것들은 라캉의 대타자로서 연대의 매개이자 그에 못지않게 분리의 매개이기도 하다. 이 관계들은 단순한 공리나 계약론으로 쉽게 빠질 수 있다. 하지만 우리와 낯선 사람들과의 관계에 우선성을 부여하는 상징계는 문자 그대로의 이웃들이 아닌 낯선 사람들과의 관계가 이웃들에 대한 우리의 행실을 포함한 윤리적 품행의 범례가 된다는 점을 상기시켜 주기도 한다. 낯선 사람이란 단지 우리가 아직 사귀지 못한 친구라는 것이 아니라 우리가 어쩌다 알고 있는 이질적인 생물체라는 것이다. 결정적인 사랑의 행위란 서로의 영혼을 합치는 것이 아니라 가스실로 들어서는 줄에 서 있는 어느 낯선 사람을 대신하는 것이다. 낯선 사람을 사랑할 수 있는 것처럼 친구를 위해 죽을 수 있기는 하지만, 어느 낯선 사람을 위해 죽는 것은 궁극적인 윤리적 '사건'이다. 기독교인들은 이런 죽음을 신이 요구하는 것이라고 보는데, 이런 이유에서 신은 사랑과 공포를 순차적으로 보여주는 것이 아니라 그의 사랑이 바로 성스러운 공포인 것이다.

이것이 대체로 관례적인 도덕적 지혜는 아니다. 미국의 우파인 로버트 시블리(Robert Sibley)가 주시한 바에 따르면, 수많은 익명의 타자들에게로 우리의 공감을 펼친다는 것은 "이른바 우리의 전 지구적 이웃들, 즉 멀리 있는 일반화된 어떤 '타자들'을 포함하기 위해 우리의 구체적인 현실을 확장하려고 안간힘을 쓰는 것이다."[4] 그 구체적인 현실을 멀리 있는 일반화된 이웃들에게까지 확장하는 것, 즉 다름 아닌 제국주의는 이따금 실제로 미국이 안간힘을 써야 하는 곤경에 처하도록 해왔다. 상징계는 우리에게 근접한 사안을 포함한 우리의 여러 가

---

4 Kwame Anthony Appiah, *Cosmopolitanism: Ethics in a World of Strangers*, London, 2006, p. 157에서 재인용.

지 사안에 서서히 이질성을 주입하는데, 이는 심화하는 것이기도 하고 잠재적으로 파괴적인 것이기도 하다. 그리고 바로 이 지점에 실재계의 얇은 모서리가 삽입된다. 실재계에 관한 한, 이웃이란 비인간적인 궁핍에 처한 우리를 받아주는 사람이며, 우리도 똑같은 정신으로 품어주는 사람들이다. 이웃 사이란 지역성이라기보다는 실천이다. 필멸하는 우리의 나약함에 뿌리를 둔 관계만이 자기도취적인 것을 넘어 진전할 수 있는 가능성을 지닌다.[5]

   그렇다면 실재계란 상징계적 질서의 내부 균열 지점이다. 이 내부 균열이란 그 질서를 몰락하게 만들 우려가 있는 모순들, 그 질서를 제자리에 있지 못하도록 비뚤어지게 하는 정신적 외상, 그 질서가 번성하기 위해서는 배제해야만 하는 부정성, 그 질서를 개조할지도 모를 그 자체의 한계와의 치명적인 부딪침 같은 것이다. 상징계의 체현되지 않은 기표들과 달리 살과 피가 상상계의 기초일 수도 있겠지만, 이 살과 피는 실재계―즉 우리가 유적 존재로서 공유하는 동물적이고 상처 입기 쉬우며 죽음에 사로잡힌 인간성―의 표식이기도 하다. 그러므로 친밀성으로 향하는 것은 보편성으로 향하는 것이기도 하다. 순전히 벗으로 삼기 좋은 육체들로서 서로 만난다는 것은 추상적이기도 하지만, 그에 못지않게 뚜렷이 느껴지는 것이기도 하다. 살과 피가 우리를 구성하고 있기 때문에, 유적 존재의 보편성은 우리의 모든 숨결과 몸짓에 배어 있다. 보다 고전적인 형태의 토대주의를 문화라는 새로운 종류의 절대적인 근거로 대체해 버린 사상의 한 조류인 포스트모더니즘은 지극히 유해하게도 바로 이 점을 부정한다.

   살과 피란 영도(零度, degree zero)의 인간으로서 가공하리만큼 익명성을 띠면서 동시에 매우 소중한 접촉의 매개이기도 하다. 필멸의 고난에 처한 육체가 모든 문화의 근저에 있기 때문에, 지역적인 것과 보

---

5 이에 대한 탁월한 논의는 Martha Nussbaum, *For Love of Country: The Limits of Patriotism*, Boston, 1996 참조.

편적인 것은 궁극적으로 서로 상충하지 않는다. 앞서 살펴보았듯이, 이른바『구약성경』의 유대인들에게서 육체란 애초에 감시받거나 선정적이거나 꾸며지거나 미화되는 것이 아니라 우리를 동류의 육체들과 하나로 묶어주는 원리다. 자애주의자들이 보기에, 우리가 직접적으로 느끼고 지각할 수 있는 것에 특별한 지위를 부여하는 것은 우리의 생물성에 속한다. 그러나 자애주의자들이 그리 쉽게 수긍하지 않듯이, 타자들이 우리와 물리적으로나 문화적으로 아무리 다른 육체를 지니고 있다 하더라도 공통으로 육체를 지닌다는 이유에서 타자들을 가여워하는 것은 우리의 동물적 본성의 일부이기도 하다. 차이 그 자체는 결코 윤리나 정치가 구성될 수 있게 해줄 정도로 충분히 건전한 토대가 아니다. 그렇게 보이는 것은 오직 우리 가까이에 있는 여러 특수한 형태의 보편성이 어떤 이유에서 틀어진 경우에서일 뿐이다.

우리는 지금까지 적어도 이런 의미에서 가까이 있는 것과 멀리 있는 것은 결합되어 있다는 점, 이웃이란 단지 우연히 어쩌다 우리의 현전으로 들어온 여느 낯선 사람들일 뿐이라는 점을 살펴보았다. 이와 같은 개인들의 추상적 교환 가능성은 상징계에 의해 가능해지기는 하지만, 윤리적으로 말하면 그것은 초과되기 위해 존재한다. 자선은 그 특성인 무관심/무차별로써 구체적인 타자들에게 봉사하면서 그들의 특이성을 함부로 무시하지 않는다. 상징계는 특수성으로부터 우리를 자유롭게 하기 때문에 특수성을 향해 우리를 자유롭게 할 수도 있다. 어느 누구든 이제는 아무나 모방할 수 없는 존재로 소중하게 여겨질 수 있는데, 상상계와는 그 경우가 다르다. 계몽주의는 늘 그렇듯이 그 자체의 나쁜 측면으로 인해 진보한다.

기독교 교리에서 이런 상징계적 진리가 실재계와 양립 불가능하지는 않다. 이 문맥에서의 실재계란 활력을 주면서 동시에 해를 끼칠 수도 있는 파열적 초과 혹은 무한성, 즉 유한한 것의 초월을 의미한다. 기독교식으로 이 무한성을 보면, 영원한 삶의 환락을 서로 나누는 형식인 자선에는 끝이 없다는 것이다. 그렇기 때문에 그 자선의 추정상의 대상들 사이에는 상징계적 동일성이나 등가성이 있는 반면, 그 대상들 어느 누구에게든 바쳐진 사랑은 실재계의 방식으로 이 형평성 있는 척도를 무모하게 무력화한다. 어느 타자이든 타자의 생명을 위해 자신의 생명을 바칠 준비가 되어 있다면, 그 무모함은 숭고한 부조리성의 지점까지 내몰리게 될 것이고, 그렇게 함으로써 기독교 특유의 스캔들과 광기 같은 것을 얻게 된다. 하지만 이 상상할 수 없는 실재계란 극단화된 상징계적 질서의 교환 가능성에 지나지 않는다.

기독교적 믿음이 상징계와 실재계 모두를 수반한다면, 그 나름의 상상계도 제안할 것이다. 여기서 논의되는 미메시스는 우리 주변에 있는 문명화된 인물들을 버크 식으로 모방하는 것이 아니라 그리스도 모방하기, 즉 실제로 정의를 추구하다가 국가에 의해 살해당할 준비가 되는 것이다. 예수는 분명하게 자신의 동지들을 이 모진 운명으로 소환한다. 사회적 자애로서의 사랑이 희생적 죽음으로서의 사랑으로 전환됨에 따라, 다른 사람의 상황을 자신 속에 재창조한다는 18세기식 공감은 여기서 오히려 더 살벌한 형태로 변하게 된다. 기독교인들이 그리스도의 '타자들을-위한-존재'를 공유해야 한다고 말하는 것은 그들이 죽음에 이르기까지 그리스도의 어리석은 자기 소모를 재연할 준비가 되어 있어야 한다고 주장하는 것과 같다. 그럼에도 불구하고 복음이 요구하는 무모한 자기 허비는 치고받는 맞대응의 편협한 윤리와 반대되는데, 이를 인격적 책임의 무한성과 정치적인 것의 분별 있는 요구 사이의 레비나스 식 대비와 혼동해서는 안 된다. 자선에는 끝이 없다는 사실이 그 자체로 바람직한 도덕적 자질인 실천적 지혜(사려분별, prudence)와 실재론을 거부하기 위한 묘책으로 받아들여져서는 안 된다. 예를 들어 자선은 그 일부인 정의의 필요성과 함께 고려되어야만 하다. 매킨타이어가 표현하듯이, "(우리의 이웃)을 향한 자선은 정의를 넘어서기도 하지만 항상 정의를 포함한다."**6** 정의는 정치적인 것에 해당하고 사랑은 순수하게 인격적인 사안이라는 말이 아니다.

또한 레비나스주의자들이 대체로 주장하듯이, 사랑이나 책임의 인격적 관계가 상징계적 질서의 엄격한 형평성과 달리 모든 의미에서 비대칭적이라는 말도 아니다. 우리가 조금 전에 보았듯이, 자선이란 원칙적으로 끝이 없다는 의미에서 분명 그 말은 옳다. 자신의 적을 대하는 데서도 마찬가지다. 여기서의 비대칭이란 아량 있는 행위에 대한 답례로 터무니없는 모욕을 참고 견디는 행위를 점잖게 표현한 것이다. 그러나 이미 주목했던 바처럼 가장 온전한 사랑이란 평등하고 호혜적이어야만 한다는 점에서 그 말은 옳지 않다. 그러므로 윤리적 실재계와 정치적 상징계 사이에 고정불변의 구분은 없다. 아마도 이런 이유에서 인격적 사랑은 상호성과 평등주의라는 덕을 자라게 하는 사회질서 속에서 보다 더 쉽게 나타나는 것 같다. 물론 긍정적인 비대칭성뿐만 아니라 계급 및 사회적 성의 불평등과 같은 부정적인 비대칭성도 있는데, 특징적으로 레비나스는 이 부정적인 것을 간과한다.

윤리적 차원에서 말하면, 우리는 이제까지 살펴본 라캉의 등록소들의 득실을 주의 깊게 따져볼 필요가 있다. 상상계에는 진정한 도덕이 쉽게 내버릴 수 없는 민첩한 공감이 있다. 이 지점에서 순전히 법적인 윤리는 무너진다. 결국 법이 인간의 의사소통에 충분하리만큼 두터운 매개는 아니다. 그러나 이 상징계적 차원을 잃어버린다면, 우리는 배타적인 파벌의 확장된 이기주의에 빠져들어 낯선 사람들을 경계하고 비동일적인 것에 신경을 곤두세우는 위험에 처하게 될 것 같다. 또한 상상계적 윤리는 실재계에 반감을 드러내기도 하는데, 일례로 실제로 그런 것처럼 고상한 체하면서 순수 악의 현실에 대해 회의적이다. 만약 실재계가 너무 사회성이 없는 윤리라면, 상상계는 다소 너무나 사교적인 윤리다.

상징계적 질서는 그 나름의 입장에서 우리에게 정치적인 것을 열어주기는 하지만, 그 구성원들에게 이 소중한 보편성에 들어가기 위해서

---

6 Alasdair MacIntyre, *Selected Essays, vol. 2: Ethics and Politics*, Cambridge, 2006, p. 146.

는 살과 피를 공물로 바치라고 요구한다. 그래서 우리는 자신의 인격적인 구체성을 정의, 자유, 평등, 보편성이라는 비인격적인 목적에 희생해야만 하는 것처럼 보이게 된다. 만약 상상계가 너무나 열정적이라면, 상징계는 너무 혈기가 없다. 거울반사적 자기들 사이의 상상계적 상호작용이 차이와 동일성의 변증법으로 대체되면서, 마음의 자극은 합리적 계산에 길을 내준다. 우리가 앞서 여러 차례 주목했듯이, 이런 면에서 유일한 것과 보편적인 것을 조화시킬 한 가지 방법은 어느 누구든 그 사람 특유의 욕구에 주의를 기울이는 것이다. 보다 완강한 상징계적 질서의 전도사들인 이 세상의 안젤로 같은 사람들은 유해하게도 바로 이런 점을 무시해 버린다.

실재계에도 이와 유사한 추상과 구체의 상호작용이 있다. 앞서 살펴보았듯이, 한편으로 우리에게서 살과 피란 감지할 수 있는 가장 구체적인 것이지만 가장 보편적인 것이기도 하다. 다른 한편 타자들을 아주 친밀하게 안다는 것은 어떤 의미에서 그들을 낯선 사람들로 만나는 것인데, 이는 로런스가 기분이 덜 상했을 때 미세하게 의식하고 있던 사실이다. 그래서 아마 랠프 월도 에머슨*이 친구를 '아름다운 적'이라고 했는지도 모르겠다. 더군다나 만약 라캉을 언급한다면, 우리가 추상적인 상징계적 질서를 지나 길을 내가는 것은 오로지 우리를 우리로 만들어주는 환원 불가능한 특정 욕망을 그 질서 너머에서 발견하기 위해서다. 하지만 이 욕망은 상징계적 질서 자체의 비인간적인 법과 마찬가지로 우리에게 낯선 상태로 유지된다. 라캉이 모호하게 제시하듯이, 바로 이런 견지에서 우리가 한없는 사랑을 할 수 있게 된다. 만약 우리가 정확히 상상계로 되돌아가게 되는 것이 아니라면, 우리는 근접해서 현전하는 타자들에게로 되돌아가게 된다. 하지만 이제 우리는 실재계의 욕망으로 일변된 익명의 상징계적 법이 지닌 불굴의 힘으로 타

---

* 랠프 월도 에머슨(Ralph Waldo Emerson, 1803~82): 미국의 시인이자 사상가로 작품에 『자기-신뢰』(*Self-Reliance*, 1841) 등이 있다.

자들을 사랑할 수 있게 된다. 그런데 이미 살펴보았듯이, 이 실재계의 영역에 접근하기 위해 지불해야 하는 일부 대가는 정신적 엘리트주의와 비극적 극단주의 같은 것들이다.

육신의 모든 따뜻함과 친근함을 지니면서 동시에 언어의 모든 보편적 범위를 포괄하기도 하는 대상에 대한 낭만주의적 꿈은 끝없이 있어 왔다. 이는 상상계와 상징계의 혼합으로서 낭만주의적 상징 혹은 구체적 보편이라는 것에서 발견될 수 있다. 우리가 얼핏 살펴본 또 다른 일례는 육체(예술작품)에 대한 칸트의 미적 환상인데, 이는 보편법을 체현한 것처럼 보이기도 하지만 동시에 어머니의 돌봄 못지않게 우리의 쾌락을 위해 형성된 것 같기도 하다. 기독교는 한걸음 더 나아가 통합된 이 두 등록소에 실재계를 덧붙인다. 부활한 그리스도, 신의 말씀이란 언어의 모든 보편적 용이성을 지닌 인간 육체다.[7] 어떤 의미가 어떤 단어에 현전하는 것 같은 방식으로, 성만찬식에서 어떻게 희생적으로 죽음을 헤치고 나온 이 육체의 '실재계'가 참여자들 사이의 상징계적 소통을 위한 매개인 빵과 포도주라는 보편적 '언어'에 현전하는지에 대해서는 이미 살펴보았다. 이렇듯 실재계적 질서와 상징계적 질서는 하나의 행동 속으로 뒤섞여든다. 성만찬의 구성요소들은 일반적인 생활의 한 형태로 공유되기는 하지만, 빵을 먹고 포도주를 마신다는 것이 파괴 행위로부터 삶을 거둬들이는 것이기 때문에 그 요소들은 죽음으로부터 삶으로의 이행, 즉 실재계 혹은 그 사건의 희생적 구조를 의미하기도 한다. 또한 빵과 포도주를 나눈다는 것은 그리스도 속에서 각자의 정체성을 서로 교환하는 것을 수반하기 때문에, 실재계와 상징계는 상상계에 매어 있기도 하다. 기독교식 상상계를 보여주는 적절한 예는 "너희가 여기 내 형제 가운데 지극히 작은 자 하나에게 한 것이 곧 내게 한 것이니라"는 구절이다. 이는 말하자면 신성의 이행성을 보

---

7 Terry Eagleton, *The Body as Language*, London, 1970 참조.

여주는 일례다. 또한 타자들이 자신에게 해주기를 바라는 것을 그들에게 해주어야만 한다는 계율이 피학적인 자들에게는 위험한 조언이지만, 상상계적 위치 교환과 관계가 있는 것이기도 하다. 그렇다면 성만찬식이 도래할 평화와 정의의 왕국을 예시하는 사랑의 만찬으로서 신명나게 타자들과-함께-존재함을 찬양하는 것이기는 하지만, 전적으로 쾌락 원칙 너머에 있는 상황인 죽음과 폭력 및 혁명적 변혁 위에 세워지는 것이기도 하다.

분명 기독교가 참이 아닐지도 모른다. 분명 이 연구에서 그 무엇도 기독교를 참이라고 당연시하지는 않는다. 정신분석학 또한 참이 아니라는 것도 사실일 것이다. 이 둘 모두 참이 아닌 것은 아마도 그것들이 인간 조건이라는 허구적 상태를 상정하기 때문일 것이다. 만약 그렇다면, 기독교와 정신분석학이 모두 거짓인 이유는 바로 포스트모더니즘이 참인 이유일 것이다. 만약 정신분석학이 참이고 기독교는 그렇지 않다면 문제가 생긴다. 만약 그렇다고 한다면, 인간 조건의 비극적 차원이 결국 만회될 수 없으리라는 주장은 합당할 것이다. 왜냐하면 기독교의 복음이란 실재계의 공포와 죽음 욕동의 파괴 행위에 대한 근본적인 해법을 제공해 주는 것이기 때문이다. 여기서의 해법은 결코 자유주의적 휴머니즘이나 사회주의적 휴머니즘 방식으로 그 공포와 파괴 행위를 거부하는 것이 아니라 아주 불운한 이 처지 속에서 구원적 진리를 찾는 것이다. 믿음이라는 정신적인 혁명을 통해, 죽음 욕동의 '아무 데도 쓸모없는' 외설적 즐거움은 선한/좋은 삶의 '아무것도 잃을 게 없는' 무모함으로 전환된다.

만약 기독교와 정신분석학이 모두 참이 아니라면, 우리는 다소 긴장을 늦출 수 있다. 구원도 없으며 그에 대한 요청도 없을 것이다. 아무 문제가 없기 때문에 해법을 필요로 하지도 않는다. 혹은 최소한 정신분석학이 추정하는 그런 종류의 문제도 없을 것이다. 만약 기독교가 참이고 정신분석학이 거짓이라면, 우리는 정신분석학을 사용하여 기독교가 구원해 주리라고 약속한 조건을 오인해 온 것이다. 그러나 (다시 한 번 처음의 배열 방식을 취해 본다면, 즉) 만약 기독교가 거짓이고 정신분석학이 참이라고 한다면 어떻게 되겠는가? 만약 그렇다면 우리는 정신분석학이 진단한 난제들을 바로잡기 위해 우리의 정치적 자원에 의존할 수밖에 없을 것이다. 사실상 정치는 프로이트나 라캉 같은 정치적 회의론자들이 신뢰했을 법한 정도보다 더 많이 우리의 조건을 완화해 줄 수 있다. 그러나 정치적인 변화 자체가 그들이 그린 비극적 조건을 완전히 해소해 줄 수 있는지는 의문이다. 왜냐하면 기독교가 주장하듯이, 육체의 질료 자체에까지 꿰뚫고 들어가는 어떤 변혁이 필요하기 때문이다. 만약 이것이 신화라면, 문제는 그런 기적적인 개입 없이 우리의 상황이 얼마나 견딜 만하게 만들어지겠는가 하는 점이다.

❖

윤리와 정치의 관계는 사랑과 통치, 무한한 것과 유한한 것, 가까운 것과 멀리 있는 것, 친근한 사람과 낯선 사람, 비대칭적인 것과 대칭적인 것 사이의 대비와 상관없다. 그 둘은 물질에 대한 정신, 외향에 대한 내향, 사회에 대한 개인, 보편에 대한 단독처럼 대비적으로 연결되어 있지 않다. 레비나스와 데리다에게는 미안한 말이지만 타자들에 대한 책임은 절대적이지 않고 무한하지도 않으며, 정의와 실천적 지혜(사려분별) 및 실재론에 의해 조절되어야만 한다. 윤리가 이웃 사람들을 다루는 반면, 정치는 낯선 사람들을 다룬다는 것은 사실이 아니다. 윤리란 단순히 대타자에 대한 경건한 개방성만이 아니라 예를 들어 모르는 어떤 사람들에게 영향을 끼치는 광고나 유아살해에 대한 정책을 입안하는 문제이기도 하다. 윤리는 실재론자들이 까다롭게 상상하듯 주제화된다고 해서 평가절하되지 않는다.

윤리는 정치와 마찬가지로 비인격적 지령을 수반한다. 역으로 정치적 사안인 정의와 평등은 낯선 사람들 사이의 관계에 못지않게 자기 자신과 대타자 사이의 관계에도 적용된다. 윤리와 정치는 능숙한 해체주의적 재간에 의해서만 연결되는 통약 불가능한 영역이 아니라 동일한 현실에 대한 다른 관점일 뿐이다. 예를 들어 여러 형태의 '비윤리적' 사회주의에 대비되는 '윤리적' 사회주의라는 것은 없다. 윤리적인 것은 어떻게 우리가 보람 있게 서로 함께 사는가에 대한 사안이며 정치적인 것은 어떤 제도들이 이 목적을 가장 잘 촉진할 것인가에 대한 문제다. 아리스토텔레스는 『정치학』(Politics)에서 정치적 연합의 목적을 '삶, 그리고 선한/좋은 삶'이라고 언급한다. 만약 윤리와 정치를 분리된 영역으로 본다거나 윤리를 정치의 추잡한 수중에서 구제해야 할 필요성을 느낀다면, 결국 정치적인 것을 폄하하면서 윤리적인 것을 이상화하기 쉽다. 정치적으로 환멸적인 시대에, 윤리적인 것은 폴리스를 포기해 버리고 예술, 믿음, 초월, 대타자, 사건, 무한, 결단 혹은 실재계 등과 같은 다른 곳에 그 둥지를 틀도록 강제된다.

유대인 대학살에 대한 어떤 견해는 이처럼 윤리적인 것과 정치적인 것 사이의 분리를 강화할 수 있다. 그 대학살은 어떤 논평자들에게 악의 초월성을 환기시킬 뿐만 아니라 절대적인 도덕적 판단을 요구하는 것 같기 때문에, 윤리적인 문제는 전례 없이 보다 더 절실해진다. 하지만 추정상 그런 대참사를 일으킨 정치적 혹은 역사적 거대서사들은 바로 그 이유로 인해 폐기되어야만 하기 때문에 혹은 어떤 순전히 역사적인 접근 방식도 그 사악함을 설명할 수 없기 때문에, 이 절대적인 판단들은 더 이상 토대를 갖지 못한다. 이 판단들은 근거가 없는 만큼 완강하기도 하다. 도덕적 판단들이 요구되기도 하지만 무장해제되기도 한다. 그렇게 되면, 윤리는 우리에게 텅 빈 초월로 남겨지게 된다.

상징계는 사실상 윤리가 번성하기에 너무나도 희박한 대기권일지도 모른다. 그러나 그렇다고 해서 고매한 태도를 취하며 법, 정치, 권리, 국가, 인간 복지란 정말 필연적이지만 영혼을 죽이는 기술일 뿐이라고 경멸해도 된다는 말은 아니다. 그런 것들의 보호가 필요 없을 만큼 충분한 특권을 지닌 사람들이나 법과 권위를 본질적으로 해로운 것이라고 볼 수 있다. 상징계적 질서는 도덕적 추상 개념에 기반을 둘 때보다 육체—즉 감지할 수 있는 인간의 욕구와 필요—에 기반을 둘 때 가장 효과적이다. 마르크스는 부르주아 민주주의를 아낌없이 찬양하기는 했지만, 이런 면에서는 그 민주주의가 충분치 못하다고 생각했다. 그에 따르면, 부르주아 민주주의는 사람들을 그저 추상적으로 자유롭고 평등한 시민들로 통합했을 뿐이며, 그들 고유의 특수성을 통해 통합하지는 못했다. 그는 정치국가와 일상생활 및 노동 사이의 간극을 줄여왔던 사회주의적 민주주의만이 그 일을 해낼 수 있을 것이라고 보았다.

실재계와 관련하여 "자신의 욕망을 고수하라!"는 표어가 그 명백한 결점에도 불구하고 현 시점에서 하나의 탁월한 정치적 교시라고 주장할 수 있을 것이다. 정치적 좌파가 타협해 봐야 아무 소용없다. 우리 시대에 전 지구적 자본주의에 도전하는 일을 더 어렵게 만드는 것은 자본주의의 약탈성이 더 약화되기는커녕 더 강화되어 간다는 사실이다. 이것이 의미하는 바는 바로 자본주의 체제의 이런 변화가 좌파를 좌절시키고 고사시켜 왔기 때문에 오히려 그 체제와 싸워야 할 필요가 그 어느 때보다 더 절실하다는 것이다. 그러므로 좌파는 개혁주의나 패배주의의 유혹에 굴하지 말고 그 자체의 믿음을 지켜야만 한다. 안티고네 같은 인물처럼 좌파는 인간을 부양하지 못하거나 인간에게 충분한 정의를 가져다주지 못하는 정치체제를 철저히 거부해야만 한다. 이런 거부 행위가 보수주의자들에게는 미련한 짓이며, 자유주의자들에게는 걸림돌이다. 좌파는 비록 이 기획에서 실패한다 하더라도, 최소한 그것이 줄곧 옳았다는 점을 아는 쓰고도 달콤한 만족감을 거둬들일 수는 있을 것이다.

【 옮긴이의 말 】

『낯선 사람들과의 불화: 윤리학 연구』(2017)는 영국의 대표적인 마르크스주의 문학·문화 비평가인 테리 이글턴(Terry Eagleton)의 저서 *Trouble with Strangers: A Study of Ethics* (2009)를 번역한 것이다.

이 책은 서구의 18세기에서 현대에 이르는 윤리학을 비판적으로 재해석하는 메타-이론적 차원을 지니고 있으면서, 동시에 이를 수행하는 과정에서 "더 풍요로운 사회주의 및 유대 기독교 전통의 윤리"를 시금석 삼아 보다 나은 사회를 이루어 나가는 데 적합한 윤리를 제시하는 실천적 차원을 지닌다.

이글턴이 윤리학을 중심으로 신학, 미학, 정치학, 정신분석학, 문(화)학, 사회학, 법학 등의 영역을 아우르며 미로를 형성하고 있는 이 책의 논지를 요약하기는 쉽지 않을 듯하다. 방대한 내용을 과도하게 단순화하는 위험을 무릅쓰고라도 그의 논지를 그의 용어를 빌려 굳이 요약하면 다음과 같다. "각자의 성취[가] 모두의 성취를 위한 조건"이 되며, "이웃의 타자성"이 아닌 "타자성을 지닌 이웃"을 "사랑"하는 "윤리·정치적 사랑"을 통해 보다 나은 사회를 향한 "자신의 욕망을 고수"하고 이를 방해하는 "전 지구적 자본주의에 도전"하라!

이 논지를 전개해 나가는 과정에서 이글턴은 낯선 사람 혹은 존재에 관한 존재론적·인식론적인 문제를 제기한다. 그는 '자기'와 '(대)타자'란 어떤 존재이며, 이들의 관계는 어떻게 형성되고 작동하는가에 관한 문제를 다음의 세 단계/유형으로 나누어 서술한다. 그는 (1) 낯선 사람들을 배제한 채 가까이 있는 이웃들 사이의 자연발생적인 공감과 정감을 중심으로 도덕감각에 기초한 18세기 영국(사실상 아일랜드와 스코틀랜드)의 '상상계적 윤리', (2) 제한적인 공감과 정감을 벗어나 의무와 책무를 중심으로 가까이 있는 이웃들과 멀리 있는 낯선 사람들에게 똑같이 적용되는 보편적 도덕법에 기초한 동시대 유럽(특히 독일)의 '상징계적 윤리', (3) 극단적으로 대립하는 이 두 단계/유형의 윤리를 변증법적으로 지양할 수 있는 '실재계의 윤리'의 진정한 형태에 다다르지 못한 채 상상계가 중시하는 이웃뿐만 아니라 상징계가 보호하려는 낯선 사람들에 대해서도 적대적인, 왜곡된 형이상학적 '실재계의 윤리'의 18세기 말 초기 형태 및 그 현대적(특히 프랑스적) 변주를 비판적으로 재검토한다.

이를 위해 이글턴은 라캉의 상상계, 상징계, 실재계라는 세 단계/유형을 자신의 변증법적 · 역사적 유물론으로 전유하여 윤리 담론이 18세기 이래 서구 자본주의의 역사적 전개 과정에 따라 변화해 가는 양상을 보여준다. 이 과정에서 그는 개별 담론을 주로 서구 자본주의의 보편성과 역사적 특수성이라는 맥락 속에서 다루기는 하지만, 동시에 각각의 담론이 생산된 지역적 · 인종적 차이에 따른 변주—예를 들어 식민주의 및 민족 혹은 인종 간의 갈등 등의 문제—를 함께 역사화하여 논의하기도 한다.

이런 논지와 서술 방식을 보여주는 이 책에서 정작 그 근간을 이루는 헤겔과 마르크스는 사실상 배경화되어 간헐적으로만 등장한다. 오히려 그는 이 책의 절반 이상을 차지하는 실재계의 윤리—특히 상징계적 윤리를 대표하는 칸트의 과실을 이어받은 포스트모더니즘 혹은 포스트구조주의 식 실재계의 윤리—가 지닌 공과를 비판적으로 가늠하며 전경화한다. 이런 서술 전략은 아마도 『비평가의 임무: 테리 이글턴과의 대화』의 서문에서 매슈 보몬트가 언급한 바를 보면 분명해질 듯하다.*

이글턴의 책에서 마르크스주의적 사유가 부재하는 것은 역으로 마르크스주의가 편재해 있다는 표시이자, 마르크스주의에 대한 그의 열성적인 헌신을 보여주는 표시이다. 벤야민이 말한 보들레르 시에서의 군중과 마찬가지로, 이글턴에게 마르크스주의는 항구적인 배경음이다(xiv). 이글턴은 거의 반세기 동안 실존주의, 여성주의, 라캉 식 포스트구조주의 등과 같은 일련의 이론적 담론을 받아들여 마르크스주의의 설명 능력을 갱신하고 재규정하려는 자신의 끊임없는 시도에 맞도록 이 담론을 솜씨 좋게 각색해 버린다(xxiv).

이글턴이 이런 전략을 18세기 이후의 서구 윤리(학), 특히 최근의 프랑스 식 실재계의 윤리에 적용한 것이 바로 『낯선 사람들과의 불화: 윤리학 연구』라고 볼 수 있을 것이다.

❖

이글턴이 만들어놓은 복잡한 미로를 더듬어 가다가 길을 잃을 경우에 도움을 줄 수 있는 이정표 중 일부, 즉 그가 시금석으로 삼은 '사회주의 및 유대 기독교 전통의 윤리'가 지닌 특성의 일부를 미리 살펴본다면, 잃은 길을 다시 찾는 데 조금 도움이 될지도 모르겠다.

이글턴은 상징계적 윤리의 대표자이자 프랑스 식 실재계의 윤리에 근거를 제공한 칸트 식 윤리를 비판적으로 재조명하는 과정에서, '분리된 개인의 의지'보다는 헤겔과 마르크스 윤리학에 있어서의 '사회조직', 즉 '제도'의 중요성을 강조하며 사회주의의 윤리적 토대를 다음과 같이 설명한다.

---

* 테리 이글턴 · 매슈 보몬트, 문강형준 옮김, 『테리 이글턴과의 대화』(*The Task of the Critic: Terry Eagleton in Dialogue*), 민음사, 2015.

일례로 마르크스가 사회주의 아래에서 만개하리라고 생각하며 그려본 자치적 협동조합 이념을 살펴보자. 그런 사업체의 조합원은 의지의 행위를 통해서 서로의 목적을 장려하지 않는다. 오히려 모종의 호혜성이 그 제도 자체의 구조에 내장되어 있다. 이것은 조합원이 서로 낯선 사람들이든 아니든 간에 마찬가지로 잘 작동한다. 그 제도는 조직의 구성에 그 자체의 고유한 노력을 기울임으로써, 개별 구성원도 동시에 동료들의 발전을 장려하는 데 참여하고 있다는 점을 보장한다. 상징계의 비인격성은 상상계의 부드러운 맛을 지닌 '자기들의 상호성'에 연결된다. 칸트의 주식회사식 '도덕적 덕'의 개념이 아니라 바로 이것이 사회주의의 윤리적 토대이다. 각자의 성취는 모두의 성취를 위한 조건이 된다. 이보다 더 귀한 윤리를 생각하기는 어렵다(204).

더불어 그는 레비나스의 '절대적 책임'에 기초한 형이상학적 실재계의 윤리를 비판하는 과정에서, 추상적인 '이웃의 타자성'이 아닌 "타자성을 지닌……이웃"에 대한 실천적인 유대 기독교적 '사랑'을 다음과 같이 주장하기도 한다.

마찬가지로 (레비나스의) 절대적 책임이란 실제로 헤겔이 말한 '악무한성'의 한 사례이다. 나를 고문하고 있는 비밀경찰에 대해 내가 절대적으로 책임져야 한다고 주장하는 것은 우스꽝스럽다. 개방성과 관련하여, 만약 우리가 우리에게 빵을 구걸하는 굶주린 사람에게 개방적인 것과 학생들에게 마약을 밀거래하는 자들에게 개방적인 것을 구분하려면, 코드화할 수 있는 어떤 도덕적 규준에 의해 그것이 이미 은밀하게 고지되어 있어야만 하지 않겠는가? 물론 우리는 그런 밀거래를 하는 자들의 자율적 존재를 존중하면서 그들의 초월적 현존에 의해 우리 자신이 적절히 정신적 외상을 입고 비천해졌다고 느끼기는 해야겠지만, 윤리란 그들을 당장 멈추게 하는 것과 관련이 있지, 그들의 차이가 지닌 신령한 의미와 관련이 있는 것은 아니다. 이아고는 오셀로에게 개방적이기는 하지만, 그 과민성의 양식은 달랠 길 없는 증오라고 알려진 것뿐이다. 진정성처럼 개방성이란 필수불가결한 요소로서 그 자체로는 아무것도 아니다. 개방성은 그 자체로는 칸트 식 정언명령만큼이나 놀랍게도 공허한 것이다. 유대 기독교의 계명은 이웃의 타자성을 사랑하라는 것이 아니라 타자성을 지닌, 즉 '실재계' 안에 있는 이웃을 사랑하라는 것이다(374~75쪽).

그리고 이글턴이 이런 특성을 지닌 사회주의 및 유대 기독교 전통의 윤리를 시금석 삼아 기존 윤리 담론의 경도를 가늠하려는 목적은 바로 현 단계의 사회에서 보다 나은 사회를 향해 나아가려는 실천적 기획을 방해하는 '전 지구적 자본주의'에 도전하는 것이다.

실재계와 관련하여 "자신의 욕망을 고수하라!"는 표어가 그 명백한 결점에도 불구하고 현 시점에서 하나의 탁월한 정치적 교시라고 주장할 수 있을 것이다. 정치적 좌파가 타협해 봐야 아무 소용없다. 우리 시대에 전 지구적 자본주의에 도전하는 일을 더 어렵게 만드는 것은 자본주의의 약탈성이 더 약화되기는커녕 더 강화되어 간다는 사실이다. 이것이 의미하는 바는 바로 자본주의 체제의 이런 변화가 좌파를 좌절시키고 고사시켜 왔기 때문에 오히려 그 체제와 싸워야 할 필요가 그 어느 때보다 더 절실하다는 것이다. 그러므로 좌파는 개혁주의나 패배주의의 유혹에 굴하지 말고 그 자체의 믿음을 지켜야만 한다. 안티고네 같은 인물처럼 좌파는 인간을 부양하지 못하거나 인간에게 충분한 정의를 가져다주지 못하는 정치체제를 철저히 거부해야만 한다. 이런 거부 행위가 보수주의자들에게는 미련한 짓이며, 자유주의자들에게는 걸림돌이다. 좌파는 비록 이 기획에서 실패한다 하더라도, 최소한 그것이 줄곧 옳았다는 점을 아는 쓰고도 달콤한 만족감을 거둬들일 수는 있을 것이다(510쪽).

이런 논지를 기본 축으로 삼아 이글턴은 스코틀랜드계 아일랜드의 철학자 프랜시스 허치슨(1694~1746), 스코틀랜드의 철학자·역사학자 · 경제학자 데이비드 흄(1711~76), 영국계 아일랜드의 정치가 · 정치사상가 에드먼드 버크(1729~97), 스코틀랜드의 사회철학자 · 정치경제학자 애덤 스미스(1723~90)가 포함된 상상계적 윤리에서 출발하여, 상징계적 윤리를 대표하는 네덜란드의 유대계 철학자 베네딕투스 데 스피노자(1632~77)와 독일의 철학자 이마누엘 칸트(1724~1804)가 속한 상징계적 윤리를 거쳐, 독일의 철학자 아르투어 쇼펜하우어(1788~1860), 덴마크의 철학자 · 신학자 쇠렌 키르케고르(1813~55), 독일의 철학자 · 문헌학자 프리드리히 니체(1844~1900) 및 이들의 계승자인 리투아니아의 유대계 프랑스 철학자 에마뉘엘 레비나스(1905~95), 알제리 출생의 프랑스 철학자 자크 데리다(1930~2004), 모로코 출생의 프랑스 철학자 알랭 바디우(1937~)로 구성된 실재계의 윤리에 이르는 윤리(학)에 대한 비판적 논의를 이어간다.

이 비판적 논의는 『구약성경』와 『신약성경』 및 수많은 문학작품을 통해 예증된다. 예를 들어, 소포클레스의 『오이디푸스 왕』과 『안티고네』, 윌리엄 셰익스피어의 『자에는 자로』 및 『베니스의 상인』 이외에도, 새뮤얼 리처드슨의 『클라리사』, 로런스 스턴의 『감상 여행』과 『트리스트램 샌디』, 하인리히 폰 클라이스트의 『미하엘 콜하스』, 윌리엄 워즈워스의 『변방인들』과 『서곡』, 에밀리 브론테의 『워더링 하이츠』, 허먼 멜빌의 『모비딕』, 버지니아 울프의 『등대로』, 아서 밀러의 『세일즈맨의 죽음』 등 18세기에서 20세기에 이르는 영국 소설을 중심으로 한 서구의 작품들이 논의되고 있다.

또한 윤리학과 문학에 관한 논의의 틈새를 채우는 일상적인 이야기 혹은 비유도 간간이 등장한다. 빵을 구걸하는 사람, 마약을 밀거래하는 자, 커피를 마시는 행위와 그 행위로 인해 영향을 받는 에티오피아인, 제2차 세계대전의 기계전보다 제1차 세계대전의 육박전을 상상계적 만남인 양 선호한 하이데거, 아시아인과 아랍인과 같은 실체적 타자들에 대한 혐오감을 드러내고 팔레스타인 사람을 박탈당한 사람으로 보지 않는 레비나스, 자기 고양이에게만 먹이를 주는 행위의 윤리적 문제에 직면한 데리다, 스탈린과 병치된 언론 재벌 루퍼트 머독, 십자가에 못 박힌 예수와 병치된 탈출 전문 마술사 해리 후디니에 관한, 때로는 진지하고 때로는 신랄하고 때로는 장난스러운 이야기가 지루한 논의 사이를 채우고 있다. 이는 실재계의 윤리에 내재된 추상적 보편주의를 비판하며 선함의 범속성을 주장하는 이글턴의 전략이라고 볼 수도 있다.

결국 이글턴은 윤리(학)에 관한 이렇듯 다층적인 설명을 통해 18세기 이래 자본주의의 진행 과정에서 생산된, 구체성과 공감에 기초한 상상계적 윤리, 추상성과 보편법에 기초한 상징계적 윤리, 그리고 최근 형이상학적으로 추상화되어 버렸지만 나름대로 실질적인 변화를 가져올 수도 있는 실재계의 윤리를 변증법적으로 끌어안으며 넘어설 수 있는 모델로서 다시금 전체 논의의 시금석인 사회주의와 유대 기독교 전통의 윤리를 내세운다. 특히 그는 책의 후반부에서 구체성과 추상성이 변증법적으로 통합된 육체—희생양으로서의 육체—를 반석으로 삼는 윤리, 범속한 일상 속에서 참된 인간관계를 가능하게 하는 사회제도에 기초한 윤리를 강조한다. "나 자신의 자기실현이 내 동료 노동자들의 자기실현을 촉진하기도 하고, 그들의 자기실현에 의해 나 자신의 자기실현도 촉진되는" 윤리가 물론 "유토피아적인 윤리이기는 하지만, 그렇다고 해서 그 가치가 손상되는 것은 아니다."『낯선 사람들과의 불화: 윤리학 연구』는 이글턴이 바로 이 유토피아적인 윤리의 실현 가능성을 탐색한 책이다.

❖

이글턴의『포스트모더니즘의 환상』(실천문학사, 2000)과「민족주의: 아이러니와 참여」(『민족주의, 식민주의, 문학』, 인간사랑, 2011)를 번역한 후, 더 이상 그의 책을 번역하지 않으리라는 굳은 결심을 깨고 또다시 이 책을 번역하게 되었다.『포스트모더니즘의 환상』을 번역하며 겪었던 고초를 다시 겪고 싶지 않았기 때문이었다. 한데 20세기 미국 시인 에즈라 파운드와 찰스 올슨의 장시(長詩)에 나타난 타문화소의 수용 양식을 다룬 학위 논문에서 시작되어, 이화여대 재직 시절 대학원 수업으로 개설했던 "타자의 정치학"으로 이어진 관심 탓인지, 어리석게도 선뜻 '낯선 사람'에 관한 이글턴의 이야기를 자세히 들어보려고 한 권만 더 번역하기로 마음을 바꾸었던 듯하다.

단순한 호기심으로 읽었던 이 책을 다시 꼼꼼히 읽을 때까지만 해도 즐거웠지만, 막상 번역을 시작하자마자 『포스트모더니즘의 환상』을 번역하며 겪었던 어려움은 결코 어려움이 아니었다는 사실을 항상 그렇듯 뒤늦게 깨닫게 되었다. 원문 348쪽에 달하는 방대한 양뿐만 아니라 여러 분야의 책에서 불쑥 따온 수많은 인용문, 하나의 긴 단락뿐만 아니라 긴 문장 내에서 일어나는 여러 형태의 반전, 여러 가지 문장 부호로 중첩되며 이어지는 복합적인 만연체 문장, 한참을 들여다봐야 겨우 이해할 듯한 논리적 널뛰기, 개별 사상가에 따라 달리 규정되어 번역되지만 하나의 한글 용어로 통일해서 번역해야 하는 개념어, 구분하여 번역하기 힘들 정도로 연이어 사용되는 다양한 부사와 형용사, 정서를 나타내는 수많은 용어, 묘한 뉘앙스를 주는 반어적 표현, 이해 불가능한 비유 등으로 인해 번역에 수많은 어려움이 있었다. 이글턴이 일부 전략적으로 사용한 이런 특징을 지닌 책을 번역하면서 옮긴이로서는 그저 원문에 충실하게 가능한 한 틀리지 않은 번역을 하려고 최선을 다했을 뿐이다.

이 책을 한국어로 옮기는 과정에서 아낌없는 도움을 주신 많은 분들께 진심으로 감사드린다. 특히 라캉에 관한 모든 질문에 언제든 친절하게 답해 준 양석원 교수, 도저히 이해할 수 없거나 모호한 문장을 번역하는 데 기꺼이 도움을 준 서홍원 교수, 이론적으로 난해한 내용에 대해 언제나 조언을 아끼지 않은 이경덕 선생과 최성만 교수에게 감사드린다. 또한 번역 초고를 함께 읽으며 수많은 오류를 찾아내는 데 수고를 아끼지 않았던 전보미와 홍신실, 최종 교정 단계에서 여전히 남아 있던 모호한 번역을 바로잡는 데 도움을 준 윤사라와 서정은, 복잡한 '찾아보기'를 옮기는 과정에서 많은 도움을 준 박은형과 배경린에게도 감사의 마음을 전한다. 이 번역서를 만드는 과정에서 틈틈이 시간을 내어 도움을 준 가족 김백화, 김덕진, 김희진에게도 고마운 마음을 전한다. 그리고 여러 어려움에도 불구하고 4년 넘게 지연된 이 번역 원고를 기다려주고 끝까지 오류를 찾아내는 데 도움을 준 도서출판 길의 박우정 대표와 이승우 기획실장, 그리고 편집자 이남숙님께도 감사드린다.

끝으로 이글턴의 『낯선 사람들과의 불화: 윤리학 연구』가 보다 나은 사회를 찾아가는 사람들에게 가능한 하나의 길을 제시할 수 있기를 바라며, 이 책을 한국어로 옮기기로 한 4년 전의 그 결정이 여러 면에서 옮긴이의 어리석은 과욕이 아니기를 바란다.

연세대 위당관 연구실에서
2017년 6월
김준환

찾아보기